AS PEÇAS INFERNAIS

Príncipe mecânico

Obras da autora publicadas pela Editora Record:

***Série* Os Instrumentos Mortais**

Cidade dos ossos
Cidade das cinzas
Cidade de vidro
Cidade dos anjos caídos
Cidade das almas perdidas
Cidade do fogo celestial

***Série* As Peças Infernais**

Anjo mecânico
Príncipe mecânico
Princesa mecânica

***Série* Os Artifícios das Trevas**

Dama da meia-noite
Senhor das sombras
Rainha do ar e da escuridão

***Série* As Maldições Ancestrais**

Os pergaminhos vermelhos da magia
O livro branco perdido

O códex dos Caçadores de Sombras
As crônicas de Bane
Uma história de notáveis Caçadores de Sombras e Seres do Submundo:
Contada na linguagem das flores
Contos da Academia dos Caçadores de Sombras
Fantasmas do Mercado das Sombras

CASSANDRA CLARE

Príncipe Mecânico

CASSANDRA CLARE

AS PEÇAS INFERNAIS

LIVRO DOIS

Tradução de
Rita Sussekind

30ª edição

Galera
RIO DE JANEIRO
2023

CIP-Brasil. Catalogação na Publicação
Sindicato Nacional dos Editores de Livros, RJ

C541p
30ª ed. Clare, Cassandra
Príncipe mecânico/ Cassandra Clare; tradução de Rita Sussekind. – 30ª ed. – Rio de Janeiro: Galera Record, 2023.
(As peças infernais; 2)

Tradução de: Clockwork price
Sequência de: Anjo mecânico
Continua com: Princesa mecânica
ISBN 978-65-5587-037-4

1. Romance americano. I. Sussekind, Rita. II. Título. III. Série.

20-64636 CDD: 813
CDU: 82-31(73)

Título original em inglês:
Clockwork Prince: The Infernal Devices

Publicado primeiramente por Margaret K. McElderry Books, um selo de Simon & Schuster Children's Publishing Division.

Publicado mediante acordo com Barry Goldblatt Literary LLC e Sandra Bruna Agencia Literaria S.L.

Texto revisado segundo o novo Acordo Ortográfico da Língua Portuguesa.

Composição de miolo: Abreu's System

Direitos exclusivos de publicação em língua portuguesa somente para o Brasil
adquiridos pela
EDITORA RECORD LTDA.
Rua Argentina, 171 – Rio de Janeiro, RJ – 20921-380 – Tel.: (21) 2585-2000,
que se reserva a propriedade literária desta tradução.

Impresso no Brasil

ISBN 978-65-5587-037-4

Seja um leitor preferencial Record.
Cadastre-se e receba informações sobre nossos lançamentos e nossas promoções.

Atendimento e venda direta ao leitor:
sac@record.com.br ou (21) 2585-2002.

Para Elka

Khalepa ta kala

"Quero que saibas que tu foste o último sonho da minha alma... Desde que te conheci, tenho sido atormentado por um remorso que pensei que nunca me censuraria novamente e ouvi sussurros de velhas vozes impelindo-me para cima, as quais achei que estivessem silenciadas para sempre. Tive ideias imaturas de me empenhar novamente, começar de novo, me livrar da preguiça e da sensualidade, e lutar a luta abandonada. Um sonho, tudo um sonho, que vai dar em nada..."

— Charles Dickens, "Um conto de duas cidades"

Prólogo

O Morto Exilado

O nevoeiro estava espesso, abafando som e visibilidade. Onde a névoa se abria, Will Herondale podia ver a rua elevando-se adiante, escorregadia, molhada e escura de chuva, e podia ouvir as vozes dos mortos.

Nem todos os Caçadores de Sombras conseguiam ouvir fantasmas, a não ser que estes optassem por ser ouvidos, mas Will era um dos que conseguiam. Ao se aproximar do velho cemitério, as vozes se elevaram em um coro irregular — uivos de dor e súplica, gritos e rosnados. Não era uma necrópole serena, mas Will sabia disso; não era sua primeira visita ao cemitério Cross Bones perto da London Bridge. Ele fez o melhor que pôde para bloquear os ruídos, arqueando os ombros para que o colarinho cobrisse as orelhas, a cabeça abaixada, uma bruma fina de chuva umedecendo os cabelos pretos.

Descendo o quarteirão, a entrada do cemitério ficava na metade do caminho: um par de portões de ferro forjado em um muro alto de pedra, ainda que qualquer passante mundano nada observasse além de uma área coberta por vegetação, parte do terreno de um empreiteiro anônimo. Assim que Will se aproximou dos portões, mais uma coisa que nenhum mundano teria visto se materializou da névoa: uma grande aldrava de bronze em forma de mão, os dedos ossudos e esqueléticos. Com uma careta Will esticou uma das próprias mãos enluvadas e levantou a aldrava, deixando-a cair uma, duas, três vezes, o tinido oco ressoando pela noite.

Além dos portões a névoa se elevava do chão como vapor, obscurecendo o brilho do osso contra o solo acidentado. Lentamente a bruma começou a fundir-se, adquirindo um estranho brilho azul. Will colocou as mãos nas barras do portão; o frio do metal infiltrando-se pelas luvas, penetrando os ossos, e ele estremeceu. Era um frio mais intenso do que o normal. Quando fantasmas se levantam, extraem energia dos arredores, privando o ar de calor. Os pelos na nuca de Will se arrepiaram quando a bruma azul assumiu lentamente a forma de uma senhora de vestido esfarrapado e avental branco, com a cabeça abaixada.

— Olá, Mol — disse Will. — Você está particularmente bonita esta noite, se me permite dizer.

A fantasma levantou a cabeça. A velha Molly era um espírito forte, um dos mais fortes que Will já encontrara. Mesmo com a luz do luar se espalhando por uma brecha entre as nuvens, ela mal parecia transparente. Seu corpo era sólido, o cabelo retorcido em um penteado grisalho amarelado sobre um dos ombros, as mãos ásperas e vermelhas apoiadas nos quadris. Apenas os olhos eram ocos, chamas azuis idênticas ardendo nas profundezas.

— William 'erondale — disse ela. — De volta tão cedo?

Ela foi em direção ao portão com aquele movimento deslizante peculiar dos fantasmas. Seus pés descalços estavam imundos, apesar de nunca tocarem o chão.

Will se recostou no portão.

— Sabe que senti falta do seu belo rosto.

Ela sorriu, com os olhos tremeluzindo, e ele teve um vislumbre do crânio sob a pele semitransparente. Acima deles, as nuvens tinham se fechado novamente, bloqueando a lua. Como um tolo, Will ficou imaginando o que a velha Molly teria feito para ser enterrada ali, longe do solo consagrado. A maioria das vozes em pranto dos mortos pertencia a prostitutas, suicidas e natimortos — os mortos exilados que não se podia enterrar nos cemitérios das igrejas. Se bem que Molly dera um jeito de fazer com que a situação acabasse sendo bem lucrativa, então, talvez não se importasse.

Molly gargalhou.

— Então, o que deseja, jovem Caçador de Sombras? Veneno de Malphas? Tenho a garra de um demônio Morax, muito bem polida, o veneno na ponta está completamente invisível...

— Não — disse Will. — Não é disso que preciso. Preciso de pó de demônio Foraii, bem moído.

Molly virou a cabeça para o lado e cuspiu uma gavinha de fogo azul.

— Por que um belo rapaz como você quer uma coisa dessas?

Will apenas suspirou internamente; os protestos de Molly faziam parte do processo de barganha. Magnus já tinha mandado Will à velha Molly diversas vezes, uma delas para buscar fétidas velas negras, que grudaram em sua pele como alcatrão, outra para buscar ossos de uma criança que não tivesse nascido, e outra para um saco de olhos de fadas, que pingaram sangue em sua camisa. Pó de demônio Foraii parecia agradável quando comparado ao resto.

— Pensa que sou tola, não pensa? — prosseguiu Molly. — Isto é uma armadilha, não é? Vocês, Nephilim, me pegam vendendo esse tipo de mercadoria, e é o fim da velha Mol.

— Você *já* está morta. — Will fez o possível para não soar irritadiço. — Não sei o que pensa que a Clave poderia fazer com você depois disso.

— Bah — os olhos ocos de Molly flamejaram. — As prisões dos Irmãos do Silêncio, sob a terra, podem prender tanto vivos quanto mortos; sabe disso, Caçador de Sombras.

Will levantou as mãos.

— Nada de truques, velhinha. Certamente deve ter ouvido boatos correndo pelo Submundo. A Clave tem outras questões em mente além de localizar fantasmas que traficam pós demoníacos e sangue de fada. — Ele inclinou-se para a frente. — Pago um bom preço. — Retirou uma bolsa de cambraia do bolso e balançou-a no ar. Ela tilintou como o som de moedas chacoalhando. — Todas se encaixam em sua descrição, Mol.

Uma expressão desejosa se formou na face morta de Molly, que materializou-se o suficiente para pegar a bolsa. Enfiou uma das mãos no saquinho e retirou um punhado de anéis — anéis de casamento feitos de ouro, todos unidos pelo nó dos namorados. A velha Mol, como muitos fantasmas, vivia à procura daquele talismã, aquele pedaço perdido de seu passado que finalmente lhe permitiria morrer, a âncora que a mantinha presa a este mundo. No caso dela, era a aliança de casamento. Acreditava-se, Magnus contara a Will, que a aliança já estivesse perdida há muito tempo, enterrada sob o leito de sedimentos do Tâmisa, mas enquanto isso, ela aceitaria qualquer bolsa de anéis encontrados por aí, na esperança de que um deles fosse o seu.

Ela guardou os anéis de volta no saquinho, que desapareceu em algum lugar de sua figura morta-viva, e em troca entregou a Will um sachê de pó. Ele o colocou sorrateiramente dentro do bolso do casaco no instante em que a mulher fantasma começou a tremular e desbotar.

— Espere aí, Mol. Não foi só para isso que vim esta noite.

O espírito tremulou enquanto a cobiça, a impaciência e o esforço de se manter visível lutavam entre si. Finalmente, grunhiu.

— Muito bem. O que mais você quer?

Will hesitou. Não era algo solicitado por Magnus, mas uma coisa que ele mesmo queria saber.

— Poções do amor...

A velha Mol soltou uma gargalhada aguda.

— *Poções do amor?* Para Will 'erondale? Não sou de recusar pagamento, mas nenhum homem com sua aparência precisa de poções do amor, isto é fato.

— Não — disse Will, com uma pontinha de desespero na voz. — Na verdade estava procurando o oposto, alguma coisa que pudesse por um fim no amor sentido por alguém.

— Uma poção do ódio? — Mol ainda parecia um tanto distraída.

— Procuro algo mais na linha da indiferença? Tolerância?

Ela emitiu um riso de deboche, absurdamente humano para um fantasma.

— Detesto informá-lo, Nephilim, mas se quer que uma menina o odeie, há maneiras simples de fazer com que isso aconteça. Não precisa da *minha* ajuda com a coitadinha.

E com isso Molly desapareceu, girando para dentro da bruma entre as covas. Will, olhando para onde ela estava, suspirou.

— Não é para ela — sussurrou, apesar de não haver ninguém para escutá-lo —, é para *mim*... — E apoiou a cabeça no frio portão de ferro.

1

A Câmara do Conselho

Acima, o majestoso teto claro,
Suspenso nas alturas pelos arcos
E anjos ascendendo e baixando se encontravam
Suas dádivas compartilhavam.
— Lord Alfred Tennyson, "The Palace of Art"

— Oh, sim. De fato é exatamente como imaginei — disse Tessa, e se virou para lançar um sorriso ao menino do seu lado. Ele tinha acabado de ajudá-la a passar sobre uma poça, e sua mão ainda repousava educadamente no braço dela, logo acima da curva do cotovelo.

James Carstairs retribuiu o sorriso, elegante em seu terno escuro, os cabelos claros como prata açoitados pelo vento. A outra mão repousava sobre uma bengala com cabeça de jade, e se alguém na multidão confusa que se movia ao redor deles estranhou o fato de um jovem precisar de bengala, ou considerou anormal a cor do seu cabelo, não parou para olhar.

— Considerarei isso como uma bênção — disse Jem. — Estava começando a me preocupar, sabe, que tudo que você encontrou em Londres seria uma decepção.

Uma decepção. O irmão de Tessa, Nate, um dia prometera a ela tudo em Londres — um novo começo, um lugar maravilhoso para viver, uma cidade de construções imponentes e parques belíssimos. Em vez disso, o que Tessa encontrou foi terror e traição, e perigos além de qualquer coisa que pudesse ter imaginado. No entanto...

— Nem tudo foi assim. — Ela sorriu para Jem.

— Fico feliz de ouvir isso. — O tom de voz dele era sério, não era de provocação. Ela desviou o olhar para o grande edifício que se erguia à frente. Westminster Abbey, com os grandes pináculos góticos que quase tocavam o céu. O sol dera o melhor de si para tentar aparecer por trás das nuvens, e a abadia estava banhada por uma luz fraca.

— É aqui mesmo? — perguntou, enquanto Jem a puxava para a frente, na direção da entrada da abadia. — Parece tão...

— Mundana?

— Eu ia dizer lotada. — A abadia estava aberta aos turistas nesse dia, e grupos entravam e saíam apressadamente pelas portas enormes, a maioria trazendo guias Baedeker nas mãos. Um grupo de turistas norte-americanos — mulheres de meia-idade com roupas fora de moda murmurando em sotaques que deixaram Tessa com uma ligeira saudade de casa — passou por eles ao subir as escadas, apressando-se atrás de um professor universitário que oferecia uma visita guiada à abadia. Jem e Tessa se misturaram ao grupo sem dificuldade.

O interior da abadia cheirava a pedra fria e metal. Tessa olhou para cima e para os arredores, maravilhada com o tamanho do local. Deixava o Instituto parecendo a paróquia de um vilarejo.

— Notem a divisão tripla da nave — entoou o guia, prosseguindo com uma explicação de que capelas menores enfileiravam-se pelas alas leste e oeste da abadia. O recinto demandava silêncio, apesar de não haver celebração em curso. Enquanto Tessa se deixava conduzir por Jem em direção à ala leste da igreja, percebeu que estava pisando sobre pedras com datas e nomes esculpidos. Sabia que reis, rainhas, soldados e poetas famosos estavam enterrados na abadia de Westminster, mas não esperava pisar sobre eles.

Ela e Jem finalmente desaceleraram ao chegar no canto sudeste da igreja. Luz do sol diluída derramava-se pela rosácea acima.

— Sei que estamos com pressa para a reunião do Conselho — disse Jem —, mas queria que visse isso. — Ele gesticulou em volta. — O Canto dos Poetas.

Tessa já tinha lido sobre o lugar, é claro, onde os grandes escritores da Inglaterra estavam enterrados. Havia o túmulo de pedra cinza de Chaucer, com um dossel, e outros nomes familiares:

— Edmund Spenser, oh, e Samuel Johnson — suspirou —, e Coleridge, e Robert Burns, e *Shakespeare*...

— Ele não está enterrado aqui de verdade — disse Jem rapidamente. — É só um monumento. Como o de Milton.

— Oh, eu sei, mas... — Tessa olhou para ele e sentiu-se enrubescer. — Não consigo explicar. Estar em meio a esses nomes é como estar entre amigos. Tolice, eu sei...

— Tolice alguma.

Ela sorriu para ele.

— Como soube exatamente o que eu iria querer ver?

— Como poderia não saber? — perguntou ele. — Quando penso em você, vejo-a com os olhos da imaginação sempre com um livro em mãos. — Desviou o olhar do dela ao dizer isso, mas não antes de Tessa perceber o leve rubor em suas bochechas. Ele era tão pálido que jamais conseguiria esconder o menor dos rubores, pensou Tessa, e surpreendeu-se com o carinho que havia nesse pensamento.

Tinha se apegado muito a Jem nas últimas duas semanas; Will vinha evitando-a cuidadosamente, Charlotte e Henry estavam envolvidos com questões da Clave, do Conselho e do Instituto — e até Jessamine parecia ocupada. Mas Jem estava sempre lá. Parecia levar a sério seu papel como guia turístico de Londres. Já tinham ido ao Hyde Park e aos Kew Gardens, à National Gallery e ao British Museum, à Torre de Londres e ao Portão dos Traidores. Foram ver as vacas sendo ordenhadas no St. James's Park, e os vendedores de frutas e legumes anunciando suas mercadorias no Covent Garden. Do Embankment, viram barcos navegando sobre um Tâmisa banhado ao sol e comeram uma coisa chamada *doorstop* — nome em alusão ao tamanho de uma porta —, que consistia apenas em um sanduíche com fatias grossas de pão com manteiga e açúcar. E na medida em que os dias passavam, Tessa sentia que aos poucos se desvencilhava da infelicidade silenciosa e arraigada que Nate, Will e a perda da antiga vida tinham provocado, feito uma flor brotando do solo congelado. Até se pegou dando risada. E devia isso a Jem.

— Você *é* um bom amigo — exclamou. E quando, para surpresa de Tessa, ele nada respondeu, acrescentou: — Pelo menos, espero que sejamos bons amigos. Você também acha, não é, Jem?

Ele virou-se para ela, mas, antes que pudesse responder, uma voz fúnebre se pronunciou das sombras:

Mortalidade, observe e seja temente!
Tamanha mudança na carne aqui presente:
Pense em quantos esqueletos reais
Jazem nestas pilhas de pedras sepulcrais.

Uma forma escura apareceu entre dois monumentos. Enquanto Tessa piscava, surpresa, Jem falou, com um tom resignado de satisfação:

— Will. Decidiu nos agraciar com sua presença, afinal?

— Nunca disse que não viria. — Will avançou, e a luz da rosácea caiu sobre ele, iluminando seu rosto. Mesmo agora, Tessa não conseguia olhar para ele sem sentir um aperto no peito, uma hesitação dolorosa no coração. Cabelos negros, olhos azuis, maçãs do rosto graciosas, cílios escuros e espessos, lábios carnudos; seria bonitinho se não fosse tão alto e musculoso. Ela já havia passado as mãos naqueles braços. Sabia como eram: de ferro coberto por músculos duros; as mãos de Will, quando apoiaram a parte de trás da sua cabeça, eram esguias e flexíveis, embora ásperas por causa dos calos...

Tessa arrancou a mente daquelas lembranças. Lembranças não faziam bem a ninguém, não quando se conhecia a verdade do presente. Will era lindo, mas não era dela; não era de ninguém. Havia algo quebrado nele, e por aquela rachadura escorria uma crueldade cega, uma necessidade de machucar e se afastar.

— Está atrasado para a reunião do Conselho — comentou Jem de maneira afável. Ele era o único que parecia imune à malícia endiabrada de Will.

— Saí numa missão — explicou Will. Olhando melhor, Tessa pôde perceber que ele parecia cansado. O contorno dos olhos estava vermelho, as olheiras eram quase roxas. As roupas estavam amarrotadas, como se tivesse dormido com elas, e o cabelo precisava de um corte. *Mas isso não tem nada a ver com você*, disse ela com severidade a si mesma, desviando os olhos das ondas escuras que se curvavam ao redor das orelhas e da nuca. *Não importa o que pensa sobre a aparência dele, ou sobre o que ele faz com o tempo. Ele deixou isso bem claro.* — E vocês também não estão exatamente pontuais.

— Quis mostrar o Canto dos Poetas para Tessa — respondeu Jem. — Achei que ela fosse gostar.

Falava de modo tão simples e direto que ninguém jamais duvidaria dele, ou imaginaria que qualquer coisa dita por ele não fosse verdade. Em face do seu simples desejo de agradar, nem Will conseguiu pensar em nada desagradável para dizer; simplesmente deu de ombros e se adiantou em passos rápidos pela abadia, indo em direção ao Claustro Leste.

Havia ali um jardim quadrado cercado pelas paredes do claustro, e as pessoas caminhavam por seus arredores, murmurando em voz baixa como se ainda estivessem na igreja. Ninguém notou Tessa e os meninos se aproximarem de um par de portas de carvalho em uma das paredes. Will, após olhar em volta, tirou a estela do bolso e desenhou com a ponta na madeira. A porta brilhou com uma breve luz azul e abriu. Will entrou, com Jem e Tessa logo a seguir. A porta era pesada e se fechou com uma batida ressonante atrás de Tessa, quase prendendo sua saia; ela conseguiu puxá-la bem a tempo e rapidamente deu um passo para trás, virando numa escuridão quase completa.

— Jem?

Uma luz ardente acendeu; era Will, erguendo sua pedra enfeitiçada. Estavam em uma ampla sala feita de pedra e com teto abobadado. O chão parecia feito de tijolos, e havia um altar em uma das extremidades do quarto.

— Estamos na Câmara Píxide — disse ele. — Costumava ser uma tesouraria. Caixas de ouro e prata por toda a parede.

— Uma tesouraria de Caçadores de Sombras? — Tessa estava verdadeiramente confusa.

— Não, a tesouraria da realeza britânica, por isso as paredes e portas desta grossura — informou Jem. — Mas os Caçadores de Sombras sempre tiveram acesso. — Ele sorriu ao ver a expressão de Tessa. — Monarquias ao longo das eras pagaram dízimo aos Nephilim, em segredo, para que mantivéssemos seus reinos protegidos dos demônios.

— Não nos Estados Unidos — disse Tessa, animada. — Não temos uma monarquia...

— Vocês têm um braço do governo que lida com Nephilim, pode ficar tranquila — disse Will, atravessando em direção ao altar. — Costumava ser o Departamento de Guerra, mas agora há um braço do Departamento de Justiça...

Ele foi interrompido quando o altar se movimentou para o lado com um rangido, revelando um buraco escuro e vazio atrás dele. Tessa pôde ver luzes desbotadas piscando em meio às sombras. Will enfiou-se no buraco, sua pedra enfeitiçada iluminando a escuridão.

Quando Tessa foi atrás, viu-se em um extenso corredor de pedra que descia. As pedras das paredes, do chão e do teto eram iguais, o que dava a impressão de que a passagem tinha sido esculpida diretamente na rocha, apesar de ser lisa, em vez de áspera. A intervalos regulares a luz enfeitiçada iluminava um candeeiro em forma de mão humana atravessando a parede, os dedos agarrando uma tocha.

O altar se fechou atrás deles, e o grupo começou a andar. Enquanto seguiam, a passagem inclinou-se ainda mais para baixo. As tochas ardiam com um brilho azul-esverdeado, iluminando pedras esculpidas — o mesmo tema, repetido incessantemente, de um anjo erguendo-se em chamas de um lago, com uma espada em uma das mãos e um cálice na outra.

Finalmente, encontraram-se diante de duas grandes portas de prata. Cada uma delas entalhada com um desenho que Tessa já tinha visto antes — quatro letras Cs interligadas.

— Significam Clave, Conselho, Contrato e Cônsul — disse Jem, apontando para as letras, antes que Tessa pudesse perguntar.

— O Cônsul. Ele é... o líder da Clave? Como uma espécie de rei?

— Não de forma tão inata quanto seus monarcas habituais — respondeu Will. — Ele é eleito, como o presidente ou o primeiro-ministro.

— E o Conselho?

— Em breve você os verá. — Will abriu as portas.

Tessa ficou boquiaberta; fechou a boca rapidamente, mas não antes de capturar um olhar divertido de Jem, do seu lado direito. A sala diante deles era uma das maiores que a garota já havia visto, um enorme espaço sob um domo pintado com estrelas e constelações. Um enorme lustre em forma de anjo segurando tochas ardentes dependurava-se do ponto mais alto da cúpula. O restante da sala estava disposto como em um anfiteatro, com bancos longos e curvos. Will, Jem e Tessa estavam no topo de uma escadaria que cortava o centro da arquibancada, com três quartos de sua lotação ocupada. Na base dos degraus erguia-se uma plataforma, na qual se encontravam diversas cadeiras de madeira, com encostos altos e aparência desconfortável.

Em uma delas estava sentada Charlotte; ao seu lado, Henry, com os olhos arregalados e parecendo nervoso. Charlotte aparentava tranquilidade, com as mãos apoiadas no colo; somente alguém que a conhecesse bem teria visto a tensão nos ombros e na boca.

Diante deles, em uma espécie de púlpito — mais largo e longo do que um púlpito comum —, havia um homem alto com cabelos claros e compridos, uma barba espessa e ombros largos. Feito um juiz, trajava uma longa túnica preta sobre as roupas, as mangas cintilando com símbolos bordados. Ao lado dele, em uma cadeira baixa, estava sentado um sujeito mais velho, os cabelos castanhos eram marcados por linhas grisalhas, o rosto estava barbeado, mas encovado em linhas austeras. A túnica dele era azul-escura, e pedras brilhavam em seus dedos à medida que movia as mãos. Tessa o reconheceu: era Whitelaw, o Inquisidor de voz e olhos gelados que interrogava testemunhas em nome da Clave.

— Senhor Herondale — disse o homem louro ao olhar para Will, a boca se curvando em um sorriso. — Quanta gentileza juntar-se a nós. Senhor Carstairs também. E sua acompanhante deve ser...

— Senhorita Gray — disse Tessa, antes que ele pudesse concluir. — Senhorita Theresa Gray, de Nova York.

Um breve burburinho correu pela sala, como o som de uma onda recuando. Ela sentiu Will, ao seu lado, ficar tenso, e Jem respirou fundo, como se fosse falar. *Interrompendo o Cônsul*, teve a impressão de ouvir alguém falar. Então este era o Cônsul Wayland, o diretor da Clave. Olhando ao redor, viu alguns rostos familiares — Benedict Lightwood, com as feições bem-marcadas e pontudas e a postura firme; e o filho, o despenteado Gabriel Lightwood, olhando fixamente para a frente. Lilian Highsmith e seus olhos escuros. George Penhallow, com um semblante amistoso; e mesmo a formidável tia de Charlotte, Callida, com os cabelos amontoados na cabeça em tufos ondulados, espessos e grisalhos. Havia também muitos outros rostos que não conhecia. Foi como olhar um livro de figuras criado para catalogar todos os povos que existiam no mundo. Havia Caçadores de Sombras louros, com cara de vikings; um homem de pele mais escura, que parecia um califa saído do seu exemplar ilustrado de *Mil e uma noites*; e uma mulher indiana trajando um belo sári bordado com símbolos prateados. Ela estava sentada ao lado de outra mulher, que tinha virado a cabeça e os encarava. Usava um elegante vestido de seda e o rosto parecia com o de Jem — as mesmas feições delicadamente belas, a mesma curvatura dos olhos e das maçãs do rosto, apesar de que, enquanto Jem tinha olhos e cabelos prateados, os dela eram negros.

— Bem-vinda, então, senhorita Tessa Gray de Nova York — disse o Cônsul, parecendo divertir-se. — Apreciamos sua presença hoje. Entendo que já respondeu muitas perguntas ao Enclave de Londres. Espero que esteja disposta a responder mais algumas.

Através da distância que as separava, os olhos de Tessa encontraram os de Charlotte. *Devo?*

Charlotte assentiu quase imperceptivelmente. *Por favor.*

Tessa endireitou os ombros.

— Se assim deseja, certamente.

— Então aproxime-se do banco do Conselho — disse o Cônsul, e Tessa percebeu que ele devia se referir ao longo e estreito banco de madeira diante do púlpito. — E os amigos cavalheiros podem acompanhá-la — acrescentou.

Will murmurou alguma coisa, mas tão baixinho que nem Tessa conseguiu escutar. Com Will ao lado esquerdo e Jem à direita, Tessa desceu os degraus até o banco. Ficou atrás dele, incerta. Assim, tão de perto, pôde ver que o Cônsul tinha olhos azuis e afáveis, diferentemente do Inquisidor, que tinha olhos de um cinza frio e tempestuoso, como um mar durante a chuva.

— Inquisidor Whitelaw — disse o Cônsul para o homem de olhos cinzentos —, a Espada Mortal, por favor.

O Inquisidor ficou de pé e sacou de sua túnica uma lâmina imensa. Tessa a reconheceu instantaneamente. Era longa e prateada, o cabo esculpido no formato de asas abertas. Era a espada do *Códex*, aquela que o Anjo Raziel carregava quando emergira do lago, e a qual entregara a Jonathan Caçador de Sombras, o primeiro deles.

— Maellartach — disse ela, nomeando a Espada.

O Cônsul, pegando a Espada, mais uma vez pareceu estar se divertindo.

— Você *tem mesmo* estudado — disse. — Quem de vocês a está ensinando? William? James?

— Tessa aprende as coisas sozinha, senhor. — A fala pausada de Will soou branda e alegre, contrastando com o clima austero do recinto. — É bastante curiosa.

— Mais um motivo pelo qual não deveria estar aqui. — Tessa não precisou se virar; conhecia a voz. Benedict Lightwood. — Este é o Conselho Gard. Não trazemos integrantes do Submundo para cá. — A voz dele era severa. — A Espada Mortal não pode ser utilizada para fazê-la falar a verdade; ela não é Caçadora de Sombras. Qual a utilidade em usar este procedimento? Em tê-la aqui?

— Paciência, Benedict. — O Cônsul Wayland segurou a Espada com facilidade, como se não pesasse nada. O olhar fixo em Tessa estava mais intenso. Ela teve a sensação de que ele investigava seu rosto, lendo o medo em seus olhos. — Não vamos machucá-la, pequena feiticeira — disse ele. — Os Acordos não permitiriam.

— Não deve me chamar de feiticeira — disse Tessa. — Não possuo marca alguma. — Era estranho ter de dizer isso outra vez, mas quando interrogada antes, sempre o fora por membros da Clave, não pelo próprio Cônsul. Um homem alto, de ombros largos, emanando uma aura de poder e autoridade. A mesma que Benedict Lightwood tanto ressentia que Charlotte alegasse para si.

— Então, o que você é? — perguntou.

— Ela não sabe. — O tom do Inquisidor era seco. — Nem os Irmãos do Silêncio.

— Ela está autorizada a sentar-se — disse o Cônsul. — E a dar seu depoimento, mas este testemunho só contará como metade do de um Caçador de Sombras. — Ele se voltou para os Branwell. — Enquanto isso, Henry, você está temporariamente dispensado do interrogatório. Charlotte, por favor, permaneça.

Tessa engoliu a indignação e foi se instalar na primeira fila de assentos, onde recebeu a companhia de um Henry com aparência de cansado, os cabelos ruivos completamente bagunçados. Jessamine estava lá, com um vestido feito de lã de alpaca marrom-clara; parecia entediada e irritada.

Tessa sentou-se próximo a ela, com Will e Jem do seu outro lado. Jem colocou-se muito perto, e como os assentos eram estreitos, ela pôde sentir o calor dele ombro a ombro.

Inicialmente, o Conselho procedeu basicamente da mesma maneira que nas outras reuniões do Enclave. Charlotte foi convidada a oferecer o relato de suas lembranças da noite em que o Enclave atacou a fortaleza do vampiro De Quincey, matando-o, assim como seus seguidores lá presentes; enquanto o irmão de Tessa, Nate, traía a confiança nele depositada ao permitir que o Magistrado, Axel Mortmain, entrasse no Instituto, onde este assassinara dois dos serventes e quase sequestrara Tessa. Quando Tessa foi chamada, disse as mesmas coisas que já falara antes: que não sabia do paradeiro de Nate, que não tinha desconfiado dele, que desconhecia os próprios poderes até as Irmãs Sombrias os mostrarem a ela, e que sempre achou que os pais fossem humanos.

— Richard e Elizabeth Gray foram extensivamente investigados — disse o Inquisidor. — Não há provas de que algum deles não seja humano. O menino, o irmão, também é humano. Pode ser, como sugeriu Mortmain, que o pai da menina seja um demônio, mas se for, permanece a questão da ausência da marca de feiticeiro.

— Tudo a seu respeito é muito curioso, inclusive este seu poder — disse o Cônsul, olhando para Tessa com firmes olhos azul-claros. — Não faz ideia de quais são seus limites, qual seu fundamento? Foi testada com algum item de Mortmain? Para ver se consegue acessar as lembranças ou pensamentos dele?

— Sim, eu... tentei. Com um botão que ele deixou para trás. Deveria ter funcionado.

— Mas?

Ela balançou a cabeça.

— Não consegui. Não tinha faísca, não tinha... não tinha vida. Nada com que me conectar.

— Conveniente — murmurou Benedict, quase baixo demais para ser ouvido, mas Tessa escutou e enrubesceu.

O Cônsul indicou que ela poderia voltar a seu lugar. Ao fazê-lo, Tessa viu o rosto de Benedict Lightwood; os lábios estavam comprimidos em uma linha fina e furiosa. Tessa ficou imaginando o que possivelmente teria dito para irritá-lo.

— E nem sombra deste Mortmain desde... sua altercação com a srta. Gray no Santuário — prosseguiu o Cônsul enquanto Tessa se sentava novamente.

O Inquisidor virou alguns dos papéis que estavam empilhados no púlpito.

— As casas dele foram vasculhadas, e nenhum de seus pertences foi encontrado. Os armazéns também foram revistados e apresentaram o mesmo resultado. Até nossos contatos da Scotland Yard investigaram. O sujeito desapareceu. Literalmente, segundo nosso amigo William Herondale.

Will sorriu alegremente como se tivesse sido elogiado. Mas, ao enxergar a malícia sob o sorriso, Tessa teve em mente o brilho cintilante de uma lâmina afiada.

— Minha sugestão — disse o Cônsul — é que Charlotte e Henry Branwell sejam punidos, e que ao longo dos próximos três meses suas ações oficiais, tomadas em nome da Clave, tenham de ser aprovadas por mim antes de...

— Milorde Cônsul. — Uma voz firme e clara se pronunciou da multidão. Cabeças se viraram para encarar. Tessa teve a impressão de que isto, alguém interrompendo o Cônsul, não acontecia com frequência. — Se me permite falar.

As sobrancelhas do Cônsul se ergueram.

— Benedict Lightwood — disse. — Teve sua chance de falar mais cedo, durante os depoimentos.

— Não tenho nada a argumentar em relação aos depoimentos prestados — disse Benedict Lightwood. Seu perfil bem-marcado e pontudo parecia ainda mais agudo sob a luz enfeitiçada. — Meu problema é com a sentença.

O Cônsul se inclinou para a frente no púlpito. Era um homem grande, com pescoço largo e tórax imponente, e parecia ser capaz de envolver a garganta de Benedict com facilidade, utilizando apenas uma das mãos. Tessa bem que gostaria que o fizesse. Pelo que vira de Benedict, não gostava dele.

— E qual seria a razão para isso?

— Acho que permitiu que sua longa amizade com a família Fairchild comprometesse sua visão em relação às falhas de Charlotte como líder do

Instituto — argumentou Benedict, e deu para ouvir a sala toda prendendo a respiração. — Os erros cometidos na noite de 5 de julho fizeram mais do que envergonhar a Clave e nos custar a Pyxis. Prejudicamos nossa relação com o Submundo de Londres atacando De Quincey futilmente.

— Já foram apresentadas diversas reclamações por Reparação — resmungou o Cônsul. — Mas estas serão tratadas como a Lei achar melhor. Reparações não são assunto seu, Benedict...

— *E* — prosseguiu Benedict, levantando a voz —, o pior de tudo, ela permitiu que um homem perigoso, e com planos de ferir e destruir Caçadores de Sombras, escapasse. Agora não fazemos ideia de onde ele possa estar. Além disso, a responsabilidade de encontrá-lo não está sendo depositada onde deveria, nos ombros daqueles que o perderam!

A voz de Benedict se elevou. Na verdade, todo o salão estava uma algazarra: Charlotte parecia consternada; Henry, confuso; e Will, furioso. O Cônsul, cujos olhos haviam escurecido assustadoramente quando Benedict mencionou os Fairchild — deviam ser a família de Charlotte, Tessa percebeu —, permaneceu calado enquanto o barulho diminuía. Em seguida falou:

— Sua hostilidade diante do líder de seu Enclave não o favorece, Benedict.

— Minhas desculpas, Cônsul. Não acredito que manter Charlotte Branwell como diretora do Instituto, pois até onde sabemos o envolvimento de Henry Branwell é meramente nominal, seja o melhor para a Clave. Acho que uma mulher não pode governar um Instituto; mulheres não pensam com lógica e discrição, mas com as emoções do coração. Não tenho dúvida de que Charlotte é uma mulher boa e decente, mas um *homem* não teria se deixado enganar por um espião inconsistente como Nathaniel Gray...

— *Eu* fui enganado. — Will saltou da cadeira e virou o corpo, os olhos em chamas. — Todos fomos. Que insinuações está fazendo sobre mim, Jem e Henry, *senhor* Lightwood?

— Você e Jem são crianças — retrucou Benedict, de maneira cortante. — E Henry jamais desgruda os olhos da mesa de trabalho.

Will começou a erguer-se, apoiado no encosto da cadeira; Jem o puxou de volta para o assento com muita força, sibilando baixinho. Jessamine fechou as mãos, os olhos castanhos brilhando.

— *Finalmente* isto ficou divertido — exclamou.

Tessa a olhou enojada.

— Você está ouvindo algo do que está sendo dito? Ele está ofendendo Charlotte! — sussurrou, mas Jessamine dispensou Tessa com um gesto.

— E quem sugere que governe o Instituto no lugar dela? — perguntou o Cônsul a Benedict, a voz carregada de sarcasmo. — Você mesmo, quem sabe?

Benedict abriu as mãos amplamente, se autodepreciando.

— Se o senhor assim diz, Cônsul...

Antes que pudesse concluir a fala, outras três figuras já tinham levantado por conta própria; duas que Tessa reconheceu como integrantes do Enclave de Londres, apesar de não saber os nomes; a terceira foi Lillian Highsmith.

Benedict sorriu. Agora todos o estavam encarando. Ao seu lado encontrava-se o filho mais novo, Gabriel, que olhava para o pai com olhos verdes impossíveis de serem decifrados. Seus dedos esguios agarraram a parte traseira da cadeira diante de si.

— Três que apoiam minha reivindicação — disse Benedict. — É o que a Lei exige para que eu desafie formalmente Charlotte Branwell pela posição de líder do Enclave de Londres.

Charlotte sobressaltou-se levemente, mas permaneceu imóvel em seu lugar, recusando-se a virar. Jem continuava segurando Will pelo pulso. E Jessamine ainda parecia estar assistindo a uma emocionante peça de teatro.

— Não — disse o Cônsul.

— Não pode me impedir de desafiar...

— Benedict, você contestou minha indicação de Charlotte no momento em que ela foi feita. Sempre quis o Instituto. Agora, quando o Enclave precisa mais do que nunca trabalhar em união, você traz divisão e discórdia à conduta do Conselho.

— A mudança nem sempre é conquistada de forma pacífica, mas isto não faz dela uma desvantagem. Mantenho meu desafio. — As mãos de Benedict apertaram uma à outra.

O Cônsul tamborilou os dedos no púlpito. Ao lado dele permanecia o Inquisidor, com olhos frios. Finalmente o Cônsul disse:

— Você sugere, Benedict, que a responsabilidade de encontrar Mortmain recaia sobre os ombros daqueles que você alega o terem "perdido". Então concorda, acredito, que encontrar Mortmain é nossa prioridade máxima?

Benedict assentiu brevemente.

— Então minha proposta é a seguinte: deixe Charlotte e Henry Branwell conduzirem a investigação acerca do paradeiro de Mortmain. Se ao fim de duas semanas não o tiverem localizado, ou ao menos reunido fortes evidências que indiquem sua localização, então sua contestação poderá proceder.

Charlotte deu um pulo no assento.

— Encontrar Mortmain? — disse. — Sozinhos, apenas eu e Henry, sem ajuda do resto do Enclave?

Os olhos do Cônsul não pareciam aquiescentes ao repousarem sobre Charlotte, porém também não inteiramente complacentes.

— Podem convocar outros membros do Enclave se tiverem alguma necessidade específica, e, é claro, os Irmãos do Silêncio e as Irmãs de Ferro estão ao seu dispor — disse ele. — Mas quanto à investigação, sim, devem proceder sozinhos.

— Não gosto disto — reclamou Lilian Highsmith. — Está transformando a busca por um louco em um jogo de poder...

— Então deseja retirar seu apoio a Benedict? — perguntou o Cônsul. — A contestação seria encerrada, e não haveria necessidade de que os Branwell se provassem.

Lilian abriu a boca — e em seguida, ao olhar para Benedict, fechou-a. Balançou a cabeça.

— Acabamos de perder nossos serventes — disse Charlotte com a voz exaurida. — Sem eles...

— Novos serventes serão providenciados, como de costume — disse o Cônsul. — O irmão de seu falecido servente Thomas, Cyril, está vindo de Brighton para se juntar a sua equipe doméstica, e o Instituto de Dublin cedeu o segundo cozinheiro para vocês. Ambos são lutadores bem-treinados, coisa que, devo dizer, Charlotte, os seus também deveriam ter sido.

— Tanto Thomas quanto Agatha *eram* treinados — protestou Henry.

— Mas você tem vários outros em sua casa que não são — disse Benedict. — Não só a senhorita Lovelace está lamentavelmente atrasada em seu treinamento, mas também a copeira, Sophie, e aquela menina do Submundo — disse, apontando para Tessa. — Bem, como parecem dispostos a torná-la integrante permanente da residência, não faria mal se ela, bem como a empregada, recebessem treinamento básico de defesa.

Tessa olhou de lado para Jem, espantada.

— Ele está falando de *mim*?

Jem confirmou. Estava com uma expressão sinistra.

— Não posso... Vou amputar meu próprio pé!

— Se for amputar o pé de alguém, escolha o de Benedict — murmurou Will.

— Você vai ficar bem, Tessa. Não é nada que você não seja capaz de fazer — começou Jem, mas o restante das palavras foi afogado por Benedict.

— Aliás — disse Benedict —, considerando que vocês dois estarão muito ocupados investigando o paradeiro de Mortmain, sugiro emprestar meus filhos, Gabriel e Gideon, que volta hoje à noite da Espanha, para servirem de instrutores. Ambos são excelentes lutadores e se beneficiariam da experiência.

— Pai! — protestou Gabriel. Parecia horrorizado; isso claramente não tinha sido discutido com ele previamente.

— Podemos treinar nossos próprios serventes — irritou-se Charlotte, mas o Cônsul balançou a cabeça para ela.

— Benedict Lightwood está fazendo uma oferta generosa. Aceite-a.

Charlotte estava com o rosto vermelho. Após um longo momento abaixou a cabeça, assimilando as palavras do Cônsul. Tessa sentiu-se tonta. Teria de passar por treinamento? Seria treinada para lutar, para lançar facas e empunhar uma espada? Tudo bem que uma de suas heroínas prediletas era Capitola de *The Hidden Hand*, que lutava tão bem quanto um homem e vestia-se como um. Mas isso não significava que quisesse se *transformar* nela.

— Muito bem — disse o Cônsul. — Esta sessão do Conselho está encerrada, e será retomada neste local dentro de duas semanas. Estão todos dispensados.

Obviamente, as pessoas não se retiraram de imediato. Houve um súbito clamor de vozes na medida em que todos começaram a se levantar dos respectivos assentos e a conversar ansiosamente com quem estava ao lado. Charlotte permaneceu imóvel; Henry, ao seu lado, parecia querer desesperadamente dizer alguma palavra de conforto, mas não conseguia pensar em nada. A mão dele pairava incerta sobre o ombro da esposa. Will olhava fixamente para o outro lado da sala, para Gabriel Lightwood, cujo olhar se voltava friamente na direção deles.

Lentamente, Charlotte levantou-se. Henry agora estava com a mão nas costas dela, murmurando. Jessamine já estava de pé, girando sua nova sombrinha branca e rendada. Henry havia reposto a anterior, destruída na batalha contra os autômatos de Mortmain. Os cabelos dela estavam arranjados em cachos firmes sobre as orelhas, lembrando uvas. Tessa levantou rapidamente, e o grupo se dirigiu ao corredor central da sala do Conselho. Tessa ouviu sussurros em ambos os lados, pedaços das mesmas palavras, repetidamente: *Charlotte, Benedict, nunca vão achar o Magistrado, duas semanas, contestação, Cônsul, Mortmain, Enclave, humilhante.*

Charlotte caminhou com a coluna ereta, as faces coradas e os olhos fixos à frente, como se não estivesse escutando os comentários. Will parecia prestes a avançar em direção aos sussurros para fazer justiça com as próprias mãos, mas Jem estava segurando firme o casaco de seu *parabatai.* Ser Jem, ponderou Tessa, deve ser bem parecido com ser o dono de um cachorro com *pedigree* que gosta de morder visitas. Era preciso estar constantemente com a mão na coleira. Jessamine simplesmente permanecia entediada. Não tinha muito interesse no que o Enclave pensava a seu respeito, ou a respeito de qualquer um deles.

Quando alcançaram as portas da câmara do Conselho, estavam praticamente correndo. Charlotte parou por um instante para permitir que o resto do grupo a alcançasse. A maior parte da multidão estava indo para a esquerda, de onde Tessa, Jem e Will tinham vindo, mas Charlotte virou para a direita, marchou diversos metros corredor abaixo, dobrou uma esquina e subitamente parou.

— Charlotte? — Henry, chegando até ela, parecia preocupado. — Querida...

Sem qualquer aviso, Charlotte recuou o pé e chutou a parede, com toda a força. Como a parede era de pedra, quase não causou dano, mas ela soltou um gritinho baixo.

— Oh, céus — disse Jessamine, girando a sombrinha.

— Se me permite uma sugestão — disse Will. — A uns 20 passos daqui, na sala do Conselho, encontraremos Benedict. Se quiser voltar e dar um chute *nele*, recomendo que mire mais acima, um pouco para a esquerda...

— Charlotte. — A voz profunda e grave foi instantaneamente reconhecida. Charlotte girou, arregalando os olhos castanhos.

Era o Cônsul. As runas bordadas em linha prateada na bainha e nas mangas da capa brilharam quando ele se dirigiu ao pequeno grupo do Instituto, os olhos fixos em Charlotte. Com uma das mãos na parede, ela não se moveu.

— Charlotte — repetiu o Cônsul Wayland —, você sabe o que seu pai costumava dizer sobre se descontrolar.

— Sei o que ele falava. Ele também dizia que deveria ter tido um filho — respondeu Charlotte amargamente. — Se tivesse tido, se eu fosse um homem, você teria me tratado como acabou de fazer?

Henry colocou a mão no ombro da esposa, murmurando alguma coisa, mas ela repeliu o toque. Os olhos grandes e feridos estavam no Cônsul.

— E como acabei de tratá-la? — perguntou ele.

— Como se eu fosse uma criança, uma garotinha que precisa de repreensão.

— Charlotte, fui eu que nomeei você líder do Instituto e do Enclave. — O Cônsul soava exasperado. — E o fiz não somente porque gostava de Granville Fairchild e sabia que ele queria a filha como sucessora, mas porque acreditava que você faria um bom trabalho.

— Nomeou Henry também — disse ela. — E quando o fez, até nos disse que era porque o Enclave aceitaria a liderança de um casal, mas não de uma mulher.

— Bem, meus parabéns, Charlotte. Não acho que nenhum membro do Enclave de Londres acredite estar sendo de alguma forma governado por Henry.

— É verdade — disse Henry, olhando para baixo. — Todos sabem que sou essencialmente inútil. A culpa do que aconteceu é minha, Cônsul...

— Não é — respondeu o Cônsul Wayland. — É a combinação de uma complacência generalizada por parte da Clave, falta de sorte e de *timing*, e algumas decisões equivocadas de sua parte, Charlotte. Sim, atribuo a você a culpa...

— Então concorda com Benedict! — gritou Charlotte.

— Benedict Lightwood é um canalha e um hipócrita — disse o Cônsul, cansado. — Todos sabem disso. Mas é politicamente poderoso, e é melhor apaziguá-lo com este show do que irritá-lo ainda mais o ignorando.

— Um show? É assim que chama? — perguntou Charlotte amargamente. — Você me atribuiu uma tarefa impossível.

— Atribuí a você a tarefa de localizar o Magistrado — disse o Cônsul Wayland. — O homem que invadiu o Instituto, matou seus serventes, levou sua Pyxis e que planeja construir um exército de monstros mecânicos para destruir todos nós. Resumindo: um homem que precisa ser contido. Como líder do Enclave, Charlotte, contê-lo *é* sua função. Se a considera impossível, então, antes de tudo, talvez devesse se perguntar por que quer tanto este cargo.

2

Reparações

Então compartilhai a vossa dor, permiti esta triste libertação.
Ah, fazei mais do que compartilhá-la! Dê-me toda a vossa aflição.
— Alexander Pope, "Eloisa to Abelard"

A luz enfeitiçada que iluminava a Grande Biblioteca parecia piscar fraquinha, como uma vela se esgotando no castiçal, apesar de Tessa saber que se tratava apenas de sua imaginação. Luz enfeitiçada, ao contrário de fogo ou gás, parecia nunca desbotar ou se extinguir.

Seus olhos, por outro lado, estavam começando a se cansar, e a julgar pela aparência dos companheiros, ela não era a única. Estavam todos reunidos ao redor de uma das longas mesas, Charlotte na cabeceira, Henry à direita de Tessa. Will e Jem mais afastados do grupo, um ao lado do outro. Somente Jessamine havia se recolhido ao outro extremo da mesa, separada de todos. A superfície estava coberta por papéis de todo tipo — velhos artigos de jornal, livros, folhas de pergaminho preenchidas com caligrafia bem-feita. Havia árvores genealógicas de várias famílias Mortmain, histórias de autômatos, infinitos livros de feitiços de invocação e aliança, e cada detalhe de pesquisa sobre o Clube Pandemônio que os Irmãos do Silêncio haviam conseguido extrair de seus arquivos.

Tessa tinha ficado encarregada da missão de ler os artigos de jornal à procura de histórias sobre Mortmain e sua companhia de navios, e seus olhos estavam começando a embaçar, as palavras dançando sobre as páginas. Ficou aliviada quando Jessamine finalmente rompeu o silêncio, afastando o livro que estava lendo — *Sobre os mecanismos da bruxaria* —, e falou:

— Charlotte, acho que estamos perdendo nosso tempo.

Charlotte levantou o olhar com uma expressão de dor.

— Jessamine, não é necessário que você continue aqui se não quiser. Isto é, duvido que algum de nós esperasse sua ajuda nesta questão, e como você nunca se empenhou muito nos estudos, não posso deixar de me perguntar se sequer sabe o que está procurando. Você saberia diferenciar um feitiço de aliança de um de invocação se eu colocasse os dois na sua frente?

Tessa não pôde deixar de se sentir surpresa. Charlotte raramente era tão severa com qualquer um deles.

— *Quero* ajudar — disse Jessie, irritada. — Aquelas *coisas* mecânicas de Mortmain quase me mataram. Quero que ele seja capturado e punido.

— Não, não quer. — Will, desenrolando um pergaminho tão antigo que chegou a estalar, semicerrou os olhos para os símbolos escuros na página. — Quer que o irmão de Tessa seja capturado e punido por tê-la feito pensar que estava apaixonado por você quando não estava.

Jessamine ficou vermelha.

— *Não é verdade*. Quero dizer, não pensei isso. Digo... ugh! Charlotte, Will está sendo incômodo.

— E o sol nasce ao leste — disse Jem a ninguém em particular.

— Não quero ser expulsa do Instituto caso não encontremos o Magistrado — prosseguiu Jessamine. — É tão difícil entender?

— Você não será expulsa do Instituto. Charlotte será. Tenho certeza de que os Lightwood permitirão que fique. E Benedict tem dois filhos casáveis. Você deveria estar feliz — disse Will.

Jessamine fez uma careta.

— Caçadores de Sombras. Como se eu fosse querer me casar com um deles.

— Jessamine, você *é* um deles.

Antes que Jessamine pudesse responder, a porta da biblioteca se abriu e Sophie entrou, colocando para dentro primeiro a cabeça coberta por um chapéu branco. Falou baixinho com Charlotte, que se levantou.

— O Irmão Enoch está aqui — informou Charlotte ao grupo. — Preciso falar com ele. Will, Jessamine, tentem não se matar na minha ausência. Henry, se puder...

Charlotte não terminou a frase. Henry estava olhando para um livro — *Livro da ciência de dispositivos mecânicos engenhosos*, de Al-Jazari — e não estava prestando a menor atenção em mais nada. Charlotte jogou as mãos para o alto num gesto de desistência e deixou o recinto com Sophie.

No instante em que a porta se fechou atrás de Charlotte, Jessamine lançou um olhar venenoso a Will.

— Se você acha que não tenho experiência para ajudar, então por que *ela* está aqui? — apontou para Tessa. — Não quero ser grosseira, mas acha que *ela* sabe diferenciar um feitiço de aliança de um de invocação? — Ela olhou para Tessa. — E aí, sabe? E, por falar nisso, Will, você também quase não presta atenção às aulas. *Você* sabe diferenciar um feitiço de aliança de uma receita de suflê?

Will se inclinou para trás na cadeira e recitou sonhadoramente:

— "Eu só sou louco a norte-noroeste; quando o vento é do sul distingo um gavião de um falcão".

— Jessamine, Tessa ofereceu ajuda generosamente, e precisamos de todos os olhos possíveis no momento — disse Jem com severidade. — Will, não recite *Hamlet*. Henry... —Ele pigarreou. — HENRY.

Henry levantou os olhos, piscando.

— Sim, querida? — Ele piscou novamente, olhando em volta. — Onde está Charlotte?

— Foi falar com os Irmãos do Silêncio — respondeu Jem, que não parecia chateado por ter sido confundido com a esposa de Henry pelo próprio. — Enquanto isso temo que... que eu concorde com Jessamine.

— E o sol nasce no *oeste* — disse Will, que aparentemente tinha escutado o comentário de Jem.

— Mas por quê? — perguntou Tessa. — Não podemos desistir agora. Seria o mesmo que entregar o Instituto àquele detestável Benedict Lightwood.

— Não estou sugerindo que não façamos nada, entenda. Mas estamos tentando decifrar o que Mortmain vai *fazer*. Estamos tentando prever o futuro em vez de tentar entender o passado.

— Conhecemos o passado de Mortmain *e* os planos dele. — Will acenou a mão na direção dos jornais. — Nascido em Devon, consertava navios, tornou-se um comerciante rico, meteu-se com magia proibida e agora pretende dominar o mundo com seu gigantesco exército de criaturas mecânicas. Uma história nada atípica para um jovem determinado...

— Acho que ele nunca disse nada sobre dominar o mundo — interrompeu Tessa. — Só o Império Britânico.

— Admiravelmente literal — disse Will. — A questão é: sabemos de onde Mortmain vem. Não é nem de longe culpa nossa se não é muito interessante... — Will não completou a frase. — Ah.

— Ah o quê? — perguntou Jessamine, olhando contrariada de Will para Jem. — Preciso dizer, a maneira como parecem ler a mente um do outro me dá arrepios.

— Ah — disse Will. — Jem só estava pensando, e me sinto inclinado a concordar que a história de vida de Mortmain é, em termos simples, uma tolice. Algumas mentiras, algumas verdades, mas muito provavelmente não há nada aqui que vá nos ajudar. São apenas histórias que ele inventou para que os jornais tivessem o que publicar a seu respeito. Além disso, não estamos interessados em quantos navios o sujeito possui; queremos saber onde ele aprendeu magia sombria, e com quem.

— E por que ele odeia os Caçadores de Sombras — completou Tessa.

Os olhos azuis de Will deslizaram preguiçosamente em direção a ela.

— É ódio? — disse ele. — Presumi que fosse a simples cobiça de querer dominar tudo. Conosco fora do caminho e um exército mecânico ao lado, ele poderia assumir o poder como quisesse.

Tessa balançou a cabeça negativamente.

— Não, é mais do que isso. É difícil explicar, mas... ele *odeia* os Nephilim. É algo muito pessoal para ele. E tem a ver com aquele relógio. É... é como se quisesse ser ressarcido por algum erro ou falta cometidos contra ele.

— Reparações — disse Jem, muito repentinamente, repousando a caneta que estava segurando.

Will o olhou confuso.

— Isto é um jogo? Soltamos qualquer palavra que vier à mente? Neste caso a minha é "genufobia". Quer dizer pavor irracional de joelhos.

— Qual é a palavra que descreve um medo perfeitamente justificável de idiotas irritantes? — indagou Jessamine.

— A seção de Reparações dos arquivos — disse Jem, ignorando os dois. — O Cônsul a mencionou ontem, e desde então tenho pensado nisso. Não pesquisamos lá.

— Reparações? — perguntou Tessa.

— Quando alguém do Submundo, ou um mundano, alega que um Caçador de Sombras transgrediu a Lei ao lidar com a referida criatura, precisa apresentar uma reclamação através da Reparações. Então há um julgamento e o membro do Submundo recebe alguma espécie de indenização, baseada nas provas apresentadas para justificar a reclamação.

— Bem, parece bobagem pesquisar lá — disse Will. — Não é como se Mortmain fosse reclamar dos Caçadores de Sombras pelos canais oficiais. "Caçadores de Sombras muito irritados se recusaram a morrer quando tentei matá-los. Exijo recompensa. Por favor, enviem um cheque a A. Mortmain, Kensington Road, número 18...".

— Chega de gozação — disse Jem. — Talvez ele nem sempre tenha odiado os Caçadores de Sombras. Quem sabe em algum momento tenha tentado obter compensação pelo sistema oficial, e este tenha falhado. Que mal faz perguntar? A pior coisa que pode acontecer é não encontrarmos nada, que é exatamente o que está acontecendo agora. — Ele se levantou, puxando os cabelos prateados para trás. — Vou encontrar Charlotte antes que o Irmão Enoch saia e falar que peça aos Irmãos do Silêncio para verificarem os arquivos.

Tessa ficou de pé. Não se sentia atraída pela ideia de ficar sozinha na biblioteca com Will e Jessamine, que certamente iriam se bicar. Claro que Henry estava lá, mas parecia estar tirando um leve cochilo sobre uma pilha de livros, e na melhor das hipóteses, ele não era exatamente um conciliador. Ficar perto de Will era desconfortável em quase todas as circunstâncias; só com Jem por perto tornava-se suportável. De algum modo, ele era capaz de aparar as arestas afiadas de Will e torná-lo quase humano.

— Vou com você, Jem — disse ela. — Tem... tem uma coisa que estava mesmo querendo falar com Charlotte.

Jem pareceu surpreso, porém satisfeito; Will olhou de um para o outro, e chegou a cadeira para trás.

— Já estamos em meio a estes livros velhos e mofados há dias — anunciou. — Meus belos olhos estão cansados, e tenho cortes de papel. Estão vendo? — Ele abriu os dedos. — Vou dar uma volta.

Tessa não se conteve.

— Talvez pudesse utilizar um *iratze* para curá-los.

Ele a encarou. Os olhos dele *eram* bonitos.

— Sempre extremamente prestativa, Tessa.

Ela retribuiu o olhar dele.

— Desejo apenas ser útil.

Jem colocou a mão no ombro dela, o tom de voz era de preocupação.

— Tessa. Will. Não acho que...

Mas Will já não estava mais lá, pegou o casaco e marchou para fora da biblioteca com força o suficiente para fazer o batente da porta tremer.

Jessamine recostou-se na cadeira, franzindo os olhos castanhos.

— Que interessante.

As mãos de Tessa tremiam ao prender uma mecha de cabelo atrás da orelha. Detestava que Will causasse esse efeito nela. Detestava. Sabia da verdade. Sabia o que ele pensava a seu respeito. Que ela não era nada, não valia nada. E mesmo assim, um simples olhar dele a fazia tremer numa mistura de ódio e desejo. Era como um veneno na corrente sanguínea, para qual o único antídoto era Jem. Só com ele sentia que pisava em terreno sólido.

— Vamos. — Com gentileza, Jem pegou Tessa pelo braço. Um cavalheiro normalmente não tocaria uma dama em público, mas aqui no Instituto os Caçadores de Sombras eram mais próximos do que os mundanos lá fora. Quando virou-se para olhar para ele, Jem lhe sorriu. Ele colocava todas as forças que tinha em cada sorriso, e então parecia sorrir com os olhos, com o coração, com todo o seu ser. — Vamos encontrar Charlotte.

— E o que eu devo fazer enquanto vocês estão fora? — perguntou Jessamine, irritada, ao saírem pela porta.

Jem a olhou por cima do ombro.

— Sempre pode acordar Henry. Parece que ele está comendo papel durante o sono outra vez, e você sabe o quanto Charlotte detesta isso.

— Oh, *céus* — respondeu Jessamine com um suspiro exasperado. — Por que sempre fico com as funções idiotas?

— Porque você não quer ficar com as sérias — disse Jem, soando o mais próximo da irritação que Tessa já o havia visto ficar. Nenhum dos dois notou o olhar gelado que Jessamine lhes lançou enquanto saíam da biblioteca e atravessavam o corredor.

— O sr. Bane aguardava sua chegada, senhor — disse o lacaio, chegando para o lado para permitir que Will entrasse. O lacaio se chamava Archer, ou Walker, ou coisa assim, pensou Will, e era um dos humanos subjugados de Camille. Assim como todos os que eram escravizados pela vontade de um vampiro, tinha a aparência de um doente, a pele pálida como pergaminho e os cabelos finos e pegajosos. Parecia tão feliz em ver Will quanto um convidado ficaria em ver uma lesma saindo debaixo de uma folha de alface durante o jantar.

No instante em que Will entrou na casa, sentiu o cheiro. Cheiro de magia sombria, como enxofre misturado à água do Tâmisa em um dia quente. Will franziu o nariz. O lacaio o olhou com mais desprezo ainda.

— O sr. Bane está na sala de estar. — A voz indicou que não havia qualquer chance de que ele fosse acompanhá-lo até lá. — Devo guardar seu casaco?

— Não será necessário. — Ainda de casaco, Will seguiu o cheiro de magia pelo corredor. O odor se intensificou à medida que Will se aproximava da porta da sala de estar, firmemente fechada. Fios de fumaça saíam do vão sob a entrada. Will respirou fundo, inspirando uma grande quantidade daquele azedume e entrou.

O interior da sala de estar parecia estranhamente vazio. Após um instante Will percebeu que era porque Magnus empurrara toda a mobília pesada, até mesmo o piano, contra a parede. Um ornamentado lustre a gás estava pendurado no teto, mas a luz no recinto era fornecida por dúzias de velas negras e grossas, dispostas em um círculo no centro do aposento. Magnus estava ao lado do círculo, com um livro aberto nas mãos; sua gravata antiquada estava afrouxada, e os arrepiados cabelos negros caíam sobre o rosto, como se carregados por eletricidade. Levantou o olhar quando Will entrou e sorriu.

— Bem na hora! — gritou ele. — Realmente acredito que desta vez o capturamos. Will, este é Thammuz, um demônio menor da oitava dimensão. Thammuz, este é Will, um Caçador de Sombras menor de... Gales, é isso?

— *Arrancarei seus olhos* — sibilou a criatura sentada no centro do círculo flamejante. Era sem dúvida um demônio, não tinha mais de noventa centímetros de altura, a pele era azul-clara, tinha três olhos negros em chamas e longas garras vermelhas nas mãos de oito dedos. — *Arrancarei a pele do seu rosto.*

— Não seja rude, Thammuz — disse Magnus, e apesar de ter falado com leveza, o círculo de velas ardeu subitamente, as chamas brilhando mais forte e fazendo o demônio se encolher com um grito. — Will tem perguntas. Você vai respondê-las.

Will balançou a cabeça.

— Não sei, Magnus — disse. — Não me parece o demônio certo.

— Você *disse* que era azul. Este é azul.

— É azul — reconheceu Will, aproximando-se do círculo de fogo. — Mas o demônio de que preciso... bem, era azul-cobalto. Este é mais cor de... mirta.

— *Do que você me chamou?* — rugiu o demônio, com raiva. — *Chegue mais perto, Caçadorzinho de Sombras, e me deixe degustar seu fígado! Vou arrancá-lo do seu corpo enquanto você grita.*

Will se voltou para Magnus.

— Também não *soa* certo. A voz é diferente. E a quantidade de olhos.

— Tem certeza...

— Absoluta — disse Will, com um tom de voz que não toleraria qualquer contestação. — Não é algo de que eu esqueceria, jamais poderia esquecer.

Magnus suspirou e virou novamente para o demônio.

— Thammuz — disse ele, lendo um livro em voz alta. — Imponho-lhe, pelo poder do sino, do livro e da vela e pelos grandes nomes de Sammael, Abbadon e Moloch, que fale a verdade. Já encontrou o Caçador de Sombras Will Herondale antes de hoje, ou alguém do sangue ou linhagem deste?

— *Não sei* — respondeu o demônio petulantemente. — *Para mim todos os humanos parecem iguais.*

A voz de Magnus se elevou, penetrante e autoritária.

— Responda!

— *Oh, muito bem. Não, nunca o vi antes. Eu me lembraria. Ele tem cara de que tem gosto bom.* — O demônio sorriu, exibindo dentes afiados. — *Sequer estive neste mundo nos últimos, hum, cem anos, talvez mais. Nunca consigo me lembrar a diferença entre cem e mil. De qualquer jeito, na última vez em que estive aqui, todo mundo morava em cabanas de lama e comia insetos. Então duvido que ele estivesse por perto* — apontou um dedo cheio de juntas para Will —, *a não ser que as pessoas da Terra vivam mais do que me informaram.*

Magnus revirou os olhos.

— Está mesmo determinado a não ajudar, não é?

O demônio deu de ombros, um gesto curiosamente humano.

— *Você me forçou a falar a verdade. Falei.*

— Bem, já *ouviu* falar em algum demônio como o que descrevi? — interrompeu Will, com uma pontinha de desespero na voz. — Azul-escuro, com uma voz áspera como lixa, uma cauda longa e com espetos.

O demônio o olhou com uma expressão entediada.

— *Tem noção de quantos tipos de demônio existem no Vácuo, Nephilim? Centenas e centenas de milhões. A grande cidade demoníaca de Pandemônio faz com que sua Londres pareça uma vila. Demônios de todas as formas, tamanhos e cores. Alguns mudam de aparência de acordo com a própria vontade...*

— Ah, cale-se, então, se não vai servir para nada — disse Magnus, fechando o livro. Instantaneamente as velas se apagaram, e o demônio desapareceu, dando um grito de espanto e deixando para trás apenas um fio de fumaça fétida.

O feiticeiro virou-se para Will.

— Tinha tanta certeza de que desta vez era o certo.

— Não é culpa sua. — Will foi para um dos divãs apoiados na parede. Estava com calor e frio ao mesmo tempo, os nervos formigando com a decepção que tentava conter, sem muito sucesso. Inquieto, tirou as luvas e as guardou no bolso do casaco ainda abotoado. — Está se esforçando. Thammuz tem razão. Não lhe ofereci muito no que se basear.

— Presumo — disse Magnus, baixinho —, que tenha me contado tudo de que se lembra. Abriu uma Pyxis e liberou um demônio. Que o amaldiçoou. Quer que eu encontre o demônio e veja se ele retira a maldição. É tudo que pode me dizer?

— É tudo que posso lhe dizer — respondeu Will. — Dificilmente eu me beneficiaria escondendo desnecessariamente alguma informação, quando sei o que estou lhe pedindo. Que encontre uma agulha... meu Deus, não é nem em um palheiro. Uma agulha em uma torre cheia de outras agulhas.

— Enfie as mãos em uma torre de agulhas — disse Magnus —, e provavelmente vai acabar se cortando seriamente. Tem certeza de que é isso que quer?

— Tenho certeza de que a outra alternativa é pior — respondeu Will, encarando o espaço escurecido no chão onde o demônio havia se encolhido. Estava exausto. O símbolo de energia que desenhara em si mesmo naquela manhã antes de ir para a reunião do Conselho tinha se esgotado antes do meio-dia, e sua cabeça latejava. — Já vivi com essa maldição durante cinco anos. A ideia de viver com ela por mais um ano que seja me assusta mais do que a ideia de morrer.

— Você é um Caçador de Sombras, não tem medo da morte.

— Claro que tenho — disse Will. — Todo mundo tem medo da morte. Podemos descender de anjos, mas não temos mais conhecimento sobre o que vem depois da morte do que você.

Magnus se aproximou dele e sentou-se no lado oposto do divã. Seus olhos verde-dourados brilhavam como os de um gato à meia-luz.

— Você não tem certeza de que depois da morte só há esquecimento.

— E você não tem certeza de que não há, tem? Jem acredita que todos renascemos, que a vida é uma roda. Morremos, giramos, renascemos como merecemos, tudo isso baseado em nossas ações neste mundo — Will olhou para as próprias unhas roídas. — Eu provavelmente voltarei como uma lesma para alguém jogar sal.

— A Roda da Transmigração — disse Magnus, cujos lábios curvaram-se num sorriso. — Bem, pense desta forma. Você deve ter feito alguma coisa certa na última vida para renascer como renasceu. Nephilim.

— Ah, sim — respondeu Will sem emoção na voz. — Tive muita sorte — Ele inclinou a cabeça para trás no divã, exaurido. — Suponho que vá precisar de mais... ingredientes? Acho que a velha Mol no Cross Bones já não aguenta mais me ver.

— Tenho outros contatos — disse Magnus, claramente compadecendo-se de Will —, e preciso pesquisar mais antes. Se puder me revelar a natureza da maldição...

— Não — Will sentou-se. — Não posso. Já disse antes, assumi um grande risco sequer por revelar que ela existe. Se falasse mais...

— O quê? Deixe-me adivinhar. Você não sabe o que, mas tem certeza de que seria ruim.

— Não me faça começar a achar que vir até você foi um erro...

— Tem alguma coisa a ver com Tessa, não tem?

Ao longo dos últimos cinco anos Will havia disciplinado a si mesmo para não demonstrar emoções — surpresa, afeto, esperança, alegria. Ele tinha quase certeza de que sua expressão não tinha mudado, mas ouviu a tensão na própria voz ao perguntar:

— Tessa?

— Passaram-se cinco anos — observou Magnus. — No entanto, de algum modo, você sobreviveu todo esse tempo sem contar a ninguém. Que desespero o trouxe até mim, no meio da noite, em uma tempestade? O que mudou no Instituto? Só consigo pensar em uma coisa, bem bonita, aliás, com grandes olhos cinzentos...

Will se levantou tão abruptamente que quase derrubou o divã.

— Tem outras coisas — declarou, lutando para manter a voz tranquila. — Jem está morrendo.

Magnus olhou para ele, um olhar calmo e firme.

— Ele já está morrendo há anos — falou. — Nenhuma maldição imposta a você poderia provocar ou curar a condição dele.

Will percebeu que suas mãos tremiam; cerrou os punhos.

— Você não entende...

— Sei que vocês são *parabatai* — disse Magnus. — Sei que a morte dele será uma grande perda para você. Mas o que não sei...

— Você sabe o que precisa saber. — Will sentia frio por todo o corpo, apesar de a sala estar aquecida e de ele ainda estar de casaco. — Posso pagar mais, se for fazer você parar de perguntar.

Magnus colocou os pés sobre o divã.

— Nada vai me fazer parar de perguntar — respondeu. — Mas farei o possível para respeitar sua reserva.

O alívio permitiu que Will relaxasse as mãos.

— Então vai continuar me ajudando.

— Vou continuar ajudando — Magnus pôs as mãos atrás da cabeça e inclinou-se para trás, olhando para Will através de olhos semicerrados. — Embora pudesse ajudá-lo mais se me contasse a verdade, farei o que puder. Acho você estranhamente interessante, Will Herondale.

Will deu de ombros.

— Isso me basta como motivo. Quando pretende tentar outra vez?

Magnus bocejou.

— Provavelmente neste final de semana. Envio uma mensagem até sábado se houver... avanços.

Avanços. Maldição. Verdade. Jem. Morrendo. Tessa. Tessa, Tessa, Tessa. O nome dela ecoava na mente de Will como o toque de um sino; será que algum outro nome no mundo possuía uma ressonância tão inevitável? Ela não poderia ter recebido um nome horroroso, hein? Feito Mildred? Ele não conseguia se imaginar deitado, acordado à noite, olhando para o teto, enquanto vozes invisíveis sussurravam "Mildred" aos seus ouvidos. Mas *Tessa...*

— Obrigado — disse ele, subitamente. Ele passara de morrendo de frio a morrendo de calor; a sala estava sufocante, ainda com cheiro de cera de vela queimada. — Aguardarei ansiosamente seu contato, então.

— Sim, aguarde — respondeu Magnus, fechando os olhos. Will não sabia se ele realmente caíra no sono ou simplesmente esperava pela sua saída. De qualquer forma, claramente era um sinal para que ele se retirasse. Não sem sentir algum alívio, Will acatou.

Sophie estava a caminho do quarto da srta. Jessamine, para varrer as cinzas e limpar o gradil da lareira, quando ouviu vozes no corredor. Em seu antigo emprego aprendera a "dar espaço" — virar e olhar para as paredes enquanto os empregadores passavam, e a fazer o possível para parecer um móvel, algo inanimado que pudessem ignorar.

Ficou chocada quando chegara no Instituto e descobrira que as coisas não funcionavam dessa forma ali. Primeiro, para uma casa tão grande, o fato de terem tão poucos serventes a surpreendeu. Inicialmente não percebera que os Caçadores de Sombras faziam muitas coisas por si próprios, coisas que uma típica família de boa linhagem consideraria degradante — acendiam as próprias fogueiras, faziam algumas compras, mantinham recintos como a área de treinamento e a sala das armas limpos e organizados. Ficou chocada com a familiaridade com que Agatha e Thomas tratavam os patrões, sem perceber que seus colegas serventes vinham de famílias que haviam servido Caçadores de Sombras por muitas gerações — ou que eles próprios tinham alguma magia.

Ela mesma vinha de uma família pobre e fora chamada de "burra" e estapeada diversas vezes quando começou a trabalhar como empregada

— porque não estava acostumada a móveis delicados, ou prata verdadeira, ou porcelana tão fina que era possível enxergar a escuridão do chá através das laterais. Mas aprendeu a lidar com tudo isso, e quando se tornou claro que seria uma moça muito bonita, foi promovida a criada de quarto. Uma criada de quarto tinha um destino incerto. Devia ser bonita aos olhos dos membros da família, e, portanto, seu salário começava a cair a cada ano à medida que envelhecia, depois de completar 18 anos.

Foi um alívio tão grande ter ido trabalhar no Instituto — onde ninguém se importava com o fato de que beirava os 20 anos, onde não lhe mandavam olhar para as paredes, nem se importavam que falasse antes da palavra lhe ser dirigida — que quase achou que tivesse valido a pena ter tido seu belo rosto mutilado pelas mãos do último empregador. Se pudesse, ainda evitava olhar o próprio reflexo, mas o pavor terrível da perda havia sumido. Jessamine zombava dela pela longa cicatriz que desfigurava sua bochecha, mas os outros não pareciam notar — exceto Will, que às vezes dizia algo desagradável, mas de um jeito quase casual, como se fosse uma atitude esperada e não o dissesse de coração.

Mas tudo isso foi antes de se apaixonar por Jem.

Naquele instante, reconheceu a voz dele enquanto vinha pelo corredor, elevando-se em uma gargalhada, e, respondendo a ele, a srta. Tessa. Sophie sentiu uma pressão estranha no peito. Ciúme. Detestava a si mesma por isso, mas não conseguia se conter. A srta. Tessa sempre fora gentil com ela, e seus grandes olhos cinzentos demonstravam tanta vulnerabilidade — uma necessidade tão grande de ter um amigo — que era impossível não gostar dela. No entanto, a forma como o mestre Jem olhava para ela... e Tessa sequer parecia notar.

Não. Sophie não suportaria um encontro com os dois no corredor, com Jem olhando para Tessa como vinha fazendo ultimamente. Agarrando a vassoura e o balde contra o peito, abriu a porta mais próxima e entrou, fechando-a quase totalmente. Como a maioria dos cômodos no Instituto, era um quarto não utilizado, destinado a Caçadores de Sombras visitantes. Ela limpava os quartos mais ou menos a cada quinze dias, a não ser que alguém os estivesse utilizando; do contrário, permaneciam intactos. Este estava bem empoeirado; partículas de pó dançavam à luz que entrava pelas janelas, e Sophie lutou contra o impulso de espirrar no momento em que espiou pelo vão da porta.

Estava certa. Eram Jem e Tessa, vindo em direção a ela pelo corredor. Pareciam completamente entretidos um com o outro. Jem trazia alguma coisa consigo — roupa de combate dobrada, ao que parecia — e Tessa estava rindo de algo que ele havia dito. Ela olhava para baixo e para a direção contrária à que ele estava, e ele a encarava fixamente, do jeito que as pessoas fazem quando acreditam não estar sendo observadas. No rosto, a expressão que normalmente tinha quando tocava violino, como se estivesse completamente envolvido e em transe.

O coração de Sophie doía. Ele era tão lindo. Ela sempre achara. A maioria das pessoas só falava em Will, no quanto era belo, mas ela achava Jem mil vezes mais bonito. Tinha aquela aparência etérea de anjos em pinturas, e, embora soubesse que a cor prateada dos cabelos e da pele eram resultado da medicação para o controle da doença, não podia deixar de achar aquilo adorável. E ele era gentil, seguro de si e doce. Pensar nas mãos dele em seus cabelos, afastando-os do rosto, a fazia sentir-se reconfortada, enquanto normalmente a ideia de um homem, ou mesmo um menino, tocando-a lhe dava fraqueza e enjoo. Jem tinha as mãos mais cuidadosas e lindamente construídas...

— Nem acredito que estejam vindo amanhã — dizia Tessa, voltando o olhar para Jem. — Tenho a sensação de que eu e Sophie estamos sendo jogadas nas mãos de Benedict Lightwood para acalmá-lo, como se lança um osso a um cachorro. Ele não se importa *realmente* com o fato de sermos ou não treinadas. Só quer os filhos dele aqui para incomodar Charlotte.

— Isso é verdade — reconheceu Jem. — Mas por que não tirar vantagem do treinamento quando lhe é oferecido? É por isso que Charlotte está tentando encorajar Jessamine a participar. Quanto a você, a julgar pelo seu talento, mesmo que, ou melhor, quando Mortmain deixar de ser ameaça, haverá outros interessados no seu poder. Pode ser bom aprender a afastar essas pessoas.

A mão de Tessa tocou o colar de anjo no pescoço, um gesto corriqueiro do qual Sophie desconfiava, ela sequer se apercebia.

— Sei o que Jessie dirá. Que a única ajuda de que precisa é para se livrar de belos pretendentes.

— Não seria melhor ter ajuda para se livrar dos feios?

— Não se forem mundanos — sorriu Tessa. — Ela prefere um mundano feio a um Caçador de Sombras bonito, sem pestanejar.

— Isso me tira da disputa, não? — disse Jem, com um sorriso debochado, e Tessa riu outra vez.

— É uma pena — disse Tessa. — Uma menina bonita como Jessamine poderia escolher quem quisesse, mas está tão certa de que um Caçador de Sombras não serve...

— Você é bem mais bonita — disse Jem.

Surpresa, Tessa olhou para Jem com as bochechas enrubescendo. Sophie sentiu a pontada de ciúme no peito outra vez, apesar de concordar com Jem. Jessamine tinha uma beleza tradicional, uma pequena Vênus, se pudesse haver uma, mas sua habitual expressão amarga lhe tirava a graciosidade. Tessa, por outro lado, tinha um apelo caloroso, com os abundantes cabelos escuros e ondulados, e olhos de um cinza-marinho que conquistavam aos poucos. Havia sagacidade em seu rosto, e também humor, coisa que faltava a Jessamine, ou que, pelo menos, ela não demonstrava.

Jem parou na frente da porta da srta. Jessamine e bateu. Quando não obteve resposta, deu de ombros, abaixou-se e colocou uma pilha de tecido escuro — roupa de luta — diante da porta.

— Ela nunca vai vestir isso. — Tessa sorriu, revelando suas covinhas.

Jem se levantou.

— Não concordei em vesti-la à força, apenas em trazer as roupas.

Ele começou a descer pelo corredor outra vez, com Tessa ao lado.

— Não sei como Charlotte consegue conversar com o Irmão Enoch com tanta frequência. Ele me assusta — comentou ela.

— Ah, não sei. Prefiro acreditar que, quando estão na própria casa, os Irmãos do Silêncio são como nós. Pregam peças na Cidade do Silêncio, fazem queijo quente...

— Espero que brinquem de adivinhação — disse Tessa, secamente. — Assim tirariam algum benefício de seus talentos naturais.

Jem caiu na gargalhada, e em seguida já tinham dobrado a esquina e desaparecido de vista. Sophie apoiou-se no batente da porta. Não achava que já tivesse feito Jem rir daquele jeito; não achava que ninguém já havia conseguido, exceto Will. Era preciso conhecer muito bem uma pessoa para fazê-la rir daquela maneira. Ela o amava há tanto tempo, pensou. Como era possível não conhecê-lo nem um pouco?

Com um suspiro de resignação, preparou-se para sair do esconderijo — e então a porta do quarto da srta. Jessamine se abriu, revelando a dona do cômodo. Sophie se encolheu na penumbra. A srta. Jessamine vestia uma longa capa de viagem de veludo, que escondia quase todo o seu corpo, do pescoço aos pés. Os cabelos estavam firmemente presos para trás, e ela segurava um chapéu masculino. Sophie congelou, surpresa, quando Jessamine olhou para baixo, viu a roupa de combate e fez uma careta. Chutou-a rapidamente para dentro do quarto — permitindo que Sophie enxergasse seu pé, que parecia calçado com uma bota masculina — e fechou a porta atrás de si, silenciosamente. Olhando de um lado para o outro do corredor, colocou o chapéu, escondeu o queixo na capa e partiu nas sombras, deixando Sophie intrigada.

3

Morte Injustificável

Ah! Na juventude uma amizade vivenciaram,
Mas línguas sussurrantes a verdade envenenaram
Mora a lealdade num reino superior;
A vida tem espinhos, a juventude não perdura
E nos indignarmos por quem temos amor
É para a mente a mesma coisa que o efeito da loucura.
— Samuel Taylor Coleridge, "Christabel".

No dia seguinte depois do café da manhã, Charlotte orientou Tessa e Sophie a voltarem aos respectivos aposentos, vestirem a roupa nova de luta e encontrarem Jem na sala de treinamento, onde esperariam pelos irmãos Lightwood. Jessamine não apareceu para o café, alegando dor de cabeça, e Will também não estava em lugar algum. Tessa desconfiava que ele estivesse se escondendo para não ser forçado a ser educado com Gabriel Lightwood e o irmão. Não conseguia culpá-lo totalmente.

De volta ao quarto, pegando a roupa de luta, Tessa sentiu uma agitação de nervoso no estômago; era tão diferente de tudo que já vestira antes. Sophie não estava presente para ajudar com as roupas novas. Parte do treino, claro, era conseguir se vestir e se familiarizar com o uniforme: sapatos de solado plano, calças soltas feitas de um grosso material preto; e uma túnica longa com cinto, que chegava quase aos joelhos. Eram as mesmas roupas que vira Charlotte usar em combate e ilustradas no *Códex*; antes as achara estranhas, mas o ato de vesti-las era mais esquisito ainda. Se a tia Harriet a visse agora, pensou Tessa, provavelmente desmaiaria.

Encontrou Sophie ao pé da escada que levava à sala de treinamento do Instituto. Não trocaram uma palavra, apenas sorrisos de incentivo. Após um instante, Tessa subiu na frente por um lance de estreitos degraus de madeira, o corrimão tão velho que já despontavam farpas. Era estranho, pensou Tessa, subir escadas e *não* precisar se preocupar em puxar a saia ou tropeçar na bainha. Apesar de estar com o corpo completamente coberto, sentia-se estranhamente nua com a roupa de treinamento.

Ajudava ter Sophie consigo, obviamente sentindo-se tão desconfortável quanto ela em suas próprias roupas de Caçadora de Sombras. Quando chegaram ao topo, Sophie abriu a porta, e entraram juntas e caladas na sala de treinamento.

Claramente estavam no andar superior do Instituto, em uma sala adjacente ao sótão e quase duas vezes maior do que ele, pensou Tessa. O chão era de madeira polida com vários padrões desenhados em tinta preta — quadrados e círculos, alguns deles numerados. Cordas longas e flexíveis pendiam de caibros no teto, parcialmente invisíveis às sombras. Tochas de luz enfeitiçada queimavam nas paredes, entremeadas com armas penduradas — bastões, machados e diversos objetos de aparência mortal.

— Ugh! — disse Sophie, olhando para elas com um tremor. — Não são horríveis?

— Na verdade reconheço algumas do *Códex* — revelou Tessa, apontando. — Aquele ali é um montante, aquele é um espadim, aquele é um florete e aquela ali eu acho que é a variação escocesa do montante, chamada Claymore, que também parece requerer duas mãos para ser empunhada.

— Quase — disse uma voz muito desconcertante acima das cabeças das moças. — É uma espada executora. Feita essencialmente para decapitações. Dá para perceber isso porque ela não tem a ponta afiada.

Sophie soltou um gritinho de surpresa e recuou quando uma das cordas começou a balançar lentamente e uma figura escura apareceu no alto. Era Jem, descendo pela corda com a graciosa agilidade de um pássaro. Aterrissou levemente diante delas e sorriu.

— Peço desculpas. Não tive a intenção de assustá-las.

Ele também estava com roupa de luta, porém, em vez de túnica, trajava uma camisa que batia na cintura. Uma única alça de couro cruzava sobre o peito, e o cabo de uma espada se projetava por trás de um dos ombros. A cor escura do material fazia com que sua pele parecesse ainda mais pálida, os cabelos e olhos mais prateados do que nunca.

— Teve sim — disse Tessa, com um sorrisinho —, mas tudo bem. Eu já estava começando a achar que eu e Sophie ficaríamos sozinhas para treinar uma a outra.

— Oh, os Lightwood virão — afirmou Jem. — Só estão atrasados para se afirmar. Não precisam fazer o que dissemos nem o que o pai deles diz.

— Queria que você nos treinasse — declarou Tessa, impulsivamente.

Jem pareceu surpreso.

— Não poderia, ainda nem concluí meu próprio treinamento. — Mas seus olhares se encontraram, e em mais um instante de comunicação muda, Tessa escutou o que ele realmente estava dizendo: *nem sempre estou bem o bastante para ser um treinador confiável.* Subitamente a garganta de Tessa doeu, e ela olhou de volta para Jem, torcendo para que ele conseguisse ler sua solidariedade silenciosa. Não queria desviar os olhos, mas se pegou imaginando se o cabelo, da forma como o havia puxado para trás, prendendo-o cuidadosamente em um coque, sem nenhum fiapo solto, estava feio. Não que fizesse diferença, é claro. Era apenas *Jem*, afinal.

— Não vamos passar por um curso *completo* de treinamento, vamos? — perguntou Sophie, a voz preocupada interrompendo os pensamentos de Tessa. — O Conselho só disse que precisávamos saber nos defender um pouco...

Jem desviou o olhar de Tessa; a conexão se rompeu instantaneamente.

— Não há o que temer, Sophie — respondeu ele, com a voz suave. — E ficará satisfeita no final; é sempre útil a uma bela dama ser capaz de afastar a atenção indesejada de cavalheiros.

O rosto de Sophie enrijeceu, a cicatriz lívida em seu rosto destacando-se em vermelho como se tivesse sido pintada.

— Não faça piada comigo — ela disse. — Não é gentil.

Jem pareceu espantado.

— Sophie, eu não estava...

A porta da sala de treinamento se abriu. Tessa se virou quando Gabriel Lightwood entrou, seguido por um menino que ela não conhecia. Ao passo que Gabriel era esguio e tinha cabelos escuros, o outro era musculoso e tinha grossos cabelos louros em tom de areia. Ambos estavam com uniforme de combate, com luvas escuras e de aparência cara, adornadas com metal nas articulações. Os dois usavam faixas prateadas em ambos os pulsos — capas para facas, Tessa sabia — e tinham a mesma estampa elaborada de símbolos costurada nas mangas. Ficou evidente não só pela semelhança das roupas, como também pelo formato do rosto e pelo verde-claro e luminoso dos olhos que eram parentes, então Tessa não ficou nem um pouco surpresa quando Gabriel disse, com seu jeito brusco:

— Bem, estamos aqui, como dissemos que estaríamos. James, presumo que se lembre do meu irmão, Gideon. Srta. Gray, srta. Collins...

— Prazer em conhecê-las — murmurou Gideon, sem olhar nos olhos de nenhuma delas. O mau humor parecia ser de família, concluiu Tessa, lembrando-se de que Will havia dito que perto do irmão, Gabriel parecia um anjo.

— Não se preocupe, Will não está aqui — disse Jem a Gabriel, que olhava em volta. Gabriel franziu a testa, mas Jem já tinha virado para Gideon. — Quando voltou de Madri? — perguntou educadamente.

— Meu pai me pediu para voltar há pouco tempo. — O tom de Gideon era neutro. — Questões familiares.

— Espero que esteja tudo bem...

— Está tudo muito bem, obrigado, James — cortou Gabriel. — Agora, antes de avançarmos para a parte do treinamento desta visita, há duas pessoas que precisam conhecer. — Virou a cabeça e chamou: — Sr. Tanner, srta. Daly! Por favor, venham.

Ouviram passos nas escadas, e duas pessoas estranhas entraram, nenhuma delas uniformizada. Ambas com trajes de serventes. Uma era jovem, a própria definição de "ossuda" — com ossos grandes demais para a forma magra e desajeitada do corpo. Seus cabelos eram ruivos e brilhantes, presos num coque sob um chapéu modesto. As mãos nuas estavam vermelhas e pareciam limpas. Tessa supôs que ela tivesse cerca de 20 anos de idade. Ao seu lado estava um homem de cabelos castanho-escuros e ondulados, alto e musculoso...

Sophie inspirou, com um arquejo. Tinha ficado pálida.

— Thomas...

O jovem pareceu inteiramente desconfortável.

— Sou o irmão de Thomas, srta. Cyril. Cyril Tanner.

— Estes são os substitutos dos serventes que perderam prometidos pelo Conselho — informou Gabriel. — Cyril Tanner e Bridget Daly. O

Cônsul pediu que os trouxéssemos de Kings Cross até aqui, e naturalmente concordamos. Cyril substituirá Thomas, e Bridget ficará no lugar da cozinheira, Agatha. Ambos foram treinados em boas residências de Caçadores de Sombras e vêm com recomendações muito boas.

Marcas vermelhas começaram a arder nas bochechas de Sophie. Antes que pudesse falar qualquer coisa, Jem declarou rapidamente:

— Ninguém pode substituir Agatha ou Thomas, Gabriel. Eram nossos amigos, além de serventes. — Ele acenou com a cabeça na direção de Bridget e Cyril. — Sem ofensas.

Bridget simplesmente piscou os olhos castanhos, mas Cyril se pronunciou:

— Não ofendeu — disse ele. Até a voz era parecida com a de Thomas, de um jeito quase sinistro. — Thomas era meu irmão. Para mim, ninguém pode substituí-lo também.

Um silêncio desconfortável se abateu sobre o recinto. Gideon apoiou-se em uma das paredes, com os braços cruzados e um leve tom de desdém no rosto. Era bem bonito, como o irmão, pensou Tessa, mas a expressão mal-humorada quebrava o encanto.

— Muito bem. — Gabriel finalmente interrompeu o silêncio. — Charlotte nos pediu que os trouxéssemos para que pudessem conhecê-los. Jem, se quiser conduzi-los de volta à sala de estar, Charlotte está esperando por eles para lhes passar instruções...

— Então nenhum deles precisa de treinamento extra? — perguntou Jem. — Como vão treinar Tessa e Sophie de uma forma ou de outra, se Bridget ou Cyril...

— Como informou o Cônsul, eles foram muito bem treinados nas casas de família em que serviram anteriormente — respondeu Gideon. — Gostaria de uma demonstração?

— Não acho que seja necessário — disse Jem.

Gabriel sorriu.

— Ora, vamos, Carstairs. As meninas podem aproveitar para ver que um mundano é capaz de lutar quase como um Caçador de Sombras, se *adequadamente* instruído. Cyril? — Gabriel foi até a parede, selecionou dois montantes e arremessou um em direção a Cyril. Ele, por sua vez, pegou a arma no ar habilidosamente e avançou para o centro da sala, onde havia um círculo pintado no chão.

— Já sabemos disso — murmurou Sophie, com a voz tão baixa que apenas Tessa conseguiu ouvir. — Thomas e Agatha eram ambos treinados.

— Gabriel só está tentando irritá-la — afirmou Tessa, também sussurrando. — Não deixe ele perceber que está te incomodando.

Sophie tensionou o maxilar quando Gabriel e Cyril se encontraram no centro, as espadas reluzindo.

Tessa tinha de admitir que havia algo de lindo naquilo, a maneira como se cercavam, com as lâminas zumbindo pelo ar, um borrão preto e prateado. O tilintar de metal contra metal, a maneira como se moviam, com tanta velocidade que seus olhos mal conseguiam acompanhar. Mesmo assim, Gabriel era melhor; isso era visível até para olhos não treinados. Tinha reflexos mais rápidos, movimentos mais graciosos. Não era uma luta justa; Cyril, os cabelos grudados na testa por causa do suor, obviamente dava tudo de si enquanto Gabriel simplesmente passava o tempo. No fim, quando Gabriel habilidosamente desarmou Cyril com um simples movimento de pulso, derrubando a espada do adversário no chão, Tessa não pôde deixar de ficar indignada em nome de Cyril. Nenhum humano podia superar um Caçador de Sombras, não era essa a ideia?

A ponta da lâmina de Gabriel parou a 1 centímetro da garganta de Cyril. Este, por sua vez, ergueu as mãos em redenção, e um sorriso — bem parecido com o sorriso fácil do irmão — se espalhou por seu rosto.

— Eu me rendo...

Houve um borrão de movimento. Gabriel uivou e caiu, a espada escorregando de sua mão. O corpo do Caçador de Sombras atingiu o chão, e Bridget ajoelhou-se sobre o peito do rapaz, exibindo os dentes. Tinha chegado por trás dele e o derrubara enquanto ninguém olhava. Agora havia retirado uma pequena adaga de dentro da roupa e a segurava contra a garganta de Gabriel. Ele encarou-a por um instante, espantado, piscando os olhos verdes. Em seguida começou a rir.

Tessa gostou dele mais do que nunca naquele instante. Não que isso representasse alguma coisa.

— Muito impressionante — disse uma voz familiar vindo da porta. Era Will, com a aparência de quem, como diria sua tia, tinha sido arrastado de costas por uma cerca viva. Sua camisa estava rasgada, os cabelos, desgrenhados e os olhos azuis tinham contornos vermelhos. Ele se curvou, pegou a espada derrubada de Gabriel e apontou na direção de Bridget com uma expressão entretida. — Mas será que sabe *cozinhar*?

Bridget levantou-se, as bochechas ficando profundamente vermelhas. Estava olhando para Will do jeito que as meninas sempre faziam — ligeiramente boquiaberta, como se não acreditasse muito bem na visão que acabara de se materializar diante de si. Tessa queria dizer para ela que Will era mais bonito quando não estava tão sujo, e que ficar fascinada pela beleza dele era como ficar fascinada por aço cortante. Era perigoso e insensato. Mas de que adiantaria? Em breve Bridget aprenderia por conta própria.

— Cozinho bem, senhor — respondeu, com um ligeiro sotaque irlandês. — Meus antigos empregadores não têm reclamações.

— Meu Deus, você é irlandesa — disse Will. — Sabe fazer coisas que não tenham batata? Tivemos um cozinheiro irlandês quando eu era menino. Torta de batata, doce de batata, batatas ao molho de batata...

Bridget parecia perplexa. Nesse meio-tempo, Jem dera um jeito de atravessar a sala e agora segurava o braço de Will.

— Charlotte quer Cyril e Bridget na sala de estar. Vamos mostrar o caminho a eles?

Will hesitou. Estava encarando Tessa agora. Ela engoliu em seco. Ele parecia querer dizer alguma coisa. Gabriel, olhando de um para o outro, sorriu. Os olhos de Will assumiram um tom sombrio, e ele deu meia-volta, a mão de Jem conduzindo-o para fora, em direção à escada. Após um momento de espanto, Bridget e Cyril o acompanharam.

Quando Tessa se voltou novamente para o centro da sala, viu que Gabriel tomara uma das lâminas e a entregara ao irmão.

— Agora — disse ele. — Já é hora de começarmos a treinar, não acham, meninas?

Gideon pegou a espada.

— *Esta es la idea más estúpida que nuestro padre ha tenido* — exclamou. — *Nunca*.

Sophie e Tessa trocaram um olhar. Mesmo sem falar espanhol, Tessa podia entender perfeitamente o sentido da palavra "*estúpida*", suficientemente familiar. O resto do dia seria longo.

Passaram as horas seguintes executando exercícios de equilíbrio e bloqueio. Gabriel assumiu a função de coordenar a instrução de Tessa enquanto Gideon cuidava de Sophie. Tessa não pôde deixar de sentir que Gabriel a escolhera para irritar Will de alguma forma misteriosa, quer Will ficasse sabendo ou não. Na verdade não era mau professor — relativamente paciente, disposto a recolher as armas sem parar, na medida em que ela as derrubava, até conseguir mostrar a empunhadura correta, e até elogiava quando Tessa fazia alguma coisa certa. Ela estava concentrada demais para notar se Gideon estava sendo um treinador tão bom com Sophie quanto Gabriel com ela, apesar de ouvi-lo murmurar em espanhol de vez em quando.

Quando o treinamento acabou, depois de ter tomado banho e se vestido para o jantar, Tessa estava faminta de um jeito inapropriado para uma dama. Felizmente, apesar das ressalvas de Will, Bridget *sabia* cozinhar, e muito bem. Serviu assado com legumes e torta de geleia com creme para Henry, Will, Tessa e Jem no jantar. Jessamine continuava no quarto com dor de cabeça e Charlotte tinha ido para a Cidade dos Ossos pesquisar pessoalmente nos arquivos de Reparações.

Era estranho ver Sophie e Cyril entrando e saindo da sala com pratos de comida, Cyril cortando o assado da mesma forma que Thomas teria feito, Sophie o ajudando em silêncio. Tessa não podia deixar de pensar no quanto devia ser difícil para ela, cujas companhias mais próximas no Instituto foram Agatha e Thomas. Só que toda vez que Tessa tentava capturar seu olhar, Sophie desviava o rosto.

Tessa lembrou-se da expressão de Sophie na última vez em que Jem ficara doente, a maneira com que torcia o chapéu nas mãos, implorando por notícias dele. Tessa morrera de vontade de falar com ela depois, mas sabia que não podia. Romances entre mundanos e Caçadores de Sombras eram proibidos; a mãe de Will era mundana, e o pai fora forçado a abandonar os Caçadores de Sombras para ficar com ela. Devia estar terrivelmente apaixonado para se dispor a tanto — e Tessa nunca teve qualquer impressão de que Jem gostasse de Sophie dessa maneira. E também tinha a questão da doença dele...

— Tessa — Jem disse em voz baixa —, você está bem? Parece muito distante.

Ela sorriu para ele.

— Só estou cansada. O treinamento... não estou acostumada. — Era verdade. Estava com os braços doloridos de tanto segurar a pesada espada de treino, e apesar de ela e Sophie terem feito pouco além de exercícios de equilíbrio e bloqueio, as pernas também doíam.

— Existe uma pomada que os Irmãos do Silêncio fabricam, para músculos doloridos. Bata à minha porta antes de ir dormir e lhe darei um pouco dela.

Tessa enrubesceu ligeiramente, depois se perguntou o motivo de ter ruborizado. Os Caçadores de Sombras tinham modos esquisitos. Já havia estado no quarto de Jem antes, até mesmo a sós com ele, inclusive já vestida para dormir, e sem drama. Tudo que ele estava fazendo agora era oferecer remédio, e mesmo assim ela sentiu o rosto arder — Jem pareceu notar e enrubesceu também, a cor bastante visível em contraste com a pele pálida. Tessa desviou o olhar apressadamente e percebeu que Will os observava, os olhos azuis firmes e escuros. Apenas Henry, que perseguia ervilhas pelo prato com um garfo, parecia desligado.

— Muito obrigada — disse ela. — Irei...

Charlotte entrou de repente no recinto, os cabelos escuros escapando dos prendedores num turbilhão de cachos, trazendo um longo pergaminho de papel apertado nas mãos.

— Eu encontrei! — gritou ela. Ofegante, recaiu sobre a cadeira ao lado de Henry, o rosto, normalmente pálido, rosado pelo esforço. Ela sorriu para Jem. — Você tinha razão... os arquivos de Reparações... encontrei depois de apenas algumas horinhas de busca.

— Deixe-me ver — disse Will, repousando o garfo. Tinha comido pouquíssimo, Tessa não pôde deixar de notar. O anel com desenho de pássaro brilhou em seus dedos quando esticou a mão para pegar o pergaminho de Charlotte.

Ela afastou a mão dele, com bom humor.

— Não. Vamos todos olhar ao mesmo tempo. Além disso, foi ideia de Jem, não foi?

Will franziu a testa, mas não disse nada. Charlotte abriu o pergaminho sobre a mesa, empurrando xícaras de chá e pratos vazios para abrir espaço, e os demais ficaram de pé e se agruparam em volta dela para olhar o documento. O papel mais parecia um pergaminho grosso, com tinta vermelho-escura, como a cor dos símbolos nas túnicas dos Irmãos do Silêncio. A caligrafia estava em inglês, porém era pouco clara e cheia de abreviações; Tessa não conseguia identificar nada do que via diante de si.

Jem inclinou-se para perto, o braço encostando no dela, enquanto lia por cima de seu ombro. A expressão dele era pensativa.

Ela virou a cabeça na direção dele; uma mecha do cabelo claro de Jem fez cócegas em seu rosto.

— O que diz? — sussurrou ela.

— É um pedido de recompensa — disse Will, ignorando o fato de que a pergunta tinha sido endereçada a Jem. — Enviada ao Instituto de York em 1825, em nome de Axel Hollingworth Mortmain, buscando reparação pela morte injustificável dos pais, John Thaddeus e Anne Evelyn Shade, quase uma década antes.

— John Thaddeus Shade — disse Tessa. — *JTS*, as iniciais no relógio de Mortmain. Mas se ele era filho deles, por que não tem o mesmo sobrenome?

— Os Shade eram feiticeiros — disse Jem, lendo mais abaixo da folha. — Ambos. Mortmain não podia ser filho biológico dos dois; devem tê-lo adotado e permitido que conservasse o nome mundano. Às vezes acontece, de tempos em tempos. — Os olhos dele pousaram por um instante em Tessa, desviando em seguida; será que Will, da mesma forma que ela, estava recordando a conversa que haviam tido na sala de música? Sobre o fato de que feiticeiros não podiam ter filhos?

— Ele disse que começou a aprender sobre artes das trevas durante as viagens que fez — relatou Charlotte. — Mas se os pais dele eram feiticeiros...

— Pais adotivos — disse Will. — Sim, tenho certeza de que ele sabia exatamente com quem entrar em contato no Submundo para aprender artes mais obscuras.

— Morte injustificável — disse Tessa com a voz suave. — O que isso significa, exatamente?

— *Significa* que ele acredita que Caçadores de Sombras mataram seus pais, apesar de eles não terem transgredido nenhuma Lei — respondeu Charlotte.

— Que Lei teriam transgredido?

Charlotte franziu a testa.

— Diz alguma coisa aqui sobre associações ilegais e sobrenaturais com demônios, o que pode significar praticamente qualquer coisa; e diz que foram acusados de criar uma arma capaz de destruir os Caçadores de Sombras. A pena para isso seria a morte. Mas vocês devem lembrar que isso foi antes dos Acordos. Caçadores de Sombras podiam matar integrantes do Submundo por mera suspeita de transgressão. Provavelmente é por isso que não há nada mais substancial detalhado aqui nessa papelada. Mortmain solicitou recompensa pelo Instituto de York, sob a égide de Aloysius Starkweather. Ele não pediu dinheiro, mas que os culpados, Caçadores de Sombras, fossem julgados e punidos. Mas o julgamento foi recusado aqui em Londres, sob a alegação de que os Shade eram culpados "sem sombra de dúvidas". E isso é tudo. Este é um simples registro do ocorrido, não a documentação completa, que ainda deve estar no Instituto de York. — Charlotte afastou o cabelo molhado da testa. — Mesmo assim. *Explicaria* o ódio de Mortmain pelos Caçadores de Sombras. Você tinha razão, Tessa. A questão era, *é* pessoal.

— E nos dá um ponto de partida. O Instituto de York — disse Henry, levantando os olhos do prato. — Os Starkweather são os diretores, não são? Certamente terão as cartas completas, documentos...

— E Aloysius Starkweather tem 89 anos — disse Charlotte. — Era um rapaz quando os Shade foram mortos. Pode ser que se lembre de algo que tenha acontecido — suspirou. — É melhor eu mandar uma mensagem para ele. Oh, céus. Isso vai ser esquisito.

— Por que, querida? — perguntou Henry, com seu jeito suave e distante.

— Ele e meu pai eram amigos, mas depois tiveram uma briga, uma coisa horrorosa, há séculos atrás, e nunca mais se falaram.

— Como é mesmo aquele poema? — Will, que estava rodando a xícara de chá vazia nos dedos, levantou-se e declamou:

Cada qual com desdém impregnou as palavras proferidas,
E insultou o melhor irmão em seu coração...

— Oh, pelo Anjo, Will, fique quieto — disse Charlotte, levantando-se. — Tenho de escrever uma carta para Aloysius Starkweather carregada de remorso e súplica. Não preciso de você me distraindo. — E, segurando as saias, apressou-se para fora da sala.

— Que falta de apreço pelas artes — murmurou Will, repousando a xícara de chá. Ele levantou o olhar, e Tessa percebeu que ele a encarava. Ela conhecia o poema, é claro. Era de Coleridge, um de seus poetas preferidos. E havia mais naquele poema, sobre amor, sobre morte e loucura, mas ela não conseguia lembrar-se dos versos, não agora, com os olhos azuis de Will presos aos dela.

— E é claro que Charlotte não comeu uma única garfada do jantar — disse Henry, levantando-se. — Vou ver se Bridget pode preparar um prato de frango frio. Quanto ao resto de vocês... — Ele fez uma pausa, como se estivesse prestes a dar uma ordem, talvez mandá-los para cama, ou de volta à biblioteca para fazer mais pesquisas. O momento passou, e um olhar confuso atravessou o rosto de Henry. — Maldição, esqueci o que ia falar — anunciou, e desapareceu em direção à cozinha.

Assim que Henry se retirou, Will e Jem iniciaram um sério debate sobre reparações, membros do Submundo, Acordos, pactos e leis, o que deixou a cabeça de Tessa girando. Em silêncio, ela levantou-se e deixou a mesa, dirigindo-se à biblioteca.

Apesar do tamanho imenso, e de quase nenhum dos livros que a preenchiam ser em inglês, era seu lugar favorito no Instituto. Alguma coisa no cheiro dos livros, no aroma de papel, tinta e couro, na forma como a poeira de uma biblioteca parecia se comportar de forma distinta em relação a qualquer outro cômodo — era dourada à luz das velas enfeitiçadas, assentando-se feito pólen sobre a superfície lustrosa das longas mesas. Coroinha, o gato, estava dormindo em uma prateleira de livros alta, com o rabo curvado sobre a cabeça; Tessa deu espaço a ele ao se dirigir à pequena seção de poesia na parte inferior da parede direita. Coroinha adorava Jem, mas era conhecido por morder os outros, normalmente sem qualquer aviso prévio.

Ela encontrou o livro que estava procurando e ajoelhou ao lado da prateleira, passando as páginas até encontrar a correta, a cena em que o velho homem em "Christabel" percebe que a menina diante de si é a filha de seu ex-melhor amigo e agora inimigo mais odiado, o homem que jamais conseguirá esquecer.

Ah! Na juventude uma amizade vivenciaram,
Mas línguas sussurrantes a verdade envenenaram
E mora a lealdade num reino superior;

E a vida tem espinhos, e a juventude não perdura,
E nos indignarmos por quem temos amor
É para a mente a mesma coisa que o efeito da loucura.
...
Cada qual com desdém impregnou as palavras proferidas
E insultou o melhor irmão em seu coração...
Separaram-se — para nunca mais reencontrarem-se nesta vida!

A voz que falou acima de sua cabeça era tão leve quanto arrastada — instantaneamente familiar.

—Verificando a precisão de minha citação?

O livro deslizou das mãos de Tessa e caiu no chão. Ela se levantou e assistiu, congelada, enquanto Will se abaixava para pegá-lo e o estendia para ela com um gesto de extrema educação.

— Garanto a você — disse a ela —, que me lembro com perfeição.

Eu também, pensou Tessa. Era a primeira vez que ficava sozinha com ele em semanas. Não acontecia desde aquela cena horrorosa no telhado quando deu a entender que ele a achava pouco melhor que uma prostituta, e uma prostituta estéril, por sinal. Nunca mais falaram um com o outro sobre aquilo. Continuaram como se tudo estivesse normal, tratando-se com educação na frente das pessoas, nunca ficando a sós. De alguma forma, quando estavam acompanhados pelos demais, Tessa conseguia espantar o assunto para o fundo da mente, esquecer-se dele. Mas frente a frente com Will, apenas com Will — lindo como sempre, o colarinho da camisa aberto, mostrando as Marcas pretas entrelaçando-se em seu ombro, subindo pela pele branca do pescoço, a luz da vela iluminando o elegante perfil e os ângulos de seu rosto —, a lembrança da vergonha e da raiva subiu à garganta de Tessa, fazendo-a engasgar com as palavras.

Ele olhou para a própria mão, que continuava segurando o pequeno livro de capa de couro verde.

— Vai pegar Coleridge de volta, ou devo ficar aqui eternamente nesta posição um tanto tola?

Silenciosamente, Tessa esticou o braço e pegou o livro dele.

— Se quiser usar a biblioteca — disse ela, preparando-se para se retirar —, pode ficar. Já encontrei o que estava procurando, e como está ficando tarde...

— Tessa — disse ele, estendendo a mão para contê-la.

Ela o encarou, desejando poder pedir que ele voltasse a chamá-la de srta. Gray. O jeito simples com que dizia seu nome lhe desmontava, afrouxava algo, feito um nó, que lhe apertava as costelas, deixando-a sem fôlego. Queria que ele não utilizasse seu nome de batismo, mas sabia o quão ridículo soaria se pedisse algo assim. Certamente estragaria todo o trabalho de fingir ser indiferente a ele.

— Sim? — perguntou.

Havia certa melancolia na expressão de Will ao olhar para Tessa. Ela precisou de todo o esforço do mundo para não encará-lo. Will, melancólico? Só podia estar fingindo.

— Nada. Eu... — Ele balançou a cabeça; fios de cabelo escuro caíram sobre a testa, e Will os afastou dos olhos com um gesto impaciente. — Nada — repetiu ele. — Quando lhe mostrei a biblioteca pela primeira vez, você disse que seu livro favorito era *The Wide, Wide World*. Achei que devesse lhe contar que... eu li. — Com a cabeça abaixada, os olhos azuis a encaravam através daqueles cílios espessos e escuros; e ela se perguntava quantas vezes ele já conseguira qualquer coisa que quisesse fazendo aquilo.

Ela manteve a voz educada e distante.

— E a leitura foi do seu agrado?

— Nem um pouco — disse Will. — Achei piegas e sentimental.

— Bem, gosto não se discute — disse Tessa, docilmente, ciente de que ele estava tentando incitá-la e recusando-se a morder a isca. — O prazer de uma pessoa às vezes é o veneno de outra, não acha?

Seria imaginação de Tessa, ou Will pareceu desapontado?

— Tem alguma outra recomendação norte-americana para mim?

— Com que propósito você iria querê-la se despreza meu gosto? Acho que talvez precise aceitar que somos bastante diferentes na questão literária, assim como em tantos outros aspectos, e buscar recomendações em outros lugares, sr. Herondale. — Tessa mordeu a língua quase no segundo em que as palavras deixaram sua boca. Aquilo havia sido demais, ela sabia.

E é claro que Will reagiu, como uma aranha saltando sobre uma mosca particularmente apetitosa.

— *Sr. Herondale*? — perguntou. — Tessa, pensei que...?

— Pensou o quê? — O tom dela era frio.

— Que pelo menos pudéssemos conversar sobre livros.

— Nós conversamos — respondeu ela. — Você insultou meu gosto. E é bom que saiba que *The Wide, Wide World* não é meu livro *preferido*. É simplesmente uma história da qual gostei, como *The Hidden Hand*, ou... Sabe, talvez você devesse me recomendar algo, para que eu possa julgar *seu* gosto. Do contrário não é justo.

Will subiu na mesa mais próxima e sentou-se no tampo, balançando as pernas, obviamente pensando sobre o assunto.

— *O castelo de Otranto*...

— Não é esse o livro em que o filho do herói é esmagado até a morte por um capacete gigante que cai do céu? E você disse que *Um conto de duas cidades* era tolo! — disse Tessa, que preferia morrer a admitir que tinha lido *Otranto* e adorado.

— *Um conto de duas cidades* — repetiu Will. — Li outra vez, você sabe, porque conversamos a respeito. Estava certa. Não é nada tolo.

— Não?

— Não — respondeu ele. — É cheio de desespero.

Tessa encontrou o olhar de Will. Os olhos dele estavam azuis como as águas de um lago; ela teve a sensação de estar ali mergulhando.

— Desespero?

Com firmeza, ele respondeu:

— Não existe futuro para Sydney, existe, com ou sem amor? Ele sabe que não pode se salvar sem Lucie, mas permitir que ela se aproximasse iria degradá-la.

Ela balançou a cabeça.

— Não é assim que me lembro. O sacrifício dele é nobre...

— É a opção que lhe resta — argumentou Will. — Não se lembra do que ele disse a Lucie? "Se fosse possível... que você pudesse retribuir o amor do homem que vê diante de si, jogado, acabado, bêbado, pobre criatura maltratada como bem sabe, ele estaria em sã consciência neste dia e a esta hora, a despeito da própria felicidade, e a deixaria arrasada, traria tristeza e arrependimento, iria arruiná-la, desgraçá-la, levá-la para baixo consigo..."

Um pedaço de lenha deslocou-se dentro da lareira, levantando uma chuva de faíscas, assustando os dois e silenciando Will; o coração de Tessa deu um salto, e ela desgrudou os olhos dos dele. Burra, disse a si mesma, silenciosamente. Tão burra. Lembrou-se de como ele a havia tratado, das coisas que tinha dito, e agora estava permitindo que seus joelhos virassem gelatina por causa de uma citação de Dickens.

— Bem — disse ela. — Certamente decorou um bom pedaço. Impressionante.

Will puxou para o lado o colarinho da camisa, revelando a curva graciosa do ombro. Tessa levou um instante para perceber que mostrava a ela uma Marca a alguns centímetros acima do coração.

— *Mnemosyne* — disse ele. — O símbolo da memória. É permanente.

Tessa desviou o olhar depressa.

— Já está tarde. Preciso me recolher, estou exausta. — Passou por ele e seguiu para a porta. Será que ele havia ficado magoado?, perguntou-se, mas em seguida afastou o pensamento. Aquele era Will; por mais volúveis e inconstantes que fossem seus humores, por mais charmoso que fosse quando estava bem-humorado, ele era venenoso para ela. Para qualquer pessoa.

— *Vathek* — disse ele, saindo da mesa.

Ela parou na soleira da porta, percebendo que ainda segurava o livro de Coleridge, mas decidiu que era melhor levá-lo consigo. Seria uma boa distração do *Códex*.

— Como?

— *Vathek* — repetiu ele. — De William Beckford. Se *Otranto* foi do seu agrado — apesar de, pensou Tessa, ela não ter admitido isso —, acho que vai gostar.

— Oh — respondeu ela. — Bem. Obrigada. Vou me lembrar disso.

Ele não respondeu; permanecera onde ela o havia deixado, perto da mesa. Estava olhando para o chão, os cabelos escuros escondendo o rosto. Um pedacinho do coração de Tessa amoleceu, e antes que ela pudesse se conter, falou:

— E boa noite, Will.

Ele levantou o olhar.

— Boa noite, Tessa. — Novamente soou melancólico, mas não tão desolado quanto antes. Ele esticou o braço para afagar Coroinha, que não acordou com o barulho da conversa nem com o som da lenha queimando na lareira, permanecendo esticado na prateleira, com as patas para o ar.

— Will... — Tessa começou a dizer, mas era tarde demais. Coroinha soltou um miado ao ser acordado e exibiu as garras. Will começou a praguejar. Tessa saiu, sem conseguir esconder o mais leve dos sorrisos.

4

Uma Jornada

Amizade é uma mente em dois corpos.
— Meng-tzu

Charlotte bateu o papel na mesa, com uma exclamação de raiva.

— Aloysius Starkweather é o mais teimoso, hipócrita, obstinado, degenerado... — interrompeu-se, claramente lutando para controlar a irritação. Tessa nunca tinha visto a boca de Charlotte numa expressão tão tensa.

— Gostaria de um dicionário? — perguntou Will. Ele estava esparramado em uma das poltronas perto da lareira, com as botas sobre o divã. Estavam sujas de lama, e agora o divã também. Normalmente Charlotte estaria brigando com ele por isso, mas a carta de Aloysius recebida naquela manhã — o motivo de todos terem sido chamados à sala de estar — aparentemente absorveu toda a sua atenção. — Parece estar ficando sem palavras.

— E ele é realmente *degenerado*? — perguntou Jem, mantendo o tom de voz, das profundidades da outra poltrona. — Digo, o velho excêntrico já tem quase 90 anos, certamente já passou da idade dos desvios.

— Não sei, não — disse Will. — Você se surpreenderia com o que alguns dos velhos da Taverna do Diabo fazem.

— Nada que algum conhecido *seu* faça nos surpreende, Will — declarou Jessamine, que estava deitada em um divã, com um pano úmido sobre a testa. Ainda não tinha melhorado da dor de cabeça.

— Querida — falou Henry, ansiosamente, circulando a mesa, indo para onde estava a mulher —, está tudo bem? Você parece um pouco... manchada.

Não estava enganado. Manchas vermelhas de raiva haviam se formado por todo o rosto e pescoço de Charlotte.

— Acho charmoso — disse Will. — Soube que estampas de bolinha são a grande tendência da moda para esta estação.

Henry afagou o ombro de Charlotte ansiosamente.

— Gostaria de um pano molhado? O que posso fazer para ajudar?

— Poderia ir até Yorkshire e arrancar a cabeça daquele bode velho. — Charlotte soava rebelde.

— Isso não atrapalharia um pouco a relação com a Clave? — perguntou Henry. — Normalmente eles não são muito receptivos a, você sabe, decapitações e coisas do tipo.

— Oh! — disse Charlotte, desesperada. — A culpa é toda minha, não é? Não sei por que achei que pudesse convencê-lo. O sujeito é um pesadelo.

— O que ele disse *exatamente*? — perguntou Will. — Na carta, quero dizer.

— Ele se recusa a me encontrar, ou a Henry — respondeu Charlotte. — Disse que jamais perdoará minha família pelo que meu pai fez. Meu pai... — suspirou — era um homem difícil. Absolutamente fiel à carta da Lei, que os Starkweather sempre interpretaram mais livremente. Meu pai achava que viviam muito soltos no norte, como selvagens, e não tinha problema algum em deixar isso bem claro. Não sei o que mais ele fez, mas o velho Aloysius ainda parece pessoalmente ofendido. Sem falar que também disse que se eu realmente me importasse com o que ele pensa sobre qualquer coisa, o teria convidado para a última reunião do Conselho. Como se eu fosse a encarregada dessas coisas!

— Por que ele *não foi* convidado? — perguntou Jem.

— É muito idoso, sequer deveria ser responsável pelo Instituto. Mas se recusa a ceder o lugar, e até o momento o Cônsul Wayland não o forçou, mas também não o convida para os Conselhos. Acho que ele espera que Aloysius entenda o recado, ou simplesmente morra de causas naturais. Mas o pai de Aloysius viveu até os 104 anos. Pode ser que tenhamos que aturá-lo por mais quinze anos — Charlotte balançou a cabeça em desespero.

— Bem, se ele se recusa a receber você ou Henry, não pode enviar outra pessoa? — perguntou Jessamine, num tom de voz entediado. — Você comanda o Instituto; os membros do Enclave devem acatar suas ordens:

— Mas há tantos deles do lado de Benedict — afirmou Charlotte. — *Querem* me ver fracassar. Simplesmente não sei em quem posso confiar.

— Pode confiar na gente — disse Will. — Mande a mim. E Jem.

— E eu? — perguntou Jessamine, indignada.

— O que *tem* você? Não quer ir de fato, quer?

Jessamine levantou um pedacinho do pano molhado que estava sobre os olhos para encará-lo.

— Em algum trem fedido até a mortalmente tediosa Yorkshire? Não, claro que não. Só queria que Charlotte dissesse que podia confiar em mim.

— Posso confiar em você, Jessie, mas você claramente não está bem o suficiente para ir. O que é uma pena, considerando que Aloysius sempre teve um fraco por um rostinho bonito.

— Mais uma razão pela qual eu devo ir — disse Will.

— Will, Jem... — Charlotte mordeu o lábio. — Têm certeza? O Conselho não ficou muito feliz com as ações autônomas que vocês conduziram no caso da senhora Dark.

— Bem, deveriam ter ficado. Matamos um demônio perigoso! — protestou Will.

— E salvamos Coroinha — disse Jem.

— Não sei por que, mas duvido que conte a nosso favor — observou Will. — Esse gato me mordeu três vezes na outra noite.

— Isso provavelmente conta a seu favor — disse Tessa. — Ou pelo menos a favor de Jem.

Will fez uma careta para ela, mas não pareceu irritado; foi o tipo de expressão que poderia ter feito para Jem se este o tivesse insultado ou feito piada dele. Talvez realmente pudessem ser civilizados um com o outro, pensou Tessa. Ele fora bastante gentil com ela na biblioteca na noite anterior.

— Parece uma missão perdida — disse Charlotte. As manchas vermelhas na pele da diretora começavam a desbotar, mas ela parecia acabada.

— Ele provavelmente não vai revelar nada se souber que os enviei. Se ao menos...

— Charlotte — disse Tessa —, existe uma maneira de fazermos com que ele nos conte.

Charlotte a olhou confusa.

— Tessa, o que você... — Ela não completou a pergunta, e uma luz de compreensão acendeu em seus olhos. — Oh, estou entendendo. Tessa, que ideia excelente.

— Ah, *o quê*? — perguntou Jessamine da cadeira. — Que ideia?

— Se algum pertence dele pudesse ser obtido — disse Tessa —, e entregue a mim, eu poderia utilizá-lo para me Transformar nele. E talvez ter acesso a lembranças. Poderia revelar do que ele se lembra a respeito de Mortmain e os Shade, se é que se lembra de alguma coisa.

— Então virá conosco a Yorkshire — disse Jem.

De repente todos os olhos do recinto estavam em Tessa. Completamente espantada, ela não disse nada por um instante.

— Não tem a menor necessidade de que Tessa nos acompanhe — disse Will. — Podemos pegar um objeto e trazê-lo para cá.

— Mas Tessa já disse que precisa usar algo que tenha fortes ligações com o dono — disse Jem. — Se o que selecionarmos não for suficiente...

— Também já disse que pode utilizar um pedaço de unha ou um fio de cabelo...

— Então está sugerindo que peguemos um trem para York, encontremos um sujeito de 90 anos de idade, o ataquemos e arranquemos seu cabelo? Tenho certeza de que a Clave ficará radiante.

— Só vão dizer que vocês são loucos — disse Jessamine. — Se eles já acham isso mesmo, então que diferença faz?

— Tessa é que sabe — declarou Charlotte. — É o poder dela que estão pedindo para usar, a decisão deve ser dela.

— Disse que iríamos de trem? — perguntou Tessa, olhando para Jem.

Ele confirmou, os olhos prateados dançando.

— O Great Northern sai da estação King's Cross durante todo o dia — disse. — Leva apenas algumas horas.

— Então eu vou — resolveu Tessa. — Nunca andei de trem.

Will jogou as mãos para o alto.

— É isso mesmo? Está disposta a ir porque nunca andou de trem?

— Isso — respondeu ela, ciente do quanto esse comportamento calmo o enlouquecia. — Adoraria andar num trem, muitíssimo.

— Trens são coisas grandes, sujas e enfumaçadas — disse Will. — Você não vai gostar.

Tessa não se abalou.

— Não saberei se gosto ou não até experimentar, não é?

— Nunca nadei nu no Tâmisa, mas sei que não gostaria.

— Mas pense no quanto iria entreter os turistas — respondeu Tessa, e viu Jem desviar a cabeça para esconder o brilho do próprio sorriso. — De qualquer forma, não importa. Quero ir e irei. Quando partimos?

Will revirou os olhos, mas Jem ainda estava sorrindo.

— Amanhã de manhã. Assim chegaremos bem antes do anoitecer.

— Terei de mandar uma mensagem a Aloysius, avisando que deve esperar por vocês — declarou Charlotte, pegando a caneta. Ela fez uma pausa e levantou os olhos para todos. — Esta é uma péssima ideia? Eu... não sei se posso ter certeza.

Tessa lançou a Charlotte um olhar preocupado — vê-la assim, questionando os próprios instintos, a fez odiar ainda mais Benedict Lightwood e seu bando.

Foi Henry que se apresentou e colocou uma mão reconfortante no ombro da esposa.

— A única alternativa parece ser não fazer absolutamente nada, minha querida Charlotte — declarou. — E não fazer nada, acredito, não adianta nada. Além disso, o que poderia dar errado?

— Oh, pelo Anjo, preferia que não tivesse feito essa pergunta — respondeu Charlotte com fervor, mas mesmo assim curvou-se sobre o papel e começou a escrever.

Naquela tarde, Tessa e Sophie tiveram a segunda sessão de treinamento com os Lightwood. Após colocar as roupas apropriadas, Tessa saiu do quarto e encontrou Sophie esperando por ela no corredor. Também estava vestida para treinar, os cabelos presos habilidosamente e uma expressão sombria no rosto.

— Sophie, o que foi? — perguntou Tessa, colocando-se a seu lado. — Parece um tanto desconcertada.

— Bem, se quer mesmo saber... — Sophie diminuiu o tom. — É Bridget.

— Bridget? — A irlandesa tinha sido praticamente invisível na cozinha desde que chegara, ao contrário de Cyril, que circulava pela casa, realizando tarefas, assim como a própria Sophie. A última lembrança que Tessa tinha de Bridget envolvia a moça sentada sobre Gabriel Lightwood com uma faca. Permitiu-se saborear essa recordação por um instante. — O que ela fez?

— Ela só... — Sophie soltou um suspiro tempestuoso. — Ela não é muito amigável. Agatha era minha amiga, mas Bridget... Bem, temos uma forma de falar entre nós, serventes, você sabe, mas Bridget não o faz. Cyril é simpático, mas Bridget fica recolhida na cozinha, cantando aquelas horríveis canções irlandesas. Aposto que é o que está fazendo agora.

Estavam passando não muito longe da porta da copa. Sophie gesticulou para que Tessa a seguisse, e juntas aproximaram-se para espiar. A copa era bem grande, com portas que levavam à cozinha e à despensa. O aparador estava repleto de comida para o jantar — peixe e legumes, recentemente limpos e preparados. Bridget estava perto da pia, o cabelo destacando-se em cachos ruivos selvagens, crespos graças à umidade. E estava cantando; Sophie estava certa quanto a isso. Sua voz, flutuando acima do som da água, era aguda e doce.

Oh, descendo a escada, seu pai lhe acompanhava,
Sua mãe, os seus cabelos louros penteava.
Sua irmã Ann a uma encruzilhada lhe guiou,
E com a ajuda do irmão John em seu cavalo montou.
"Agora que subiste e eu estou aqui,
Dá-me o teu beijo antes de partir."
Ela inclinou-se para então fazê-lo.
Ele desferiu-lhe um profundo golpe, sem erro.
E com uma faca feito um dardo de tão afiada
O irmão atacou-lhe o coração com uma punhalada.

O rosto de Nate surgiu diante dos olhos de Tessa, que estremeceu. Sophie, olhando para além dela, não pareceu perceber.

— Só canta sobre essas coisas — sussurrou. — Assassinato e traição. Sangue e dor. É horrível.

Misericordiosamente, a voz de Sophie cobriu o fim da música. Bridget tinha começado a secar as louças e iniciou uma nova canção, ainda mais melancólica que a primeira.

Por que de sua espada pinga tanto sangue,
Edward, Edward?
Por que de sua espada pinga tanto sangue?
E por que estás tão triste?

— Basta disto — Sophie virou e se apressou pelo corredor; Tessa foi atrás. — Mas entendeu o que quero dizer? Bridget é tão terrivelmente mórbida, é horrível compartilhar um quarto com ela. Nunca diz uma palavra pela manhã, nem à noite, apenas essa lamentação...

— Você divide o quarto com ela? — Tessa estava espantada. — Mas o Instituto tem tantos aposentos...

— Para Caçadores de Sombras visitantes — disse Sophie. — Não para serventes. — Falou com tanta naturalidade, como se jamais tivesse lhe ocorrido questionar ou reclamar que dúzias de aposentos enormes estavam livres enquanto ela compartilhava um quarto com Bridget, cantora de baladas fúnebres.

— Eu poderia falar com Charlotte... — começou Tessa.

— Oh, não. Por favor, não o faça — chegaram à porta da sala de treinamento. Sophie virou-se para ela, completamente perturbada. — Não quero que ela pense que ando reclamando dos outros serventes. Realmente não quero, senhorita Tessa.

Tessa estava prestes a garantir a Sophie que não contaria nada a Charlotte se fosse este o seu desejo, quando escutou vozes exaltadas do outro lado da porta. Acenando para que Sophie fizesse silêncio, inclinou-se para ouvir.

As vozes claramente pertenciam aos irmãos Lightwood. Tessa reconheceu o tom mais grave e áspero de Gideon ao dizer:

— Haverá um momento de avaliação, Gabriel. Pode ter certeza disto Nosso posicionamento, quando o instante chegar, é o que importará.

Gabriel respondeu, com a voz tensa:

— Nós nos posicionaremos ao lado de nosso pai, é claro. Onde mais?

Fez-se uma pausa. Em seguida:

— Você não sabe tudo sobre ele, Gabriel. Não sabe tudo que ele fez.

— Sei que somos Lightwood e que ele é nosso pai. Sei que ele esperava ser nomeado diretor do Instituto quando Granville Fairchild morreu...

— Talvez o Cônsul saiba mais sobre ele do que você. E mais sobre Charlotte Branwell. Ela não é a idiota que você pensa.

— É mesmo? — A voz de Gabriel era puro sarcasmo. — Permitir que estejamos aqui, treinando suas preciosas meninas, isso não faz dela uma idiota? Não deveria ter presumido que estaríamos espionando para nosso pai?

Sophie e Tessa arregalaram os olhos uma para a outra.

— Ela concordou porque o Cônsul a forçou. Além disso, somos recebidos na porta e trazidos para esta sala e levados de volta. E as senhoritas Collins e Gray não sabem nada de importante. Que mal você diria que nossa presença está causando, efetivamente?

Fez-se um silêncio através do qual Tessa quase pôde ouvir o mau humor de Gabriel. Finalmente ele falou:

— Se despreza tanto nosso pai, por que voltou da Espanha?

Gideon respondeu com a voz exasperada:

— Voltei por *você*...

Sophie e Tessa estavam apoiadas na porta, as orelhas pressionadas contra a madeira. Naquele instante a porta cedeu com o peso e se abriu. Ambas se recompuseram às pressas, Tessa torcendo para que seus rostos não evidenciassem que estavam ouvindo a conversa.

Gabriel e Gideon estavam sob um feixe de luz ao centro da sala, olhando um para o outro. Tessa percebeu algo que não tinha notado antes: Gabriel, apesar de mais novo, era mais alto que Gideon alguns centímetros. Gideon era mais musculoso, tinha ombros mais largos. Passou a mão nos cabelos louro-areia, acenando brevemente com a cabeça para as meninas quando estas apareceram na entrada.

— Bom dia.

Gabriel Lightwood atravessou a sala para encontrá-las. Realmente era bem alto, pensou Tessa, esticando o pescoço para olhar para ele. Como ela própria era alta, não era comum precisar esticar a cabeça para trás para encarar um homem, apesar de tanto Will quanto Jem serem mais altos do que ela.

— A senhorita Lovelace continua lamentavelmente ausente? — perguntou sem se incomodar em cumprimentá-las. Estava com o rosto calmo, o único sinal da agitação de antes era a pulsação abaixo do símbolo de Coragem em Combate marcado em sua garganta.

— Continua com dor de cabeça — respondeu Tessa, seguindo-o até a sala de treino. — Não sabemos por quanto tempo continuará indisposta.

— Até os treinamentos acabarem, desconfio — disse Gideon, tão secamente que Tessa se surpreendeu quando Sophie riu. A jovem imediatamente se recompôs, mas não antes de Gideon lhe direcionar um olhar surpreso, quase de apreciação, como se não estivesse acostumado a pessoas rindo de suas piadas.

Com um suspiro, Gabriel esticou o braço e soltou dois longos bastões dos apoios na parede. Entregou um a Tessa.

— Hoje — começou —, vamos trabalhar com luta e bloqueio...

Como sempre, Tessa passou um longo tempo acordada naquela noite antes de o sono chegar. Pesadelos vinham perturbando-a recentemente — normalmente protagonizados por Mortmain, os olhos frios e cinzentos, e a voz ainda mais fria dizendo que ele a havia feito, que *Não existe Tessa Gray*.

Tinha estado cara a cara com ele, o homem que perseguiam, e Tessa ainda não sabia o que ele queria dela. Casamento, mas por quê? Para reivindicar-lhe o poder, mas para que fim? Pensar nos olhos frios de lagarto a fazia estremecer; a ideia de que ele pudesse ter alguma coisa a ver com seu nascimento era ainda pior. Não achava que ninguém — nem mesmo Jem, o maravilhoso e compreensivo Jem — entendia sua necessidade ardente de saber o que ela *era*, ou o medo de que ela própria fosse algum tipo de monstro. Era uma espécie de temor que a acordava no meio da noite, deixando-a engasgada e fazia com que arranhasse a própria pele, como se pudesse descascá-la para revelar um demônio se escondendo em seu interior.

Foi então que ouviu um ruído à porta, e o arranhão fraco de algo sendo levemente empurrado contra a madeira. Após um instante de pausa, deslizou para fora da cama e atravessou o quarto.

Abriu lentamente a porta e encontrou o corredor vazio, o som fraco de uma música de violino flutuando, vindo do quarto de Jem, do outro lado. Aos seus pés havia um pequeno livro verde. Pegou-o e olhou para as palavras estampadas em dourado na lateral:

— *Vathek*, de William Beckford.

Fechou a porta atrás de si e levou o livro para a cama, sentando-se para examiná-lo. Will devia ter deixado para ela. Obviamente não podia ter sido mais ninguém. Mas *por quê*? Por que essa pequena e estranha gentileza feita no escuro, a conversa sobre livros e a frieza no resto do tempo?

Abriu o livro na página de rosto. Will havia escrito um bilhete para ela — não apenas um bilhete, na verdade. Um poema.

Para Tessa Gray, por ocasião de receber
uma cópia de Vathek *para leitura:*

Califa Vathek e sua sombria horda
São destinados ao Inferno, não vai se entediar!
Sua fé em mim há de se restaurar —
A não ser que esta lembrança não queira aceitar
E meu pobre presente resolva ignorar.

— Will

Tessa caiu na gargalhada, em seguida pôs a mão na boca. *Maldito* Will, por sempre conseguir fazê-la rir, mesmo quando ela não queria, mesmo quando sabia que abrir o coração para ele, ainda que um único centímetro, era como tomar uma dose de alguma droga mortal e viciante. Deixou a cópia de *Vathek*, com o poema propositalmente horrível de Will, sobre a cabeceira e rolou para a cama, enterrando o rosto nos travesseiros. Ainda conseguia escutar a música do violino de Jem, docemente triste, flutuando por debaixo da porta. Com o máximo de empenho possível, tentou afastar da cabeça todos os pensamentos envolvendo Will; e de fato, quando dormiu e finalmente sonhou, pela primeira vez ele não apareceu.

Choveu no dia seguinte, e apesar do guarda-chuva, Tessa sentia o delicado chapéu que pegara emprestado com Jessamine começando a despencar na altura das orelhas, feito um pássaro com as penas encharcadas. Eles — ela, Jem, Will e Cyril, carregando as bagagens — apressavam-se ao sair da carruagem para a Estação King's Cross. Através das camadas de chuva cinzenta, somente conseguiu assimilar uma construção alta e imponente, com uma grande torre de relógio se erguendo da frente. No topo havia um cata-vento, daqueles em formato de galo, indicando que o vento soprava para o norte — e com força, espirrava gotas de chuva fria em seu rosto.

Do lado de dentro, a estação estava um caos: pessoas correndo para lá e para cá, vendedores de jornal anunciando seus produtos, homens-sanduíche subindo e descendo com as bandejas presas ao peito, anunciando de tudo, desde tônicos capilares a sabonetes. Um garotinho trajando um casaco Norfolk corria de um lado para o outro, a mãe numa perseguição acalorada. Com uma palavra para Jem, Will desapareceu imediatamente na multidão.

— Foi embora e nos largou, não foi? — disse Tessa, lutando com o guarda-chuva, que se recusava a fechar.

— Deixe isso comigo. — Jem habilidosamente esticou o braço e ativou o mecanismo; o guarda-chuva se fechou com um nítido estalo. Tirando os cabelos molhados dos olhos, Tessa sorriu para ele, exatamente quando Will retornou acompanhado de um carregador de bagagens de aparência aflita. Ele liberou Cyril das bagagens e gritou com eles para que se apressassem, pois o trem não esperaria o dia todo.

Will olhou do carregador para a bengala de Jem, e de volta para o carregador. Seus olhos azuis semicerraram.

— Vai esperar por *nós* — disse Will com um sorriso fatal.

O carregador pareceu espantado, mas disse "senhor" com um tom decididamente menos agressivo, e continuou a conduzi-los em direção à plataforma de embarque. Pessoas — tantas pessoas! — jorravam em volta enquanto Tessa atravessava a multidão, agarrando Jem com uma das mãos e o chapéu de Jessamine com outra. Na parte mais extrema da estação, onde os trilhos corriam a céu aberto, ela pôde ver o céu cinzento, manchado de fuligem.

Jem ajudou Tessa a subir no vagão. Houve muita confusão com a bagagem, e Will deu uma gorjeta para o carregador entre gritos e assobios enquanto o trem se preparava para sair. A porta se fechou atrás deles quando o trem avançou, vapor passando pelas janelas em lufadas brancas, as rodas tilintando alegremente.

— Trouxe alguma coisa para ler durante a viagem? — perguntou Will, ajeitando-se no assento diante de Tessa; Jem estava ao seu lado, a bengala apoiada contra a parede.

Tessa pensou na cópia de *Vathek* e no poema dentro dela; tinha deixado no Instituto para fugir da tentação, como uma pessoa faria com uma caixa de bombons se estivesse de regime e não quisesse engordar.

— Não — respondeu ela. — Não encontrei nada que tivesse despertado meu interesse ultimamente.

Will tensionou o maxilar, mas não disse nada.

— Há sempre algo tão emocionante no início de uma viagem, não acham? — prosseguiu Tessa, com o nariz na janela, apesar de conseguir enxergar muito pouco além de fumaça e fuligem e a chuva cinzenta caindo com muita força e velocidade. Londres era uma sombra desbotada na bruma.

— Não — disse Will ao se recostar e puxar o chapéu sobre os olhos.

Tessa manteve o rosto contra o vidro enquanto o cinza de Londres ia ficando para trás, e com ele a chuva. Logo estavam atravessando campos verdes pontilhados de ovelhas brancas, e ocasionalmente campanários de vilarejos ao longe. O céu tinha passado de cinza a um azul úmido e nublado, e pequenas nuvens escuras deslizavam acima. Tessa assistiu a tudo com fascínio.

— Você nunca esteve no campo antes? — perguntou Jem, apesar de, ao contrário de Will, parecer verdadeiramente curioso.

Tessa balançou a cabeça.

— Não me lembro de já ter saído de Nova York, exceto para ir a Coney Island, que não chega a ser exatamente o interior. Suponho que tenha o cruzado quando vim de Southampton com as Irmãs Sombrias, mas estava escuro, e, além disso, elas mantinham as cortinas das janelas fechadas — Tessa tirou o chapéu, que estava pingando, e o deixou secando no assento entre eles. — Mas sinto como se já tivesse visto. Em livros. Fico imaginando que verei Thornfield Hall se erguendo além das árvores, ou o Morro dos Ventos Uivantes empoleirado em...

— O Morro dos Ventos Uivantes fica em Yorkshire — disse Will, por baixo do chapéu —, e não estamos nem um pouco perto de Yorkshire ainda. Sequer chegamos a Grantham. E não há nada de tão impressionante em Yorkshire. Colinas e vales, nada de montanhas de verdade como temos no País de Gales.

— Sente falta de Gales? — perguntou Tessa. Não tinha certeza de por que o fizera; sabia que perguntar a Will sobre o passado era como mexer em um vespeiro, mas não conseguiu se conter.

Will deu de ombros levemente.

— O que tem para sentir falta? Ovelhas e cantorias — falou. — E aquela língua ridícula. *Fe hoffwn i fod mor feddw, fyddai ddim yn cofio fy enw.*

— O que significa?

— Significa "gostaria de ficar bêbado a ponto de esquecer meu próprio nome". Bastante útil.

— Você não me parece muito patriota — observou Tessa. — Não estava agora mesmo saudosista em relação às montanhas?

— Patriota? — O tom de Will era presunçoso. — Vou dizer a você o que é patriótico — declarou. — Em honra ao meu local de nascimento, tenho o dragão de Gales tatuado na...

— Está com um humor *incrível*, não é mesmo, William? — interrompeu Jem, apesar de não haver qualquer alteração em sua voz. Mas, após observar ambos há algum tempo, juntos e separados, Tessa sabia que se chamavam pelo nome inteiro, em vez dos apelidos, por algum motivo. — Lembre-se, Starkweather não suporta Charlotte, então se estiver com esta disposição...

— Prometo encantá-lo com meu charme — disse Will, sentando-se ereto e ajeitando o chapéu amassado. — Vou cativá-lo com tanta intensidade que, quando acabar, ele ficará no chão, mole, tentando se lembrar do próprio nome.

— O sujeito tem 89 anos — murmurou Jem. — Pode ser que já sofra desse problema.

— Suponho que neste momento todo este charme esteja armazenado? — perguntou Tessa. — Não gostaria de desperdiçar nem um pouco conosco?

— Exatamente — Will soou agradado. — E não é Charlotte que os Starkweather não suportam, Jem. É o pai dela.

— Pecados dos pais — disse Jem. — Eles não têm tendência a gostar de nenhum Fairchild, ou de qualquer pessoa associada a alguém da família. Charlotte não deixou nem Henry vir...

— Mas isso é porque, toda vez que alguém permite que Henry saia de casa sozinho, corre o risco de provocar um acidente doloso — disse Will. — Mas sim, em resposta à pergunta que não me fez, entendo a confiança que Charlotte depositou em nós e pretendo me comportar. E, mais do que ninguém, também não quero ver aquele Benedict Lightwood vesgo e seus filhos horrendos dirigindo o Instituto.

— Eles não são horrendos — declarou Tessa.

Will piscou para ela.

— Quê?

— Gideon e Gabriel — explicou Tessa. — São bastante bonitos, nem um pouco horrendos.

— Estava me referindo — disse Will em tom sepulcral —, à escuridão interior das profundezas das almas deles.

Tessa riu.

— E de que cor diria que são as profundezas da *sua* alma, Will Herondale?

— Lilás — respondeu Will.

Tessa olhou para Jem, pedindo ajuda, mas ele apenas sorriu.

— Talvez devêssemos discutir nossa estratégia — sugeriu ele. — Starkweather detesta Charlotte, mas sabe que ela nos enviou. Então como nos infiltraríamos para cair em suas graças?

— Tessa pode se utilizar de seus encantos femininos — disse Will. — Charlotte disse que ele gosta de um rostinho bonito.

— Como Charlotte explicou minha presença? — perguntou Tessa, percebendo de forma tardia que deveria ter investigado isso antes.

— Não o fez, na verdade; simplesmente informou nossos nomes. Foi bastante breve — respondeu Will. — Acho que cabe a nós formular uma história plausível.

— Não podemos dizer que sou uma Caçadora de Sombras; ele saberá imediatamente que é mentira. Não tenho Marcas.

— Nem marca de feiticeiro. Ele achará que é mundana — falou Jem. — Ela poderia se Transformar, mas...

Will a encarou especulativamente. Apesar de Tessa saber que não significava nada — menos que nada, para falar a verdade —, ainda sentia o olhar dele como o toque de um dedo em sua nuca, fazendo-a estremecer. Ela se forçou a retribuir o olhar com firmeza.

— Talvez pudéssemos falar que ela é uma tia louca e solteirona que insiste em nos acompanhar para todos os cantos.

— Minha tia ou sua? — perguntou Jem.

— Verdade, ela não se parece com nenhum de nós dois, não é? Talvez seja uma menina que se apaixonou perdidamente por mim e insiste em me seguir por todos os cantos.

— Meu talento é mudar de forma, Will, não atuar — disse Tessa, e com isso Jem gargalhou. Will o encarou.

— Ela ganhou de você, Will — afirmou Jem. — Às vezes isso acontece, não? Talvez eu devesse apresentar Tessa como minha noiva. Podemos dizer ao velho Aloysius que a Ascensão dela está a caminho.

— Ascensão? — Tessa não se recordava desse termo no *Códex*.

Jem explicou:

— Quando um Caçador de Sombras deseja se casar com uma mundana...

— Mas isso não é proibido? — perguntou Tessa, quando o trem entrou em um túnel. De repente o compartimento dos três escureceu, mesmo assim teve a sensação de que Will estava olhando para ela, aquela sensação arrepiante de que o olhar dele recaía sobre ela.

— E é. *A não ser que* o Cálice Mortal seja utilizado para transformar o mundano em questão em um Caçador de Sombras. Não é algo comum, mas acontece. Se ele solicitar à Clave uma Ascensão para a parceira, esta deve considerar o pedido por pelo menos três meses. Enquanto isso, a mundana passa a estudar para aprender sobre a cultura dos Caçadores de Sombras...

A voz de Jem foi afogada pelo assobio do trem quando a locomotiva saiu do túnel. Tessa olhou para Will, mas ele estava encarando a janela, sem olhar para ela nem um pouco. Ela deve ter imaginado coisas.

— Não é má ideia, suponho — disse Tessa. — Eu realmente sei bastante coisa; já li quase todo o *Códex*.

— Pareceria razoável eu levá-la comigo — observou Jem. — Como uma possível Ascendente, pode querer aprender sobre outros Institutos além do de Londres. — Voltou-se para Will. — O que acha?

— Parece uma ideia tão boa quanto qualquer outra. — Will continuava olhando pela janela; o campo se tornara menos verde, mais desolado. Não havia vilarejos visíveis, apenas trechos de grama verde-acinzentada e afloramentos de rocha negra.

— Quantos Institutos existem, além do de Londres? — perguntou Tessa.

Jem foi contando nas mãos.

— Na Grã-Bretanha? Londres, York, um na Cornualha, perto de Tintagel, um em Cardiff e outro em Edimburgo. Mas são todos menores e subordinados ao de Londres, que, por sua vez, é subordinado a Idris.

— Gideon Lightwood disse que estava no Instituto de Madri. Mas o que estava fazendo lá?

— Perdendo tempo, provavelmente — respondeu Will.

— Depois que concluímos nosso treinamento, aos 18 anos — relatou Jem, como se Will não tivesse se pronunciado —, somos incentivados a viajar, conhecer outros Institutos, experimentar a cultura dos Caçadores de Sombras em lugares diferentes. Sempre há novas técnicas, truques locais a serem aprendidos. Gideon só ficou fora por alguns meses. Se Benedict o chamou de volta em tão pouco tempo, deve estar dando a conquista do Instituto como certa. — Jem parecia perturbado.

— Mas ele está enganado — afirmou Tessa com segurança, e quando a expressão preocupada não deixou os olhos cinza de Jem, ela procurou algum assunto novo. — Onde fica o Instituto em Nova York?

— Não decoramos todos os endereços, Tessa. — Havia algo na voz de Will que sugeria perigo. Jem olhou para ele com os olhos semicerrados e perguntou:

— Está tudo bem?

Will tirou o chapéu e o colocou no assento ao seu lado. Olhou firmemente para os dois durante um instante, com o olhar calmo. Estava lindo como sempre, pensou Tessa, mas parecia haver algo de *cinza* nele, quase desbotado. Para alguém que costumava brilhar com tanta intensidade, sua luz parecia exaurida, como se estivesse rolando uma pedra para o alto de uma colina, feito Sísifo.

— Bebi demais ontem à noite — respondeu afinal.

Sério, por que perder seu tempo, Will? Não percebe que nós dois sabemos que isso é mentira? Tessa quase falou, mas ao olhar para Jem se conteve. Seu semblante enquanto encarava Will era preocupado — muito preocupado, aliás, apesar de Tessa saber que, tanto quanto ela própria, ele não acreditava que Will estivera bebendo. Mas tudo que Jem disse, suavemente, foi:

— Bem... se ao menos houvesse um Símbolo de Sobriedade.

— Sim — Will olhou para ele, e a rigidez de sua expressão relaxou ligeiramente. — Se pudermos voltar a discutir seu plano, James. É uma ideia boa, exceto por um detalhe. — Inclinou-se para a frente. — Se supostamente ela está comprometida com você, Tessa precisará de um anel.

— Pensei nisso — disse Jem, espantando Tessa, que achava que a história de Ascensão havia sido inventada agora. Jem levou a mão ao bolso do casaco e retirou um anel de prata, que estendeu a Tessa. Não era muito diferente do anel de prata que Will costumava usar, embora este tivesse o desenho das ameias da torre de um castelo, enquanto o de Will tinha pássaros voando. — O anel da família Carstairs — falou. — Se quiser...

Tessa o pegou e colocou no anelar esquerdo, onde pareceu magicamente se encaixar. Sentiu-se como se devesse dizer algo do tipo *é adorável*, ou *obrigada*, mas claro que não era um pedido de casamento, ou sequer um presente. Era apenas um detalhe em uma trama.

— Charlotte não usa aliança — disse Tessa. — Não sabia que Caçadores de Sombras usavam.

— Não usamos — explicou Will. — O costume manda darmos à garota nosso anel de família no noivado, mas a cerimônia de casamento na verdade envolve troca de símbolos, e não de alianças. Uma no braço, e outra no coração.

— "Coloca-me feito um selo em teu coração, feito um selo em teu braço: pois o amor é tão forte quanto a morte; o ciúme é tão cruel quanto um túmulo", citou Jem. — Cântico dos Cânticos.

— "O ciúme é tão cruel quanto um túmulo"? — Tessa ergueu as sobrancelhas. — Isso não é... muito romântico.

— "Suas brasas são brasas de fogo, que têm a mais veemente das chamas" — entoou Will, erguendo as sobrancelhas. — Sempre achei que mulheres achassem o ciúme romântico. Homens lutando por vocês...

— Bem, não há *túmulos* em cerimônias matrimoniais mundanas — disse Tessa. — Apesar de sua impressionante habilidade em citar a Bíblia. Melhor que minha tia Harriet.

— Ouviu isso, James? Ela nos comparou à tia Harriet.

Jem, como sempre, permaneceu inabalado.

— Temos de nos familiarizar com todos os textos religiosos — revelóu. — Eles são manuais de instruções para nós.

— Então decoram todos os textos na escola? — Tessa percebeu que não tinha visto nem Will nem Jem estudando durante toda a sua estadia no Instituto. — Ou melhor, quando atendem à tutoria?

— Sim, apesar de Charlotte não nos ter tutorado ultimamente, como pode imaginar — respondeu Will. — Um Caçador de Sombras ou tem um tutor, ou é educado em Idris, quero dizer, até atingir a maioridade dos 18 anos. O que acontecerá em breve, ainda bem, com nós dois.

— Qual de vocês é mais velho?

— Jem — disse Will.

— Eu — respondeu Jem ao mesmo tempo. Também riram simultaneamente, e Will acrescentou:

— Apenas por três meses de diferença.

— Sabia que faria questão de destacar este detalhe — declarou Jem, com um sorriso.

Tessa olhou de um para o outro. Não poderia haver dois meninos mais diferentes, ou com inclinações mais distintas. E ainda assim...

— É isso que significa ser *parabatai*? — perguntou ela. — Concluir os pensamentos um do outro e coisas do tipo? Porque o *Códex* não ensina muita coisa.

Will e Jem se entreolharam. Will deu de ombros primeiro, casualmente.

— É muito difícil explicar — respondeu com arrogância. — Se você nunca teve a experiência...

— Quero dizer — explicou Tessa —, você não podem, não sei, ler a mente um do outro ou coisa do tipo?

Jem emitiu um ruído, como se precipitando-se a dizer algo. Os olhos azuis suaves de Will se arregalaram.

— Ler a mente um do outro? Que horror, não.

— Então, de que adianta? Vocês juram proteção mútua, entendo, mas todos os Caçadores de Sombras não devem fazer isso de qualquer jeito?

— É mais do que isso — explicou Jem, agora decidido a falar e fazendo-o com sobriedade. — A ideia do *parabatai* vem de um velho conto, a história de Jonatas e Davi. "E veio a passar... que a alma de Jonatas estava costurada a de Davi, e Jonatas o amava como à própria alma... Então Jonatas e Davi fizeram um pacto, porque ele o amava como à própria alma." Eram dois guerreiros, e suas almas foram costuradas pelo Paraíso, e daí Jonatas Caçador de Sombras tirou a ideia de *parabatai*, e incluiu a cerimônia na Lei.

— Mas não precisa ser entre dois homens. Pode ser entre um homem e uma mulher, ou duas mulheres?

— Sem dúvida. — Jem assentiu. — Você só tem 18 anos para encontrar e escolher um *parabatai*. Uma vez mais velho do que isso, o ritual não está mais aberto a você. E não é apenas uma questão de prometer proteger o outro. Precisa se colocar diante do Conselho e jurar arriscar a própria vida por seu *parabatai*. Ir aonde ele for, ser enterrado onde ele estiver. Se uma flecha fosse disparada na direção de Will, eu seria obrigado por juramento a pular na frente.

— Isso é muito útil — disse Will.

— E ele, é claro, deve fazer o mesmo por mim — observou Jem. — Independentemente do que ele diga, Will não quebra juramentos nem a Lei. — Olhou fixamente para Will, que deu um sorriso tímido e encarou a janela.

— Céus — disse Tessa. — É tudo muito tocante, mas não vejo exatamente como isso pode trazer alguma vantagem.

— Nem todo mundo tem um *parabatai* — disse Jem. — Poucos de nós, na verdade, conseguem encontrar um a tempo. Mas os que encontram podem extrair força do *parabatai* durante uma batalha. Um símbolo desenhado em você por seu *parabatai* é sempre mais potente que o feito por você mesmo, ou por outra pessoa. E existem alguns símbolos que só podem ser utilizados por nós, por mais nenhum outro Caçador de Sombras, pois evocam nosso poder duplicado.

— Mas e se resolverem que não querem mais ser *parabatai*? — perguntou Tessa, curiosa. — O ritual pode ser quebrado?

— Meu Deus, mulher — disse Will. — Existe alguma pergunta que *não* queira fazer?

— Não vejo mal algum em contar para ela. — As mãos de Jem estavam cruzadas sobre a bengala. — Quanto mais souber, melhor será para interpretar o papel de alguém que pretende Ascender. — Voltou-se para Tessa. — O ritual não pode ser quebrado exceto em algumas situações. Se algum de nós se tornasse integrante do Submundo ou um mundano, aí o laço seria rompido. É claro, se um de nós morresse, o outro estaria livre. Mas não para escolher outro *parabatai*. Um Caçador de Sombras não pode participar do ritual mais de uma vez.

— É como ser casado, não é — disse Tessa, com placidez —, na Igreja Católica. Como Henrique VIII, que precisou criar uma nova religião para poder escapar dos votos.

— Até que a morte nos separe — disse Will, com o olhar ainda fixo na paisagem campestre que passava acelerada lá fora.

— Bem, Will não precisará criar uma nova religião só para se livrar de mim — observou Jem. — Logo estará livre.

Will olhou para ele com severidade, mas foi Tessa quem se pronunciou.

— Não diga isso — repreendeu. — Uma cura ainda pode ser encontrada. Não vejo razão alguma para abandonar a esperança.

Ela quase se encolheu com o olhar que Will lhe direcionou: azul, ardente e furioso. Jem não pareceu notar ao responder, calmo e inabalado.

— Não abandonei a esperança — declarou. — Só espero coisas diferentes de você, Tessa Gray.

Horas se passaram depois disso, durante as quais Tessa cochilou com a cabeça apoiada na mão, o ruído tedioso das rodas do trem invadindo seus sonhos. Finalmente acordou com Jem sacudindo-a suavemente pelos ombros, o assobio do trem chiando, e o vigia gritando o nome da estação de York. Em uma confusão de bolsas, chapéus e carregadores de bagagem, desembarcaram na plataforma. Não estava nem de longe tão lotada quanto King's Cross, e era coberta por um telhado bem mais impressionante, arqueado, de ferro e vidro, através do qual dava para enxergar o céu cinza-negro.

Plataformas se estendiam até onde o olho alcançava; Tessa, Jem e Will estavam na mais próxima ao centro da estação, onde os grandes relógios, com suas faces douradas, indicavam que eram seis horas. Estavam bem mais ao norte agora, o céu já havia começado a escurecer com o crepúsculo.

Tinham acabado de se reunir sob um dos relógios quando um homem saiu das sombras. Tessa mal conteve o espanto ao vê-lo. Usava uma capa volumosa, um chapéu que parecia impermeável e botas, como um velho marinheiro. Tinha uma barba longa e branca, os olhos contornados por sobrancelhas brancas e espessas. Ele esticou a mão e a colocou no ombro de Will.

— Nephilim? — perguntou, com a voz áspera e um sotaque carregado. — É você?

— Meu Deus — disse Will, colocando a mão no coração em um gesto teatral. — É o Marinheiro Ancião do poema de Coleridge.

— Estou aqui a pedido de Aloysius Starkweather. Vocês são as pessoas que ele quer ver ou não? Não tenho a noite toda.

— Tem um encontro importante com um Albatroz? — perguntou Will, ainda referindo-se ao poema. — Não se atrase por nossa causa.

— O que meu amigo louco quer dizer — falou Jem —, é que somos, sim, os Caçadores de Sombras do Instituto de Londres. Charlotte Branwell nos enviou. E você é...?

— Gottshall — respondeu o homem rispidamente. — Minha família serve aos Caçadores de Sombras do Instituto de York há quase três séculos. Enxergo através dos feitiços, jovens. Exceto por esta aqui — acrescentou, e voltou o olhar para Tessa. — Se há um feitiço na menina, é algo que nunca vi antes.

— Ela é mundana, Ascendente — disse Jem rapidamente. — Em breve será minha esposa. — Pegou a mão de Tessa de um jeito protetor, e a virou de modo que Gottshall pudesse ver o anel no dedo. — O Conselho achou que seria bom ela conhecer outro Instituto além do de Londres.

— O senhor Starkweather foi informado sobre isto? — perguntou Gottshall, os olhos negros atentos sob a aba do chapéu.

— Depende do que a senhora Branwell disse a ele — respondeu Jem.

— Bem, espero que ela tinha dito alguma coisa a ele, para o bem de vocês — falou o velho servente, erguendo a sobrancelha. — Se existe um homem no mundo que detesta surpresas mais do que Aloysius Starkweather, ainda não o conheci o bastar... sujeito. Perdão, senhorita.

Tessa sorriu e inclinou a cabeça, mas por dentro seu estômago estava embrulhando. Olhou para Jem e Will, mas ambos continuavam calmos e sorrindo. Estavam acostumados a esse tipo de subterfúgio, pensou, e ela não. Já tinha interpretado papéis antes, mas nunca o de si mesma, nunca com o próprio rosto e não o de outra pessoa. Por algum motivo, assustava-se ao pensar em mentir sem uma imagem falsa sob a qual se esconder. Só podia torcer para que Gottshall estivesse exagerando, apesar de alguma coisa — talvez o brilho em seu olho ao encará-la — dizer que não.

5

Sombras do Passado

Mas seres maus, trajados de luto,
Assaltaram o alto trono do monarca;
(Ah, lamentemo-nos, visto que nunca mais a alvorada
Despontará sobre ele, o desolado!)
E em torno de sua morada a glória,
Que, rubra, florescia,
Não passa, agora, de uma história quase esquecida
Dos velhos tempos já sepultos.
— Edgar Allan Poe, "O Palácio Assombrado"

Tessa mal notou o interior da estação ao seguirem o servente de Starkweather através da entrada lotada. Ocupada e agitada, com pessoas esbarrando nela, o cheiro de fumaça de carvão e de comida cozinhando, placas borradas da empresa ferroviária Great Northern Railway e das linhas York e North Midland. Logo chegaram ao lado de fora, sob um céu cinzento que formava um arco sobre eles, ameaçando chuva. Um hotel grandioso esticava-se contra o horizonte crepuscular em uma das extremidades da estação; Gottshall apressou o grupo naquela direção, onde uma carruagem branca com os quatro *C*s da Clave pintados na porta estava esperando perto da entrada. Após acomodarem a bagagem e entrar, partiram, a carruagem entrando na Tanner Row para se juntar ao fluxo.

Will ficou em silêncio durante quase todo o trajeto, tamborilando os dedos esguios nos joelhos cobertos por uma calça preta, os olhos azuis distantes e pensativos. Foi Jem quem puxou a conversa, inclinando-se sobre Tessa para abrir as cortinas no lado dela da carruagem. Indicou pontos interessantes na paisagem — o cemitério onde as vítimas de uma epidemia de cólera haviam sido enterradas, e as antigas paredes cinzas da cidade erguendo-se diante deles, denticuladas no topo, como o padrão desenhado em seu anel. Depois que cruzaram ao outro lado das paredes, as ruas estreitaram. Era como Londres, pensou Tessa, mas em escala reduzida; mesmo as lojas pelas quais passaram — um açougue, uma loja de tecidos — pareciam menores. Os pedestres, homens em sua maioria, que se apressavam, com os queixos nos colarinhos para bloquear a garoa que tinha começado a cair, não estavam tão bem-vestidos; tinham um visual "campestre", como os fazendeiros que ocasionalmente apareciam em Manhattan, reconhecíveis pela vermelhidão das mãos, a pele do rosto grossa e queimada de sol.

A carruagem virou de uma rua estreita para uma praça enorme; Tessa respirou fundo. Diante deles erguia-se uma magnífica catedral, as torres góticas perfurando o céu cinzento como São Sebastião trespassado pelas flechas. Uma enorme torre de pedra calcária coroava a estrutura, e nichos ao longo da fachada sustentavam estátuas esculpidas, todas diferentes entre si.

— Este é o Instituto? Meu Deus, é tão mais grandioso que o de Londres...

Will riu.

— Às vezes uma igreja é apenas uma igreja, Tess.

— Esta é a Catedral de York — explicou Jem. — Orgulho da cidade. *Não* é o Instituto. O Instituto fica em Goodramgate Street. — As palavras de Jem se confirmaram quando a carruagem se afastou da catedral, seguiu por Downgate e entrou na rua estreita e de pedras de Goodramgate, onde chocalhou sob um pequeno portão de ferro entre duas construções inclinadas do período Tudor.

Quando emergiram do outro lado, Tessa viu por que Will tinha rido. O que se erguia diante deles era uma bela igreja, cercada por muros e grama lisa, mas não tinha nem um pouco da grandiosidade da Catedral de York. Quando Gottshall se aproximou para abrir a porta da carruagem e ajudar Tessa a descer, ela viu eventuais lápides que sobressaíam da grama molhada de chuva, como se alguém tivesse tido a intenção de iniciar um cemitério e perdido o interesse durante a execução do projeto.

O céu já estava quase escuro, prateado aqui e ali com nuvens tornadas quase transparentes pela luz das estrelas. Atrás de Tessa, as vozes familiares de Jem e Will murmuravam; diante dela, as portas da igreja estavam abertas, e através das mesmas pôde ver velas piscando. Sentiu-se incorpórea de repente, como se fosse um fantasma, assombrando esse local estranho, tão distante da vida que conhecia em Nova York. Estremeceu, e não só pelo frio.

Sentiu a mão de alguém roçar em seu braço, e um hálito quente agitou seu cabelo. Sabia quem era sem precisar olhar para trás.

— Vamos entrar, minha noiva? — disse Jem suavemente ao ouvido de Tessa. Sentiu a risada nele, vibrando pelos ossos, comunicando-se com ela. Quase sorriu. — Enfrentemos juntos o leão em sua cova.

Ela entrelaçou o braço no dele. Subiram os degraus da igreja; Tessa olhou para trás ao chegar no alto e viu Will olhando para eles, aparentemente distraído, quando Gottshall o cutucou no ombro e disse alguma coisa em seu ouvido. O olhar de Tessa encontrou o dele, mas ela rapidamente desviou; trocar olhares com Will era, na melhor das hipóteses, confuso, e vertiginoso na pior delas.

O interior da construção era pequeno e escuro em comparação ao Instituto de Londres. Bancos escurecidos pelo tempo percorriam o comprimento das paredes, e acima deles velas de luz enfeitiçada ardiam em suportes de ferro escurecido. Na frente da igreja, diante de uma verdadeira cascata de velas ardentes, havia um senhor vestido com as roupas pretas de um Caçador de Sombras. Tinha barba e cabelos espessos e grisalhos, desgrenhados, os olhos negro-acinzentados semiescondidos sob as sobrancelhas volumosas, a pele marcada pelos sinais da idade. Tessa sabia que o homem tinha quase 90 anos, mas ainda tinha a coluna ereta e o tórax compacto como um tronco.

— Jovem Herondale, certo? — vociferou quando Will deu um passo a frente para se apresentar. — Meio mundano, meio galês, e herdou o pior de cada, pelo que sei.

Will sorriu educadamente.

— *Diolch*.

Starkweather ficou arrepiado.

— Língua mestiça — murmurou, e voltou o olhar para Jem. — James Carstairs — falou. — Outro fedelho de Instituto. Estou prestes a mandá-los sair. Aquela coisinha arrogante, aquela Charlotte Fairchild jogando-os para cima de mim sem autorização. — Ele tinha um pouco do mesmo sotaque de Yorkshire de seu servente, apesar de bem mais brando; mesmo assim, algumas letras apresentavam uma pronúncia diferente. — Ninguém naquela família tinha educação. Vivi muito bem sem o pai dela, e posso viver sem...

Seus olhos brilhantes recaíram então sobre Tessa, e ele parou abruptamente, boquiaberto, como se tivesse sido estapeado no meio da frase. Tessa olhou para Jem; o rapaz parecia tão espantado quanto ela com o silêncio súbito de Starkweather. Mas ali, na brecha, estava Will.

— Esta é Tessa Gray, senhor — disse. — É uma menina mundana, mas é noiva de Carstairs, e Ascendente.

— Uma *mundana*, você diz? — perguntou Starkweather, com olhos arregalados.

— Uma Ascendente — respondeu Will com o tom mais suave e sedoso. — Tem sido uma amiga fiel do Instituto de Londres, e esperamos recebê-la em nossas fileiras em breve.

— Uma mundana — repetiu o velho, e teve um acesso de tosse. — Bem, os tempos... Sim, então suponho... — Voltou os olhos para o rosto de Tessa outra vez e virou para Gottshall, que parecia martirizado em meio às bagagens. — Chame Cedric e Andrew para ajudarem a levar os pertences dos convidados para seus respectivos quartos — comandou. — E diga a Ellen para instruir a cozinheira a colocar mais três lugares para o jantar de hoje. Posso ter me esquecido de lembrá-la de que tínhamos convidados.

O servente olhou pasmo para o mestre antes de assentir em aparente torpor; Tessa não pôde culpá-lo. Estava óbvio que Starkweather pretendia mandá-los embora e mudou de ideia no último segundo. Ela olhou para Jem, que parecia tão confuso quanto ela; somente Will, com olhos grandes e azuis e um rosto inocente como o de um coroinha, parecia não esperar nada diferente.

— Bem, vamos — disse Starkweather, rispidamente, sem olhar para Tessa. — Não precisam ficar aí em pé. Sigam-me e mostrarei os aposentos.

— Pelo Anjo — disse Will, passando o garfo pela coisa amarronzada no prato. — O que *é* isto?

Tessa tinha de admitir, era difícil dizer. Os serventes de Starkweather (basicamente homens e mulheres envelhecidos e corcundas, e uma copeira com o rosto azedo) tinham feito como ordenado e colocado três lugares extras para o jantar — que consistia de um ensopado cheio de pedaços. Fora servido com uma concha de prata por uma mulher com um vestido preto e uma touca branca, tão corcunda e idosa que Tessa precisou se segurar para não levantar e ajudá-la. Quando a senhora terminou, virou-se e saiu, deixando Jem, Tessa e Will sozinhos na sala, olhando uns para os outros.

Um lugar também havia sido posto para Starkweather, mas ele não estava presente. Tessa reconheceu que no lugar dele também não se apressaria para comer o ensopado. Cheio de legumes excessivamente cozidos e com carne dura, parecendo ainda menos apetitoso sob a pouca luz da sala de jantar. Apenas algumas velas iluminavam o local apertado; o papel de parede era marrom-escuro e o espelho sobre a lareira apagada estava manchado e descolorido. Tessa se sentia horrivelmente desconfortável em seu vestido de noite, uma peça dura de tafetá azul, emprestada por Jessamine e alargada por Sophie, e que, àquela luz, apresentava uma coloração de hematoma.

Mesmo assim, tratava-se de um comportamento bastante peculiar para um anfitrião, insistir tanto que participassem do jantar e depois não aparecer. Mais cedo, uma servente tão frágil e anciã quanto a que serviu o ensopado havia levado Tessa até o quarto mais cedo, uma caverna mal-iluminada cheia de móveis entalhados. Era muito escuro, como se Starkweather estivesse tentando economizar em óleo ou velas, apesar de que, até onde Tessa sabia, luz enfeitiçada não custava nada. Talvez simplesmente gostasse do escuro.

Achara o quarto frio, escuro, levemente mais do que sinistro. O fogo baixo queimando na lareira não foi de muita ajuda para aquecer o recinto. De ambos os lados da lareira havia um raio talhado. O mesmo símbolo aparecia no jarro branco cheio de água que Tessa utilizou para lavar as mãos e o rosto. Tinha se secado rapidamente, imaginando por que não conseguia se lembrar de já ter visto o símbolo no *Códex*. Devia ter algum significado importante. Todo o Instituto de Londres era decorado com símbolos da Clave, como o Anjo emergindo do lago, ou os *Cs* entrelaçados de Conselho, Contrato, Clave e Cônsul.

Também havia velhos retratos por todos os lados — naquele quarto, nos corredores, ao longo de toda a escadaria. Após se trocar, colocar o vestido de noite e ouvir o trinado do sino de jantar, Tessa desceu as escadas, uma monstruosidade esculpida no estilo Jaime I. Ao chegar à base, deteve-se para olhar a pintura de uma jovem de cabelos longos e claros, trajando um vestido infantil antiquado, um laço grande coroando sua cabecinha. Tinha o rosto fino, pálido e enfermo, mas os olhos eram luminosos — a única coisa luminosa neste local escuro, pensou Tessa.

— Adele Starkweather — dissera uma voz às suas costas, lendo a placa na moldura. — 1842.

Tessa virou-se e olhou para Will, que estava parado, com as pernas afastadas, as mãos atrás das costas, observando o retrato e franzindo o rosto.

— O que foi? Está com cara de quem não gostou dela, mas eu gosto bastante. Deve ser a filha... não, a neta de Starkweather, acho.

Will havia balançado a cabeça, olhando do retrato para Tessa.

— Sem dúvida. Este lugar é decorado como uma casa de família. Está claro que há muitas gerações os Starkweather vivem no Instituto de York. Viu os raios em todos os cantos?

Tessa assentiu.

— É o símbolo da família Starkweather. Há tantas referências à família quanto à Clave aqui. Não é adequado se comportar como proprietário de um lugar como este. Uma pessoa não pode herdar um Instituto. O guardião é apontado pelo Cônsul. O local em si pertence à Clave.

— Os pais de Charlotte dirigiram o Instituto de Londres antes dela.

— Parte do motivo pelo qual o velho Lightwood é tão sensível em relação à questão — respondeu Will. — Institutos não necessariamente devem permanecer em família. Mas o Cônsul não teria atribuído a Charlotte o posto se ela não fosse a pessoa indicada. E no caso de Londres foi somente uma geração. Isto... — apontou em volta, como se quisesse englobar com um único gesto todos os retratos, o andar e o excêntrico e solitário Aloysius. — Bem, não é à toa que o velho acha que tem o direito de nos expulsar daqui.

— Doido de pedra, minha tia teria dito. Vamos jantar?

Em uma rara demonstração de gentileza, Will ofereceu o braço. Tessa não olhou para ele ao aceitar. Will, vestido para a ocasião era belo o suficiente para deixá-la sem fôlego, e Tessa tinha a impressão de que precisaria permanecer atenta.

Jem estava esperando na sala quando chegaram, e Tessa sentou-se ao lado dele para aguardar o anfitrião. O lugar dele estava posto, o prato servido, e até a taça preenchida com um vinho tinto, mas não havia sinal de Aloysius. Will foi o primeiro a dar de ombros e começar a comer, apesar de logo em seguida fazer uma cara de quem desejava não ter começado.

— O que *é* isto? — prosseguiu agora, espetando um objeto com um garfo e o levantando a altura do olho. — Esta... esta... *coisa*?

— Uma pastinaca? — sugeriu Jem.

— Uma pastinaca plantada na horta do próprio Satanás — disse Will. Olhou em volta. — Não imagino que haja algum cachorro para o qual eu possa dar isto.

— Não parece haver animais de estimação por aqui — observou Jem, que adorava todos os animais, mesmo o inglório e mal-humorado Coroinha.

— Provavelmente todos envenenados por pastinacas — disse Will.

— Céus — Tessa disse tristemente, repousando o garfo. — E eu também estava com tanta fome.

— Tem sempre os pãezinhos de jantar — disse Will, apontando para a cesta coberta. — Mas devo alertá-la de que são duros como pedra. Pode usá-los para matar besouros, se algum deles incomodá-la durante a noite.

Tessa fez uma careta e tomou um gole de vinho. Estava azedo como vinagre.

Will repousou o garfo e começou alegremente a recitar, à la Edward Lear em seu livro *Book of Nonsense:*

"Era uma vez uma moça de Nova York
Que se encontrou faminta em York,
Mas o pão estava mau,
As pastinacas tinham formato de..."

— Não pode rimar "York" com "York" — interrompeu Tessa. — É trapaça.

— Ela tem razão — disse Jem, os dedos delicados brincando com a haste da taça de vinho. — Principalmente quando há opções claríssimas de rima...

— Boa noite. — A sombra desajeitada de Aloysius Starkweather surgiu repentinamente na entrada; Tessa ficou imaginando, com uma onda de rubor, há quanto tempo ele estava ali. — Senhor Herondale, senhor Carstairs, senhorita, hum...

— Gray — disse Tessa. — Theresa Gray.

— Certo. — Starkweather não se desculpou, apenas sentou-se pesadamente à cabeceira. Trouxera consigo uma caixa quadrada e lisa, do tipo que banqueiros usavam para guardar papéis, que pousou ao lado do prato. Tomada pela animação, Tessa viu que havia um ano marcado nela, 1825, e, melhor ainda, três grupos de iniciais. *JTS, AES, AHM.*

— Sem dúvida a mocinha vai ficar feliz em saber que atendi às exigências e vasculhei os arquivos durante todo o dia, além de boa parte da noite de ontem — Starkweather começou a explicar, em tom irritado. Tessa precisou de um instante para perceber que, nesse caso, "mocinha" significava Charlotte. — Muita sorte, a dela, por meu pai nunca ter jogado nada fora. E no instante em que vi os papéis me lembrei. — Ele tocou a têmpora. — Oitenta e nove anos e não me esqueço de nada. Diga isso ao velho Wayland quando ele falar em me substituir.

— Certamente o faremos, senhor — disse Jem, com os olhos dançando.

Starkweather tomou um gole grande do vinho e fez uma careta.

— Pelo Anjo, esta coisa está nojenta! — Soltou a taça e começou a retirar papéis da caixa. — O que temos aqui é um formulário de Reparações em nome de dois feiticeiros. John e Anne Shade. Um casal.

— Agora, esta é a parte estranha — prosseguiu o velho. — A reclamação foi feita pelo filho, Axel Hollingworth Mortmain, 22 anos de idade. Bem, é claro que feiticeiros são estéreis...

Desconfortável, Will remexia-se na cadeira, desviando os olhos para não encarar os de Tessa.

— Este filho foi adotado — disse Jem.

— Não devia ser permitido — disse Starkweather, tomando mais um gole do vinho que havia classificado como nojento. As bochechas do velho estavam começando a enrubescer. — É como dar uma criança humana para ser criada por lobos. Antes dos Acordos...

— Se houver alguma pista quanto ao paradeiro dele — disse Jem, tentando retomar o rumo da conversa, educadamente. — Temos muito pouco tempo...

— Muito bem, muito bem — irritou-se Starkweather. — Há pouca informação aqui sobre seu precioso Mortmain. Mais sobre os pais. Parece que começaram a desconfiar deles quando o feiticeiro, John Shade, apoderou-se do Livro Branco. Um livro de feitiços bastante poderoso, vejam vocês; desapareceu da biblioteca do Instituto de Londres em circunstâncias suspeitas em 1752. O livro é especializado sem feitiços para atar ou desatar: conectar a alma ao corpo, ou desconectá-la, dependendo do caso. Ao que parece o feiticeiro estava tentando animar objetos. Estava desenterrando corpos, ou comprando-os de alunos de medicina e substituindo suas partes mais danificadas por mecanismos. E depois tentava trazê-los à vida. Necromancia, totalmente contra a Lei. E não tínhamos os Acordos naquele tempo. Um grupo do Enclave se infiltrou e matou os dois.

— E a criança? — perguntou Will. — Mortmain?

— Nem sinal dele — respondeu Starkweather. — Procuramos, mas nada. Presumimos que estava morto, até que isto, de extrema impertinência, apareceu pedindo reparação. Mesmo o endereço...

— O *endereço*? — perguntou Will. Essa informação *não* constava no pergaminho que tinham visto no Instituto. — Em Londres?

— Não. Bem aqui em Yorkshire. — Starkweather cutucou a página com um dedo enrugado. — O Solar Ravenscar. Um amontoado de estacas velhas ao norte. Está abandonado agora, eu acho, há décadas. Pensando bem, não sei como ele encontrou dinheiro para comprar. Não era onde os Shade moravam.

— Mesmo assim — disse Jem. — Um ótimo ponto de partida para procurarmos. Se está abandonado desde que ele morou lá, pode ser que tenha deixado algo para trás. Inclusive, pode ser que ele ainda esteja usando o local.

— Pode ser. — Starkweather não soou nada entusiasmado com a questão. — A maioria dos bens dos Shade foi levada como espólio.

— Espólio — ecoou Tessa, a voz fraca. Lembrava-se do termo do *Códex*. Qualquer coisa que um Caçador de Sombras pegasse de alguém do Submundo que tivesse sido visto transgredindo a Lei pertencia a ele. Eram os espólios da guerra. Olhou para Jem e Will; os olhos suaves de Jem estavam fixos nela, preocupados; os azuis e assombrados de Will guardando todos os seus segredos. Ela realmente pertencia a uma raça de criaturas que estava em guerra com o que Jem e Will eram?

— Espólios — resmungou Starkweather. Tinha acabado o próprio vinho e já começara a tomar o de Will, até então intacto. — Isso lhe interessa, menina? Temos uma bela coleção aqui no Instituto. O de Londres passa vergonha perto do nosso, pelo menos é o que dizem. — Ele ficou de pé, quase derrubando a cadeira ao se levantar. — Venham. Mostrarei a vocês enquanto relato o restante desta pesarosa narrativa, apesar de não faltar muita coisa.

Tessa olhou rapidamente para Will e Jem para ver o que deveria fazer, mas eles já estavam de pé, seguindo o velho para fora do recinto. Starkweather falava ao caminhar, o som de sua voz vindo por cima do ombro, fazendo com que tivessem de se apressar para alcançar as passadas largas do anfitrião.

— Jamais gostei muito desta história de Reparações — disse ele ao passarem por mais um corredor de pedras interminável e pouco iluminado. — Deixa os integrantes do Submundo atrevidos, achando que têm o direito de conseguir algo de nós. Todo o trabalho que realizamos e nenhum agradecimento, apenas mãos estendidas, pedindo mais e mais. Não concordam, cavalheiros?

— São uns malditos, todos eles — respondeu Will, cuja mente parecia a milhares de quilômetros de distância. Jem o olhou de lado.

— Com certeza! — vociferou Starkweather, claramente agradado. — Não que esta seja uma linguagem apropriada para se usar na frente de uma dama, é claro. Como ia dizendo, esse Mortmain estava protestando pela morte de Anne Shade, a esposa do feiticeiro, alegou que ela não possuía nenhuma relação com os projetos do marido, que não sabia nada sobre eles. A morte dela teria sido injusta. Queria um julgamento dos culpados pelo que classificou como "assassinato", além de recuperar os pertences dos pais.

— O Livro Branco estava entre as coisas que ele pediu? — perguntou Jem. — Sei que é um crime um feiticeiro possuir este volume...

— Estava. Foi recuperado e colocado na biblioteca do Instituto de Londres, onde sem dúvida ainda está. Certamente ninguém iria entregá-lo a *ele*.

Tessa fez um rápido cálculo mental. Se tinha 89 anos agora, Starkweather tinha 26 quando os Shade morreram.

— O senhor estava lá?

Os olhos injetados do velho a olharam de cima a baixo; Tessa notou que mesmo agora, um pouco embriagado, ele não parecia querer olhar diretamente para ela.

— Estava onde?

— Disse que um grupo do Enclave foi enviado para cuidar dos Shade. O senhor estava entre eles?

Ele hesitou, em seguida deu de ombros.

— Sim — revelou, o sotaque de Yorkshire acentuando-se por um instante. — Não demorou muito para pegarmos os dois. Não estavam preparados. Nem um pouco. Lembro-me deles caídos lá, no próprio sangue. Na primeira vez em que vi feiticeiros mortos, fiquei surpreso por terem sangue vermelho. Poderia jurar que seria de uma cor diferente, azul, verde, ou coisa do tipo — falou, dando de ombros. — Tiramos as capas deles, como peles de um tigre. Fiquei encarregado de guardá-las, ou melhor, meu pai. Glória, glória. Grandes tempos. — Ele sorriu o sorriso de uma caveira, e Tessa pensou na câmara do Barba Azul, em que este guardava os restos das esposas que havia matado. Sentiu muito calor e muito frio ao mesmo tempo.

— Mortmain jamais teria a menor chance, não é mesmo? — perguntou Tessa baixinho. — Com a reclamação. Jamais obteria as reparações.

— Claro que não! — vociferou Starkweather. — Uma bobagem aquilo tudo, alegar que a esposa não estava envolvida. Qual mulher não mete o bedelho nos assuntos do marido? Além disso, ele sequer era filho de sangue do casal, não poderia ter sido. Provavelmente era para eles mais um bicho de estimação do que qualquer coisa. Aposto que o pai o teria usado para obter peças em falta, se necessário fosse. Ficou muito melhor sem os dois. Deveria ter nos agradecido e não solicitado um julgamento...

O velho parou ao chegar a uma porta pesada no final do corredor e encostou o ombro nela, sorrindo para eles por debaixo das sobrancelhas salientes.

— Já estiveram no Palácio de Cristal? Bem, isto aqui é ainda melhor.

Abriu a porta com o ombro, e uma luz se acendeu ao atravessarem a entrada. Certamente era o único recinto iluminado do local.

A sala era repleta de armários com frentes de vidro, e sobre cada um deles havia uma lâmpada de luz enfeitiçada iluminando o conteúdo. Tessa viu a postura de Will enrijecendo, e Jem esticou a mão para alcançá-la, apertando seu braço quase dolorosamente.

— Não... — começou, mas ela já estava à frente e olhava para o conteúdo dos armários.

Espólios. Um medalhão de ouro mostrava o daguerreótipo de uma criança sorrindo. O objeto estava manchado de sangue seco. Atrás dela, Starkweather falava sobre catar balas de prata dos corpos de lobisomens recém-abatidos e derretê-las para reaproveitamento. Havia um monte dessas balas, aliás, preenchendo uma vasilha suja de sangue em um dos armários. Conjuntos de presas de vampiros, fileiras e mais fileiras. O que pareciam folhas de gaze ou tecido delicado pressionadas sob vidro. Apenas quando olhou mais de perto Tessa percebeu que eram asas de fadas. Um goblin, como aquele que vira no Hyde Park com Jessamine, flutuava com os olhos abertos em um vidro grande com líquido de preservação.

E restos de feiticeiros. Mãos, com unhas feito garras, como as da senhora Black, mumificadas. Um crânio descascado, completamente sem carne, de aparência humana, exceto por ter presas em vez de dentes. Frascos de sangue de aparência lamacenta. Starkweather agora falava sobre como partes de feiticeiros, principalmente uma "marca", podiam ser comercializadas no mercado do Submundo. Tessa estava tonta e com calor, os olhos ardiam.

Tessa virou-se de costas, as mãos trêmulas. Jem e Will estavam parados, olhando para Starkweather com expressões mudas de horror; o velho segurava mais um troféu de caça — uma cabeça de aspecto humano presa a um suporte. A pele havia desbotado e adquirido um tom cinza, repuxada contra os ossos. Chifres espiralados se projetavam a partir do crânio.

— Arranquei de um feiticeiro que matei perto de Leeds — relatou. — Vocês não acreditariam no quanto ele lutou...

A voz de Starkweather foi ficando distante, e Tessa de repente sentiu-se solta e flutuando. A escuridão aumentou a sua volta, e em seguida havia braços ao seu redor, e a voz de Jem. Palavras flutuavam aos pedaços.

— Minha noiva... nunca viu espólios antes... não suporta sangue... muito delicada...

Tessa queria se livrar de Jem, queria avançar em Starkweather e atacar o velho, mas sabia que estragaria tudo se o fizesse. Fechou os olhos com força e pressionou o rosto contra o peito de Jem, respirando seu perfume. Tinha cheiro de sabão e sândalo. Então outras mãos lhe chegaram, afastando-a de Jem. As criadas de Starweather. Ouviu Starkweather orientando-as a levarem-na para cima e a colocarem na cama. Ela abriu os olhos para ver o rosto perturbado de Jem encarando-a, até a porta da sala de espólios se fechar entre eles.

Tessa demorou muito para conseguir dormir naquela noite e, ao fazê-lo, teve um pesadelo. No sonho estava algemada à cama metálica na casa das Irmãs Sombrias...

Luz como um caldo ralo e cinzento entrava pela janela. A porta se abriu, e a sra. Dark entrou, seguida pela irmã, que não tinha cabeça, apenas o osso branco da espinha saltando do pescoço cortado irregularmente.

— Aqui está ela, a linda princesa, linda — disse a sra. Dark, batendo as mãos. — Pense em tudo que ganharemos pelas partes do corpo dela. Cem para cada uma das mãozinhas brancas e mil pelo par de olhos. Receberíamos mais se fossem azuis, claro, mas não se pode ter tudo.

Ela riu, e a cama começou a girar enquanto Tessa gritava e se debatia na escuridão. Faces apareceram sobre ela: Mortmain, as feições estreitas retorcidas em uma expressão entretida.

— E dizem que uma boa mulher vale muito mais do que rubis — falou. — E uma feiticeira?

— Sugiro que a *coloquem em uma jaula, para que os espectadores olhem para ela em troca de centavos — disse Nate, e subitamente as barras de uma jaula surgiram ao seu redor, e, do lado de fora, ele ria para ela, o rosto bonito distorcido com desprezo. Henry também estava lá, balançando a cabeça.*

— Eu a desmontei completamente — revelou —, e não consigo enxergar o que faz o coração dela bater. Mesmo assim, é um tanto curioso, não? — Henry abriu a mão e havia algo vermelho e carnudo na palma, pulsando e se contraindo como um peixe fora d'água, engasgando na tentativa de respirar. — Vejam como é dividido em duas partes iguais...

— Tess. — Imperativa, lhe veio essa voz ao ouvido. — Tess, você está sonhando. Acorde. Acorde. — Havia mãos em seus ombros, sacudindo-a; os olhos de Tessa se abriram subitamente, e ela respirava com dificuldade no quarto feio, cinzento e mal-iluminado do Instituto de York. Os cobertores estavam emaranhados ao seu redor, e a camisola grudada nas costas com o suor. Sua pele parecia pegar fogo. Ainda via as Irmãs Sombrias, via Nate rindo dela, Henry dissecando seu coração.

— Foi um sonho? — perguntou. — Pareceu tão real, tão absurdamente real...

Interrompeu-se.

— Will —sussurrou ela. Ele ainda estava com as roupas que usara no jantar, apesar de já amarrotadas, os cabelos negros emaranhados, como se tivesse caído no sono sem se trocar. As mãos do Caçador de Sombras continuavam em seus ombros, aquecendo a pele fria através do tecido da camisola.

— O que você sonhou? — perguntou ele. Seu tom era calmo e normal, como se não houvesse nada de incomum nela acordando e encontrando-o à beira da cama.

Tessa estremeceu com a lembrança.

— Sonhei que estava sendo dilacerada, que pedaços de mim seriam colocados em exibição para Caçadores de Sombras rirem...

— Tess — Will tocou gentilmente o cabelo dela, colocando as mechas embaraçadas atrás das orelhas. Ela se sentiu impelida na direção dele, como metal diante de um ímã. Seus braços doíam com vontade de abraçá-lo, e a cabeça queria se apoiar na curvatura do ombro. — Maldito Starkweather por lhe mostrar o que mostrou, mas você precisa saber que não é mais assim. Os Acordos proibiram espólios. Foi só um sonho.

Mas não, pensou ela. *Este* é o sonho. Seus olhos já tinham se ajustado à escuridão; a luz cinzenta no quarto fazia com que os olhos de Will brilhassem com um azul quase celeste, como os de um gato. Quando respirou, trêmula, encheu os pulmões com o cheiro dele, Will, sal, trem, fumaça e chuva, e ela se pegou imaginando se ele teria saído e caminhado pelas ruas de York, como fazia em Londres.

— Onde esteve? — sussurrou ela. — Está com cheiro da noite.

— Fui me rebelar. Como sempre — Will tocou a face de Tessa, com dedos calorosos e calejados. — Consegue dormir agora? Precisamos acordar cedo amanhã. Starkweather vai nos emprestar a carruagem para investigarmos o Solar Ravenscar. Você, é claro, pode continuar aqui. Não precisa nos acompanhar.

Ela estremeceu.

— Ficar aqui sem vocês? Neste lugar enorme e sombrio? Prefiro ir.

— Tess. — A voz de Will estava bastante suave. — Deve ter sido um pesadelo e tanto para tê-la desgastado assim. Normalmente você não tem medo de muita coisa.

— Foi horrível. Até Henry estava no sonho. Desmontando meu coração, como se ele fosse algo mecânico.

— Bem, então está resolvido — disse Will. — Fantasia pura. Até parece que Henry representa perigo para alguém além dele mesmo. — Quando ela não sorriu, ele acrescentou, ferozmente: — Eu jamais permitiria que alguém tocasse em um fio de cabelo da sua cabeça. Sabe disso, não sabe, Tess?

Seus olhares se encontraram e se prenderam um ao outro. Ela pensou na onda que parecia capturá-la sempre que estava perto dele, em como sentia-se arrastada para cima e para baixo, puxada para ele por forças além do seu controle — no sótão, no telhado do Instituto. Como se sentisse a mesma atração, então Will inclinou-se em direção a ela. Parecia natural e tão certo quanto respirar, levantar a cabeça dela e tocar os seus lábios. Ela sentiu Will exalar suavemente contra sua boca; alívio, como se um grande peso tivesse sido retirado dele. As mãos de Will se ergueram para pegar o rosto dela. Mesmo enquanto fechava os olhos, Tessa ouviu a voz dele em sua mente outra vez, sem ter sido convidada:

Não há futuro para um Caçador de Sombras que se envolve com feiticeiros.

Ela virou o rosto rapidamente, e os lábios dele a tocaram na bochecha, em vez da boca. Will recuou, e ela viu aqueles olhos azuis, abertos, pasmos e feridos.

— Não, não sei disso, Will — Tessa abaixou o tom da voz. — Você deixou bem claro — falou —, que tipo de utilidade eu tenho para você. Acha que sou um brinquedo para sua diversão. Você não devia ter vindo aqui; não é adequado.

Ele deixou as mãos caírem ao lado do corpo.

— Você gritou...

— Não por você.

Ele ficou em silêncio, exceto pela respiração áspera.

— Você se arrepende do que disse para mim naquela noite no telhado, Will? Na noite do enterro de Thomas e Agatha? — Era a primeira vez que algum dos dois se referia ao incidente. — Pode me dizer que não tinha intenção de dizer o que disse?

Ele abaixou a cabeça; os cabelos caíram para a frente e esconderam-lhe o rosto. Ela cerrou as próprias mãos em punhos nas laterais do corpo para conter o impulso de ajeitá-los.

— Não — ele disse, muito baixo. — Não, que o Anjo me perdoe, mas não posso dizer isso.

Tessa recuou, se encolhendo, virando o rosto.

— Por favor, saia, Will.

— Tessa...

— Por favor.

Fez-se um longo silêncio. Então ele se levantou, a cama rangendo com o movimento. Ela escutou as passadas leves sobre o chão enquanto Will saía, e em seguida a porta se fechando. Como se o som tivesse cortado alguma corda que a sustentava até então, ela caiu para trás sobre os travesseiros. Olhou fixamente para o teto por um longo tempo, lutando em vão contra as perguntas que preenchiam sua mente — o que Will pretendia, aparecendo no quarto dela desse jeito? Por que demonstrou tanta doçura quando ela sabia que ele a desprezava? E por que, mesmo sabendo que ele era a pior coisa do mundo para ela, mandá-lo embora pareceu um erro terrível?

A manhã seguinte chegou inesperadamente azul e bela, um bálsamo para a cabeça dolorida e o corpo exaurido de Tessa. Depois de se arrastar para fora da cama, onde havia passado quase toda a noite virando pra lá e pra cá, ela se vestiu sozinha, sem suportar a ideia de receber ajuda de uma criada anciã e quase cega. Ao abotoar o casaco, viu-se no espelho velho e manchado do quarto. Tinha olheiras como duas meias-luas sob os olhos, que pareciam ter sido pintadas com giz.

Will e Jem já estavam reunidos na sala matinal para um café da manhã composto por torrada meio queimada, chá fraco, geleia e nada de manteiga. Quando Tessa chegou, Jem já tinha comido, e Will estava ocupado cortando a torrada em tiras finas e fazendo desenhos grosseiros a partir disso.

— O que *seria* isso? — perguntou Jem curioso. — Quase parece um... — levantou os olhos, viu Tessa, e parou com um sorriso. — Bom dia.

— Bom dia. — Ela tomou o assento diante de Will, que levantou o olhar quando ela sentou, mas não havia nada em seus olhos ou em sua expressão que indicasse que ele se lembrava de algo do que se passara entre os dois na noite anterior.

Jem a olhou preocupado.

— Tessa, como está se sentindo? Depois de ontem à noite... — Ele então parou, elevando a voz: — Bom dia, senhor Starkweather — disse apressadamente, balançando o ombro de Will com tanta força que este derrubou o garfo, e os pedaços de torrada deslizaram pelo prato.

O senhor Starkweather, que deslizara para dentro da sala, ainda embrulhado na capa escura que usara na véspera, lançou-lhe um olhar sinistro.

— A carruagem os aguarda no jardim — disse, a dicção presa mais firme do que nunca. — É melhor se apressarem se quiserem chegar antes do jantar; precisarei da carruagem à noite. Pedi a Gottshall para deixá-los direto na estação na volta, não precisam ficar por aqui. Imagino que tenham conseguido tudo que precisam.

Não foi uma pergunta. Jem assentiu.

— Sim. O senhor foi muito gentil.

Os olhos de Starkweather desviaram novamente para Tessa, uma última vez, antes de ele virar e se retirar, com a capa esvoaçando atrás dele. Tessa não conseguiu tirar da cabeça a imagem de uma grande ave de rapina — um urubu, talvez. Pensou nos armários de troféus cheios de "espólios" e estremeceu.

— Coma depressa, Tessa, antes que ele mude de ideia quanto à carruagem — aconselhou Will, mas Tessa balançou a cabeça.

— Não estou com fome.

— Pelo menos tome um chá. — Will serviu para ela, e acrescentou leite e açúcar; estava mais doce do que Tessa gostava, mas era tão raro Will fazer uma gentileza como essa — ainda que apenas com o objetivo de apressá-la — que ela bebeu assim mesmo, e conseguiu comer uns pedaços de torrada. Os meninos foram buscar seus casacos e as bagagens; a capa de viagem de Tessa, o chapéu e as luvas foram localizados, e logo os três estavam nos degraus da frente do Instituto de York, piscando os olhos à luz diluída do sol.

Starkweather tinha cumprido a palavra. A carruagem estava lá, esperando por eles, os quatro *Cs* da Clave pintados na porta. O velho cocheiro de barba e cabelos longos e brancos já estava sentado em seu banco, fumando um charuto; descartou-o ao ver os três e endireitou-se no assento, os olhos negros fuzilando-os sob as pálpebras caídas.

— Maldição, é o Marinheiro Ancião outra vez — disse Will, apesar de soar mais entretido do que qualquer outra coisa. Ele subiu na carruagem e ajudou Tessa em seguida. Jem foi o último, fechando a porta atrás de si e inclinando-se para fora da janela para anunciar ao cocheiro que podia partir. Tessa, acomodando-se ao lado de Will no assento estreito, sentiu o próprio ombro tocar o dele; o garoto ficou tenso imediatamente, e ela se afastou, mordendo o lábio. Foi como se a noite passada nunca tivesse acontecido e ele já voltara a se comportar como se ela fosse venenosa.

A carruagem começou a se mover com um tranco que quase jogou Tessa para cima de Will outra vez, mas ela se apoiou contra a janela e ficou onde estava. Os três permaneceram em silêncio enquanto a carruagem atravessava os paralelepípedos da estreita Stonegate Street e passava por baixo de uma placa enorme que fazia propaganda da hospedaria Old Star Inn. Tanto Jem quanto Will estavam calados, Will só voltou à vida para contar a ela, com um brilho macabro, que estavam passando pelos velhos muros que marcavam a entrada da cidade, onde outrora as cabeças de traidores eram exibidas em espetos. Tessa fez uma cara feia para ele, mas não respondeu.

Tendo passado dos muros, a cidade rapidamente deu lugar ao campo. A paisagem não era suave e agradável, mas pesada e ameaçadora. Colinas verdes marcadas com flores cinzentas subiam por penhascos de rocha negra. Longas fileiras de muros de argamassa, que visavam conter as ovelhas, entrecruzavam o verde; aqui e ali, havia ocasionais casinhas solitárias. O céu parecia uma infinita vastidão de azul, marcada por pinceladas de longas nuvens cinzentas.

Tessa não sabia dizer há quanto tempo estavam viajando quando as chaminés de pedra de uma imensa casa de campo ergueram-se ao longe. Jem esticou a cabeça para fora da janela outra vez e chamou o cocheiro; a carruagem parou.

— Mas ainda não chegamos — disse Tessa, confusa. — Se aquele for o Solar Ravenscar...

— Não podemos simplesmente chegar pela porta da frente; seja sensata, Tess — disse Will, enquanto Jem saltava e esticava o braço para ajudá-la a descer. As botas dela pisaram no solo molhado e lamacento quando aterrissou; Will saltou com leveza ao seu lado. — Precisamos dar uma olhada no lugar. Usar o dispositivo de Henry para registrar presença demoníaca. E para nos certificar de que não estamos entrando em uma armadilha.

— O dispositivo de Henry *funciona*? — Tessa levantou as saias para que não encostassem na lama enquanto os três começavam a atravessar a rua. Olhando para trás, ela viu o cocheiro aparentemente já dormindo, apoiado no banco do condutor com o chapéu puxado para cima do rosto. Ao redor a paisagem era uma miscelânea de cinza e verde — colinas desoladas se erguiam, suas faces salpicadas de argila cinzenta; grama batida pelas ovelhas; e alguns pequenos bosques, as árvores deformadas e entrelaçadas. Havia uma beleza grave naquilo tudo, mas Tessa estremeceu ao pensar na ideia de morar ali, tão longe de tudo.

Jem, vendo-a estremecer, deu um sorrisinho torto.

— Garota da cidade.

Tessa riu.

— Eu *estava* pensando no quão estranho seria crescer num lugar assim, tão longe das pessoas.

— O lugar onde cresci não era tão diferente daqui — disse Will, inesperadamente, espantando os dois. — Não é tão solitário como pode pensar. No campo, pode ter certeza, as pessoas se visitam bastante. Só precisam atravessar uma distância maior do que em Londres. E depois que chegam, normalmente ficam bastante. Afinal de contas, por que fazer a viagem para ficar só uma ou duas noites? Frequentemente tínhamos hóspedes que passavam semanas conosco.

Tessa encarou Will em silêncio. Era tão raro ele se referir a qualquer coisa envolvendo sua infância que ela às vezes pensava nele como alguém sem qualquer passado. Jem fez a mesma coisa, apesar de se recuperar primeiro.

— Compartilho o ponto de vista de Tessa. Nunca morei em nenhum lugar que não fosse uma cidade. Não sei como conseguiria dormir à noite, sem a certeza de estar cercado por milhares de outras almas dormindo e sonhando.

— E sujeira para todo lado, e a respiração de todo mundo na sua nuca — argumentou Will. — Logo que cheguei a Londres, enjoei tão depressa de ficar cercado por tanta gente que, somente com muita dificuldade, consegui me conter e não cometer atos violentos contra o primeiro infeliz que passasse na minha frente.

— Alguns poderiam achar que você ainda sofre desse problema — disse Tessa, mas Will apenas riu, um ruído curto e quase surpreso de satisfação, e em seguida parou, olhando para a frente, para o Solar Ravenscar.

Jem assobiou no mesmo momento em que Tessa percebeu por que antes só tinha conseguido ver os topos das chaminés. A casa era construída no centro de um declive profundo entre três colinas; as laterais denticuladas expandiam-se ao redor, como se estivesse acomodada sobre a palma da mão. Tessa, Jem e Will estavam posicionados à beira de uma das colinas, olhando para baixo. A construção em si era grandiosa, uma enorme pilha de pedra cinza que dava a impressão de estar ali há séculos. Uma estrada grande e circular se curvava na frente das enormes portas de entrada. Nada no local dava a impressão de abandono ou ruína — não havia ervas daninhas na estrada nem no caminho que levava à parte externa da construção de pedra, e nenhum vidro faltando nas janelas.

— *Alguém* está morando aqui — disse Jem, ecoando os pensamentos de Tessa. Ele começou a descer pela colina. A grama ali era mais comprida, balançando quase na altura da cintura. — Talvez se...

Parou de falar quando o ruído de rodas se tornou audível; por um instante Tessa pensou que o cocheiro tinha vindo atrás deles, mas não, era uma carruagem diferente — um coche robusto embicando para o portão e seguindo para a casa. Jem abaixou-se imediatamente, e Tessa e Will se encolheram a seu lado. Observaram enquanto o veículo parava diante da casa, e o cocheiro saltava para abrir a porta.

Uma menina saltou, devia ter 14 ou 15 anos, supôs Tessa — não tinha idade o suficiente para usar o cabelo preso, pois ele esvoaçava a seu redor como uma cortina de seda preta. Trajava um vestido azul, simples, porém estiloso. Acenou com a cabeça para o criado e, em seguida, ao começar a subir os degraus da mansão, pausou — pausou e olhou para onde Jem, Will e Tessa tinham ajoelhado, quase como se pudesse vê-los, apesar de Tessa ter certeza de que estavam bem escondidos na grama.

A distância era grande demais para que Tessa identificasse as feições da menina — apenas o formato pálido e oval do rosto sob os cabelos escuros. Estava prestes a perguntar para Jem se ele tinha um telescópio quando Will emitiu um ruído — algo que ela jamais ouvira, um engasgo terrível e doentio, como se o ar lhe tivesse sido arrancado por um tremendo golpe.

Mas não foi somente um engasgo, ela percebeu. Foi uma palavra; e não uma palavra qualquer, um nome; e não um nome qualquer, mas um que já o ouvira dizer.

— *Cecily.*

6

Em Silêncio Selados

O coração humano esconde tesouros
Em segredo guardados, em silêncio selados;
Os pensamentos, as esperanças, os sonhos, os prazeres,
Seus encantos quebrariam se revelados
— Charlotte Brontë, "Evening Solace"

A porta do casarão se abriu; e a menina desapareceu lá dentro. O coche dobrou a esquina para estacionar enquanto Will se levantava, cambaleando. Tinha adquirido um tom cinzento e doentio, como as cinzas de uma fogueira extinta.

— Cecily — repetiu. A voz carregava espanto e pavor.

— Quem diabos é Cecily? — Tessa se levantou, esfregando grama e cardo do vestido. — Will...

Jem já estava ao lado de Will, com a mão no ombro do amigo.

— Will, precisa falar conosco. Está com cara de quem viu um fantasma.

Will respirou fundo.

— Cecily...

— Sim, você já disse isso — falou Tessa. Ouviu o tom amargo da própria voz, e o suavizou com grande esforço. Não era gentil falar assim com alguém tão claramente perturbado, ainda que este alguém insistisse em olhar para o nada e murmurar "Cecily" em intervalos.

Não fez diferença. Will não pareceu ter escutado.

— Minha irmã — disse ele. — Cecily. Ela estava com... Meu Deus, ela estava com 9 anos quando fui embora.

— Sua irmã — disse Jem, e Tessa sentiu que algo envolvendo seu coração se afrouxara, e se repreendeu internamente por isso. Que importância tinha se Cecily era irmã de Will, ou alguém por quem fosse apaixonado? Não tinha nada a ver com isso.

Will disparou colina abaixo, sem procurar uma trilha, caminhando cegamente em meio à urze e ao tojo. Após um instante Jem foi atrás, pegando-o pela manga.

— Will, não...

Will tentou soltar o próprio braço.

— Se Cecily está lá, então os outros, minha família também pode estar.

Tessa se apressou para alcançá-los, franzindo o rosto quando quase torceu o tornozelo em uma pedra solta.

— Mas não faz o menor sentido sua família estar aqui, Will. Esta era a casa de Mortmain. Starkweather disse. Estava nos papéis...

— Eu *sei* disso — Will quase gritou.

— Cecily pode estar visitando alguém aqui...

Will dirigiu a ela um olhar incrédulo.

— No meio de Yorkshire, sozinha? E aquela era a nossa carruagem. Eu reconheci. Não tem nenhuma outra carruagem no abrigo de coches. Não, minha família está envolvida de alguma forma. Foram arrastados para esse problema de algum jeito e eu... eu preciso alertá-los. — Ele retomou a travessia da colina.

— Will! — Jem gritou e foi atrás dele, pegando-o pela parte de trás do casaco; Will girou e empurrou Jem, sem muita força; Tessa escutou Jem falar alguma coisa sobre Will ter aguentado todo esse tempo e sobre não desperdiçar o esforço agora. Então, tudo se misturou em um borrão: Will xingando, Jem o puxando, Will escorregando no solo molhado, e os dois caindo juntos, um emaranhado de braços e pernas rolando, até alcançarem uma pedra enorme, com Jem prendendo Will ao chão, o cotovelo contra a garganta do amigo.

— Saia de cima de mim. — Will o empurrou. — Você não entende. *Sua* família está morta...

— *Will* — Jem o pegou pelo colarinho e o sacudiu. — Eu *entendo*. E a não ser que também queira sua família morta, vai me ouvir.

Will ficou completamente imóvel. Com a voz engasgada disse:

— James, não pode... eu nunca...

— Veja — Jem ergueu a mão que não estava agarrando a camisa de Will e apontou. — Ali. Veja.

Tessa olhou para onde ele estava apontando — e sentiu as entranhas congelarem. Estavam quase na metade da descida da colina que ficava acima do solar, e ali, acima deles, como uma espécie de sentinela no cume, havia um autômato. Ela soube imediatamente o que era, apesar de não se parecer com os autômatos que Mortmain enviara para combatê-los da outra vez. Aqueles foram fabricados para parecerem humanos externamente. Essa era uma criatura alta e espigada de metal, com pernas longas e articuladas, um torso curvilíneo também metálico e braços feito serrotes.

Estava completamente parado, nenhum movimento, e de algum jeito era mais assustador pela imobilidade e pelo silêncio. Tessa sequer sabia dizer se a criatura os estava observando. Parecia estar virada para eles, mas, apesar de ter uma cabeça, a mesma era desprovida de feições, exceto pelo talho que marcava a boca, dentes metálicos brilhando em seu interior. Não aparentava ter olhos.

Tessa reprimiu o grito subindo pela garganta. Era um autômato. Já os tinha enfrentado antes. *Não* iria gritar. Will, apoiado no cotovelo, observava aquilo.

— Pelo Anjo...

— Aquela coisa está nos seguindo, certamente — afirmou Jem, com uma voz baixa e urgente. — Vi um brilho metálico antes, da carruagem, mas não tive certeza. Agora tenho. Se você sair correndo pela colina, arrisca levar aquilo direto para a porta da sua família.

— Entendo — disse Will. O tom quase histérico havia deixado sua voz. — Não vou chegar perto da casa. Deixe-me levantar.

Jem hesitou.

— Juro pelo nome de Raziel — assegurou Will, entre os dentes. — Agora me deixe levantar.

Jem rolou para o lado e ficou de pé; Will deu um salto, e, sem olhar para Tessa, saiu correndo — não em direção à casa, mas para longe dela, mirando a criatura mecânica no cume. Jem cambaleou por um instante, boquiaberto, praguejou e disparou atrás dele.

— *Jem*! — gritou Tessa. Mas ele já estava praticamente fora de alcance auditivo, perseguindo Will. O autômato tinha desaparecido de vista. Tessa disse uma palavra que nenhuma dama deveria dizer, levantou as saias e seguiu Jem.

Não foi fácil correr por uma colina úmida de Yorkshire com saias pesadas e espinheiros ferindo-a durante o percurso. Os treinos com as roupas apropriadas ajudaram-na a perceber por que os homens conseguiam se mover de maneira tão rápida e desimpedida, e correr tão depressa. O material do vestido pesava uma tonelada, os saltos prendiam em pedras, e o corpete a deixava desconfortavelmente sem fôlego.

Quando chegou ao topo, foi bem a tempo de ver Jem, muito à frente, desaparecendo em um bosque escuro. Desesperada, Tessa olhou em volta, mas não conseguiu enxergar nem a estrada, nem a carruagem de Starkweather. Com o coração acelerado, foi atrás dele.

O bosque era amplo, estendendo-se ao longo da cadeia de montanhas. Assim que Tessa foi para o meio das árvores, a luz desapareceu; espessos galhos de árvores entrelaçados acima dela bloqueavam o sol. Sentindo-se como a Branca de Neve desaparecendo floresta adentro, ela olhou em volta desamparada em busca de um sinal do paradeiro dos meninos — arbustos quebrados, folhas pisadas — e notou um brilho metálico quando o autômato saltou do espaço escuro entre duas árvores para cima dela.

Tessa gritou, dando um salto para fugir, imediatamente tropeçando nas saias. Caiu de costas, batendo doloridamente na terra lamacenta. A criatura atacou com um dos seus longos braços de inseto. Ela rolou de lado, e o metal cortou o chão perto dela. Havia um galho de árvore caído a seu lado; seus dedos o alcançaram, se fecharam ao redor, e o levantaram exatamente quando a criatura a atacou com o outro braço. Ela colocou o galho entre eles, concentrando-se nas lições de luta e bloqueio que havia recebido de Gabriel.

Mas era apenas um galho. O golpe do autômato o partiu em dois. A ponta do braço se abriu em uma garra metálica de dedos múltiplos e mirou a garganta de Tessa. Mas antes que pudesse tocá-la, ela sentiu um forte bater de asas em sua clavícula. Era o seu anjo. Ela permaneceu deitada, congelada, quando a criatura puxou a garra para trás, de onde vazava um líquido preto por um de seus "dedos". No instante seguinte, o autômato soltou um grito agudo e caiu para trás, e mais líquido preto vazou do buraco que havia sido cortado em seu peito.

Tessa se sentou, os olhos arregalados fixos na criatura.

Will parado ali, com uma espada na mão, o cabo manchado de preto. A cabeça estava descoberta, e os volumosos cabelos pretos, emaranhados, cheios de folhas e pedaços de grama. Jem estava ao lado, com uma pedra de luz enfeitiçada brilhando entre os dedos. Enquanto Tessa assistia, Will manejou a espada novamente, cortando o autômato praticamente ao meio. A criatura sucumbiu ao chão lamacento. Seu interior era uma confusão horrenda, com tubos e fios de aparência terrivelmente biológica.

Jem levantou os olhos. O olhar encontrou o de Tessa. O dele era prateado como um espelho. Will, apesar de tê-la salvado, não parecia notar que ela estava ali. Ele puxou o pé para trás e deu um chute forte na lateral metálica da criatura. A bota tilintou contra o metal.

— Conte-nos — falou Will com os dentes cerrados. — O que está fazendo aqui? Por que está nos seguindo?

A boca de lâmina do autômato se abriu. Ao falar, a voz soou como o chiado e o rangido de um maquinário defeituoso.

— *Eu... sou... um... aviso... do Magistrado.*

— Um aviso para quem? Para a família no solar? Responda! — Will parecia prestes a chutar a criatura outra vez; Jem colocou uma das mãos no ombro do amigo.

— Ele não sente dor, Will — disse, com a voz baixa. — E diz que tem um recado. Permita que o entregue.

— *Um aviso... a você, Will Herondale... e a todos os Nephilim...* — A voz da criatura enfraqueceu. — O *Magistrado diz... que devem encerrar a investigação. O passado... é passado. Deixe o de Mortmain enterrado, ou sua família pagará o preço. Não ouse se aproximar ou alertá-los. Se o fizer, eles serão destruídos.*

Jem estava olhando para Will, que continuava pálido, embora suas bochechas ardessem de ódio.

— Como foi que Mortmain trouxe minha família até aqui? Ele os ameaçou? O que fez?

A criatura chiou e estalou, em seguida começou a falar outra vez.

— *Eu... sou... um... aviso... do...*

Will rosnou como um animal e o atacou com a espada. Tessa se lembrou de Jessamine, no Hyde Park, reduzindo uma criatura do Povo das Fadas a farrapos com uma delicada sombrinha. Will cortou o autômato até que este não passasse de tiras metálicas. Jem, jogando os braços ao redor do amigo e puxando-o com força para trás, finalmente o conteve.

— Will — disse. — Will, chega. — Ele levantou os olhos, e os outros dois seguiram seu olhar. Ao longe, através das árvores, outras formas se moviam. Mais autômatos. — Precisamos ir — disse Jem. — Se queremos afastá-los, levá-los para longe da sua família, precisamos ir.

Will hesitou.

— Will, você sabe que não pode se aproximar deles — disse Jem, desesperadamente. — Se não aceita os outros motivos, então pela Lei. Se formos responsáveis por levar o perigo a eles, a Clave não irá ajudá-los de forma alguma. Eles não são mais Caçadores de Sombras. *Will.*

Lentamente Will deixou o braço cair na lateral do corpo. Ele ficou parado, com um dos braços de Jem ainda em seu ombro, olhando para a pilha de lixo metálico a seus pés. Líquido preto pingava da espada que pendia de sua mão, sujando a grama.

Tessa soltou o ar. Até aquele momento, não tinha percebido que estava prendendo a respiração. Will deve tê-la ouvido, pois levantou a cabeça e seu olhar encontrou o dela através da clareira. Alguma coisa a fez desviar. Uma agonia tão crua não era para os olhos dela.

Por fim, esconderam os restos do autômato destruído o mais depressa possível, enterrando-os na terra macia sob um tronco apodrecido. Tessa ajudou da melhor maneira possível, atrapalhada pelas saias. Quando acabaram, ela estava com as mãos pretas de sujeira e lama, assim como os rapazes.

Nenhum deles falou; trabalharam em um estranho silêncio. Quando acabaram, Will liderou o caminho para fora do bosque, guiado pela luz enfeitiçada da pedra de Jem. Saíram da mata quase na estrada, onde a carruagem de Starkweather esperava, com Gottshall cochilando em seu assento, como se apenas poucos instantes tivessem se passado desde que chegaram.

Se a aparência dos três — sujos, manchados de lama e com folhas nos cabelos — surpreendeu de alguma forma o velho, ele não demonstrou, e sequer perguntou se tinham encontrado o que foram procurar. Apenas resmungou uma saudação e esperou que embarcassem antes de sinalizar, com um estalo de língua, para que os cavalos virassem e iniciassem a longa jornada de volta a York.

As cortinas no interior da carruagem estavam abertas; o céu, carregado com nuvens escuras, pressionando o horizonte.

— Vai chover — disse Jem, tirando os cabelos prateados e molhados dos olhos.

Will não falou nada. Ficou olhando pela janela. Os olhos da cor do mar Ártico à noite.

— Cecily — disse Tessa com um tom muito mais suave do que o que vinha falando com Will nos últimos dias. Ele parecia tão triste, tão sem vida e desolado quanto os pântanos pelos quais estavam passando. — Sua irmã... ela se parece com você.

Will permaneceu em silêncio. Tessa, ao lado de Jem no assento duro, estremeceu um pouco. Suas roupas estavam úmidas por causa da terra molhada e dos galhos, e o interior da carruagem estava frio. Jem esticou o braço para baixo, encontrando um cobertor de lã esfarrapado e o ajeitou sobre eles dois. Dava para sentir o calor que irradiava do corpo dele, como se Jem estivesse febril, e lutou contra o impulso de chegar mais perto e se aquecer.

— Está com frio, Will? — perguntou Tessa, mas ele apenas balançou a cabeça, os olhos ainda fixos, sem na verdade enxergar nada da paisagem que passava. Ela olhou para Jem em desespero.

Jem se pronunciou, com a voz clara e direta.

— Will — disse ele. — Pensei... pensei que sua irmã estivesse morta.

Will desgrudou os olhos da janela e olhou para os dois. Quando sorriu, foi pavoroso.

— Minha irmã *está* morta — respondeu.

E foi tudo que disse. Seguiram em silêncio durante todo o resto do caminho para York.

Como quase não tinha dormido na noite anterior, Tessa ficou cochilando e acordando durante todo o trajeto até a estação de York. Confusa, ela saltou da carruagem e seguiu os demais até a plataforma de Londres. Chegaram atrasados e quase perderam o trem; Jem segurou a porta aberta para ela e Will enquanto ambos subiam os degraus e entravam no compartimento atrás dele. Mais tarde ela se lembraria da aparência dele, segurando a porta, sem chapéu, chamando os dois, e se lembraria de ter olhado pela janela do trem enquanto este se afastava, de ter visto Gottshall na plataforma olhando para eles com aqueles olhos escuros e perturbadores, com o chapéu abaixado. Todo o resto foi um borrão.

Não houve conversa nessa viagem de volta, e enquanto o trem atravessava o caminho cada vez mais escurecido pelas nuvens, apenas silêncio. Tessa apoiou o queixo na palma da mão, embalando a cabeça contra o vidro duro da janela. Colinas verdes passaram voando, e pequenas cidadezinhas e vilarejos, cada qual com sua própria estação, cujos nomes se destacavam em letras douradas sobre placas vermelhas. Pináculos de igreja erguiam-se ao longe, cidades surgiam e desapareciam, e Tessa percebeu Jem sussurrando para Will, em latim, *me specta, me specta*, mas Will não respondia. Mais tarde notou que Jem havia deixado o compartimento e olhou para Will através do pequeno espaço cada vez mais escuro entre eles. O sol tinha começado a baixar, conferindo um brilho rosado à pele dele, desmentindo o vazio em seus olhos.

— Will — disse ela suavemente, sonolenta. — Ontem à noite... — *Você foi gentil comigo,* Tessa ia dizer. *Obrigada.*

O olhar azul dele a apunhalou.

— Ontem à noite não aconteceu — respondeu através de dentes cerrados.

Com isso, ela se sentou, quase acordada.

— Ah, é mesmo? Passamos direto de uma tarde para a manhã seguinte? Que estranho ninguém ter notado. Deve ser uma espécie de milagre, um dia sem noite...

— Não me teste, Tessa. — As mãos de Will estavam cerradas sobre os joelhos, as unhas, cheias de sujeira, enterradas no tecido das calças.

— Sua irmã está viva —disse ela, sabendo muito bem que o estava provocando. — Não deveria ficar satisfeito?

Ele empalideceu.

— *Tessa...* — começou a dizer, inclinando-se para a frente, como se pretendesse fazer algo que ela nem podia imaginar: atacar a janela e quebrá-la, sacudi-la pelos ombros ou segurá-la como se jamais fosse soltá-la. Com ele era sempre um espanto, não era? Então a porta do compartimento se abriu, e Jem entrou, trazendo um pano úmido.

Ele olhou de Will para Tessa e ergueu as sobrancelhas prateadas.

— Um milagre — comentou. — Conseguiu fazê-lo falar.

— Só para gritar comigo, na verdade — disse Tessa. — Não foi exatamente uma multiplicação de pães e peixes.

Will havia se voltado novamente para a janela e não olhou para nenhum dos dois enquanto conversavam.

— É um começo — observou Jem, sentando-se ao lado de Tessa. — Aqui. Dê-me suas mãos.

Surpresa, ela estendeu as mãos para ele — e ficou horrorizada. Estavam imundas, as unhas rachadas e quebradas, cheias da sujeira de quando havia cavado a terra em Yorkshire. Havia até mesmo arranhões, com um pouquinho de sangue nas juntas, apesar de Tessa não se lembrar de tê-los sofrido.

Não eram as mãos de uma dama. Pensou nas de Jessamine, perfeitas e rosadas.

— Jessie ficaria horrorizada — observou, lamentosa. — Diria que estou com as mãos de uma criada.

— E o que, em nome de Deus, há de errado nisso? — perguntou Jem, enquanto limpava gentilmente as mãos da moça. — Eu a vi correndo atrás de nós, e daquele autômato. Se Jessamine não aprendeu até agora que existe honra no sangue e na sujeira, não aprenderá nunca.

O tecido frio produziu uma sensação agradável em seus dedos. Ela olhou para Jem, que estava concentrado na tarefa, os cílios eram uma cortina prateada.

— Obrigada — falou. — Duvido que eu tenha ajudado em alguma coisa, devo até ter atrapalhado, mas obrigada mesmo assim.

Ele sorriu para ela, o sol surgindo por trás das nuvens.

— É para isso que estamos treinando você, não é?

Tessa baixou a voz.

— Você tem alguma ideia do que pode ter acontecido? Por que a família de Will estaria morando na casa que já pertenceu a Mortmain?

Jem olhou para Will, que continuava encarando a janela, amargamente. Já tinham entrado em Londres, e prédios cinzentos começavam a se erguer ao redor deles, em ambos os lados. O olhar que Jem dirigiu a Will foi um olhar de cansaço e afeição, um gesto familiar. Tessa percebeu que, apesar de sempre tê-los imaginado como irmãos, sempre pensara em Will como sendo o mais velho, o que cuidava, e Jem como o mais novo, mas a realidade era muito mais complexa do que isso.

— Não sei — respondeu —, mas me faz pensar que o jogo que Mortmain está executando é longo. De algum jeito ele sabia exatamente aonde nossas investigações nos levariam e providenciou este... encontro... para nos chocar o máximo possível. Ele queria nos lembrar quem é que está no poder.

Tessa estremeceu.

— Não sei o que ele quer de mim, Jem — disse Tessa com a voz baixa. — Quando ele me contou que me fez, foi como se estivesse dizendo que poderia me desfazer com a mesma facilidade.

O braço caloroso de Jem tocou o dela.

— Você não pode ser desfeita — disse, com suavidade. — E Mortmain a subestima. Eu vi como utilizou aquele galho contra o autômato...

— Não foi o suficiente. Se não fosse meu anjo... — Tessa tocou o pingente na garganta. — O autômato recuou quando tocou nele. Outro mistério que não entendo. O pingente já me protegeu antes, e de novo agora, mas em outras situações fica adormecido. É tão misterioso quanto minha capacidade.

— A qual, felizmente, você não precisou utilizar para se Transformar em Starkweather. Ele pareceu feliz em simplesmente nos fornecer os arquivos dos Shade.

— Ainda bem — disse Tessa. — Eu não estava nem um pouco ansiosa pela Transformação. Ele parece um homem tão amargo e desagradável. Mas se algum dia for preciso... — Ela retirou algo do bolso e mostrou para Jem. — Um botão — disse, presunçosamente. — Caiu do punho do casaco dele hoje de manhã, e eu peguei.

Jem sorriu.

— Muito inteligente, Tessa. Eu sabia que ficaria feliz por tê-la trazido conosco...

Uma tosse o interrompeu. Tessa o olhou alarmada, e até Will despertou do desânimo silencioso, virando-se para olhar Jem com olhos cerrados. Jem tossiu novamente, a mão pressionando a boca, mas ao retirá-la, não havia sangue. Tessa viu os ombros de Will relaxarem.

— Só um pouco de poeira na garganta — garantiu Jem. Ele não parecia doente, só muito cansado, como se a exaustão só servisse para ressaltar a delicadeza de suas feições. A beleza de Jem não ardia como a de Will, em cores vivas e fogo reprimido, mas tinha sua perfeição muda e peculiar, o encanto da neve caindo contra um céu cinza-prateado.

— Seu anel! — Ela enrijeceu a coluna subitamente ao se lembrar de que ainda estava com ele. Guardou o botão de volta no bolso, em seguida esticou a mão para retirar o anel Carstairs. — Pretendia devolver antes — falou, colocando o círculo prateado na palma dele. — Esqueci...

Ele curvou os dedos ao redor dos dela. Apesar dos pensamentos envolvendo neve e céus cinzentos, as mãos de Jem eram surpreendentemente calorosas.

— Tudo bem — disse ele, com a voz baixa. — Gostei de como ele fica em você.

Tessa sentiu-se corar. Antes que pudesse responder, o apito do trem soou. Vozes gritaram informando que estavam em Londres, na estação King's Cross. O trem começou a desacelerar quando a plataforma se tornou visível. O tumulto da estação investiu contra os ouvidos de Tessa, além do barulho do trem freando. Jem falou alguma coisa, mas as palavras se perderam em meio ao barulho; soou como um aviso, mas Will já estava de pé, a mão alcançando a fechadura da porta. Ele a abriu e saltou. Se não fosse um Caçador de Sombras, pensou Tessa, teria caído, e feio, mas sendo um, simplesmente aterrissou levemente e começou a correr, abrindo caminho em meio aos encarregados de organizar a multidão, aos viajantes habituais, aos aristocratas que iam para o norte para passar o final de semana, com suas bagagens enormes e seus cães nas coleiras, aos vendedores de jornal, aos batedores de carteira, comerciantes e todos os demais indivíduos que formavam o tráfego humano na grande estação.

Jem estava de pé, esticando a mão para a porta, mas virou para trás e olhou para Tessa, que viu uma expressão passar pelo rosto do rapaz, revelando que ele tinha percebido que, se corresse atrás de Will, Tessa não conseguiria acompanhar. Com mais uma longa olhada para a menina, ele fechou a porta e sentou-se no lugar diante dela enquanto o trem parava.

— Mas Will... — ela começou.

— Ele vai ficar bem — respondeu Jem, com convicção. — Sabe como ele é. Às vezes só quer ficar sozinho. E duvido que queira participar do relato das experiências do dia para Charlotte e os outros. — Já que ela continuou a encará-lo, ele repetiu, suavemente: — Will sabe cuidar de si, Tessa.

Ela pensou no olhar frio de Will ao falar com ela, mais desolado do que os pântanos que deixaram para trás em Yorkshire. Torceu para que Jem estivesse certo.

7

A Maldição

A maldição de um órfão arrastaria para o inferno
Um espírito elevado;
Mas oh! pior do que isso
É a maldição no olho de um morto!
Sete dias, sete noites, essa maldição eu vi.
E mesmo assim, sobrevivi.
— Samuel Taylor Coleridge, "*The Rime of the Ancient Mariner*"

Magnus ouviu o barulho da porta da frente se abrindo e o subsequente ruído de vozes alteradas e pensou imediatamente: *Will*. E em seguida divertiu-se por ter pensado isso. O Caçador de Sombras estava se tornando uma espécie de parente irritante, concluiu ao dobrar uma página do livro que estava lendo — *Diálogos dos Deuses*, de Luciano; Camille ficaria furiosa por ele ter feito uma orelha no livro dela —, alguém cujos hábitos você conhecia bem, mas não podia mudar. Alguém cuja presença se reconhece pelo ruído dos sapatos no corredor. Alguém que se sentia livre para discutir com o lacaio que, por sua vez, tinha recebido ordens para dizer a todos que você não estava em casa.

A porta da sala se escancarou e Will ficou na entrada, parecendo meio triunfante e meio destruído — um feito e tanto.

— Eu *sabia* que você estava aqui — anunciou, enquanto Magnus se empertigava no sofá, colocando os pés no chão. — Agora, pode dizer a este... este morcego gigante para sair de cima de mim? — Apontou para

Archer, o subjugado de Camille e lacaio temporário de Magnus, que de fato estava ao lado de Will. Em seu rosto, a expressão era reprovadora, mas pensando bem, estava sempre com essa expressão. — Diga a ele que quer me receber.

Magnus repousou o livro na mesa ao lado.

— Mas talvez eu não queira recebê-lo — disse, de maneira sensata. — Falei para Archer não deixar ninguém entrar, e não ninguém exceto você.

— Ele me ameaçou — disse Archer com a voz sibilante, não exatamente humana. — Irei contar para minha mestra.

— Vá fazer isso — disse Will, mas os olhos, azuis e ansiosos, estavam em Magnus. — Por favor. *Preciso* falar com você.

Maldito menino, pensou Magnus. Após um dia exaustivo removendo um feitiço de bloqueio de memória para um membro da família Penhallow, a única coisa que queria era descansar. Tinha parado de tentar ouvir os passos de Camille vindo pelo corredor, ou de esperar por um recado dela, mas mesmo assim preferia esse cômodo aos outros, onde o toque pessoal dela parecia permanecer nas rosas cheias de espinhos estampadas no papel de parede, no perfume fraco que emanava das cortinas. Ele estivera esperando ansiosamente por uma noite aos pés da lareira — uma taça de vinho, um livro e a absoluta solidão.

Mas agora cá estava Will Herondale, com uma expressão que parecia um estudo sobre a dor e o desespero, querendo a ajuda de Magnus. Realmente precisava fazer alguma coisa em relação a esse irritante impulso solidário de prestar assistência aos desesperados, pensou Magnus. E também quanto sua fraqueza por olhos azuis.

— Muito bem — disse, dando um suspiro martirizado. — Pode ficar e falar comigo. Mas vou logo avisando, não invocarei nenhum demônio. Não antes do jantar. A não ser que tenha encontrado alguma espécie de prova...

— Não. — Will entrou na sala com um gesto ávido, fechando a porta na cara de Archer. Ele esticou o braço e a trancou, só para garantir, e foi até a lareira. Estava frio *mesmo* lá fora. O pedacinho visível da janela que não estava bloqueado por cortinas mostrava a praça escurecendo sob um crepúsculo escurecido, com folhas dançando ao vento gelado. Will retirou as luvas, colocou-as sobre a lareira e esticou as mãos para perto da chama. — Não quero que invoque demônios.

— Hum — Magnus colocou os pés em cima da mesa de madeira em frente ao sofá, outro gesto que teria enfurecido Camille, caso ela estivesse lá. — É uma boa notícia, suponho...

— Quero que você me envie para lá. Para os reinos demoníacos.

Magnus engasgou.

— Quer que eu faça *o quê*?

O perfil de Will estava escuro contra o fogo bruxuleante.

— Que crie um portal para os mundos demoníacos e me envie por ele. Pode fazer isso, não pode?

— Isso é magia proibida — respondeu Magnus. — Não chega a ser necromancia, mas...

— Ninguém precisa saber.

— Jura? — O tom de Magnus era amargo. — Essas coisas acabam escapando. E se a Clave descobrir que enviei um de seus integrantes, o mais promissor, para ser destruído por demônios em outra dimensão...

— A Clave não me considera promissor. — A voz de Will soou fria. — Não sou promissor. Não sou nada e nunca serei. Não sem sua ajuda.

— Estou começando a me perguntar se você não foi mandado para me testar, Will Herondale.

Will soltou uma risada áspera.

— Por Deus?

— Pela Clave. Que pode muito bem ser Deus. Talvez só queiram descobrir se estou disposto a transgredir a Lei.

Will virou-se para encará-lo.

— Estou falando muito sério — disse. — Não é nenhum teste. Não posso continuar assim, invocando demônios a esmo, sem nunca encontrar o certo, esperança infinita, decepção infinita. Cada alvorecer é mais sombrio que o do dia anterior, e eu vou perdê-la para sempre se você...

— Perdê-*la*? — A mente de Magnus acelerou com isso; empertigou-se, cerrando os olhos. — Então *é* por causa de Tessa. Eu sabia que sim.

Will enrubesceu, uma onda de cor na palidez do rosto.

— Não é só ela.

— Mas você a ama.

Will o encarou.

— Claro que amo — respondeu, afinal. — Tinha achado que jamais amaria ninguém, mas amo Tessa.

— Esta maldição por acaso é algo que envolva eliminar sua capacidade de amar? Porque não faz o menor sentido, é bobagem. Jem é seu *parabatai*. Já vi você com ele. Você o ama, não ama?

— Jem é meu grande pecado — disse Will. — Não fale comigo sobre Jem.

— Não se pode falar com você sobre Jem, não se pode falar com você sobre Tessa. Quer que eu abra um portal para os mundos demoníacos e não quer conversar comigo e nem me revelar o porquê? Não abrirei, Will. — Magnus cruzou os braços sobre o peito.

Will apoiou uma das mãos no mantel da lareira. Estava imóvel, as chamas mostrando seus contornos, o perfil claro e belo, a graciosidade das mãos longas e esguias.

— Vi minha família hoje — falou, e em seguida se corrigiu rapidamente. — Minha irmã. Vi minha irmã mais nova. Cecily. Sabia que tinham sobrevivido, mas nunca pensei que fosse voltar a vê-los. Eles não podem se aproximar de mim.

— Por quê? — Magnus suavizou a voz; teve a sensação de que estava muito perto de alguma coisa, uma espécie de progresso com esse menino estranho, irritante, estragado, destruído. — O que eles fizeram de tão terrível?

— O que *eles* fizeram? — A voz de Will se elevou. — O que *eles* fizeram? Nada. Sou eu. Eu sou venenoso. Sou veneno para eles. Veneno para qualquer um que me ame.

— Will...

— Eu menti para você — disse Will, se afastando subitamente do fogo.

— Chocante — murmurou Magnus, mas Will já tinha ido, mergulhando dentro das próprias lembranças, o que talvez fosse melhor. Tinha começado a caminhar de um lado para o outro, arrastando as botas pelo precioso tapete persa de Camille.

— Você sabe o que lhe contei. Eu estava na biblioteca na casa dos meus pais em Gales. Era um dia chuvoso, eu estava entediado, olhando as coisas velhas do meu pai. Ele guardava alguns pertences de sua antiga vida como Caçador de Sombras, coisas das quais não queria se desfazer por questões sentimentais, suponho. Uma estela velha, apesar de na época eu não saber o que era aquilo, e uma pequena caixa gravada dentro de uma gaveta falsa na mesa. Imagino que ele tenha achado que nos manter afastados seria o bastante, mas nada é suficiente para manter longe crianças curiosas. Óbvio que a primeira coisa que fiz ao achar a caixa foi abri-la. Uma bruma saiu do interior em uma rajada de vento, formando um demônio vivo quase instantaneamente. Assim que vi a criatura, comecei a gritar. Eu tinha apenas 12 anos. Nunca tinha visto nada parecido. Enorme, mortal, cheio de dentes afiados e uma cauda de espetos. E eu não tinha nada. Nenhuma arma. Quando a criatura rugiu, eu caí no chão. A coisa estava pairando sobre mim, sibilando. Então minha irmã entrou.

— Cecily?

— Ella, minha irmã mais velha. Trazia algo brilhante na mão. Agora sei o que era: uma lâmina serafim. Na época eu não fazia ideia. Gritei para ela sair, mas ela se colocou entre mim e a criatura. Minha irmã não teve medo em absoluto. Nunca tivera. Nunca tivera medo de escalar a árvore mais alta, montar o cavalo mais arisco, e não teve medo nenhum ali, na biblioteca. Ordenou que a criatura saísse. A coisa estava pairando como um inseto grande e horroroso. Ela disse: "Está banido por mim." E o demônio riu.

Claro que faria isso. Magnus sentiu um estranho misto de pena e admiração pela menina, que não foi criada para saber nada sobre demônios, sobre como invocá-los ou bani-los, e mesmo assim teve a firmeza de tentar.

— O demônio riu e sacudiu a cauda, derrubando-a no chão. E em seguida fixou os olhos em mim. Eram inteiramente vermelhos, sem nenhum pedaço branco. E falou: "Eu destruiria seu pai, mas como ele não está aqui, terá de ser você mesmo." Como eu estava em estado de choque, a única coisa que consegui fazer foi ficar olhando. Ella estava engatinhando pelo tapete, tentando alcançar a lâmina serafim. "Eu o amaldiçoo", disse a criatura. "Todos que amarem você morrerão. O amor deles será a própria destruição. Pode ser que leve instantes, pode ser que leve anos, mas qualquer um que olhá-lo com amor vai morrer por isso, a não ser que você se afaste deles para sempre. E vou começar por *ela*." Ele rosnou na direção de Ella, e desapareceu.

Magnus estava fascinado, apesar de tudo.

— E ela caiu morta?

— Não. — Will continuava andando de um lado para o outro. Tirou o casaco, jogando-o sobre uma cadeira. Seus cabelos, um tanto compridos, começavam a encaracolar com o calor irradiado por seu corpo, misturado ao do fogo; fios grudavam em sua nuca. — Ela não se feriu. E me pegou nos braços. Foi *ela* que *me* confortou. Afirmou que as palavras do demônio não significavam nada. Admitiu que tinha lido alguns dos livros proibidos da biblioteca e que foi dessa forma que descobriu o que era uma lâmina serafim e como utilizá-la. E descobriu que a coisa que eu abri chamava-se Pyxis, apesar de não ter ideia de por que meu pai teria guardado uma. Ela me fez prometer que eu não tocaria em nada dos meus pais novamente, a não ser que ela estivesse presente, e depois me levou para a cama e ficou lendo para mim até eu dormir. Acho que eu estava exausto com o choque de tudo aquilo. Lembro-me de a ter ouvido murmurar para minha mãe algo sobre eu ter passado mal enquanto ela estava fora, alguma febre de criança. Àquela altura eu já estava gostando da atenção gerada por aquilo, e o demônio já se transformara em uma lembrança interessante. Lembro-me de planejar uma forma de contar tudo para Cecily, sem admitir, é claro, que Ella tinha me salvado enquanto eu gritava feito uma criança...

— Você *era* uma criança — observou Magnus.

— Tinha idade o bastante — disse Will. — O suficiente para entender o significado de ter sido acordado na manhã seguinte com minha mãe uivando de dor. Ela estava no quarto de Ella, que estava morta na cama. Fizeram o melhor possível para me manter longe, mas eu vi o que precisava. Ela estava inchada, verde-escura como algo que tivesse apodrecido por dentro. Não parecia mais minha irmã. Não parecia mais *humana*.

"Eu sabia o que tinha acontecido, mesmo que eles não soubessem. '*Todos os que amarem você morrerão. E vou começar por ela.*' Era a maldição funcionando. Naquele instante soube que precisaria me afastar deles, de toda a minha família, antes que lhes causasse o mesmo mal. Parti naquela noite, seguindo o caminho para Londres."

Magnus abriu a boca, em seguida fechou-a novamente. Pela primeira vez não sabia o que dizer.

— Então, como pode ver — explicou Will —, minha maldição não pode ser chamada de bobagem. Já a vi em ação. E desde aquele dia tenho me esforçado para me certificar de que o que aconteceu com Ella não aconteça com mais ninguém em minha vida. Consegue imaginar? Consegue? — Passou as mãos pelos cabelos, deixando que mechas caíssem sobre os olhos. — Nunca deixar ninguém se aproximar. Fazer com que qualquer pessoa que possa amá-lo passe a odiá-lo. Saí de casa para ficar longe da minha família, para que pudessem me esquecer. Todos os dias preciso ser cruel com aqueles com quem escolhi morar, a fim de que não passem a sentir muita afeição por mim.

— Tessa... — Subitamente, a cabeça de Magnus se encheu com a imagem da menina de rosto sério e olhos cinzentos, que olhava para Will como se ele fosse o sol nascendo no horizonte. — Acha que ela não o ama?

— Acho que não. Fui cruel o bastante com ela — A voz de Will era uma combinação de desgraça, tristeza e ódio de si mesmo. — Acredito que em algum momento ela quase tenha... Achei que ela estivesse morta, entenda, e então mostrei a ela... Falei o que sentia. Acho que ela retribuiu meus sentimentos depois disso. Mas eu arrasei Tessa, da forma mais brutal que pude. Imagino que agora ela simplesmente me odeie.

— E Jem... — disse Magnus, temendo a resposta, sabendo qual era.

— Jem está morrendo independentemente disso — respondeu Will, com a voz embargada. — Jem foi o que me permiti. Digo a mim mesmo que se ele morrer não foi culpa minha. Ele já está morrendo de qualquer jeito, e sofrendo. Pelo menos a morte de Ella foi rápida. Talvez através de mim ele possa receber uma boa morte. — Levantou os olhos, arrasado, encontrando o olhar acusatório de Magnus. — Ninguém pode viver sem nada — sussurrou. — Jem é tudo que tenho.

— Deveria ter contado a ele — disse Magnus. — Ele teria escolhido ser seu *parabatai* mesmo assim, mesmo conhecendo os riscos.

— Não posso sobrecarregá-lo com essa informação! Ele guardaria segredo se eu pedisse, mas seria um sofrimento para ele... E a dor que causo a outros só o machucaria mais. E se eu contasse a Charlotte, Henry e ao resto que meu comportamento é falso, que todas as crueldades que já fiz e disse a eles é mentira, que vago pelas ruas apenas para dar a impressão de que andei bebendo e com prostitutas, quando na verdade não tenho vontade de fazer nada disso, não conseguiria mais afastá-los.

— E por isso nunca revelou a ninguém esta maldição? Ninguém além de mim, desde os 12 anos de idade?

— Não pude — explicou Will. — Como poderia ter certeza de que não se apegariam a mim depois que soubessem a verdade? Uma história como essa pode suscitar pena, pena pode se transformar em afeto, e depois...

Magnus ergueu as sobrancelhas.

— Não está preocupado comigo?

— Que você possa me *amar*? — Will soou verdadeiramente espantado. — Não, porque você odeia os Nephilim, não é? E, além disso, suponho que vocês, feiticeiros, disponham de métodos de proteção contra emoções indesejadas. Mas pessoas como Charlotte, como Henry, se soubessem que a personalidade que apresento é falsa, se conhecessem meu verdadeiro coração... podem acabar gostando de mim.

— E então morreriam — completou Magnus.

Charlotte afastou as mãos do rosto, lentamente.

— E vocês não fazem ideia de onde ele esteja? — perguntou pela terceira vez. — Will simplesmente... sumiu?

— Charlotte. — A voz de Jem era tranquilizadora. Estavam na sala de estar, com seu papel de parede de flores e vinhas. Sophie atiçava o fogo, remexendo as brasas para despertar mais chamas do carvão; Henry, acomodado atrás da escrivaninha, brincava com instrumentos de cobre; Jessamine estava no divã; e Charlotte, em uma poltrona perto da lareira. Tessa e Jem mantinham-se sentados de forma ligeiramente cerimoniosa no sofá, um ao lado de outro, o que fez com que Tessa se sentisse uma convidada. Sentia-se empanturrada com os sanduíches que Bridget havia trazido em uma bandeja, e com o chá, cujo calor lentamente descongelava tudo por dentro dela. — Não é como se isso fosse incomum. Quando é que sabemos aonde Will vai à noite?

— Mas isto é diferente. Ele viu a família, ou pelo menos a irmã. Oh, pobre Will! — A voz de Charlotte tremia de ansiedade. — Achei que talvez ele finalmente tivesse começando a se esquecer deles...

— Ninguém se esquece da própria família — observou Jessamine, rispidamente. Estava sentada no divã, com um cavalete de tinta e papéis diante de si. Recentemente havia decidido que estava atrasada quanto ao domínio das artes de donzela e começara a pintar, cortar silhuetas, prensar flores em tecidos e tocar piano na sala de música, apesar de Will ter dito que a voz dela lembrava Coroinha em um de seus dias particularmente mal-humorados.

— Bem, não, claro que não — disse Charlotte. apressadamente —, mas talvez a pessoa consiga passar a viver sem a lembrança constante, sem essa espécie horrorosa de peso sobre si.

— Como se fôssemos saber o que fazer com Will se ele não fosse mórbido todo o tempo — disse Jessamine. — De qualquer forma, ele certamente não gostava tanto assim da família, ou não os deixaria para trás.

Tessa engasgou discretamente.

— Como pode dizer isso? Você não sabe por que ele se afastou. Não viu o rosto dele no Solar Ravenscar...

— Solar Ravenscar — Charlotte olhava fixamente para a lareira. — De todos os lugares onde achei que pudessem ir...

— Bobagem — afirmou Jessamine, olhando furiosamente para Tessa. — Pelo menos a família dele está viva. Além disso, aposto que ele não estava nem um pouco triste; aposto que estava fingindo. Ele sempre está.

Tessa olhou para Jem, em busca de apoio, mas ele estava encarando Charlotte, com um olhar duro feito uma moeda de prata.

— Como assim — perguntou ele—, de todos os lugares onde achou que pudessem ir? Sabia que a família de Will tinha se mudado?

Charlotte começou a responder e suspirou.

— Jem...

— É importante, Charlotte.

Charlotte olhou para a latinha sobre a mesa, dentro dela havia suas balas de limão favoritas.

— Depois que os pais de Will vieram até aqui para vê-lo, quando ele tinha 12 anos, e ele os mandou embora... eu implorei para que Will conversasse com eles, só por um instante, mas ele não quis. Tentei fazê-lo entender que, se eles saíssem, talvez nunca mais os visse, e que eu jamais poderia dar notícias deles. Ele pegou minha mão e disse: "Por favor, apenas prometa que vai me contar se eles morrerem, Charlotte. Prometa." — Ela olhou para baixo, com os dedos entrelaçando o tecido do vestido. — Foi um pedido tão estranho para um menino fazer. Eu... eu tive de concordar.

— Então tem investigado o bem-estar da família de Will? — perguntou Jem.

— Contratei Ragnor Fell para isso — respondeu Charlotte. — Durante os três primeiros anos. No quarto ano ele voltou e me contou que os Herondale tinham se mudado. Edmund Herondale, o pai de Will, tinha perdido a casa no jogo. Foi tudo que Ragnor conseguiu descobrir. Os Herondale foram forçados a se mudar. E ele não conseguiu mais encontrar nenhum rastro deles.

— E você contou isso para Will? — indagou Tessa.

— Não — Charlotte balançou a cabeça. — Ele me fez prometer que contaria se eles morressem, isso foi tudo. Para que aumentar a infelicidade dele dizendo que tinham perdido a casa? Ele nunca falou neles. Passei a ter a esperança de que pudesse ter esquecido...

— Nunca esqueceu. — Havia uma convicção nas palavras de Jem que conteve a movimentação nervosa dos dedos de Charlotte.

— Eu nunca devia ter concordado — disse Charlotte. — Nunca devia ter feito essa promessa. Foi uma contravenção da Lei...

— Quando Will realmente quer uma coisa — disse Jem, baixinho —, quando ele *sente* alguma coisa, ele pode partir um coração.

Fez-se silêncio. Os lábios de Charlotte estavam cerrados, os olhos, com um brilho suspeito.

— Ele disse alguma coisa sobre aonde estava indo quando saiu de King's Cross?

— Não — respondeu Tessa. — Chegamos e ele simplesmente levantou poeira... desculpe, desceu e saiu correndo — corrigiu-se, pois olhares confusos de todos a alertaram para o fato de que estava usando uma gíria dos Estados Unidos.

— Levantar poeira — disse Jem. — Gostei. Não, ele não disse nada, apenas abriu caminho pela multidão e sumiu. Quase derrubou Cyril, que vinha nos buscar.

— Nada disso faz o menor sentido — resmungou Charlotte. — Por que a família de Will estaria morando em uma casa que pertencia a Mortmain? E em Yorkshire, dentre todos os lugares? Não foi para lá que achei que este caminho fosse levar. Buscamos Mortmain e encontramos os Shade; procuramos novamente e achamos a família de Will. Ele fica nos cercando, como aquele *ouroboros* amaldiçoado que o simboliza.

— Você já mandou Ragnor Fell investigar a família de Will antes — falou Jem. — Pode fazer isto outra vez? Se Mortmain está de alguma forma ligado a eles... por qualquer que seja o motivo...

— Sim, sim, é claro — respondeu Charlotte. — Vou escrever para ele imediatamente.

— Tem uma parte disso que eu não entendi — revelou Tessa. — O pedido por reparações foi feito em 1825, e a idade do autor estava listada como vinte e dois. Se ele tinha 22 anos naquela época, era para estar com 75 agora, e não parece. Talvez quarenta...

— Existem maneiras — explicou Charlotte, lentamente —, para mundanos que mexem com magia sombria, de prolongar a própria vida. O tipo de feitiço, por sinal, que pode ser encontrado no Livro Branco. Razão pela qual a posse do Livro por alguém que não seja a Clave é considerada um crime.

— Toda aquela história do jornal, de Mortmain herdar uma empresa naval do pai — disse Jem. — Acha que ele fez o truque do vampiro?

— O truque do vampiro? — ecoou Tessa, tentando, em vão, se recordar de algo dessa natureza no *Códex*.

— É uma maneira que os vampiros têm de conservar o dinheiro através do tempo — disse Charlotte. — Quando passam tempo demais em um mesmo lugar, o suficiente para que as pessoas percebam que não envelhecem, forjam a própria morte e deixam a herança para um filho ou um sobrinho distante. E pronto, o sobrinho aparece, tendo uma notável semelhança com o pai ou o tio, mas lá está, e recebe o dinheiro. E às vezes fazem isso por várias gerações. Mortmain poderia muito bem ter deixado a empresa para si mesmo para disfarçar que não envelheceu.

— Então ele fingiu ser o próprio filho — disse Tessa. — O que também teria lhe dado motivo para ser visto mudando os rumos da empresa, para voltar à Inglaterra e começar a se interessar por mecanismos e coisas do tipo.

— E provavelmente também foi por isso que deixou a casa em Yorkshire — disse Henry.

— Mas não explica por que ela foi ocupada pela família de Will — observou Jem.

— Ou onde Will está — acrescentou Tessa.

— Ou onde *Mortmain* está — disse Jessamine, com uma espécie de satisfação sombria. — Só faltam nove dias, Charlotte.

Charlotte colocou novamente a cabeça entre as mãos.

— Tessa — falou —, detesto pedir isto, mas é, afinal de contas, a razão pela qual a enviamos a Yorkshire, e não devemos deixar nada em aberto. Ainda está com o botão do casaco de Starkweather?

Sem falar nada, Tessa retirou o botão do bolso. Era redondo, prateado e perolado, estranhamente frio em sua mão.

— Quer que eu me Transforme nele?

— Tessa — Jem falou rapidamente. — Se não quiser, Charlotte... *nós*... jamais pediríamos.

— Eu sei — respondeu Tessa. — Mas ofereci e não retiraria minha palavra.

— Obrigada, Tessa — Charlotte pareceu aliviada. — Precisamos saber se ele está escondendo alguma coisa, se estava mentindo em relação a algum fragmento da história. Seu envolvimento no que aconteceu com os Shade...

Henry franziu o a testa.

— Será um dia sombrio aquele em que não puder confiar em um colega Caçador de Sombras, Lottie.

— Já é um dia sombrio, Henry, querido — respondeu Charlotte sem olhar para ele.

— Então não vai me ajudar — disse Will com a voz seca. Usando magia, Magnus havia aumentado o fogo na lareira. Ao brilho das chamas que saltavam, o feiticeiro pôde ver mais detalhes de Will, os cabelos negros encaracolando perto da nuca, as delicadas maçãs do rosto e a mandíbula forte, a sombra projetada pelos cílios. Ele lembrava alguém; a memória se agitou no fundo da mente de Magnus, recusando-se a se tornar clara. Após tantos anos, às vezes era difícil alcançar lembranças específicas, mesmo daqueles que havia amado um dia. Ele não se recordava mais do rosto da mãe, apesar de saber que ela era parecida com ele, uma mistura do avô holandês e da avó indonésia.

— Se seu conceito de "ajudar" envolve lançá-lo aos reinos demoníacos como um rato em uma arena cheia de cachorros, então não. Não ajudarei — respondeu Magnus. — Isto é loucura, você sabe. Vá para casa. Durma até passar.

— Não estou bêbado.

— É como se estivesse. — Magnus passou as duas mãos nos cabelos cheios e pensou, súbita e irracionalmente, em Camille. E ficou feliz. Aqui, nesta sala, com Will, ficara quase duas horas sem pensar nela. Um progresso. — Acha que é a única pessoa que perdeu alguém?

O rosto de Will se contorceu.

— Não faça soar desta forma. Como uma espécie comum de dor. Não é assim. Dizem que o tempo cura todas as feridas, mas isso presume que a fonte da dor é finita. Que está superada. Isto é uma ferida aberta todos os dias.

— Sim — disse Magnus, inclinando-se para trás, apoiando-se nas almofadas. — Esta é a questão das maldições, não é?

— Seria uma coisa se eu tivesse sido amaldiçoado de forma que todos a quem eu amasse morressem — disse Will. — Eu podia me impedir de amar. Mas impedir que os outros gostem de mim... é um processo inexato e exaustivo. — Ele realmente *soava* exausto, pensou Magnus, e dramático de um jeito que só alguém de 17 anos conseguia ser. Também duvidava da veracidade da declaração de Will, de que teria sido capaz de não amar, mas entendeu por que o menino tentava se convencer disso. — Preciso bancar outra pessoa o dia inteiro, todos os dias, amargo, vil e cruel...

— Eu gostava de você assim. E não me diga que você não se diverte nem um pouquinho ao bancar o demônio, Will Herondale.

— Dizem que está no nosso sangue, essa espécie de temperamento amargo — falou Will, olhando para as chamas. — Ella tinha isso. E Cecily também. Eu nunca achei que tivesse, até descobrir que precisava. Aprendi boas lições sobre como ser odioso ao longo desses anos. Mas me sinto me perdendo... — procurou palavras. — Sinto-me diminuído, partes de mim sumindo na escuridão, a parte boa, honesta e verdadeira; se você as mantém longe por tempo o bastante, será que as perde de vez? Se ninguém se importa com você, será que você sequer existe?

Ele disse essa última parte tão suavemente que Magnus precisou se esforçar para ouvir.

— O quê?

— Nada. Algo que li uma vez. — Will se virou para ele. — Estaria sendo caridoso ao me enviar para os reinos demoníacos. Posso encontrar o que procuro. É minha única chance; e, de qualquer jeito, sem isso, minha vida não vale nada.

— Fácil dizer isso aos 17 anos — afirmou Magnus, sem qualquer frieza. — Você está apaixonado e acha que o mundo se resume a isto. Mas o mundo é maior que você, Will, e você pode ser necessário. Você é um Caçador de Sombras. Serve a uma causa maior. Sua vida não é sua para jogá-la fora.

— Então nada é meu — disse Will, e se afastou da lareira, cambaleando um pouco, como se realmente estivesse embriagado. — Se não sou dono nem da minha própria vida...

— Quem disse que lhe deviam felicidade? — perguntou Magnus suavemente, e mentalmente viu sua casa de infância, e a mãe se afastando dele com olhos assustados, e o marido, que não era seu pai, queimando. — E as coisas que devemos aos outros?

— Já dei tudo que tenho — respondeu Will, pegando o casaco da cadeira. — Já obtiveram o bastante de mim, e se é isso que tem a me dizer, então o mesmo vale para você, *feiticeiro*.

Disparou a última palavra como se fosse uma maldição. Arrependendo-se da própria dureza, Magnus começou a levantar-se, mas Will passou rapidamente por ele, em direção à porta, batendo-a atrás de si. Momentos mais tarde, Magnus o viu passar pela janela da frente, lutando para pôr o casaco enquanto andava, com a cabeça abaixada contra o vento.

Tessa estava sentada diante da penteadeira, usando um robe, e rolando o botão na palma da mão. Tinha pedido para ser deixada sozinha, para fazer o que Charlotte pediu. Não era a primeira vez que se transformava em homem; as Irmãs Sombrias já a haviam forçado a fazer isso mais de uma vez, e apesar de ser uma sensação peculiar, não era isso que a deixava relutante. Mas sim a escuridão que viu nos olhos de Starkweather, o leve toque de loucura em seu tom de voz ao listar os espólios que havia arrecadado. Não era uma mente que queria conhecer melhor.

Não precisava obedecer, pensou. Podia sair de lá e dizer que tinha tentado e fracassado. Mas mesmo enquanto a possibilidade cruzava sua mente, soube que não podia fazer isso. De algum modo, tinha passado a pensar em si mesma como alguém que deveria ser leal aos Caçadores de Sombras do Instituto. Eles protegeram-na, demonstraram sua bondade, ensinaram boa parte da verdade sobre o que ela era, e todos tinham o mesmo objetivo — encontrar Mortmain e destruí-lo. Pensou nos olhos amáveis de Jem, firmes, prateados e cheios de fé. Respirando fundo, fechou os dedos ao redor do botão.

A escuridão veio e a envolveu, embrulhando-a num silêncio frio. O ruído fraco do fogo estalando na lareira e do vento contra os painéis da janela desapareceram. Escuridão e silêncio. Sentiu o corpo se Transformar: as mãos estavam grandes e inchadas, impregnadas das dores da artrite. Suas costas doíam, a cabeça estava pesada, os pés latejando e doloridos, e tinha um gosto amargo na boca. Dentes podres, pensou, e sentiu-se mal, tão mal que teve de forçar a mente a voltar à escuridão que a cercava, procurando a luz, a conexão.

Veio, mas não como a luz habitual, firme como um farol. Veio em fragmentos, como se visse um espelho partindo-se em pedaços. Cada um açoitando-a com uma imagem, alguns a uma velocidade assustadora. Viu um cavalo empinando, uma colina escura coberta de neve, a sala preta do Conselho da Clave, uma lápide rachada. Lutou para encontrar e capturar uma única imagem. Achou uma lembrança: Starkweather dançando em um baile com uma mulher de traje formal. Tessa a descartou, procurando outra:

A casa era pequena, aninhada nas sombras entre uma colina e outra. Starkweather observou a partir da escuridão de um bosque enquanto a porta da frente se abriu e um homem saiu. Mesmo na lembrança, Tessa sentiu o coração de Starkweather acelerar. O sujeito era alto, tinha ombros largos e pele verde como um lagarto. Seus cabelos eram negros. A criança que levava pela mão, em contraste, parecia normal como deveria ser — pequena, punhos gordinhos e pele rosada.

Tessa sabia o nome do sujeito, porque Starkweather sabia.

John Shade.

Shade pôs a criança nos ombros enquanto, pela porta da casa, saíam inúmeras estranhas criaturas metálicas, como bonecos infantis, mas em tamanho natural e com peles feitas de metal brilhante. As criaturas eram desprovidas de feições. Apesar de, estranhamente, usarem roupas — alguns, os pesados macacões de trabalho das fazendas de Yorkshire, outros, vestidos de pura musselina. Os autômatos juntaram as mãos e começaram a balançar como se estivessem em uma dança campestre. A criança riu e bateu palmas.

— Observe bem, meu filho — disse o homem de pele verde —, pois um dia governarei um reino mecânico formado por estas criaturas, e você será o príncipe.

— John! — Veio uma voz de dentro da casa; uma mulher se inclinou para fora da janela. Tinha cabelos longos da cor de um céu sem nuvens. — John, entre. Alguém pode ver! E você vai assustar o menino!

— Ele não está nem um pouco assustado, Anne. — O homem riu e colocou o menino no chão, afagando seu cabelo. — Meu pequeno príncipe mecânico.

A lembrança inflou o coração de Starkweather com uma onda de ódio tão violenta que libertou Tessa, levando-a novamente para a escuridão. O velho estava ficando senil, perdendo o fio que conectava pensamento e lembrança. O que ia e vinha em sua memória era aparentemente aleatório. Com esforço ela tentou visualizar a família Shade outra vez e vislumbrou o pedacinho de uma lembrança — um cômodo arrasado, rodas dentadas, motores, mecanismos e metal destruídos por todos os cantos, fluido vazando, escuro como sangue, e o homem de pele verde e a mulher de cabelo azul deitados, mortos entre as ruínas. Então isso também desapareceu, e ela viu, repetidamente, o rosto da menina no retrato na escadaria — a criança de cabelos claros e expressão teimosa. Tessa a viu montando um pônei, com o rosto determinado, o cabelo voando ao vento — a viu gritando e se contorcendo de dor quando uma estela tocou sua pele e Marcas pretas mancharam sua alvura. E por último, Tessa viu o próprio rosto, aparecendo na escuridão sombria do Instituto de York, sentindo a onda do choque de Starkweather rasgá-la, tão intensamente que transformou o corpo dele no dela outra vez.

Ouviu um leve ruído quando o botão escorregou de sua mão e caiu no chão. Tessa levantou a cabeça e olhou para o espelho da penteadeira. Era ela outra vez, e o gosto amargo na boca agora vinha do sangue, já que tinha mordido o lábio.

Levantou-se, enjoada, e foi até a janela, abrindo-a para sentir o frio ar noturno na pele suada. A noite estava carregada de sombras; havia uma leve brisa, e os portões pretos do Instituto pareciam erguer-se diante dela, o lema dos Caçadores falando mais do que nunca sobre mortalidade e morte. Um indício de movimento chamou-lhe a atenção. Ela olhou para baixo e viu uma forma branca olhando para ela, sobre as pedras do quintal abaixo. Um rosto, contorcido, mas reconhecível. A sra. Dark.

Tessa engasgou e recuou em um reflexo, indo para longe do alcance visual da mulher. Uma onda de tontura a dominou. Ela afastou a sensação com violência, agarrando o parapeito e aproximando-se da janela outra vez, olhando para baixo com grande pavor...

Mas o quintal estava vazio, nada se movimentava nas sombras. Fechou os olhos e os abriu outra vez, lentamente. Então levou a mão ao pingente de anjo na garganta. Não tinha nada lá embaixo, apenas fragmentos de sua imaginação. Dizendo a si mesma que deveria controlar os próprios delírios, ou acabaria tão louca quanto o velho Starkweather, Tessa fechou a janela.

8

Uma Sombra na Alma

Oh, sutil e poderoso ópio! Que aos corações dos pobres e ricos, aos ferimentos que jamais se curarão, e às "dores que tentam o espírito a se rebelar" trazes um antídoto suave; eloquente ópio! Que com tua potente retórica afasta as causas da ira; e ao homem culpado por uma noite devolve a esperança da juventude e lava suas mãos do sangue.
— Thomas de Quincey, "*Confessions of an English Opium-Eater*"

Pela manhã, quando Tessa desceu para o café, descobriu para sua surpresa que Will não estava lá. Não percebera o quanto esperava que ele voltasse durante a noite e se pegou parada diante da porta, examinando os assentos em torno da mesa, como se de alguma forma pudesse não tê-lo notado. Só quando repousou os olhos em Jem, que retribuiu o olhar com uma expressão pesarosa e preocupada, foi que percebeu ser verdade. Will continuava desaparecido.

— Oh, ele vai voltar, pelo amor de Deus — falou Jessamine irritada, colocando a xícara de chá no pires. — Ele sempre volta para casa se arrastando. Olhem só para vocês. Como se tivessem perdido o cachorrinho preferido.

Tessa dirigiu a Jem um olhar culpado, quase conspiratório, ao sentar diante dele e pegar uma fatia de torrada. Henry estava ausente; Charlotte, à cabeceira, claramente tentava não parecer nervosa e preocupada, sem sucesso.

— Óbvio que vai —disse ela. — Will sabe se cuidar.

— Acha que ele pode ter voltado para Yorkshire? — perguntou Tessa. — Para alertar a família?

— Eu... acho que não — respondeu Charlotte. — Will evita a família há anos. E ele conhece a Lei. Sabe que não pode falar com eles. Sabe o que perderia. — Ela repousou brevemente os olhos em Jem, que estava brincando distraidamente com a colher.

— Quando ele viu Cecily, no solar, tentou correr para ela... — disse Jem.

— No calor do momento — disse Charlotte. — Mas voltou para Londres com vocês; estou confiante de que também voltará ao Instituto. Ele sabe que você está com aquele botão, Tessa. Vai querer descobrir o que Starkweather sabia.

— Muito pouco, na verdade — disse Tessa.

Ainda sentia-se incompreensivelmente culpada por não ter encontrado informações mais úteis nas lembranças de Starkweather. Tentara explicar a sensação de procurar algo em alguém cujo cérebro entrava em decadência, mas foi difícil achar as palavras e ela só se lembrava do olhar de decepção no rosto de Charlotte quando disse que não tinha descoberto nada de útil sobre o Solar Ravenscar. Tinha contado a eles todas as lembranças de Starkweather sobre a família Shade, e que, se de fato as mortes foram o que provocou o desejo de justiça e vingança em Mortmain, realmente parecia um desejo poderoso. Tinha guardado para si o choque do velho em vê-la, isso ainda era espantoso e parecia, de alguma forma, particular.

— E se Will decidir deixar a Clave para sempre? — perguntou Tessa. — Ele voltaria para a família para protegê-los?

— Não — respondeu Charlotte, com certa rispidez. — Não acho que fará isso. — *Ela sentiria a falta de Will se ele se fosse*, pensou Tessa, surpresa. Will era sempre tão desagradável, frequentemente com a própria Charlotte, que Tessa às vezes se esquecia do amor teimoso dela por seus encarregados.

— Mas se estão correndo perigo... — protestou Tessa, calando-se em seguida quando Sophie entrou carregando uma jarra de água quente. Charlotte se alegrou ao vê-la.

— Tessa, Sophie, Jessamine — disse ela. — Não se esqueçam, todas vocês têm treino daqui a pouco, com Gabriel e Gideon Lightwood.

— Não posso — respondeu Jessamine imediatamente.

— Por que não? Pensei que tivesse se recuperado da dor de cabeça...

— Sim, mas não quero que *volte*, não é mesmo? — Jessamine levantou-se apressadamente. — Prefiro ajudá-la, Charlotte.

— Não preciso de sua ajuda para escrever para Ragnor Fell, Jessie. Realmente prefiro que você aproveite o treinamento...

— Mas há dezenas de respostas se acumulando na biblioteca, dos integrantes do Submundo que questionamos sobre o paradeiro de Mortmain — argumentou Jessamine. — Poderia ajudá-la com elas.

Charlotte suspirou.

— Muito bem — voltou-se para Tessa e Sophie. — Enquanto isso, não digam nada aos meninos Lightwood sobre Yorkshire nem sobre Will. Para mim seria ótimo não tê-los no Instituto agora, mas não posso evitar. É uma prova de boa-fé e confiança dar continuidade ao treinamento. Precisam se comportar como se não houvesse nada de errado. Podem fazer isso, meninas?

— Claro que podemos, sra. Branwell — respondeu Sophie imediatamente. Seus olhos brilhavam quando sorria. Tessa suspirou por dentro, sem saber ao certo o que sentir. Sophie adorava Charlotte e faria qualquer coisa para agradá-la. Também detestava Will e provavelmente não se preocuparia com a ausência dele. Tessa olhou para Jem, do outro lado da mesa. Sentiu um vazio no estômago, a dor de não saber onde Will estava, e ficou imaginando se ele sentia o mesmo. O rosto normalmente expressivo do garoto permanecia ilegível, mas quando ele captou o olhar de Tessa, sorriu um sorriso suave e encorajador. Jem era *parabatai* de Will, seu irmão de sangue; certamente se houvesse algum motivo de preocupação no que se referia a Will, Jem não conseguiria esconder, conseguiria?

Da cozinha a voz de Bridget entoava um doce gorjeio:

Preciso estar presa enquanto solto estás
Preciso amar um homem que não me amará
Preciso suportar viver na solidão
De amar um homem que partirá meu coração?

Tessa chegou a cadeira para trás.

— É melhor eu ir me vestir.

* * *

Depois de trocar o vestido pela roupa de treino, Tessa sentou-se na beirada da cama e pegou a cópia de *Vathek* que Will havia lhe dado. Não evocava a ideia de Will sorrindo, mas outras imagens — Will curvado sobre ela no Santuário, coberto de sangue; Will rolando com Jem pela colina em Yorkshire, ficando sujo de lama, sem se importar; Will caindo da mesa na sala de jantar; Will abraçando-a no escuro. *Will, Will, Will.*

Ela arremessou o livro. Este bateu no topo da lareira e voltou, caindo no chão. Se ao menos houvesse alguma maneira de limpar Will da sua mente como se limpa a lama dos sapatos. Se ela ao menos soubesse onde ele estava. A preocupação piorava tudo, e ela não conseguia evitar. Não conseguia se esquecer da expressão no rosto dele ao ver a irmã.

A distração fez com que se atrasasse para a sala de treinamento; felizmente, ao chegar, a porta estava aberta e não havia ninguém lá além de Sophie, segurando uma faca longa e a examinando pensativamente, como examinaria um espanador para decidir se ainda servia, ou se já era hora de descartá-lo.

Ela levantou o olhar quando Tessa entrou.

— A senhorita está parecendo um fim de semana chuvoso — disse, com um sorriso. — Está tudo bem? — Ela inclinou a cabeça para o lado quando Tessa assentiu. — É o mestre Will? Ele já desapareceu por mais de um dia antes. Vai voltar, não se preocupe.

— É bondade sua dizer isso, Sophie, principalmente quando sei que não morre de amores por ele.

— Gostaria de pensar que a senhorita também não — disse Sophie —, pelo menos não *mais*...

Tessa lhe lançou um olhar afiado. Não tinha uma conversa de verdade com Sophie sobre Will desde o incidente no telhado, pensou, e, além disso, Sophie havia lhe aconselhado a ficar longe dele, comparando-o a uma cobra venenosa. Antes que Tessa pudesse dizer qualquer coisa em resposta, a porta se abriu e Gabriel e Gideon Lightwood entraram, seguidos por Jem. Ele deu uma piscadela para Tessa, antes de desaparecer e fechar a porta atrás de si.

Gideon foi direto na direção de Sophie.

— Uma boa escolha de lâmina — disse ele, uma leve surpresa marcando as palavras. Ela ficou vermelha, parecendo ter gostado do comentário.

— Então — disse Gabriel, que de algum jeito tinha conseguido ir parar atrás de Tessa sem que ela notasse. Após examinar as prateleiras de armas na parede, ele sacou uma faca e a entregou a ela. — Sinta o peso dessa lâmina.

Tessa tentou sentir o peso, lutando para se lembrar do que ele tinha dito sobre onde e como deveria se equilibrar na palma da mão.

— O que acha? — perguntou Gabriel. Ela olhou para ele. Dentre os dois, certamente era o mais parecido com o pai, com feições aquilinas e uma leve arrogância na expressão. A boca fina se curvou para cima nos cantos. — Ou está muito entretida preocupando-se com o paradeiro de Herondale para treinar hoje?

Tessa quase derrubou a faca.

— O quê?

— Ouvi sua conversa com a srta. Collins quando estava subindo. Ele desapareceu, então? Não me surpreende, considerando que não acho que Will Herondale e senso de responsabilidade se relacionem muito bem.

Tessa enrijeceu o maxilar. Por mais conflituosos que fossem seus sentimentos em relação a Will, alguma coisa no fato de alguém de *fora* da pequena família do Instituto criticá-lo a deixou irritada.

— É um fato bastante comum, nada com que se preocupar — afirmou. — Will é um... espírito livre. Logo voltará.

— Espero que não — disse Gabriel. — Espero que esteja morto.

A mão de Tessa cerrou em torno da faca.

— Você realmente está falando sério, não é? O que ele fez com sua irmã, para fazer com que você o odeie tanto assim?

— Por que não pergunta a ele?

— Gabriel! — A voz de Gideon era severa. — Vamos prosseguir com o treinamento, por favor, e parar de perder tempo?

Gabriel encarou o irmão mais velho, que estava bastante sereno ao lado de Sophie, mas que obedientemente desviara o foco de Will para dar atenção ao treinamento do dia. Praticariam como segurar lâminas, e como equilibrá-las para que cortassem o ar sem que a ponta caísse para a frente ou o cabo escorregasse da mão. Foi mais difícil do que parecia, e Gabriel não estava com paciência, Tessa sentiu inveja de Sophie por estar aprendendo com Gideon, que sempre era um instrutor cuidadoso e metódico, apesar de ter o hábito de falar espanhol cada vez que Sophie fazia alguma coisa errada.

— *Ay, Dios mio* — dizia, tirando a lâmina de onde tinha ficado presa no chão. — Vamos tentar outra vez?

— Mantenha a postura ereta. — Gabriel instruía Tessa, impacientemente. — Não, *ereta*. Assim. — E ele demonstrou. Tessa queria gritar que, ao contrário dele, ela não tinha uma vida de experiência em prática de postura e movimentação; que Caçadores de Sombras eram acrobatas natos, e ela não era nada do tipo.

— Humpf — disse. — Gostaria de ver se *você* ia conseguir sentar e se levantar com anáguas, corpetes e um vestido com quase nenhum treino!

— Eu também gostaria — disse Gideon, do outro lado da sala.

— Oh, pelo Anjo — disse Gabriel, pegando Tessa pelos ombros, virando-a de modo que ela ficasse de costas para ele. Ele colocou os braços em volta de Tessa, endireitando sua espinha, acertando a faca em sua mão, e isso a fez estremecer. O que a encheu de irritação. Ele a tocava simplesmente por presumir que podia fazê-lo, sem pedir permissão, e também porque achava que fosse irritar Will.

— Solte-me — disse ela, baixinho.

— Isso é parte do seu treinamento — explicou Gabriel, com a voz entediada. — Além disso, veja meu irmão e a senhorita Collins. Ela não está reclamando.

Olhou para o outro lado da sala, para Sophie, que parecia seriamente concentrada na aula com Gideon. Ele estava atrás dela, com um braço ao redor de seu corpo, demonstrando como segurar uma pontiaguda faca de arremesso. A mão dele estava gentilmente apoiada na dela, e ele parecia estar falando com a nuca de Sophie, onde seus cabelos escuros haviam escapado do coque e se encaracolavam. Quando viu Tessa olhando para eles, ele enrubesceu.

Tessa ficou espantada. Gideon Lightwood ruborizando! Será que ele estaria *admirando* Sophie? Exceto pela cicatriz, que Tessa já quase não percebia, ela *era* adorável, mas era mundana, e servente, e os Lightwood eram muito esnobes. Tudo dentro de Tessa pareceu contrair-se de repente. Sophie tinha sido muito maltratada pelo antigo empregador. A última coisa de que precisava agora era um garoto Caçador de Sombras se aproveitando dela.

Tessa olhou em volta, prestes a dizer alguma coisa para o menino com os braços ao seu redor — e parou. Tinha se esquecido de que era Gabriel ao seu lado, e não Jem. Tinha se acostumado tanto à presença de Jem, à facilidade com que conversava com ele, ao conforto da mão do rapaz em seu braço quando caminhavam, ao fato de que, nesse momento, ele era a única pessoa a quem ela achava que podia dizer qualquer coisa. Percebeu, surpresa, que apesar de ter acabado de encontrá-lo no café da manhã, estava com saudades, uma sensação que quase doía por dentro.

Ela estava tão envolvida com essa mistura de sentimentos — saudades de Jem e um senso passional de proteção a Sophie —, que o arremesso seguinte foi longe demais, passou perto da cabeça de Gideon e bateu no parapeito.

Gideon olhou calmamente da faca caída para o irmão. Nada parecia incomodá-lo, nem mesmo uma quase decapitação.

— Gabriel, qual é o problema, exatamente?

Gabriel voltou o olhar para Tessa.

— Ela não me ouve — respondeu, com desprezo. — Não posso instruir uma pessoa que não me escuta.

— Talvez se você fosse um instrutor melhor, ela fosse uma ouvinte melhor.

— E talvez você tivesse visto a faca se aproximando — disse Gabriel —, se estivesse prestando mais atenção ao que se passa a sua volta do que à nuca da srta. Collins.

Então até Gabriel tinha notado, pensou Tessa, enquanto Sophie enrubescia. Gideon direcionou um olhar longo e firme ao irmão — sentiu que os dois discutiriam quando chegassem em casa — e em seguida voltou-se para Sophie, dizendo algo em voz baixa, baixo demais para que Tessa ouvisse.

— O que aconteceu com você? — perguntou ela para Gabriel, baixinho, e o sentiu ficar tenso.

— Como assim?

— Normalmente você é paciente — respondeu. — Durante a maior parte do tempo você é um bom professor, Gabriel, mas hoje está irritadiço, impaciente e... — ela olhou para a mão dele em seu braço — inadequado.

Ele teve o bom senso de soltá-la, parecendo envergonhado.

— Mil perdões. Não deveria tê-la tocado assim.

— Não, não deveria. E depois da forma como criticou Will...

Ele enrubesceu.

— Já pedi desculpas, srta. Gray. O que mais quer de mim?

— Uma mudança de comportamento, talvez. Uma explicação para o ódio que sente por Will...

— Já disse! Se deseja saber por que não gosto dele, pergunte você mesma a ele! — Gabriel girou e saiu da sala.

Tessa olhou para as facas presas na parede e suspirou

— E aqui termina minha aula.

— Tente não desanimar — disse Gideon, aproximando-se de Tessa com Sophie ao lado. Era estranho, pensou Tessa; Sophie normalmente parecia desconfortável perto de homens, qualquer um, até mesmo de Henry, sempre gentil. Com Will ela era como um gato escaldado, e com Jem, sempre envergonhada e atenta, mas ao lado de Gideon parecia...

Bem, era difícil definir. Mas era muito peculiar.

— Não é culpa sua ele estar assim hoje — prosseguiu Gideon. Os olhos estavam firmes em Tessa. Perto assim, ela pôde ver que não tinham a mesma cor dos do irmão. Eram mais verde-acinzentados, como o oceano sob um céu nublado. — As coisas andam... difíceis para nós em casa, com nosso pai, e Gabriel está descontando em você, ou, para falar a verdade, em qualquer um que esteja por perto.

— Sinto muito por isso. Espero que seu pai esteja bem — murmurou Tessa, rezando para não ser castigada por essa mentira descarada.

— Suponho que eu deva ir atrás do meu irmão — disse Gideon, sem responder à pergunta. — Senão ele pegará a carruagem e me deixará aqui. Espero trazê-lo de volta para a próxima sessão com um humor mais afável. — Fez uma reverência para Sophie, em seguida para Tessa. — Srta. Collins, srta. Gray.

E se foi, deixando as duas meninas olhando para ele com uma mistura de confusão e surpresa.

Com o treino do dia misericordiosamente encerrado, Tessa se viu correndo para trocar de roupa e colocar novamente seus trajes comuns, depois almoçar, ansiosa para ver se Will tinha voltado. Não tinha. A cadeira dele, entre Jessamine e Henry, continuava vazia. Mas havia alguém novo na sala, alguém que fez Tessa frear na entrada, tentando não encarar. Um homem alto, sentado à cabeceira ao lado de Charlotte, e de pele verde. Não um verde muito escuro — um ligeiro tom esverdeado, como luz refletindo do oceano, e os cabelos eram brancos como a neve. Da testa do sujeito, dois pequenos chifres curvavam-se elegantemente.

— Srta Tessa Gray — disse Charlotte, fazendo as apresentações —, este é o Alto Feiticeiro de Londres, Ragnor Fell. Senhor Fell, senhorita Gray.

Após murmurar que era um prazer conhecê-lo, Tessa sentou-se ao lado de Jem, na diagonal de Fell, e tentou não encará-lo com o canto do olho. Ao passo que a marca do feiticeiro de Magnus estava em seus olhos de gato, a de Fell era representada pelos chifres e a pele colorida. Tessa ainda não conseguia conter o fascínio por figuras do Submundo, em particular por feiticeiros. Por que eles eram marcados e ela não?

— Qual é a situação, Charlotte? — Ragnor perguntou. — Você realmente me chamou para discutir coisas obscuras nos pântanos de Yorkshire? Eu tinha a impressão de que nada de interessante acontecia em Yorkshire. Aliás, tinha a impressão de que não *havia* nada em Yorkshire além de ovelhas e mineração.

— Então você não conheceu os Shade? — questionou Charlotte. — A população de feiticeiros na Bretanha não é tão grande assim...

— Conheci. — Enquanto Fell cortava o presunto no prato, Tessa viu que ele tinha uma junta a mais em cada dedo. Pensou na srta. Black, com suas garras alongadas, e conteve um tremor. — Shade era meio louco, com aquela obsessão por mecanismos. A morte deles foi um choque no Submundo. Os detalhes chegaram à comunidade, e houve até uma discussão sobre vingança, apesar de acreditar que nada tenha sido feito.

Charlotte inclinou-se para a frente.

— Você se lembra do filho deles? Da criança adotiva?

— Sabia dele. Um casal de feiticeiros é algo raro. Um casal que adota uma criança humana em um orfanato é mais raro ainda. Mas nunca vi o menino. Feiticeiros — nós vivemos para sempre. Um intervalo de trinta, até cinquenta anos sem encontros não é incomum. Evidente que agora que sei no que o menino se transformou, gostaria de tê-lo conhecido. Acha que vale a pena tentar descobrir quem foram seus pais biológicos?

— Certamente, se for possível. Qualquer informação que conseguirmos reunir sobre Mortmain pode ser útil.

— Posso lhe dizer que foi ele que se deu esse nome — disse Fell. — Parece um nome de Caçador de Sombras. É o tipo de nome que alguém com raiva dos Nephilim e dotado de um senso de humor ácido assumiria. *Mort main*...

— Mão da morte — disse Jessamine, que tinha orgulho do próprio francês.

— Realmente nos faz pensar — disse Tessa. — Se a Clave simplesmente tivesse atendido ao pedido de Mortmain, concedido as reparações, será que ele teria se tornado o que se tornou? Será que o Clube Pandemônio sequer teria existido?

— Tessa... — começou Charlotte, mas Ragnor Fell acenou para que ela se calasse. Ele olhou entretido para Tessa.

— Você é a menina que muda de forma, não é? — perguntou. — Magnus Bane me contou sobre você. Não tem marca alguma, é o que dizem.

Tessa engoliu em seco e olhou nos olhos dele. Eram olhos contraditoriamente humanos, ordinários naquela face extraordinária.

— Não. Não tenho marca.

Seus lábios sorriram em volta do garfo.

— Suponho que tenham procurado *em toda parte*?

— Tenho certeza de que Will tentou — respondeu Jessamine, em tom entediado. O talher de Tessa caiu no prato. Jessamine, que estava esmagando as ervilhas com o lado da faca, levantou o olhar quando Charlotte falou espantada:

— *Jessamine*!

Jessamine deu de ombros.

— Bem, ele é assim.

Com um sorriso no rosto, Fell voltou novamente a olhar para o prato.

— Eu me lembro do pai de Will. Ele era bastante galanteador. As moças não resistiam. Até ele conhecer a mãe de Will, é claro. Então ele largou tudo e foi morar no País de Gales, só para ficar com ela. Que figura ele era.

— Ele se apaixonou — observou Jem. — Não é tão estranho assim.

— Se apaixonou — disse o feiticeiro, ainda com o mesmo sorriso breve. — Caiu de cara é mais apropriado. Ficou de quatro. Ainda há homens assim, para os quais só existe uma mulher e só ela, ela ou nada.

Charlotte olhou para Henry, mas ele parecia completamente perdido nos próprios pensamentos, contando alguma coisa — apesar de ninguém imaginar o que — nos dedos. Estava usando um colete cor-de-rosa e violeta, e a manga da camisa estava suja de molho. Os ombros de Charlotte se encolheram visivelmente, e ela suspirou.

— Bem — disse Charlotte. — Até onde sei foram muito felizes juntos...

— Até perderem dois dos três filhos e Edmund Herondale perder tudo no jogo — disse Fell. Mas suponho que não tenha contado isso ao jovem Will.

Tessa trocou olhares com Jem. *Minha irmã está morta*, dissera Will.

— Então tiveram três filhos? — perguntou ela. — Will tinha duas irmãs?

— Tessa. Por favor. — Charlotte pareceu desconfortável. — Ragnor... não o contratei para invadir a privacidade dos Herondale, ou de Will. O fiz porque prometi a Will que lhe contaria se algum mal acontecesse à família dele.

Tessa pensou em Will — um Will de 12 anos de idade, segurando a mão de Charlotte, implorando para saber se a família tinha morrido. *Por que fugir?*, perguntou-se pela centésima vez. *Por que deixá-los para trás*? Tessa havia achado que talvez Will não tivesse se importado, mas era claramente o contrário. Ele ainda se importava. Ela não pôde conter o aperto no coração ao pensar nele chamando a irmã. Se ele amava Cecily da forma como ela amou Nate um dia...

Mortmain tinha feito algo à família dele, pensou Tessa. Como fez com a dela. Isso os ligava de uma forma peculiar, ela e Will. Independentemente de ele saber disso ou não.

— Seja o que for que Mortmain esteja planejando — disse Tessa —, ele vem planejando há muito tempo. Desde antes do meu nascimento, quando enganou ou coagiu meus pais a me "fazerem". E agora sabemos que há anos ele se envolveu com a família de Will e os levou para o Solar Ravenscar. Temo que sejamos como peças de xadrez que ele move em um tabuleiro, e que ele já conheça o resultado do jogo.

— Isso é o que ele quer que pensemos, Tessa — respondeu Jem. — Mas ele é apenas um homem. E cada coisa que descobrimos sobre ele o torna mais vulnerável. Se não representássemos qualquer ameaça, ele não teria enviado o autômato para nos desencorajar.

— Ele sabia exatamente *onde* nós estaríamos...

— Não há nada mais perigoso do que um homem obcecado por vingança — disse Ragnor. — Um homem obcecado há quase sessenta anos, que transformou uma sementinha de vingança em uma planta viva e carnívora. Ele vai levar isso até o fim, a não ser que o destruam antes.

— Então o destruiremos — Jem foi sucinto. Foi o mais próximo de uma ameaça que Tessa já o ouvira fazer.

Tessa olhou para as próprias mãos. Estavam com um tom mais pálido do que quando morava em Nova York, mas eram suas mãos, familiares, o indicador ligeiramente mais longo que o médio, as meias luas das unhas acentuadas. *Eu poderia mudá-las*, pensou. *Poderia me Transformar em qualquer coisa, qualquer pessoa.* Nunca tinha se sentido mais mutável, mais fluida, ou mais perdida.

— De fato — o tom de Charlotte foi firme. — Ragnor, preciso saber por que a família Herondale está naquela casa, um local que pertencia a Mortmain, e desejo saber se estão seguros. E quero que isso aconteça sem que Benedict Lightwood ou o resto da Clave descubram.

— Entendo. Quer que cuide deles da forma mais silenciosa possível, ao mesmo tempo em que faço investigações sobre Mortmain na área. Se ele os levou para lá, deve ter tido um motivo.

Charlotte soltou o ar.

— Isso.

Ragnor girou o garfo.

— Isso vai sair caro.

— Sim — disse Charlotte. — Estou preparada para pagar.

Fell sorriu.

— Neste caso, estou preparado para tolerar as ovelhas.

O resto do almoço foi de conversas desconfortáveis, com Jessamine de má vontade, destruindo a comida no prato em vez de se alimentar; Jem estranhamente quieto; Henry murmurando equações para si mesmo; e Charlotte e Fell finalizando os planos para a proteção da família de Will. Por mais que Tessa aprovasse a ideia — e aprovava —, alguma coisa no feiticeiro a deixava desconfortável, de um jeito que Magnus nunca deixara, e ela ficou feliz quando o almoço acabou e pôde escapar para o quarto com uma cópia de *A Inquilina de Wildfell Hall*.

Não era seu favorito dentre os livros das irmãs Brontë — essa honra pertencia a *Jane Eyre*, e em segundo lugar vinha *O morro dos ventos uivantes*, e *A inquilina* era um distante terceiro lugar —, mas já tinha lido os outros dois tantas vezes que não havia surpresas entre as páginas, apenas frases tão familiares que pareciam velhas amigas. O que realmente queria ler era *Um conto de duas cidades*, mas Will já tinha citado Sydney Carton o suficiente para temer que tal escolha a fizesse pensar nele, aumentando o peso da preocupação. Afinal de contas, ele nunca citava Darnay, apenas Sydney, embriagado, destruído e dissipado. Sydney, que morreu por amor.

Lá fora estava escuro, e o vento soprava lufadas de chuva contra as janelas quando bateram à sua porta. Era Sophie, trazendo uma carta em uma bandeja de prata.

— Uma carta para a senhorita.

Tessa repousou o livro espantada.

— Carta para *mim*?

Sophie assentiu e aproximou-se, estendendo a bandeja.

— Sim, mas não diz de quem é. A srta. Lovelace quase a interceptou, mas consegui evitar a enxerida.

Tessa pegou o envelope. Estava endereçado a ela, de fato, em uma caligrafia inclinada e desconhecida, sobre um papel de cor creme. Ela virou o envelope, começou a abri-lo, e captou os olhos arregalados e curiosos de Sophie refletidos na janela. Voltou-se e sorriu para a copeira.

— Só isso, Sophie — falou. Era assim que lia heroínas dispensando serventes nos romances, e parecia correto. Com um olhar decepcionado, Sophie pegou a bandeja e se retirou.

Tessa desdobrou a carta e a abriu.

Prezada e sensata srta. Gray,

Escrevo-lhe em nome de um amigo em comum, William Herondale. Sei que ele tem o hábito de ir e vir — mais comumente ir — do Instituto a seu bel-prazer, e que por isso pode ser que leve tempo até que sua ausência gere alarme. Mas solicito-lhe, como alguém que preza o bom-senso, que não presuma que esta ausência é normal. Eu o vi ontem à noite, e ele estava, para dizer o mínimo, perturbado quando deixou minha residência. Tenho motivos para me preocupar com a possibilidade de que ele cometa algum mal contra si mesmo, e, portanto, sugiro que investiguem o paradeiro dele e garantam sua segurança. Trata-se de um jovem de quem é difícil gostar, mas acredito que você enxergue o bem nele, assim como eu, srta. Gray, e por isso envio-lhe humildemente minha carta.

Seu servo,

Magnus Bane

P.S.: Se fosse você, não compartilharia o conteúdo desta carta com a sra. Branwell. Apenas uma sugestão.
M.B.

Apesar de a leitura da carta de Magnus tê-la deixado com a sensação de que suas veias estavam cheias de fogo, de algum jeito Tessa sobreviveu ao resto da tarde, e também ao jantar, sem — acreditava — se denunciar. Sophie pareceu levar uma eternidade agonizante para ajudá-la a se despir, pentear o cabelo e relatar a fofoca do dia (o primo de Cyril trabalhava na casa dos Lightwood e reportou que Tatiana — a irmã de Gabriel e Gideon — estava prestes a retornar da lua de mel no Continente com o marido. A residência estava em polvorosa, pois dizia-se que ela era extremamente desagradável).

Tessa murmurou qualquer coisa sobre ela provavelmente ter puxado ao pai. A impaciência deixou sua voz áspera, e Sophie só não foi correndo buscar um chá de hortelã porque Tessa insistiu que estava exausta e que precisava dormir, mais do que precisava da bebida.

Assim que a porta se fechou atrás de Sophie, Tessa se levantou, tirando as roupas de dormir e colocando um vestido, arrumando-se da melhor maneira possível e vestindo um casaco curto por cima. Após uma olhada muito cautelosa no corredor, ela saiu do quarto, foi até a porta de Jem e bateu o mais silenciosamente possível. Por um instante nada aconteceu, e ela teve a preocupação súbita de que ele já tivesse ido dormir, mas então a porta se abriu, e Jem apareceu na entrada.

Ela certamente o pegara no meio do processo de preparação para dormir; ele já estava sem casaco e sem sapato, com o colarinho da camisa aberto, e os cabelos eram um adorável emaranhado prateado. Ela quis esticar o braço e afagá-los. Ele piscou para ela.

— Tessa?

Sem dizer uma palavra, ela entregou o bilhete a ele. Jem olhou de um lado para o outro do corredor e em seguida acenou para que ela entrasse. Tessa fechou a porta atrás de si enquanto ele lia a carta de Magnus uma, e depois duas vezes, antes de amassá-la, fazendo o papel chiar alto no quarto.

— Eu *sabia* — disse Jem.

Foi a vez de Tessa piscar.

— Sabia o quê?

— Que este não era um sumiço comum — Jem sentou-se sobre o baú ao pé da cama e calçou os sapatos. — Eu senti. Aqui. — Colocou a mão sobre o peito. — Sabia que tinha alguma coisa estranha. Senti, como uma sombra na minha alma.

— Não acha que ele realmente machucaria a si próprio, acha?

— Fazer algo contra ele mesmo, não sei. Se colocar em uma situação em que possam machucá-lo... — Jem se levantou. — Preciso ir.

— Não quer dizer "nós"? Não estava pensando em ir atrás de Will sem mim, estava? — perguntou Tessa maliciosamente, e quando ele não respondeu nada, disse: — Esta carta foi endereçada a mim, James. Eu não precisava ter lhe mostrado.

Ele cerrou os olhos por um instante e ao abri-los, estava sorrindo um sorriso torto.

— *James* — repetiu. — Normalmente só Will me chama assim.

— Desculpe...

— Não. Não se desculpe. Gostei do som do nome nos seus lábios.

Lábios. Havia algo estranho, delicadamente indelicado na palavra, como um beijo. Pareceu pairar no ar entre eles enquanto ambos hesitavam. *Mas é Jem*, Tessa pensou espantada. Jem. Não Will, que fazia com que ela tivesse a sensação de que ele estava percorrendo os dedos sobre sua pele nua só de olhar...

— Tem razão — disse Jem, limpando a garganta. — Magnus não teria lhe enviado a carta se não pretendesse que você fizesse parte da busca por Will. Talvez ele ache que seu poder possa ter utilidade. De qualquer modo... — Ele virou as costas para ela, foi até o armário e o abriu. — Espere por mim no seu quarto. Logo chego lá.

Tessa não teve certeza se assentiu — achava que sim —, e instantes mais tarde ela se viu de volta ao próprio quarto, apoiada na porta. Estava com o rosto quente, como se tivesse ficado perto demais de uma fogueira. Olhou em volta. Quando foi que começara a pensar neste quarto como *seu* quarto? Este espaço grandioso, com janelas enormes e velas de luz enfeitiçada que brilhavam suavemente era tão diferente da caixinha onde dormia no apartamento de Nova York, com poças de cera derretida na cabeceira, e a cama barata de madeira com lençóis finos. No inverno as janelas empenadas batiam com o vento.

Um toque suave na porta a despertou do devaneio, e Tessa virou-se e abriu-a para encontrar Jem na entrada. Ele estava completamente vestido com o uniforme de Caçador de Sombras — o casaco preto de couro forte, calças e botas pesadas. Levou um dedo aos lábios e sinalizou para que ela o seguisse.

Eram dez da noite, provavelmente, supôs Tessa, e a luz enfeitiçada ardia levemente. Foram por um caminho curioso e cheio de curvas através dos corredores, diferente do que ela estava acostumada a fazer para chegar à porta da frente. Sua confusão findou quando chegaram a uma porta ao fim de um longo corredor. O espaço onde se encontravam tinha um aspecto arredondado, e Tessa supôs que deviam estar dentro de uma das torres góticas que se erguiam em cada canto do Instituto.

Jem abriu a porta e fez Tessa segui-lo; fechou a porta com firmeza atrás dos dois, guardando de volta em seu bolso a chave que tinha usado.

— Este — disse Jem — é o quarto de Will.

— Gracioso — comentou Tessa. — Nunca estive aqui. Estava começando a achar que ele dormia de cabeça para baixo, feito um morcego.

Jem riu e passou por ela, foi até a escrivaninha de madeira e começou a remexer nas coisas enquanto Tessa olhava em volta. O coração da menina batia acelerado, como se estivesse vendo algo que não deveria — alguma parte secreta e escondida de Will. Disse a si mesma para não ser tola, era apenas um quarto, com os mesmos móveis pesados e escuros que todos os outros do Instituto. E estava muito bagunçado — cobertas chutadas para fora da cama caídas no chão; roupas sobre os espaldares das cadeiras, xícaras de chá com o conteúdo pela metade equilibradas de forma precária na cabeceira. E livros por todos os lados — livros nas mesas laterais, livros sobre a cama, livros empilhados no chão, livros em filas duplas nas prateleiras das paredes. Enquanto Jem remexia, Tessa foi até as prateleiras e olhou curiosa os títulos.

Não se surpreendeu em descobrir que quase todos eram de ficção e poesia. Alguns em línguas que ela não entendia. Reconhecia latim e o alfabeto grego. Havia também livros de contos de fadas, *As mil e uma noites*, trabalhos de James Payn, *Vicar of Bullhampton* de Anthony Trollope, *Remédios desesperados* de Thomas Hardy, diversos de Wilkie Collins — *The New Magdalen, The Law and the Lady, The Two Destinies*, e um romance novo de Júlio Verne, intitulado *As índias negras*, que ela se coçou de vontade de pegar. E então, lá estava — *Um conto de duas cidades*. Com um sorriso pesaroso, Tessa esticou o braço para retirá-lo da prateleira. Ao levantá-lo, diversos papéis escritos que estavam pressionados entre as capas voaram para o chão. Ela se ajoelhou para pegá-los — e congelou. Reconheceu a letra imediatamente. Era dela.

Sua garganta apertou ao examinar as páginas. *Querido Nate*, leu. *Tentei me Transformar hoje e fracassei. Foi uma moeda que me deram, e não consegui extrair nada. Ou jamais pertenceu a alguém, ou meu poder está enfraquecendo. Eu não me importaria, mas elas me deram chicotadas — você já levou chicotadas? Não, é uma pergunta tola. Claro que não. Parece fogo sendo ateado em linhas pelo corpo. Sinto vergonha em dizer que chorei, e você sabe o quanto odeio chorar... E, Querido Nate, senti muito a sua falta hoje, achei que eu fosse morrer. E se você não estiver mais aqui, não há ninguém no mundo que se importe se estou viva ou morta. Sinto-me como se estivesse dissolvendo, desaparecendo no nada, pois se não há ninguém no mundo que se importe com você, será que você sequer existe?*

Eram cartas que havia escrito para o irmão quando esteve na Casa Sombria, sem esperar que ele fosse ler — sem esperar que ninguém o fizesse. Eram mais um diário do que cartas, a única forma de extravasar o horror, a tristeza e o medo. Sabia que tinham sido encontradas, que Charlotte as havia lido, mas o que estavam fazendo aqui, no quarto de *Will*, logo aqui, escondidas entre as páginas de um livro?

— Tessa — disse Jem. Ela virou-se rapidamente, guardando as cartas no bolso do casaco. Jem estava perto da escrivaninha, segurando uma faca prateada na mão. — Pelo Anjo, este lugar é tão bagunçado, não sabia se conseguiria encontrar. — Ele a girou nas mãos. — Will não trouxe muita coisa de casa quando veio para cá, mas trouxe isto. É uma adaga que ganhou do pai. Tem as marcas de pássaros dos Herondale na lâmina. Deve ter uma impressão muito forte dele, o suficiente para conseguirmos rastreá-lo.

Apesar das palavras de estímulo, ele franziu a testa.

— O que foi? — perguntou Tessa, atravessando o quarto até ele.

— Encontrei outra coisa — respondeu. — Will sempre comprou meu.. meu medicamento para mim. Ele sabe que eu abomino toda a transação, encontrar integrantes do Submundo dispostos a vender, pagar... — O peito de Jem subiu e desceu rapidamente, como se simplesmente falar no assunto o enojasse. — Eu dava para ele o dinheiro, e ele partia. Mas encontrei uma conta, referente à última transação. Parece que as drogas, o remédio, não custam o que eu achei que custassem.

— Está querendo dizer que Will vem roubando seu dinheiro? — Tessa ficou surpresa. Will podia ser péssimo e cruel, pensou, mas de algum modo achava que fosse uma crueldade um pouco mais refinada. Menos mesquinha. E fazer isso com Jem, logo com ele...

— Pelo contrário. Custam muito mais caro do que ele disse. Ele deve andar completando a diferença de algum modo. — Ainda franzindo a testa, Jem guardou a adaga no cinto. — Eu o conheço melhor do que ninguém — disse com segurança. — E mesmo assim ainda descubro que ele tem segredos que me surpreendem.

Tessa pensou nas cartas guardadas no livro de Dickens e no que pretendia dizer a Will quando o encontrasse novamente.

— De fato — falou. — Mas não tem tanto mistério, tem? Will faria qualquer coisa por você...

— Não sei se eu mesmo chegaria tão longe. — O tom de Jem era seco.

— Claro que sim — afirmou Tessa. — Qualquer um faria isso. Você é tão generoso e tão bom...

Ela parou, mas os olhos de Jem já estavam arregalados. Ele pareceu surpreso, como se não estivesse acostumado a tantos elogios, mas certamente deveria estar, pensou Tessa, confusa. Certamente todos que o conheciam estavam cientes da sorte que tinham. Ela sentiu as bochechas começarem a queimar outra vez, e se repreendeu. *O que* estava acontecendo?

Uma leve batia soou na janela; Jem virou-se após um instante de hesitação.

— É Cyril — disse ele, e havia uma certa aspereza em sua voz. — Eu... eu pedi a ele que trouxesse a carruagem. É melhor irmos.

Tessa assentiu, sem dizer nada, e o seguiu para fora do quarto.

Quando Jem e Tessa saíram do Instituto, o vento ainda estava soprando no pátio, fazendo folhas voarem em círculos como fadas dançarinas. O céu estava carregado com uma névoa amarela, e a lua era um disco dourado por trás dela. As palavras em latim nos portões do Instituto pareciam brilhar, acentuadas pelo luar: *somos poeira e sombras.*

Cyril, esperando com a carruagem e os dois cavalos, Balios e Xanthos, pareceu aliviado ao vê-los. Ajudou Tessa a embarcar, Jem subindo logo atrás, e em seguida foi para o assento do cocheiro. Tessa, sentada em frente a Jem, observou fascinada enquanto ele sacava a adaga e a estela do cinto. Segurando a adaga com a mão direita, ele desenhou um símbolo nas costas da mão com a ponta da estela. Aos olhos de Tessa parecia como todas as Marcas, uma ondulação de linhas ilegíveis, circulando para se conectarem entre si em estampas negras.

Ele olhou para a mão por um longo instante, em seguida fechou os olhos, com o rosto imóvel de tanta concentração. Exatamente quando os nervos de Tessa começaram a chiar de impaciência, os olhos dele se abriram.

— Brick Lane, perto da Whitechapel High Street — falou, meio para si mesmo. Devolvendo a adaga e a estela ao cinto, inclinou-se para fora da janela e Tessa o ouviu repetir as palavras para Cyril. No instante seguinte Jem estava de volta à carruagem, fechando a janela para conter o vento frio, e eles estavam deslizando e chacoalhando sobre os paralelepípedos.

Tessa respirou fundo. Passara o dia ansiosa para procurar Will, preocupada com ele, imaginando onde estaria, mas agora que estavam indo para o coração sombrio de Londres, só conseguia sentir medo.

9

Meia-Noite Feroz

Meias-noites ferozes e famintos amanhãs,
E os amores que completam e controlam
Todos os prazeres da carne, todas as aflições
Que a alma desgastam.
—Algernon Charles Swinburne, "Dolores"

Tessa deixou aberta a cortina do seu lado da carruagem e manteve os olhos fixos no vidro da janela enquanto passavam pela Fleet Street em direção a Ludgate Hill. A névoa amarela havia engrossado, e ela enxergava pouca coisa através da neblina — as formas escuras de pessoas apressando-se para lá e para cá, as palavras indistintas nas placas com anúncios pintados nas laterais dos prédios. Em alguns momentos, a bruma se dissipava e ela conseguia enxergar algo com clareza — uma garotinha segurando flores murchas de lavanda, apoiada em uma parede, exausta; um amolador de facas empurrando cansado seu carrinho; um anúncio de fósforos Lúcifer da Bryant and May erguendo-se subitamente das sombras.

— Descartáveis — disse Jem. Ele estava inclinado contra a cadeira diante dela, com os olhos brilhando na escuridão. Será que ele tomou o remédio antes de saírem? Se sim, quanto?

— Como?

Ele fez o gesto de riscar um fósforo, apagar e descartar o palito por cima do ombro.

— É como chamam fósforos aqui, descartáveis, porque você joga fora depois de um único uso. É também como chamam as meninas que trabalham nas fábricas de fósforos.

Tessa pensou em Sophie, que facilmente poderia ter se transformado em uma dessas "descartáveis" se Charlotte não a tivesse encontrado.

— Que crueldade.

— Estamos indo para uma parte cruel da cidade. East End. Os pardieiros. — Jem chegou para a frente no assento. — Quero que tenha cuidado, e fique perto de mim.

— Sabe o que Will está fazendo lá? — perguntou Tessa, meio temerosa em ouvir a resposta. Estavam passando por St. Paul, edificando-se sobre eles como um enorme túmulo de mármore reluzente.

Jem balançou a cabeça.

— Não sei. Só obtive uma impressão, uma imagem efêmera da rua, com o feitiço de rastreamento. Mas digo que há poucas razões *inofensivas* para um rapaz ir à igreja durante a noite.

— Ele pode estar jogando...

— Pode — concordou Jem, soando como se duvidasse.

— Você disse que sentiria, aqui — Tessa tocou o próprio coração —, caso alguma coisa tivesse acontecido com ele. Isso é porque vocês são *parabatai*?

— Isso.

— Então há mais em ser *parabatai* do que apenas jurar proteção mútua. Tem algo... místico.

Jem sorriu para ela, aquele sorriso feito uma luz acendendo-se de repente em todos os cantos da casa.

— Somos Nephilim. Todas as passagens da nossa vida têm algum componente místico: nossos nascimentos, mortes, casamentos, tudo tem uma cerimônia. Também tem uma se você deseja se tornar o *parabatai* de alguém. Primeiro precisa pedir, é claro. Não é um compromisso simples.

— Você pediu a Will — supôs Tessa.

Jem balançou a cabeça, ainda sorrindo.

— Ele me pediu. Estávamos na sala de treinamento, praticando com espadas longas. Ele me pediu, e eu recusei, respondendo que ele merecia alguém que fosse viver, que pudesse cuidar dele por toda a vida. Ele apostou que podia arrancar a espada de mim, e se conseguisse, eu teria de concordar em ser seu irmão de sangue.

— E ele arrancou?

— Em nove segundos. — Jem riu. — E me prendeu contra a parede. Devia estar treinando sem meu conhecimento, porque eu jamais teria concordado se soubesse que ele era tão bom naquilo. A especialidade dele sempre foi arremesso de adagas. — Ele deu de ombros. — Tínhamos 13 anos. A cerimônia foi realizada quando estávamos com 14. Agora já se passaram três anos e não consigo me imaginar não tendo um *parabatai*.

— Por que você não queria? — perguntou Tessa, um pouco hesitante. — Quando ele pediu...

Jem passou a mão no cabelo prateado.

— A cerimônia liga as pessoas — respondeu. — Os deixa mais fortes. Vocês têm a força um do outro para invocar. Ficam mais cientes da localizaçao um do outro, e assim podem trabalhar juntos em um combate sem problemas. Existem símbolos que só são permitidos se tiver um *parabatai*. Mas... você só tem direito a um *parabatai* na vida. Não pode ter um segundo, mesmo que o primeiro morra. Não achei que eu fosse uma boa aposta, considerando todos os fatores.

— Essa me parece uma regra severa.

Jem então falou alguma coisa em uma língua que ela não entendeu. Soou como *khalepa ta kala*.

Ela franziu o rosto para ele.

— Isso não é latim?

— Grego — respondeu. — Tem dois significados. Significa que aquilo que vale a pena possuir, as coisas boas, refinadas, honrosas e nobres, são difíceis de se conquistar. — Jem se inclinou para a frente, mais para perto dela. Ela sentiu o aroma suave da droga e o cheiro da pele dele por baixo. — E significa outra coisa também.

Tessa engoliu em seco.

— O quê?

— Significa "a beleza é áspera".

Ela olhou para baixo, para as mãos dele. Mãos esguias, finas e hábeis, com unhas cortadas rentes, e juntas cicatrizadas. Será que havia algum Nephilim sem cicatrizes?

— Estas palavras têm um apelo especial para você, não têm? — perguntou Tessa. — Estas línguas mortas. Por quê?

Ele estava inclinado, próximo o suficiente para que ela sentisse sua respiração morna quando Jem soltava o ar.

— Não tenho certeza — afirmou —, mas acho que tem alguma coisa a ver com a clareza delas. Grego, latim, sânscrito são idiomas que contêm verdades puras, antes de poluirmos nossas línguas com tantas palavras inúteis.

— Mas e o seu tipo de língua? — perguntou ela suavemente. — A que você cresceu falando?

Os lábios de Jem tremeram.

— Cresci falando inglês e mandarim — respondeu. — Meu pai falava inglês e mandarim, mas muito mal. Depois que nos mudamos para Xangai, ficou ainda pior. Lá eles falam em língua Wu, um dialeto quase ininteligível para quem fala mandarim.

— Diga alguma coisa em mandarim — pediu Tessa, com um sorriso.

Jem falou alguma coisa rapidamente, que soou com muitas vogais sopradas e consoantes misturadas, com a voz subindo e descendo de forma melódica:

— *Ni hen piao liang.*

— O que você disse?

— Disse que seu cabelo está se soltando. Aqui — disse ele, esticando a mão e ajeitando um cacho solto atrás da orelha de Tessa. Ela sentiu o sangue subir quente nas bochechas e ficou grata por estar escuro na carruagem. — Não vai querer oferecer nada ao inimigo para que ele possa te agarrar.

— Ah, sim, claro. — Tessa olhou rapidamente na direção da janela e manteve o olhar fixo. A névoa amarela pesava sobre as ruas, mas ela estava enxergando suficientemente bem. Estavam em uma via pública estreita, ou larga, talvez, pelos padrões de Londres. O ar parecia denso e gorduroso com poeira de carvão e nevoeiro, e as ruas estavam repletas de gente. Pessoas imundas, trajando farrapos, apoiadas nas paredes de prédios de aparência precária, observando a carruagem como cães seguindo um osso. Tessa viu uma mulher de xale, com uma cesta de flores caindo de uma das mãos e um bebê embrulhado no canto do xale, apoiado em seu ombro. A criança estava com os olhos fechados, a pele pálida feito coalhada; parecia doente, ou morta. Crianças descalças, sujas como gatos vira-latas, brincavam nas ruas; mulheres apoiadas umas nas outras nos cantos dos prédios, claramente embriagadas. Os homens pareciam ainda piores, caídos nas laterais das casas, os casacos e chapéus sujos e remendados, o retrato da desesperança em suas expressões, feito gravuras em uma lápide.

— Londrinos ricos de Mayfair e Chelsea gostam de fazer passeios à meia-noite em distritos assim — disse Jem, com a voz estranhamente amarga. — Chamam de "pardieirismo".

— Eles param e... ajudam de alguma forma?

— A maioria não. Só querem ver e voltar para casa para, durante o próximo chá, poderem conversar sobre como viram legítimos "pedintes", ou "prostitutas", ou o que chamam de "Shivering Jemmys". A maioria nem sai das carruagens ou diligências.

— O que é um Shivering Jemmy?

Jem a olhou com olhos inquietos e prateados.

— Um pedinte esfarrapado e congelando — respondeu. — Alguém que provavelmente vai morrer de frio.

Tessa pensou no papel grosso colado nas rachaduras das janelas em seu apartamento de Nova York. Mas pelo menos tinha um quarto, um lugar onde deitar, e tia Harriet para preparar sopa quente ou chá. Ela teve sorte.

A carruagem parou em uma esquina modesta. Do outro lado, as luzes de um estabelecimento aberto ao público vazavam para a rua, assim como um fluxo constante de bêbados, alguns com mulheres apoiadas em seus braços, os vestidos com as cores vibrantes manchadas e sujas e as bochechas bastante avermelhadas. Em algum lugar alguém estava cantando *Cruel Lizzie Vickers.*

Jem pegou Tessa pela mão.

— Não posso enfeitiçá-la para camuflá-la aos olhares dos mundanos — disse ele. — Então mantenha a cabeça abaixada e fique perto de mim.

Tessa deu um sorriso torto, mas não soltou a mão dele.

— Você já disse isso.

Jem se inclinou para perto e sussurrou no ouvido dela. A respiração do Caçador de Sombras a deixou arrepiada.

— É *muito* importante.

Ele esticou a mão para alcançar a porta e abri-la. Então saltou no pavimento e ajudou Tessa a descer, puxando-a para o lado, para perto dele.

Ela observou os dois lados da rua e recebeu de algumas pessoas certos olhares indiferentes, mas em geral os dois foram totalmente ignorados. Dirigiram-se a uma porta estreita pintada de vermelho. Havia degraus, mas, ao contrário dos demais degraus da área, estavam vazios. Não havia ninguém sentado. Jem subiu rapidamente, puxando-a atrás de si, e bateu à porta com força.

Logo depois uma mulher de vestido vermelho longo, tão justo que Tessa arregalou os olhos, abriu a porta. Tinha cabelos pretos, presos por um par de palitos dourados. Sua pele era muito pálida, os olhos maquiados, mas, olhando de perto, Tessa notou que a moça era branca, não estrangeira. Seus lábios, um contorno vermelho expressando aborrecimento, curvaram-se para baixo nos cantos ao ver Jem.

— Não — disse ela. — Nada de Nephilim.

Ela ia fechar a porta, mas Jem já tinha levantado a bengala; a lâmina se esticou da base, segurando a porta aberta.

— Não trago problemas — assegurou. — Não estamos aqui em nome da Clave. É assunto pessoal.

A mulher semicerrou os olhos.

— Estamos procurando uma pessoa — prosseguiu. — Um amigo. Leve-nos até ele, e não a incomodaremos mais.

Com isso, ela jogou a cabeça para trás e riu.

— Sei quem estão procurando — falou. — Só há um de vocês aqui. — Ela virou de costas para a porta, dando de ombros em sinal de desprezo. A lâmina de Jem voltou para o esconderijo com um chiado, e ele desviou sob a soleira baixa da porta, trazendo Tessa.

Adiante havia um corredor estreito. Um pesado aroma adocicado pairava no ar, como o cheiro que ficava nas roupas de Jem depois que ele tomava o remédio. A mão dela apertou involuntariamente a dele.

— É aqui que Will vem para comprar... para comprar o que eu preciso — sussurrou, inclinando a cabeça de modo que quase tocou a orelha de Tessa com os lábios. — Mas por que ele estaria aqui agora...

A mulher que abriu a porta olhou para eles por cima do ombro ao entrar no corredor. Seu vestido tinha uma fenda nas costas, exibindo boa parte das pernas, e o final de uma cauda fina em V, com marcas pretas e brancas, como escamas de uma cobra. *Ela é feiticeira*, pensou Tessa com um aperto no coração. Ragnor, as Irmãs Sombrias, esta mulher

— por que feiticeiros pareciam tão... sinistros? Exceto Magnus, talvez, apesar de Tessa ter a impressão de que ele era a exceção para muitas regras.

O corredor desembocava em uma ampla sala, cujas paredes eram pintadas de vermelho. Do teto, pendiam luminárias grandes, com as faces esculpidas e pintadas com delicados traços que projetavam luzes desenhadas nas paredes. Pela extensão do cômodo havia beliches, como no interior de um navio. Uma enorme mesa redonda dominava o centro do aposento. Nela, vários homens estavam sentados, tinham peles no mesmo tom de vermelho-sangue das paredes e cabelos negros cortados rente às cabeças. As mãos terminavam em garras negro-azuladas que também haviam sido cortadas, provavelmente para permitir que pudessem contar e mexer com mais facilidade nos diversos pós e misturas espalhados diante deles. Os pós pareciam brilhar sob a luz, como gemas pulverizadas.

— Isto é um covil de ópio? — sussurrou Tessa ao ouvido de Jem.

Os olhos dele examinavam com ansiedade o local. Ela pôde sentir a tensão no rapaz, uma vibração sob a pele, como o coração acelerado de um beija-flor.

— Não — Jem parecia distraído. — Na verdade não. Aqui há basicamente drogas demoníacas e pós de fadas. Estes homens à mesa são ifrits. Feiticeiros sem poderes.

A mulher de vestido vermelho estava inclinada sobre o ombro de um dos ifrits. Juntos olharam para Tessa e Jem, fixando os olhares no garoto. Tessa não gostou da maneira como o encaravam. A feiticeira estava sorrindo; o olhar do ifrit era calculista. A mulher se recompôs e se aproximou deles, os quadris movendo-se como um metrônomo sob o vestido justo de cetim.

— Madran diz que temos o que deseja, garoto prateado — informou a feiticeira, passando uma unha vermelha na bochecha de Jem. — Não precisa fingir.

Jem se esquivou do toque. Tessa nunca o vira tão nervoso.

— Como lhe disse, estamos procurando um amigo — irritou-se Jem. — Nephilim. Olhos azuis, cabelos negros... — Sua voz se elevou. — *Ta xian zai zai na li*?

Ela o olhou por um instante, em seguida balançou a cabeça.

— Você é tolo — disse ela. — Sobrou pouco do *yin fen*, e quando acabar, você vai morrer. Estamos lutando para conseguir mais, mas ultimamente a demanda...

— Poupe-nos das tentativas de vender sua mercadoria — disse Tessa, subitamente irritada. Não estava conseguindo aguentar a expressão no rosto de Jem, como se cada palavra fosse uma facada. Não era à toa que Will comprava o veneno para ele. — Onde está nosso amigo?

A feiticeira sibilou, deu de ombros e apontou para uma das camas aparafusadas à parede.

— Ali.

Jem empalideceu enquanto Tessa olhava. Os ocupantes estavam tão imóveis que inicialmente tivera a impressão de que as camas estavam vazias, mas agora, olhando mais de perto, percebeu que cada uma estava tomada por uma figura esparramada. Algumas deitadas de lado, com os braços caindo pelas laterais e as mãos espalmadas; a maioria, de costas, com os olhos abertos, olhando para o teto ou para a cama de cima.

Sem mais uma palavra Jem começou a atravessar a sala seguido por Tessa. Ao se aproximarem das camas, ela percebeu que nem todos os ocupantes eram humanos. Peles de cor azul, violeta, vermelha e verde passaram; longos cabelos verdes presos feito uma rede de algas repousavam sobre travesseiros sujos; dedos afiados agarravam-se às laterais de uma cama enquanto alguém gemia. Outra pessoa ria suavemente, desesperada, um ruído mais triste do que um choro; outra voz repetia sem parar uma poesia infantil:

"Laranjas e limões
Dizem os sinos de São Clemente
Quando irão me pagar?
Dizem os sinos em Old Bailey
Quando eu enriquecer
Dizem os sinos de Shoreditch..."

— Will — sussurrou Jem. Tinha parado ao lado de um beliche na metade do corredor, apoiando-se na parede como se estivesse com as pernas bambas.

Will estava deitado na cama, meio emaranhado em um cobertor escuro e esfarrapado. Não vestia nada além de calças e uma camiseta; o cinto de armas encontrava-se pendurado em um prego no beliche. Estava descalço, com os olhos semiabertos, o azul pouco visível sob a cortina dos cílios escuros. Os cabelos molhados de suor, grudados à testa, as bochechas vermelhas e febris. Seu peito subia e descia de modo irregular, como se estivesse com dificuldades para respirar.

Tessa esticou o braço e colocou as costas da mão na testa dele. Estava ardendo.

— Jem — disse suavemente. — Jem, precisamos tirá-lo daqui.

O homem na cama ao lado continuava entoando. Não que fosse um homem, exatamente. Tinha o corpo curto e retorcido, os pés descalços eram cascos.

"Quando será?
Dizem os sinos de Stepney
Não sei
Diz o grande sino de Bow"

Jem continuava olhando para Will, imóvel. Parecia congelado. O rosto havia adquirido uma coloração branca e vermelha.

— *Jem*! — sussurrou Tessa. — Por favor. Ajude-me a levantá-lo. — Quando Jem não se moveu, ela esticou o braço, pegou Will pelo ombro e o sacudiu. — Will. Will, acorde, por favor.

Will apenas resmungou e virou-se para longe dela, enterrando a cabeça no braço. Ele era um Caçador de Sombras, pensou Tessa, 1,82 metro de osso e músculo, pesado demais para conseguir levantar. A não ser...

— Se você não me ajudar — disse para Jem —, juro que vou me Transformar em você e levantá-lo sozinha. E aí todos aqui verão como você fica de vestido. — Manteve os olhos fixos nele. — Entendeu?

Muito lentamente, ele ergueu os olhos para ela. Não pareceu perturbado pela ideia de ser visto de vestido por ifrits; sequer pareceu enxergá-la. Era a primeira vez que Tessa se lembrava de ver aqueles olhos prateados sem qualquer brilho no fundo.

— Vai? — disse ele, e esticou a mão para a cama, pegando Will pelo braço e o empurrando de lado, com pouco cuidado, batendo a cabeça do amigo com força contra a grade lateral do beliche.

Will resmungou e abriu os olhos.

— Solte-me...

— Ajude-me com ele — pediu Jem, sem olhar para Tessa, e juntos lutaram para arrancar Will da cama. Ele quase caiu, deslizando os braços em volta de Tessa para se equilibrar. Enquanto isso, Jem recuperava o cinto de armamentos do prego onde estava pendurado.

— Diga que não é um sonho — sussurrou Will, aconchegando o rosto no pescoço dela. Tessa pulou. Ele ardia contra sua pele. Os lábios dele a tocaram na bochecha; tão macios quanto em sua memória.

— Jem — disse Tessa desesperadamente, e Jem olhou para eles; estava afivelando o cinto de Will sobre o próprio cinto e claramente parecia não ter escutado nada que fora dito por Will. Ajoelhou-se para calçar as botas em Will, depois ficou de pé e pegou o braço de seu *parabatai*. Will pareceu encantado com isso.

— Ah, ótimo — falou. — Agora nós três estamos juntos.

— Cale-se — disse Jem.

Will riu.

— Ouça, Carstairs, você não trouxe o necessário com você, trouxe? Eu cuidaria disso, mas estou liso.

— *O que* ele disse? — Tessa ficou espantada.

— Quer que eu pague pelas drogas dele. — A voz de Jem soou tensa. — Vamos. O levaremos até a carruagem, e eu volto com o dinheiro.

Enquanto lutavam para chegar até a porta, Tessa ouviu a voz do homem com cascos como pés, fina e aguda como música de flauta, e terminando com uma risada aguda.

"Aqui vem uma vela para iluminá-lo até que vá se deitar
E aqui um serrote para a sua cabeça arrancar!"

Mesmo o ar sujo de Whitechapel parecia limpo e fresco depois do fedor enjoativo de incenso do covil de drogas de fadas. Tessa quase tropeçou descendo as escadas. Por sorte a carruagem ainda estava no meio-fio, e Cyril, saltando do assento, foi até eles, com o rosto cheio de preocupação.

— Ele está bem? — perguntou, pegando o braço que Will apoiara nos ombros de Tessa e passando-o por cima dos seus. Tessa chegou para o lado, grata; suas costas começavam a doer.

Will, previsivelmente, não gostou.

— Soltem-me — disse, com uma irritação súbita. — Soltem-me. Eu consigo ficar em pé.

Jem e Cyril trocaram olhares, afastando-se em seguida. Will cambaleou, mas permaneceu de pé. Ergueu a cabeça, o vento frio levantando os cabelos suados do pescoço e da testa, soprando-os em seus olhos. Tessa pensou nele no telhado do Instituto: *E observo Londres, uma terrível maravilha humana de Deus.*

Ele olhou para Jem. Os olhos mais azuis do que o próprio azul, as bochechas vermelhas, as feições angelicais. Falou:

— Não precisavam vir me buscar como se eu fosse uma criança. Estava me divertindo muito.

Jem retribuiu o olhar.

— Maldito seja — disse, acertou o rosto de Will, fazendo o amigo girar. Will não perdeu o equilíbrio, mas se apoiou na lateral da carruagem, com a mão na bochecha. Sua boca estava sangrando. Olhou para Jem com total espanto.

— Coloque-o na carruagem — Jem pediu a Cyril, virando-se em seguida para atravessar a porta vermelha. Indo pagar pelo que quer que Will tivesse consumido, pensou Tessa. Will continuava olhando para as costas dele, o sangue avermelhando a boca.

— James? — disse.

— Vamos, então — disse Cyril, com gentileza. Ele realmente era muito parecido com Thomas, pensou Tessa ao vê-lo abrindo a porta da carruagem e ajudando Will a entrar, fazendo o mesmo com ela em seguida. Cyril lhe entregou um lenço que trazia no bolso. Estava morno e cheirava a água de colônia barata. Ela sorriu e agradeceu enquanto ele fechava a porta.

Will estava afundado no canto da carruagem, abraçando a si mesmo, os olhos não completamente abertos. Escorrera sangue pelo queixo dele. Tessa inclinou-se e pressionou o lenço contra a boca de Will, que levantou a mão, colocando-a sobre a dela e segurando-a ali.

— Estraguei tudo — disse ele. — Não foi?

— Imensamente, sinto dizer — observou Tessa, tentando não perceber o calor da mão dele sobre a sua. Mesmo no escuro da carruagem, o azul daqueles olhos era luminoso. Mas o que Jem tinha dito sobre beleza? *A beleza é áspera.* Será que as pessoas perdoariam as atitudes de Will se ele fosse feio? E no fim das contas, será que ser perdoado o ajudava? No entanto, ela não conseguia deixar de pensar que ele fazia essas coisas não por se amar demais, mas por se detestar. E ela não sabia por quê.

Ele fechou os olhos.

— Estou cansado, Tess — declarou. — Só queria ter bons sonhos, pelo menos uma vez na vida.

— Não é assim que se consegue, Will — respondeu Tessa, suavemente. — Não se pode comprar, alucinar ou sonhar um caminho para fugir da dor.

A mão dele apertou a dela.

A porta da carruagem se abriu. Tessa afastou-se de Will apressadamente. Era Jem, o rosto numa expressão turbulenta; direcionou um rápido olhar a Will, jogou-se em um dos assentos e esticou o braço para bater no teto.

— Cyril, vamos para casa — disse, e após um instante a carruagem partiu pela noite. Jem fechou as cortinas. No escuro, Tessa guardou o lenço na manga. Continuava úmido com o sangue de Will.

Jem não disse nada durante todo o trajeto da volta de Whitechapel, simplesmente fixou os olhos na frente, com os braços cruzados. Enquanto isso, Will dormia no canto da carruagem e tinha um leve sorriso no rosto. Tessa, em frente a eles, não conseguiu pensar em nada que pudesse dizer para romper o silêncio de Jem. Aquilo era tão incomum nele — Jem, sempre doce, sempre gentil, sempre otimista. A expressão dele agora estava pior do que vazia, as unhas enterradas no tecido do uniforme, os ombros tensos e numa postura ereta de raiva.

Assim que pararam na frente do Instituto, ele abriu a porta, saltou apressado e subiu os degraus, sem dirigir mais uma palavra a ela. Tessa ficou tão chocada que por um momento só conseguiu olhar para as costas dele. Aproximou-se da porta da carruagem; Cyril já estava lá, com a mão estendida para ajudá-la a saltar. Mal os sapatos de Tessa tocaram os paralelepípedos ela correu atrás de Jem, após dar só uma olhada rápida para confirmar que Will estava tendo o auxílio de Cyril. Tessa correu pelas escadas, diminuindo a voz ao perceber que, obviamente, todos no Instituto dormiam, as tochas de luz enfeitiçada com o brilho reduzido.

Ela foi para o quarto de Jem e bateu; não obtendo resposta, buscou alguns dos seus esconderijos mais frequentes — a sala de música, a biblioteca —, mas, no desconsolo de nada encontrar, voltou para o quarto para se preparar para dormir. De camisola, com o vestido esticado e pendurado, arrastou-se para baixo dos lençóis e ficou olhando fixamente para o teto. Até pegou a cópia de Will de *Vathek* do chão, mas pela primeira vez o poema escrito na frente foi incapaz de fazê-la sorrir, e ela não conseguiu se concentrar na história.

Estava espantada com o próprio incômodo que sentia. Jem estava irritado com Will, e não com ela. Mesmo assim, pensou, possivelmente era a primeira vez que ele havia se descontrolado na frente dela. A primeira vez que fora seco com ela e não recebera suas palavras com gentileza, que não pareceu tê-la colocado em primeiro plano...

Ela não lhe dera valor, pensou com surpresa e vergonha, observando a vela piscar. Tinha presumido que sua bondade era tão natural e inerente que jamais se perguntou se aquilo lhe custava algum esforço. Esforço para se colocar entre Will e o mundo, protegendo um do outro. Esforço para aceitar a perda da própria família com tranquilidade. Esforço para se manter alegre e calmo diante da própria morte.

Um ruído cortante, o som de algo sendo dilacerado, varreu o quarto. Tessa se sentou ereta. O que *foi* aquilo? Parecia vir do lado de fora da sua porta — do lado oposto do corredor...

Jem?

Levantou-se em um pulo e pegou o penhoar do cabide. Colocando-o apressadamente, correu do quarto para o corredor.

Estava certa — o barulho vinha do quarto de Jem. Tessa lembrou-se da primeira noite em que o conheceu, da adorável música de violino que se derramava da porta feito água. O barulho de agora em nada assemelhava-se à música de Jem. Ouvia o arco raspando na corda, mas aquilo soava como um grito, como uma pessoa berrando de dor. Ela ao mesmo tempo quis entrar, mas temia fazê-lo; finalmente pegou a maçaneta e girou, então entrou e fechou a porta atrás de si.

— Jem — sussurrou.

As lâmpadas de luz enfeitiçada ardiam fracas nas paredes. Jem estava sentado sobre o baú ao pé da cama trajando apenas uma camisa e calças, seus cabelos prateados emaranhados, o violino apoiado no ombro. Agredia o instrumento com o arco vorazmente, extraindo sons terríveis, fazendo-o gritar. Enquanto Tessa assistia, uma das cordas do violino arrebentou com um guincho.

— *Jem*! — chamou novamente, e quando ele não levantou o olhar, ela atravessou o quarto e arrancou o arco da sua mão. — Jem, *pare*! Seu violino, seu violino tão lindo, vai acabar com ele.

Ele olhou para Tessa. Suas pupilas estavam enormes, o prateado dos olhos reduzido a um fino contorno ao redor do preto. Ele estava arfando, com a camisa aberta no pescoço, suor acumulado na clavícula. As bochechas estavam vermelhas.

— Que diferença faz? — disse, com a voz tão baixa que soou quase como um assobio. — Que diferença faz qualquer coisa? Estou morrendo. Não sobreviverei a esta década. Que diferença faz se o violino se for antes de mim?

Tessa estava em choque. Ele nunca havia falado da doença assim, nunca.

Ele se levantou e ficou de costas para ela, encarando a janela. Apenas uma pequena fatia de luar conseguiu penetrar no quarto através da névoa; parecia haver formas visíveis na bruma branca acumulada na janela — fantasmas, sombras, expressões de zombaria.

— Você sabe que é verdade.

— Nada é certo. — A voz de Tessa tremeu. — Nada é inevitável. Uma cura...

— Não existe cura — Jem não soava mais irritado, apenas distante, o que era infinitamente pior. — Vou morrer e você sabe disso, Tess. Provavelmente no próximo ano. Estou morrendo, não tenho família, e a pessoa em que mais confio resolveu brincar com o que está me matando.

— Mas Jem, não acho que seja isso que Will pretendia. — Tessa apoiou o arco no pé da cama e aproximou-se dele, hesitante, como se ele fosse um animal que ela tivesse medo de assustar. — Ele só estava tentando escapar. Está fugindo de alguma coisa, algo sombrio e terrível. Você sabe que sim, Jem. Viu como ele ficou depois... depois de Cecily.

Ela estava atrás dele agora, perto o suficiente para esticar a mão e tentar tocá-lo no braço, mas não o fez. A camisa branca de Jem estava grudada nas omoplatas graças ao suor. Através do tecido, ela pôde ver as Marcas nas costas dele. Jem derrubou o violino de forma quase negligente no baú e virou-se para ela.

— Ele sabe o que significa para mim — disse. — Vê-lo brincar com o que destruiu minha vida...

— Mas ele não estava pensando em você...

— *Eu sei disso.* — Seus olhos estavam quase totalmente negros agora. — Digo a mim mesmo que ele é melhor do que aparenta ser, mas, Tessa, e se não for? Sempre pensei que, se eu não tiver mais nada, ao menos tenho Will. Se não consegui nada que fizesse minha vida valer a pena, sempre estive ao lado dele. Mas talvez não devesse ter estado.

Seu peito subia e descia tão depressa que Tessa ficou alarmada; ela pôs as costas da mão na testa de Jem e quase engasgou.

— Você está ardendo em febre. Devia estar descansando...

Ele se esquivou, e ela abaixou a mão, magoada.

— Jem, o que foi? Não quer que eu o toque?

— Não assim — disse, irritado, e então ficou ainda mais ruborizado.

— Assim como? — Tessa estava verdadeiramente espantada; esse era um comportamento que poderia esperar de Will, mas não de Jem: esse mistério, essa raiva.

— Como se você fosse uma enfermeira e eu um paciente. —A voz era firme, porém, irregular. — Acha que porque estou doente não sou igual a... — Respirou asperamente. — Pensa que eu não sei — disse —, que quando você pega minha mão é só para sentir meu pulso? Pensa que não sei que quando me olha nos olhos é só para saber quanta droga tomei? Se eu fosse outro homem, um homem normal, poderia ter esperanças, até mesmo expectativas; poderia... — Suas palavras pareceram travar, ou porque percebeu que tinha falado demais, ou por ter perdido o fôlego; estava engasgando, com as bochechas vermelhas.

Ela balançou a cabeça, sentindo as tranças fazerem cócegas no pescoço.

— É a febre falando, não você.

Os olhos de Jem ficaram sombrios, e ele começou a virar de costas para ela.

— Você sequer consegue acreditar que eu possa querê-la — disse, quase em um sussurro. — Que estou vivo o suficiente, saudável o suficiente...

— Não... — Sem pensar, ela agarrou o braço dele. Ele ficou tenso. — James, não foi nada disso que eu quis dizer...

Jem fechou os dedos, quentes como fogo, em torno da mão de Tessa, pousada no seu braço, queimando a pele dela. E em seguida ele a virou. puxando-a para perto de si.

Estavam cara a cara, peito contra peito. A respiração de Jem soprou seu cabelo. Ela sentiu a febre irradiando dele, como a névoa do Tâmisa; sentiu o sangue latejando através da pele; viu com estranha clareza a pulsação em seu pescoço, a luz nos cachos claros do cabelo caído no pescoço ainda mais pálido. Arrepios de calor percorreram sua pele, surpreendendo-a. Este era Jem — seu amigo, tão firme e confiável quanto batimentos cardíacos. Jem não fazia sua pele arder nem o sangue correr acelerado pelas veias até deixá-la tonta.

— Tessa — disse ele. Ela o encarou. Não havia nada de firme ou confiável na expressão do garoto. Os olhos estavam escuros, as bochechas enrubescidas. Quando ela levantou o rosto, ele abaixou o dele, a boca inclinando-se para a dela, e mesmo enquanto ela congelava, surpresa, estavam se beijando. *Jem.* Ela estava beijando Jem. Ao passo que os beijos de Will eram puro fogo, os de Jem eram como ar fresco após um longo tempo de clausura num lugar escuro e sem ventilação. A boca era suave e firme; uma das mãos pegou gentilmente a nuca de Tessa, guiando sua boca para a dele. Com a outra mão ele segurou o rosto dela, acariciando suavemente a bochecha com o dedo. Os lábios de Jem tinham gosto de açúcar queimado; o doce da droga, presumiu Tessa. O toque dele, os lábios dele hesitavam, e Tessa sabia por quê. Ao contrário de Will, ele se *importava* com isto ser algo inadequado, com o fato de que não deveria tocá-la, beijá-la, sabendo que ela deveria recuar.

Mas ela não queria recuar. Mesmo ao se espantar com o fato de que era Jem que a estava beijando, deixando-a tonta e provocando um chiado no ouvido, Tessa sentiu os braços subirem, como se tivessem vida própria, curvando-se em torno do pescoço dele, puxando-o para mais perto.

Ele arfou contra a boca de Tessa. Devia ter tanta certeza de que ela recuaria que ficou imóvel por um instante. As mãos dela deslizaram sobre os ombros de Jem, instigando-o com toques suaves, com um murmúrio contra seus lábios, pedindo para não parar. Hesitante, ele retribuiu a carícia, depois com mais força — beijando-a repetidamente, cada vez com mais urgência, segurando-lhe o rosto entre as mãos que ardiam, os dedos finos de violinista acariciando sua pele, fazendo-a tremer. Moveu as mãos para a lombar de Tessa, pressionando-a contra si; os pés descalços dela deslizaram sobre o tapete, e eles foram caindo de costas, na cama.

Com os dedos firmes na camisa de Jem, Tessa o puxou, recebendo o peso dele sobre o corpo com a sensação de que era algo que sempre lhe pertencera, um pedaço de si que havia perdido sem saber. Jem era leve, tinha ossos leves como os de um pássaro, e o mesmo coração acelerado. Passou as mãos no cabelo dele, que era tão macio quanto ela achou que seria em seus sonhos mais contidos, eram como penas entre seus dedos. Ele não parecia conseguir parar de passar as mãos por Tessa, maravilhado. Percorreu o corpo dela, com a respiração áspera em seu ouvido ao encontrar o laço da camisola e pausar ali, com os dedos trêmulos.

A incerteza de Jem fez o coração de Tessa parecer inflando dentro do peito, com uma ternura grande o suficiente para reter ambos lá dentro. Ela queria que Jem a *visse*, como ela era, naturalmente, Tessa Gray, sem qualquer aspecto Transformado. Esticou a mão e desatou o laço, deslizando o penhoar pelos ombros para se expôr a ele trajando apenas a camisola de cambraia branca que usava por baixo.

Olhou para ele, arfando, sacudindo os cabelos soltos para fora do rosto. Apoiando-se sobre os braços, por cima dela, Jem olhou para baixo e repetiu, rouco, o que havia dito antes na carruagem, ao tocá-la no cabelo.

— *Ni hen piao liang.*

— O que significa? — sussurrou ela, e dessa vez ele sorriu e disse:

— Significa que você é linda. Eu não queria dizer antes. Não queria que você achasse que eu estava tomando liberdades.

Tessa esticou o braço e o tocou no rosto, tão próximo do dela, e depois na pele frágil do pescoço, onde o sangue pulsava forte sob a superfície. Os cílios de Jem se moveram conforme ele seguia com os olhos o movimento dos dedos de Tessa, como uma chuva prateada.

— Tome-as — sussurrou.

Ele se inclinou sobre ela; as bocas se encontraram novamente, e o choque da sensação foi tão forte, tão avassalador, que ela fechou os olhos, como se pudesse se esconder na escuridão. Ele murmurou e a puxou para perto. Rolaram para o lado, as pernas de Tessa se entrelaçando nas dele, os corpos se movendo, pressionando um ao outro, cada vez mais próximos, de modo que ficou difícil respirar, e, mesmo assim, não conseguiam parar. Ela encontrou os botões da camisa dele, mas mesmo ao abrir os olhos, suas mãos tremiam demais para conseguir desabotoá-los. Desajeitada, ela os soltou, rasgando o tecido. Enquanto ele tirava a camisa com movimentos do ombro, ela viu que os olhos dele estavam ficando completamente prateados outra vez. Contudo, só teve um instante para admirá-los; estava ocupada demais se maravilhando com o resto dele. Era tão magro, não tinha os músculos de Will, mas havia algo de adorável em sua fragilidade, como os versos de um poema. *Ouro batido ao máximo*. Apesar de haver uma camada de músculo cobrindo o peito, ela pôde ver as sombras entre as costelas de Jem. O pingente de Jade que Will lhe dera estava abaixo das clavículas angulares.

— Eu sei — disse, olhando para si mesmo, tímido. — Não sou... Digo, eu...

— Lindo — disse ela, e foi sincera. — Você é lindo, James Carstairs.

Os olhos de Jem se arregalaram quando ela esticou os braços para tocá-lo. As mãos de Tessa já tinham parado de tremer. Agora estavam desbravando, fascinadas. Tessa se lembrou que sua mãe possuía um exemplar antigo de um livro, cujas páginas eram tão frágeis que poderiam virar pó quando tocadas. Ela sentiu o mesmo senso de responsabilidade, tendo agora imenso cuidado ao passar os dedos pelas Marcas do peito de Jem, sobre as partes ocas entre as costelas e a inclinação do estômago, que tremeu sob o toque; algo tão frágil quanto adorável.

Ele também não parecia conseguir parar de tocá-la. As mãos habilidosas de músico percorreram as laterais do corpo de Tessa, subindo pelas pernas nuas sob a camisola. Jem tocou-a como normalmente tocava o adorado violino, com uma graça suave e urgente que a deixou sem fôlego. Os dois pareciam compartilhar a febre agora; os corpos ardiam, e os cabelos de ambos estavam molhados de suor, grudados na testa e no pescoço. Tessa não se importou; desejava este calor, esta sensação que era quase uma dor. Esta não era ela, era outra Tessa, uma Tessa sonhada, que teria este comportamento, e ela se lembrou do sonho com Jem em uma cama cercada por chamas. Apenas nunca sonhara que queimaria com ele. Sabia que desejava mais disso, mais desse fogo, mas nenhum dos romances que havia lido falava sobre o que aconteceria em seguida. Será que *ele* sabia? Will saberia, pensou, mas Jem, assim como ela, ela presumiu, devia estar seguindo um instinto tão profundo quanto os próprios ossos. Os dedos dele percorreram o espaço inexistente entre eles, encontrando os botões que mantinham a camisola fechada; ele se inclinou para beijar o ombro nu de Tessa enquanto o tecido deslizava para o lado. Ninguém nunca havia beijado a pele de Tessa antes, e a sensação foi tão surpreendente que ela esticou a mão para se segurar e derrubou um travesseiro da cama, atingindo a cabeceira. Ouviu-se um ruído de estilhaço. Um aroma súbito, doce e sombrio, como temperos, preencheu o recinto.

Jem recolheu as mãos, com um olhar de pavor no rosto. Tessa também sentou-se, fechando a frente da camisola, repentinamente envergonhada. Jem olhava fixamente para o lado da cama, e ela seguiu a linha de visão. A caixa laqueada que continha as drogas estava quebrada. Uma camada espessa de pó brilhante encontrava-se derramada no chão. Uma leve bruma prateada parecia se erguer dela, trazendo o aroma doce e temperado.

Jem a puxou novamente, abraçando-a, mas agora com medo, e não com paixão.

— Tess — disse com a voz baixa. — Não pode tocar nisso. O contato com sua pele seria... perigoso. Até mesmo respirar... Tessa, você precisa ir.

Ela pensou em Will, ordenando que se retirasse do sótão. Será que seria sempre assim, um menino a beijaria, e depois a mandaria sair, como se fosse uma servente indesejada?

— *Não* vou — irritou-se. — Jem, posso ajudar a limpar. Sou...

Sua amiga, ia dizer. Mas o que estavam fazendo não era algo que amigos fizessem. O que ela era para ele?

— Por favor — pediu ele, suavemente. Jem estava com a voz rouca. Ela reconheceu a emoção. Vergonha. — Não quero que me veja ajoelhado, cavando o chão para juntar a droga de que necessito para viver. Não é assim que um homem quer que a garota que ele... — disse, e deu um suspiro trêmulo. — Desculpe-me, Tessa.

A garota que ele o quê? Mas ela não podia perguntar; estava sobrecarregada — de pena, compaixão, pelo choque com o que tinham feito. Inclinou-se para a frente e o beijou na bochecha. Ele não se moveu enquanto ela saía da cama, pegava o penhoar e se retirava em silêncio do quarto.

O corredor era o mesmo que Tessa atravessara momentos — horas, minutos? — antes: escuro, com luz enfeitiçada baixa, estendendo-se por todas as direções. Havia acabado de entrar no quarto e estava prestes a fechar a porta quando viu um lampejo de movimento no final do corredor. Algum instinto a reteve no lugar, com a porta quase fechada, o olho grudado na pequena abertura.

O movimento era alguém andando. Teve a impressão de que se tratava de um menino de cabelos claros, mas não — era *Jessamine*, vestindo roupas masculinas. Usava calça e um casaco sobre um colete; trazia um chapéu na mão e os longos cabelos claros presos para trás. Olhou para os lados ao se apressar pelo corredor, como se temesse ser seguida. Logo depois desapareceu, longe do campo de visão.

Tessa fechou a porta, a cabeça à mil. O que diabos tinha sido aquilo? O que Jessamine estava fazendo, vagando pelo Instituto no meio da noite, vestida como um garoto? Após pendurar o penhoar, Tessa se deitou. Estava completamente exaurida, o tipo de exaustão que sentiu na noite em que a tia morreu, como se tivesse esgotado o corpo a ponto de deixá-lo incapaz de sentir qualquer emoção. Ao fechar os olhos, viu o rosto de Jem, depois o de Will, este com a mão na boca ensanguentada. Pensamentos envolvendo ambos se misturaram até ela finalmente dormir, incerta se no sonho beijava um ou outro.

10
A Virtude dos Anjos

A virtude dos anjos é que eles não podem deteriorar;
o defeito é não poderem melhorar. O defeito do homem
é que ele pode deteriorar; e sua virtude é poder melhorar.
— Ditado chassídico

— Suponho que todos vocês já saibam — comentou Will no café da manhã do dia seguinte —, que fui a um covil de ópio ontem à noite.

Era uma manhã triste. O dia havia amanhecido cinzento e chuvoso, e o Instituto parecia muito pesado, como se pressionado pelo céu. Sophie entrava e saía da cozinha, carregando travessas quentes de comida, o rostinho pálido e encolhido; Jessamine estava inclinada, cansada, sobre o chá; Charlotte parecia desgastada e mal por causa da noite passada na biblioteca; os olhos de Will tinham contornos vermelhos, sua bochecha machucada onde Jem batera no dia anterior. Apenas Henry, que lia o jornal segurando-o com uma das mãos enquanto espetava pedaços de ovos com a outra, parecia ter alguma energia.

Jem foi notado essencialmente pela ausência. Quando Tessa acordou naquela manhã, por um instante flutuou em um glorioso estado de esquecimento, em que os eventos da noite anterior se reduziam a um borrão. Depois sentou-se muito ereta, oprimida por um horror absoluto, recaindo sobre ela como uma onda de água escaldante.

Realmente tinha feito todas aquelas coisas com *Jem*? A cama dele — as mãos sobre ela —, as drogas derramadas. Levantou a mão e tocou o próprio cabelo. Caiu solto sobre os ombros, da mesma forma com que Jem havia soltado suas tranças. *Meu Deus*, pensou. *Realmente fiz tudo aquilo; era eu*. Pressionou as mãos contra os olhos, sentindo uma mistura avassaladora de confusão, de espantosa felicidade — afinal, não podia negar que tinha sido maravilhoso —, de horror consigo mesma, além de uma humilhação terrível e completa.

Jem devia achar que ela estava completamente descontrolada. Não era à toa que não conseguiu encará-la no café da manhã. Ela própria mal conseguia se olhar no espelho.

— Ouviram? — repetiu Will, claramente decepcionado com a recepção do anúncio. — Disse que fui a um covil de ópio ontem à noite.

Charlotte levantou os olhos da torrada. Lentamente dobrou o jornal, repousou-o sobre a mesa ao seu lado e desceu os óculos sobre o nariz.

— Não — respondeu. — Este aspecto indubitavelmente glorioso de suas recentes atividades não era de nosso conhecimento.

— Então era lá que estava durante todo este tempo? —perguntou Jessamine apaticamente, pegando um cubo de açúcar da vasilha e mordendo-o. — Agora é um viciado incorrigível? Dizem que basta uma ou duas doses.

— Não era de fato um covil de *ópio* — Tessa protestou antes que pudesse se conter. — Quero dizer, parecia mais um comércio de pós mágicos e coisas do tipo.

— Então, talvez não fosse exatamente um covil de ópio — disse Will —, mas um covil ainda assim. De vícios! — acrescentou ele, pontuando essa última parte com o dedo no ar.

— Oh, céus, não um daqueles lugares conduzidos por ifrits — Charlotte suspirou. — Sério, Will...

— Exatamente um desses — disse Jem, entrando na sala e sentando-se ao lado de Charlotte, o mais distante possível de Tessa, ela notou, com um aperto no peito. E ele não olhou para ela. — Na Whitechapel High Street.

— E como é que você e Tessa sabem tanto a respeito? — perguntou Jessamine, que parecia revitalizada, ou pelo consumo de açúcar, ou pela expectativa de uma boa fofoca, ou as duas coisas.

— Usei um feitiço de rastreamento para encontrar Will ontem à noite — disse Jem. — Já estava ficando preocupado com o sumiço dele. Pensei que pudesse ter esquecido o caminho de volta para o Instituto.

— Você se preocupa demais — disse Jessamine. — É idiotice.

— Tem razão. Não vou cometer esse erro novamente — afirmou Jem, alcançando o *kedgeree*, um prato de origem indiana, feito com peixe defumado e arroz. — Notei que Will não precisava nem um pouco da minha ajuda.

Will olhou pensativo para Jem.

— Parece que acordei com o olho roxo — disse, apontando para o hematoma sob o olho. — Alguma ideia de como isso aconteceu?

— Nenhuma — Jem se serviu de chá.

— Ovos — disse Henry sonhadoramente, olhando para o prato. — Eu realmente adoro ovos.

— Precisava mesmo levar Tessa a Whitechapel com você? — perguntou Charlotte a Jem, tirando os óculos e repousando-os sobre o jornal. Seus olhos castanhos estavam carregados de reprovação.

— Tessa não é feita de porcelana — disse Jem. — Ela não vai quebrar.

Por algum motivo essa declaração, apesar de ter sido feita sem que Jem olhasse para ela, provocou uma enchente de imagens da noite anterior na mente de Tessa — dela agarrada a Jem nas sombras da cama, as mãos dele segurando seus ombros, as bocas vorazes uma na outra. Não, ele não a tratou como se ela fosse quebrar. Uma inundação fervente de calor coloriu suas bochechas, e ela olhou rapidamente para baixo, rezando para o rubor desaparecer.

— Podem ficar surpresos ao saber — revelou Will —, que vi algo bastante interessante no covil de ópio.

— Tenho certeza de que viu — comentou Charlotte, com aspereza.

— Foi um ovo? — perguntou Henry.

— Integrantes do Submundo — disse Will. — Quase todos lobisomens.

— Não há nada de interessante em lobisomens — Jessamine soou ofendida. — Estamos nos concentrando em encontrar Mortmain agora, Will, caso tenha se esquecido, e não em viciados do Submundo.

— Estavam comprando *yin fen* — informou Will. — Em grandes quantidades.

Com isso a cabeça de Jem virou e ele encontrou os olhos de Will.

— Já tinham começado a mudar de cor — disse Will. — Vários tinham cabelos ou olhos prateados. Até as peles já tinham começado a mudar.

— Isso é muito esquisito — Charlotte franziu o rosto. — Temos de falar com Woolsey Scott assim que este assunto de Mortmain se resolver. Se houver essa questão do vício em pó de feiticeiros no seu bando, ele vai querer saber.

— Acha que ele não sabe? — disse Will, inclinado na cadeira. Parecia feliz por finalmente obter reação às notícias que dava. — É o bando dele, afinal.

— O bando dele são todos os lobisomens de Londres — protestou Jem. — Não tem como saber tudo sobre todos.

— Não sei se é sábio esperar — disse Will. — Se conseguir fazer contato com Scott, eu falaria com ele o quanto antes.

Charlotte inclinou a cabeça para o lado.

— E por que isso?

— Porque sim — respondeu Will. — Um dos ifrits perguntou a um lobisomem por que ele precisava de tanto *yin fen*. Aparentemente atua como um estimulante para lobisomens. A resposta foi que agradava ao Magistrado o fato da droga mantê-los trabalhando a noite inteira.

A xícara de Charlotte caiu sobre o pires.

— Trabalhando em quê?

Will sorriu, claramente satisfeito com o efeito que estava provocando.

— Não faço ideia. Perdi a consciência mais ou menos nessa hora. Estava tendo um belo sonho com uma jovem que havia perdido quase todas as roupas...

Charlotte ficou pálida.

— Meu Deus, espero que Scott não esteja envolvido com o magistrado. Primeiro De Quincey, agora os lobos: todos os nossos aliados. Os Acordos...

— Tenho certeza de que vai ficar tudo bem, Charlotte — disse Henry, calmamente. — Scott não me parece do tipo que se envolve com a laia de Mortmain.

— Talvez você deva estar presente quando eu for falar com ele — disse Charlotte. — Em tese, você *é* o diretor do Instituto...

— Oh, não — respondeu Henry, horrorizado. — Querida, você se sairá muito bem sem mim. É tão brilhante no que se refere a essas negociações, e eu simplesmente não sou. Além disso, a invenção na qual estou trabalhando agora pode destruir todo o exército mecânico se eu acertar as fórmulas!

Ele olhou orgulhoso em torno da mesa. Charlotte o encarou por um longo instante, em seguida chegou a cadeira para trás, levantou-se e saiu do quarto sem dizer mais nada.

Will olhou para Henry com os olhos semicerrados.

— Nada perturba seus círculos, não é mesmo, Henry?

Henry piscou.

— O que quer dizer?

— Arquimedes — disse Jem, como sempre, entendendo o que Will queria dizer, apesar de não estar olhando para ele. — Ele estava desenhando um diagrama matemático na areia quando a cidade foi atacada pelos romanos. De tão concentrado na atividade, não viu o soldado chegando por trás. Suas últimas palavras foram "não perturbe meus círculos". Claro que àquela altura ele já era idoso.

— E provavelmente nunca se casou — falou Will, sorrindo para Jem, do outro lado da mesa.

Jem não retribuiu o sorriso. Sem olhar para Will nem para Tessa — sem olhar para ninguém — levantou-se e saiu da sala atrás de Charlotte.

— Oh, céus — disse Jessamine. — Este é um daqueles dias em que todos nós saímos furiosos? Porque simplesmente estou sem energia para isso. — Repousou a cabeça nos braços e fechou os olhos.

Henry olhou confuso de Will para Tessa.

— O que foi? O que eu fiz de errado?

Tessa suspirou.

— Nada demais, Henry. É só que... acho que Charlotte queria que você fosse *com* ela.

— Então por que ela não disse? — Os olhos de Henry estavam pesarosos. A alegria com os ovos e as invenções parecia haver evaporado. Talvez ele não devesse ter se casado com Charlotte, pensou Tessa, tão fria quanto o tempo. Talvez, a exemplo de Arquimedes, ele fosse mais feliz desenhando círculos na areia.

— Porque as mulheres nunca dizem o que pensam — respondeu Will. Voltou os olhos para a direção da cozinha, onde Bridget limpava os restos da refeição. Sua cantoria flutuava lúgubre até a sala de jantar.

"— Temo que esteja envenenado, meu belo garoto,
Temo que esteja envenenado, minha alegria e conforto!
— Sim, estou envenenado; mãe, prepare logo meu leito,
Sinto dor no coração, e se puder, logo me deito."

— Juro que essa mulher já trabalhou como caçadora de mortos, vendendo baladas trágicas na área dos Seven Dials — comentou Will. — E gostaria muito que ela não cantasse sobre veneno logo após comermos. — Olhou de lado para Tessa. — Você não deveria estar indo colocar o uniforme? Não tem treino com os lunáticos Lightwood hoje?

— Sim, hoje de manhã, mas não preciso trocar de roupa. Vamos apenas praticar arremesso de facas — respondeu Tessa, de certa forma espantada por conseguir ter essa conversa inofensiva e civilizada com Will após os eventos da noite anterior. O lenço de Cyril com o sangue do rapaz continuava na gaveta da cômoda; ela se lembrou do calor dos lábios dele em seus dedos e desviou os olhos dos dele.

— Que bom que sou um exímio arremessador de facas. — Will levantou-se e estendeu o braço para ela. — Vamos, Gideon e Gabriel vão enlouquecer se eu assistir o treino, e um pouco de loucura me fará bem nesta manhã.

Will tinha razão. Sua presença durante a sessão de treinamento pareceu enlouquecer pelo menos Gabriel, porém Gideon reagiu impassível à intromissão, como parecia fazer com tudo. Will ficou sentado em um banco baixo de madeira que percorria uma das paredes, comendo uma maçã, as pernas longas esticadas, oferecendo conselhos ocasionais que Gideon ignorou, e Gabriel recebeu como golpes no peito.

— Ele *precisa* ficar aqui? — rosnou Gabriel para Tessa na segunda vez em que quase derrubou uma faca enquanto a entregava a ela. Pôs a mão no ombro dela, demonstrando a linha visual para o alvo que mirava: um círculo preto desenhado na parede. Ela sabia o quanto ele teria preferido mirar em Will. — Não pode pedir que ele se retire?

— E por que eu faria isso? — perguntou Tessa, com muita sensatez. — Will é meu amigo, e você é alguém de quem eu sequer gosto.

Tessa arremessou a faca. Passou longe do alvo, atingindo a parte baixa da parede, perto do chão.

— Não, você continua pesando muito a ponta, e como assim, não gosta de mim? — perguntou Gabriel, entregando a ela mais uma faca como se num gesto reflexo, mas sua expressão era de fato muito surpresa.

— Bem — disse Tessa, olhando para a linha da faca —, você se comporta como se não gostasse de *mim*. Aliás, se comporta como se não gostasse de nenhum de nós.

— Não — respondeu Gabriel. — Só não gosto *dele* — apontou para Will.

— Céus — disse Will, e deu mais uma mordida na maçã. — É porque sou mais bonito?

— Fiquem quietos. — Gideon se manifestou, do outro lado da sala. — Deveríamos estar trabalhando e não brigando por causa de desentendimentos antigos e mesquinhos.

— Mesquinhos? — rosnou Gabriel. — Ele *quebrou meu braço*.

Will mordeu mais um pedaço da maçã.

— Não posso acreditar que ainda esteja chateado com isso.

Tessa jogou a faca. Esse arremesso foi melhor. A arma foi parar no círculo preto, ainda que não no centro. Gabriel olhou em volta à procura de uma nova faca, e quando não encontrou, soltou o ar num gesto de irritação.

— Quando *nós* controlarmos o Instituto — declarou, aumentando a voz para que Will escutasse —, esta sala de treinamento será muito mais bem-conservada e equipada.

Tessa o olhou furiosa.

— Incrível eu não gostar de você, não é mesmo?

O rosto bonito de Gabriel se contorceu em uma expressão feia de desdém.

— Não sei o que isso tem a ver com você, feiticeirazinha; este Instituto não é a sua casa. Você não pertence a este local. Acredite em mim, ficará muito melhor com minha família à frente de tudo; podemos encontrar usos para o seu... talento. Empregos que a enriqueçam. Poderia viver onde quisesse. E Charlotte pode ir controlar o Instituto de York, onde será muito menos prejudicial.

Will já estava sentado ereto a essa altura, e já tinha se esquecido da maçã. Gideon e Sophie pararam de treinar e estavam observando a conversa; Gideon cauteloso e Sophie com os olhos arregalados.

— Caso não tenha percebido — disse Will —, já tem alguém no controle do Instituto de York.

— Aloysius Starkweather é um velho senil. — Gabriel o descartou com um aceno. — E não tem descendentes que possa implorar ao Cônsul para assumirem seu lugar. Desde os acontecimentos com a neta, o filho e a nora dele se mudaram para Idris. Não voltarão nem por amor, nem por dinheiro.

— Que acontecimentos com a neta? — perguntou Tessa, lembrando-se do retrato da menina doente na escadaria do Instituto de York.

— Só viveu até os 10 anos, mais ou menos — respondeu Gabriel. — Nunca teve muita saúde, de qualquer maneira, e quando lhe deram a primeira Marca... Bem, não deve ter recebido treinamento adequado. Enlouqueceu, tornou-se Renegada, e morreu. O choque acabou matando a esposa do velho Starkweather e mandou seus filhos para Idris em debandada. Não deve ser muito difícil substituí-lo por Charlotte. O Cônsul deve saber que ele não é tão bom; comprometido demais com os velhos costumes.

Tessa olhou para Gabriel, incrédula. A voz dele conservara a fria indiferença ao relatar a história dos Starkweather, como se fosse um conto de fadas. E ela... ela não queria ter pena do velho de olhos maliciosos e dono daquela maldita sala cheia de restos de integrantes do Submundo, mas não pôde evitar. Afastou Aloysius Starkweather da mente.

— Charlotte dirige *este* Instituto — disse. — E seu pai não vai tirá-lo dela.

— Ela merece que o tirem dela.

Will jogou o caroço da maçã para o ar, ao mesmo tempo em que sacou uma faca do cinto e a lançou. A faca e a maçã atravessaram juntas o recinto, de algum jeito conseguindo parar na parede ao lado da cabeça de Gabriel, com a faca cortando o caroço e enterrando-se na parede.

— Repita isso — desafiou Will —, e trato de escurecer seus dias para você.

Gideon deu um passo para a frente, com a postura inteiramente alerta.

— Gabriel...

Mas o irmão o ignorou.

— Você sequer sabe o que o pai de sua preciosa Charlotte fez com o meu, sabe? Eu mesmo só fiquei sabendo há poucos dias. Meu pai finalmente sucumbiu e revelou. Até então tinha preservado os Fairchild.

— Seu pai? — Will soou incrédulo. — Protegeu os *Fairchild*?

— Estava nos protegendo também. — As palavras de Gabriel atropelaram-se. — O irmão da minha mãe, meu tio Silas, era um dos amigos mais próximos de Granville Fairchild. Então tio Silas transgrediu a Lei, um detalhe mínimo, uma infração insignificante, e Fairchild descobriu. A única coisa que importava para ele era a Lei, e não a amizade, ou a lealdade. Foi direto contar à Clave. — A voz de Gabriel se elevou. — Meu tio *se matou* de vergonha, e minha mãe morreu com o sofrimento. Os Fairchild não se importam com ninguém além deles próprios e da Lei!

Por um instante a sala ficou em silêncio; até Will perdeu a fala, parecendo extremamente chocado. Foi Tessa que se pronunciou afinal.

— Mas é culpa do pai de Charlotte. Não dela.

Gabriel estava branco de raiva, os olhos verdes destacados contra a palidez da pele.

— Você não entende — disse ele, perversamente. — Não é Caçadora de Sombras. Temos orgulho de sangue. Orgulho de família. Granville Fairchild queria que o Instituto fosse para as mãos da filha, e o Cônsul fez acontecer. Mas mesmo com Fairchild morto, ainda podemos tirar isso dele. Ele era tão odiado, tão odiado que ninguém teria se casado com Charlotte se ele não tivesse pagado os Branwell para abrirem mão de Henry. Todo mundo sabe. Todo mundo sabe que ele não a ama de verdade. Como é que ele poderia...

Ouviu-se um barulho, como o som de um disparo, e Gabriel se calou. Sophie tinha lhe dado um tapa no rosto. A pele clara do rapaz já começava a avermelhar. Sophie manteve os olhos fixos nele, respirando fundo, com um olhar incrédulo no rosto, como se não pudesse acreditar no que tinha feito.

As mãos de Gabriel cerraram nas laterais do corpo, mas ele não se moveu. Não podia, Tessa sabia. Não podia agredir uma moça, que sequer era Caçadora de Sombras ou integrante do Submundo, apenas uma mundana. Ele olhou para o irmão, mas Gideon, sem expressão, encontrou seu olhar e balançou a cabeça lentamente; com um ruído engasgado, Gabriel virou-se de costas e se retirou da sala.

— Sophie! — exclamou Tessa, alcançando a menina. — Você está bem?

Mas Sophie olhava para Gideon com ansiedade.

— Sinto muito, senhor — disse. — Não tem desculpa, perdi a cabeça, e...

— Foi um golpe bem aplicado — respondeu Gideon calmamente — Vejo que tem prestado atenção ao treino.

Will estava sentado no banco, com os olhos azuis vivazes e curiosos.

— É verdade? — perguntou Will. — A história que Gabriel acabou de contar?

Gideon deu de ombros.

— Gabriel idolatra nosso pai — respondeu. — Qualquer coisa dita por Benedict é como um mandamento superior. Eu sabia que meu tio havia cometido suicídio, mas desconhecia as circunstâncias até o dia em que retornamos do primeiro treino com vocês. Papai perguntou como o Instituto parecia ser governado, e respondi que aparentava estar em boas condições, nada diferente do Instituto de Madri. Aliás, disse a ele que não enxerguei qualquer indício de que Charlotte esteja executando um trabalho ruim. Foi então que ele nos contou a história.

— Se não se importa com minha pergunta — disse Tessa —, o que seu tio fez?

— Silas? Se apaixonou pelo *parabatai*. Na verdade não é, como Gabriel diz, uma infração leve, mas muito grave. Relações românticas entre *parabatai* são absolutamente proibidas. Mas mesmo os Caçadores de Sombras mais bem treinados podem ser vítimas das emoções. A Clave teria separado os dois, mas isto Silas não teria aguentado. Por isso se matou. Minha mãe foi consumida pela raiva e pela dor. Acredito perfeitamente que seu último desejo tenha sido que tirássemos o Instituto dos Fairchild. Gabriel era mais jovem do que eu quando nossa mãe morreu, tinha apenas 5 anos, ainda debaixo das saias dela, e me parece que os sentimentos do meu irmão o dominam demais para que ele os entenda. Quanto a mim... não acho que os pecados dos nossos pais devam ser transferidos aos filhos.

— Ou às filhas — completou Will.

Gideon o olhou com um sorriso torto. Não havia desdém nele; aliás, era o olhar de alguém que entendia Will, e a razão pela qual se comportava como o fazia. Até Will pareceu um pouco surpreso.

— Fica o problema de que Gabriel nunca mais vai voltar aqui, é claro — disse Gideon. — Não depois disto.

Sophie, cuja cor havia começado a voltar, empalideceu novamente.

— A sra. Branwell vai ficar furiosa...

Tessa acenou.

— Vou atrás dele pedir desculpas, Sophie. Vai ficar tudo bem.

Ela ouviu Gideon chamá-la, mas já estava correndo para fora do recinto. Detestava admitir, mas sentiu uma faísca de solidariedade por Gabriel quando Gideon contou a história. Perder a mãe tão jovem, a ponto de mal conseguir se lembrar dela era algo que compreendia. Se alguém lhe dissesse que sua mãe tinha feito um último pedido, não podia assegurar que não faria absolutamente tudo que estivesse em seu poder para realizá-lo... independentemente de fazer sentido ou não.

— Tessa! — Ela estava na metade do corredor quando ouviu o chamado de Will. Girou e o viu atravessando o corredor em direção a ela, com um meio sorriso no rosto.

A resposta da menina limpou o sorriso dele.

— *Por que* está me seguindo? Will, não deveria tê-los deixado sozinhos! Precisa voltar para a sala de treinamento, imediatamente.

Will não voltou.

— Por quê?

Tessa jogou as mãos para o alto.

— Será que os homens nunca percebem nada? Gideon está interessado em Sophie...

— Em *Sophie?*

— Ela é uma moça muito bonita — irritou-se Tessa. — Você é um idiota se não notou a forma como Gideon olha para ela, mas não quero que ele se aproveite. Ela já teve problemas demais nesse sentido ao longo da vida; além disso, se você estiver comigo, Gabriel não vai querer conversar. Você sabe disso.

Will murmurou alguma coisa baixinho e segurou Tessa pelo pulso.

— Aqui. Venha comigo.

O calor da pele de Will contra a dela enviou uma onda por seu braço. Ele a puxou para a sala de estar e a conduziu até as janelas com vista para o jardim. Soltou o pulso a tempo de permitir que ela se inclinasse para a frente e visse a carruagem dos Lightwood atravessando furiosamente a entrada de pedra e os portões de ferro.

— Ali — disse Will. — Gabriel já foi, a não ser que queira perseguir a carruagem. E Sophie é perfeitamente sensata. Não vai permitir que Gideon Lightwood faça nada com ela. Além disso, ele é tão charmoso quanto uma caixa de correio.

Tessa, surpreendendo até a si mesma, soltou uma gargalhada. Levantou a mão para cobrir a boca, mas era tarde demais; já estava rindo, inclinando-se um pouco contra a janela.

Will olhou para ela, com os olhos azuis interrogativos, a boca começando a se curvar em um sorriso.

— Devo ser mais divertido do que pensei. O que faz de mim alguém muito divertido de fato.

— Não estou rindo de você — disse entre sorrisos. — Só... ah, a expressão de Gabriel quando Sophie o estapeou. Minha nossa. — Ela tirou o cabelo do rosto e disse: — Eu não devia estar rindo. Parte da razão pela qual ele se irritou tanto foi a sua provocação. Eu deveria estar furiosa com você.

— Oh, *deveria* — repetiu Will, girando para se jogar em uma cadeira perto da lareira e esticando as pernas na direção do fogo. Assim como em todos os cômodos na Inglaterra, pensou Tessa, aqui estava frio, exceto no exato lugar em frente ao fogo. A pessoa torrava se ficasse perto, ou congelava se ficasse longe, como um peru mal-cozido. — Nenhuma frase boa começa com "deveria". Eu *deveria* ter pagado a conta da taverna, assim não estariam tentando quebrar minhas pernas. Eu *deveria* não ter fugido com a mulher do meu melhor amigo, agora ela me perturba constantemente. Eu *deveria*...

— Você *deveria* — disse Tessa suavemente —, pensar em como as coisas que você faz afetam Jem.

Will virou a cabeça sobre o couro da cadeira e olhou para ela. Estava com a aparência sonolenta, cansada e linda. Podia ser um Apolo pré-Rafaelita.

— Esta é mesmo uma conversa séria, Tess? — Ainda tinha bom humor na voz, mas cortante como uma lâmina de ouro contra o aço afiado.

Tessa se aproximou e sentou na poltrona em frente à dele.

— Não está preocupado que ele esteja irritado com você? Ele é seu *parabatai*. E estamos falando de Jem. Alguém que nunca se irrita.

— Talvez seja melhor que se irrite comigo — disse Will. — Tanta paciência e beatitude não podem fazer bem a ninguém.

— Não fique de gozação com ele. — O tom de Tessa era severo.

— Nada está tão além que não possa ser motivo de piada, Tess.

— Jem está. Ele sempre foi bom para você. Não é nada além de bondade. O fato de ele ter te agredido ontem à noite só prova o quanto você é capaz de enlouquecer até os santos.

— *Jem* me bateu? — Will, passando o dedo na bochecha, pareceu surpreso. — Devo confessar, lembro-me de pouquíssima coisa de ontem à noite. Só de vocês dois me acordando, apesar de eu querer muito continuar dormindo. Lembro de Jem gritando comigo, e de você me segurando. Eu sabia que era você. Você sempre cheira a lavanda.

Tessa ignorou o comentário.

— Bem, Jem bateu em você. E foi merecido.

— Você *realmente* está agindo com desdém, feito Raziel em todos aqueles quadros, como se nos olhasse de cima. Então me diga, anjo do desdém, o que fiz para merecer apanhar de James, na cara?

Tessa procurou palavras, mas estas escaparam; recorreu à linguagem que compartilhava com Will — poesia.

— Sabe, naquele ensaio de Donne, o que ele diz...

— "Libere minhas mãos errantes, e permita que vão?" — Will citou, olhando para ela.

— Estava falando sobre o *ensaio* que discorre sobre nenhum homem ser uma ilha. Tudo o que você faz atinge os outros. E, no entanto, você nunca pensa nisso. Comporta-se como se vivesse em uma espécie de... de Ilha do Will, e como se nenhuma das suas ações tivesse consequência. Embora elas tenham.

— Como minha ida a um covil de feiticeiros afeta Jem? — perguntou Will. — Suponho que ele teve de aparecer e me arrancar de lá, mas ele já fez coisas muito mais perigosas por mim. Nós nos protegemos...

— Não, vocês *não* se protegem — argumentou Tessa, frustrada. — Acha que ele se importa com o perigo? Acha? A vida dele foi destruída por essa droga, esse *yin fen*, e lá se vai você, para um covil de feiticeiros, e se droga como se não tivesse importância, como se fosse só uma brincadeira. Ele precisa tomar essa coisa todos os dias para poder viver, ao mesmo tempo em que isso o mata. Jem detesta ser dependente disso. Não consegue nem comprar a coisa pessoalmente; tem *você* para fazer isso. — Will ameaçou protestar, mas Tessa levantou a mão. — E aí *você* vai até Whitechapel, joga dinheiro em cima de quem fabrica essa droga e vicia as pessoas como se ir até lá fosse apenas um passeio em dia de feriado. O que estava pensando?

— Mas não teve nada a ver com Jem...

— Você não pensou nele — disse Tessa. — Mas talvez devesse ter pensado. Não vê que ele acha que você estava brincando com aquilo que o mata? E você deveria ser o irmão dele.

Will estava pálido.

— Ele não pode achar isso.

— Ele acha — afirmou. — Ele entende que você não liga para o que os outros pensam a seu respeito. Mas acho que ele sempre imaginou que você se importasse com o que ele pensa. Com os sentimentos dele.

Will se inclinou para a frente. A luz da lareira projetou desenhos estranhos na pele dele, escurecendo o hematoma, deixando-o preto.

— Eu me importo com o que os outros pensam — revelou, com uma intensidade surpreendente, olhando para o fogo. — É só o que me importa, o que os outros pensam, o que sentem por mim, e o que eu sinto por eles; isso me enlouquece. Eu queria fugir...

— Não pode estar falando sério. Will Herondale, ligando para a opinião alheia? — Tessa tentou deixar a voz o mais suave possível. A expressão no rosto dele a espantou. Não era fechada, mas aberta, como se ele tivesse sido flagrado em um pensamento que desejava desesperadamente compartilhar, mas não suportava. *Este é o menino que pegou minhas cartas particulares e as escondeu no quarto*, pensou, mas não conseguiu se enraivecer com isso. Tinha pensado que ficaria furiosa quando voltasse a encontrá-lo, mas não, estava apenas confusa e pensativa. Aquilo demonstrava curiosidade acerca de outras pessoas? O fato de que desejara lê-las? Algo nada característico de Will?

Havia algo exposto como uma ferida no rosto dele, na voz.

— Tess — falou. — Isso é *tudo* em que penso. Nunca olhei para você sem pensar no que você sente em relação a mim, e temendo...

Parou quando a porta da sala se abriu e Charlotte entrou, seguida por um homem alto cujos cabelos louros brilhavam como um girassol à pouca luz. Will virou o rosto rapidamente, o rosto mudando. Tessa o encarou. *O que* ele ia dizer?

— Oh! — Charlotte claramente se espantou em vê-los. — Tessa, Will... não sabia que estavam aqui.

As mãos de Will estavam cerradas em punhos nas laterais do corpo, o rosto encoberto pela sombra, mas a voz saiu controlada ao responder:

— Vimos a lareira acesa. O resto da casa está frio como gelo.

Tessa se levantou.

— Estamos de saída...

— Will Herondale, muito bom ver que está bem. E Tessa Gray! — O homem louro se afastou de Charlotte e veio em direção a Tessa, sorrindo como se a conhecesse. — A menina que muda de forma, certo? É um prazer conhecê-la. Que curioso.

Charlotte suspirou.

— Sr. Woolsey Scott, esta é a senhorita Tessa Gray. Tessa, este é o senhor Woolsey Scott, líder do bando de lobisomens e um amigo da Clave de longa data.

— Muito bem, então — disse Gideon quando a porta se fechou atrás de Tessa e Will. Voltou-se para Sophie, que subitamente se conscientizou da enormidade da sala, e do quão pequena sentia-se ali dentro. — Podemos prosseguir com o treinamento?

Ele estendeu uma faca para ela, brilhando como uma varinha prateada no escuro do cômodo. Seus olhos verdes eram estáveis. *Tudo* em Gideon era estável — o olhar, a voz, a maneira como se apresentava. Sophie lembrou-se da sensação de ter aqueles braços firmes envolvendo-a e involuntariamente sentiu um calafrio. Nunca tinha estado a sós com ele, e isso a assustou.

— Acho que não conseguiria me concentrar, sr. Lightwood — disse. — Agradeço a oferta assim mesmo, mas...

Ele abaixou o braço lentamente.

— Acha que não levo seu treinamento a sério?

— Acho que está sendo muito generoso. Mas devo encarar os fatos, não? Este treinamento nunca foi por mim ou Tessa. Sempre foi por causa de seu pai e do Instituto. E agora que agredi seu irmão... — Sentiu a garganta apertar. — A sra. Branwell ficaria muito decepcionada comigo se soubesse.

— Bobagem. Ele mereceu. E o pequeno problema do *desentendimento* entre nossas famílias existe. — Gideon girou a faca de prata de forma descuidada entre os dedos, colocando-a no cinto. — Charlotte provavelmente aumentaria seu salário se soubesse.

Sophie balançou a cabeça. Estavam a apenas poucos passos de um banco; sentou-se, exausta.

— Não conhece Charlotte. Ela se sentiria obrigada por honra a me aplicar um castigo.

Gideon sentou-se — não ao lado de Sophie, mas no extremo oposto, o mais afastado possível. Sophie não sabia se estava feliz com isso ou não.

— Srta. Collins — falou. — Há algo que precisa saber.

Ela entrelaçou os dedos.

— O quê?

Ele se inclinou para a frente, com os ombros largos encolhidos. Ela viu manchinhas cinzentas nos olhos verdes de Gideon.

— Quando meu pai me pediu que voltasse de Madri — revelou —, eu não queria vir. Nunca fui feliz em Londres. Nossa casa é um local extremamente infeliz desde a morte da minha mãe.

Sophie simplesmente continuou a encará-lo. Não conseguia pensar em nada para dizer. Ele era um Caçador de Sombras, e um cavalheiro, e, mesmo assim, parecia estar desabafando com ela. Nem mesmo Jem, com toda a sua gentileza, jamais fizera isso.

— Quando soube destas aulas, pensei que seriam uma perda lastimável do meu tempo. Imaginei duas meninas muito tolas e sem qualquer interesse em receber instruções. Mas esta descrição não é compatível com você, nem com a srta. Gray. Devo dizer que eu treinava jovens Caçadores de Sombras em Madri. E alguns deles não eram dotados da sua habilidade natural. Você é uma aluna talentosa e é um prazer ensiná-la.

Sophie sentiu o rosto ficar intensamente vermelho.

— Não pode estar falando sério.

— Estou. Foi uma agradável surpresa na primeira vez em que vim aqui, e novamente a cada aula. Percebi que esperava ansiosamente por elas. Aliás, é justo dizer que desde meu retorno ao lar, tenho detestado tudo em Londres, exceto pelas horas aqui, com você.

— Mas você diz *ay Dios mio* cada vez que derrubo a adaga...

Gideon sorriu. O sorriso iluminava aquele rosto, transformava-o. Ele não era belo como Jem, mas era muito bonito, principalmente quando sorria. O sorriso parecia estender-se e tocá-la no coração, acelerando o ritmo dos batimentos. *Ele é um Caçador de Sombras*, pensou. *E um cavalheiro. Esta não é a maneira apropriada de pensar a respeito dele. Pare.* Mas não conseguia se conter, tanto quanto não conseguira evitar pensar em Jem. Mas com Jem se sentia segura, e com Gideon, a agitação provocada por ele era feito um raio percorrendo suas veias, chocando-a. No entanto, não queria se livrar disso.

— Falo espanhol quando estou de bom humor — disse. — É bom que saiba isso sobre mim.

— Então não era impaciência com minha inaptidão a ponto de querer se jogar do telhado?

— Pelo contrário — Gideon se inclinou para perto dela. Seus olhos tinham o verde-acinzentado de um mar tempestuoso. — Sophie? Posso perguntar uma coisa?

Ela sabia que podia corrigi-lo, solicitar que a chamasse de srta. Collins, mas não o fez.

— Eu... pode?

— Independentemente do que aconteça com as aulas... posso encontrá-la novamente?

Will estava de pé, mas Woolsey Scott continuava examinando Tessa, com a mão sob o queixo, avaliando-a como se ela fosse alguma coisa dentro de um vidro em uma exposição de história natural. Ele não era nada como Tessa havia imaginado que seria o líder de um bando de lobisomens. Provavelmente tinha uns vinte e poucos anos, alto e esguio a ponto de ser magro demais, cabelos louros na altura dos ombros, trajando um casaco de veludo, calça até o joelho e um cachecol com estampa escocesa. Tinha um monóculo colorido sobre um dos olhos verde-claros. Parecia um dos desenhos que tinha visto no *Punch* daqueles que se autointitulavam "estetas".

— Adorável — pronunciou-se afinal. — Charlotte, insisto que fiquem para a conversa. Que casal charmoso. Vê como os cabelos escuros dele contrastam com a pele clara dela...

— Obrigada — disse Tessa, com a voz diversas oitavas acima do normal —, sr. Scott, é muito delicado, mas não existe qualquer ligação entre mim e Will. Não sei o que ouviu...

— Nada! — declarou, sentando na cadeira e ajeitando o cachecol. — Nada mesmo, garanto, apesar de seu rubor contrariar suas palavras. Vamos todos, então. Sentem-se. Não há motivo para sentirem-se intimidados por mim. Charlotte, solicite um chá. Estou seco.

Tessa olhou para Charlotte, que deu de ombros como se quisesse dizer que não havia nada que pudesse ser feito. Lentamente, Tessa sentou-se. Will também. Ela não olhou para ele. Não conseguia, não com Woolsey Scott sorrindo para os dois como se soubesse de algo que ela não sabia.

— E onde está o jovem senhor Carstairs? — indagou. — Menino adorável. De coloração tão interessante. E tão talentoso com o violino. Claro, vi Garcin tocar na Ópera de Paris, e diante disso, bem, qualquer coisa parece pouco. É lamentável que esteja doente.

Charlotte, que tinha ido até o outro lado da sala para chamar Bridget, voltou e sentou-se, ajeitando as saias.

— De certa forma, é sobre isso que queria falar com você...

— Oh, não, não, não. — Do nada Scott fez surgir uma caixinha de cerâmica maiólica, que sacudiu na direção de Charlotte. — Sem conversas sérias, por favor, até eu ter tomado chá e fumado. Cigarro egípcio? — Ofereceu a caixa a ela. — São os melhores que existem.

— Não, obrigada — Charlotte pareceu ligeiramente assustada com a ideia de fumar um cigarro; de fato, era difícil imaginar, e Tessa sentiu Will, ao seu lado, rir em silêncio. Scott deu de ombros e voltou a preparar o fumo. A caixinha de cerâmica maiólica era uma coisa engenhosa, com compartimentos para os cigarros, amarrados com um laço de seda, fósforos novos e usados, e um lugar para as cinzas. Todos observaram o lobisomem acender o cigarro com deleite, e o aroma doce de tabaco preencheu o recinto.

— Agora — disse ele. — Conte-me como está, Charlotte, querida. E aquele seu marido abstrato. Continua andando pela cripta, inventando coisas para explodir?

— Às vezes — respondeu Will —, as coisas supostamente são *feitas* para explodir.

Ouviram um ruído, e Bridget entrou com uma bandeja de chá, poupando Charlotte de precisar responder. Repousou as coisas na mesa entre as cadeiras, olhando de um lado para o outro, ansiosa.

— Desculpe, sra. Branwell. Achei que o chá fosse só para dois...

— Não tem problema, Bridget — disse Charlotte, com um firme tom de dispensa. — Chamo se precisarmos de mais alguma coisa.

Bridget fez uma reverência e saiu, lançando um olhar curioso a Woolsey Scott enquanto saía. Ele nem a notou. Já tinha servido leite na xícara de chá e olhava de forma reprovadora para a anfitriã.

— Oh, Charlotte.

Ela o olhou espantada.

— Sim?

— A pinça... a pinça para o açúcar — Scott disse tristemente, com a voz de alguém relatando a morte trágica de um conhecido. — É de prata.

— Oh! — Charlotte pareceu espantada. Prata, Tessa lembrou, era perigosa para lobisomens. — Sinto muito...

Scott suspirou.

— Tudo bem. Felizmente, sempre ando com a minha. — De outro bolso no casaco de veludo, que estava abotoado sobre um colete de seda com estampa de lírios, que envergonharia os de Henry, tirou um pedaço enrolado de seda; desenrolando-o, revelou pinças de ouro e uma colher de chá. Colocou-as sobre a mesa, tirou a tampa do bule e pareceu satisfeito. — Chá pólvora! Do Ceilão, presumo? Já tomou chá em Marrakech? Eles misturam com açúcar ou mel...

— Pólvora? — disse Tessa, que jamais conseguia conter as perguntas, mesmo quando sabia que não era uma boa ideia fazê-las. — Não tem *pólvora* no chá, tem?

Scott riu e devolveu a tampa ao bule. Recostou-se enquanto Charlotte, com a boca rija, servia o chá na xícara dele.

— Que graça! Não, chamam assim porque as folhas do chá são enroladas em pequenas pastilhas que lembram pólvora.

Charlotte disse:

— Sr. Scott, realmente *precisamos* discutir o assunto.

— Sim, sim, li a carta que me enviou — suspirou. — Política do Submundo. Um tédio. Não suponho que vá me deixar contar sobre ter meu retrato pintado por Alma-Tadema? Eu estava vestido como um soldado romano...

— Will — disse Charlotte com firmeza. — Talvez você devesse compartilhar com o senhor Scott o que viu em Whitechapel ontem à noite.

Will, para surpresa de Tessa, obedeceu, contendo ao máximo os comentários sarcásticos. Scott o observou sobre a aba da xícara enquanto ele falava. Tinha olhos verdes tão claros que eram quase amarelos.

— Desculpe, meu rapaz — disse quando Will acabou de falar. — Não vejo por que isto exige uma reunião urgente. Todos nós sabemos da existência desses covis de ifrits, e não posso ficar de olho em todos os membros do meu bando o tempo todo. Se alguns deles resolvem se viciar... — Inclinou-se para perto. — Sabe que seus olhos têm quase o mesmo tom de pétalas de amor-perfeito? Não exatamente azul, não exatamente violeta. Extraordinários.

Will arregalou os olhos extraordinários e sorriu.

— Acho que o que preocupou Charlotte foram as intenções do Magistrado.

— Ah. — Scott voltou o olhar para Charlotte. — Está preocupada com a possibilidade de que eu a traia, como achou que De Quincey tivesse feito. Que eu esteja ligado ao Magistrado — vamos chamá-lo pelo nome, sim? — Mortmain, e que eu esteja permitindo que utilize meus lobos para seus serviços.

— Pensei — disse Charlotte, hesitante —, que talvez os membros do Submundo londrino pudessem ter se sentido traídos pelo Instituto, depois do que aconteceu com De Quincey. A morte dele...

Scott ajustou o monóculo. Ao fazê-lo, uma luz brilhou no anel dourado que usava no indicador. Palavras brilharam do anel: *l'art pour l'art.*

— Foi a surpresa mais agradável que tive desde que descobri os banhos turcos de Savoy na Jermyn Street. Eu detestava De Quincey. Odiava-o com cada fibra do meu ser.

— Bem, as Crianças Noturnas e os Filhos da Lua nunca...

— De Quincey mandou matar um lobisomem. — Tessa declarou subitamente, suas lembranças misturando-se às de Camille, com a imagem de um par de olhos verde-amarelados como os de Scott. — Por uma... ligação... com Camille Belcourt.

Woolsey Scott dirigiu um olhar longo e curioso a Tessa.

— Esse — disse a ela —, era meu irmão. Meu irmão *mais velho*. Era o líder do bando antes de mim e, como podem ver, herdei o posto dele. Geralmente é preciso matar para se tornar líder do bando. No meu caso, houve votação e a tarefa de vingar meu irmão em nome do bando foi atribuída a mim. Só que agora, como veem — gesticulou com uma mão elegante —, cuidaram de De Quincey para mim. Não imaginam minha gratidão — disse, inclinando a cabeça para o lado. — Ele morreu bem?

— Morreu gritando. — A falta de tato de Charlotte pasmou Tessa.

— Que coisa linda de se ouvir. — Scott repousou a xícara. — Por isso lhe devo um favor. Vou revelar o que sei, apesar de não ser muito. Mortmain me procurou no princípio, querendo que eu me juntasse a ele no Clube Pandemônio. Recusei, pois De Quincey já fazia parte e eu não participaria de um clube que o aceitasse. Mortmain avisou que haveria um lugar para mim, caso eu mudasse de ideia...

— Ele revelou seus objetivos? — interrompeu Will. — O principal propósito do clube?

— A destruição de todos os Caçadores de Sombras — disse Scott. — Pensei que dispusessem dessa informação. Não é um clube de *jardinagem*.

— É rancor, achamos — disse Charlotte. — Contra a Clave. Caçadores de Sombras mataram os pais dele há alguns anos. Eram feiticeiros, profundos conhecedores de magia sombria.

— Não é tanto um rancor, está mais para uma ideia fixa — declarou Scott. — Uma obsessão. Ele gostaria de acabar com sua espécie, apesar de parecer satisfeito em começar pela Inglaterra e avançar a partir daí. Um louco do tipo paciente e metódico. O pior tipo. — Acomodou-se na cadeira e suspirou. — Eu *soube* da notícia de que um grupo de jovens lobos, sem lealdade a nenhum bando, anda fazendo algum tipo de trabalho obscuro e recebendo muito bem por isso. Incitando a confusão entre bandos de lobos, semeando discórdia. Eu não sabia sobre a droga.

— Faz com que continuem trabalhando para Mortmain noite e dia, até desabarem de exaustão, ou morrerem por causa dela — disse Will. — E não existe cura para este vício. É mortal.

Os olhos verde-amarelados do lobisomem encontraram os dele.

— Este *yin fen*, este pó prateado, é nisso que seu amigo James Carstairs é viciado, não é? E ele continua vivo.

— Jem sobrevive porque é Caçador de Sombras e porque usa o mínimo possível, na menor frequência possível. E mesmo assim vai acabar morrendo — a voz de Will soou mortalmente seca. — Assim como morreria se parasse de usar.

— Bem, bem — disse o lobisomem, displicentemente. — Espero que as aquisições desenfreadas do Magistrado não esgotem o produto, sendo este o caso.

Will ficou branco. Claramente não tinha pensado nisso. Tessa virou-se para Will, mas ele já estava de pé, indo para a porta. Fechou-a atrás de si com uma batida.

Charlotte franziu a testa.

— Meu Deus, lá vai ele para Whitechapel outra vez — disse. — Tinha mesmo de fazer isso, Woolsey? Acho que acabou de assustar o coitado, e provavelmente à toa.

— Não há nada de errado em ter um pouco de precaução — respondeu Scott. — Não valorizei meu próprio irmão, até De Quincey matá-lo.

— De Quincey e o Magistrado são basicamente iguais, implacáveis — declarou Charlotte. — Se puder nos ajudar...

— A situação toda é certamente bestial — observou Scott. — Infelizmente, licantropes que não fazem parte do meu bando não são minha responsabilidade.

— Se puder simplesmente enviar *feelers*, sr. Scott. Qualquer informação sobre o local onde trabalham, ou o que andam fazendo pode ser valiosíssima. A Clave ficaria muito grata.

— Ah, a *Clave* — disse Scott, como se estivesse completamente entediado. — Muito bem. Agora, Charlotte, vamos falar de você.

— Ah, mas eu sou *muito* sem graça — disse Charlotte, e então, bem de propósito, Tessa tinha certeza, ela empurrou a chaleira. Esta caiu na mesa com um estalo, entornando água quente. Scott levantou com um grito, tirando o cachecol da zona de perigo. Charlotte ficou de pé, falando numa voz estridente:. — Woolsey, querido — disse, colocando a mão no braço dele —, você foi de *grande* ajuda. Deixe-me levá-lo. Recebemos uma antiga adaga *keris* do Instituto de Bombaim que estou *ansiosa* para lhe mostrar...

11

Selvagem Inquietação

Sua aflição tem sido minha angústia; sim, retraio-me
E pereço em sua desventura desafortunada.
Vasculhei os picos e as profundezas, a extensão
De todo o nosso universo, com esperança desesperada
De encontrar consolo para sua selvagem inquietação.
— James Thomson, "The City of Dreadful Night"

A minha querida sra. Branwell,

Pode ser que fique surpresa por receber uma carta minha tão pouco tempo após eu ter partido de Londres, mas, apesar da sonolência do campo, os eventos aqui continuam acelerados, e achei melhor mantê-la a par dos acontecimentos.

O clima continua bom por aqui, o que me permite ter tempo para explorar o campo, principalmente a área do Solar Ravenscar, que é de fato uma bela propriedade. A família Herondale parece viver sozinha lá: apenas o pai, Edmond; a mãe; e a filha mais nova, Cecily, que tem quase 15 anos, e em muito se assemelha ao irmão em inquietação, comportamento e aparência. Em breve explicarei como descobri isso.

Ravenscar em si fica perto de uma pequena vila. Estou na pousada local, chamada Cisne Negro, e me fiz de um cavalheiro interessado em comprar uma casa na área. Os locais têm sido muito solícitos com informações, e quando não o são, alguns feitiços de persuasão ajudaram a fazer com que enxergassem as coisas sob o meu ponto de vista.

Parece que os Herondale pouco se misturam à sociedade local. Apesar de — ou talvez por isso — terem esta tendência, há muitos rumores sobre eles. Parece que não são donos do Solar Ravenscar, mas sim seus guardiões, tomando conta do lugar para o verdadeiro dono — Axel Mortmain, é claro. Mortmain não parece ser ninguém significativo para estas pessoas, apenas um rico industrial que comprou uma casa no campo que mal visita; não me deparei com nenhum rumor que os associe aos Shade, cujo legado parece há muito esquecido. Já os Herondale são assunto de curiosa especulação. Sabe-se que tinham uma filha que morreu, e que Edmond, que outrora conheci, recorreu ao alcoolismo e à jogatina. Eventualmente perdeu a própria casa em Gales para o jogo e, destituídos, lhes foi oferecida a ocupação desta casa em Yorkshire pelo próprio dono. Isso foi há dois anos.

Obtive confirmação de todas estas informações hoje à tarde quando, observando de longe o solar, fiquei pasmo com a aparição de uma menina. Soube imediatamente quem era. Já a tinha visto entrar e sair da casa, e sua semelhança com o irmão Will, como disse, é acentuada. Ela veio até mim, exigindo saber por que eu estava espionando a família. Inicialmente não pareceu irritada, apenas esperançosa.

— Foi meu irmão que o enviou? — perguntou. — Tem algum recado do meu irmão?

Foi de partir o coração, mas conheço a Lei, e só pude dizer que o irmão estava bem, e queria saber se estavam seguros. Com isso ela se irritou e disse que a melhor maneira de Will garantir a segurança da família era voltando para eles. Também falou que não foi a morte da irmã (você sabia desta irmã?) que desestabilizou o pai, mas o abandono de Will. Deixarei que você decida se vai transmitir o recado ao jovem Herondale, pois me parece uma notícia que faria mais mal do que bem.

Quando falei com ela sobre Mortmain, falou sobre ele com facilidade — um amigo da família, foi o que disse, que ofereceu esta casa quando não tinham nada. Enquanto falava, consegui formular uma ideia de como Mortmain pensa. Ele sabe que é contra a Lei que os

Nephilim se metam com Caçadores de Sombras que escolheram deixar a Clave, e que, por isso, o Solar Ravenscar seria evitado; também sabe que a ocupação do mesmo por parte dos Herondale torna os objetos da casa de propriedade da família, e que, portanto, não podem ser utilizados para rastreá-lo. E, finalmente, sabe que poder sobre os Herondale por ser convertido em poder sobre Will. Ele precisa de poder sobre Will? Talvez não agora, mas pode chegar um momento em que sim, e quando isso acontecer, ele vai conseguir. É um homem bem preparado, e homens assim são perigosos.

Se eu fosse você, e não sou, diria ao mestre Will que a família dele está em segurança, e que os estou observando; evitaria falar sobre Mortmain até que eu consiga reunir mais informações. Até onde pude descobrir com Cecily, os Herondale não sabem onde Mortmain está. Ela disse que ele estava em Xangai, e que às vezes recebem cartas da empresa dele de lá, todas com selos peculiares. Contudo, é de meu entendimento que o Instituto de Xangai acredita que ele não esteja lá.

Contei à srta. Herondale que o irmão sente saudades dela; pareceu o mínimo que eu podia fazer. Ela pareceu grata. Permanecerei nesta área por mais algum tempo, acho; eu mesmo fiquei curioso em saber como os infortúnios dos Herondale se encaixam nos planos de Mortmain. Ainda há segredos a serem desvendados aqui, sob o verde pacífico de Yorkshire, e pretendo descobri-los.

Ragnor Fell

Charlotte releu a carta duas vezes, para memorizar os detalhes, em seguida, após dobrá-la, jogou-a na lareira da sala de estar. Ficou parada, exaurida, apoiada no console da lareira, observando enquanto a chama consumia o papel em linhas pretas e douradas.

Não sabia ao certo se estava surpresa, perturbada, ou simplesmente desgastada com o conteúdo ali escrito. Tentar encontrar Mortmain era como estender a mão para esmagar uma aranha e acabar percebendo que ficou preso à teia, desamparado. E Will... odiava ter de falar sobre isso com ele. Olhou para o fogo sem enxergar nada. Às vezes achava que Will tinha sido enviado pelo Anjo, especificamente para testar sua paciência. Ele era amargo, tinha uma língua afiada e retribuía suas tentativas de demonstração de amor e afeto com maldade ou desprezo. E mesmo assim, quando olhava para ele, via o menino que ele fora aos 12 anos, encolhido no canto do quarto com as mãos sobre as orelhas enquanto os pais gritavam seu nome lá embaixo, pedindo que ele saísse, que voltasse para eles.

Ela se ajoelhara ao lado dele depois que os Herondale partiram. Lembrava-se de Will levantando o rosto para ela — pequeno, branco e firme, com aqueles olhos azuis e os cílios escuros; naquela época era bonito como uma menina, magro e delicado, antes de se lançar ao treinamento de Caçador de Sombras com tanto afinco que em dois anos a delicadeza desapareceu, coberta por músculos, cicatrizes e Marcas. Naquela ocasião Charlotte pegou a mão dele, que este permitiu ficar entre as dela como um peso morto. Ele mordera o lábio inferior, e sangue correra pelo queixo, pingando na camisa.

Charlotte, você vai me contar, não vai? Vai me contar se alguma coisa acontecer a eles?

Will, não posso...

Conheço a Lei. Só quero saber se estão vivos. Os olhos do menino imploravam. *Charlotte, por favor...*

— Charlotte?

Ela levantou os olhos da fogueira. Jem estava na entrada da sala de estar. Charlotte, ainda meio envolvida nas tramas do passado, piscou para ele. Logo que Jem chegou de Xangai, tinha olhos e cabelos pretos como tinta. Com o tempo tornaram-se prateados, como cobre oxidando a azinhavre, enquanto as drogas corriam por seu sangue, transformando-o, matando-o aos poucos.

— James — disse ela. — Está tarde, não?

— Onze horas. — Ele inclinou a cabeça para o lado, analisando-a. — Tudo bem? Você parece um tanto perturbada.

— Não, eu só... — gesticulou vagamente. — É este problema de Mortmain.

— Tenho uma pergunta — disse Jem, entrando na sala e diminuindo a voz — que não é totalmente fora do assunto. Gabriel disse algo hoje, durante o treinamento...

— Você estava lá?

Jem sacudiu a cabeça.

— Sophie me contou. Ela não gosta de fofoca, mas ficou incomodada, e não posso culpá-la por isso. Gabriel relatou que o tio dele se suicidou e que a mãe morreu de tristeza por causa... bem, por causa do seu pai.

— Meu pai? — disse Charlotte, a expressão vazia.

— Aparentemente, o tio de Gabriel, Silas, transgrediu a Lei, e seu pai descobriu. E acionou diretamente a Clave. O tio dele se matou por vergonha, e a sra. Lightwood morreu de tristeza. Segundo Gabriel "os Fairchild não se importam com ninguém além deles mesmos e da Lei".

— E você está me falando isso porque...?

— Fiquei me perguntando se seria verdade — respondeu Jem. — E se for, talvez seja útil comunicar ao Cônsul que a razão pela qual Benedict deseja o Instituto é vingança, e não um desejo generoso de vê-lo mais bem governado.

— Não é verdade. Não pode ser. — Charlotte balançou a cabeça. — Silas Lightwood realmente se matou, porque estava apaixonado pelo *parabatai* dele, mas não porque meu pai contou para a Clave. A Clave só ficou sabendo disso através do bilhete de suicídio de Silas. Aliás, o pai dele pediu ajuda ao meu para escrever o discurso fúnebre na ocasião do enterro. Parece a atitude de um homem que culpava meu pai pela morte do filho?

Os olhos de Jem escureceram.

— Interessante.

— Acha que Gabriel está simplesmente sendo desagradável, ou acredita que o pai mentiu para ele para...

Charlotte não concluiu a frase. Jem curvou-se subitamente, como se tivesse levado um soco no estômago, em um acesso de tosse tão violento que os ombros finos estremeceram. Um jato de sangue vermelho se espalhou sobre a manga do casaco quando levantou o braço para cobrir o rosto.

— Jem... — Charlotte foi até ele com os braços esticados, mas ele levantou cambaleando e afastou-se, estendendo a mão para mantê-la distante.

— Estou bem — arquejou. — Tudo bem. — Ele limpou o sangue do rosto com a manga do casaco. — Por favor, Charlotte — acrescentou, com a voz derrotada enquanto ela se aproximava. — Não.

Charlotte se conteve, com o coração doendo.

— Não tem nada...

— Sabe que não há nada. — Ele abaixou o braço, o sangue na manga da camisa incriminando-o, e deu o mais doce sorriso. — Querida Charlotte — falou. — Você sempre foi uma espécie de irmã mais velha melhor do que eu poderia pedir. Sabe disso, não sabe?

Charlotte simplesmente olhou para ele, boquiaberta. Soava tanto como uma despedida que ela não suportou responder. Jem virou-se com a delicadeza habitual e se retirou. Ela o observou afastar-se, dizendo a si mesma que não significava nada, que ele não estava pior do que o habitual, que ainda tinha tempo. Amava Jem, como amava Will — como não podia deixar de amar a todos eles —, e pensar em perdê-lo estilhaçava seu coração. Não somente pela própria perda, mas pela de Will. Se Jem morresse, Charlotte não conseguia deixar de temer que ele levaria consigo tudo que ainda havia de humano em Will.

Era quase meia-noite quando Will voltou para o Instituto. Começou a chover quando tinha descido metade da Threadneedle Street. Ele se enfiou embaixo do toldo da Dean and Son Publishers para abotoar o casaco e ajeitar o cachecol, mas a chuva já tinha entrado em sua boca — gotas grandes e gélidas com gosto de carvão e lodo. Ele encolheu os ombros para se proteger das ferroadas da água ao deixar o abrigo e passar pela Margem, em direção ao Instituto.

Mesmo após anos vivendo em Londres, a chuva o fazia pensar em sua casa. Ainda se lembrava de como chovia no campo, em Gales, o gosto verde e fresco das gotas, a sensação de rolar sobre uma colina molhada, sujar os cabelos e as roupas de grama. Se fechasse os olhos, podia ouvir as risadas da irmã ecoando nos ouvidos. *Will, você vai acabar com suas roupas; Will, mamãe vai ficar uma fera...*

Will ficou imaginando se era possível verdadeiramente tornar-se londrino quando se tinha isso no sangue — a lembrança de um grande espaço aberto, a amplitude do céu, o ar fresco. Não estas ruas estreitas cheias de pessoas, a poeira de Londres que invadia tudo — nas roupas, uma fina camada de pó nos cabelos e na base do pescoço —, o cheiro do rio imundo.

Chegou à Fleet Street. O Temple Bar estava visível através da bruma a distância; a rua estava escorregadia com a chuva. Uma carruagem passou acelerada enquanto ele desviava para um beco entre dois prédios, as rodas espalhando a água suja acumulada no meio-fio.

Dava para ver o pináculo do Instituto ao longe. Certamente já tinham terminado o jantar, pensou Will. Tudo já estaria guardado. Bridget estaria dormindo; poderia ir até a cozinha e comer pão com queijo e torta fria. Vinha perdendo muitas refeições ultimamente, e para ser honesto consigo mesmo, só havia um motivo para isso: estava evitando Tessa.

Não queria evitá-la — aliás, hoje à tarde tinha fracassado horrivelmente, não só ao acompanhá-la até o treinamento, mas também à sala de estar logo depois. Às vezes se perguntava se estava fazendo essas coisas apenas para se testar. Para ver se os sentimentos haviam desaparecido. Mas não. Quando a via, queria ficar com ela; quando estava com ela, morria de vontade de tocá-la; quando encostava em sua mão, desejava abraçá-la. Queria sentir o corpo dela contra o seu como sentira no sótão. Queria conhecer o gosto da pele e o cheiro do cabelo de Tessa. Queria fazê-la rir. Queria sentar e ouvi-la falar sobre livros até suas orelhas caírem. Mas todas essas eram coisas que ele não podia querer, pois eram coisas que não podia ter, e querer o que não se pode ter leva à tristeza e à loucura.

Chegou em casa. A porta do Instituto se abriu ao toque, revelando um vestíbulo cheio de luzes tremulantes. Pensou no borrão produzido pelas drogas no covil da Whitechapel High Street. Um desprendimento maravilhoso de qualquer vontade ou necessidade. Tinha sonhado que estava em uma colina em Gales, com o céu amplo e azul, e que Tessa havia subido a colina para juntar-se a ele, sentando ao seu lado. *Eu amo você*, disse a ela, e a beijou, como se fosse a coisa mais natural do mundo. *Você me ama?*

Ela sorrira para ele. *Você sempre estará em primeiro lugar no meu coração*, respondera.

Me diga que isto não é um sonho, havia sussurrado para ela, que colocava os braços em torno dele, fazendo com que Will não soubesse mais o que era sono e o que era vigília.

Will tirou o casaco ao subir os degraus, sacudindo os cabelos molhados. A água fria descia pelas costas da camisa, molhando sua coluna, fazendo-o tremer. O pacote precioso que comprara dos ifrits estava no bolso da calça. Colocou a mão e o tocou com os dedos, só para ter certeza.

Os corredores ardiam com fraca luz enfeitiçada; ele estava na metade do primeiro quando pausou. A porta de Tessa era aqui, sabia, em frente à de Jem. E ali, diante dela, Jem estava parado — apesar de que "parado" não era a palavra. Jem andava de um lado para o outro, "fazendo um buraco no tapete", como diria Charlotte.

— James — disse Will, mais surpreso do que qualquer outra coisa.

A cabeça de Jem se levantou bruscamente, e ele recuou imediatamente da porta de Tessa, voltando para a sua própria. Sua expressão se tornou vazia.

— Suponho que eu não deva me surpreender em encontrá-lo vagando pelos corredores a esta hora.

— Acho que podemos concordar que não me encontrar seria mais estranho — respondeu Will. — Por que está acordado? Está tudo bem?

Jem deu uma última olhada na porta de Tessa, e em seguida virou-se para Will.

— Eu ia pedir desculpas a Tessa — falou. — Acho que meu violino a impediu de dormir. Por onde andou? Mais um encontro com Nigel Seis Dedos?

Will deu um sorrisinho, mas Jem não retribuiu.

— Trouxe uma coisa para você, na verdade. Vamos, vamos para o seu quarto. Não quero passar a noite inteira no corredor.

Após um instante de hesitação, Jem deu de ombros e abriu a porta. Will, que o acompanhou para dentro, fechou a porta e a trancou enquanto Jem sentava-se na poltrona. A lareira estava acesa, mas restavam apenas carvões vermelho-dourados, brasas. Jem olhou para Will.

— O que é, então... — Começou a dizer e então curvou-se, abatido por uma tosse violenta. Passou rápido, antes que Will pudesse se mover, ou falar, mas quando Jem se recompôs e limpou a boca com as costas da mão, a mesma ficou manchada de sangue. Olhou sem expressão para o próprio fluido.

Will sentiu-se enjoado. Aproximou-se do *parabatai*, oferecendo um lenço, que Jem aceitou, e em seguida o pó prateado que havia comprado na Whitechapel.

— Aqui — disse, sentindo-se constrangido. Em cinco anos não ficara envergonhado na presença de Jem, mas ali estava. — Voltei a Whitechapel e comprei para você.

Jem, após limpar o sangue da mão com o lenço de Will, pegou o pacote e encarou o *yin fen*.

— Já tenho o suficiente — declarou. — O bastante para pelo menos um mês. — Então levantou a cabeça, com um brilho súbito nos olhos. — Ou Tessa contou...

— Contou o quê?

— Nada. Eu derrubei um pouco de pó no outro dia. Mas consegui recuperar quase tudo. — Jem colocou o pacote na mesa ao lado. — Não precisava.

Will sentou-se no baú ao pé da cama de Jem. Detestava sentar ali — tinha pernas tão longas que sempre se sentia como um adulto tentando se encolher atrás de uma carteira escolar —, mas queria deixar os olhos na altura dos de Jem.

— Os capangas de Mortmain têm comprado todo o carregamento de *yin fen* do East End — disse. — Confirmei a informação. Se você ficasse sem, e Mortmain fosse o único com um estoque...

— Ficaríamos à mercê dele — completou Jem. — A não ser que você se dispusesse a me deixar morrer, é claro, o que seria a atitude mais sensata.

— *Não* me disporia — Will soou severo. — Você é meu irmão de sangue. Fiz um juramento de não deixar que nenhum mal lhe acontecesse...

— Esquecendo os juramentos — disse Jem —, e os joguinhos de poder, isso teve alguma coisa a ver comigo?

— Não sei o que quer dizer...

— Me perguntava se você seria capaz de desejar poupar alguém de sofrimento.

Will balançou para trás, levemente, como se Jem o tivesse empurrado.

— Eu... — engoliu em seco, procurando as palavras. Fazia tanto tempo que não procurava palavras que lhe valessem o perdão e não o ódio, tanto tempo que não tentava se apresentar de alguma maneira que não fosse a pior possível, que por um instante pavoroso ficou imaginando se ainda sequer se lembrava de como não ser assim. — Falei com Tessa hoje — disse enfim, sem perceber que Jem ficou ainda mais pálido. — Ela me fez entender... que o que eu fiz ontem à noite foi imperdoável. Mas — acrescentou apressadamente —, torço para que me perdoe. — *Pelo Anjo, como sou ruim nisso.*

Jem ergueu uma sobrancelha.

— Perdoe pelo quê?

— Fui ao covil porque não conseguia parar de pensar na minha família e queria... precisava... parar — relatou Will. — Não me ocorreu que poderia parecer que eu estava fazendo piada da sua doença. Acho que estou pedindo perdão pela minha falta de consideração — diminuiu a voz. — Todo mundo erra, Jem.

— Sim — concordou Jem. — Você simplesmente erra mais do que a maioria das pessoas.

— Eu...

— Você machuca todo mundo — continuou. — Todas as pessoas cujas vidas você toca.

— Você não — sussurrou Will. — Machuco todo mundo, menos você. Nunca quis machucá-lo.

Jem levantou as mãos, pressionando as palmas contra os olhos.

— Will...

— Não pode ficar sem me perdoar para sempre — disse Will, ouvindo o pânico na própria voz. — Eu ficaria...

— Sozinho? — Jem abaixou as mãos, mas agora tinha um sorriso torto no rosto. — E a culpa é de quem? — Inclinou-se para trás na cadeira, com os olhos pesados de cansaço. — Eu sempre o perdoaria — falou. — Perdoaria mesmo que não tivesse me pedido perdão. Aliás, eu não estava esperando que o fizesse. Influência de Tessa, é meu único palpite.

— Não vim aqui a pedido dela. James, você é a única família que tenho. — A voz de Will soou trêmula. — Morreria por você. Sabe disso. Morreria *sem* você. Se não fosse você, eu já teria morrido cem vezes ao longo dos últimos cinco anos. Devo tudo a você, e se não consegue acreditar que tenho compaixão, talvez possa acreditar que sei o que é honra... honra e dívida...

Jem pareceu alarmado agora.

— Will, sua descompostura é maior do que minha raiva. Já me acalmei; sabe que nunca fui de me irritar.

O tom de Jem era tranquilizador, mas alguma coisa em Will não podia ser tranquilizada.

— Fui buscar este remédio porque não suporto a ideia de você morrer sentindo dor, certamente não quando eu poderia ter feito algo para evitar. E o fiz porque senti medo. Se Mortmain nos procurasse e dissesse que era o único com acesso à droga que salvaria sua vida, saiba que eu daria o que ele me pedisse para consegui-la para você. Já falhei com minha família antes, James. Não falharia com você...

— *Will* — Jem se levantou, atravessou o quarto até Will e se ajoelhou, olhando para o rosto do amigo. — Está começando a me preocupar. Seu arrependimento lhe dá muito crédito, mas precisa saber...

Will olhou para ele. Lembrava-se de Jem como ele era logo que chegou de Xangai, parecendo ser todo olhos em um rosto pálido e comprido. Não foi fácil fazê-lo rir naquela época, mas Will se empenhou.

— Saber o quê?

— Que vou morrer — respondeu Jem. Estava com olhos arregalados, e febris; um traço de sangue ainda manchava o canto da boca. As olheiras eram quase azuladas.

Will enterrou os dedos no pulso de Jem, marcando o tecido da camisa. Jem não se mexeu.

— Você prometeu ficar comigo — disse. — Quando fizemos nosso juramento de *parabatai*. Nossas almas estão costuradas. Somos a mesma pessoa, James.

— Somos duas pessoas — respondeu Jem. — Duas pessoas com um pacto entre si.

Will sabia que estava soando infantil, mas não pôde evitar.

— Um pacto que diz que você não pode ir onde eu não puder acompanhá-lo.

— Até a morte —respondeu Jem, gentilmente. — Estas são as palavras do juramento. — "Até nada além da morte separar a mim e a ti." Um dia, Will, vou para onde ninguém poderá me seguir, e acho que não vai demorar. Você já se perguntou por que concordei em ser seu *parabatai*?

— Por que não anteviu ofertas melhores aparecendo? — Will tentou brincar, mas sua voz estalava feito gelo.

— Achei que precisasse de mim — respondeu Jem. — Você construiu um muro ao seu redor, Will, e eu nunca perguntei por quê. Mas ninguém deve carregar todos os fardos sozinho. Achei que você me deixaria entrar se eu me tornasse seu *parabatai*, e aí pelo menos teria em quem se apoiar. Pensei sobre o que minha morte podia fazer com você. Costumava temer por isso, por você. Temia que você fosse ficar sozinho atrás dessa parede que construiu. Mas agora... alguma coisa mudou. Não sei por quê. Mas sei que é verdade.

— O que é verdade? — Os dedos de Will continuavam enterrados no pulso de Jem.

— Que a parede está ruindo.

* * *

Tessa não conseguiu dormir. Ficou deitada na cama, imóvel, olhando para o teto. Havia uma rachadura no gesso, que às vezes parecia uma nuvem, e às vezes uma lâmina, dependendo da tremulação da vela.

O jantar tinha sido tenso. Aparentemente Gabriel dissera a Charlotte que se recusava a voltar e dar prosseguimento aos treinamentos, então seria somente Gideon trabalhando com ela e Sophie a partir de agora. Gabriel se recusou a revelar o motivo, mas ficou claro que Charlotte atribuiu a culpa a Will; Tessa, notando a exaustão de Charlotte ao pensar na possibilidade de mais conflitos com Benedict, sentiu-se extremamente culpada por ter levado Will ao treino, e por ter rido de Gabriel.

A ausência de Jem no jantar não ajudou. Queria tanto falar com ele hoje. Depois que ele evitou olhar para ela no café da manhã e "passou mal" no jantar, o pânico se instalou em seu estômago. Será que ele estava horrorizado com o que acontecera entre eles na noite anterior — ou pior, enojado? Talvez, no fundo de seu coração, pensasse como Will: que feiticeiros fossem inferiores a ele. Ou talvez não tivesse nada a ver com o que ela era. De repente ele simplesmente fora repelido pelo comportamento libertino dela; Tessa recebera prontamente as carícias, não o deteve. Tia Harriet não dizia que, em se tratando de desejo, os homens eram fracos e que as mulheres é que deveriam exercer o freio?

Não tinha exercido muito na noite passada. Lembrava-se de estar deitada ao lado de Jem, cujas mãos suaves tocavam seu corpo. Tinha consciência, com uma dolorosa honestidade, de que se as coisas tivessem continuado, ela teria feito o que ele quisesse. Mesmo agora, só de pensar, seu corpo ficou quente e inquieto; remexeu-se na cama, socando um dos travesseiros. Jamais perdoaria a si mesma se, ao permitir os acontecimentos da noite anterior, ela tivesse destruído a proximidade que tinha com Jem.

Estava prestes a enterrar o rosto no travesseiro quando ouviu o barulho. Uma batida suave à porta. Congelou. Veio novamente, insistente. *Jem.* Com as mãos tremendo, saltou da cama, correu para a porta e a abriu.

Na entrada estava Sophie. Trajando um vestido preto de copeira doméstica, mas a touca branca desprendera-se e cachos negros escapavam. Com o rosto muito pálido e uma mancha de sangue na clavícula parecia apavorada, e quase doente.

— Sophie — A voz de Tessa denunciou sua surpresa. — Você está bem?

Sophie olhou em volta, temerosa.

— Posso entrar, senhorita?

Tessa concordou e abriu a porta para ela. Quando ambas estavam seguras do lado de dentro, ela sentou-se na beirada da cama, a apreensão pesando como chumbo sobre ela. Sophie permaneceu de pé, contorcendo as mãos.

— Sophie, por favor, o que houve?

— É a srta. Jessamine — disparou.

— O que tem Jessamine?

— Ela... É só que, eu a vi... — interrompeu-se, parecendo infeliz. — Ela anda saindo durante a noite, senhorita.

— Anda? Eu a vi ontem, no corredor, vestida como um menino e parecendo um tanto furtiva...

Sophie pareceu aliviada. Não gostava de Jessamine, Tessa sabia muito bem disso, mas era uma empregada bem treinada, e uma empregada bem treinada não bisbilhotava a patroa.

— Sim — respondeu seriamente. — Há dias que percebi. Às vezes a cama dela amanhece intocada; de manhã, vejo lama nos tapetes que não havia na noite anterior. Eu teria contado à sra. Branwell, mas ela tem tantas coisas para resolver, que não fui capaz.

— Então por que está me contando? — perguntou Tessa. — Parece que Jessamine encontrou um pretendente. Não posso dizer que aprovo o comportamento, mas — engoliu em seco, pensando na própria conduta na noite passada — nenhum de nós é responsável por isso. E talvez haja alguma explicação inofensiva...

— Ah, mas senhorita — Sophie colocou a mão no bolso do vestido e retirou um cartão de cor creme. — Hoje encontrei isto. No bolso do novo casaco de veludo da senhorita Jessamine. Aquele com a faixa lisa.

Tessa não ligava para a faixa. Estava com os olhos fixos no cartão. Lentamente esticou a mão e o pegou, virando-o. Era um convite para um baile.

20 de julho de 1878

O sr. BENEDICT LIGHTWOOD
cumprimenta

a SRTA. JESSAMINE LOVELACE
e solicita a honra de sua companhia
no baile de máscaras na próxima terça-feira.
27 de julho. RSVP.

O convite seguia, dando detalhes do endereço e do horário do baile, mas foi o que estava escrito na parte de trás que fez o sangue de Tessa gelar. Com uma letra casual, e tão familiar quanto a dela mesma, lia-se a mensagem: *Minha Jessie. Meu coração está prestes a explodir só de pensar em vê-la amanhã neste "grande acontecimento". Por maior que seja ele, não terei olhos para nada ou ninguém além de você. Use o vestido branco, querida, como sabe que eu gosto — "com o lustro do cetim e o brilho das pérolas", como disse o poeta. Sempre seu, N.G.*

— Nate — disse Tessa, entorpecida, olhando para a carta. — *Nate* escreveu isto. E citou *Tennyson*.

Sophie respirou muito fundo

— Temi que fosse... mas achei que não poderia ser. Não depois de tudo que ele fez.

— Conheço a letra do meu irmão. — A voz de Tessa estava sombria. — Ele está planejando encontrá-la hoje à noite neste... neste baile secreto. Sophie, onde está Jessamine? Preciso falar com ela imediatamente.

As mãos de Sophie começaram a se contorcer ainda mais depressa.

— Este é o problema, senhorita...

— Meu Deus, ela já foi? Precisamos falar com Charlotte. Não vejo outra saída...

— Ela não foi. Está no quarto — interrompeu Sophie.

— Então não sabe que você encontrou isto? — Tessa balançou o cartão.

Sophie visivelmente engoliu em seco.

— Eu... ela me flagrou com isto na mão. Tentei esconder, mas ela já tinha visto. Estava com uma expressão tão ameaçadora quando tentou alcançá-lo, que não me contive. Todas as sessões de treino com mestre Gideon acabaram me dominando e, bem...

— Bem, *o que*, Sophie?

— Eu a atingi na cabeça com um espelho — revelou Sophie, desamparada. — Um daqueles com fundo de prata, portanto, bem pesado. Ela caiu como pedra, senhorita... Então eu... a amarrei na cama e vim procurá-la.

— Deixe-me ver se entendi direito — disse Tessa, após uma pausa. — Jessamine a viu com o convite na mão, então você bateu na cabeça dela e a amarrou na cama?

Sophie assentiu.

— Santo Deus — disse Tessa. — Sophie, precisamos buscar alguém. Este baile não pode permanecer em segredo, e Jessamine...

— A senhora Branwell não — resmungou Sophie. — Vai me demitir. Terá de me demitir.

— Jem...

— Não! — A mão de Sophie voou para o colarinho, onde estava a mancha de sangue. Sangue de Jessamine, Tessa percebeu, espantando-se. — Não posso suportar que ele saiba que fui capaz de uma coisa dessas, ele é tão gentil. Por favor, não me faça contar para ele, senhorita.

Claro, pensou Tessa. Sophie amava Jem. Com toda a confusão dos últimos dias, quase tinha se esquecido. Uma onda de vergonha a inundou ao pensar na noite anterior; combateu a sensação e disse, determinada:

— Então só resta uma pessoa a quem podemos recorrer. Entende isso?

— Mestre Will — disse Sophie, com desprezo, e suspirou. — Muito bem, senhorita. A opinião dele a meu respeito não me importa.

Tessa se levantou e alcançou o robe, vestindo-o.

— Veja o lado positivo, Sophie. Pelo menos Will não vai se chocar. Duvido que Jessamine seja a primeira mulher inconsciente com a qual ele precisou lidar, ou também que vá ser a última.

Tessa se enganou em pelo menos um dos aspectos: Will *ficou* chocado.

— *Sophie* fez isso? — disse, mais de uma vez. Estavam ao pé da cama de Jessamine. A jovem estava deitada, o peito subindo e descendo lentamente, como a famosa estátua de cera da Bela Adormecida, de Madame du Barry. Seus cabelos claros espalhavam-se pelo travesseiro, e havia um corte grande e ensanguentado na testa. Cada um dos pulsos estava amarrado a um dos pilares da cama. — *Nossa* Sophie?

Tessa olhou para Sophie, que estava sentada em uma cadeira perto da porta. Com a cabeça abaixada, olhando para as mãos. Evitando encarar Tessa ou Will.

— Foi — respondeu Tessa —, e pare de ficar repetindo isso.

— Acho que estou apaixonado por você, Sophie — declarou Will. — O casamento é uma possibilidade.

Sophie choramingou.

— Pare com isso — sibilou Tessa. — Acho que está deixando a pobrezinha mais assustada do que já está.

— Assustada com o quê? Jessamine? Parece que Sophie venceu esse duelo com facilidade. — Will estava com dificuldades de reprimir o sorriso. — Sophie, querida, não há nada com que se preocupar. Eu mesmo já quis bater na cabeça de Jessamine muitas vezes. Ninguém pode culpá-la.

— Está com medo que Charlotte a demita — explicou Tessa.

— Por bater em Jessamine? — Will cedeu. — Tess, se este convite for o que parece, e Jessamine realmente tem se encontrado com Nate em segredo, ela pode ter traído a todos nós. Isso sem falar na questão: o que é que Benedict Lightwood está fazendo, dando festas sem que nenhum de nós saiba? Festas que têm seu irmão como convidado? O que Sophie fez foi heroico. Charlotte vai agradecer.

Com isso, Sophie levantou a cabeça.

— Acha mesmo?

— Tenho certeza — disse Will. Por um instante ele e Sophie se entreolharam firmemente. Sophie desviou primeiro, mas se Tessa estivesse certa, pela primeira vez não houve desgosto em sua expressão quando olhou para Will.

Ele sacou uma estela do cinto. Sentou-se na cama ao lado de Jessamine e retirou gentilmente o cabelo da testa dela. Tessa mordeu o lábio, contendo o impulso de perguntar o que ele estava fazendo.

Ele repousou a estela sobre a garganta de Jessamine e desenhou dois símbolos rapidamente.

— Um *iratze* — disse, sem que Tessa precisasse perguntar. — Ou seja, um símbolo de cura, e um de Sono Imediato. Isto deve mantê-la quieta pelo menos até amanhã de manhã. — Sua habilidade com um espelho de mão é admirável, Sophie, mas sua capacidade de dar nós pode melhorar.

Sophie murmurou alguma coisa em resposta. A suspensão da animosidade em relação a Will pareceu chegar ao fim.

— A questão — disse Will — é o que fazer agora.

— Precisamos contar a Charlotte...

— Não — Will argumentou com firmeza. — Não precisamos.

Tessa o olhou pasma.

— Por que não?

— Por dois motivos — disse Will. — Primeiro porque ela seria obrigada a relatar para a Clave, e se Benedict Lightwood está oferecendo este baile, não seria de se espantar se alguns de seus seguidores estivessem presentes. Mas talvez não todos. Se a Clave for avisada, podem conseguir alertá-lo antes que alguém chegue e descubra o que realmente está havendo. Segundo, porque o baile começou há uma hora. Não sabemos quando Nate vai chegar, procurando Jessamine, e se ele não a vir, pode muito bem se retirar. Ele é a melhor conexão com Mortmain de que dispomos. Não temos tempo a perder ou desperdiçar, e acordar Charlotte para falar sobre isto causará essas duas coisas.

— Jem, então?

Algo se inquietou nos olhos de Will.

— Não. Hoje não. Jem não está bem, mas vai dizer que está. Depois de ontem à noite, devo a ele deixá-lo fora dessa.

Tessa lançou a ele um olhar severo.

— Então o que propõe?

A boca de Will se elevou nos dois cantos.

— Srta. Gray — disse ele —, aceitaria ir ao baile comigo?

— Você se lembra da *última* festa a que fomos? — perguntou Tessa.

O sorriso de Will se manteve. Estava com aquele olhar muito intenso que tinha sempre que bolava a estratégia de um plano.

— Não me diga que não estava pensando na mesma coisa, Tessa.

Tessa suspirou.

— Sim — disse. — Eu me transformarei em Jessamine e irei no lugar dela. É o único plano que faz sentido. — Voltou-se para Sophie. — Conhece o vestido que Nate citou? Um vestido branco de Jessamine?

Sophie assentiu.

— Limpe-o e prepare-o para ser usado — pediu Tessa. — Terá de preparar meu cabelo também, Sophie. Está calma o bastante?

— Sim, senhorita. — Sophie levantou-se e atravessou o quarto para abrir o armário. Will continuava olhando para Tessa; seu sorriso ficou mais largo.

Tessa diminuiu a voz.

— Will, já lhe ocorreu que Mortmain pode estar lá?

O sorriso desapareceu do rosto dele.

— Você não chegará perto dele, se estiver.

— Não pode me dizer o que fazer.

Will franziu a testa. Sua reação não era em nada parecida com a que Tessa julgou ser adequada. Quando Capitola em *The Hidden Hand* se vestiu de menino para saquear Black Donald e provar sua coragem, ninguém se irritou com *ela*.

— Seu poder é notável Tessa, mas você não está em posição de capturar um poderoso adulto manipulador de magia feito Mortmain. Você vai deixar isso comigo — declarou.

Ela fez uma careta.

— E como *você* planeja não ser reconhecido neste baile? Benedict conhece seu rosto, assim como...

Will tirou o convite da mão dela e o sacudiu.

— É um baile de *máscaras*.

— E suponho que você tem uma.

— Tenho mesmo — respondeu. — Nossa última festa de natal teve como tema o Carnaval de Veneza — sorriu. — Conte a ela, Sophie.

Sophie, que estava ocupada com o que parecia uma mistura de teias de aranha e raios de luar na bandeja de escovação, suspirou.

— É verdade, senhorita. E deixe que ele cuide de Mortmain, ouviu? Do contrário será muito perigoso. E estarão lá longe em Chiswick!

Will olhou triunfante para Tessa.

— Se até Sophie concorda comigo, não pode negar.

— Poderia — respondeu Tessa, rebelde —, mas não vou. Muito bem. Mas deve ficar longe de Nate enquanto falo com ele. Ele não é burro; se nos vir juntos, é bem capaz de juntar dois mais dois. Por este bilhete não tenho qualquer impressão de que ele espere Jessamine acompanhada.

— Eu não tiro impressão alguma deste bilhete — disse Will, levantando-se —, exceto que ele é capaz de citar as poesias mais inferiores de Tennyson. Sophie, em quanto tempo consegue arrumar Tessa?

— Meia hora — respondeu, sem levantar os olhos do vestido.

— Encontre-me no pátio em meia hora, então — disse Will. — Vou acordar Cyril. E preparem-se para desfalecer diante da minha *finesse*.

* * *

A noite estava fria, e Tessa ficou arrepiada ao atravessar as portas do Instituto e sair no topo da escadaria externa. Foi nesse lugar onde ficara sentada, refletindo, naquela noite em que ela e Jem atravessaram juntos a Blackfriars Bridge quando as criaturas mecânicas os atacaram. Hoje a noite estava mais clara, apesar do dia chuvoso; a lua perseguindo traços de nuvens em um céu escuro praticamente limpo.

A carruagem estava lá, ao pé da escada, Will esperando na frente. Ele olhou quando as portas do Instituto se fecharam atrás dela. Por um instante, simplesmente ficaram parados, encarando-se. Tessa sabia o que ele estava vendo — ela própria tinha visto, no espelho do quarto de Jessamine. Ela era Jessamine até o último fio de cabelo, trajando um delicado vestido marfim de seda. Tinha um decote que revelava grande parte do colo branco de Jessamine, com um laço de seda no colarinho para enfatizar o contorno da garganta. As mangas eram curtas, deixando os braços vulneráveis ao ar noturno. Mesmo que o decote não fosse tão profundo, Tessa teria se sentido nua sem o anjo, mas não podia usá-lo: Nate certamente notaria. A saia, com uma base em cascata, abria-se a partir da cintura fina; estava com um penteado alto, com pérolas presas por pregadores e uma meia máscara dourada que cobria apenas os olhos, ressaltando os cabelos claros de Jessamine. *Pareço tão delicada*, pensou com desprendimento, olhando para a superfície prateada do espelho enquanto Sophie a preparava. *Como uma princesa das fadas*. Era fácil ter esses pensamentos quando o reflexo não era de fato seu.

Mas Will — Will. Ele havia recomendado que ela estivesse pronta para desmaiar ao vê-lo pronto, e ela havia revirado os olhos para o comentário, mas, com o traje de noite preto e branco, ele estava mais lindo do que ela imaginara. A força e a simplicidade das cores destacavam a perfeição angulosa de suas feições. Os cabelos escuros caíam sobre uma meia máscara preta que realçava o azul dos olhos ao fundo. Ela sentiu o próprio coração se contrair, e se odiou instantaneamente por isso. Desviou os olhos para Cyril, no banco do cocheiro da carruagem. Ele semicerrou os olhos, confuso, ao vê-la; olhou de Tessa para Will, novamente para ela, e deu de ombros. Tessa ficou se perguntando que diabos Will havia dito a ele para explicar o fato de que levaria Jessamine a Chiswick no meio da noite. Deve ter sido uma história e tanto.

— Ah — foi tudo que Will disse enquanto ela descia os degraus e se envolvia em uma capa. Ela torceu para que ele atribuísse ao frio o tremor involuntário que sofreu quando Will pegou sua mão. — Agora vejo por que seu irmão citou aquela poesia execrável. Era com você *sendo* Maud, não? "Rosa Rainha do jardim florido de meninas?"

— Sabe — disse Tessa enquanto ele a ajudava a subir na carruagem —, também não gosto daquele poema.

Ele entrou depois dela e fechou a porta do coche.

— Jessamine adora.

A carruagem começou a chacoalhar pelos paralelepípedos e atravessou os portões abertos. Tessa percebeu que seu coração estava acelerado. Medo de ser flagrada por Charlotte e Henry, disse a si mesma. Nada a ver com o fato de estar sozinha com Will na carruagem.

— Não sou Jessamine.

Will olhou para ela. Havia algo naqueles olhos, uma espécie de sarcástica admiração; ela ficou imaginando se simplesmente estaria maravilhado pela aparência de Jessamine.

— Não — respondeu ele. — Não, apesar de você ser a imagem perfeita de Jessamine, de algum jeito consigo enxergar Tessa, como se, raspando a camada de tinta, encontrasse minha Tessa embaixo.

— Também não sou *sua* Tessa.

A luz que brilhava nos olhos de Will diminuiu.

— Justo — falou. — Suponho que não. Então, como é ser Jessamine? Consegue ler os pensamentos dela? Sentir o que ela sente?

Tessa engoliu em seco e tocou a cortina de veludo da carruagem com a mão enluvada. Lá fora dava para ver os postes de luz passando em um borrão amarelo; havia duas crianças encolhidas diante de uma porta de entrada, apoiadas uma na outra, dormindo. O Temple Bar passou voando. Ela respondeu:

— Tentei. Lá em cima, no quarto dela. Mas há algo errado. Eu... eu não consegui sentir nada dela.

— Bem, suponho que seja difícil invadir o cérebro de alguém que não tem cérebro.

Tessa fez uma careta.

— Pode ser leviano em relação a isso se quiser, mas alguma coisa está errada com Jessamine. Tentar tocar sua mente é como tentar tocar... um ninho de cobras ou uma nuvem envenenada. Consigo sentir um pouco das emoções. Muita raiva, desejo e amargura. Mas não consigo captar pensamentos individuais no meio disso tudo. É como tentar segurar água.

— Curioso. Já passou por alguma coisa parecida?

Tessa fez que não com a cabeça.

— Estou preocupada. Temo que Nate vá esperar que eu saiba alguma coisa que não sei, ou para a qual não terei a resposta certa.

Will se inclinou para a frente. Em dias chuvosos, que eram quase todos, os cabelos normalmente lisos de Will começavam a encaracolar. Alguma coisa nisso fez o coração de Tessa doer.

— Você é boa atriz e conhece seu irmão — disse. — Tenho plena confiança em você.

Tessa olhou surpresa para ele.

— Tem?

— E — prosseguiu, sem responder a pergunta —, caso alguma coisa dê errado, estarei lá. Mesmo que não me veja, Tess, estarei lá. Lembre-se disso.

— Tudo bem — disse ela, inclinando a cabeça para o lado. — Will?

— Oi?

— Havia um terceiro motivo para não querer acordar Charlotte e avisar o que estávamos fazendo, não havia?

Will estreitou os olhos azuis para ela.

— E que motivo seria esse?

— É que você ainda não sabe se isso é apenas um flerte bobo por parte de Jessamine, ou algo mais profundo e obscuro. Uma verdadeira ligação com meu irmão e Mortmain. E sabe que se for a segunda opção, isso vai partir o coração de Charlotte.

Um músculo saltou no canto da boca de Will.

— E o que me importa se isso acontecer? Se ela é tola o suficiente para se apegar a Jessamine...

— Você se importa — afirmou Tessa. — Você não é um bloco de gelo inanimado, Will. Eu o vi com Jem, vi quando olhou para Cecily. E você teve outra irmã, não teve?

Ele lançou a ela um olhar afiado.

— O que lhe faz pensar que tive, que tenho, mais de uma irmã?

— Jem disse que achava que sua irmã estava morta — respondeu. — E você disse "minha irmã *está* morta". Mas Cecily está claramente viva. O que me fez pensar que tenha tido outra irmã que morreu. Alguma além de Cecily.

Will exalou longa e lentamente.

— Você é inteligente.

— Mas sou inteligente e estou certa, ou sou inteligente e me enganei?

Will parecia feliz por ter uma máscara para esconder sua expressão.

— Ella — respondeu. — Dois anos mais velha que eu. E Cecily, três anos mais nova. Minhas irmãs.

— E Ella...

Will desviou os olhos, mas não antes que Tessa tivesse visto a dor neles. Então Ella estava morta.

— Como ela era? — perguntou Tessa, lembrando-se da gratidão quando Jem lhe fez essa pergunta em relação a Nate. — Ella? E Cecily, que tipo de menina ela é?

— Ella era protetora — respondeu Will. — Como uma mãe. Faria qualquer coisa por mim. E Cecily era uma coisinha louca. Tinha apenas 9 anos quando fui embora. Não posso dizer que continua a mesma, mas era como Cathy, em *Morro dos Ventos Uivantes*. Não tinha medo de nada e exigia tudo. Sabia lutar como um demônio e xingar como uma peixeira do Mercado Billingsgate — havia um quê de satisfação em sua voz, e admiração, e... amor. Nunca tinha ouvido Will falar assim de ninguém, exceto, talvez, de Jem.

— Se me permite perguntar... — começou.

Will suspirou.

— Sabe que vai perguntar independentemente de eu autorizar ou não.

— Você tem uma irmã mais nova — disse. — Então, o que exatamente você fez com a irmã de *Gabriel* para que ele o odeie dessa forma?

Will se ajeitou.

— Está falando sério?

— Sim — respondeu. — Sou obrigada a passar muito tempo com os Lightwood, e Gabriel claramente o detesta. E você quebrou o braço dele. Ficaria mais tranquila se soubesse por quê.

Balançando a cabeça, Will passou os dedos no cabelo.

— Santo Deus — disse. — A irmã deles, se chama Tatiana, aliás; foi batizada em homenagem a uma amiga russa da mãe, tinha 12 anos, eu acho.

— *Doze?* — Tessa ficou horrorizada.

Will exalou.

— Vejo que você já tirou conclusões sobre o que aconteceu — disse. — Ficaria mais tranquila se soubesse que eu também tinha 12 anos? Tatiana, ela... achava que estava apaixonada por mim. Daquele jeito que menininhas fazem. Vivia me seguindo, e ria, e se escondia atrás de pilastras para ficar me olhando.

— As pessoas fazem coisas tolas aos 12 anos.

— Foi minha primeira festa de Natal no Instituto — relatou. — Todos os Lightwood estavam lá, em todo o refinamento. Tatiana com laços prateados no cabelo. Tinha um livro que carregava consigo por todos os cantos. Deve tê-lo largado naquela noite. Eu encontrei e enfiei nas costas de um dos divãs. Era o diário dela. Cheio de poemas sobre mim: a cor dos meus olhos, o casamento que teríamos. Ela tinha escrito "Tatiana Herondale" por todo o caderno.

— Isso soa adorável.

— Foi na sala de estar, mas voltei para o salão de festas com o diário. Elise Penhallow tinha acabado de tocar piano. Cheguei ao lado dela e comecei a ler o diário de Tatiana.

— Ah, Will... não fez isso!

— Fiz — respondeu. — Ela tinha rimado "William" com "milhão", do tipo "nunca saberá, doce William / as formas como o amo / são mais de um milhão". Eu tinha de fazer aquilo parar.

— O que aconteceu?

— Ah, Tatiana saiu correndo, chorando, e Gabriel saltou para o palco e tentou me estrangular. Gideon simplesmente ficou parado, com os braços cruzados. Pode notar que isso é tudo que ele faz.

— Suponho que Gabriel não tenha tido sucesso — disse Tessa. — Com o estrangulamento, quero dizer.

— Não antes de eu quebrar o braço dele — respondeu Will, com deleite. — Pronto. É por isso que me detesta. Humilhei a irmã dele em público, e o que ele não comenta é que o humilhei também. Ele achou que pudesse me vencer com facilidade. Eu tinha tido pouquíssimo treinamento naquela ocasião, e já tinha ouvido Gabriel se referir a mim como "praticamente mundano" pelas minhas costas. Então dei uma surra nele, quebrei seu braço. Certamente foi um som mais agradável do que Elise tocando aquele piano.

Tessa esfregou as mãos enluvadas para aquecê-las e suspirou. Não sabia ao certo o que pensar. Não era nada como a história de sedução e traição que esperava, mas nenhuma das duas apresentava Will de forma favorável.

— Sophie disse que ela agora é casada — disse. — Tatiana. Está voltando da lua de mel no Continente com o marido.

— Tenho certeza de que continua tão chata e tão burra quanto antigamente. — Will parecia prestes a dormir. Fechou a cortina, e ficaram na escuridão. Tessa pôde ouvir a respiração dele, sentado em frente a ela, sentir seu calor. Entendeu por que uma dama jamais entraria em uma carruagem com um homem que não fosse seu marido. Havia algo estranhamente íntimo naquilo. É claro que ela já havia quebrado as regras adequadas de comportamento para uma dama há muito tempo.

— Will — disse novamente.

— A dama tem mais uma pergunta. Dá para detectar pelo tom de voz. Nunca vai esgotá-las, Tess?

— Não até obter todas as respostas que procuro — respondeu. — Will, se feiticeiros são feitos quando um dos pais é um demônio e o outro humano, o que acontece se um desses pais for Caçador de Sombras?

— Um Caçador de Sombras jamais permitiria que isso acontecesse — respondeu Will secamente.

— Mas no *Códex* diz que a maioria dos feiticeiros são resultados de... de uma violação — prosseguiu Tessa, com a voz falhando na palavra feia —, ou de demônios com a capacidade de Transformação assumindo a forma de uma pessoa amada e completando a sedução com um truque. Jem me disse que o sangue dos Caçadores de Sombras é sempre dominante. O *Códex* revela que filhos de Caçadores de Sombras com lobisomens, ou com fadas, são sempre Caçadores de Sombras. Então, será que o sangue do anjo em um Caçador de Sombras não poderia cancelar o lado demoníaco e produzir...

— Não produz nada — Will mexeu na cortina da janela. — A criança nasceria morta. Sempre nascem. Natimortos, quero dizer. O produto de um demônio e um Caçador de Sombras é a morte. — À meia-luz, olhou para ela. — Por que quer saber essas coisas?

— Quero saber o que sou — disse. — Acredito que eu seja uma... combinação ainda não vista. Parte fada, ou parte...

— Você já pensou em se transformar em um dos seus pais? — perguntou Will. — Sua mãe ou seu pai? Daria acesso às lembranças deles, não?

— Pensei. Claro que sim. Mas não tenho nada do meu pai nem da minha mãe. Tudo que havia na minha bagagem foi descartado pelas Irmãs Sombrias.

— E seu colar de anjo? — perguntou. — Não era da sua mãe?

Tessa balançou a cabeça.

— Eu tentei. Eu... não alcancei nada dela no colar. É meu há tanto tempo, eu acho, que aquilo que o tornava dela evaporou como água.

Os olhos de Will brilharam nas sombras.

— Talvez você seja uma menina mecânica. Talvez o pai feiticeiro de Mortmain tenha lhe fabricado, e agora Mortmain busca o segredo de como criar um tipo de vida tão perfeito quando tudo o que consegue é criar monstruosidades hediondas. Talvez o que bate no seu peito seja um coração feito de metal.

Tessa respirou fundo, momentaneamente tonta. A voz suave de Will era tão convincente, no entanto...

— Não — respondeu curtamente. — Você está se esquecendo, mas me recordo da minha infância. Criaturas mecânicas não mudam nem crescem. E isso não explicaria minha habilidade.

— Eu sei — respondeu Will, com um sorriso que brilhou claro na escuridão. — Só queria ver se conseguia convencê-*la.*

Tessa olhou para ele com firmeza.

— Não sou eu que não tenho coração.

Estava escuro demais na carruagem para que ela conseguisse saber, mas teve a sensação de que ele ficou vermelho. Antes que pudesse oferecer qualquer resposta, as rodas começaram a parar. Tinham chegado.

12

Baile de Máscaras

Então agora jurei enterrar
Todo este cadáver de ódio
Tão livre e limpo me sinto
Com a perda daquele peso morto,
Que temo acabar ficando tonto
Fantasticamente alegre;
Mas seu irmão chega como um mal
Sobre minha nova esperança, no salão esta noite.
— Alfred, Lord Tennyson, "Maud"

Cyril estacionara a carruagem do lado de fora dos portões da propriedade, sob a sombra de um carvalho frondoso. A casa de campo dos Lightwood em Chiswick, nos arredores de Londres, era imensa, construída em estilo Palladiano, com pilares altos e diversas escadarias. O brilho da lua deixava tudo perolado, como o interior da concha de uma ostra. As pedras da casa pareciam brilhar em prata, enquanto o portão que cercava a propriedade tinha o lustro de um óleo preto. Nenhuma das luzes na casa parecia acesa — o local parecia mergulhado no breu, e silencioso como um túmulo, o vasto terreno estendendo-se ao redor, até a beira de um meandro do Tâmisa, apagado e deserto. Tessa começou a se perguntar se teria sido um erro ir até ali.

Quando Will saltou da carruagem, ajudando-a logo em seguida, virou a cabeça, enrijecendo a boca.

— Está sentindo este cheiro? Magia demoníaca. Um fedor no ar.

Tessa fez uma careta. Não sentia nenhum cheiro estranho — aliás, a essa distância do centro da cidade o ar parecia mais limpo do que perto do Instituto. Sentia o cheiro de folhas molhadas e sujeira. Olhou para Will, que estava com o rosto erguido ao luar, e ficou imaginando que armas levava escondidas sob o fraque. As mãos do Caçador de Sombras estavam cobertas por luvas brancas, a parte da frente de sua camisa engomada era imaculada. Com a máscara, ele poderia ser a imagem de um belo assaltante de estrada em um conto ilustrado barato.

Tessa mordeu o lábio.

— Tem certeza? A casa parece inteiramente quieta. Como se ninguém estivesse nela. Poderíamos estar enganados?

Will balançou a cabeça.

— Tem magia poderosa trabalhando aqui. Algo mais forte que um feitiço comum. Uma barreira de verdade. Alguém está muito interessado em que não saibamos o que está acontecendo aqui esta noite. — Olhou para o convite na mão dela, deu de ombros e foi até o portão. Lá havia uma campainha, e ele a tocou, o barulho sacudiu os nervos já afetados de Tessa. Ela olhou para ele. Will deu um sorrisinho. — *Caelum denique*, anjo — disse ele, e sumiu nas sombras, exatamente quando o portão à frente de Tessa se abriu.

Uma figura encapuzada apareceu diante dela. A primeira coisa que pensou foi nos Irmãos do Silêncio, mas as vestes deles tinham cor de pergaminho, e esta figura trajava uma roupa com cor de fumaça negra. O capuz escondia completamente o rosto. Sem dizer nada, ela estendeu o convite.

A mão que o pegou estava enluvada. Por um instante, o rosto escondido olhou para o cartão. Tessa não pôde deixar de se inquietar. Em circunstâncias normais, uma dama indo sozinha a um baile seria tão inadequado que chegaria a ser escandaloso. Mas essa não era uma circunstância normal. Finalmente, uma voz se pronunciou sob o capuz:

— Bem-vinda, srta. Lovelace.

Era uma voz enérgica, como pele raspando em uma superfície áspera e cortante. A coluna de Tessa pinicou, e ela ficou agradecida por não poder enxergar sob o capuz. A figura devolveu o convite e deu um passo para trás, gesticulando para que Tessa entrasse; ela o fez, forçando-se a não virar para ver se Will a seguia.

Foi conduzida para a lateral da casa, através de um pátio estreito no jardim. Os jardins estendiam-se por uma boa distância ao redor da casa, verde-prateados com a luz do luar. Ao lado de um lago ornamental circular e de águas negras havia um banco branco de mármore e arbustos baixos, muito bem cuidados, ladeando trilhas muito bem definidas. A trilha que Tessa seguia culminava em uma entrada alta e estreita na lateral da casa. Havia um estranho emblema esculpido na porta. Pareceu se mover e se transformar enquanto Tessa olhava, fazendo seus olhos doerem. Ela desviou o olhar enquanto o acompanhante encapuzado abria a porta e gesticulava para que entrasse.

Tessa entrou na casa, com a porta batendo atrás de si. Ela se virou pouco antes de ela se fechar e teve a impressão de conseguir enxergar, brevemente, o rosto sob o capuz. Pensou ter visto algo muito parecido com um aglomerado de olhos vermelhos no centro de uma forma oval escura, como os olhos de uma aranha. Prendeu a respiração quando a porta se fechou e ela foi jogada na escuridão.

Ao tentar alcançar a maçaneta às cegas, a luz se acendeu em todo o espaço ao redor de Tessa. Estava ao pé de uma escadaria longa e estreita, que conduzia a um andar superior. Tochas queimando com uma chama esverdeada — não eram de luz enfeitiçada — percorriam as laterais da escada.

No topo havia uma porta. Outro emblema estava pintado ali. Tessa sentiu a boca ficar ainda mais seca. Era o *ouroboros*, a serpente dupla. O símbolo do Clube Pandemônio.

Por um instante, ficou congelada de medo. Aquela imagem evocava lembranças sinistras: a Casa Sombria; as Irmãs a torturando, tentando forçá-la a se Transformar; a traição de Nate. Ficou pensando no que seria aquilo que Will havia dito em latim antes de desaparecer. "Coragem", certamente, ou alguma variação disso. Pensou em Jane Eyre, enfrentando bravamente o sr. Rochester; Catherine Earnshaw, que, quando atacada por um cão selvagem "não gritou — nunca! Desprezaria isto". E por último, pensou em Boadicea, que Will havia classificado como "mais corajosa do que qualquer homem".

É só um baile, Tessa, disse a si mesma, e levou a mão à maçaneta. *Apenas uma festa.*

Nunca tinha ido a um baile antes, é claro. Mal sabia o que esperar, e o pouco que sabia havia aprendido através de livros. Nos de Jane Austen, as personagens estavam sempre à espera de um baile, ou providenciando um, e frequentemente uma cidade inteira parecia envolvida no planejamento e na arrumação. Ao passo que, em outros livros, tais quais *Feira das vaidades*, os bailes eram grandiosos cenários onde tramoias e conspirações se desenrolavam. Sabia que haveria um vestíbulo para as damas, onde poderia deixar o xale, e outro para os homens, onde por sua vez poderiam guardar chapéus, casacos e bengalas. Deveria haver um cartão de dança para ela, no qual os nomes dos homens que a convidaram para dançar estariam marcados. Era grosseiro acompanhar o mesmo cavalheiro em muitas danças seguidas. Devia haver um salão majestoso, bem decorado e uma sala menor na qual serviriam bebidas geladas, sanduíches, biscoitos e um bolo...

Mas não foi nada assim. Quando a porta se fechou atrás dela, Tessa não encontrou serventes apressando-se para recebê-la, para guiá-la até o vestíbulo das damas, oferecendo-se para pegar seu xale ou ajudá-la com um botão solto. Em vez disso, uma inundação de barulho, música e luz a atingiu como uma onda. Estava na entrada de um salão tão grande, que era difícil crer que cabia na casa dos Lightwood. Um grande lustre de cristal pendia do teto; só depois de olhar para ele por muitos instantes Tessa percebeu que tinha um formato de aranha, com oito enormes "patas", cada qual com um conjunto de velas enormes. As paredes, ou o que conseguia enxergar delas, tinham um tom de azul muito escuro, e por toda a lateral que tinha vista para o rio havia janelas francesas, algumas abertas para permitir a passagem de ar, pois o recinto, apesar do clima frio lá fora, estava sufocante. Além das janelas havia bancadas curvas de pedra, com vista para a cidade. As paredes estavam bastante obscurecidas por grandes faixas de tecido lustroso, com laços e espirais pendurados que se moviam suavemente com a brisa. Os tecidos tinham diversas estampas, costuradas em dourado; os mesmos brilhantes desenhos mutantes que agrediram os olhos de Tessa lá embaixo.

A sala estava lotada de pessoas. Bem, não eram exatamente *pessoas*. A maioria parecia suficientemente humana. Ela também viu os rostos brancos e pálidos de vampiros, e alguns dos ifrits coloridos de vermelho e violeta, todos trajados de acordo com a última moda. A maioria dos convidados estava de máscara — geringonças elaboradas em dourado e preto, máscaras bicudas de *Medico della peste* com pequenos óculos, máscaras vermelhas de diabo, adornadas com chifres. Contudo, algumas eram simples, inclusive as de um grupo de mulheres cujos cabelos tinham tons de lavanda, verde e violeta. Tessa não achou que fossem pintados, e estavam soltos, como os das ninfas nos quadros. Trajavam roupas escandalosamente soltas, também. Claramente não usavam espartilhos, vestidas em veludo, tule e cetim.

Entre os convidados humanos havia figuras de todas as formas e tamanhos. Um dos homens, alto e magro demais para *ser* um homem, trajava um fraque completo, assomando sua figura sobre uma jovem usando uma capa verde, cujos cabelos brilhavam como uma moeda de cobre. Criaturas que lembravam cachorros enormes passeavam em meio aos convidados, com olhos amarelos arregalados e atentos. Tinham fileiras de espinhos nas costas, como desenhos de animais exóticos que ela havia visto em livros. Mais ou menos uma dúzia de goblins chiava e conversava entre si, em uma língua ininteligível. Pareciam lutar por uma coisa comestível — o que aparentava ser um sapo destruído. Tessa engoliu a bile e virou...

E os viu, onde não os vira antes. Talvez sua mente os tivesse descartado julgando serem objetos de decoração, armaduras... mas não. Autômatos preenchiam as paredes, silenciosos e imóveis. Tinham forma humana, como o cocheiro que pertencera às Irmãs Sombrias, e vestiam a libré dos Lightwood, cada um com um *ouroboros* no lado esquerdo do peito. As faces eram vazias e desprovidas de feições, como desenhos infantis não preenchidos.

Alguém a pegou pelos ombros. Seu coração deu um salto de medo — *tinha sido descoberta!* Enquanto cada músculo do corpo de Tessa enrijecia, uma voz leve e familiar disse:

— Pensei que não fosse chegar nunca, Jessie, querida.

Ela se virou e olhou para o rosto do irmão.

Na última vez em que Tessa vira Nate, ele estava machucado e ensanguentado, rosnando para ela no corredor do Instituto, empunhando uma faca. Uma terrível mistura de assustador, patético e horripilante ao mesmo tempo.

Este Nate estava bem diferente. Sorriu para ela virando o rosto para baixo — Jessamine era muito mais baixa que Tessa; era estranho não alcançar sequer o queixo do irmão, apenas chegar à altura do peito — e olhando-a com seus vívidos olhos azuis. Os cabelos claros estavam penteados e limpos, e a pele, sem qualquer ferimento. Vestia uma casaca elegante sobre uma camisa preta que realçava sua beleza clara. Suas luvas eram imaculadamente brancas.

Este era Nate como ele mesmo sempre sonhou ser — de aparência rica, elegante e sofisticada. Uma sensação de contentamento irradiava dele — não tanto de contentamento, mais de autossatisfação, Tessa precisava admitir. Parecia Coroinha depois de matar um rato.

Nate riu.

— O que foi, Jess? Parece que viu um fantasma.

E vi. O fantasma do irmão que um dia eu amei. Tessa buscou Jessamine, a impressão de Jessamine em sua mente. Novamente teve a sensação de estar passando as mãos em água envenenada, incapaz de segurar qualquer coisa sólida.

— Eu... tive um medo súbito de que você não aparecesse — declarou.

Dessa vez, o riso de Nate foi afetuoso.

— E perder a chance de encontrá-la? Não seja tola. — Ele olhou em volta, sorrindo. — Lightwood deveria tentar impressionar o Magistrado com mais frequência. — Ele estendeu a mão para ela. — Poderia me conceder a honra de me acompanhar em uma dança, Jessie?

Jessie. Não "srta. Lovelace". Qualquer dúvida de Tessa sobre a seriedade da ligação entre os dois evaporou. Forçou os lábios num sorriso.

— Claro.

A orquestra — um grupo de pequenos homens de pele roxa vestidos em redes prateadas — tocava uma valsa. Nate pegou-a pela mão, levando-a para a pista.

Graças a Deus, pensou Tessa. Graças a Deus teve anos de experiência com o irmão conduzindo-a pela sala do apartamento em Nova York. Ela sabia exatamente como ele dançava, como encaixar os próprios movimentos com os dele, mesmo nesse corpo menor e estranho. Claro, ele nunca tinha olhado para ela desse jeito — carinhosamente, com os lábios ligeiramente partidos. Santo Deus, e se ele a *beijasse*? Não tinha considerado essa possibilidade. Vomitaria nos sapatos dele se acontecesse. *Meu Deus*, rezou. *Não permita que ele tente.*

Tessa falou rapidamente:

— Tive enorme dificuldade para escapar do Instituto hoje à noite — relatou. — Aquela patife daquela Sophie quase encontrou o convite.

A mão de Nate a apertou.

— Mas não encontrou, não é?

Havia um tom de alerta na voz do irmão. Tessa sentiu que já estava perto de uma terrível gafe. Tentou dar uma rápida olhada ao redor do salão — oh, *onde* estava Will? O que ele tinha dito? *Mesmo que não me veja, estarei lá*? Mas jamais havia se sentido tão sozinha.

Respirando fundo, moveu a cabeça no melhor estilo Jessamine.

— Acha que sou idiota? Claro que não. Ataquei aquele pulso magrelo com meu espelho, e ela o derrubou imediatamente. Além disso, ela provavelmente nem sabe ler.

— Verdade — disse Nate, relaxando visivelmente. — Poderiam ter lhe oferecido uma copeira mais conveniente a uma dama. Uma que fale francês, saiba costurar...

— Sophie sabe costurar — disse Tessa automaticamente, e poderia ter se estapeado por isso. — Minimamente — corrigiu-se, e bateu os cílios para Nate. — E como tem passado desde nosso último encontro? — *Não que eu faça ideia de quando tenha sido.*

— Muito bem. O Magistrado continua me favorecendo.

— Ele é sábio — suspirou Tessa. — Sabe reconhecer um tesouro inestimável quando encontra.

Nate a tocou gentilmente no rosto com uma mão enluvada. Tessa tentou não enrijecer.

— Tudo graças a você, querida. Minha verdadeira mina de informações — aproximou-se dela. — Vejo que está com o vestido que pedi — sussurrou. — Desde que descreveu como o usou no último baile de Natal, fiquei ansioso em vê-la nele. E se me permite observar, está deslumbrante.

O estômago de Tessa pareceu querer subir pela garganta. Passou os olhos pelo salão mais uma vez. Reconhecer Gideon Lightwood lhe deu um solavanco. Ele estava muito bonito com o traje de noite, apesar de estar apoiado, rijo, em uma das paredes, como se estivesse grudado lá. Apenas seus olhos se mexiam, percorrendo a sala. Gabriel andava de um lado para o outro do salão, segurando um copo de algo que parecia limonada, os olhos brilhando de curiosidade. Ela o viu se aproximar de uma das meninas com longos cabelos cor de lavanda e começar a conversar. *E lá se vai a esperança de que os meninos não soubessem o que o pai está tramando,* pensou, parando de olhar para Gabriel, irritada. Então viu Will.

Ele estava apoiado na parede oposta a ela, entre duas cadeiras vazias. Apesar da máscara, ela teve a sensação de conseguir enxergar diretamente em seus olhos. Como se ele estivesse perto o suficiente para conseguir tocá-la. Tessa quase esperava vê-lo entretido com a situação em que se encontrava, mas não; ele parecia tenso, furioso e...

— Meu Deus, estou com ciúme de todos os homens que olham para você — disse Nate. — Só eu deveria poder olhar.

Santo Deus, pensou Tessa. Essa abordagem realmente funcionava com a maioria das mulheres? Se o irmão tivesse lhe procurado para pedir conselhos sobre essas pérolas, ela teria dito de cara que ele soava como um idiota. Contudo, talvez ela só achasse idiota porque era seu irmão. E desprezível. Informações, pensou. Preciso obter informações, depois me afastar dele, antes que realmente passe mal.

Procurou novamente por Will, mas ele não estava mais lá, foi como se jamais tivesse estado. Mesmo assim, agora acreditava nele, que estava *em algum lugar*, observando-a, mesmo que ela não conseguisse vê-lo. Combateu os nervos e disse:

— Verdade, Nate? Às vezes temo que só me valorize pelas informações.

Por um instante ele parou e ficou imóvel, quase arrancando-a da dança.

— Jessie! Como pode sequer pensar uma coisa dessas? Sabe que eu a adoro. — A olhou com ar de reprovação quando começaram a se mover ao som da música novamente. — É verdade que sua ligação com os Nephilim do Instituto tem sido de valor inestimável. Sem você jamais saberíamos que estavam indo para York, por exemplo. Mas pensei que soubesse que estava me ajudando porque estamos trabalhando por um futuro juntos. Quando eu me tornar o braço direito do Magistrado, querida, pense em como vou poder cuidar de você.

Tessa riu, nervosa.

— Tem razão, Nate. É que às vezes fico com medo. E se Charlotte descobrisse que estou atuando como espiã para você? O que fariam comigo?

Nate a conduziu com facilidade pelo salão.

— Ora, nada, querida; você mesma disse, são uns covardes. — Olhou para além dela e ergueu uma sobrancelha. — Benedict, com um de seus velhos truques — disse. — Um tanto nojento.

Tessa olhou e viu Benedict Lightwood apoiado em um sofá de veludo perto da orquestra. Estava sem casaco, com uma taça de vinho tinto em uma das mãos, os olhos semicerrados. Esparramada no peito do anfitrião, Tessa viu, para seu choque, uma mulher — ou, pelo menos, tinha forma de mulher. Cabelos negros longos e soltos, um vestido preto decotado — e cabeças de pequenas serpentes saltando dos olhos, sibilando. Enquanto Tessa observava, uma delas estendeu uma língua longa e aforquilhada e lambeu a lateral do rosto de Benedict Lightwood.

— É um demônio — arfou Tessa, esquecendo-se de ser Jessamine por um instante. — Não é?

Felizmente, Nate não pareceu achar nada de estranho na pergunta.

— Claro que é, tolinha. É disso que Benedict gosta. Mulheres-demônio.

A voz de Will ecoou nos ouvidos de Tessa: *ficaria surpreso se alguma das visitas noturnas do Lightwood mais velho a certas casas em Shadwell não lhe tivessem provocado um caso sério de varíola demoníaca.*

— Ai, eca — disse.

— De fato — concordou Nate. — Irônico, se considerarmos a conduta pretensiosa dos Nephilim. Frequentemente me pergunto por que Mortmain o favorece e deseja tanto vê-lo instalado no Instituto. — Nate soou impertinente.

Tessa já tinha presumido que fosse este o caso, mas saber que Mortmain definitivamente estava por trás da determinação voraz de tirar o Instituto de Charlotte ainda a atingiu como um golpe.

— Só não entendo — observou, fazendo o possível para adotar o desdém ligeiramente ranzinza de Jessie —, qual é a *utilidade* para o Magistrado. É só um prédio velho e abafado...

Nate riu complacentemente.

— Não é o prédio, tolinha. É a posição. O diretor do Instituto de Londres é um dos Caçadores de Sombras mais poderosos da Inglaterra, e o Magistrado controla Benedict como uma marionete. Através dele, pode destruir o Conselho internamente, enquanto o exército de autômatos o destrói externamente. — Ele a rodopiou habilmente, como a dança pedia; somente os anos de prática dançando com Nate impediram Tessa de cair, de tão distraída que ficou com o choque da revelação. — Além disso, não é *bem* verdade que o Instituto não contém nada de valor. Acesso à Grande Biblioteca por si só já seria de enorme valor para o Magistrado. Sem falar na sala das armas...

— E Tessa — reprimiu a voz para que não tremesse.

— Tessa?

— Sua irmã. O Magistrado ainda a quer, não quer?

Pela primeira vez Nate a olhou surpreso.

— Já falamos disso, Jessamine — respondeu. — Tessa será presa por posse ilegal de artigos de magia proibida e enviada à Cidade do Silêncio. Benedict a trará de lá e a entregará ao Magistrado. É tudo parte do que combinaram, apesar de não estar claro o que Benedict ganhará com isso. Deve ser alguma coisa bem significativa, ou ele não se colocaria contra a própria espécie.

Presa? Posse ilegal de artigos de magia proibida? A cabeça dela girava.

A mão de Nate voltou para a nuca de Tessa. Ele estava de luva, mas ela não conseguia se livrar da sensação de estar sendo tocada por algo pegajoso.

— Minha Jessie — murmurou. — Você se comporta como se tivesse se esquecido da sua participação no plano. Você *escondeu* o Livro Branco no quarto da minha irmã conforme lhe pedimos, não?

— Cl... claro que escondi. Só estava brincando, Nate.

— Esta é a minha menina. — Ele estava se inclinando para perto. Definitivamente iria beijá-la. Seria extremamente inadequado, mas, pensando bem, não havia nada que pudesse ser considerado adequado nesse recinto. Em estado de absoluto horror, Tessa soltou:

— Nate... estou tonta... acho que vou desmaiar. Acho que é o calor. Pode me trazer uma limonada?

Ele a olhou por um instante, com a boca rija de irritação contida, mas Tessa sabia que ele não podia recusar. Nenhum cavalheiro recusaria. Ele se ajeitou, esfregou os punhos e sorriu.

— Claro — respondeu com uma reverência. — Deixe-me ajudá-la a sentar primeiro.

Ela protestou, mas ele já estava com a mão em seu cotovelo, guiando-a para uma das cadeiras que se alinhavam às paredes. A colocou em uma delas e sumiu na multidão. Ela o viu afastar-se, tremendo da cabeça aos pés. *Magia proibida.* Sentiu-se enjoada e com raiva. Queria estapear o irmão, sacudi-lo até ele revelar o resto da verdade, mas sabia que não podia.

— Você deve ser Tessa Gray — disse uma voz suave ao seu lado. — É a cara da sua mãe.

Tessa quase saltou para fora da própria pele. Perto dela encontrava-se uma mulher esguia, com cabelos longos e soltos, da cor de pétalas de lavanda. Tinha a pele azul-clara e usava um vestido longo e vaporoso, tênue e de tule. Estava descalça, e entre os dedos havia teias finas, como de uma aranha, em um tom de azul mais escuro que a pele. As mãos de Tessa subiram para o rosto com um horror súbito — será que estava perdendo o disfarce? — Mas a mulher azul riu.

— Não tive a intenção de fazê-la temer por seu disfarce, pequena. Continua funcionando. É que minha espécie enxerga através dele. Tudo isto — gesticulou vagamente pelo cabelo louro de Tessa, o vestido branco e as pérolas — é como o vapor de uma nuvem, e você é o céu por trás. Sabia que sua mãe tinha olhos como os seus, às vezes cinzentos, às vezes azuis?

Tessa encontrou a própria voz.

— Quem é você?

— Oh, minha espécie não gosta de revelar nomes, mas pode me chamar como quiser. Pode inventar um nome adorável para mim. Sua mãe me chamava de Hyacinth.

— A flor azul — observou Tessa fracamente. — Como conheceu minha mãe? Não parece mais velha do que eu...

— Depois da juventude, minha espécie não envelhece nem morre. Você também não. Menina de sorte! Espero que aprecie o serviço feito em você.

Tessa balançou a cabeça espantada.

— Serviço? Que serviço? Está falando de Mortmain? *Sabe o que sou?*

— Você sabe o que *eu* sou?

Tessa pensou no *Códex*.

— Uma fada? — arriscou.

— E sabe o que é uma Criança Trocada?

Tessa balançou a cabeça.

— Às vezes — confidenciou Hyacinth, reduzindo a voz a um sussurro —, quando nosso sangue de fada enfraquece, precisamos ir para uma residência humana, e achar a criança mais bonita e roliça, e, tão rápido quanto um piscar de olhos, devemos substituir o bebê por um dos nossos doentes. Enquanto a criança humana cresce alta e forte em nossas mãos, a família humana vai se ver com o fardo de uma criatura moribunda e medrosa. Nossa linhagem fica fortalecida...

— Por que se dar ao trabalho? — perguntou Tessa. — Por que não roubar simplesmente a criança humana e não deixar nada no lugar?

Os olhos azul-escuros de Hyacinth se arregalaram.

— Ora, não seria *justo* — disse. — E geraria desconfiança entre os mundanos. São burros, mas são muitos. Não é bom despertar sua ira. É isso que os faz atacar com ferro e fogo — estremeceu.

— Só um segundo — disse Tessa. — Esta me dizendo que sou uma *criança trocada*?

Hyacinth riu.

— Claro que não! Que ideia ridícula! — Ela levou as mãos ao coração quando riu, e Tessa viu que os dedos da mão também eram conectados por uma teia azul. De repente ela sorriu, exibindo dentes brilhantes. — Tem um menino muito bonito nos encarando ali — disse. — Tão bonito quanto um lorde das fadas! É melhor deixá-la prosseguir com sua noite. — E, antes que Tessa pudesse protestar, Hyacinth piscou para ela e sumiu na multidão.

Abalada, Tessa se virou, esperando que o "menino muito bonito" fosse Nate — mas era Will, apoiado na parede ao seu lado. Assim que o avistou, ele virou e começou a examinar a pista de dança.

— O que aquela fada queria?

— Não sei — respondeu Tessa, exasperada. — Revelar que eu *não* sou uma criança trocada, aparentemente.

— Bem, isto é bom. Processo de eliminação. — Tessa tinha de admitir que Will estava realizando um bom trabalho de camuflagem mesclando-se às cortinas escuras atrás de si, como se não estivesse ali. Provavelmente um talento de Caçador de Sombras. — E as novidades do seu irmão?

Ela juntou as mãos, olhando para o chão enquanto falava.

— Jessamine tem espionado para Nate esse tempo todo. Não sei exatamente há quanto tempo. Mas conta tudo a ele. Acha que ele está apaixonado por ela.

Will não pareceu surpreso.

— *Você* acha que ele está apaixonado?

— Acho que Nate só se importa com ele mesmo — disse Tessa. — E fica pior. Benedict Lightwood está trabalhando para Mortmain. É por isso que está tramando para tomar o Instituto. Para que o Magistrado possa obtê-lo. E obter a *mim*. Nate sabe tudo a respeito, é claro. E não se importa

— Tessa olhou para as mãos novamente. As mãos de Jessamine. Pequenas e delicadas nas luvas brancas de criança. *Ah, Nate*, pensou. *Tia Harriet costumava se referir a ele como seu menino dos olhos azuis.*

— Espero que isso tenha sido antes de ele matá-la — disse Will. Só então Tessa percebeu que tinha dito a frase anterior em voz alta. — E lá vem ele novamente — acrescentou, com um murmúrio baixinho. Tessa olhou para a multidão e viu Nate vindo em sua direção, os cabelos claros parecendo um farol. Trazia um copo de líquido dourado espumante. Ela se virou para pedir que Will se apressasse em sair, mas o Caçador de Sombras já tinha desaparecido.

— Limonada gasosa — disse Nate, vindo até ela e lhe entregando o copo. A superfície gelada produziu uma sensação agradável contra o calor da pele. Ela tomou um gole; apesar de tudo, estava uma delícia.

Nate afagou o cabelo de Tessa para fora da testa.

— Agora, estava me contando — continuou. — *Escondeu* o livro no quarto da minha irmã...

— Sim, como me pediu — mentiu Tessa. — Ela não desconfia de nada, é claro.

— Espero que não.

— Nate...

— Sim?

— Você sabe o que o Magistrado pretende fazer com sua irmã?

— Já disse, ela não é minha irmã. — A voz de Nate era cortante. — E não faço ideia do que ele planeja fazer com ela, nem me interesso. *Meus* planos são todos para o meu... o *nosso* futuro juntos. Espero que você esteja tão empenhada quanto eu, não é? — Tessa pensou em Jessamine, sentada amuada na sala com os outros Caçadores de Sombras enquanto eles reviravam papéis sobre Mortmain; Jessamine dormindo sobre a mesa em vez de se retirar enquanto discutiam planos com Ragnor Fell. E Tessa sentiu pena dela, mesmo misturada a seu ódio a Nate; o detestava tanto que a sensação era de ter fogo em sua garganta. *Já disse, ela não é minha irmã.*

Tessa permitiu que os olhos se arregalassem, e o lábio tremesse.

— Estou fazendo o melhor que posso, Nate — disse. — Não acredita em mim?

Sentiu um ligeiro senso de triunfo ao vê-lo reprimir visivelmente a irritação.

— Claro, querida. Claro. — Ele examinou o rosto dela. — Está se sentindo melhor? Vamos dançar outra vez?

Tessa apertou o copo na mão.

— Oh, não sei...

— É claro que dizem — Nate riu —, que um cavalheiro só deve dançar uma ou duas rodadas com a esposa.

Tessa congelou. Foi como se o tempo tivesse parado: tudo no salão pareceu congelar com ela, até mesmo o sorriso no rosto de Nate.

Esposa?

Ele e Jessamine eram *casados*?

— Anjo? — disse Nate, a voz parecia vir de longe. — Tudo bem? Está branca como uma folha de papel.

— Sr. Gray — uma voz mecânica falou por trás de Nate. Era um dos autômatos desprovidos de expressão, estendendo uma bandeja de prata na qual havia um pedaço de papel dobrado. — Um recado para o senhor.

Nate virou-se, surpreso, e pegou o papel; Tessa assistiu enquanto ele desdobrou, leu, praguejou e o guardou no bolso do casaco.

— Ai, ai — disse. — Um bilhete dele. — *Deve estar se referindo ao Magistrado*, pensou Tessa. — Aparentemente precisam de mim. Uma chatice, mas o que se pode fazer? — Pegou a mão dela e a ajudou a se levantar, em seguida inclinou-se para lhe dar um beijo recatado em sua bochecha. — Fale com Benedict; ele vai se certificar de que seja acompanhada até a carruagem, *senhora Gray* — disse as duas últimas palavras em um sussurro.

Tessa assentiu, entorpecida.

— Boa menina — disse Nate. Em seguida virou-se e desapareceu na multidão, seguido pelo autômato. Tessa ficou olhando para eles, tonta. Devia ser o choque, pensou, mas tudo na sala tinha começado a parecer um tanto... peculiar. Era como se conseguisse enxergar cada raio de luz refletido nos cristais do lustre. O efeito visual era lindo, ainda que estranho e um pouco vertiginoso.

— Tessa. — Era Will, aparecendo sem esforço ao seu lado. Ela se virou para olhar para ele. Parecia ruborizado, como se tivesse corrido: outro efeito estranho e bonito, pensou, os cabelos negros e a máscara, os olhos azuis e a pele clara, e o rubor nas bochechas. Era como contemplar uma pintura. — Vejo que seu irmão recebeu o bilhete.

— Ah! — Tudo fez sentido. — Você o enviou.

— Enviei. — Parecendo satisfeito consigo mesmo, Will retirou o copo de limonada da mão de Tessa, tomou o resto e o repousou em um parapeito. — Tinha de tirá-lo daqui. E é melhor sairmos, antes que ele perceba que o recado é falso e retorne. Apesar de eu ter solicitado que fosse a Vauxhall; vai demorar séculos para chegar lá e voltar, então provavelmente estamos a salvo... — ele emudeceu, e ela ouviu o alarme súbito na voz de Will. — Tess... Tessa? Você está bem?

— Por que pergunta? — A voz dela ecoou nos próprios ouvidos.

— Veja. — Ele esticou o braço e pegou um cacho solto do seu cabelo, puxando-o para a frente, para que ela pudesse ver. Olhou. Castanho-escuro. O cabelo dela. Não o de Jessamine.

— Meu Deus. — Ela levou a mão ao rosto, reconhecendo os torpores familiares da Transformação que começavam a dominá-la. — Há quanto tempo...

— Não muito. Você era Jessamine quando sentei. — Ele pegou a mão dela. — Vamos. Depressa. — Will começou a andar a passos largos em direção à saída, mas era um longo caminho até o outro lado do salão, e o corpo inteiro de Tessa estremecia e se contorcia com a Transformação. Arquejou enquanto o processo a mordia como se tivesse dentes. Viu Will virar a cabeça para o lado, alarmado; sentiu que ele a segurava enquanto ela se desequilibrava, e praticamente a carregou. O salão girou ao seu redor. *Não posso desmaiar. Não permita que eu desmaie.*

Um sopro de ar fresco a atingiu no rosto. Percebeu ao longe que Will os conduzira através de um par de portas francesas, e que estavam em uma pequena varanda de pedra, uma das muitas com vista para o jardim. Afastou-se dele, arrancando a máscara dourada do rosto, e quase caiu na balaustrada de pedra. Após fechar as portas, Will se virou e se apressou até ela, colocando a mão levemente nas suas costas.

— Tessa?

— Estou bem — agradeceu pelos apoios de pedra sob as mãos, sua solidez e firmeza reconfortando-a além das palavras. O ar frio estava ajudando a diminuir a tontura. Ao olhar para si mesma, notou que já estava inteiramente transformada em Tessa. O vestido branco agora estava alguns centímetros mais curto, e o laço tão apertado que o busto subiu pelo decote. Sabia que algumas mulheres se apertavam só para produzir esse efeito, mas era um choque ver tanto da própria pele em exibição.

Olhou de lado para Will, grata pelo ar fresco impedir que suas bochechas pegassem fogo.

— Eu só... não sei o que aconteceu. Isso nunca ocorreu antes, perder a Transformação sem perceber. Deve ter sido o choque. Eles estão casados, sabia? Nate e Jessamine. Casados. Nate nunca foi do tipo que queria se casar. E não a ama. Dá para perceber. Não ama ninguém além dele mesmo. Nunca amou.

— Tess. — Will voltou a falar, agora com mais suavidade. Também estava apoiado no corrimão, olhando para ela. Estavam a apenas uma curta distância um do outro. Acima deles, a lua nadava através das nuvens, um barco branco sobre um mar de águas escuras e paradas.

Ela fechou a boca, ciente de que estava tagarelando.

— Desculpe — disse suavemente, desviando o olhar.

Quase hesitantemente, ele colocou a mão na bochecha dela, virando-a de frente para ele. Tinha tirado a luva e estava com a pele sobre a dela.

— Não tem do que se desculpar — disse. — Você foi incrível, Tessa, nem um erro. — Ela sentiu sua pele se aquecer sob os dedos frios de Will, e ficou impressionada. Este era Will falando? *Will*, que no telhado do Instituto a tratara como lixo? — Você já amou seu irmão, não foi? Vi seu rosto ao conversar com ele, e quis matá-lo por partir seu coração.

Você partiu meu coração, queria dizer. Em vez disso, o que falou foi:

— Parte de mim sente falta dele, como... como você sente falta da sua irmã. Apesar de eu saber o que ele é, sinto falta do irmão que achei que tivesse. Era minha única família.

— O Instituto é sua família agora — disse, a voz incrivelmente gentil. Tessa o olhou espantada. Gentileza não era algo que associaria a Will. Mas lá estava, no toque da mão na bochecha, na suavidade da voz, no olhar enquanto a encarava. Era o jeito com que sempre sonhou que um rapaz olharia para ela. Mas jamais havia sonhado com alguém tão lindo quanto Will, nem com toda a sua imaginação. À luz do luar, a curva da sua boca parecia pura e perfeita, os olhos atrás da máscara praticamente negros.

— É melhor entrarmos — disse ela, quase sussurrando. Não queria ter de voltar. Queria ficar ali, com Will numa proximidade dolorosa, quase inclinando-se para ela. Dava para sentir o calor irradiando do corpo dele. Os cabelos escuros caindo em torno da máscara, sobre os olhos, misturando-se aos longos cílios. — Temos pouco tempo...

Ela deu um passo para a frente — e tropeçou em Will, que a segurou. Tessa congelou — e então o envolveu com os braços, entrelaçando os dedos em seu pescoço. Estava com o rosto pressionado contra a garganta dele, os cabelos macios sob seus dedos. Ela fechou os olhos, bloqueando a sensação de vertigem, a luz além das janelas francesas, o brilho do céu. Queria ficar ali com Will, encapsulada nesse momento, respirando seu cheiro, sentindo as batidas do coração dele no dela, fortes e firmes como o movimento do oceano.

Ela o sentiu puxar o ar.

— Tess — disse. — Tess, olhe para mim.

Ela levantou os olhos até ele, lentamente e sem vontade, preparando-se para receber raiva ou frieza; mas o olhar de Will estava fixo no dela, os olhos azul-escuros sóbrios sob os cílios negros espessos, e sem o distanciamento frio e negligente de sempre. Estavam claros como vidro e cheios de desejo. E mais do que desejo — uma ternura que ela nunca vira antes neles, que sequer seria capaz de associar a Will Herondale. Aquilo, mais do que qualquer outra coisa, impediu que protestasse quando ele levantou as mãos e começou a retirar os prendedores do seu cabelo, metodicamente, um por um.

Isso é loucura, pensou, quando o primeiro prendedor caiu no chão. Deveriam estar correndo, fugindo desse lugar. Em vez disso, ficou parada, muda, enquanto Will descartava as pérolas de Jessamine, como se não valessem nada. Os cabelos dela mesma, longos e ondulados, caíram sobre os ombros, e Will deslizou a mão por eles. Tessa o ouviu soltando o ar ao fazê-lo, como se há meses tivesse prendido a respiração, soltando-a somente agora. Ficou parada, como se estivesse hipnotizada, enquanto ele juntava seus cabelos nas mãos, jogando-os por cima de um dos ombros, torcendo os cachos entre os dedos.

— Minha Tessa — disse ele, e dessa vez ela não negou aquilo.

— Will — sussurrou quando ele soltou as mãos dela do próprio pescoço. Will tirou as luvas de Tessa, que se juntaram à máscara e às pérolas de Jessie no chão de pedra da varanda. Ele retirou a própria máscara e a descartou, passando as mãos nos próprios cabelos negros e úmidos, retirando-os da testa. A parte inferior da máscara havia deixado marcas nas maçãs do rosto dele, como leves cicatrizes, mas ao se esticar para tocá-las, ele pegou gentilmente suas mãos e as abaixou.

— Não — disse. — Me deixe tocar você primeiro. Tenho desejado...

Tessa não negou. Em vez disso, ficou parada, os olhos arregalados, observando enquanto as pontas dos dedos de Will percorriam suas têmporas, em seguida as maçãs do rosto, depois — suavemente, apesar dos calos — contornavam o formato da boca, como se ele quisesse registrá-lo na memória. O gesto fez o coração de Tessa acelerar dentro do peito. Os olhos de Will permaneceram fixos nela, escuros como o fundo do oceano, admirando, entorpecidos com a descoberta.

Ela continuou parada enquanto as pontas dos dedos deixavam sua boca e traçavam um caminho até a garganta, parando na veia pulsante, deslizando para o laço de seda no colarinho e puxando uma das pontas; as pálpebras de Tessa tremeram e quase se fecharam quando o laço soltou e a mão calorosa de Will cobriu sua clavícula exposta. Ela se lembrou de uma vez, no *Primordial*, quando o navio passou por um pedaço de mar estranhamente brilhante, e de como ele traçou um rastro de fogo na água, liberando faíscas ao atravessar. Era como se as mãos de Will estivessem fazendo o mesmo com a sua pele. Tessa ardia onde ele encostava, e a sensação dos dedos dele permaneciam sobre a pela mesmo depois de já terem seguido adiante. As mãos de Will moveram-se levemente, mas mais para baixo, sobre o corpete do vestido, seguindo as curvas dos seios. Tessa arquejou, mesmo quando as mãos dele deslizaram para sua cintura, para puxá-la para perto, unindo os corpos até que não houvesse nem um milímetro de espaço entre os dois.

Ele se curvou para colocar a bochecha na dela. O hálito de Will na orelha de Tessa a fez tremer com cada palavra que ele dizia.

— Desejei isso — disse ele —, em todos os momentos de todas as horas de todos os dias em que estive com você, desde quando a conheci. Mas você sabe disso. *Deve* saber disso. Não é?

Tessa olhou para ele, com os lábios abertos de espanto.

— Disso o quê? — perguntou, e Will, com um suspiro de alguma coisa que parecia derrota, beijou-a.

Tinha lábios macios, tão macios. Ele já a havia beijado antes, um beijo selvagem, desesperado e com gosto de sangue, mas agora era diferente. Com tanta calma e deliberação como se falasse com ela em silêncio, dizendo com o toque dos lábios nos dela o que não podia dizer com palavras. Depositou beijos lentos na boca de Tessa, cada um no tempo de uma batida do coração, cada um lhe dizendo que ela era preciosa, insubstituível, desejada. Tessa não conseguia mais manter as mãos nas laterais do corpo. Esticou o braço para pegar na nuca de Will, entrelaçar os dedos nas ondas sedosas e escuras dos cabelos, sentir seu pulso com as palmas.

O aperto dele era firme enquanto explorava minuciosamente a boca de Tessa com a dele. Will tinha gosto de limonada gasosa, doce e formigante. O movimento da língua do rapaz ao passar levemente sobre os lábios de Tessa causava tremores deliciosos por todo o corpo dela; seus ossos derreteram e seus nervos cauterizaram. Ela desejou puxá-lo para cima de si — mas Will agia de maneira tão suave, incrivelmente suave, apesar de ela sentir o quanto ele a queria pelo tremor em suas mãos, pelas batidas do seu coração no dela. Alguém que não se importasse nem um pouco jamais agiria com tanta gentileza. Todas as partes dentro dela, que pareciam quebradas e destruídas ao olhar para Will ao longo das últimas semanas, começaram a se costurar e se curar. Tessa se sentiu leve, como se pudesse flutuar.

— Will — sussurrou-lhe na boca. Queria tanto que ele chegasse mais perto, era como dor, forte e irradiando um calor que se espalhava a partir do estômago até acelerar seu coração, amarrar suas mãos nos cabelos de Will e fazer sua pele arder. — Will, não precisa ser tão cuidadoso. Não vou quebrar.

— Tessa — disse com um gemido ao beijá-la, mas ela ouviu a hesitação na voz. Mordeu gentilmente o lábio dele, provocando-o, e Will prendeu a respiração. As mãos dele abriram-se sobre a lombar de Tessa, pressionando-a contra ele, como se tivesse perdido o controle e a gentileza tivesse evoluído para a urgência. Os beijos se tornaram cada vez mais profundos, como se pudessem respirar um ao outro, consumir um ao outro, se devorar completamente. Tessa sabia que emitia ruídos e arquejos que vinham do fundo da garganta; que Will a estava empurrando contra o corrimão de um jeito que deveria doer, mas estranhamente não doía; que as mãos dele percorriam o corpete do vestido de Jessamine esmagando o tecido delicado. Ao longe, Tessa ouviu a maçaneta das portas francesas balançarem; abriram, e mesmo assim ela e Will permaneceram agarrados, como se nada mais importasse.

Ouviu-se um murmúrio de vozes e alguém falou:

— Eu não falei, Edith? É isso que acontece quando você toma as bebidas cor-de-rosa. — O tom era de reprovação. As portas tornaram a se fechar, e Tessa ouviu passos se afastando. Desgrudou-se de Will.

— Céus — disse ela, arfando. — Que humilhação...

— Não me importo. — Ele a puxou novamente para si, passou o nariz no pescoço dela, o rosto quente contra a pele fria. A boca de Will passou pela dela. — Tess...

— Você fica repetindo meu nome — murmurou. Estava com uma das mãos no peito dele, afastando-o um pouco, mas não fazia ideia de por quanto tempo ainda conseguiria mantê-la ali. Seu corpo doía de desejo. O tempo havia se esgotado e perdido o significado. Existia apenas esse instante, apenas Will. Ela nunca sentira nada parecido e ficou imaginando se era assim que Nate se sentia quando bebia.

— Amo seu nome. Amo o som dele. — Will também soava embriagado, a boca na dela enquanto falava, de modo que Tessa pôde sentir o delicioso movimento dos lábios. Respirou o hálito dele, inalando-o. Os corpos se encaixavam perfeitamente, não pôde deixar de perceber; com os sapatos brancos de cetim de Jessie, ela ficava um pouco mais baixa que ele, e só precisava inclinar a cabeça para trás um pouquinho para beijá-lo. — Quero perguntar uma coisa. Tenho de saber...

— Então *aí* estão vocês. — Veio uma voz da entrada. — E que show espetacular estão dando, se me permitem dizer.

Separaram-se rapidamente. Ali na entrada — apesar de Tessa não se recordar do som das portas se abrindo —, com um longo charuto entre os dedos finos e marrons, encontrava-se Magnus Bane.

— Deixem-me adivinhar — disse Magnus, soltando a fumaça. Fez uma nuvem branca em forma de coração, distorcida, que voou da sua boca, expandindo-se e girando até não ser mais reconhecível. — Tomaram limonada.

Tessa e Will, agora lado a lado, olharam um para o outro. Foi Tessa que se pronunciou primeiro.

— Eu... sim. Nate trouxe um copo.

— Contém um pouco de pó de feiticeiro — elucidou Magnus. Estava todo vestido de preto, sem mais nenhum ornamento, exceto nas mãos. Cada dedo tinha um anel com uma pedra grande, todas de diferentes cores: amarelo-limão, verde-jade, vermelho-rubi, azul-topázio. — Do tipo que diminui as inibições e levando-nos a fazer coisas — tossiu delicadamente — que não faríamos em outras circunstâncias.

— Ah — disse Will. E em seguida: — Ah. — Estava com a voz baixa. Virou-se de costas, apoiando as mãos na balaustrada. Tessa sentiu o próprio rosto começar a queimar.

— Querida, é bastante do seu colo que está mostrando aí — prosseguiu Magnus alegremente, apontando para Tessa com a ponta ardente do charuto. — *Tout le monde sur le balcon*, como dizem em francês — acrescentou, gesticulando como se houvesse um grande terraço em seu peito. — Particularmente adequado, considerando que estamos, de fato, em uma varanda.

— Deixe-a em paz — disse Will. Tessa não conseguiu ver o rosto dele; estava com a cabeça abaixada. — Ela não sabia o que estava bebendo.

Tessa cruzou os braços, percebeu que isso só intensificava o problema do decote, e os abaixou.

— Este vestido é de Jessamine, e ela tem metade do meu tamanho — disparou. — Jamais sairia assim em circunstâncias normais.

Magnus ergueu as sobrancelhas.

— Transformou-se novamente em você mesma, não? Quando a limonada fez efeito?

Tessa franziu a testa. Sentia-se estranhamente humilhada — por ter sido flagrada beijando Will; por estar frente a frente com Magnus, trajando algo que sua tia morreria se visse — no entanto, parte dela gostaria que Magnus se retirasse para que pudesse beijar Will outra vez.

— O que você está fazendo aqui, se me permite perguntar? — disparou Tessa, com deselegância. — Como soube que *nós* estávamos aqui?

— Tenho minhas fontes — respondeu Magnus, soprando fumaça, despreocupado. — Pensei que estivessem encrencados. As festas de Benedict Lightwood são famosas por serem perigosas. Quando soube que estavam aqui...

— Estamos bem equipados para enfrentar perigos — disse Tessa.

Magnus olhou escancaradamente para o busto da moça.

— Estou vendo — declarou. — Armada até os dentes. — Terminou o charuto e o jogou lá para baixo. — Um dos subjugados humanos de Camille estava aqui e reconheceu Will. Mandou um recado para mim, mas se um de vocês já foi reconhecido, quais são as chances de que isto se repita? Já é hora de sumir.

— O que lhe importa se conseguimos sair ou não? — Foi Will que falou, com a cabeça ainda abaixada, e a voz abafada.

— Você tem uma dívida comigo — disse Magnus, com a voz gelada. — E pretendo cobrar.

Will se virou para ele. Tessa ficou pasma ao ver aquela expressão. Ele parecia enjoado e doente.

— Eu devia saber que era isto.

— Pode escolher os amigos, mas não os improváveis salvadores — disse Magnus, alegremente. — Vamos, então? Ou preferem ficar aqui e correr riscos? Podem retomar os beijos no Instituto.

Will franziu a testa.

— Tire-nos daqui.

Os olhos de gato de Magnus brilharam. O feiticeiro estalou os dedos, e uma chuva de faíscas azuis caiu ao redor em uma tempestade súbita e impressionante. Tessa ficou tensa, esperando queimaduras, mas só sentiu vento no rosto. Seus cabelos levantaram ao sentir uma estranha energia nos nervos. Ouviu Will engasgar — e em seguida estavam em um dos caminhos de pedra no jardim, perto do lago ornamental, com o casarão Lightwood erguendo-se atrás deles, escuro e silencioso.

— Pronto — disse Magnus, soando entediado. — Não foi tão difícil, foi?

Will olhou para ele sem qualquer gratidão.

— Magia — murmurou.

Magnus jogou as mãos para o alto. Ainda estavam faiscando com energia azul como a luz de um raio.

— E o que você acha que seus preciosos símbolos são? *Não* são magia?

— Shhh — pediu Tessa. De repente estava cansada até os ossos. Sentia dor onde o espartilho esmagava as costelas, e seus pés, com os sapatos apertados de Jessamine, agonizavam. — Parem de brigar, vocês dois. Acho que vem vindo alguém.

Todos pausaram, exatamente quando um grupo de pessoas conversando dobrou a esquina da casa. Tessa congelou. Mesmo sob o luar nublado, deu para ver que não eram humanos. Também não eram integrantes do Submundo. Era um grupo de demônios — um era uma figura cambaleante e cadavérica com buracos escuros no lugar dos olhos; outro tinha a metade do tamanho de um homem, pele azul e trajava calças e um colete, mas tinha uma cauda de espetos, feições de lagarto e um focinho de cobra; e o outro parecia um carrossel coberto por bocas vermelhas molhadas.

Diversas coisas aconteceram simultaneamente.

Tessa levou a mão à boca antes que pudesse gritar. Correr não adiantaria. Os demônios já os tinham visto e parado no caminho. Um cheiro podre irradiava deles, sobrepondo-se ao aroma das árvores.

Magnus ergueu a mão, um fogo azul circulando seus dedos. Estava sussurrando palavras baixinho. Tessa nunca o vira tão transtornado.

E Will — Will, que Tessa achou que fosse tentar alcançar as lâminas serafim — fez algo totalmente inesperado. Ergueu um dedo trêmulo, apontou para o demônio de pele azul e arfou:

— *Você.*

O demônio azul piscou. Todos os outros ficaram parados, entreolhando-se. Devia haver alguma espécie de acordo, pensou Tessa, que os impedia de atacar humanos na festa, mas ela não gostou da forma como as bocas vermelhas e molhadas lambiam os lábios.

— Hum — disse o demônio azul com quem Will falou, com uma voz surpreendentemente normal. — Não me lembro... Digo, acho que não tive o prazer de conhecê-lo?

— *Mentiroso!* — Will cambaleou para a frente e atacou; enquanto Tessa assistia, pasma, ele passou pelos outros demônios e se jogou sobre o azul. A criatura soltou um grito agudo. Magnus observava os acontecimentos boquiaberto. Tessa gritou:

— Will! *Will!* — Mas este estava rolando pela grama com o demônio azul, que era surpreendentemente ágil. Conseguiu segurá-lo pelo colete, mas a criatura se livrou e fugiu, correndo pelos jardins, com Will logo atrás.

Tessa deu alguns passos na direção deles, mas seus pés sofriam em agonia pura. Tirou os sapatos de Jessamine e estava prestes a correr atrás de Will quando percebeu que os outros demônios emitiam ruídos nervosos. Pareciam estar falando com Magnus.

— Ah, bem, vocês sabem — disse ele, depois de já ter recuperado a compostura, e apontando para a direção onde Will havia desaparecido. — Desentendimento. Por causa de uma mulher. Acontece.

O chiado aumentou. Claramente os demônios não acreditaram.

— Dívida de jogo? — sugeriu o feiticeiro. Estalou os dedos e uma chama acendeu em sua mão, banhando o jardim com um brilho forte. — Sugiro que não se preocupem muito com isso, cavalheiros. Festividades e alegrias os esperam lá dentro. — Apontou para a porta estreita que levava ao salão. — Muito mais agradável que o que encontrarão aqui se ficarem muito tempo.

Isso pareceu convencê-los. Os demônios prosseguiram, chiando e murmurando, levando consigo o cheiro de lixo.

Tessa girou.

— Depressa, temos de ir atrás deles...

Magnus abaixou e pegou os sapatos que ela largara no chão. Segurando-os pelos laços de cetim, respondeu:

— Não tão depressa, Cinderela. Will é um Caçador de Sombras. Corre rápido. Nunca vai alcançá-lo.

— Mas você... tem de haver alguma magia...

— *Magia* — disse Magnus, imitando o tom enojado de Will. — Will está onde tem de estar, fazendo o que tem de fazer. O propósito dele é matar demônios, Tessa.

— Você... não gosta dele? — perguntou Tessa; era uma pergunta estranha, talvez, mas havia alguma coisa na forma como olhava para Will, falava com ele, algo que ela não conseguia identificar.

Para surpresa de Tessa, Magnus levou a pergunta a sério.

— Gosto dele — disse —, mesmo que não devesse. No começo achei que ele fosse apenas uma coisinha venenosa e bonita, mas já mudei de ideia. Existe uma alma sob toda esta bravata. E ele é muito *vivo*, uma das pessoas mais vivas que já conheci. Quando ele sente alguma coisa, é tão brilhante e afiado quanto um raio.

— Todos nós *sentimos* — disse Tessa, bastante surpresa. Will, tendo mais sentimento do que todos? Sendo mais louco do que todos, talvez.

— Não dessa forma — argumentou Magnus. — Confie em mim, vivi muito e sei — seu olhar era solidário. — E você vai descobrir que sentimentos também desbotam, quanto mais se vive. O feiticeiro mais velho que conheci estava vivo há quase mil anos e me contou que sequer se lembrava como era amar, ou odiar. Perguntei por que não acabou com a própria vida, e ele disse que ainda sentia uma coisa, medo: medo do que viria depois da morte. "A terra desconhecida da qual nenhum viajante retorna."

— Hamlet — disse Tessa automaticamente. Estava tentando reprimir os pensamentos da própria possível imortalidade. O conceito era grande e assustador demais para compreendê-lo, além disso... talvez nem fosse verdade.

— Nós que somos imortais estamos presos a esta vida por uma corrente de ouro e não ousamos rompê-la por medo do que vamos encontrar depois da queda — disse Magnus. — Agora vamos, não reclame das obrigações morais de Will. — Começou a percorrer o caminho, com Tessa mancando rapidamente atrás, esforçando-se para acompanhar.

— Ele estava se comportando como se conhecesse aquele demônio...

— Provavelmente já tentou matá-lo antes — disse Magnus. — Às vezes eles escapam.

— Mas como ele vai voltar para o Instituto? — choramingou Tessa.

— É um menino esperto. Vai encontrar uma maneira. Estou mais preocupado em levar *você* para o Instituto antes que alguém perceba que está desaparecida e uma briga descomunal aconteça. — Chegaram aos portões da frente, onde a carruagem estava esperando, Cyril descansando pacificamente no banco do cocheiro, com o chapéu sobre os olhos.

Ela lançou um olhar de revolta para Magnus enquanto ele abria a porta da carruagem e esticava a mão para deixá-la subir.

— Como sabe que eu e Will não tínhamos permissão de Charlotte para sair?

— Me dê um pouco mais de crédito, querida — disse ele, e sorriu de forma tão contagiante que Tessa, com um suspiro, lhe deu a mão. — Agora — disse ele —, vou levá-la de volta ao Instituto, e no caminho pode me contar tudo.

13

A Espada Mortal

"Tome minha parte de um coração inconstante,
A minha de um amor miserável:
Pegue ou largue, como quiser,
Eu lavo minhas mãos daqui em diante".
— Christina Rosetti, "Maude Clare"

— Oh, céus! — disse Sophie, levantando-se da cadeira quando Tessa abriu a porta do quarto de Jessamine. — Senhorita Tessa, o que *aconteceu*?

— Sophie! Shh! — Tessa acenou em alerta ao fechar a porta atrás de si. O quarto estava como o tinha deixado. Sua camisola e seu robe estavam cuidadosamente dobrados sobre uma cadeira, o espelho prateado sobre a penteadeira, rachado, e Jessamine... Jessamine continuava inconsciente, com os pulsos presos à cama. Sophie, sentada em uma cadeira perto do armário, claramente tinha ficado ali desde a saída de Tessa e Will; segurava uma escova na mão (para bater em Jessamine, caso acordasse?, pensou Tessa), e seus olhos castanhos estavam enormes.

— Mas senhorita... — A voz de Sophie falhou quando o olhar de Tessa se voltou para o próprio reflexo. Tessa não pôde fazer nada além de se encarar. Estava com os cabelos soltos, é claro, uma bagunça emaranhada sobre os ombros, as pérolas de Jessamine perdidas quando Will as tirara do lugar; descalça e mancando, com as meias brancas imundas, sem luvas e o vestido estava visivelmente a ponto de lhe estrangular. — Foi horrível?

A mente de Tessa de repente se voltou para a varanda e para os braços de Will envolvendo-a. *Oh, Deus.* Afastou o pensamento e olhou para Jessamine, ainda dormindo pacificamente.

— Sophie, vamos precisar acordar Charlotte. Não temos escolha.

Sophie olhou para ela com os olhos arregalados. Tessa não podia culpá-la; detestava ter de despertar Charlotte. Tessa até implorou para Magnus vir junto para dar a notícia, mas ele recusou, alegando que dramas envolvendo extermínio mútuo de Caçadores de Sombras não tinham nada a ver com ele. Além disso, tinha um livro para acabar de ler.

— Senhorita... — protestou Sophie.

— É preciso. — O mais depressa que pôde, Tessa contou a Sophie os acontecimentos da noite, de forma generalizada, excluindo a parte da varanda com Will. Ninguém precisava saber daquilo. — Está além do nosso controle agora. Não podemos mais agir pelas costas de Charlotte.

Sophie não protestou mais. Repousou a escova na penteadeira, levantou, alisou as saias e disse:

— Vou buscar a senhora Branwell, senhorita.

Tessa sentou na cadeira ao lado da cama, franzindo o rosto enquanto o vestido de Jessamine a beliscava.

— Gostaria que me chamasse de Tessa.

— Eu sei, senhorita — Sophie se retirou, fechando a porta silenciosamente atrás de si.

Magnus estava deitado no sofá da sala de estar com os pés para cima quando ouviu a comoção. Sorriu sem se mover com o ruído de Archer protestando, e Will protestando. Passos se aproximaram da porta. Magnus virou uma página do livro de poesia enquanto a porta se abria e Will entrava.

Estava quase irreconhecível. As roupas de noite elegantes apresentavam-se rasgadas e manchadas de lama, o casaco cortado em toda a extensão, os sapatos lamacentos. Os cabelos de Will estavam arrepiados, e seu rosto todo arranhado, como se tivesse sido atacado por uma dúzia de gatos simultaneamente.

— Sinto muito, senhor — disse Archer, desesperado. — Ele me empurrou.

— Magnus — disse Will. Estava sorrindo. Magnus já o tinha visto sorrir antes, mas dessa vez havia alegria verdadeira no gesto. Transformara o rosto de Will, de belo, porém frio, a incandescente. — Diga a ele para me deixar entrar.

Magnus acenou com uma das mãos.

— Deixe-o entrar, Archer.

O rosto cinzento do subjugado se contorceu, e a porta se fechou por trás de Will.

— Magnus! — Will meio cambaleou, meio saltitou até a lareira, onde se apoiou. — Não vai acreditar...

— Shhh — disse Magnues, com o livro ainda aberto sobre os joelhos. — Ouça isto:

Estou cansado do chorar e do rir
E de homens que riem e choram
Do que pode vir a seguir
Para homens que para colher semeiam:
Cansei dos dias e horas,
Das plantas secas e da flora,
Desejos e sonhos e poderes
E de tudo que não seja o sono.

— Swinburne — disse Will, apoiado na lareira. — Sentimental e superestimado.

— *Você* não sabe o que é ser imortal — Magnus descartou o livro e se sentou. — Então, o que quer?

Will puxou a manga. Magnus reprimiu um ruído de surpresa. O antebraço de Will estava com um corte longo e sangrento. Sangue envolvia-lhe o pulso e escorria dos dedos. No machucado, como um cristal enterrado na parede de uma caverna, havia um único dente branco.

— Mas o que... — começou Magnus.

— Dente de demônio — respondeu Will, quase sem fôlego. — Persegui aquele maldito azulado por Chiswick, e ele escapou: mas não antes de me morder. Deixou o dente em mim. Pode utilizar o dente, certo? Para invocá-lo? — Segurou o objeto e o retirou. Mais sangue saiu e correu pelo braço, pingando no chão.

— O tapete de Camille — protestou Magnus.

— É sangue — disse Will. — Ela vai adorar.

— Você está bem? — Magnus olhou fascinado para Will. — Está sangrando muito. Não tem uma estela consigo? Um símbolo de cura...

— Não ligo para símbolos de cura. Ligo para isto. — Will colocou o dente ensanguentado na mão de Magnus. — Encontre o demônio para mim. Sei que consegue.

Magnus olhou para baixo com uma expressão de desgosto.

— Certamente posso, mas...

A luz do rosto de Will tremulou.

— Mas?

— Mas não hoje — respondeu Magnus. — Pode ser que demore alguns dias. Terá de ser paciente.

Will respirou asperamente.

— Não posso ser paciente. Não depois de hoje à noite. Você não entende... — Então cambaleou e se segurou. Alarmado, Magnus levantou-se do sofá.

— Você está bem?

A cor ia e vinha do rosto de Will. O colarinho estava escuro de suor.

— Não sei — engasgou-se. — O dente. Pode ser venenoso...

A voz de Will falhou. Ele escorregou para a frente, revirando os olhos. Com alguma surpresa, Magnus o segurou antes que ele caísse no tapete sangrento, e, levantando-o pelos braços, carregou-o cuidadosamente até o sofá.

Tessa, sentada na cadeira ao lado da cama de Jessamine, massageou as costelas doloridas e suspirou. O espartilho continuava beliscando sua pele, e ela não fazia ideia de quando teria a oportunidade de removê-lo; os pés doíam, e sua alma estava ferida. Encontrar Nate foi como levar uma facada em uma ferida recente. Ele dançou com "Jessamine" — flertou com ela — e discutiu casualmente o destino de Tessa, a própria irmã, como se não significasse nada para ele.

Concluiu que não deveria se surpreender, que nada deveria surpreendê-la no que dizia respeito a Nate. Mas doía ainda assim.

E Will — aqueles instantes na varanda com Will foram os mais confusos de toda a sua vida. Depois de como ele havia falado com ela no telhado, tinha jurado jamais ter pensamentos românticos que o envolvessem. Ele não era nenhum Heathcliff, sombrio e reflexivo, nutrindo uma paixão secreta, dissera a si mesma, tratava-se apenas de um garoto que se achava bom demais para ela. Mas a forma como a olhara no terraço, como afastou seu cabelo do rosto, até mesmo o leve tremor das mãos dele ao tocarem-na — certamente esses detalhes não poderiam ser fruto de falsidade.

Contudo, ela retribuiu da mesma forma. Naquele instante não queria nada além de Will. Não sentiu nada além de Will. E na noite anterior tinha tocado e beijado Jem; tinha sentido que o amava; permitira que ele a visse como ninguém jamais havia visto antes. E quando pensava nele agora, pensava no silêncio da manhã, na ausência do jantar, sentia a falta dele, com uma dor física que não podia ser mentira.

Seria mesmo possível amar duas pessoas ao mesmo tempo? Era possível dividir o coração em dois? Ou o momento com Will na bancada não tinha passado de loucura induzida por drogas enfeitiçadas? Teria sido igual com *qualquer* pessoa? A ideia a assombrava como um fantasma.

— *Tessa.*

Tessa quase saltou da cadeira. A voz foi quase um sussurro. Jessamine. Com os olhos semiabertos, a luz do fogo refletida nas profundezas castanhas.

Tessa sentou-se ereta.

— Jessamine. Você está...

— O que aconteceu? — A cabeça de Jessamine rolou inquieta de um lado para o outro. — Não me lembro. — Tentou sentar e arquejou ao ver que estava amarrada. — Tessa! Por que diabos...

— É para o seu próprio bem, Jessamine. — A voz de Tessa falhou. — Charlotte... ela quer lhe fazer algumas perguntas. Seria muito melhor se você estivesse disposta a respondê-las...

— A festa. — Os olhos de Jessamine iam de um lado para o outro, como se estivesse assistindo algo que Tessa não podia enxergar. — Sophie, aquela maldita, estava fuçando minhas coisas. Eu a vi com o convite na mão...

— Sim, a festa — disse Tessa. — Na casa de Benedict Lightwood. Onde iria encontrar Nate.

— Você leu o bilhete? — Jessamine inclinou a cabeça. — Não sabe o quanto é grosseiro e inadequado ler as correspondências alheias? — Tentou sentar outra vez e caiu para trás sobre os travesseiros. — De qualquer forma, ele não assinou. Você não tem como provar...

— Jessamine, não há vantagem em mentir agora. Posso provar, eu fui à festa e falei com o meu irmão.

A boca de Jessamine se abriu formando um O rosado. Pela primeira vez pareceu notar a roupa de Tessa.

— Meu vestido — suspirou. — Você se disfarçou de mim?

Tessa assentiu.

Os olhos de Jessamine escureceram.

— Criatura — arfou. — Criatura artificial e nojenta! O que fez com Nate? O que disse a ele?

— Ele deixou bem claro que você anda espionando para Mortmain — disse Tessa, desejando que Sophie e Charlotte retornassem. Por que estavam demorando tanto? — Que nos traiu, que revelou todas as nossas atividades, obedeceu ordens de Mortmain...

— Nós? — gritou Jessamine, lutando para se levantar tanto quanto as cordas permitissem. — Você não é Caçadora de Sombras! Não deve qualquer lealdade a eles! Não se importam com você, não mais do que se importam comigo. Nate é o único que se importa comigo...

— Meu irmão — disse Tessa, com a voz quase descontrolada —, é um assassino mentiroso, incapaz de sentir qualquer coisa. Ele pode ter se casado com você, Jessamine, mas não a ama. Os Caçadores de Sombras me ajudaram e me protegeram, assim como fizeram com você. E mesmo assim você vira as costas para eles, feito um cachorro, no momento em que meu irmão estala os dedos. Ele vai abandoná-la, se não matá-la antes.

— Mentirosa! — gritou Jessamine. — Você não o entende. Nunca entendeu! Ele tem a alma pura e refinada...

— Pura como a água de um fosso — respondeu Tessa. — Eu o entendo melhor do que você; está cega pelo charme dele. Ele não liga para você.

— Mentirosa...

— Vi nos olhos dele. *Vi como ele olha para você.*

Jessamine engasgou.

— Como pode ser tão cruel?

Tessa balançou a cabeça.

— Não consegue enxergar, não é mesmo? — disse, admirada. — Para você é tudo brincadeira, como bonecas em sua casinha de brinquedo, mexendo-as, fazendo com que se beijem e se casem. Você queria um marido mundano e Nate era bom o bastante. Não consegue enxergar o que sua traição custou àqueles que sempre cuidaram de você.

Jessamine exibiu os dentes; naquele instante pareceu tanto com um animal preso e encurralado que Tessa quase se encolheu.

— Eu amo Nate — disse. — E ele me ama. É você que não entende o amor. "Oh, não consigo me decidir entre Will e Jem. O que faço?" — zombou ela, com a voz aguda, e Tessa enrubesceu. — E daí que Mortmain quer destruir os Caçadores de Sombras da Bretanha? Por mim, eles podem queimar.

Tessa a encarou, ao mesmo tempo em que a porta atrás dela se abriu e Charlotte entrou. Parecia cansada e vazia de tanta exaustão, com um vestido cinzento que combinava com as olheiras, mas sua postura estava ereta e os olhos atentos. A seguir veio Sophie, vigiando, como se estivesse assustada — e logo Tessa entendeu por que, pois atrás delas vinha uma aparição com vestes cor de pergaminho e o rosto escondido sob a sombra do capuz, trazendo uma lâmina brilhante e mortal na mão. Era o Irmão Enoch, dos Irmãos do Silêncio, carregando a Espada Mortal.

— Podemos queimar? Foi isso que disse, Jessamine? — perguntou Charlotte, com uma voz rígida e clara, tão incompatível com ela que Tessa ficou encarando.

Jessamine engasgou. Fixou os olhos na lâmina na mão do Irmão Enoch. O cabo era esculpido em forma de um anjo com as asas abertas.

O Irmão Enoch apontou a espada para Jessamine, que se encolheu, as cordas que prendiam seus pulsos à cama soltaram. As mãos da menina caíram flácidas sobre seu colo. Olhou para as próprias mãos, e depois para Charlotte.

— Charlotte, Tessa é uma mentirosa. É uma mentirosa do Submundo...

Charlotte parou ao lado da cama e olhou para Jessamine com desapego.

— Não é esta minha experiência com ela, Jessamine. E Sophie? Sempre foi uma servente extremamente honesta.

— Ela me atacou! Com um espelho! — O rosto de Jessamine estava rubro.

— Porque ela achou isto — Charlotte pegou o convite, que Tessa havia retirado do bolso e entregado a Sophie. — Pode explicar isto, Jessamine?

— Ir a uma festa não é contra a Lei. — Jessamine soou ao mesmo tempo triste e assustada. — Benedict Lightwood é um Caçador de Sombras...

— Esta é a letra de Nathaniel Gray. — A voz de Charlotte em nenhum momento pareceu perder a firmeza, pensou Tessa. — Alguma coisa neste fator a deixava ainda mais inexorável. — Ele é um espião, procurado pela Clave, e você tem se encontrado com ele em segredo. Por que isso?

A boca de Jessamine se abriu ligeiramente. Tessa esperou mais desculpas — *é tudo mentira, Sophie inventou o convite, eu só ia me encontrar com Nate para conquistar sua confiança* —, mas em vez disso vieram lágrimas.

— Eu o amo — respondeu. — E ele me ama.

— Então você nos traiu em nome dele — disse Charlotte.

— Não traí! — A voz de Jessamine se elevou. — O que quer que Tessa diga, não é verdade. Ela está mentindo. Sempre teve inveja de mim e está mentindo!

Charlotte olhou para Tessa.

— Está mentindo? E Sophie?

— Sophie me odeia — choramingou Jessamine. Pelo menos isso era verdade. — Ela tem de ser jogada na rua, sem referências...

— Pare de chorar, Jessamine. Não vai conseguir nada assim. — A voz de Charlotte cortou os soluços de Jessamine como uma lâmina. A diretora do Instituto se voltou para o Irmão Enoch. — A verdade será facilmente obtida. A Espada Mortal, por favor, Irmão Enoch.

O Irmão do Silêncio avançou, com a Espada Mortal apontada para Jessamine. Tessa encarou horrorizada. Ele ia *torturar* Jessamine na própria cama, diante de todo mundo?

Jessamine gritou.

— Não! Não! Afaste-o de mim! *Charlotte*! — A voz da menina se elevou a um terrível grito que parecia não ter fim, cortando os ouvidos de Tessa, penetrando sua mente.

— Estenda as mãos, Jessamine — ordenou Charlotte com frieza.

Jessamine sacudiu a cabeça veementemente, os cabelos louros esvoaçando.

— Charlotte, não — disse Tessa. — Não a machuque.

— Não se meta com o que você não entende, Tessa — disse Charlotte com a voz cortante. — Estenda as mãos, Jessamine, ou vai ser muito pior para você.

Com lágrimas escorrendo pelo rosto, Jessamine esticou as mãos, com as palmas para cima. Tessa ficou completamente tensa. De repente sentiu-se enjoada e lamentou ter qualquer ligação com esse plano. Se Jessamine tinha sido enganada por Nate, ela também tinha. Jessie não merecia isto...

— Tudo bem — disse uma voz suave atrás dela. Sophie. — Ele não vai machucá-la. A Espada Mortal faz com que os Nephilim digam a verdade.

O Irmão Enoch depositou a lâmina da Espada Mortal sobre as palmas das mãos de Jessamine. Não o fez com força, tampouco com gentileza, foi como se sequer tivesse consciência da presença de uma pessoa ali. Soltou a espada e deu um passo para trás; até mesmo Jessamine arregalou os olhos, surpresa; a lâmina pareceu se equilibrar perfeitamente em suas mãos, completamente imóvel.

— Não é um instrumento de tortura, Jessamine — disse Charlotte, com as mãos cruzadas na frente do corpo. — Precisamos empregá-lo, pois do contrário não podemos ter certeza de que receberemos a verdade. — Levantou o convite. — Isto é seu, não é?

Jessamine não respondeu. Estava olhando para o Irmão Enoch, com os olhos arregalados e escuros de pavor, arfando.

— Não consigo pensar, não com este monstro no quarto... — sua voz tremia.

A boca de Charlotte enrijeceu, mas ela olhou para Enoch e disse algumas palavras. Ele assentiu, e em seguida deslizou silenciosamente para fora do quarto. Enquanto a porta se fechava atrás dele, Charlotte disse:

— Pronto. Ele está esperando no corredor. Não pense que ele não vai retê-la se tentar fugir, Jessamine.

Jessamine assentiu. Pareceu sucumbir, como uma boneca quebrada.

Charlotte abanou o convite.

— Isto é seu, não é? E foi enviado por Nathaniel Gray. Esta é a letra dele.

— S... sim — A palavra pareceu ter sido arrancada de Jessamine contra sua vontade.

— Há quanto tempo tem se encontrado em segredo com ele?

Jessamine enrijeceu a boca, mas os lábios estavam tremendo. Um instante mais tarde uma torrente de palavras explodiu da boca da menina. Seus olhos percorreram o cômodo em choque, como se ela não pudesse acreditar que estava falando.

— Ele me mandou um recado poucos dias depois da invasão de Mortmain ao Instituto. Pediu desculpas pelo comportamento em relação a mim. Disse que era grato por ter recebido meus cuidados e que tinha sido incapaz de esquecer minha graça e beleza. Eu... eu quis ignorá-lo. Mas recebi uma segunda carta, e uma terceira... Concordei em me encontrar com ele. Saí do Instituto no meio da noite, e nos encontramos no Hyde Park. Ele me beijou...

— Basta — disse Charlotte. — Quanto tempo ele levou para convencê-la a nos espionar?

— Ele disse que só estava trabalhando para Mortmain até acumular o suficiente para viver com conforto. Eu disse que poderíamos viver com minha fortuna, mas ele não aceitou. O dinheiro tinha de ser dele. Disse que não viveria às custas da esposa. Não é nobre?

— Então a essa altura ele já a tinha pedido em casamento?

— Fez o pedido no segundo encontro. — Jessamine arfava. — Afirmou que sabia que não existiria outra mulher para ele. E prometeu que quando tivesse juntado o suficiente, eu teria a vida que sempre quis, que jamais nos preocuparíamos com dinheiro, que teríamos fi... filhos — choramingou.

— Oh, Jessamine — Charlotte soou quase triste.

Jessamine enrubesceu.

— Era verdade! Ele me ama! Já cansou de me provar. Somos casados! Casamos em uma igreja, com um pastor...

— Provavelmente uma igreja não consagrada e por algum escravizado vestido de pastor — argumentou Charlotte. — O que você sabe sobre casamentos mundanos, Jessie? Como poderia saber o que *é* um casamento de verdade? Dou-lhe minha palavra de que Nathaniel Gray não a considera como esposa.

— Considera, sim! *Considera*! — gritou Jessamine, tentando se desvencilhar da espada. Estava grudada em suas mãos como se estivesse pregada. Os gritos subiram uma oitava. — Sou Jessamine Gray!

— Você é uma traidora da Clave. O que mais revelou a Nathaniel?

— Tudo — engasgou Jessamine. — Onde estavam procurando Mortmain, quais os integrantes do Submundo tinham sido contratados para a busca. Por isso ele nunca estava no local esperado. Eu alertei sobre a viagem a York. Por isso ele enviou os autômatos para a casa da família de Will. Mortmain queria assustá-los para que desistissem da busca. Ele considera todos vocês irritações pestilentas. Mas não os teme. — Ela estava arfando. — E vai vencer. Ele sabe disso. E eu também.

Charlotte inclinou-se para a frente, com as mãos nos quadris.

— Mas ele não nos assustou a ponto de desistirmos das buscas — disse. — Os autômatos que ele enviou tentaram capturar Tessa, mas fracassaram...

— Não foram enviados para capturar Tessa. Ele ainda tem planos de levá-la, mas não assim, ainda não. O plano está perto de se concretizar, e aí, sim, ele vai tomar o Instituto, levar Tessa...

— O quão próximo está? Ele conseguiu abrir a Pyxis? — disparou Charlotte.

— Eu... eu não sei. Acho que não.

— Então você contou tudo a Nate, mas ele não lhe contou nada. E Benedict? Por que concordou em trabalhar para Mortmain? Sempre soube que era um sujeito desagradável, mas não parecia capaz de trair a Clave.

Jessamine balançou a cabeça. Estava suando, os cabelos claros grudados nas têmporas.

— Mortmain tem o tentado com algo, alguma coisa que ele quer. Não sei o quê. Mas ele fará qualquer coisa para obtê-la.

— Inclusive me entregar para Mortmain — disse Tessa. Charlotte a olhou surpresa quando falou, e parecia prestes a interrompê-la, mas Tessa continuou. — E que história é essa de me acusar falsamente de possuir artigos de magia proibida? O que isso conquistaria?

— O Livro Branco — engasgou Jessamine. — Eu... peguei da caixa trancada na biblioteca. Escondi no seu quarto quando estava fora.

— Onde?

— Em um taco solto no piso... perto da lareira — As pupilas de Jessamine estavam enormes. — Charlotte... por favor...

Mas Charlotte foi implacável.

— Onde está Mortmain? Ele conversou com Nate sobre seus planos para a Pyxis, para os autômatos?

— Eu... — Jessamine choramingou trêmula. Estava com o rosto rubro. — Não posso...

— Nate não contaria a ela — disse Tessa. — Sabia que ela podia ser pega, sabendo que ela sucumbiria à tortura e revelaria tudo. É o que *ele* faria.

Jessamine lançou a Tessa um olhar venenoso.

— Ele a odeia, você sabe — disse. — Disse que durante toda a vida você olhou para ele com desdém, você e sua tia, com aquela moralidade provinciana banal, julgando tudo o que ele fazia. Sempre dizendo o que ele deveria fazer, nunca querendo ver seu sucesso. Sabe como ele a chama? Ele...

— Não me importo — mentiu Tessa; a voz tremeu ligeiramente. Apesar de tudo, ouvir que o irmão a detestava doía mais do que havia imaginado. — Ele disse o que eu sou? Por que tenho meu poder?

— Disse que seu pai era um demônio. — Os lábios de Jessamine tremeram. — E sua mãe uma Caçadora de Sombras.

A porta se abriu suavemente, tão suavemente que se Magnus já não estivesse acordando, o ruído não teria incomodado.

Ele levantou o olhar. Estava sentado em uma poltrona perto do fogo, pois seu lugar preferido no sofá estava ocupado por Will. Este, com a camisa ensaguentada, dormia o sono pesado de quem estava dopado e convalescendo. O antebraço estava com um curativo até o cotovelo, as bochechas vermelhas, a cabeça apoiada no outro braço. O dente que Will arrancara de si repousava sobre a mesa ao lado, brilhando como marfim.

A porta da sala de estar se abriu atrás dele. E ali, emoldurada pela entrada, estava Camille.

Trajava uma capa negra de veludo aberta sobre um vestido verde e brilhante que combinava com seus olhos. Os cabelos estavam presos em um penteado sustentado por prendedores esmeralda, e enquanto ele observava, ela retirou as luvas brancas, de forma deliberadamente lenta, uma de cada vez, repousando-as sobre a mesa perto da porta.

— Magnus — disse, e sua voz, como sempre, soou como sinos de prata. — Sentiu saudades?

Magnus empertigou se. A luz do fogo realçou os cabelos lustrosos de Camille e a pele branca sem poros. Era extraordinariamente linda.

— Não sabia que me daria o prazer de sua companhia esta noite.

Camille olhou para Will, que dormia no sofá. Seus lábios se curvaram para cima.

— Claramente.

— Não me mandou nenhuma mensagem. Aliás, não me mandou um único recado desde que saiu de Londres.

— Está me reprovando, Magnus? — Camille pareceu entretida. Deslizando por trás do sofá, inclinou-se sobre ele, olhando para o rosto de

Will. — Will Herondale — disse. — É adorável, não é mesmo? É seu novo brinquedo?

Em vez de responder, Magnus cruzou as pernas.

— Por onde andou?

Camille inclinou-se ainda mais para a frente; se ela respirasse, teria feito os cabelos na testa de Will esvoaçarem.

— Posso beijar o rapaz?

— Não — respondeu Magnus. — Onde esteve, Camille? Toda noite deito no sofá e espero ouvir seus passos no corredor, imaginando onde você estaria. Poderia ao menos me dizer.

Ela se recompôs, revirando os olhos.

— Muito bem. Estava em Paris, reparando uns vestidos. Um descanso necessário dos dramas de Londres.

Fez-se um longo silêncio. Em seguida:

— Mentira — afirmou Magnus.

Camille arregalou os olhos.

— Por que diria uma coisa destas?

— Porque é. — Ele retirou uma carta amassada do bolso, arremessando-a para o chão, entre eles. — Não se pode rastrear um vampiro, mas é possível rastrear um subjugado. Levou Walker com você. Foi fácil o bastante descobrir que ele estava em São Petersburgo. Tenho informantes lá. Soube que estava vivendo com um amante humano.

Camille o observou, com um sorriso se formando nos lábios.

— E isso o deixou enciumado?

— Queria que eu ficasse?

— *Ça m'est égal* — respondeu Camille, falando francês como sempre fazia quando queria irritá-lo. — Sou indiferente. Ele não teve nada a ver com você. Foi uma distração enquanto eu estava na Rússia, nada mais.

— E agora ele...

— Está morto. Então não representa a menor concorrência. Precisa me deixar ter minhas pequenas distrações, Magnus.

— Ou?

— Ou me tornarei uma pessoa extremamente irritadiça.

— Da mesma forma com que se irritou com seu amante humano e o matou? — perguntou Magnus. — E quanto a pena? Compaixão? Amor? Ou não sente essa emoção?

— Eu *amo* — respondeu Camille, indignada. — Você e eu, Magnus, que duramos para sempre, amamos de um jeito que nenhum mortal consegue conceber: uma chama escura e constante contra a luz efêmera e crepitante deles. Que importância eles têm para você? A fidelidade é um conceito humano, baseado na ideia de que estamos aqui por um período curto. Não pode exigir minha fidelidade por toda a *eternidade*.

— Que tolice a minha. Pensei que pudesse. Achei que pudesse no mínimo contar com que você não fosse mentir para mim.

— Você está sendo ridículo — disse. — Infantil. Espera que eu tenha a moral de um mundano quando não sou humana, e nem você. Além disso, não há nada que possa fazer a respeito. Não vou receber ordens, certamente não de um mestiço. — O termo era o insulto usado pelo povo do Submundo para os feiticeiros. — É devoto a mim, você mesmo disse. Sua devoção simplesmente terá de comportar minhas distrações, e depois teremos momentos bastante agradáveis. Do contrário, vou deixá-lo. Não imagino que queira *isso*.

Havia um certo tom de escárnio na voz de Camille, que por sua vez despertou alguma coisa em Magnus. Recordou-se da sensação enjoada na garganta quando recebeu a carta vinda de São Petersburgo. E, mesmo assim, esperou que ela voltasse, torcendo para que tivesse uma explicação. Para que fosse se desculpar; pedir que ele a amasse outra vez. Agora que percebeu que ela não o valorizava dessa forma — nunca o fizera —, uma bruma vermelha passou por seus olhos; Magnus pareceu enlouquecer momentaneamente, pois foi a única explicação para o que fez em seguida.

— Não importa — levantou-se. — Tenho Will agora.

A boca de Camille se abriu.

— Não pode estar falando sério. Um *Caçador de Sombras*?

— Você pode ser imortal, Camille, mas seus sentimentos são insípidos e superficiais. Os de Will não. Ele entende o que é amar. — Magnus, proferindo esse discurso insano com grande dignidade, atravessou a sala e sacudiu o ombro de Will. — Will. William. Acorde.

Os olhos azuis e entorpecidos de Will se abriram. Estava deitado de costas, olhando para cima, e a primeira coisa que viu foi o rosto de Camille quando ela se inclinou sobre as costas do sofá, olhando para ele. Levantou-se.

— Pelo Anjo...

— Oh, calma. — Camille falou com tranquilidade, sorrindo o suficiente para mostrar as pontas das presas. — Não vou machucá-lo, Nephilim.

Magnus levantou Will.

— A dona da casa — informou — está de volta.

— Percebo que sim. — Will estava vermelho, o colarinho da camisa escuro de suor. — Que maravilha — falou, para ninguém em particular, e Magnus não soube se ele estava feliz em encontrar Camille, feliz com os efeitos do feitiço analgésico utilizado por Magnus, o que certamente era uma possibilidade, ou simplesmente resmungando.

— E portanto — disse Magnus, apertando o braço de Will com pressão —, temos de ir.

Will piscou para ele.

— Ir para onde?

— Não se preocupe com isso agora, meu amor.

Will piscou outra vez.

— Como? — olhou em volta, como se estivesse quase esperando que houvesse pessoas assistindo. — Eu... onde está meu casaco?

— Estragou com o sangue — respondeu Magnus. — Archer jogou fora. — Acenou com a cabeça para Camille. — Will passou a noite inteira caçando demônios. Tão corajoso.

A expressão de Camille era uma mistura de assombro e irritação.

— Eu *sou* corajoso — disse Will. Parecia feliz consigo mesmo. Os tônicos analgésicos haviam dilatado suas pupilas, e ele estava com os olhos bem escuros.

— Sim, você é — disse Magnus, e o beijou. Não foi um beijo dramático, mas Will sacudiu o braço para libertá-lo, como se uma abelha tivesse pousado nele; Magnus teve de torcer para que Camille presumisse que aquilo era um gesto de paixão. Quando se separaram, Will pareceu espantado. E Camille também, aliás.

— *Agora* — disse Magnus, torcendo para que Will se lembrasse que estava em dívida com ele. — Precisamos ir.

— Eu... mas... — Will balançou para o lado. — O dente! — Avançou pela sala, recuperou-o e o colocou no bolso do colete de Magnus. Em seguida, com uma piscadela para Camille, que, pensou Magnus, sabe Deus como ela interpretaria, saiu da sala.

— Camille — começou Magnus.

Ela estava com os braços cruzados sobre o peito e o olhava venenosamente.

— Relacionando-se com Caçadores de Sombras pelas minhas costas — disse friamente, sem qualquer preocupação com a hipocrisia de sua parte. — E na minha casa! Sinceramente, Magnus. — Apontou para a porta. — Por favor, deixe minha casa e não volte mais. Espero não ter de pedir duas vezes.

Magnus ficou feliz em obedecer. Alguns instantes mais tarde juntou-se a Will na calçada em frente à casa, vestindo o casaco — que agora era tudo que possuía além do que tinha nos bolsos — e abotoando-o para se proteger do ar frio. Não demoraria muito, pensou Magnus, para que o primeiro raio cinzento da manhã iluminasse o céu.

— Você me beijou? — perguntou Will.

Magnus tomou uma decisão em uma fração de segundo.

— Não.

— Pensei que...

— Às vezes os efeitos dos feitiços analgésicos podem produzir as mais bizarras alucinações.

— Ah — disse Will. — Que estranho. — Olhou para a casa de Camille. Magnus viu a janela da sala de estar, as cortinas vermelhas de veludo estavam fechadas. — O que vamos fazer agora? Sobre a invocação do demônio? Temos para onde ir?

— *Eu* tenho para onde ir — respondeu Magnus, agradecendo silenciosamente pela obsessão de Will em invocar demônios. — Tenho um amigo com quem posso me hospedar. Você precisa voltar para o Instituto. Começarei a trabalhar no seu dente de demônio assim que puder. Mando uma mensagem quando souber de alguma coisa.

Will assentiu lentamente, em seguida olhou para o céu escuro.

— As estrelas — disse. — Nunca as vi tão brilhantes. O vento dispersou a névoa, eu acho.

Magnus pensou na alegria no rosto de Will, sangrando na sala de Camille, com o dente do demônio na mão. *Por algum motivo, não acho que as estrelas tenham mudado.*

— Uma *Caçadora de Sombras?* — Tessa engasgou. — Não é possível — girou e olhou para Charlotte, cujo rosto espelhava seu próprio choque. —

Não é possível, é? Will me disse que os filhos de Caçadores de Sombras e demônios nascem mortos.

Charlotte estava balançando a cabeça.

— Não. Não é possível.

— Mas se Jessamine tem de dizer a verdade... — A voz de Tessa estremecia.

— Ela tem de contar a verdade em que acredita — explicou Charlotte. — Se seu irmão mentiu, mas ela acreditou, relatará o que pensa ser verdadeiro.

— Nate não mentiria para mim — disparou Jessamine.

— Se a mãe de Tessa era Caçadora de Sombras — disse Charlotte friamente —, então Nate também é Caçador de Sombras. Sangue de Caçador de Sombras não se esconde. Ele já mencionou *isso* para você? Que é Caçador de Sombras?

Jessamine parecia revoltada.

— *Nate* não é Caçador de Sombras! — gritou. — Eu saberia! Eu jamais teria me casado... — interrompeu-se, mordendo o próprio lábio.

— Bem, é uma coisa ou outra, Jessamine — declarou Charlotte. — Ou você se casou com um Caçador de Sombras, uma ironia verdadeiramente suprema, ou, o que é mais provável, se casou com um mentiroso que a usou e a descartou. Ele devia saber que eventualmente seria pega. E o que ele achou que lhe aconteceria?

— Nada — Jessamine pareceu abalada. — Ele disse que você era fraca. Que não me puniriam. Que não conseguiria me machucar de verdade.

— Ele se enganou — garantiu Charlotte. — Você traiu a Clave. Assim como Benedict Lightwood. Quando o Cônsul souber...

Jessamine riu, um ruído fraco e quebrado.

— Conte a ele — disse. — É *exatamente* isso que Mortmain quer — revelou. — N... nem se incomode em me perguntar por quê. Não sei. Mas sei que ele quer. Então, fofoque o quanto quiser, Charlotte. Isso só lhe colocará em poder dele.

Charlotte agarrou o pé da cama de Jessie, suas mãos embranqueceram.

— Onde está Mortmain?

Jessamine estremeceu, balançando a cabeça, os cabelos sacudindo de um lado para o outro.

— Não...

— *Onde está Mortmain?*

— E... ele — engasgou. — Ele... — o rosto de Jessamine estava quase roxo, os olhos esbugalhando. Segurava a Espada com tanta força que começou a sair sangue ao redor dos dedos. Tessa olhou horrorizada para Charlotte. — *Idris* — disse Jessamine afinal, engasgando, e então caiu sobre o travesseiro.

O rosto de Charlotte congelou.

— Idris? — ecoou. — Mortmain está em Idris, na nossa casa?

As pálpebras de Jessamine tremeram.

— Não. Ele não está lá.

— Jessamine! — Charlotte parecia prestes a saltar sobre a menina e sacudi-la até que ela batesse os dentes. — Como ele pode estar em Idris, e não estar? Salve-se, garota. Diga-nos onde ele está!

— Pare! — gritou Jessamine. — Pare, está doendo...

Charlotte a olhou longa e duramente. Depois foi até a porta do quarto; quando voltou, foi com o Irmão Enoch. Cruzou os braços sobre o peito e apontou com o queixo para Jessamine.

— Alguma coisa está errada, Irmão. Perguntei a ela onde está Mortmain; ela disse Idris. Quando perguntei novamente, ela negou. — A voz de Charlotte enrijeceu. — Jessamine! Mortmain violou as barreiras de Idris?

Jessamine emitiu um ruído engasgado; sua respiração chiava, entrando e saindo do peito.

— Não, não violou... juro... Charlotte... por favor...

Charlotte. O Irmão Enoch falou com firmeza, suas palavras ecoando na mente de Tessa. *Basta. Existe alguma espécie de bloqueio na mente desta menina, alguma coisa instalada por Mortmain. Ele nos provoca com a ideia de Idris, contudo ela confessa que ele não está lá. Estes bloqueios são fortes. Continue interrogando-a desta forma e o coração dela pode falhar.*

Charlotte cedeu.

— Então o que...

Deixe-me levá-la até a Cidade do Silêncio. Temos nossas maneiras de encontrar segredos trancados na mente, segredos que a própria menina pode não saber que retém.

O Irmão Enoch retirou a espada das mãos de Jessamine. Ela mal pareceu perceber. Estava com os olhos em Charlotte, arregalados e em pânico.

— A Cidade dos Ossos? — sussurrou. — Onde ficam os mortos? Não! Não vou para lá! Não suporto aquele lugar!

— Então diga-nos onde está Mortmain — disse Charlotte, com a voz fria como gelo.

Jessamine começou a soluçar. Charlotte a ignorou. O Irmão Enoch levantou a menina; Jessamine lutou, mas o Irmão do Silêncio a segurou com garras de ferro, e na outra mão levava a Espada Mortal.

— Charlotte! — gritou Jessamine desesperada. — Charlotte, por favor, a Cidade do Silêncio não! Tranque-me em uma cripta, leve-me para o Conselho, mas, por favor, não me mande sozinha para aquele... aquele cemitério! Vou morrer de medo!

— Devia ter pensado nisso antes de nos trair — respondeu Charlotte. — Irmão Enoch, leve-a, por favor.

Jessamine ainda estava gritando quando o Irmão do Silêncio colocou-a sobre o ombro. Enquanto Tessa encarava, com olhos arregalados, ele saiu do quarto carregando-a. Os gritos e soluços ecoaram pelo corredor e cessaram de repente.

— Jessamine... — começou Tessa.

— Ela está bem. Ele provavelmente fez o Símbolo da Quietude nela. Só isso. Não há nada com que se preocupar — garantiu Charlotte, e sentou-se à beira da cama. Olhou para as próprias mãos, confusa, como se não pertencessem a ela. — Henry...

— Quer que o acorde, sra. Branwell? — perguntou Sophie, gentilmente.

— Ele está na cripta, trabalhando... não tive coragem de buscá-lo. — A voz de Charlotte estava distante. — Jessamine está conosco desde pequena. Seria demais para ele. Henry não tem crueldade dentro de si.

— Charlotte. — Tessa tocou o ombro dela gentilmente. — Charlotte, você também não é cruel.

— Eu faço o que tenho de fazer. Não há nada com que se preocupar — repetiu Charlotte, e caiu em prantos.

14

A Cidade do Silêncio

Ela uivou alto: "Estou pegando fogo por dentro.
Não há murmúrio de resposta.
O que irá eliminar meus pecados,
E me salvar da morte"?
— Alfred, Lord Tennyson, "The Palace of Art"

— Jessamine — repetiu Henry, pela quinta ou sexta vez. — Ainda não consigo acreditar. Nossa Jessamine?

Cada vez que falava, Tessa percebeu, a boca de Charlotte enrijecia um pouco mais.

— Sim — repetiu mais uma vez. — Jessamine. Ela estava nos espionando e relatando cada uma de nossas ações a Nate, que transferia as informações para Mortmain. Preciso repetir?

Henry piscou para ela.

— Desculpe, querida. Estou prestando atenção. É que... — suspirou. — Eu sabia que ela era infeliz aqui. Mas não pensei que nos detestasse.

— Não acho que detestava, nem que deteste. — Jem opinou; ele estava perto da lareira, com um braço apoiado. Não tinham se reunido para o café da manhã como sempre faziam; não houve qualquer anúncio formal quanto à razão para tal, mas Tessa supôs que a ideia de tomar café com o lugar de Jessamine vazio como se nada tivesse acontecido fosse demais para Charlotte.

Charlotte chorou por pouco tempo naquela noite, antes de recobrar a compostura; descartou as tentativas de Sophie e Tessa de ajudarem com panos molhados ou chá, balançando a cabeça duramente e repetindo sem parar que não devia se permitir ter um acesso desses, que agora era hora de planejamento e estratégia. Fora até o quarto de Tessa, com Sophie e Tessa apressando-se atrás dela, e mexeu fervorosamente nos tacos no chão, até encontrar um pequeno livro, como uma Bíblia doméstica, de capa de couro branco, embrulhado em veludo. Guardou-o no bolso com uma expressão determinada, dispensando as perguntas de Tessa, e se levantou. O céu lá fora já havia começado a clarear com a luz fraca do amanhecer. Parecendo exausta, dissera a Sophie que instruísse Bridget a servir um café da manhã simples e frio, na sala de estar, e que avisasse a Cyril para que os homens fossem informados. Depois saíra.

Com a ajuda de Sophie, Tessa finalmente pôde se livrar das roupas de Jessamine, o que a deixou muito grata; tinha tomado banho e colocado seu vestido amarelo, o que Jessamine lhe dera de presente. Achava que a cor poderia alegrá-la, mas continuava se sentindo abatida e cansada.

Encontrou o mesmo olhar refletido no rosto de Jem quando ele entrou na sala. Estava com olheiras, e logo desviou o rosto. Doeu. Também a fez pensar na noite anterior, com Will, na varanda. Mas aquilo tinha sido diferente, disse a si mesma. Aquilo foi fruto de pó de feiticeiro, uma loucura temporária. Nada como o que tinha se passado entre ela e Jem.

— Não acho que nos odeie — repetiu ele, corrigindo a conjugação no passado. — Sempre foi uma pessoa tão cheia de *desejos*. Sempre tão desesperada.

— A culpa é minha — disse Charlotte suavemente. — Não devia ter imposto que ela fosse Caçadora de Sombras, algo que ela despreza com tanto ardor.

— Não. Não! — Henry se apressou em consolar a esposa. — Você nunca foi nada além de gentil com ela. Fez tudo o que pôde. Existem mecanismos tão... tão quebrados que não há como consertar.

— Jessamine não é um relógio, Henry — respondeu Charlotte, em tom distante. Tessa ficou imaginando se ela ainda estava chateada com Henry por não ter recebido Woolsey Scott com ela, ou se simplesmente estava com raiva do mundo. — Talvez eu devesse me retirar do Instituto com uma reverência e entregá-lo a Benedict Lightwood. É a segunda vez que temos um espião debaixo do nosso teto e não percebi até que um grande mal já estivesse feito. Sou claramente incompetente.

— De certa forma, na verdade foi apenas um espião. — Henry começou a argumentar, mas se calou quando Charlotte lhe lançou um olhar capaz de derreter vidro.

— Se Benedict Lightwood está trabalhando para Mortmain, não pode ficar encarregado do Instituto — afirmou Tessa. — Aliás, o baile que ele deu ontem à noite deve bastar para desqualificá-lo.

— O problema é provar — argumentou Jem. — Benedict vai negar tudo, e será a palavra dele contra a sua... e você faz parte do Submundo...

— Temos Will — disse Charlotte, franzindo o cenho. — Por falar nisso, onde *está* Will?

— Deitado, sem dúvida — respondeu Jem —, e quanto a ideia de Will servir como testemunha, bem, todos já acham que ele é um lunático...

— Ah — disse uma voz na entrada —, estão na reunião anual do todos-acham-Will-um-lunático, certo?

— É semestral — respondeu Jem. — E não, não é essa reunião.

Os olhos de Will procuraram os de Tessa do outro lado.

— Estão sabendo sobre Jessamine? — perguntou. Parecia cansado, mas não tanto quanto Tessa imaginou; estava pálido, mas tinha uma animação reprimida que era quase... alegria. Sentiu o próprio estômago revirar ao ser inundada pelas lembranças da noite anterior: as estrelas, a varanda, os *beijos*.

Que horas Will tinha voltado para casa?, pensou Tessa. Como? E por que parecia tão... animado? Será que estava horrorizado pelo que tinha acontecido na varanda, ou achando graça? E, meu Deus, será que tinha contado a *Jem*? Pó de feiticeiro, disse a si mesma, desesperadamente. Certamente Jem entenderia. Partiria seu coração fazê-lo sofrer. Se é que ele se importava...

— Sim, sabem tudo sobre Jessamine — respondeu, apressadamente. — Ela foi interrogada com a Espada Mortal e levada para a Cidade do Silêncio, e agora estamos em uma reunião para decidir o que fazer em seguida, e é muito importante. Charlotte está muito chateada.

Charlotte olhou para ela, admirada.

— Bem, você *está* — disse Tessa, quase sem ar por ter falado tão depressa. — E estava perguntando por Will...

— E aqui estou — disse ele, jogando-se em uma cadeira ao lado de Jem. Tinha um curativo em um dos braços, estava com a manga dobrada bem em cima dele. Suas unhas estavam sujas de sangue seco. — Fico feliz em saber que Jessamine está na Cidade do Silêncio. É o melhor lugar para ela. Qual é o próximo passo?

— *Esta* é a reunião que estamos tentando fazer — disse Jem.

— Bem, quem sabe que ela está lá? — perguntou Will, prático.

— Apenas nós — respondeu Charlotte —, e o Irmão Enoch, mas ele concordou em não reportar nada à Clave pelos próximos dois dias, mais ou menos. Ate decidirmos o que fazer. Isso me faz lembrar que preciso ter uma conversinha com você, Will, sobre correr para a casa de Benedict Lightwood sem me informar, levando Tessa com você.

— Não havia tempo a perder — respondeu Will. — Até conseguirmos acordá-la e fazê-la concordar com o plano, Nathaniel já teria ido embora. E não pode dizer que foi uma má ideia. Descobrimos muito sobre Nathaniel e Benedict Lightwood...

— Nathaniel Gray e Benedict Lightwood não são Mortmain.

Will traçou um desenho no ar com seus dedos longos e elegantes.

— Mortmain é a aranha no coração da teia — declarou. — Quanto mais descobrirmos, mais saberemos sobre a extensão do alcance dele. Antes da noite passada não fazíamos ideia de que ele tinha qualquer ligação com Lightwood; agora sabemos que o sujeito é uma marionete do Magistrado. Sugiro que reportemos à Clave, entregando Benedict e Jessamine. Deixe que Wayland cuide deles. Vamos ver o que Benedict revela sob a Espada Mortal.

Charlotte balançou a cabeça.

— Não, eu... não acho que podemos fazer isso.

Will inclinou a cabeça para trás.

— Por que não?

— Jessamine disse que isso é exatamente o que Mortmain quer que façamos. E fez o relato sob a influência da Espada Mortal. Não estava mentindo.

— Mas podia estar *enganada* — argumentou Will. — Mortmain pode ter antevisto esta situação e solicitado que Nate plantasse a ideia na cabeça de Jessamine, para que descobríssemos depois.

— Acha que ele teria pensando tão à frente assim? — perguntou Henry.

— Com certeza — respondeu Will. — Ele é um estrategista. — Tamborilou na própria têmpora. — Como eu.

— Então acha que devemos procurar a Clave? — perguntou Jem.

— De jeito nenhum — respondeu Will. — E se for verdade? Aí vamos nos sentir idiotas.

Charlotte jogou as mãos para o alto.

— Mas você disse...

— Eu sei o que *disse* — falou. — Mas é preciso examinar as consequências. Se procurarmos a Clave e estivermos enganados, aí caímos na armadilha de Mortmain. Ainda temos alguns dias até o prazo. Ir cedo demais para a Clave não traz vantagem alguma. Se investigarmos, podemos proceder com mais certeza...

— E como propõe que investiguemos? — perguntou Tessa.

Will virou a cabeça para olhar para ela. Não havia nada naqueles frios olhos azuis que lembrasse o Will da noite anterior, que a tocara com tanta ternura, que sussurrara seu nome como um segredo.

— O problema de interrogar Jessamine é que mesmo quando forçada a revelar a verdade, existe um limite de conhecimento. Contudo, temos mais uma conexão do Magistrado. Alguém que provavelmente sabe muito mais. Esse alguém é seu irmão, Nate, através de Jessamine. Ele ainda confia nela. Se ela solicitar um encontro, poderemos capturá-lo.

— Jessamine jamais concordaria — afirmou Charlotte. — Não agora...

Will a olhou sombriamente.

— Vocês *estão* todos muito ansiosos, não estão? — disse. — Claro que não concordaria. Vamos pedir que Tessa reprise o papel de Jessamine. Uma Jovem Traidora Dama da Moda.

— Parece perigoso — comentou Jem, com a voz fraca. — Para Tessa.

Tessa olhou rapidamente para ele, e captou um lampejo de seus olhos prateados. Era a primeira vez que olhava para ela desde que deixou seu quarto naquela noite. Será que estava imaginando ter ouvido preocupação na voz dele ou era apenas o mesmo temor que Jem tinha por *todo mundo*? Não desejar que ela sofresse uma morte terrível era mera bondade, e não... não o que gostaria que ele sentisse.

O que quer que fosse, ao menos não a odiava...

— Tessa é destemida — afirmou Will. — E o perigo é pouco. Podemos enviar um bilhete marcando um encontro em algum lugar onde possamos aparecer fácil e rapidamente. Os Irmãos do Silêncio podem torturá-lo até ele ceder a informação que precisamos.

— Torturar? — disse Jem — É o irmão de Tessa...

— Torturá-lo — disse Tessa. — Se for preciso. Têm minha permissão.

Charlotte olhou para ela, chocada.

— Não pode estar falando sério.

— Você disse que havia uma maneira de investigar a mente dele para procurar segredos — falou Tessa. — Pedi que não fizessem isso, e não fizeram. Agradeço, mas não vou pedir que mantenham a promessa. Cavem a mente dele o quanto quiserem. Há muito em jogo para mim, como sabem. Para vocês é uma questão do Instituto e da segurança dos Caçadores de Sombras. Eu também me importo com essas coisas, Charlotte. Mas Nate, ele está trabalhando com Mortmain, que quer me prender e me usar, ainda não sabemos para quê. Mortmain, que pode saber *o que eu sou*. Nate falou para Jessamine que meu pai era um demônio e minha mãe uma Caçadora de Sombras...

Will se sentou.

— Isso é impossível — declarou. — Caçadores de Sombras e demônios... não podem procriar. Não podem produzir seres vivos.

— Então talvez tenha sido mentira, como a mentira sobre Mortmain estar em Idris — disse Tessa. — Isso não significa que *Mortmain* não saiba a verdade. Eu preciso saber o que sou. Acho que, no mínimo, esta é a chave para descobrirmos por que ele me quer.

Havia tristeza na expressão de Jem quando ele olhou para ela, e depois para o outro lado.

— Muito bem — disse ele. — Will, como propõe que consigamos atraí-lo para um encontro? Acha que ele não conhece a letra de Jessamine? Não é provável que tenham algum código secreto de comunicação?

— Jessamine precisa ser convencida — disse Will — a nos ajudar.

— Por favor, não sugira que a torturemos — respondeu Jem, irritado. — A Espada Mortal já foi utilizada. Ela já contou tudo o que pode...

— A Espada Mortal não revelou onde se encontram, nem nenhum código ou apelido que utilizem — argumentou Will. — Não entende? Esta é a última chance de Jessamine. A última oportunidade de colaborar. De merecer a clemência da Clave. De ser perdoada. Mesmo que Charlotte continue no Instituto, acha que deixarão o destino de Jessamine em nossas mãos? Não, ficará a cargo do Cônsul e do Inquisidor. E não serão generosos. Se ela fizer isto por nós, pode representar a vida dela.

— Não sei se ela liga para a própria vida — comentou Tessa, suavemente.

— Todo mundo liga — defendeu Will. — Todo mundo quer viver.

Jem virou de costas para ele abruptamente e fixou os olhos no fogo.

— A questão é: quem podemos enviar para persuadi-la? — perguntou Charlotte. — Não posso ir. Ela me odeia e me culpa mais do que a todo mundo.

— Eu posso ir — disse Henry, a face gentil perturbada. — Talvez consiga argumentar com a pobrezinha, conversar sobre a insensatez do amor jovem, sobre a rapidez com que passa em face da dura realidade da vida...

— Não — o tom de Charlotte foi definitivo.

— Bem, duvido muito que ela queira *me* ver — observou Will. — Terá de ser Jem. É impossível odiá-lo. Até aquele maldito gato gosta dele.

Jem exalou, ainda olhando para o fogo.

— Vou até a Cidade do Silêncio — declarou. — Mas Tessa deve vir comigo.

Tessa levantou o olhar, espantada.

— Oh, não — protestou. — Acho que Jessamine não gosta muito de mim. Ela acredita que a traí imensamente ao me disfarçar dela e não posso dizer que está errada.

— Sim — concordou Jem. — Mas você é irmã de Nate. Se ela o ama como está dizendo... — Olhou nos olhos dela através da sala. — Você conhece Nate. Pode falar dele com propriedade. Pode conseguir fazê-la acreditar em coisas que eu não conseguirei.

— Muito bem — disse Tessa. — Vou tentar.

Isto pareceu decretar o fim do café da manhã. Charlotte se retirou para chamar uma carruagem da Cidade do Silêncio; era assim que os Irmãos gostavam de conduzir as coisas, explicou. Henry voltou para a cripta e para as invenções, e Jem, após murmurar alguma coisa para Tessa, foi buscar o chapéu e o casaco. Apenas Will permaneceu, olhando para o fogo, e Tessa, ao ver que ele não estava se movendo, esperou até a porta se fechar atrás de Jem e se colocou entre Will e as chamas.

Ele levantou os olhos para ela, lentamente. Continuava com as roupas da noite anterior, apesar de a camisa branca estar manchada de sangue e o casaco ter um rasgo longo. Também tinha um corte na bochecha, abaixo do olho esquerdo.

— Will — disse.

— Não deveria estar saindo com Jem?

— Eu vou — respondeu. — Mas preciso que me prometa uma coisa antes.

Ele voltou os olhos para o fogo; ela viu as chamas dançantes refletidas nas pupilas.

— Então me diga depressa o que é. Tenho assuntos importantes a resolver. Pretendo passar a tarde de mau humor, e depois talvez ter uma noite de rebeldia e uma madrugada de devassidão.

— Faça como quiser. Só preciso que me garanta que não vai contar para ninguém sobre o que aconteceu entre nós dois ontem à noite na bancada.

— Ah, foi *você* — disse Will, com ar de quem tinha acabado de se lembrar de um detalhe surpreendente.

— Poupe-me — irritou-se, ferida, apesar de tudo. — Estávamos sob a influência de pó enfeitiçado. Não significou nada. Nem eu o culpo pelo que aconteceu, por mais enfadonho que seja seu comportamento a respeito disso agora. Não há razão para ninguém mais ficar sabendo, e se você for um cavalheiro...

— Mas não sou.

— Mas é um Caçador de Sombras — argumentou Tessa, venenosamente. — E não há futuro para um Caçador de Sombras que se envolve com feiticeiros.

Os olhos de Will dançaram com o fogo. Ele disse:

— Está começando a ser um tédio provocar você, Tess.

— Então dê-me sua palavra de que não vai contar a ninguém, nem mesmo Jem, e aí eu saio e paro de entediá-lo.

— Tem a minha palavra, em nome do Anjo — disse. — Não era nada de que pretendia me gabar. Apesar de eu não entender por que está tão preocupada com a possibilidade de alguém aqui suspeitar da sua falta de virtude.

O rosto de Jem passou pelo olho mental de Tessa.

— Não — disse. — Realmente não entende. — E com isso virou-se de costas e saiu, deixando-o olhando para suas costas, confuso.

* * *

Sophie se apressou pelo Picadilly, com a cabeça abaixada e os olhos no asfalto sob seus pés. Estava acostumada a murmúrios sussurrados e olhares ocasionais quando saía e viam sua cicatriz; havia aperfeiçoado uma maneira de caminhar que escondia o rosto sob a sombra do chapéu. Não tinha vergonha da cicatriz, mas detestava a pena nos olhos daqueles que a viam.

Estava com um dos vestidos velhos de Jessamine. Ainda não estava fora de moda, mas Jessamine era uma daquelas meninas que classificava qualquer vestido que já tivesse usado mais de três vezes como "de época", e ou o descartava, ou mandava remodelarem. Era listrado de verde e branco, e o chapéu tinha flores brancas de plástico. No geral, pensou, poderia se passar por uma moça bem-nascida — quer dizer, se não estivesse sozinha na rua — principalmente com suas mãos calejadas de trabalho cobertas por luvas brancas.

Viu Gideon antes que ele a visse. Estava apoiado em um poste de luz em frente a um grande portão de entrada de carruagem da loja de departamento Fortnum & Mason. Seu coração parou ao olhar para ele, tão bonito com roupas escuras, verificando a hora em um relógio dourado preso ao bolso do colete por uma corrente fina. Parou por um instante, observando as pessoas passando em volta dele, a vida agitada de Londres acontecendo, e Gideon calmo como uma pedra no meio de um rio agitado. Todos os Caçadores de Sombras tinham um pouco disso, pensou, aquela quietude, aquela aura obscura de separação que os destacava da corrente da vida mundana.

Ele então levantou os olhos, viu-a e abriu aquele sorriso que transformava todo o seu rosto.

— Srta. Collins — disse, avançando, e ela também caminhou para encontrá-lo, sentindo, ao fazê-lo, que adentrava em sua área de distanciamento. O ruído firme do trânsito da cidade, de pedestres e do resto pareceu diminuir, e lá estavam apenas ela e Gideon, olhando um para o outro na rua.

— Sr. Lightwood — disse ela.

O rosto dele mudou, só um pouquinho, mas ela viu. Também viu que ele estava segurando alguma coisa na mão esquerda, uma cesta de piquenique. Olhou para a cesta e depois para ele.

— Um dos famosos cestos da Fortnum & Mason — disse, com um sorriso lateral. — Queijo Stilton, ovos de codorna, geleia de pétalas de rosa...

— Sr. Lightwood — disse ela novamente, interrompendo-o, para sua própria surpresa. Uma servente *jamais* interrompia um cavalheiro. — Fiquei muito agoniada, agoniada demais, entende, e me perguntei se deveria vir aqui ou não. Finalmente decidi que sim, ainda que para lhe dizer pessoalmente que não posso sair com o senhor. Achei que merecesse o gesto, apesar de não ter certeza.

Ele olhou para ela, espantado, e naquele instante ela não viu um Caçador de Sombras, mas um menino normal, como Thomas ou Cyril, segurando uma cesta de piquenique, sem conseguir esconder a surpresa e a tristeza no rosto.

— Srta. Collins, se fiz alguma coisa para ofendê-la...

— Não posso sair com o senhor. Isso é tudo — disse Sophie, e virou-se de costas, com a intenção de se apressar de volta pelo mesmo caminho por onde veio. Se fosse rápida, poderia conseguir entrar na próxima diligência para a cidade...

— Srta. Collins. Por favor — disse Gideon, atrás dela. Não a tocou, mas estava caminhando ao seu lado, com a expressão perturbada. — Diga-me o que fiz.

Ela balançou a cabeça em silêncio. O olhar no rosto dele... talvez tivesse sido um erro vir. Estavam passando pela livraria Hatchards, e ela cogitou entrar; certamente ele não a seguiria, não para um lugar onde poderiam ser ouvidos. Mas, por outro lado, talvez o fizesse.

— Sei o que é — disse, abruptamente. — Will. Ele contou, não foi?

— O fato de estar me dizendo isso revela que existe algo a ser contado.

— Srta. Collins, posso explicar. Venha comigo, por aqui. — Ele virou e ela se viu seguindo-o, cautelosamente. Estavam em frente à igreja de St. James; ele a conduziu pela lateral, por uma rua estreita que fazia ponte entre o Picadilly e a Jermyn Street. Era um local mais quieto, porém não deserto; diversos passantes olharam curiosos: a menina com uma cicatriz e o rapaz bonito com o rosto pálido, repousando cuidadosamente uma cesta no chão.

— Isto é por causa de ontem à noite — disse. — O baile na casa do meu pai em Chiswick. Achei que tivesse visto Will. Fiquei imaginando se ele teria contado a vocês.

— Então confessa? Que estava lá, naquele baile depravado, inadequado...

— Inadequado? Foi um pouco mais do que inadequado — disse Gideon, com mais força do que ela jamais o vira utilizar. Atrás dele o sino da igreja indicou a hora; ele não pareceu escutar. — Srta. Collins, tudo que posso fazer é jurar que até ontem à noite eu não fazia ideia do tipo de companhia baixa e dos hábitos destrutivos com os quais meu pai havia se associado. Passei o último semestre na Espanha...

— E ele não era assim antes? — perguntou Sophie, incrédula.

— Não exatamente. É difícil explicar. — Olhou para além dela, o verde-cinzento de seus olhos mais tempestuoso do que nunca. — Meu pai sempre desprezou as convenções. Sempre foi do tipo que se desvia da Lei, senão transgride-a. Sempre nos ensinou que é assim que todo mundo faz, que todos os Caçadores de Sombras são assim. E nós, eu e Gabriel, por termos perdido nossa mãe tão cedo, não tivemos melhor exemplo a seguir. Só quando cheguei a Madri comecei a compreender a extensão das... incorreções do meu pai. As pessoas não desprezam a Lei e nem fogem às regras, e fui tratado como uma criatura monstruosa por pensar que era assim, até mudar minha atitude. Pesquisa e observação me levaram a crer que tinham me ensinado princípios falhos, e que isso fora feito deliberadamente. Só consegui pensar em Gabriel e em como poderia salvá-lo da mesma descoberta, ou pelo menos de fazê-la de forma tão chocante.

— E sua irmã... a srta. Lightwood?

Gideon balançou a cabeça.

— Foi protegida de tudo. Meu pai acha que mulheres não têm de tomar conhecimento dos aspectos mais sombrios do Submundo. Não, ele acredita que sou eu que tenho de saber dos seus envolvimentos, pois sou o herdeiro do patrimônio dos Lightwood. Foi com um olho nisso que meu pai me levou ao evento de ontem, no qual, presumo, Will me viu.

— Sabia que ele estava lá?

— Fiquei tão enojado com o que vi naquele lugar que eventualmente escapei e fui para os jardins respirar um pouco. O fedor de demônios me deixou nauseado. Lá fora, vi uma figura familiar perseguindo com determinação um demônio azul pelo gramado.

— O sr. Herondale?

Gideon deu de ombros.

— Não fazia ideia do que ele estava fazendo lá; sabia que não tinha sido convidado, mas não consegui entender como havia descoberto nem se a perseguição ao demônio tinha alguma relação com a presença dele ali. Não tive certeza até notar o seu olhar ao me ver, agora...

A voz de Sophie se elevou e tornou-se afiada.

— Mas contou ao seu pai, ou a Gabriel? Eles sabem? Sobre o mestre Will?

Gideon balançou a cabeça lentamente.

— Não falei nada. Não acho que esperavam que Will estivesse lá de forma alguma. Os Caçadores de Sombras do Instituto deveriam estar atrás de Mortmain.

— E estão — respondeu Sophie, e quando o único olhar de Gideon foi de incompreensão, ela disse: — Aquelas criaturas mecânicas na festa do seu pai, de onde acha que vieram?

— Eu não... presumi que fossem alguma espécie de brinquedo...

— Só podem ter vindo de Mortmain — declarou Sophie. — Não viu os autômatos dele antes, mas o sr. Herondale e a senhorita Gray viram, e tiveram certeza.

— Mas por que meu pai teria alguma coisa de Mortmain?

Sophie balançou a cabeça.

— Talvez o senhor não deva me fazer perguntas para as quais não quer resposta, sr. Lightwood.

— Srta. Collins. — Os cabelos de Gideon caíram sobre os olhos; ele os puxou para trás, com um gesto impaciente. — Srta. Collins, sei que o que quer que me conte será verdade. De muitas maneiras, entre todos aqueles que conheci em Londres, acho que a senhorita é a pessoa mais confiável, mais do que minha própria família.

— Isso me parece um grande infortúnio, sr. Lightwood, pois só nos conhecemos há muito pouco tempo.

— Espero mudar isso. Pelo menos vá até o parque comigo, Soph... srta. Collins. Conte-me esta verdade da qual está falando. Se então não desejar mais nenhuma conexão comigo, respeitarei sua vontade. Só peço uma hora de seu tempo, mais ou menos. — Os olhos de Gideon imploravam. — Por favor?

Sophie sentiu, quase contra a vontade, uma onda de solidariedade por esse rapaz de olhos tempestuosos, que parecia tão sozinho.

— Muito bem — respondeu. — Vou ao parque com o senhor.

* * *

Um trajeto inteiro de carruagem sozinha com Jem, pensou Tessa, com o estômago apertando ao colocar as luvas e dar uma última olhada em si mesma no espelho do quarto. Há apenas duas noites esse prospecto não despertara qualquer sentimento diferente em Tessa; estava preocupada com Will, e curiosa em relação a Whitechapel, e Jem a distraiu gentilmente durante o caminho, falando sobre latim, grego e *parabatai*.

E agora? Agora se sentia como se um monte de borboletas voasse por seu estômago só de pensar em se trancar em um espaço pequeno e fechado com ele. Olhou para o próprio rosto pálido no espelho, beliscou as bochechas e mordeu os lábios para dar cor a eles, pegou o chapéu na prateleira ao lado da penteadeira. Colocando-o sobre os cabelos castanhos, se pegou desejando ter cachos dourados como Jessamine e pensou: será que poderia? Seria possível Transformar apenas uma pequena parte de si, se dar um cabelo brilhante, ou talvez uma cintura mais fina, ou lábios mais carnudos?

Afastou-se do espelho, balançando a cabeça. Como *não* tinha pensado nisso antes? E mesmo assim, a simples ideia parecia uma traição contra ela mesma. A fome de saber o que ela era ainda ardia dentro de Tessa; mesmo que as próprias características não fossem mais as mesmas com as que nascera, como poderia justificar essa demanda, essa necessidade de conhecer a própria natureza? *Não sabe que não existe Tessa Gray?*, Mortmain havia dito. Se utilizasse seu poder para transformar a cor dos próprios olhos em azul-celeste, ou para escurecer os cílios, não estaria provando que ele estava certo?

Balançou a cabeça, tentando afastar os pensamentos ao se apressar para fora do quarto e pelos degraus da entrada do Instituto. Esperando no jardim havia uma carruagem preta, sem nenhuma marca, conduzida por cavalos iguais, ambos cor de fumaça. No assento do cocheiro havia um Irmão do Silêncio; não era o Irmão Enoch, mas algum que ela não reconheceu. Não tinha tantas cicatrizes no rosto quanto Enoch, pelo que podia enxergar por baixo do capuz.

Começou a descer os degraus quando a porta se abriu atrás dela e Jem apareceu; fazia frio, e ele estava com um casaco cinza-claro que o deixava com olhos mais prateados que nunca. Jem olhou para o céu igualmente cinzento, carregado com nuvens escuras e disse:

— É melhor entrarmos na carruagem antes que comece a chover.

Foi um comentário perfeitamente normal, mas, mesmo assim, fez Tessa perder a fala. Ela seguiu Jem silenciosamente para a carruagem e permitiu que ele a ajudasse a embarcar. Ao subir atrás dela e fechar a porta, ela notou que ele não estava carregando a espada-bengala.

A carruagem partiu com um puxão. Tessa, com a mão na janela, soltou um grito.

— Os portões... estão trancados! A carruagem...

— Acalme-se — Jem pôs a mão no braço dela. Tessa não conseguiu conter um arquejo quando a carruagem correu para os portões trancados... e passou *através* deles, como se fossem feitos de ar. O ar lhe escapou em um sopro de surpresa. — Os Irmãos do Silêncio dispõem de uma magia estranha — explicou Jem, e afastou a mão.

Naquele instante começou a chover, o céu se abriu como água quente saindo por perfurações em uma garrafa. Através dos lençóis de prata, Tessa observou enquanto a carruagem passava pelos pedestres como se fossem fantasmas, corria pelas aberturas mais estreitas entre os prédios, atravessava um jardim, depois um armazém cheio de caixas e finalmente emergia no Embankment, molhado e escorregadio, ao lado da água cinzenta e agitada do Tâmisa.

— Oh, santo Deus — disse Tessa, e fechou a cortina. — Não me diga que vamos para o rio.

Jem riu. Mesmo com o choque, foi um som muito bem-vindo.

— Não. As carruagens da Cidade do Silêncio só viajam por terra, até onde sei, apesar de *ser* uma viagem peculiar. É um pouco nauseante nas primeiras vezes, mas você acaba se acostumando.

— Mesmo? — Olhou diretamente para ele. Esse era o momento. Tinha de falar, antes que a amizade fosse ainda mais afetada. Antes que ficassem mais desconfortáveis. — Jem — falou.

— Sim?

— Eu... você precisa saber... o quanto sua amizade significa para mim — começou, desconfortavelmente. — E...

Um olhar de dor passou pelo rosto dele.

— Por favor, não.

Espantada, Tessa só conseguiu piscar.

— Como assim?

— Cada vez que você fala a palavra "amizade" é como uma facada em mim — declarou. — Ser amigo é uma coisa linda, Tessa, e não desdenho disso, mas há muito tempo venho torcendo para sermos mais do que amigos. E então pensei que depois daquela noite, talvez minhas esperanças não tivessem sido vãs. Mas agora...

— Agora estraguei tudo — sussurrou. — Sinto muito.

Ele olhou para a janela; Tessa sentiu que Jem estava lutando contra alguma emoção fortíssima.

— Não deveria ter de se desculpar por não retribuir meus sentimentos.

— Mas *Jem*. — Ela estava aturdida, e só conseguia pensar em acabar com a dor do menino, em deixá-lo menos machucado. — Eu estava me desculpando pelo meu comportamento naquela noite. Foi além dos limites e indesculpável. O que você não deve estar pensando a meu respeito...

Ele levantou o olhar, surpreso.

— Tessa, não pode achar isso, pode? Fui eu que me comportei de maneira indesculpável. Mal consigo olhar para você desde então, pensando no quanto deve me desprezar...

— Jamais poderia desprezá-lo — disse. — Jamais conheci alguém tão gentil e bondoso quanto você. Achei que estivesse chocado comigo. Que você me desprezasse.

Jem pareceu chocado.

— Como poderia desprezá-la se foi minha própria distração que levou ao que aconteceu entre nós dois? Se eu não estivesse em um estado tão desesperado, teria tido mais controle.

Ele quer dizer que teria tido mais controle para me conter, pensou Tessa. *Não espera que eu seja correta. Presume que isso não faz parte da minha natureza.* Ela começou a olhar fixamente para a janela outra vez, ou melhor, para o pedacinho dela que conseguia ver. O rio estava visível, barcos pretos boiando na corrente, a chuva se misturando ao rio.

— Tessa. — Ele trocou para o outro lado da carruagem, de maneira a ficar ao seu lado, e não em frente, o rosto belo e ansioso perto do dela. — Sei que meninas mundanas aprendem que têm a responsabilidade de não tentar os homens. Que os homens são fracos e as mulheres devem contê-los. Garanto a você, a moral dos Caçadores de Sombras é diferente. Mais igualitária. Foi escolha nossa fazer... o que fizemos.

Ela o encarou. Jem era tão gentil, pensou. Parecia capaz de interpretar os medos que ela trazia no coração e tranquilizá-los, antes mesmo que Tessa pudesse verbalizá-los.

Então pensou em Will. No que acabara acontecendo entre os dois na noite anterior. Afastou a lembrança do ar frio ao redor, do calor dos corpos enquanto se abraçavam. Estava drogada, assim como ele. Nada do que tinham feito ou dito teve mais significado que os devaneios de um viciado em ópio. Não havia necessidade de contar para ninguém; não tinha significado nada. Nada.

— Diga alguma coisa, Tessa. — A voz de Jem tremeu. — Temo que pense que eu me arrependo daquela noite. Não me arrependo. — Ele passou o polegar sobre o pulso dela, a pele exposta entre o punho do vestido e a luva. — Só me arrependo de ter acontecido tão depressa. Eu... eu gostaria de tê-la... cortejado antes. De tê-la levado para dar um passeio, com uma acompanhante.

— Uma acompanhante? — Tessa riu, apesar de si.

Jem prosseguiu, determinado.

— *Falar* sobre meus sentimentos antes de demonstrá-los. Escrever poesia...

— Você nem gosta de poesia — disse Tessa, com a voz falhando, com uma espécie de riso aliviado.

— Não. Mas você me faz querer escrever. Isso não conta?

Os lábios de Tessa se curvaram em um sorriso. Ela se inclinou para a frente e olhou para o rosto dele, tão próximo do seu que dava para identificar cada cílio prateado individualmente, as cicatrizes brancas desbotadas na pele pálida do pescoço, onde outrora teve Marcas desenhadas.

— Esta fala parece quase ensaiada, James Carstairs. Quantas meninas já encantou com essa observação?

— Só existe uma garota que quero encantar — disse. — A pergunta é: ela se encanta?

Tessa sorriu para ele.

— Sim.

Um instante mais tarde — Tessa não sabia como tinha acontecido —, ele a estava beijando, os lábios macios nos dela, a mão se erguendo para segurar o queixo e a bochecha dela, mantendo seu rosto firme. Tessa ouviu um barulho suave e percebeu que era o som das flores de seda do chapéu sendo esmagadas contra a lateral da carruagem enquanto o corpo de Jem pressionava o dela. Ela segurou as lapelas do casaco dele, tanto para conservá-lo perto quanto para não cair.

A carruagem parou. Jem se afastou, parecendo entorpecido.

— Pelo Anjo — disse ele. — Talvez nós precisemos mesmo de uma acompanhante.

Tessa balançou a cabeça.

— Jem, eu...

Jem ainda parecia espantado.

— Acho melhor eu me sentar ali — disse, e tomou o lugar em frente a ela. Tessa olhou para a janela. Através do buraco nas cortinas viu que o Parlamento se erguia sobre eles, torres sombriamente emolduradas pelo céu que clareava. Não chovia mais. Ela não sabia por que a carruagem havia parado; na verdade, voltou à vida logo depois, rolando diretamente para dentro do que parecia uma sombra que havia se aberto diante deles. Já estava preparada o suficiente para não engasgar de surpresa dessa vez; então veio uma escuridão, e em seguida entraram em uma sala de basalto preto iluminada com tochas que lembravam a reunião do Conselho.

A carruagem parou, e a porta se abriu. Diversos Irmãos do Silêncio se encontravam do outro lado. O Irmão Enoch estava à frente. Dois o ladeavam, cada um segurando uma tocha acesa. Os capuzes não estavam levantados. Ambos eram cegos, apesar de apenas um, como Enoch, parecer não ter olhos; os outros tinham olhos fechados, com símbolos pretos pintados sobre eles. Todos tinham lábios costurados.

Seja bem-vinda novamente à Cidade do Silêncio, Filha de Lilith, disse o Irmão Enoch.

Por um instante Tessa quis esticar o braço para trás e sentir a pressão calorosa da mão de Jem na dela, permitir que ele lhe ajudasse a saltar. Naquele momento, pensou em Charlotte. Charlotte, tão pequena e tão forte, que não se apoiava em ninguém.

Saltou da carruagem sozinha, os saltos das botas produzindo ruídos no chão de basalto.

— Obrigada, Irmão Enoch — disse ela. — Estamos aqui para ver Jessamine Lovelace. Pode nos levar até ela?

As prisões da Cidade do Silêncio ficavam abaixo do térreo, após o pavilhão das Estrelas Falantes. Uma escadaria escura levava ao andar de baixo. Os Irmãos do Silêncio foram primeiro, seguidos por Jem e Tessa, que não tinham se falado desde que saltaram da carruagem. Mas não era um silêncio desconfortável. Havia algo na grandeza assombrosa da Cidade dos Ossos, com os grandes mausoléus e os arcos elevados, que a deixava com a sensação de estar em um museu ou uma igreja, onde sussurrar era mais apropriado.

No pé da escada, um corredor seguia em duas direções; os Irmãos do Silêncio pegaram a esquerda, e conduziram Jem e Tessa quase até o fim do corredor. No trajeto passaram por diversas fileiras de pequenas câmaras, cada uma com uma grade presa por uma barra de ferro e cadeado. Todas continham uma cama, uma pia, e nada mais. As paredes eram de pedra e tinham cheiro de água e umidade. Tessa ficou imaginando se estavam sob o Tâmisa, ou em outro lugar totalmente diferente.

Finalmente os Irmãos pararam diante de uma porta, a penúltima do corredor, e o Irmão Enoch tocou o cadeado. Este se abriu, e as correntes que fechavam a porta caíram.

Podem entrar, disse Enoch, recuando. *Estaremos esperando do lado de fora.*

Jem colocou a mão na maçaneta e hesitou, olhando para Tessa.

— Talvez você devesse conversar com ela sozinha, por um instante. De mulher para mulher.

Tessa ficou pasma.

— Tem certeza? Você a conhece melhor do que eu...

— Mas você conhece Nate — respondeu Jem, e seus olhos se desviaram brevemente dos dela. Tessa teve a sensação de que havia algo que ele não estava revelando. Era uma sensação tão esquisita de se ter em relação a Jem que ela não soube ao certo como reagir. — Eu me junto a vocês em um instante, assim que você acalmá-la.

Lentamente, Tessa assentiu. O Irmão Enoch abriu a porta, e ela entrou, encolhendo-se um pouco quando a porta pesada se fechou atrás dela.

Era um cômodo pequeno e, como os outros, feito de pedra. Havia uma pia e o que provavelmente um dia fora um jarro de cerâmica com água; agora estava despedaçado no chão, como se alguém o tivesse atirado contra a parede. Sobre a cama estreita, Jessamine estava sentada com uma camisola branca, enrolada em um cobertor. Os cabelos caíam emaranhados em torno dos ombros, e ela estava com os olhos vermelhos.

— Seja bem-vinda. Um belo lugar para se viver, não? — disse Jessamine. A voz soava áspera, como se estivesse com a garganta inchada de tanto chorar. Olhou para Tessa, e seu lábio inferior começou a tremer. — Charlotte... a enviou para me buscar?

Tessa sacudiu a cabeça.

— Não.

— Mas... — os olhos de Jessamine começaram a lacrimejar. — Ela não pode me *deixar* aqui. Eu os ouço, a noite inteira. — Ela estremeceu, puxando o cobertor mais para perto.

— Ouve o quê?

— Os mortos — disse. — Sussurrando nas tumbas. Se eu ficar aqui por muito tempo, vou me juntar a eles. Sei disso.

Tessa sentou-se na beirada da cama e tocou cuidadosamente o cabelo de Jessamine, acariciando-o de leve.

— Isso não vai acontecer — disse, e Jessamine começou a soluçar. Seus ombros tremiam. Desamparada, Tessa olhou em volta, como se alguma coisa na cela terrível pudesse lhe trazer inspiração. — Jessamine — disse. — Trouxe uma coisa para você.

Jessamine levantou o rosto lentamente.

— É de Nate?

— Não — respondeu Tessa gentilmente. — É uma coisa sua. — Pôs a mão no bolso e retirou o objeto, estendendo a mão para Jessamine. Na palma havia uma bonequinha que havia retirado do berço na casa de bonecas de Jessamine. — Bebê Jessie.

Jessamine emitiu um "oh" baixo na garganta, e pegou a boneca de Tessa. Segurou-a com firmeza contra o peito. Chorou, e as lágrimas deixaram rastros em seu rosto. Era uma visão digna de pena, pensou Tessa. Se ao menos...

— Jessamine — disse Tessa novamente. Jessamine lhe parecia um animal que precisava de carinho, e sentia como se repetir o nome dela em tom suave pudesse ajudar de alguma forma. — Precisamos da sua ajuda.

— Para trair Nate —irritou-se Jessamine. — Mas não sei de nada. Sequer sei por que estou aqui.

— Sim, você sabe — foi Jem que falou, entrando na cela. Estava com o rosto vermelho e um pouco sem fôlego, como se estivesse apressado. Olhou conspiratoriamente para Tessa e fechou a porta atrás de si. — Sabe exatamente por que está aqui, Jessie...

— Porque me apaixonei! — disparou. — Você deveria saber como é. Vejo como olha para Tessa. — E, quando as bochechas de Tessa arderam, Jessamine lhe lançou um olhar venenoso. — Pelo menos Nate é humano.

Jem não perdeu a compostura.

— Não traí o Instituto por Tessa — declarou. — Não menti nem coloquei em perigo aqueles que cuidaram de mim desde que me tornei órfão.

— Se não o fez — afirmou Jessamine —, então não a ama de verdade.

— Se ela me pedisse isso — disse Jem —, eu saberia que *ela* não me ama de verdade.

Jessamine respirou fundo e virou-se de costas para ele, como se ele tivesse acabado de estapeá-la.

— Você — disse ela com a voz abafada. — Sempre achei que fosse o mais gentil. Mas é horrível. Vocês são todos horríveis. Charlotte me *torturou* com aquela Espada Mortal até eu revelar tudo. O que mais podem querer de mim? Já me forçaram a trair o homem que amo.

Com o cantinho da visão, Tessa viu Jem revirar os olhos. Havia algo de teatral no desespero de Jessamine, assim como em tudo que ela fazia, mas por baixo daquilo — por baixo do papel de mulher sofredora que havia atribuído a si mesma — Tessa sentiu que ela realmente estava com medo.

— Sei que você ama Nate — disse Tessa. — E sei que não vou conseguir convencê-la de que o sentimento não é mútuo.

— Está com ciúmes...

— Jessamine, Nate não pode amá-la. Há algo de errado com ele; alguma peça faltando no coração. Deus sabe que eu e minha tia tentamos ignorar, dizer a nós mesmas que era brincadeira e desprendimento de menino. Mas ele assassinou nossa tia, será que contou isso a você? Assassinou a mulher que o criou e riu disso depois. Ele não tem compaixão, não é capaz de ser grato. Se você protegê-lo agora, não vai conquistar nada aos olhos dele.

— E nem é provável que volte a vê-lo — disse Jem. — Se *não* nos ajudar, a Clave jamais irá soltá-la. Ficará aqui com os mortos por toda a eternidade, se não for punida com alguma maldição.

— Nate avisou que tentariam me assustar — revelou Jessamine, com um fio de voz.

— Nate também disse que Charlotte e a Clave não fariam nada com você porque eram fracos — recordou Tessa. — E isso não se provou verdade. Ele só disse o que tinha de dizer, para que você fizesse o que ele queria. Ele é meu irmão, e digo a você: ele é um traidor mentiroso.

— Precisamos que escreva uma carta para ele — disse Jem. — Revelando que tem conhecimento de uma trama secreta dos Caçadores de Sombras contra Mortmain, solicitando que ele a encontre hoje à noite...

Jessamine balançou a cabeça, puxando o cobertor áspero.

— Não vou traí-lo.

— Jessie. — A voz de Jem era cheia de suavidade; Tessa não sabia como Jessamine poderia rejeitá-lo. — Por favor. Só estamos pedindo que se salve. Envie este recado; diga-nos onde normalmente se encontram. É só o que pedimos.

Jessamine balançou a cabeça.

— Mortmain — falou. — Mortmain vai vencê-los. Aí os Irmãos do Silêncio serão derrotados, e Nate virá me buscar.

— Muito bem — disse Tessa. — Imagine que isso não aconteça. Você diz que Nate a ama. Então ele perdoaria qualquer coisa, não é mesmo? Porque quando um homem ama uma mulher, ele entende que ela é fraca. Que ela não consegue suportar, por exemplo, uma tortura, da maneira como ele conseguiria.

Jessamine emitiu um ruído choramingado.

— Ele entende que ela é frágil, delicada e manipulável — prosseguiu Tessa, e tocou gentilmente o braço de Jessamine. — Jessie, está vendo sua escolha. Se não nos ajudar, a Clave ficará sabendo, e não serão clementes. Se ajudar, Nate vai entender. Se ele a ama... não terá escolha. Pois o amor significa perdão.

— Eu... — Jessamine olhou de um para o outro, como um coelho assustado. — Você perdoaria Tessa, se fosse ela?

— Perdoaria qualquer coisa que Tessa fizesse — afirmou Jem em tom solene.

Tessa não conseguiu ver a expressão de Jem, estava olhando para Jessamine, mas sentiu o coração parar por um instante. Não podia olhar para ele, por medo de que a expressão traísse seus sentimentos.

— Jessie, por favor — disse Tessa.

Jessamine ficou em silêncio por um longo tempo. Ao falar, finalmente, sua voz estava fina como uma linha.

— Você vai encontrá-lo, suponho, disfarçada de mim.

Tessa assentiu.

— Precisa usar roupas de menino — avisou. — Quando o encontro à noite, sempre me visto de menino. Assim é mais seguro andar sozinha. É o que ele estará esperando. — Ela levantou a cabeça, tirando o cabelo do rosto. — Têm papel e caneta? — acrescentou. — Vou escrever o bilhete.

Jessie pegou de Jem os itens solicitados e começou a rabiscar.

— Terei de receber alguma coisa em troca disto — falou. — Se não me deixarem sair...

— Não vão deixar — respondeu Jem —, até que seja determinado que a informação que nos deu é verdadeira.

— Então precisam no mínimo me dar uma comida melhor. Aqui é horrível. Só servem sopa de aveia e pão duro. — Após escrever o bilhete, o entregou a Tessa. — As roupas de menino que visto estão atrás da casa de boneca no meu quarto. Cuidado ao movê-la — solicitou, e por um instante voltou a ser Jessamine, com os olhos castanhos arrogantes. — E se precisar pegar alguma roupa minha emprestada, pegue. Tem usado os mesmos quatro vestidos que lhe dei em junho, incessantemente. Este amarelo é praticamente de época. E se não quer que ninguém saiba que anda troca beijos em carruagens, não deveria usar um chapéu com flores que amassam tão facilmente. As pessoas não são cegas, sabia?

— Parece que não — respondeu Jem com muita seriedade, e quando Tessa olhou para ele, ele sorriu só para ela.

15

Milhares Mais

Há algo de horrível em uma flor;
Esta, quebrada em minha mão, é uma delas
Ele jogou-a para mim; não viverá nem mais uma hora;
Há milhares mais; não se sente a falta de uma rosa.
— Charlotte Mew, "In Nunhead Cemetery"

O restante do dia no Instituto passou em clima de grande tensão enquanto os Caçadores de Sombras se preparavam para confrontar Nate naquela noite. Novamente não houve refeições formais, apenas muita pressa quando armas eram preparadas e polidas, o equipamento aprontado e mapas consultados ao mesmo tempo que Bridget, entoando baladas lúgubres, carregava bandejas de sanduíches para lá e para cá pelos corredores.

Se não fosse pelo convite de Sophie para "vir comer um pouco", Tessa provavelmente teria passado o dia em jejum; e mesmo assim, sua garganta apertada só permitiu que algumas bocadas do sanduíche descessem antes de ter a sensação de estar engasgando.

Vou ver Nate hoje à noite, pensou, olhando-se no espelho enquanto Sophie ajoelhava a seus pés, amarrando suas botas — botas masculinas do esconderijo de Jessamine de roupas de menino.

E então vou traí-lo.

Pensou na maneira como Nate havia deitado no seu colo na carruagem na volta da casa de De Quincey, e em como ele havia gritado seu nome e segurado-a quando o Irmão Enoch apareceu. Ficou imaginando quanto daquilo teria sido falsidade. Provavelmente ao menos parte dele tinha ficado realmente apavorada — abandonado por Mortmain, detestado por De Quincey, em poder de Caçadores de Sombras nos quais não tinha motivos para confiar.

Exceto por ela ter lhe dito que eram confiáveis. E ele não ligou. Queria o que Mortmain estava oferecendo. Mais do que desejava a segurança dela. Mais do que jamais havia se importado com qualquer coisa. Todos os anos que passaram juntos, o tempo que os havia costurado tão próximos um do outro que ela os julgava inseparáveis, isso não significava nada para ele.

— Não pode sofrer com isso, senhorita — disse Sophie, levantando-se e esfregando as mãos. — Ele não é... digo, não vale a pena.

— Quem não vale a pena?

— Seu irmão. Não era no que estava pensando?

Tessa estreitou os olhos desconfiada.

— Consegue saber o que estou pensando porque possui a Visão?

Sophie riu.

— Meu Deus, não, senhorita. Consigo ler seu rosto como um livro. Sempre fica com o mesmo olhar quando pensa no mestre Nathaniel. Mas ele é um fruto ruim, senhorita, indigno de seus pensamentos.

— É meu irmão.

— Isso não significa que você seja como ele — disse Sophie, decidida. — Alguns nascem ruins, é tudo.

Um impulso perverso fez Tessa perguntar:

— E quanto a Will? Acha que ele nasceu ruim? Adorável e venenoso como uma cobra, você disse.

Sophie ergueu as sobrancelhas delicadamente arqueadas.

— Mestre Will é um mistério, sem dúvidas.

Antes que Tessa pudesse responder, a porta se abriu, e Jem estava na entrada.

— Charlotte me mandou para... — começou ele, e se interrompeu, olhando para Tessa.

Ela olhou para si mesma. Calças, sapatos, camisa, colete, tudo em ordem. Era certamente uma sensação peculiar, vestir roupas masculinas — eram apertadas em lugares que ela não estava acostumada a sentir pressão, soltas em outras, e pinicavam —, mas isso não explicava o olhar no rosto de Jem.

— Eu... — Jem estava completamente ruborizado, o vermelho se espalhando do pescoço ao rosto. — Charlotte me enviou para lhe dizer que estamos esperando na sala de estar — disse ele. Então se virou e saiu do quarto apressadamente.

— Céus — Tessa falou, perplexa. — O que foi isso?

Sophie riu suavemente.

— Bem, olhe para a senhorita. — Tessa olhou. Estava vermelha, pensou, com os cabelos caindo soltos sobre a camisa e o colete. A camisa claramente havia sido feita com alguma figura feminina em mente, considerando que não se esticava tanto sobre o busto quanto Tessa havia temido; mesmo assim, estava apertada, graças ao corpo pequeno de Jessie. As calças também eram justas, de acordo com a moda, modelando o contorno das pernas de Tessa. Ela inclinou a cabeça para o lado. *Havia* algo de indecente naquilo, não? Um homem não deveria poder ver a forma das coxas de uma dama, ou tanto da curva dos quadris. Havia algo nas roupas de homem que a deixavam não tanto masculina, mas... nua.

— Meu Deus —disse ela.

— De fato — disse Sophie. — Não se preocupe. Vão se encaixar melhor depois que se Transformar, além disso... ele gosta de você de qualquer jeito.

— Eu... você sabe... quero dizer, acha que ele gosta de mim?

— Bastante — respondeu Sophie, soando tranquila. — Deveria ver como ele olha para a senhorita quando acha que não está vendo. Ou como levanta o olhar quando uma porta se abre e sempre se decepciona quando não é você. Mestre Jem não é como mestre Will. Não consegue esconder o que está pensando.

— E você não... — Tessa procurou as palavras. — Sophie, você não está... chateada comigo?

— Por que eu estaria chateada com você? — Parte do divertimento havia deixado a voz de Sophie, e agora ela soava cuidadosamente neutra.

Agora já foi, Tessa, pensou.

— Pensei que talvez tenha havido um tempo em que você olhava para Jem com certa admiração. Só isso. Não quis dizer nada inadequado, Sophie.

Sophie ficou em silêncio por tanto tempo que Tessa teve certeza de que ela estava brava, ou pior, terrivelmente ferida. Em vez disso, ela respondeu finalmente:

— Houve um tempo em que... em que eu o admirei. Ele era tão gentil e generoso, diferente de todos os homens que já conheci. E tão agradável de se olhar, e a música que ele toca... — Ela balançou a cabeça, e os cachos escuros sacudiram. — Mas ele jamais gostou de mim. Jamais com qualquer palavra ou gesto me fez acreditar que retribuía minha admiração, apesar de nunca ter deixado de ser gentil.

— Sophie — disse Tessa suavemente. — Você tem sido mais do que uma copeira desde que cheguei. Tem sido uma boa amiga. Eu jamais faria qualquer coisa que pudesse magoá-la.

Sophie olhou para ela.

— Você gosta dele?

— Acho... — Tessa respondeu com vagarosa cautela — que sim.

— Ótimo — Sophie soltou o ar. — Ele merece isso. Ser feliz. Mestre Will sempre foi a estrela que mais brilha, a que chama atenção, mas Jem tem uma chama firme, segura e honesta. E ele poderia fazê-la feliz.

— E você não se importaria?

— Me importar? — Sophie balançou a cabeça. — Oh, srta. Tessa, é gentil que se preocupe com o que penso, mas não. Não me importaria. Minha admiração por ele, e isso é tudo que sempre foi, uma admiração de menina, esfriou bastante e tornou-se amizade. Só desejo a felicidade dele e a sua.

Tessa ficou impressionada. Se preocupara tanto com os sentimentos de Sophie, e Sophie não se importava. *O que havia* mudado desde que Sophie havia chorado com a doença de Jem na noite do desastre da Blackfriars Bridge? A não ser...

— Você tem saído com alguém? Cyril, ou...

Sophie revirou os olhos.

— Oh, Deus, tende piedade de nós. Primeiro Thomas, agora Cyril. *Quando* a senhorita vai parar de tentar me casar com o homem disponível mais próximo?

— Deve haver alguém...

— Não existe ninguém — respondeu Sophie firmemente, levantando-se, e virando Tessa para o espelho. — Pronto. Prenda o cabelo sob o chapéu e será um perfeito cavalheiro.

Tessa obedeceu.

* * *

Quando Tessa entrou na biblioteca, o pequeno grupo de Caçadores de Sombras do Instituto — Jem, Will, Henry e Charlotte, todos uniformizados — estava reunido em torno de uma mesa sobre a qual um pequeno dispositivo comprido e feito de cobre estava equilibrado. Henry gesticulava animadamente para o objeto, elevando a voz.

— É nisto — disse ele — que eu vinha trabalhando. Especialmente para esta ocasião. É especificamente calibrado para atuar como uma arma contra assassinos mecânicos.

— Por mais idiota que Nate Gray seja — afirmou Will —, a cabeça dele não é de fato preenchida por mecanismos, Henry. Ele é humano.

— Ele pode trazer uma daquelas criaturas consigo. Não sabemos se ele aparecerá desacompanhado. No mínimo aquele cocheiro mecânico de Mortmain...

— Acho que Henry tem razão — disse Tessa, e todos se viraram para olhar para ela. Jem enrubesceu novamente, porém dessa vez mais suavemente, e sorriu um sorriso torto; os olhos de Will percorreram seu corpo uma vez, sem entusiasmo.

Falou:

— Você não se parece nada com um menino. Parece uma menina vestida de menino.

Ela não entendeu se ele estava aprovando, reprovando ou se estava neutro.

— Não estou tentando enganar ninguém além de algum observador casual — respondeu, irritada. — Nate *sabe* que Jessamine é uma menina. E as roupas ficarão melhores depois que eu me Transformar nela.

— Talvez devesse fazer isso agora — sugeriu Will.

Tessa o encarou e em seguida fechou os olhos. Era diferente, se Transformar em alguém que já tinha sido. Não precisava segurar algo da pessoa, ou estar perto dela. Era como fechar os olhos e colocar a mão num armário, detectando uma roupa familiar ao toque, e retirá-la. Tessa alcançou Jessamine dentro de si e soltou-a, embrulhando-se no disfarce do corpo da outra, sentindo o fôlego lhe faltar quando as costelas contraíram, os cabelos escorregando em ondas claras e sedosas sobre o rosto. Ela o colocou de volta sob o chapéu e abriu os olhos.

Estavam todos com os olhos fixos nela. Jem foi o único a oferecer um sorriso.

— Impressionante — disse Henry. Estava com a mão ligeiramente apoiada no objeto sobre a mesa. Tessa, desconfortável com tantos olhares, foi em direção a ele.

— O que é isto?

— É uma espécie de... peça infernal que Henry criou — explicou Jem. — Feita para destruir os mecanismos internos que fazem as criaturas mecânicas funcionarem.

— Você gira, assim — Henry fez um gesto, como se estivesse girando a parte de baixo do objeto em uma direção e a de cima na outra —, e depois joga. Tenta acertar nos mecanismos da criatura, ou em algum lugar que prenda. É feito para interromper as correntes mecânicas que passam pelo corpo dela, destruindo-a. Pode prejudicar uma pessoa também, mesmo que não seja mecânica, então não fique segurando depois de ativar. Só tenho duas, então...

Entregou uma a Jem e outra a Charlotte, que pegou e pendurou no cinto de armas sem dizer nada.

— O recado foi enviado? — perguntou Tessa.

— Foi. Agora só estamos esperando uma resposta do seu irmão — respondeu Charlotte. Ela desenrolou um papel sobre a superfície da mesa, segurando os cantos com peças de cobre que Henry devia ter largado por lá. — Este — disse ela— é um mapa que mostra o local onde Jessamine alega que ela e Nate normalmente se encontram. É um armazém em Mincing Lane, perto da Lower Thames Street. Era uma fábrica de embalagens de um mercador de chá até o negócio falir.

— Mincing Lane — disse Jem. — Centro do comércio de chá. Também do mercado de ópio. Faz sentido que Mortmain tenha um armazém lá. — Passou um dedo esguio sobre o mapa, traçando os nomes de ruas próximas: Eastcheap, Gracechurch Street, Lower Thames Street, St. Swithin's Lane. — Mas um lugar tão estranho para Jessamine — observou. — Ela sempre sonhou com glamour, em ser apresentada à Corte e fazer penteados para bailes. Não com encontros clandestinos em um armazém sujo perto do cais.

— Ela fez o que se propôs — disse Tessa. — Casou-se com alguém que não é Caçador de Sombras.

A boca de Will curvou-se em um meio sorriso.

— Se o casamento fosse válido, ela seria sua cunhada.

Tessa estremeceu.

— Eu... não é como se eu tivesse mágoa de Jessamine. Mas ela merece coisa melhor que meu irmão.

— Todo mundo merece coisa melhor do que aquilo. — Will pôs o braço debaixo da mesa e retirou um tecido enrolado. Abriu-o sobre a mesa, evitando o mapa. Ali dentro havia diversas armas longas e finas, cada uma com um símbolo brilhante esculpido na lâmina. — Quase esqueci que tinha pedido para Thomas encomendar isto para mim há algumas semanas. Acabaram de chegar. Misericórdias: boas para entrar bem no meio das juntas daquelas criaturas mecânicas.

— A questão é — disse Jem, erguendo uma das misericórdias e examinando a lâmina —, quando Tessa entrar para encontrar Nate, como é que o resto de nós vai assistir sem que ninguém perceba? Precisamos estar preparados para interferir a qualquer instante, principalmente se ele parecer desconfiado.

— Devemos chegar primeiro e nos esconder — disse Will. — É a única maneira. Escutamos para ver se Nate diz alguma coisa útil.

— Eu sequer gosto da ideia de Tessa ser forçada a falar com ele — murmurou Jem.

— Ela dá conta; eu já vi. Além disso, é mais provável que ele fale livremente se achar que está seguro. Uma vez capturado, mesmo que os Irmãos do Silêncio explorem sua mente, Mortmain pode ter instalado bloqueios para preservar os segredos, e pode demorar para conseguirem desarmá-los.

— Acho que Mortmain colocou bloqueios em Jessamine — revelou Tessa. — Não consigo acessar os pensamentos dela, se é que isso serve de alguma coisa.

— Então é ainda mais provável que tenha feito o mesmo com Nate — disse Will.

— Aquele menino é fraco como um gatinho — disse Henry. — Vai nos contar tudo que quisermos saber. Se não o fizer, tenho um dispositivo...

— Henry! — Charlotte pareceu seriamente alarmada. — Não me diga que desenvolveu um instrumento de tortura.

— De jeito nenhum. Eu o chamo de Confundidor. Emite uma vibração que afeta diretamente o cérebro humano, deixando-o incapaz de saber a diferença entre fato e ficção. — Henry, parecendo orgulhoso, pegou a caixa. — Ele simplesmente vai despejar tudo que tem em mente, sem ligar para as consequências...

Charlotte ergueu uma mão em alerta.

— Agora não, Henry. Se precisarmos utilizar o... Confundidor em Nate Gray, o faremos depois de trazê-lo para cá. Por enquanto precisamos nos concentrar em chegar ao armazém antes de Tessa. Não é *tão* longe; sugiro que Cyril nos leve até lá e volte para buscá-la.

— Nate vai reconhecer a carruagem do Instituto — protestou Tessa. — Quando vi Jessamine saindo para se encontrar com Nate, ela definitivamente estava indo a pé. Vou andando.

— Você vai se perder — disse Will.

— Não vou — respondeu Tessa, apontando para o mapa. — É uma caminhada simples. Posso virar à esquerda na Gracechurch Street, seguir pela Eastcheap e cortar para Mincing Lane.

Uma discussão se seguiu, com Jem, para surpresa de Tessa, apoiando Will contra a ideia dela de andar sozinha pelas ruas. Eventualmente ficou decidido que Henry guiaria a carruagem até Mincing Lane enquanto Tessa andava, com Cyril seguindo a uma distância discreta, para que ela não se perdesse na cidade cheia, suja e barulhenta. Tessa deu de ombros e concordou; parecia mais fácil do que discutir e ela não se incomodava com Cyril.

— Não suponho que ninguém vá observar — declarou Will —, que mais uma vez estamos deixando o Instituto sem um Caçador de Sombras aqui dentro para protegê-lo?

Charlotte enrolou o mapa com um gesto de pulso.

— E qual de nós você sugere que fique em casa em vez de ajudar Tessa?

— Não falei nada sobre alguém ficar em casa. — A voz de Will diminuiu. — Mas Cyril estará com Tessa, Sophie é pouco treinada e Bridget...

Tessa olhou para Sophie, sentada em silêncio no canto da biblioteca, mas ela não dera qualquer sinal de ter ouvido Will. Enquanto isso, a voz de Bridget fluía, bem suavemente, vinda da cozinha. Entoava mais uma triste canção:

"Então John tirou do bolso
Uma faca longa e afiada,
E a enfiou no coração do irmão,

Fazendo o sangue jorrar.
Diz John a William: 'Tire a camisa,
E rasgue-a de ponta a ponta,
Envolva-a no coração que sofre,
E o sangue não mais correrá'."

— Pelo Anjo — disse Charlotte —, nós realmente *vamos* ter de fazer alguma coisa antes que ela nos enlouqueça, não é mesmo?

Antes que qualquer um pudesse responder, duas coisas aconteceram ao mesmo tempo: algo bateu à janela, assustando Tessa a ponto de fazê-la dar um passo para trás, e um barulho forte ecoou pelo Instituto: o som do sino de invocação. Charlotte disse alguma coisa a Will, algo que se perdeu com o barulho do sino —, e ele deixou o recinto. Enquanto isso, Charlotte atravessou o mesmo, abriu a janela e capturou uma coisa esvoaçando lá fora.

Virou-se de costas para a janela, com um pedaço de papel tremulando na mão; assemelhava-se um pouco a um pássaro branco, as bordas do papel esvoaçando com a brisa. Os cabelos dela também voaram sobre o rosto, e Tessa se lembrou do quão jovem Charlotte era.

— De Nate, imagino — falou Charlotte. — O recado dele para Jessamine. — Entregou a Tessa, que rasgou o pergaminho de cor creme, ansiosa em abri-lo.

Tessa levantou o olhar.

— É de Nate — confirmou. — Ele concordou em encontrar Jessie no lugar de sempre ao pôr do sol. — Ela engasgou quando, sabe-se lá como, ao descobrir que já fora lido o bilhete pegou fogo, consumindo-se até estar reduzido a um rastro de cinzas negras em seus dedos.

— Isso nos dá pouquíssimo tempo — disse Henry. — Vou pedir a Cyril que prepare a carruagem. — Olhou para Charlotte como se esperasse sua aprovação, mas ela apenas assentiu, sem olhar nos olhos dele. Com um suspiro, Henry se retirou, quase batendo de frente com Will, que voltava seguido por uma figura trajando capa de viagem. Por um instante Tessa se perguntou, confusa, se seria mais um Irmão do Silêncio, até o visitante retirar o capuz, e ela reconhecer os cachos louros e os olhos verdes.

— Gideon Lightwood? — exclamou surpresa.

— Pronto. — Charlotte guardou o mapa no bolso. — O Instituto não ficará sem Caçadores de Sombras.

Sophie levantou-se às pressas e congelou como se, fora da atmosfera da sala de treinamento, não soubesse ao certo o que dizer na frente do primogênito de Benedict.

Gideon olhou em volta. Como sempre seus olhos verdes estavam calmos, serenos. Will, atrás dele, em contraste, parecia arder com uma energia brilhante, mesmo estando parado.

— Você me chamou? — disse Gideon, e ela percebeu que, claro, olhando para ela, ele via Jessamine. — E estou aqui, mas não sei por quê, ou para quê.

— Para treinar Sophie, intensamente — respondeu Charlotte. — E também para cuidar do Instituto enquanto estivermos fora. Precisamos de um Caçador de Sombras maior de idade e você é qualificado. Aliás, foi Sophie quem sugeriu seu nome.

— E quanto tempo passarão fora?

— Duas horas, três. Não será a noite toda.

— Tudo bem. — Gideon começou a desabotoar a capa. Suas botas estavam empoeiradas e parecia que o cabelo havia sido exposto ao vento, sem chapéu. — Meu pai diria que seria um bom treino para quando eu controlar o lugar.

Will murmurou baixinho alguma coisa que soou como "maldito palerma". Olhou para Charlotte, que acenou minimamente para ele com um gesto de cabeça.

— Pode ser que o Instituto seja seu um dia — disse ela a Gideon, calmamente. — De qualquer forma, agradecemos sua ajuda. O Instituto é responsabilidade de todos os Caçadores de Sombras, afinal. É onde moramos, é nossa Idris quando estamos longe de casa.

Gideon se voltou para Sophie.

— Pronta para treinar?

Ela concordou. Todos deixaram o recinto ao mesmo tempo, Gideon e Sophie foram para a direita e subiram em direção à sala de treinamento, e o restante seguiu para as escadas. O cântico lúgubre de Bridget soava ainda mais alto do lado de fora do recinto. Tessa ouviu Gideon fazer algum comentário para Sophie e a voz suave da menina respondendo, antes de se afastarem demais para que ela escutasse.

Pareceu natural acompanhar os passos de Jem enquanto desciam e atravessavam a nave da catedral. Ela estava suficientemente perto dele para que, mesmo sem falar nada, pudesse sentir o calor de Jem, o toque de sua mão na dela ao saírem. O pôr do sol se aproximava. O céu já tinha começado a adquirir o brilho cor de bronze que antecedia o crepúsculo. Cyril estava esperando na escadaria da frente, tão parecido com Thomas que olhar para ele era de partir o coração. Trazia uma adaga longa e fina, que entregou a Will sem dizer uma palavra; Will colocou-a no cinto.

Charlotte se virou e pôs a mão na bochecha de Tessa.

— Nos vemos no armazém — disse. — Estará totalmente segura, Tessa. E obrigada por fazer isto por nós. — Charlotte abaixou a mão e desceu os degraus, com Henry atrás e Will logo em seguida. Jem hesitou, só por um instante, e Tessa, lembrando-se de uma noite igual a esta, quando ele subiu os degraus para se despedir, pressionou os dedos levemente contra o pulso dele.

— *Mizpah* —disse ela.

Tessa o ouviu inspirar bruscamente. Os Caçadores de Sombras estavam entrando na carruagem; ele se virou e lhe deu um rápido beijo na bochecha, antes de girar e descer correndo os degraus atrás dos outros. Nenhum deles pareceu notar o gesto, mas Tessa levou a mão ao rosto enquanto Jem embarcava por último na carruagem e Henry se dirigia ao banco do cocheiro. Os portões do Instituto se abriram, e a carruagem partiu pela tarde que escurecia.

— Vamos então, senhorita? — perguntou Cyril. Apesar da semelhança com Thomas, pensou Tessa, ele tinha uma conduta menos tímida. Olhava nos olhos quando falava e os cantos da boca sempre pareciam prestes a formar um sorriso. Ficou imaginando se sempre havia um irmão mais calmo e outro mais tenso, como Gabriel e Gideon.

— Sim, acho que... — Tessa parou subitamente, com um pé prestes a descer o degrau. Era ridículo, sabia. No entanto, tinha tirado o anjo mecânico para se vestir com as roupas de Jessamine. Não o havia colocado de volta. Não podia *usá-lo*: Nate reconheceria imediatamente, mas pretendia guardá-lo no bolso para dar sorte, e se esquecera. Hesitou. Era mais do que uma superstição tola; o anjo já tinha literalmente salvado sua vida duas vezes.

Ela se virou.

— Esqueci uma coisa. Espere por mim aqui, Cyril. Volto em um instante.

A porta do Instituto ainda estava aberta; Tessa entrou correndo e subiu as escadas, atravessou as passagens e chegou ao corredor que levava ao quarto de Jessamine — onde congelou.

O corredor de Jessamine era o mesmo que levava à escada que conduzia à sala de treinamento. Tinha visto Sophie e Gideon desaparecem lá há poucos minutos. Só que não tinham desaparecido; continuavam ali. A luz estava baixa, e eles eram apenas sombras no escuro, mas Tessa pôde vê-los com clareza: Sophie contra a parede, e Gideon pressionando sua mão.

Tessa deu um passo para trás, o coração se agitando no peito. Nenhum dos dois a viu. Pareciam totalmente concentrados um no outro. Gideon então se inclinou, murmurando alguma coisa para Sophie; com gentileza, ele afastou uma mecha de cabelo do rosto dela. O estômago de Tessa contraiu-se, e ela deu meia-volta, afastando-se o mais silenciosamente possível.

O céu já tinha adquirido um tom mais escuro quando ela voltou. Cyril estava lá, assobiando desafinadamente; parou subitamente ao ver a expressão de Tessa.

— Está tudo bem, senhorita? Pegou o que queria?

Tessa pensou em Gideon tirando o cabelo de Sophie do rosto. Lembrou-se das mãos gentis de Will em sua cintura e na suavidade do beijo de Jem em sua bochecha. Sentiu a cabeça rodar. Quem era ela para recomendar que Sophie tomasse cuidado, ainda que silenciosamente, quando ela mesma estava tão perdida?

— Sim — mentiu. — Peguei o que queria. Obrigada, Cyril.

O armazém era uma grande construção de calcário cercada por uma grade preta de ferro fundido. As janelas tinham sido cobertas, e um cadeado robusto de ferro mantinha fechados os portões, nos quais mal dava para se ver a inscrição Mortmain and Co. sob as camadas de fuligem.

Os Caçadores de Sombras deixaram a carruagem perto do meio-fio, com um feitiço de disfarce para impedir que fosse roubada ou vandalizada por mundanos que estivessem passando, pelo menos até que Cyril chegasse para tomar conta dela. Ao inspecionar o cadeado, Will pode ver que tinha sido lubrificado e aberto recentemente; um símbolo resolveu a falta de uma chave, e ele e os demais entraram, fechando o portão.

Outro símbolo destrancou a porta da frente conduzindo-os a um conjunto de escritórios. Apenas um ainda estava mobiliado, com uma mesa, um abajur verde e um sofá floral de encosto alto.

— Sem dúvida foi aqui que Jessamine e Nate realizaram a maior parte da corte — Will observou alegremente.

Jem emitiu um ruído de nojo e cutucou o sofá com a bengala. Charlotte estava curvada sobre a mesa, inspecionando as gavetas apressadamente.

— Não sabia que você tinha assumido uma postura tão anticorte — comentou Will com Jem.

— Não por princípio. A ideia de Nate Gray tocando qualquer pessoa... — Jem fez uma careta. — E Jessamine está tão convencida de que ele a ama. Se pudesse vê-la, acho que até você sentiria pena, Will.

— Não sentiria — garantiu Will. — Amor não retribuído é uma coisa ridícula e faz com que as pessoas se comportem de forma ridícula. — Mexeu na atadura do braço como se estivesse doendo. — Charlotte? A mesa?

— Nada. — Ela fechou as gavetas. — Alguns papéis listando preços e horários de leilões de chá, mas fora isso, nada além de aranhas mortas.

— Que romântico — murmurou Will. Ele se desviou para trás de Jem, que já tinha avançado para o escritório adjacente, usando a bengala para afastar teias enquanto passava. As salas seguintes estavam vazias e a última desembocava no que outrora foi um piso de armazém. Era um amplo espaço, sombrio e cavernoso, cujo teto desaparecia na escuridão. Degraus precários de madeira conduziam a uma galeria no segundo andar. Sacos de juta estavam apoiados nas paredes do primeiro andar, aparentando ser, nas sombras, cadáveres jogados. Will ergueu a pedra de luz enfeitiçada em uma das mãos, enviando raios de luz pelo recinto, enquanto Henry investigava um dos sacos. Voltou em um segundo, dando de ombros.

— Pedacinhos de folha de chá — relatou. — De laranja, ao que parecem.

Mas Jem estava balançando a cabeça, olhando em volta.

— Estou perfeitamente disposto a aceitar que este já foi um escritório de comércio de chá em algum momento, mas claramente já está fechado há anos, desde que Mortmain decidiu se ocupar com mecanismos. E mesmo assim, o chão está limpo. — Ele pegou o pulso de Will, fazendo o raio de luz enfeitiçada passar pelo chão liso de madeira. — Este tem sido o palco de alguma atividade, mais do que apenas para os encontros de Jessamine e Nate em um escritório abandonado.

— Há mais escritórios por ali — disse Henry, apontando para o outro lado da sala. — Eu e Charlotte vamos investigá-los. Will, Jem, cuidem do segundo andar.

Era algo raro e empolgante quando Henry dava ordens; Will olhou para Jem e sorriu, começando a subir pelas escadas de madeira. Os degraus rangeram com a pressão e até com o peso de Jem, mais leve. A pedra de Will projetou desenhos de luz contra a parede quando chegaram ao último degrau.

Will se viu dentro de uma galeria, em uma plataforma onde talvez os baús de chá fossem armazenados, de onde um capataz podia observar o andar abaixo. Agora estava vazia, exceto por uma figura solitária, deitada no chão. Era o corpo de um homem, jovem e esguio, e na medida em que Will se aproximou, seu coração acelerou loucamente, porque ele já vira isso antes — já tivera essa visão — do corpo flácido, com cabelo prateado e roupas escuras, os olhos fechados e machucados, emoldurados por cílios cor de prata.

— Will? — Era Jem, atrás dele. Olhou da expressão silenciosa e espantada de Will para o corpo no chão e passou por ele para ajoelhar-se. Pegou o homem pelo braço ao mesmo tempo em que Charlotte chegou ao topo da escadaria. Will olhou surpreso para ela por um instante; o rosto de Charlotte brilhava com o suor, e ela parecia ligeiramente enjoada. Jem falou: — Está com pulso. Will?

Will se aproximou e ajoelhou ao lado do amigo. A essa distância era fácil ver que o homem no chão não era Jem. Era mais velho e caucasiano; tinha uma barbicha prateada no queixo e nas bochechas, e as feições eram mais largas e menos definidas. O coração de Will desacelerou quando os olhos do homem se abriram.

Eram discos de prata, como os de Jem. E naquele instante, Will o reconheceu. Sentiu o aroma agridoce das drogas dos feiticeiros, sentiu o calor delas nas veias, e soube que já tinha visto esse homem, e onde.

— Você é um lobisomem — falou. — Um dos que não tem bando, que compra *yin-fen* dos ifrits em Whitechapel. Não é?

Os olhos do lobisomem passaram pelos dois e se fixaram em Jem. Cerrou as pálpebras e estendeu a mão, agarrando Jem pela roupa.

— Você — disse, ofegante. — É um de nós. Você tem aí com você um pouco do pó...

Jem se encolheu. Will segurou o lobisomem pelo pulso e libertou Jem. Não foi difícil; restava pouquíssima força naqueles dedos abatidos.

— Não toque nele. — Will ouviu a própria voz como se viesse de longe, curta e fria. — Ele não tem nem um pouco do seu pó imundo. Não funciona em nós, Nephilim, como em você.

— Will. — Havia uma súplica na voz de Jem: *seja mais gentil.*

— Você trabalha para Mortmain — disse Will. — Diga-nos o que faz para ele. Diga-nos onde está.

O lobisomem riu. Sangue esguichou sob seus lábios e escorreu pelo queixo. Respingou um pouco no uniforme de Jem.

— Como se... eu soubesse... onde está o Magistrado — ofegou. — Tolos, vocês dois. Malditos e inúteis Nephilim. Se eu tivesse... minha força... os rasgaria em pedacinhos...

— Mas não tem. — Will estava implacável. — E talvez *tenhamos* um pouco de *yin-fen*.

— Não têm. Acha... que não sei? — Os olhos do lobisomem vagaram. — Na primeira vez que ele me deu, eu vi coisas... coisas que não podem imaginar... a grande cidade de cristal... as torres do Paraíso... — Outro espasmo de tosse o assolou. Mais sangue espirrou. Tinha um brilho prateado, como mercúrio. Will trocou olhares com Jem. *A cidade de cristal.* Não pôde deixar de pensar em Alicante, apesar de nunca ter estado lá. — Pensei que fosse viver eternamente... trabalhar por toda noite, todo dia, nunca me cansar. Então começamos a morrer, um por um. A droga, ela mata, mas ele não contou. Vim aqui para ver se ainda tinha um pouco guardado em algum lugar. Mas não tem. Não adianta sair daqui. Estou morrendo. Tanto faz morrer aqui ou em outro lugar.

— Ele sabia o que estava fazendo quando lhe deu aquela droga — disse Jem. — Ele sabia que iria matá-lo. Não merece seu segredo. Diga-nos o que ele estava fazendo, o que ordenou que fizessem ao longo das noites e do dia.

— Montando aquelas *coisas*... Aqueles homens de metal. Eles são de arrepiar, mas o dinheiro era bom e as drogas tinham mais qualidade...

— E agora esse dinheiro vai ajudá-lo bastante — disse Jem, com a voz estranhamente amarga. — Com que frequência ele os fazia consumir? O pó prateado?

— Seis, sete vezes ao dia.

— Não é à toa que o estoque está se esgotando em Whitechapel — murmurou Will. — Mortmain está controlando o fornecimento.

— Não é para tomar assim — disse Jem. — Quanto mais toma, mais rápido morre.

O lobisomem fixou o olhar em Jem. Estava com os olhos vermelhos.

— E você — disse. — Quanto tempo *você* ainda tem?

Will virou a cabeça. Charlotte estava imóvel atrás dele no topo da escada, encarando-o. Ele levantou a mão para chamá-la.

— Charlotte, se pudermos levá-lo lá para baixo, talvez os Irmãos do Silêncio possam fazer alguma coisa para ajudá-lo. Se você puder...

Mas Charlotte, para surpresa de Will, tinha adquirido um leve tom esverdeado. Ela pôs a mão sobre a boca e correu lá para baixo.

— Charlotte! — sibilou Will; não ousou gritar. — Maldição. Muito bem, Jem. Você pega as pernas, eu pego os ombros...

— Não adianta, Will. — A voz de Jem era suave. — Ele está morto.

Will se virou novamente. De fato os olhos prateados estavam arregalados, vítreos, fixos no teto; o tórax não mais subia e descia. Jem esticou a mão para fechar os olhos dele, mas Will segurou o amigo pelo pulso.

— Não.

— Eu não ia abençoá-lo, Will. Só ia fechar os olhos.

— Ele não merece isso. Estava trabalhando para o Magistrado! — O sussurro de Will estava se elevando a um grito.

— Ele é como eu — disse Jem simplesmente. — Um viciado.

Will olhou para ele por cima de suas mãos unidas.

— Ele *não é* como você. E você não vai morrer assim.

Os lábios de Jem abriram em surpresa.

— Will...

Ambos ouviram o som de uma porta se abrindo e uma voz chamando o nome de Jessamine. Will soltou o pulso de Jem, e ambos se jogaram no chão, esticando-se para a beirada da galeria de maneira a enxergar o que estava acontecendo no piso de baixo do armazém.

16

Mortal Ira

Vendo que a mão do Tempo desfigura
A tão rica altivez dos dias idos
Que jaz caída a torre das alturas
Da mortal ira é escravizado o bronze destruído.
— Shakespeare, "Soneto 64"

Era uma experiência um tanto peculiar caminhar pelas ruas de Londres como um menino, pensou Tessa enquanto atravessava o asfalto cheio de gente na Eastcheap. Os homens que cruzaram seu caminho mal olharam para ela, apenas abriram caminho, buscando as portas dos estabelecimentos públicos ou a próxima esquina da rua. Como menina teria sido objeto de olhares e zombarias ao andar sozinha por essas ruas, à noite, em suas roupas finas. Como menino, era invisível. Jamais percebera o que era ser invisível. O quão leve e livre parecia — ou teria parecido, não fosse a sensação de ser um aristocrata de *Um conto de duas cidades* a caminho da guilhotina em um veículo que transportava os condenados.

Viu Cyril apenas uma vez, escondendo-se entre dois prédios em frente ao número 32 da Mincing Lane. Era uma grande construção de pedra, e, sob a luz do crepúsculo que se extinguia, a grade preta de ferro que a cercava parecia fileiras de dentes escuros e afiados. Dos portões da frente pendia um cadeado, mas estava aberto; ela entrou, e em seguida subiu os degraus empoeirados até a porta de entrada, que também estava destrancada.

Lá dentro, descobriu que os escritórios vazios, com janelas que davam para Mincing Lane, estavam quietos e silenciosos; uma mosca zumbiu em um deles, batendo incessantemente nos painéis de vidro, até cair, exausta, no parapeito. Tessa estremeceu, mas prosseguiu.

Em cada sala que entrava ficava tensa, esperando ver Nate; e em cada uma, não o encontrava. A última tinha uma porta que desembocava no piso de um armazém. Uma luz azul desbotada entrava pelas rachaduras nas janelas fechadas. Ela olhou em volta, incerta.

— Nate? — sussurrou.

Ele saiu das sombras, entre dois pilares de gesso descamados. Seus cabelos louros brilharam à luz azulada, sob um chapéu de seda. Trajava um casaco azul, calças pretas e botas pretas, mas sua aparência normalmente imaculada estava um pouco desgrenhada. O cabelo caía sobre os olhos e tinha uma mancha de sujeira na bochecha. As roupas estavam amarrotadas e enrugadas, como se tivesse dormido com elas.

— Jessamine — disse ele, com alívio evidente na voz. — Minha querida. — Abriu os braços.

Ela avançou lentamente, o corpo inteiro tenso. Não queria que Nate lhe tocasse, mas não sabia como poderia evitar um abraço. A mão dele pegou a aba do chapéu de Tessa e o tirou, permitindo que os cachos claros caíssem pelas costas. Ela pensou em Will tirando os prendedores e seu estômago embrulhou involuntariamente.

— Preciso saber onde está o Magistrado — começou, com a voz trêmula. — É de suma importância. Ouvi alguns dos planos dos Caçadores de Sombras, entende. Sei que não queria me contar, mas...

Ele afastou o cabelo dela, ignorando as palavras.

— Entendo — respondeu, com a voz profunda e rouca. — Mas primeiro... — Ele inclinou a cabeça de Tessa para trás colocando um dedo sob seu queixo. — Por isso venha beijar-me, ó, doce amada.

Tessa gostaria que ele não citasse Shakespeare. Jamais conseguiria voltar a ouvir aquele soneto sem passar mal. Cada nervo de seu corpo quis saltar de sua pele, berrando revoltado enquanto ele se inclinava para ela. Rezou para que os outros entrassem enquanto ele inclinava sua cabeça, mais e mais...

Nate começou a rir. Com um movimento do pulso, ele arremessou o chapéu de Tessa pelas sombras; seus dedos apertando o queixo dela, as unhas enterrando em sua pele.

— Peço desculpas por meu comportamento impetuoso — falou. — Mas não pude conter a curiosidade de saber até onde você iria para proteger seus amigos Caçadores de Sombras... irmãzinha.

— *Nate* — Tessa tentou se jogar para trás, ficar fora do alcance dele, mas a garra do irmão era forte demais. A outra mão de Nate avançou como uma cobra, girando-a, prendendo-a contra o corpo, o antebraço na garganta dela. O hálito dele era quente em sua orelha. Tinha um cheiro amargo, de gin e suor.

— Realmente achou que eu não soubesse? — disparou. — Depois que aquele bilhete chegou no baile de Benedict, me mandando à toa para Vauxhall, descobri. Tudo fez sentido. Deveria ter percebido que era você desde o começo. Menininha burra.

— Burra? — sibilou. — Fiz com que soltasse todos os seus segredos, Nate. Você me contou tudo. Mortmain descobriu? É por isso que está com cara de que não dorme há dias?

Ele apertou o braço em volta dela, fazendo-a engasgar de dor.

— Não podia ficar quieta. Tinha de se meter nos meus assuntos. Está feliz em me ver rebaixado, não é mesmo? Que tipo de irmã isso faz de você, Tessie?

— Você teria me matado se tivesse oportunidade. Não há jogo que possa fazer, nada do que diga pode me fazer pensar que o traí, Nate. Você mereceu cada detalhe. Aliando-se a Mortmain...

Ele a sacudiu, com força o bastante para fazer seus dentes tremerem.

— Como se minhas alianças lhe dissessem respeito. Eu estava me saindo muito bem até você e seus amigos Nephilim aparecerem e se meterem. Agora o Magistrado quer minha cabeça. Culpa sua. Tudo culpa sua. Eu estava à beira do desespero até receber aquele bilhete ridículo de Jessamine. Soube que você estava por trás, é claro. E o trabalho que deve ter tido, torturando-a para conseguir que ela escrevesse aquele...

— Não a torturamos — disse Tessa. Lutou, mas Nate apenas a segurou com mais força, os botões do casaco dele afundando em suas costas. — Ela quis escrever. Quis salvar a própria pele.

— Não acredito em você. — A mão que não estava em volta da garganta agarrou o queixo de Tessa; as unhas dele se enterraram na pele macia e ela gritou de dor. — Ela me ama.

— Ninguém jamais poderia amá-lo — disparou Tessa. — Você é meu irmão, eu o amava, e até isso você destruiu.

Nate se inclinou para a frente e rosnou:

— *Não sou seu irmão.*

— Muito bem, meu meio-irmão, se precisa...

— Você não é minha irmã. Nem meia — proferiu as palavras com um prazer cruel. — Sua mãe e minha mãe não eram a mesma mulher.

— Não é possível — sussurrou Tessa. — Você está mentindo. Nossa mãe era Elizabeth Gray...

— *Sua* mãe era Elizabeth Gray, nascida Elizabeth Moore — disse Nate. — A minha era Harriet Moore.

— *Tia Harriet*?

— Ela já foi noiva. Sabia disso? Depois que nossos pais, seus pais, se casaram. O noivo morreu antes que o casamento pudesse acontecer. Mas ela já estava grávida. Sua mãe criou o bebê como se fosse dela, para poupar a irmã da vergonha de descobrirem que ela tinha consumado o casamento antes mesmo que acontecesse, que ela era uma vagabunda — a voz de Nate soou amarga como veneno. — Não sou seu irmão, e nunca fui. Harriet nunca me contou que era minha mãe. Descobri através das cartas da sua mãe. Todos aqueles anos, e ela nunca disse uma palavra.

— Você a matou — disse Tessa, entorpecida. — Sua própria mãe.

— *Porque* ela era minha mãe. Porque me renegou. Porque tinha vergonha de mim. Porque era uma vagabunda. — A voz de Nate era oca. *Nate* sempre foi vazio. Nunca foi nada além de uma casca bonita, e Tessa e a tia haviam sonhado que ele tivesse alguma compaixão, piedade, e uma fraqueza complacente. Era o que as duas queriam enxergar, não que fosse mesmo assim.

— Por que falou para Jessamine que minha mãe era uma Caçadora de Sombras? — perguntou Tessa. — Mesmo que tia Harriet fosse sua mãe, ela e minha mãe eram irmãs. Tia Harriet também seria Caçadora de Sombras, e consequentemente você também. Por que contar uma mentira tão ridícula?

Ele sorriu.

— Bem que gostaria de saber, não? — A mão dele apertou em volta do pescoço de Tessa, sufocando-a. Ela engasgou, e de repente pensou em Gabriel, dizendo, *mire os joelhos. A dor é agonizante.*

Ela ergueu a perna e desferiu um chute para trás, o salto da bota atingindo o joelho de Nate, produzindo um estalo. Nate gritou e perdeu o equilíbrio. Ele continuou segurando Tessa quando caiu rolando, de modo que seu cotovelo a acertou no estômago enquanto atingiam o chão. Ela engasgou, sentindo que o ar era arrancado dos pulmões, os olhos enchendo-se de lágrimas.

Chutou-o novamente, tentando virar para trás, e o acertou no ombro, mas ele a atacou, segurando-a pelo colete. Os botões se soltaram em uma chuva enquanto ele a arrastava para perto de si; agarrou o cabelo de Tessa com a outra mão enquanto ela o atacava, arranhando-o na bochecha. O sangue que aflorou imediatamente até a superfície foi uma visão terrivelmente satisfatória.

— Solte-me — arquejou Tessa. — Não pode me matar. O Magistrado me quer viva...

— "Viva" não quer dizer "intacta" — rosnou Nate, com o sangue escorrendo pelo rosto até o queixo. Emaranhou a mão nos cabelos dela e a puxou para si; ela gritou de dor e chutou, mas ele foi ágil, desviando-se dos pés de Tessa. Arfando, ela fez um chamado silencioso: *Jem, Will, Charlotte, Henry... onde vocês estão?*

— Imaginando onde estão seus amigos? — Levantou-a com um puxão, uma das mão segurando seus cabelos e a outra, sua camisa. — Bem, aqui tem uma, pelo menos.

Um ruído de moagem alertou Tessa para uma movimentação nas sombras. Nate girou sua cabeça pelo cabelo, sacudindo-a.

— Veja — escarneceu. — É hora de saber com quem está brigando.

Tessa encarou. A coisa que emergiu das sombras era gigantesca — tinha 6 metros de altura, supôs, e era feita de ferro. Quase não tinha juntas. Parecia se mover como um único mecanismo fluido, sem costura, e quase sem feições. A parte de baixo se dividia em duas pernas, cada qual terminando em um pé com espetos metálicos. Os braços eram parecidos, terminavam em mãos semelhantes a garras, e a cabeça era lisa e oval, quebrada apenas por uma boca larga e com dentes afiados, como uma rachadura em um ovo. Um par de chifres espiralados se projetavam da "cabeça". Uma linha fina de fogo azul crepitava entre eles.

Em suas mãos enormes a criatura carregava um corpo flácido, vestido com uniforme de Caçador de Sombras. Contra a corpulência do autômato gigante, ela parecia menor do que nunca.

— Charlotte! — gritou Tessa. Redobrou o esforço para se livrar de Nate, sacudindo a cabeça para o lado. Um pedaço do cabelo de Tessa se soltou e escorregou para o chão; os cabelos claros de Jessamine, agora manchados de sangue. Nate revidou, dando-lhe um tapa tão forte que ela chegou a ver estrelas; quando ela perdeu a firmeza, ele a pegou pela garganta, e os botões dos punhos do casaco afundaram na traqueia dela.

Nate riu.

— Um protótipo — explicou. — Abandonado pelo Magistrado. Grande e pesado demais para os propósitos dele. Mas não para os meus. — Elevou a voz: — Deixe-a cair.

As mãos metálicas do autômato se abriram, derrubando Charlotte, que atingiu o chão com uma batida horrível. Ficou caída, imóvel. Dessa distância, Tessa não conseguia enxergar se ela estava respirando ou não.

— Agora esmague-a — disse Nate.

Pesadamente, a criatura ergueu o pé metálico de espeto. Tessa arranhou os antebraços de Nate, rasgando a pele do irmão com as unhas.

— *Charlotte*! — Por um instante Tessa pensou que a voz gritando fosse a dela, mas era grave demais para ser sua. Uma figura surgiu por trás do autômato, toda de preto, exceto pelos cabelos de um tom muito ruivo. Trazia consigo uma misericórdia de lâmina fina.

Henry.

Sem sequer um olhar para Tessa e Nate, ele se jogou para cima do autômato, desferindo um golpe da lâmina em um arco curvo. Ouviu-se o estalo de metal contra metal. Faíscas voaram, e o autômato cambaleou para trás. O pé desceu, atingindo o chão, a centímetros do corpo inerte de Charlotte. Henry aterrissou, lançando-se sobre a criatura novamente com a lâmina empunhada.

A lâmina estilhaçou. Por um instante, Henry simplesmente ficou parado, em choque. Então a mão da criatura se adiantou e o pegou pelo braço. Ele gritou quando a criatura o ergueu e o arremessou com enorme força contra um dos pilares; Henry bateu no pilar, curvou-se e caiu no chão, onde ficou imóvel.

Nate riu.

— *Que* exibição de devoção matrimonial — comentou. — Quem diria? Jessamine sempre achou que Branwell não suportasse a esposa.

— Você é um porco — disse Tessa, debatendo-se. — O que sabe sobre as coisas que as pessoas fazem umas pelas outras? Se Jessamine fosse queimada viva, você não levantaria os olhos do seu jogo de cartas. Não gosta de ninguém além de si mesmo.

— Fique quieta, ou quebro seus dentes — Nate a sacudiu outra vez e gritou: — Venha! Aqui. Precisa segurá-la até o Magistrado chegar.

Com o som de fricção de seus mecanismos, o autômato se mexeu para obedecer. Não era tão veloz quanto os irmãos de menor porte, mas tinha um tamanho tão estupendo que Tessa não pôde deixar de observar os movimentos com um medo paralisante. E isso não era tudo. O Magistrado viria. Tessa ficou imaginando se Nate já o teria chamado, se já estaria a caminho. Mortmain. Mesmo as lembranças daqueles olhos frios, o sorriso gelado e controlador fizeram o estômago de Tessa revirar-se.

— Solte-me — gritou, tentando se afastar do irmão. — Deixe-me ir até Charlotte...

Nate a empurrou para a frente, violentamente, e Tessa caiu esparramada no chão, os cotovelos e os joelhos batendo com força no piso duro de madeira. Ela engasgou e rolou para o lado, indo parar sob a sombra da galeria do segundo andar ao passo que o autômato deslocava-se pesadamente em sua direção. Ela gritou...

E eles saltaram da galeria acima, Will e Jem, cada um aterrissando em um dos ombros da criatura. O autômato rugiu, um ruído como um forno sendo alimentado com carvão, e cambaleou para trás, permitindo que Tessa rolasse para fora do caminho e se levantasse. Olhou de Henry para Charlotte. Henry estava pálido e imóvel, encolhido ao lado do pilar, sua esposa, caída onde o autômato a derrubara, corria perigo iminente de ser esmagada pela máquina barulhenta.

Respirando fundo, Tessa atravessou o salão até Charlotte e se ajoelhou, colocando os dedos na garganta dela; dava para sentir o pulso, apesar de fraco. Colocando as mãos sob os braços da jovem, Tessa começou a arrastá-la até a parede, para longe do centro da sala, onde o autômato girava e cuspia faíscas, esticando as mãos para cima na tentativa de agarrar Jem e Will.

Mas eles foram rápidos. Tessa deitou Charlotte entre os sacos de chá e olhou pela sala, tentando determinar um caminho por onde pudesse levá-la a Henry. Nate ia de um lado para o outro, gritando e xingando a criatura mecânica; em resposta, Will serrou um dos chifres do autômato e o arremessou contra o irmão de Tessa. O objeto deslizou pelo chão, soltando faíscas e fazendo Nate pular para trás. Will riu. Enquanto isso, Jem estava agarrado ao pescoço da criatura, fazendo alguma coisa que Tessa não conseguia ver. O autômato girava em círculos, mas tinha sido programado para agarrar o que estivesse à frente, e os "braços" não dobravam adequadamente. Não alcançavam atrás do pescoço e da cabeça.

Tessa quase quis rir. Will e Jem eram como ratos subindo e descendo pelo corpo de um gato, distraindo-o. Mas por mais que atacassem a criatura de metal, estavam causando poucos danos. As lâminas, que ela já tinha visto cortando ferro e aço como se fossem papel, estavam apenas deixando marcas e arranhões na superfície da criatura mecânica.

Nate, enquanto isso, estava gritando e praguejando.

— Derrube-os! — berrou com o autômato. — Derrube-os, seu imbecil metálico!

O autômato parou, em seguida sacudiu-se violentamente. Will escorregou, agarrando o pescoço de metal no último segundo. Jem não teve tanta sorte; executou um golpe para a frente com a espada-bengala, como se pretendesse enterrá-la no corpo da criatura para não cair, mas a lâmina simplesmente deslizou pelas costas do autômato. Jem caiu desajeitado, sua perna dobrada sob o corpo e a arma tilintando no chão.

— *James!* — gritou Will.

Jem levantou-se lenta e dolorosamente. Alcançou a estela no cinto, mas a criatura, sentindo-se vulnerável, já estava em seu encalço, esticando as garras. Jem cambaleou para trás e pescou alguma coisa no bolso. Algo liso, comprido, metálico — o objeto que Henry havia lhe dado na biblioteca.

Ele esticou o braço para trás com o propósito de arremessá-lo — e Nate surgiu atrás dele, subitamente, chutando sua perna ferida, provavelmente quebrada. Jem não emitiu qualquer ruído, mas sua perna pareceu sumir debaixo de seu corpo. Com um som de algo se partindo, Jem caiu no chão pela segunda vez, derrubando o objeto, que rolou da sua mão.

Tessa se colocou de pé e correu em direção ao artefato, e Nate fez a mesma coisa. Colidiram, e a superioridade dele em peso e altura jogou Tessa no chão. Ela girou ao cair, como Gabriel havia ensinado, para absorver o impacto, apesar de o choque tê-la deixado sem ar. Ergueu o braço para o dispositivo com dedos trêmulos, mas o fez deslizar para longe. Ouviu Will gritar seu nome, mandando que o lançasse para ele. Tessa esticou ainda mais a mão, fechando-a em torno do objeto — e então Nate a agarrou por uma perna e a arrastou em sua direção, sem piedade.

Ele é maior do que eu, pensou. *Mais forte do que eu. Mais implacável do que eu. Mas existe uma coisa que sei fazer e ele não.*

Ela se Transformou.

Com a mente alcançou o aperto de Nate em seu calcanhar, a pele dele tocando a dela. Tessa alcançou o *Nate* intrínseco e inerente que sempre conhecera, aquela chama dentro dele que ardia, como acontecia com todo mundo, como uma vela em um quarto escuro. Ela o ouviu respirando fundo, e então a Transformação a tomou, rasgando sua pele, derretendo seus ossos. Os botões no colarinho e nos punhos arrebentaram quando ela aumentou de tamanho, convulsões sacudindo seus membros, livrando a perna das garras de Nate. Rolou para longe do irmão, cambaleando, e viu os olhos dele se arregalarem ao olhar para ela.

Ela agora era, exceto pelas roupas, a cópia perfeita dele.

Tessa virou para o autômato. A criatura estava congelada, esperando instruções, com Will ainda agarrado às suas costas. Ele ergueu a mão, e Tessa arremessou o dispositivo, agradecendo silenciosamente a Gabriel e Gideon pelas horas de instrução em arremesso de faca. O objeto voou pelo ar em um arco perfeito, e Will o agarrou.

Nate estava de pé.

— Tessa — rosnou. — Que diabos você pode achar que...

— Pegue-o! — gritou para o autômato, apontando para Nate. — Pegue-o e segure-o!

A criatura não se moveu. Tessa não escutou nada além da respiração pesada de Nate ao seu lado e o som tilintado da criatura de metal; Will havia desaparecido atrás do homem mecânico e estava fazendo alguma coisa, apesar de ela não enxergar o quê.

— Tessa, você é uma tola — sibilou Nate. — Isto não pode dar certo. A criatura só é obediente a...

— Sou Nathaniel Gray! — Tessa gritou para o gigante de metal. — E ordeno em nome do Magistrado que *pegue este homem e o segure!*

Nate girou para ela.

— Chega dos seus joguinhos, sua...

As palavras dele foram cortadas subitamente quando o autômato se abaixou e o pegou. Levantou Nate, cada vez mais alto, deixando-o na altura da sua boca, que estalava e zumbia inquisitivamente. Nate começou a gritar e continuou berrando, estupidamente, sacudindo os braços enquanto Will, que tinha concluído o que quer que estivesse fazendo, aterrissou no chão, agachado. Gritou alguma coisa para Tessa, com os olhos azuis arregalados e frenéticos, mas ela não o escutou com os gritos do irmão. Seu coração batia violentamente no peito; sentiu o cabelo caindo, atingindo-a nos ombros com um peso suave e significativo. Era Tessa novamente, o choque do que estava acontecendo foi forte demais para que ela conseguisse manter a Transformação. Nate continuava berrando — a coisa o segurava da mesma forma que uma pinça. Will tinha começado a correr, exatamente quando a criatura, olhando para Tessa, recuou com um rugido — e Will atingiu a menina, derrubando-a no chão para cobri-la com o próprio corpo enquanto o autômato explodia feito uma supernova.

A cacofonia de metal explodindo e tilintando foi inacreditável. Tessa tentou cobrir as orelhas, mas o corpo de Will a prendia com firmeza ao chão. Ele posicionou os cotovelos com firmeza, um de cada lado da cabeça dela. Tessa sentiu a respiração de Will na nuca e seu coração acelerado batendo junto à sua coluna. Ela ouviu o irmão gritar, um terrível berro gorgolejado. Ela virou a cabeça, pressionando o rosto contra o ombro de Will enquanto o corpo do Caçador de Sombras empurrava o dela; o chão tremeu sob eles...

E acabou. Lentamente, Tessa abriu os olhos. O ar estava nublado com poeira de gesso, farpas flutuantes e chá arrancado dos sacos de pano. Havia pedaços enormes de metal espalhados a esmo pelo chão, e várias das janelas explodiram com o impacto, permitindo a entrada de uma nebulosa luz noturna. O olhar de Tessa percorreu o recinto. Viu Henry, segurando Charlotte, beijando o rosto pálido da esposa que olhava para ele; viu Jem, lutando para se levantar, com a estela na mão e poeira de gesso cobrindo as roupas e os cabelos, e viu Nate.

Primeiro achou que ele estava apoiado em um dos pilares. Depois viu a mancha vermelha espalhada na camisa do irmão e percebeu. Um pedaço afiado de metal o tinha perfurado como uma lança, prendendo-o ao pilar. Estava com a cabeça abaixada. E as mãos buscavam fracamente o peito.

— *Nate!* — gritou. Will rolou para o lado, libertando-a, e Tessa ficou de pé em questão de segundos, correndo em direção ao irmão. As mãos dela tremiam de horror e asco, mas conseguiu fechá-las em torno da lança metálica no peito de Nate e puxá-la. Jogou o espeto para o lado, mal conseguindo segurar o irmão quando ele caiu para a frente, com seu súbito peso morto empurrando-a para o chão. De algum jeito, ela se viu caída, o corpo flácido de Nate desajeitadamente por cima dela.

Uma lembrança surgiu — ela, ajoelhada no chão da casa de De Quincey, segurando Nate nos braços. Naquela ocasião ainda o amava. Confiava nele. Agora, enquanto o segurava e o sangue dele manchava a calça e a camisa que vestia, teve a sensação de que assistia a atores em um palco, desempenhando papéis, fingindo sentir dor.

— Nate — sussurrou.

Os olhos dele se abriram. Uma pontada de choque passou por ela. Achou que ele já estivesse morto.

— Tessie... — A voz soou espessa, como se estivesse atravessando camadas de água. Os olhos dele percorreram o rosto de Tessa, depois as manchas vermelhas na roupa dela, e então, finalmente, repousaram no próprio peito, onde o sangue saía em um fluxo regular pelo rasgo imenso na camisa. Tessa retirou o casaco com um movimento de ombros, dobrando-o e pressionando-o sobre o machucado, rezando para ser o suficiente para conter o sangramento.

Não foi. O casaco ficou ensopado instantaneamente, sangue escorria pelas laterais do corpo de Nate.

— Oh, Deus — sussurrou Tessa. Levantou a voz. — Will...

— Não. — A mão de Nate agarrou-lhe o pulso, enterrando as unhas em sua pele.

— Mas Nate...

— Estou morrendo. Eu sei. — Tossiu, um ruído solto, úmido e chiado. — Não entende? Falhei com o Magistrado. Ele vai me matar de qualquer jeito. E vai se certificar de que seja uma morte lenta. — Emitiu um som rouco e impaciente. — Deixe, Tessie. Não estou sendo nobre. Sabe que não sou.

Ela respirou asperamente.

— Eu deveria deixá-lo morrer aqui sozinho no seu próprio sangue. É isso que você faria no meu lugar.

— Tessie... — um rio de sangue escorreu do canto da sua boca. — O Magistrado nunca a machucaria.

— Mortmain — sussurrou. — Nate, onde ele está? Por favor. Diga-me onde ele está.

— Ele... — Nate engasgou, arfando. Uma bolha de sangue apareceu em seus lábios. O casaco na mão de Tessa já tinha virado um farrapo ensopado. Ele arregalou os olhos, extremamente apavorado. — Tessie... Eu... estou morrendo. Estou morrendo de verdade...

Perguntas ainda explodiam na mente de Tessa. *Onde está Mortmain? Como minha mãe podia ser Caçadora de Sombras? Se meu pai era um demônio, como posso estar viva se todos os frutos de Caçadores de Sombras e demônios são natimortos?* Mas o pavor nos olhos de Nate a silenciou; apesar de tudo, deslizou a mão para a dele.

— Não há nada o que temer, Nate.

— Para você, talvez. Sempre foi... a boazinha. Eu vou arder, Tessie. Tessie, onde está seu anjo?

Ela colocou a mão na garganta, um reflexo.

— Não pude usá-lo. Eu estava fingindo ser Jessamine.

— Precisa... usar. — Tossiu. Mais sangue. — Use-o sempre. Jura?

Ela balançou a cabeça.

— Nate... — *Não posso confiar em você, Nate.*

— Eu sei — a voz de Nate saiu chocalhada. — Não existe perdão para... o tipo de coisa que tive de fazer.

Ela apertou ainda mais a mão na dele, os dedos escorregadios com o sangue.

— Eu perdoo você — sussurrou, sem saber, sem sequer se importar se era verdade ou não.

Os olhos azuis dele se arregalaram. O rosto havia se reduzido a um tom amarelado de pergaminho, e os lábios estavam quase brancos.

— *Você não sabe tudo que fiz, Tessie.*

Ela se inclinou ansiosa sobre ele.

— Nate?

Mas não obteve resposta. O rosto dele perdeu a energia, os olhos estavam arregalados, meio revirados. A mão escapou da dela e atingiu o chão.

— Nate — repetiu, e pôs os dedos onde a garganta deveria estar pulsando, já sabendo o que encontraria.

Nada. Ele estava morto.

Tessa se levantou. O colete rasgado, a camisa, até as pontas dos cabelos estavam ensopados com o sangue de Nate. Sentiu-se entorpecida, como se tivesse sido mergulhada em água gelada. Virou-se, lentamente, só agora e pela primeira vez, imaginando se os outros estariam olhando, ouvindo a conversa com Nate, pensando...

Sequer estavam olhando naquela direção. Encontravam-se ajoelhados — Charlotte, Jem e Henry — em um círculo amplo, em torno de uma forma escura no chão, exatamente onde estivera antes, com Will em cima dela.

Will.

Tessa já tinha tido sonhos nos quais caminhava por um corredor longo e escuro em direção a algo terrível; algo que não conseguia ver, mas que sabia ser aterrorizante e mortal. Nos sonhos, a cada passo o corredor se esticava, alongando-se cada vez mais para dentro da escuridão e do horror. A mesma sensação de pavor e desamparo a assolou agora enquanto avançava, cada passo parecendo 1 quilômetro, até chegar ao círculo de Caçadores de Sombras ajoelhados e olhar para Will.

Ele estava deitado de lado. O rosto estava branco, a respiração fraca. Jem colocara uma das mãos no ombro do amigo e falava com ele em voz baixa e tranquilizante, mas Will não deu qualquer sinal de conseguir ouvi-lo. Tinha uma piscina de sangue sob o corpo, manchando o chão, e por um instante Tessa apenas ficou olhando, sem conseguir identificar a fonte. Então se aproximou e viu as costas dele. A roupa tinha sido rasgada por toda a extensão da coluna e das omoplatas, o tecido espesso dilacerado por fragmentos metálicos. A pele nadava em sangue; o cabelo estava ensopado.

— Will — sussurrou Tessa. Sentiu-se estranhamente tonta, como se estivesse flutuando

Charlotte levantou os olhos.

— Tessa — disse. — Seu irmão...

— Está morto — respondeu Tessa através do torpor. — Mas Will...?

— Ele a derrubou e cobriu para protegê-la da explosão — relatou Jem. Não tinha qualquer acusação na voz. — Mas não havia nada para protegê-lo. Vocês dois estavam perto demais. Os fragmentos de metal o atingiram nas costas. Ele está perdendo sangue muito rápido.

— Mas não há nada que possam fazer? — A voz de Tessa se elevou enquanto a tontura ameaçava envolvê-la. E os símbolos de cura? *Iratzes*?

— Utilizamos um *amissio*, um símbolo que desacelera a perda de sangue, mas se tentarmos um de cura, a pele vai se curar sobre o metal, enterrando-o ainda mais no tecido interno — disse Henry, secamente. — Precisamos levá-lo para casa, para a enfermaria. O metal precisa ser removido antes de podermos curá-lo.

— Então temos de ir. — A voz de Tessa estava trêmula. — Temos...

— Tessa — disse Jem. Ainda estava com a mão no ombro de Will, mas olhava para ela, com os olhos arregalados. — Sabe que está machucada?

Ela gesticulou impacientemente para a própria camisa.

— Este sangue não é meu. É de Nate. Agora temos de... ele pode ser carregado? Tem alguma coisa...

— Não — interrompeu Jem, brusco o suficiente para surpreendê-la. — Não o sangue nas suas roupas. Está com um corte na cabeça. Aqui. — Ele tocou a própria têmpora.

— Não seja ridículo — disse Tessa. — Estou ótima. — Levantou a mão para tocar a têmpora e sentiu o cabelo espesso e duro por causa do sangue, a lateral do rosto grudenta, antes de as pontas dos dedos tocarem a pele rasgada que se estendia do canto da bochecha à têmpora. Uma pontada aguda de dor atravessou sua cabeça.

Foi a última gota. Já enfraquecida pela perda de sangue e tonta pelos sucessivos choques, sentiu que começava a sucumbir. Mal sentiu os braços de Jem a envolverem quando caiu na escuridão.

17

Nos Sonhos

Venha a mim nos meus sonhos, e em seguida
Amanhecendo estarei bem.
Pois então à noite serei mais que compensado
Pelo dia em desejo desesperançado.
— Matthew Arnold, "Longing"

A consciência veio e foi em ritmo hipnótico, como o mar surgindo e desaparecendo no convés de um navio galgando águas tempestuosas. Tessa sabia que estava em uma cama com lençóis brancos no centro de um cômodo comprido; que havia outros leitos, todos iguais, naquele recinto; e que havia janelas no alto que permitiam a entrada de sombras, e depois da luz de sangue do amanhecer. Fechou os olhos outra vez contra a luminosidade, e a escuridão voltou.

Acordou com vozes sussurrantes e faces pairando sobre ela, ansiosas. Charlotte, com os cabelos cuidadosamente presos, ainda uniformizada, e a seu lado viu o Irmão Enoch. O rosto cheio de cicatrizes já não era pavoroso. Ouvia a voz dele na mente.

O ferimento na cabeça dela é superficial.

— Mas ela desmaiou — disse Charlotte. Para surpresa de Tessa, havia medo verdadeiro na voz dela, ansiedade real. — Com um golpe na cabeça...

Ela desmaiou pela sucessão de choques. O irmão morreu em seus braços, você disse? E pode ter achado que Will também estava morto. Falou que ele a cobriu com o próprio corpo no momento da explosão. Se ele tivesse morrido, teria abdicado da vida para salvar a dela. É um grande fardo para se carregar.

— Mas acha que ela ficará bem?

Quando o corpo e o espírito tiverem repousado, ela vai despertar. Não sei quando será.

— Minha pobre Tessa. — Charlotte tocou levemente o rosto de Tessa. Suas mãos estavam com cheiro de sabão de limão. — Ela não tem mais ninguém no mundo...

A escuridão voltou, e Tessa sucumbiu a ela, grata por descansar da luz e dos pensamentos. Deixou-se envolver e se permitiu flutuar, como os icebergs na costa do Labrador, embalados pelo luar e pela água escura e gelada.

Um grito gutural de dor interrompeu seu sonho com a escuridão. Estava encolhida de lado em um emaranhado de lençóis, e a algumas camas de distância da sua encontrava-se Will, de bruços. Ela percebeu — embora graças a seu estado de torpor não tenha ficado muito chocada — que ele provavelmente estava nu; os lençóis o cobriam até a cintura, mas as costas e o peito estavam expostos. Os braços estavam cruzados sobre os travesseiros diante dele, a cabeça apoiada neles, o corpo tenso como a corda de um arco. Os lençóis brancos sob o corpo estavam manchados de sangue.

O Irmão Enoch estava de um lado da cama, e ao lado dele encontrava-se Jem, perto da cabeça de Will, com uma expressão ansiosa.

— Will — dizia Jem com urgência. — Will, tem certeza de que não quer mais um símbolo para dor?

— Não... mais — disse Will, através dos dentes cerrados. — Acabe logo com isso.

O Irmão Enoch ergueu o que parecia uma perversa pinça afiada. Will engoliu em seco e enterrou a cabeça nos braços, os cabelos negros contrastando com os lençóis. Jem estremeceu como se a dor fosse nele quando a pinça penetrou fundo nas costas de Will e o corpo dele se retesou na cama, os músculos enrijecendo sob a pele, o grito de agonia breve e abafado. O

Irmão Enoch puxou a ferramenta, que segurava um caco metálico ensanguentado.

Jem pôs a mão na de Will.

— Aperta minha mão. Vai ajudar com a dor. Faltam apenas mais alguns.

— Para você... é fácil falar — engasgou Will, mas o toque do *parabatai* pareceu relaxá-lo ligeiramente. Estava arqueado, com os cotovelos afundados no colchão, a respiração curta. Tessa sabia que devia desviar o olhar, mas não conseguia. Percebeu que nunca tinha visto tanto de um corpo masculino antes, nem mesmo o de Jem. Descobriu-se fascinada pela forma como o músculo esguio deslizava sob a pele suave de Will, o inchaço e o relaxamento de seus braços, a barriga dura e lisa tremendo enquanto ele respirava.

A pinça brilhou novamente — a mão de Will apertou a de Jem, e os dedos de ambos embranqueceram. Sangue brotou e escorreu pela lateral nua de Will. Não emitiu nenhum ruído, apesar de Jem parecer enjoado e pálido. Moveu a mão como se pretendesse tocar o ombro de Will, em seguida a recolheu, mordendo o lábio.

Tudo isto porque Will cobriu meu corpo com o dele para me proteger, pensou Tessa. Como dissera o Irmão Enoch, era de fato um fardo muito pesado.

Ela estava em sua cama estreita no antigo quarto no apartamento de Nova York. Através da janela, via o céu cinzento, os telhados de Manhattan. Uma das colchas de retalhos coloridas da tia estava na cama, e ela a segurava quando a porta se abriu e a tia entrou.

Sabendo o que sabia agora, Tessa pôde ver a semelhança. Tia Harriet tinha olhos azuis, cabelos claros desbotados; até o formato do rosto era como o de Nate. Com um sorriso, ela veio e se inclinou sobre Tessa, colocando na testa da sobrinha uma das mãos, fria contra a pele quente de Tessa.

— Sinto muito — sussurrou Tessa. — Por Nate. É culpa minha ele estar morto.

— Nada disso — disse a tia. — Não é culpa sua. É culpa dele e minha. Sempre senti muita culpa, sabe, Tessa. Por saber que eu era mãe dele mas sem suportar a ideia de contar. Permiti que ele fizesse tudo que queria, até que se tornou mimado além de qualquer possibilidade de salvação. Se eu tivesse revelado que era mãe dele, Nate não teria se sentido tão traído quando

descobriu a verdade, e não teria se voltado contra nós. Segredos e mentiras, Tessa, são como um câncer na alma. Corroem o que é bom e deixam apenas destruição.

— Sinto tanto a sua falta — disse Tessa. — Agora não tenho família...

A tia se inclinou para beijá-la na testa.

— Você tem mais família do que pensa.

— Muito provavelmente vamos perder o Instituto agora — disse Charlotte. Não soava triste, mas distante e desprendida. Tessa pairava como um fantasma pela enfermaria, olhando para onde Charlotte e Jem estavam, ao pé de sua cama. Tessa se viu dormindo, os cabelos escuros espalhados como um leque sobre o travesseiro. Will dormia a algumas camas de distância, com as costas cheias de curativos e um *iratze* preto na nuca. Sophie, com a touca branca e o vestido escuro, espanava os parapeitos. — Perdemos Nathaniel Gray como fonte, uma das nossas se revelou espiã, e não estamos mais perto de encontrar Mortmain do que estávamos há duas semanas.

— Depois de tudo que fizemos e descobrimos? A Clave vai entender...

— Não vão. Já estão no limite no que se refere a mim. Posso muito bem ir até a casa de Benedict Lightwood e refazer a papelada do Instituto em nome dele. Acabar logo com isso.

— O que Henry acha disso tudo? — perguntou Jem, que, assim como Charlotte, não estava mais de uniforme. Ele usava uma camisa branca e calças de tecido marrom, enquanto Charlotte trajava um de seus vestidos escuros sem graça. Quando Jem virou a mão, contudo, Tessa viu que ainda estava suja com o sangue seco de Will.

Charlotte bufou de um jeito nada feminino.

— Ah, Henry — disse, soando exausta. — Acho que ele está tão chocado, porque um dos seus dispositivos realmente funcionou, que não sabe nem o que fazer. E não suporta a ideia de vir até aqui. Ele se sente culpado por Will e Tessa estarem machucados.

— Sem aquela peça poderíamos estar todos mortos e Tessa nas mãos do Magistrado.

— Tente explicar isso a ele. Eu já desisti.

— Charlotte... — A voz de Jem estava suave. — Eu sei o que as pessoas dizem. Sei que você já ouviu fofocas cruéis. Mas Henry ama você. Quando ele achou que você estivesse machucada lá no armazém de chá, quase enlouqueceu. Ele se jogou naquela máquina...

— James. — Charlotte afagou desajeitadamente o ombro de Jem. — Aprecio sua tentativa de me consolar, mas mentiras não trazem bem algum no fim das contas. Há muito tempo aceitei que Henry ama as invenções em primeiro lugar, e a mim em segundo, se é que ama.

— Charlotte — disse Jem, exaurido, mas antes que pudesse acrescentar qualquer outra palavra, Sophie já estava ao lado dele, com um pano na mão.

— Sra. Branwell — falou com a voz baixa. — Se eu puder falar com a senhora por um instante.

Charlotte pareceu surpresa.

— Sophie...

— Por favor, senhora.

Charlotte colocou uma das mãos no ombro de Jem, falou alguma coisa suavemente ao ouvido dele e em seguida acenou com a cabeça para Sophie.

— Muito bem. Venha comigo até a sala de estar.

Enquanto Charlotte saía do recinto com Sophie, Tessa percebeu, surpresa, que Sophie era mais alta que a patroa. Charlotte tinha uma presença tão forte que era fácil esquecer o quanto era pequena. E Sophie era tão alta quanto Tessa, e magra como um salgueiro. Tessa repassou a imagem mental dela com Gideon Lightwood, pressionada contra a parede do corredor, e ficou preocupada.

Quando a porta se fechou atrás das duas, Jem se inclinou para a frente, com os braços cruzados sobre o pé da cama metálica de Tessa. Estava olhando para ela, sorrindo um pouco, apesar de ser um sorriso torto, as mãos caindo pelas laterais do corpo, sangue seco nas juntas e sob as unhas.

— Tessa, minha Tessa — disse, com a voz suave, tão melódica quanto seu violino. — Sei que não pode me ouvir. O Irmão Enoch disse que seu machucado não é sério. Não posso dizer que isso é o bastante para me confortar. É mais ou menos como quando Will me garante que só estamos um pouco perdidos em algum lugar. Sei que isso significa que não veremos nenhuma rua familiar durante horas.

Ele diminuiu a voz, deixando-a tão baixa que Tessa não teve certeza se o que falou em seguida foi real ou parte da escuridão do sonho que ascendia para envolvê-la, apesar de ela lutar contra.

— Nunca nem me importei — prosseguiu. — Em ficar perdido, quero dizer. Sempre achei que ninguém pudesse se perder de verdade se conhecesse o próprio coração. Mas temo ficar perdido sem conhecer o seu. — Jem fechou os olhos como se estivesse exausto, e ela viu o quão finas eram as pálpebras dele, como pergaminho, e o quanto ele parecia cansado. — *Wo ai ni*, Tessa — sussurrou. — *Wo bu xiang shi qu ni.*

Ela soube, sem ter ideia de como, o que as palavras significavam.

Eu te amo.

E não quero perdê-la.

Também não quero perdê-lo, queria dizer, mas as palavras não vieram. Em vez disso, o cansaço venceu, e uma onda escura a cobriu em silêncio.

Escuridão.

Estava escuro na cela, e a primeira coisa que Tessa percebeu foi a sensação de muita solidão e pavor. Jessamine estava deitada na cama estreita, com os cabelos claros caídos sobre os ombros. Tessa pairou sobre ela e, ao mesmo tempo, de alguma forma, sentiu que tocava sua mente. Sentia a profunda dor da perda. De algum jeito, Jessamine sabia que Nate estava morto. Antes, quando Tessa tentara tocar a mente da menina, tinha encontrado resistência, mas agora sentiu apenas uma tristeza crescente, como uma mancha de tinta preta espalhando-se pela água.

Os olhos castanhos de Jessie estavam abertos, fixos na escuridão. Não tenho nada. *As palavras foram tão claras quanto um sino na mente de Tessa.* Escolhi Nate e traí os Caçadores de Sombras, e agora ele está morto, Mortmain também vai me querer morta, e Charlotte me despreza. Apostei e perdi tudo.

Enquanto Tessa observava, Jessamine esticou a mão e retirou um pequeno cordão do pescoço por cima da cabeça. Dele pendia um anel dourado com uma pedra branca brilhante — um diamante. Segurando-o entre os dedos, começou a utilizar o diamante para marcar letras na parede de pedra.

JG.

Jessamine Gray.

Talvez houvesse mais nesse recado, mas Tessa jamais descobriria, enquanto Jessamine pressionava a pedra, esta se quebrou, e a mão dela bateu na parede, arranhando as juntas.

Tessa não precisava tocar a mente de Jessamine para saber o que ela estava pensando. Nem o diamante era verdadeiro. Com um grito baixo, Jessamine rolou e enterrou o rosto nos cobertores ásperos da cama.

Quando Tessa acordou novamente estava escuro. Uma luz fraca vinda das estrelas penetrava as altas janelas da enfermaria, e sobre a mesa ao lado da cama havia uma lâmpada de luz enfeitiçada. Perto desta, uma xícara de chá soltando vapor e um pratinho de biscoitos. Tessa sentou-se, prestes a alcançar a xícara... e congelou.

Will estava sentado na cama ao lado da dela, com uma camisa folgada, calças e um roupão preto. Sua pele estava pálida sob a luz das estrelas, mas nem mesmo a pouca luminosidade conseguia desbotar o azul dos seus olhos.

— Will — disse ela, alarmada —, o que você está fazendo acordado? — Será que ele a estava observando *dormir*, imaginou? Mas que coisa esquisita de Will fazer.

— Trouxe um chá —disse ele, um pouco tenso. — Mas você parecia estar tendo um pesadelo.

— Parecia? Mas eu nem me lembro o que sonhei. — Ela puxou as cobertas sobre si, apesar de já estar mais do que coberta pela modesta camisola. — Achei que estivesse escapando para o sonho, que a vida real era o pesadelo e que o sono era onde eu poderia ficar em paz.

Will pegou a xícara e foi sentar-se ao lado dela na cama.

— Aqui. Beba isto.

Tessa pegou a xícara, obediente. O chá tinha um gosto amargo, porém convidativo, como um tempero de limão.

— O que isto faz? — perguntou.

— Acalma — respondeu Will.

Ela olhou para ele, com gosto de limão na boca. Parecia haver um torpor em seus olhos, vendo através dele, Will parecia algo saído de um sonho.

— Como estão seus ferimentos? Está com dor?

Ele negou, balançando a cabeça.

— Depois que o metal foi retirado, conseguiram usar um *iratze* — explicou. — Os ferimentos não estão completamente curados, mas estão fechando. Até amanhã não passarão de cicatrizes.

— Que inveja. — Ela tomou mais um gole do chá. Estava começando a deixá-la tonta. Tessa tocou o curativo na testa. — Acredito que vá demorar muito até eu poder tirar isto.

— Enquanto isso, pode curtir o visual de pirata.

Ela riu, mas a risada soou trêmula. Will estava perto o suficiente para que ela pudesse sentir o calor irradiando dele. Estava quente como uma fornalha.

— Está com febre? — perguntou, antes que pudesse se conter.

— O *iratze* eleva a temperatura do corpo. É parte do processo de cura.

— Ah — disse ela. Tê-lo tão perto estava causando tremores em seus nervos, mas ela estava tonta demais para se afastar.

— Sinto muito pelo seu irmão — disse ele, suavemente, a respiração agitando o cabelo dela.

— Não pode sentir — disse Tessa, amargamente. — Sei que você acha que ele mereceu. E provavelmente é verdade.

— Minha irmã morreu. Ela morreu, e não havia nada que eu pudesse ter feito — revelou, e tinha um pesar cru na voz. — Eu *sinto* muito pelo seu irmão.

Tessa olhou para ele. Os olhos, grandes e azuis, aquele rosto perfeito, o formato proeminente da boca, curvada para baixo nos cantos em sinal de preocupação. Preocupação por *ela*. A própria pele de Tessa parecia quente e tesa, a cabeça leve e arejada, como se estivesse flutuando.

— Will — sussurrou. — Will, estou me sentindo muito estranha.

Will se inclinou sobre ela para repousar a xícara na mesa, e seu ombro tocou o dela.

— Quer que eu busque Charlotte?

Tessa balançou a cabeça. Estava sonhando. Tinha quase certeza; tinha a mesma sensação — de estar no corpo e ao mesmo tempo não estar — que tivera quando sonhara com Jessamine. Saber que era um sonho a deixou mais corajosa. Will continuava inclinado para a frente, com o braço estendido; ela se encolheu contra ele e colocou a cabeça em seu ombro, fechando os olhos. Sentiu nele um espasmo de surpresa.

— Eu machuquei você ? — sussurrou, lembrando-se tardiamente das costas dele.

— Não me importo — respondeu ele, ardentemente. — Não me importo. — Os braços de Will a envolveram; ela repousou a bochecha na junção calorosa entre o pescoço e o ombro. Ouviu o eco da pulsação de Will e sentiu o cheiro dele, sangue, suor, sabonete e magia. Não foi como na varanda, uma mistura de fogo e desejo. Ele a segurou cuidadosamente, apoiando a cabeça no cabelo dela. Will tremia enquanto seu peito subia e descia, conforme deslizava os dedos hesitantemente sob o queixo de Tessa, erguendo seu rosto...

— Will — disse Tessa. — Tudo bem. Não importa o que fizer. Você sabe, estamos sonhando.

— Tess? — Will pareceu alarmado. Apertou os braços em volta dela. Ela se sentiu morna, suave e tonta. Se ao menos Will realmente fosse assim, pensou, e não apenas nos sonhos. A cama se moveu sob ela como um barco no oceano. Tessa fechou os olhos e se deixou levar pela escuridão.

O ar noturno estava frio, a névoa espessa e verde-amarelada sob as piscinas de luz intermitente vinda dos postes enquanto Will descia a King's Road. O endereço que Magnus lhe dera ficava em Cheyne Walk, perto de Chelsea Embankment e Will já sentia o cheiro familiar do rio, feito de areia e água, de sujeira e podridão.

Vinha tentando impedir que o coração saltasse do peito desde que encontrara o bilhete de Magnus, cuidadosamente dobrado em uma bandeja sobre sua cabeceira. Não continha nada além de um breve endereço rabiscado: *16 Cheyne Walk*. Will estava familizarizado com a área. Chelsea, perto do rio, era um ponto popular para artistas e literatos e as janelas dos estabelecimentos pelos quais passava brilhavam com luzes amarelas receptivas.

Apertou mais o casaco ao dobrar uma esquina, dirigindo-se ao sul. Suas costas e pernas ainda doíam em virtude dos ferimentos, apesar dos *iratzes*; a sensação era de ter sido picado por dúzias de abelhas. E mesmo assim ele mal sentia. A cabeça voltada para várias possibilidades. O que Magnus havia descoberto? Certamente não chamaria Will sem motivo. Estava com o corpo repleto de Tessa, da sensação e do cheiro dela. Estranhamente, o que mais feria seu coração e sua cabeça não era a lembrança dos lábios dela na noite do baile, mas a maneira como ela havia se apoiado sobre ele essa noite, com a cabeça em seu ombro, a respiração suave em seu pescoço, como se confiasse plenamente nele. Ele daria tudo que tinha e tudo que jamais teria só para se deitar ao lado dela na cama estreita da enfermaria e abraçá-la enquanto dormia. Afastar-se dela foi como arrancar a própria pele, mas foi o que precisou fazer.

Como sempre tivera de fazer. Como sempre fora obrigado a se privar de tudo que queria.

Mas talvez... depois dessa noite...

Cortou o pensamento antes que se enraizasse. Melhor não pensar; melhor não ter esperança e se decepcionar. Olhou em volta. Estava em Cheyne Walk agora, com suas casas requintadas de fachadas georgianas. Parou em frente ao número 16. Era uma construção alta, com uma grade de metal fundido e uma grande janela de sacada. Na grade havia um portão ornamentado, aberto. Will entrou e foi até a porta da frente, onde tocou a campainha.

Para sua grande surpresa, não foi aberta por um lacaio, mas por Woolsey Scott, cujos cabelos louros emaranhados iam até os ombros. Estava com um roupão verde-escuro de tecido chinês, calças escuras e o peito nu. Tinha um monóculo de contorno dourado equilibrado em um dos olhos. Trazia um cachimbo na mão esquerda e, ao examinar Will, exalou uma nuvem de fumaça com cheiro adocicado.

— Finalmente sucumbiu e admitiu que está apaixonado por mim? — perguntou a Will. — Gosto destas declarações-surpresa no meio da noite. — Apoiou-se na moldura da porta e acenou com a mão lânguida e cheia de anéis. — Pois bem, prossiga.

Pela primeira vez, Will ficou sem ter o que dizer. Não era algo que costumava acontecer, e foi obrigado a admitir que não gostava.

— Oh, deixe-o em paz, Woolsey. — Uma voz familiar falou de dentro da casa: Magnus, apressando-se pelo corredor. Ele estava ajeitando os punhos da camisa enquanto se aproximava, e seus cabelos eram um emaranhado preto e denso. — Eu disse que Will viria.

Will olhou de Magnus para Woolsey. Magnus estava descalço, assim como o lobisomem. Woolsey tinha uma corrente de ouro brilhante no pescoço, com um pingente que dizia *Beati Bellicosi*, "Abençoados são os guerreiros". Abaixo, havia o desenho de uma pata de lobo. Scott notou que Will estava encarando e sorriu.

— Gosta do que está vendo? — perguntou.

— *Woolsey* — disse Magnus.

— Seu bilhete *tinha* alguma coisa a ver com evocação do demônio, não tinha? — perguntou Will, olhando para Magnus. — Não está... cobrando o favor, está?

Magnus balançou a cabeça desgrenhada.

— Não. Trata-se de negócios, nada mais. Woolsey foi gentil o bastante para me hospedar enquanto decido o que fazer em seguida.

— Sugiro irmos para Roma — declarou Scott. — Adoro Roma.

— Muito bem, mas primeiro preciso usar uma sala, de preferência uma que não tenha nada, ou quase nada dentro.

Scott retirou o monóculo e olhou para Magnus.

— E você vai fazer *o que* na tal sala? — O tom do lobisomem era mais do que sugestivo.

— Invocar o demônio Marbas — respondeu Magnus, sorrindo.

Scott engasgou com a fumaça do cachimbo.

— Suponho que tenhamos ideias diferentes sobre em que consiste uma noite agradável...

— Woolsey. — Magnus passou as mãos pelos cabelos negros. — Detesto mencionar o assunto, mas você me deve essa. Hamburgo? 1863?

Scott jogou as mãos para cima.

— Ah, muito bem. Pode ser o quarto do meu irmão. Não é usado desde que ele morreu. Aproveite. Estarei na sala de estar com uma taça de espumante e algumas xilogravuras um tanto indecentes que importei da Romênia.

Com isso, ele se virou e afastou-se pelo corredor. Magnus acenou para Will entrar, o que ele fez de bom grado, o calor da casa envolvendo-o como um cobertor. Como não havia lacaio, ele retirou o casaco azul de lã e o apoiou no próprio braço enquanto Magnus o observava com um olhar curioso.

— Will — disse ele. — Vejo que não perdeu tempo após receber meu bilhete, não o esperava antes de amanhã.

— Você sabe o que isto significa para mim — declarou Will. — Realmente achou que eu adiaria mais?

Os olhos de Magnus investigaram o rosto do Caçador de Sombras.

— Está preparado — disse ele. — Para que isto fracasse? Para que o demônio não seja o certo? Para a invocação não funcionar?

Por um longo instante Will não conseguiu se mover. Viu o próprio rosto no espelho perto da porta. Ficou horrorizado ao ver o quão desarmado estava — como se não houvesse mais nenhuma parede entre o mundo e os desejos do seu coração.

— Não — respondeu. — Não estou preparado.

Magnus balançou a cabeça.

— Will... — suspirou. — Venha comigo.

Virou-se com a graça felina, percorreu o corredor e subiu a escada curvilínea de madeira. Will foi atrás, atravessando a escadaria sombria, o tapete persa nos degraus abafando seus passos. Vãos nas paredes continham estátuas de corpos entrelaçados feitas de mármore polido. Will desviou o olhar apressadamente, depois olhou de novo. Magnus não parecia estar prestando atenção ao que Will fazia, e ele honestamente nunca tinha imaginado que duas pessoas pudessem se *colocar* em uma posição daquelas, quanto mais fazer parecê-la artística.

Chegaram ao segundo andar e Magnus seguiu pelo corredor, abrindo portas ao passar e murmurando para si mesmo. Quando finalmente encontrou o quarto certo, empurrou a porta e acenou para Will segui-lo.

O quarto do falecido irmão de Woolsey Scott era escuro e frio, e o ar cheirava a poeira. Will automaticamente procurou sua pedra de luz enfeitiçada, mas Magnus acenou para ele deixar isso para lá, acendendo um fogo azul com as pontas dos dedos. De repente, uma fogueira rugiu na lareira, iluminando o recinto. *Era* mobiliado, apesar de estar tudo coberto por panos brancos — a cama, o armário e as cômodas. Enquanto Magnus atravessava o quarto, puxando as mangas e gesticulando, a mobília começou a deslizar do centro do quarto. A cama rodopiou até a parede; as cadeiras, mesas e o lavatório voaram para os cantos do quarto.

Will assobiou. Magnus sorriu.

— Facilmente impressionável — observou Magnus, apesar de soar ligeiramente sem fôlego. Ele se ajoelhou no centro do quarto, agora vazio, e desenhou um pentagrama apressadamente. Em cada ponta da representação colocou um símbolo, apesar de Will não reconhecer nenhum do Livro Cinza. Magnus ergueu os braços e os estendeu por cima da estrela; começou a entoar um cântico, e rasgos se abriram nos seus pulsos, derramando sangue no centro do pentagrama. Will ficou tenso quando o sangue atingiu o chão e começou a arder com um brilho azul sombrio. Magnus recuou para fora do pentagrama, ainda entoando, pôs a mão no bolso e retirou o dente do demônio. Enquanto Will observava, Magnus jogou o objeto no centro da estrela agora em chamas.

Por um instante nada aconteceu. Em seguida, do núcleo ardente do fogo, uma forma escura começou a se materializar. Magnus havia parado de cantar; estava imóvel, os olhos semicerrados, focados no pentagrama e no que acontecia ali dentro. Os cortes em seus braços se fechavam rapidamente. Havia pouco barulho no recinto, apenas o estalo do fogo e a respiração pesada de Will, audível aos próprios ouvidos, enquanto a forma escura crescia em tamanho — fundia-se, e, finalmente, assumia um formato sólido e familiar.

Era o demônio azul da festa, não mais vestindo trajes a rigor. Tinha o corpo coberto por escamas azuis e uma cauda amarelada e longa, com um ferrão na ponta, que balançava de um lado para o outro. O demônio olhou de Magnus para Will, estreitando os olhos vermelhos.

— *Quem invoca o demônio Marbas?* — perguntou, com uma voz que dava a impressão de que as palavras ecoavam do fundo de um poço.

Magnus apontou com o queixo para o pentagrama. O recado ficou claro: o assunto agora era com Will.

Will deu um passo para a frente.

— Não se lembra de mim?

— *Lembro-me de você* — rosnou o demônio. — *Você me perseguiu pelo terreno da casa de campo dos Lightwood. Arrancou um dos meus dentes.* — Ele abriu a boca, mostrando o buraco. — *Senti o gosto do seu sangue* — sibilou. — *Quando escapar deste pentagrama, sentirei novamente, Nephilim.*

— Não — Will se manteve firme. — Estou perguntando *se você se lembra de mim.*

O demônio ficou em silêncio. Seus olhos, dançando com fogo, estavam ilegíveis.

— Cinco anos atrás — disse Will. — Uma caixa. Uma Pyxis. Eu abri, e você apareceu. Estávamos na biblioteca do meu pai. Você me atacou, mas minha irmã o repeliu com uma lâmina serafim. *Recorda-se de mim agora?*

Fez-se um longo, longo silêncio. Magnus manteve os olhos felinos fixos no demônio. Havia uma ameaça implícita neles, que Will não conseguia interpretar.

— Diga a verdade — Magnus se pronunciou afinal. — Ou vai acabar mal para você, Marbas.

A cabeça do demônio virou na direção de Will.

— *Você* — disse, relutantemente. — *Você é aquele menino. O filho de Edmund Herondale.*

Will respirou fundo. De repente sentiu-se tonto, como se fosse desmaiar. Enterrou as unhas nas palmas das mãos, com força, rasgando a pele, permitindo que a dor limpasse sua mente.

— Você se lembra.

— *Eu estava preso há vinte anos naquela coisa* — rosnou Marbas. — *Claro que me lembro de ter sido libertado. Imagine se puder, mortal idiota, anos de sombras, escuridão, sem luz ou movimento; e então a liberdade, a abertura. E o rosto do sujeito que o aprisionou pairando sobre seu olhar.*

— Eu não sou o homem que o aprisionou...

— *Não. Foi seu pai. Mas aos meus olhos você é igual a ele.* — O demônio sorriu. — *Lembro-me da sua irmã. Menina corajosa, me combatendo com aquela lâmina que mal conseguia usar.*

— Ela usou bem o suficiente para mantê-lo longe de nós. Por isso nos amaldiçoou. *Me* amaldiçoou. Lembra-se disso?

O demônio riu.

— *Todos que amarem você morrerão. O amor deles será a própria destruição. Pode ser que leve instantes, pode ser que leve anos, mas qualquer um que olhá-lo com amor vai morrer por isso, a não ser que você se afaste deles para sempre. E vou começar por ela.*

Will sentiu-se como se estivesse respirando fogo. Seu peito inteiro ardia.

— Sim.

O demônio inclinou a cabeça para o lado.

— *E você me invocou para lembrarmos deste evento compartilhado do nosso passado?*

— Eu o invoquei, seu ser azul maldito, para que retire a maldição. Minha irmã, Ella, morreu naquela noite. Deixei minha família para que ficassem seguros. Já faz cinco anos. Chega. *Chega!*

— *Não tente me despertar pena, mortal* — disse Marbas. — *Passei vinte anos de tortura naquela caixa. Talvez você devesse sofrer por vinte anos. Ou duzentos...*

O corpo inteiro de Will ficou tenso. Antes que ele pudesse se jogar em direção ao pentagrama, Magnus disse, em tom calmo:

— Alguma coisa nesta história me parece estranha, Marbas.

Os olhos do demônio se voltaram para ele.

— *O quê?*

— Um demônio, ao ser libertado de uma Pyxis, normalmente está em seu estado mais fraco, por ter passado fome por todo o tempo pelo qual esteve aprisionado. Fraco demais para rogar uma praga tão forte e sutil quanto a que alega ter colocado em Will.

O demônio sibilou alguma coisa em uma língua que Will não conhecia, uma das línguas demoníacas mais incomuns, não foi em Cthonic nem em Purgatic. Os olhos de Magnus se estreitaram.

— Mas ela morreu — disse Will. — Marbas disse que minha irmã iria morrer, e ela morreu. Naquela noite.

Os olhos de Magnus estavam fixos nos do demônio. Alguma batalha de determinações opostas estava acontecendo em silêncio, fora do raio de compreensão de Will. Finalmente, Magnus declarou, suavemente:

— Realmente quer me desobedecer, Marbas? Deseja enfurecer meu pai?

Marbas praguejou, e se voltou para Will. O focinho do demônio estremeceu.

— *O mestiço tem razão. A maldição foi falsa. Sua irmã morreu porque a atingi com meu ferrão.* — O demônio balançou a cauda amarelada de um lado para o outro, e Will se lembrou de Ella sendo derrubada por aquele rabo, a lâmina caindo de sua mão. — *Nunca houve maldição sobre você, Will Herondale. Não imposta por mim.*

— Não — Will falou suavemente. — Não, não é possível. — Sentiu como se uma tempestade desabasse sobre sua cabeça; lembrou-se da voz de Jem dizendo *o muro está ruindo*, e visualizou a grande muralha que o cercava e o isolava há anos sucumbindo. Estava livre, e sozinho, e o vento frio o cortou como uma faca. — Não. — Sua voz tinha adquirido um tom baixo e agudo. — *Magnus...*

— Está mentindo, Marbas? — irritou-se Magnus. — Jura por Baal que está dizendo a verdade?

— *Juro* — disse Marbas, revirando os olhos vermelhos. — *Que vantagem eu teria em mentir?*

Will se ajoelhou. Estava com as mãos fechadas sobre o estômago como se estivesse tentando impedir que as entranhas escapassem. *Cinco anos*, pensou. Cinco anos desperdiçados. Ouviu a família gritando e batendo às portas do Instituto e ele ordenando que Charlotte os mandasse embora. E nunca souberam por quê. Perderam uma filha e um filho em questão de dias, e nunca souberam por quê. E os outros — Henry, Charlotte e Jem — e Tessa — e as coisas que tinha feito...

Jem é meu grande pecado.

— Will tem razão — declarou Magnus. — Marbas, você *é* um ser azul maldito. *Queime e morra!*

Em algum lugar no canto da visão de Will uma chama vermelho-escura voou em direção ao teto; Marbas gritou, um uivo de agonia interrompido tão rapidamente quanto começara. O fedor de carne de demônio queimada preencheu o recinto. E mesmo assim, Will continuava agachado de joelhos, arfando. *Meu Deus, meu Deus, meu Deus.*

Mãos suaves tocaram seus ombros.

— Will — disse Magnus, sem qualquer humor na voz, apenas uma surpreendente gentileza. — Will, sinto muito.

— Tudo o que fiz — falou Will. Seus pulmões pareciam incapazes de receber ar o suficiente. — Todas as mentiras, meu esforço para afastar os outros, o abandono da minha família, as coisas imperdoáveis que disse a Tessa; um desperdício. Um maldito desperdício, e tudo por causa de uma mentira na qual fui burro o suficiente para acreditar.

— Você tinha 12 anos. Sua irmã estava morta. Marbas era uma criatura ardilosa. Já enganou magos poderosos, que dirá uma criança sem qualquer conhecimento do Mundo das Sombras.

Will olhou para as próprias mãos.

— Minha vida inteira acabada, destruída...

— Você tem 17 anos — disse Magnus. — Não pode ter destruído uma vida que mal viveu. E não entende o que isso significa, Will? Passou os últimos cinco anos convencido de que ninguém poderia amá-lo, porque se o fizessem morreriam. O simples fato de que continuavam sobrevivendo provava que eram indiferentes a você. Mas se enganou. Charlotte, Henry, Jem, sua família...

Will respirou fundo, e exalou. A tempestade em sua mente estava se dissipando lentamente.

— Tessa — disse ele.

— Bem — agora havia um quê de humor na voz de Magnus. Will percebeu que o feiticeiro estava ajoelhado ao seu lado. *Estou na casa de um lobisomem*, pensou Will, *com um feiticeiro me consolando e as cinzas de um demônio morto a poucos centímetros de mim. Quem poderia imaginar?* — Não posso garantir nada a respeito do que Tessa sente. Caso não tenha percebido, ela é decididamente uma menina independente. Mas você tem tanta chance de conquistá-la quanto qualquer homem, Will, e não é isso o que queria? — Afagou o ombro de Will e recolheu a mão, levantando-se, uma sombra escura e esguia edificando-se sobre o garoto. — Se serve de consolo, pelo que observei na varanda naquela noite, acredito que ela goste bastante de você.

Magnus assistiu enquanto Will desceu pela entrada da casa. Alcançando o portão, ele parou, com a mão na tranca, como se hesitasse à beira de começar uma jornada longa e difícil. A lua havia surgido por trás das nuvens e brilhava sobre os cabelos escuros e cheios dele, e sobre o branco pálido de suas mãos.

— Muito curioso — disse Woolsey, aparecendo por trás de Magnus na entrada. A luz calorosa da casa transformara o louro-escuro do cabelo de Woolsey em dourado. Tinha cara de que estava dormindo. — Se eu não o conhecesse bem, diria que você gosta daquele menino.

— Se me conhecesse bem em que sentido, Woolsey? — perguntou Magnus, ausente, ainda observando Will e a luz do Tâmisa refletindo atrás dele.

— Ele é Nephilim — disse. — E você nunca gostou deles. Quanto ele pagou para que invocasse Marbas?

— Nada — respondeu Magnus, e agora não estava vendo mais nada, nem o rio, nem Will, apenas uma onda de lembranças: olhos, faces, lábios surgindo na memória, um amor que não sabia mais nomear. — Ele me fez um favor, do qual nem se lembra.

— Ele é muito bonito — disse Woolsey. — Para um humano.

— É muito corrompido — explicou Magnus. — Como um belo vaso que alguém um dia destruiu. Somente sorte e habilidade podem deixá-lo como antes.

— Ou magia.

— Fiz o que pude — disse Magnus suavemente enquanto Will finalmente abria a tranca e empurrava o portão. Ele passou para a calçada.

— Ele não parece muito feliz — observou Woolsey. — O que quer que tenha feito por ele...

— No momento ele está em choque — disse Magnus. — Acreditou em uma coisa durante cinco anos, e agora percebeu que por todo esse tempo vinha encarando o mundo através de um mecanismo defeituoso; que todas as coisas que sacrificou em nome do que achava ser bom e nobre foram um desperdício, e que apenas machucou quem amava.

— Santo Deus — disse Woolsey. — Tem certeza de que o ajudou?

Will atravessou o portão e o fechou atrás de si.

— Tenho — respondeu Magnus. — É sempre melhor viver a verdade do que uma mentira. E aquela mentira o teria deixado sozinho para sempre. Pode não ter tido quase nada durante cinco anos, mas agora pode ter tudo. Um menino com essa aparência...

Woolsey riu.

— Mas ele já entregou o coração — disse Magnus. — Talvez seja melhor assim. O que ele precisa agora é amar e ser amado. Não teve uma vida fácil para alguém tão jovem. Espero que ela entenda.

Mesmo a essa distância Magnus pôde ver Will respirar fundo, endireitar os ombros e partir. Magnus tinha quase certeza de que não estava imaginando, mas Will parecia saltitar.

— Não pode salvar todos os pássaros caídos — comentou Woolsey, apoiando-se contra a parede e cruzando os braços. — Nem mesmo os que são belos.

— Salvar um já basta — disse Magnus, e, como Will não estava mais em seu campo de visão, fechou a porta da frente.

18

Até Eu Morrer

Por toda a vida aprendi a amar.
Ora de minhas artes a maior irei provar
E declamar minha paixão — céu ou lamaçal?
Ela não vai me dar o céu? Não faz mal!
— Robert Browning, "One Way of Love"

— Senhorita. Senhorita! — Tessa acordou lentamente, com Sophie sacudindo seu ombro. A luz do sol entrava pelas janelas lá no alto. A criada estava sorrindo, com os olhos acesos. — A sra. Branwell mandou que eu viesse levá-la para o quarto. Não pode ficar aqui para sempre.

— Ugh. Eu não iria querer! — Tessa sentou-se e em seguida fechou os olhos, dominada por uma tontura. — Acho que preciso de ajuda para levantar, Sophie — falou, em tom de quem se desculpa —, não estou tão firme quanto poderia.

— Claro, senhorita — Sophie esticou o braço e ajudou Tessa a ficar de pé. Apesar de magra, ela era bem forte. Tinha de ser, não é, pensou Tessa, após anos carregando fardos pesados de roupa suja enquanto subia e descia escadas, alimentando as lareiras com carvão. Tessa franziu a testa ao colocar os pés no chão e não pôde deixar de olhar para conferir se Will estava na enfermaria.

Não estava.

— Will está bem? — perguntou, enquanto Sophie a ajudava a calçar os chinelos. — Acordei brevemente ontem e vi enquanto retiravam o metal das costas dele. Foi horrível.

Sophie resfolegou .

— Então pareceu pior do que foi. O sr. Herondale mal permitiu que pusesse uma *iratze* nele antes de sair. Partiu pela noite para fazer só o diabo sabe o quê.

— *Foi*? Podia jurar que falei com ele ontem à noite. — Já estavam no corredor, Sophie conduzindo-a com a mão suavemente pousada em suas costas. Imagens começavam a tomar forma na cabeça de Tessa. Imagens de Will ao luar, dela própria dizendo a ele que nada importava, que era apenas um sonho; e tinha sido, não?

— Deve ter sonhado, senhorita. — Haviam chegado ao quarto de Tessa, e Sophie estava distraída, tentando abrir a maçaneta sem soltá-la.

— Tudo bem, Sophie. Consigo ficar de pé sozinha.

Sophie protestou, mas Tessa insistiu com firmeza o bastante para que a copeira logo abrisse a porta e acendesse a lareira enquanto Tessa sentava-se na poltrona. Havia um bule de chá e um prato de sanduíches sobre a mesa ao lado da cama, e ela se serviu, satisfeita. Não estava mais tonta, mas se sentia cansada, com um desgaste mais espiritual do que físico. Lembrou-se do gosto amargo do chá da noite anterior e da sensação de ser abraçada por Will — mas aquilo tinha sido um sonho. Perguntava-se o quanto do que vira no dia anterior teria sido irreal — Jem suspirando ao pé da cama, Jessamine chorando nos lençóis na Cidade do Silêncio...

— Sinto muito pelo seu irmão, senhorita. — Sophie estava ajoelhada perto da lareira, as chamas projetando luzes em seu rosto adorável. Estava com a cabeça abaixada e Tessa não via a cicatriz.

— Não precisa dizer isso, Sophie. Sei que foi culpa dele, na verdade, o que aconteceu a Agatha... e Thomas...

— Mas ele era seu irmão. — A voz de Sophie soou firme. — O sangue fala mais alto. — Ela se curvou ainda mais sobre as brasas e alguma coisa na gentileza de sua voz e na forma como seus cabelos cacheavam, escuros e vulneráveis, na nuca fez Tessa dizer:

— Sophie, eu a vi com Gideon no outro dia.

Sophie imediatamente ficou tensa, o corpo todo enrijecido, sem olhar para Tessa.

— Como assim, senhorita?

— Voltei para buscar meu colar — relatou Tessa —, meu anjo mecânico, para dar sorte. E a vi com Gideon no corredor. — Engoliu em seco. — Ele estava... apertando sua mão. Como um pretendente.

Fez-se um silêncio muitíssimo longo enquanto Sophie olhava para o fogo. Finalmente falou:

— Vai contar para a sra. Branwell?

Tessa se encolheu.

— O quê? Sophie, não! Eu só... queria alertá-la.

A voz de Sophie estava seca.

— Alertar contra o quê?

— Os Lightwood... — Tessa engoliu em seco. — Não são boas pessoas. Quando estive na casa deles, com Will, vi coisas terríveis, horrorosas...

— São coisas do sr. Lightwood, não dos filhos! — O tom estridente da voz de Sophie fez Tessa se encolher. — Eles não são como o pai!

— Quão diferentes podem ser?

Sophie ficou de pé, o atiçador estalando no fogo.

— Acha que sou tonta o suficiente para permitir que um cavalheiro indigno zombe de mim depois de tudo que passei? Depois de tudo que a sra. Branwell me ensinou? Gideon é um bom rapaz...

— É uma questão de criação, Sophie! Consegue imaginá-lo indo até Benedict Lightwood e dizendo que quer se casar com uma mundana, copeira ainda por cima? Consegue visualizá-lo fazendo isso?

O rosto de Sophie se contorceu.

— A senhorita não sabe de nada — respondeu. — Não sabe o que ele faria por nós...

— Está falando do *treinamento*? — Tessa estava incrédula. — Sophie, sinceramente...

Mas Sophie, balançando a cabeça, havia recolhido as saias e se retirado, deixando a porta se fechar atrás de si.

Charlotte, com os cotovelos na mesa da sala de estar, suspirou, amassou o décimo quarto pedaço de papel e o jogou na lareira. O fogo faiscou por um instante, consumindo a folha, que escureceu e ruiu em cinzas.

Ela pegou a caneta, mergulhou na tinta, e começou novamente.

Eu, Charlotte Mary Branwell, filha de Nephilim, através desta e a partir desta data, entrego a exoneração do cargo de diretora do Instituto de Londres, em meu nome e do meu marido, Henry Jocelyn Branwell...

— Charlotte?

A mão dela fez um movimento brusco, traçando uma mancha de tinta pelo papel e estragando a letra cuidadosa. Ela levantou o olhar e viu Henry ao lado da mesa, com uma expressão preocupada no rosto fino e sardento. Ela repousou a caneta. Teve consciência, como sempre tinha com Henry e raramente em outras ocasiões, de sua aparência física — de que o cabelo estava escapando do coque, o vestido não era novo e estava manchado de tinta na manga, e que seus olhos estavam cansados e inchados de tanto chorar.

— O que foi, Henry?

Henry hesitou.

— É que eu estive... Querida, o que você está escrevendo? — Ele circulou a mesa, olhando por cima do ombro da esposa. — *Charlotte*! — Ele arrancou o papel da mesa; apesar de as letras estarem manchadas de tinta, boa parte do que fora escrito ainda era legível para que ele compreendesse. — Renunciar ao Instituto? Como pode?

— É melhor isso do que ser destituída pelo Cônsul Wayland — disse Charlotte, baixinho.

— Quer dizer "destituídos"? — Henry pareceu magoado. — Não posso ao menos opinar?

— Você nunca se interessou pela direção do Instituto antes. Por que se interessaria agora?

Foi como se Henry tivesse sido estapeado por ela, e Charlotte precisou se esforçar muito para não se levantar, abraçá-lo e lhe dar um beijo na face sardenta. Lembrou-se de quando se apaixonara por ele, de como o achava parecido com um cachorrinho adorável, com as mãos grandes demais para o corpo, os enormes olhos cor de âmbar, o comportamento ávido. Sempre acreditou que a mente por trás daqueles olhos era afiada e inteligente tanto quanto a dela, mesmo quando os outros riam das excentricidades de Henry. Ela sempre pensou que bastaria estar perto dele e amá-lo, independentemente de haver ou não retribuição. Mas isso foi antes.

— Charlotte — disse ele. — Sei por que está brava comigo.

Charlotte levantou o rosto, surpresa. Ele realmente seria perceptivo a esse ponto? Apesar da conversa com o Irmão Enoch, achou que ninguém tivesse notado. Ela mesma mal tinha conseguido pensar no assunto, quanto mais no tipo de reação que Henry teria ao saber.

— Sabe?

— Porque não a acompanhei à reunião com Woolsei Scott.

Alívio e decepção se acumularam no peito de Charlotte.

— Henry — suspirou. — Isso dificilmente poderia...

— Não percebi — explicou ele. — Às vezes fico tão envolvido com minhas ideias. Você sempre soube que eu sou assim, Lottie.

Charlotte enrubesceu. Ele raramente a chamava assim.

— Eu mudaria se pudesse. Dentre todas as pessoas, pensei que você entendesse. Você sabe... Você sabe que não é bobagem para mim. Sabe que quero criar alguma coisa que torne o mundo melhor, que melhore as coisas para os Nephilim. Assim como você, na direção do Instituto. E apesar de saber que sempre virei em segundo lugar para você...

— Segundo lugar para *mim*? — A voz de Charlotte se elevou a um ganido incrédulo. — *Você* em segundo lugar para *mim*?

— Tudo bem, Lottie — disse Henry, com grande gentileza. — Sabia quando aceitou se casar comigo que era apenas porque precisava ser casada para dirigir o Instituto. Sabia que ninguém aceitaria uma mulher sozinha na posição de diretora...

— Henry — Charlotte se levantou, trêmula —, como pode dizer coisas tão terríveis a meu respeito?

Henry pareceu pasmo.

— Pensei que fosse assim...

— Pensa que não sei por que se casou comigo? — gritou Charlotte. — Pensa que não sei sobre o dinheiro que seu pai devia ao meu, ou que meu pai prometeu perdoar a dívida se você se casasse comigo? Ele sempre quis um menino, alguém para assumir o Instituto depois dele. E como não conseguiu isso, bem... por que não *pagar* para casar sua filha incasável, sem graça demais, determinada demais, com um pobre rapaz que só estava cumprindo com obrigações familiares?

— CHARLOTTE. — Henry tinha ficado completamente vermelho. Ela nunca o vira tão enfurecido. — DE QUE DIABOS VOCÊ ESTÁ FALANDO?

Charlotte se apoiou na mesa.

— Sabe muito bem — disse. — Foi por isso que se casou comigo, não foi?

— Nunca me falou uma palavra sobre isso até hoje!

— Por que falaria? Não é nada que você não saiba.

— Eu não sabia. — Os olhos de Henry estavam ardendo. — Não sei nada sobre meu pai ter dívidas com o seu. Eu o procurei de boa-fé e solicitei que me concedesse a honra de me permitir pedi-la em casamento. Nunca houve qualquer discussão financeira!

Charlotte prendeu o fôlego. Nos anos em que foram casados, ela nunca tinha conversado com Henry sobre as circunstâncias do noivado; nunca pareceu haver razão para isso, e ela nunca quis escutá-lo gaguejar negações a respeito do que ela sabia ser verdade. Seu próprio pai não tinha lhe dito isso quando contou sobre o pedido de Henry? *Ele é um homem bom o bastante, melhor do que o pai, e você precisa de uma espécie de marido, Charlotte, se for dirigir o Instituto. Eu perdoei as dívidas do pai dele, então este problema entre nossas famílias está encerrado.*

Claro, não tinha dito, não diretamente, que tinha sido *por isso* que Henry havia feito o pedido. Ela presumiu...

— Você não é sem graça — disse Henry, com o rosto ainda em chamas —, você é linda. E eu não pedi ao seu pai para me casar com você por obrigação; o fiz porque a amo. Sempre amei. Sou seu *marido*.

— Não pensei que quisesse ser — sussurrou.

Henry estava balançando a cabeça.

— Sei que as pessoas me chamam de excêntrico. Peculiar. Até mesmo de louco. Todas essas coisas. Nunca me importei. Mas você achar que sou tão fraco... você sequer me ama?

— Óbvio que amo! — gritou Charlotte. — Isso nunca esteve em questão.

— Não? Acha que não escuto os comentários? Falam de mim como se eu não estivesse presente, como se eu fosse alguma espécie de demente. Já ouvi Benedict Lightwood dizer várias vezes que você só se casou comigo para fingir que havia um homem à frente do Instituto...

Agora foi a vez de Charlotte se enfurecer.

— E você me critica por achá-lo fraco! Henry, eu jamais me casaria por este motivo, nunca, nem em mil anos. Abriria mão do Instituto antes de abrir mão...

Henry a estava encarando, os olhos âmbar arregalados, os cabelos ruivos eriçados como se tivesse passado a mão neles tantas vezes que estivesse prestes a arrancá-lo.

— Antes de abrir mão de quê?

— Antes de abrir mão de *você* — respondeu ela. — Não sabe disso?

E então ela não disse nada, pois Henry a envolveu nos braços e a beijou. Beijou de um jeito que a fez deixar de se sentir sem graça, ou consciente dos cabelos e da mancha de tinta no vestido, ou de qualquer coisa além dele, a quem sempre tinha amado. Lágrimas brotaram dos olhos e correram por suas faces, e quando ele recuou, tocou o rosto molhado de Charlotte, contemplativo.

— Sério — disse —, você também me ama, Lottie?

— Claro que amo. Não me casei com você só para ter um parceiro para dirigir o Instituto, Henry. Casei porque... porque sabia que não me importaria com a dificuldade que seria dirigir este lugar nem com os maus tratos da Clave se soubesse que o último rosto que veria antes de dormir todas as noites seria o seu. — Ela bateu levemente no ombro dele. — Somos casados há anos , Henry. O que você *achou* que eu sentisse por você?

Ele encolheu os ombros e beijou a cabeça dela.

— Achei que gostasse de mim — disse, rispidamente. — Achei que pudesse aprender a me amar, com o tempo.

— Era isso que eu pensava a seu respeito — falou, pensativa. — Como pudemos ser tão tolos?

— Bem, não me surpreendo *comigo* — revelou Henry. — Mas sinceramente, Charlotte, você deveria ter sido mais esperta.

Ela conteve uma risada.

— Henry! — Apertou os braços dele. — Tem mais uma coisa que preciso contar, algo muito importante...

A porta da sala de estar se abriu. Era Will. Henry e Charlotte se afastaram e o encararam. Ele parecia exausto — pálido, com olheiras escuras sob os olhos —, mas com uma clareza no rosto que Charlotte jamais havia visto, uma espécie de brilho na expressão. Ela se preparou para um comentário sarcástico ou uma observação fria, mas em vez disso ele apenas sorriu alegremente.

— Henry, Charlotte — disse. — Não viram Tessa, viram?

— Provavelmente está no quarto — disse Charlotte, aturdida. — Will, algum problema? Não deveria estar descansando? Depois dos ferimentos que sofreu...

Will descartou o comentário.

— Seus *iratzes* excelentes fizeram um bom trabalho. Não preciso descansar. Só quero ver Tessa e perguntar a vocês... — interrompeu-se, olhando para a carta na mesa de Charlotte. Com alguns passos chegou à mesa, pegou o papel e leu-o com o mesmo olhar incrédulo de Henry. — Charlotte... não, não pode abrir mão do Instituto!

— A Clave vai lhe oferecer outro lugar para morar — declarou Charlotte. — Ou pode ficar aqui até completar 18 anos, apesar de os Lightwood...

— Eu não iria querer morar aqui sem você e Henry. Por que acham que fico aqui? Pelo ambiente? — Will sacudiu o pedaço de papel até estalar. — Até com saudade da maldita Jessamine estou... bem, um pouco. E os Lightwood vão demitir nossos serventes e substituí-los pelos deles. Charlotte, não pode permitir. Esta é a nossa casa. É a casa de Jem, de Sophie.

Charlotte olhou para ele.

— Will, tem certeza de que não está com febre?

— Charlotte. — Will bateu com o papel na mesa. — Eu *proíbo* você de abrir mão do seu cargo. Entendeu? Ao longo de todos esses anos você fez tudo por mim, como se eu fosse sangue do seu sangue, e eu nunca lhe disse que era grato. O mesmo vale para você, Henry. Mas sou grato, e por causa disso não deixarei que cometa este erro.

— Will — disse Charlotte. — Acabou. Só temos três dias para encontrar Mortmain, e não tem como. Simplesmente não dá tempo.

— Enforque Mortmain — disse Will. — Digo literalmente, é claro, mas também figurativamente. O limite de duas semanas para encontrá-lo foi essencialmente estabelecido por Benedict Lightwood como um teste ridículo. Um teste que, ao que parece, foi armação. Ele está trabalhando para Mortmain. Esse teste foi uma tentativa de tirar o Instituto de você. Mas se expusermos Benedict como o que ele é, uma marionete de Mortmain, o Instituto volta a ser seu, e a procura por Mortmain pode continuar.

— Temos a palavra de Jessamine de que expor Benedict é cair na armadilha de Mortmain...

— Não podemos não fazer nada — disse Will com firmeza. — Vale ao menos uma conversa, não acha?

Charlotte não conseguiu pensar em nenhuma palavra para dizer. Este não era o Will que conhecia. Era firme, direto, com intensidade irradiando dos olhos. Se o silêncio de Henry era algum indício, ele estava tão surpreso quanto ela. Will assentiu, interpretando isso como um sinal de concordância.

— Excelente — falou. — Vou pedir a Sophie que reúna os outros.

E saiu de lá.

Charlotte olhou para o marido, todos os pensamentos acerca da notícia que queria lhe dar foram afastados.

— Aquele era *Will?* — observou, afinal.

Henry arqueou uma sobrancelha ruiva.

— Talvez tenha sido sequestrado e substituído por um autômato — sugeriu. — Parece possível...

Pela primeira vez, Charlotte não fez nada além de concordar.

Taciturna, Tessa terminou de comer os sanduíches e tomar o resto do chá, repreendendo a própria incapacidade para não se meter nos assuntos alheios. Quando terminou, colocou o vestido azul, achando a tarefa complicada sem a ajuda de Sophie. *Olhe para você*, pensou, *mimada após apenas algumas semanas com uma copeira. Não consegue se vestir, não consegue parar de se meter onde não é chamada. Logo precisará de alguém que lhe dê mingau na boca para não morrer de fome.* Fez uma careta horrível para si mesma no espelho e sentou-se à penteadeira, pegando a escova prateada e passando-a pelos longos cabelos castanhos.

Ouviu uma batida à porta. *Sophie*, pensou Tessa esperançosa, voltando à espera de um pedido de desculpas. Bem, receberia um. Tessa repousou a escova e se apressou para abrir a porta.

Assim como anteriormente torcera para encontrar Jem na entrada e se decepcionara ao avistar Sophie, agora, esperando Sophie, surpreendeu-se ao se deparar com Jem. Ele trajava calças e um casaco cinza de lã, contra os quais seus cabelos prateados pareciam quase brancos.

— Jem — disse, espantada. — Está tudo bem?

Seus olhos cinzentos investigaram o rosto de Tessa, e os cabelos longos e soltos.

— Parece que estava esperando outra pessoa.

— Sophie. — Tessa suspirou e colocou um cacho rebelde atrás da orelha. — Temo tê-la ofendido. Meu hábito de falar sem pensar me prejudicou novamente.

— Oh — falou Jem, com uma estranha falta de interesse. Normalmente teria perguntado a Tessa o que tinha dito a Sophie, e confortado-a, ou ajudado-a a traçar um meio de ter o perdão de Sophie. Seu habitual interesse vívido em tudo parecia estranhamente ausente, pensou Tessa, alarmada; ele também estava bastante pálido, e aparentava olhar para além dela, como se estivesse checando para ter certeza de que estava sozinha. — Bem, é que... gostaria de falar com você em particular, Tessa. Está se sentindo suficientemente bem?

— Depende do que vai me falar — respondeu, com uma risada, mas quando a resposta não despertou nenhum sorriso, ficou apreensiva. — Jem... jura que está tudo bem? Will...

— Não é sobre Will — afirmou. — Will está por aí vagando, e sem dúvida muito bem. Isto é sobre... bem, suponho que possa dizer que é sobre mim. — Ele olhou para um lado e para o outro do corredor. — Posso entrar?

Tessa pensou brevemente no que tia Harriet diria a respeito de uma menina que permitia a entrada de um rapaz sem parentesco em seu quarto, quando não havia mais ninguém presente. Mas a própria tia Harriet tinha se apaixonado, pensou Tessa. O suficiente para permitir que o noivo fizesse... bem, o que quer que se fizesse para alguém engravidar. A tia Harriet, se estivesse viva, não estaria em posição de falar nada. Além disso, a etiqueta para Caçadores de Sombras era outra.

Ela abriu completamente a porta.

— Sim, entre.

Jem entrou no quarto, e fechou a porta atrás de si. Ele andou até a lareira e apoiou um dos braços no mantel. Pareceu decidir que tal posição não era satisfatória e então foi até onde Tessa estava, no meio do quarto, e ficou parado diante dela.

— Tessa — disse ele.

— Jem — respondeu ela, imitando o tom sério, mas, novamente, ele não sorriu. — Jem — repetiu, mais quietamente. — Se for sobre sua saúde, sua... doença, por favor, me conte. Farei o que for possível para ajudar.

— Não é — explicou ele — sobre minha doença — respirou fundo. — Sabe que não encontramos Mortmain — falou. — Em alguns dias, o

Instituto pode ser entregue a Benedict Lightwood. Ele sem dúvida permitirá que eu e Will permaneçamos aqui, mas não você, e não tenho a menor vontade de morar em uma casa governada por ele. E Will e Gabriel se matariam em questão de minutos. Seria o fim do nosso grupinho; Charlotte e Henry encontrariam uma casa, tenho certeza, e Will e eu talvez fôssemos para Idris até completarmos 18 anos, e Jessie... suponho que isso dependa da sentença aplicada pela Clave. Mas não poderíamos levar você a Idris conosco. Você não é Caçadora de Sombras.

O coração de Tessa começou a bater muito depressa. Ela se sentou, muito subitamente, na beirada da cama. Sentiu-se ligeiramente enjoada. Lembrou-se do desdém de Gabriel ao fazer piada com ela sobre arrumar "emprego"; após ter ido ao baile na casa deles, não podia imaginar coisa pior.

— Entendo — disse Tessa. — Mas para onde eu iria...? Não, não me responda. Vocês não têm qualquer responsabilidade sobre mim. Mas obrigada, por, pelo menos, me contar.

— Tessa...

— Vocês todos já foram tão generosos quanto poderiam comigo — falou —, considerando que permitir minha permanência não fez bem a nenhum de vocês aos olhos da Clave. Vou encontrar um lugar...

— Seu lugar é comigo — disse Jem. — Sempre será.

— O que quer dizer?

Jem enrubesceu, uma cor escura contra sua pele clara.

— Quero dizer — explicou —, Tessa Gray, você me concede a honra de se tornar minha esposa?

Tessa endireitou a postura imediatamente.

— *Jem!*

Os dois ficaram se encarando por um instante. Finalmente, ele se pronunciou, tentando um comentário leve, apesar de a voz ter falhado:

— Não foi um não, suponho, apesar de também não ter sido um sim.

— Não pode estar falando sério.

— Estou.

— Não pode... não sou Caçadora de Sombras. Vão expulsá-lo da Clave...

Ele deu um passo para perto dela, com o olhar sério.

— Pode não ser exatamente uma Caçadora de Sombras. Mas não é mundana, nem comprovadamente faz parte do Submundo. Sua situação é única, então não sei o que a Clave fará. Mas não podem proibir algo que não é proibido pela Lei. Terão de levar o seu, o nosso, caso particular em consideração, e isso pode levar meses. Enquanto isso não podem impedir nosso noivado.

— Você *está* falando sério. — Tessa estava com a boca seca. — Jem, tamanha bondade de sua parte é uma coisa verdadeiramente incrível. Diz muito sobre você. Mas não posso permitir que se sacrifique de forma alguma por mim.

— *Sacrificar?* Tessa, eu te amo. *Quero* me casar com você.

— Eu... Jem, é que você é gentil, tão altruísta. Como posso confiar que não está fazendo isso simplesmente pelo meu bem?

Ele pôs a mão no bolso do colete e retirou algo liso e circular. Era um pingente de jade verde-esbranquiçado, com caracteres chineses esculpidos que ela não sabia ler. Ele o entregou a ela com a mão ligeiramente trêmula.

— Poderia lhe dar meu anel de família — disse. — Mas o anel deve ser devolvido ao fim do noivado após a troca de símbolos. Quero lhe dar alguma coisa que seja sua para sempre.

Tessa balançou a cabeça.

— Nunca poderia...

Ele a interrompeu:

— Isto foi dado a minha mãe pelo meu pai quando se casaram. A escrita é de I Ching, o Livro de Mudanças. Diz: *quando duas pessoas são uma só em seus corações, destroem a força até mesmo do ferro ou do bronze.*

— E você acha que somos? — perguntou Tessa, com a voz baixa em função do choque. — Uma só, quero dizer?

Jem se ajoelhou aos pés dela, de modo a poder olhar para o seu rosto. Ela o viu como na Blackfriars Bridge, uma adorável sombra prateada contra a escuridão.

— Não posso explicar o amor —disse ele. — Não sei dizer se a amei desde o primeiro instante em que a vi ou se foi no segundo, no terceiro ou no quarto. Mas me lembro da primeira vez que a vi caminhando em minha direção e percebi que de algum jeito o resto do mundo parecia desaparecer quando estou ao seu lado. Quando percebi que você era o centro de tudo que eu fazia, sentia e pensava.

Sobrecarregada, Tessa balançou a cabeça lentamente.

— Jem, nunca imaginei...

— Existe uma força e um poder no amor — disse ele. — É isso que essa inscrição significa. E também está na cerimônia de casamento dos Caçadores de Sombras. *Pois o amor é tão forte quanto a morte.* Não reparou o quanto melhorei nessas últimas semanas, Tessa? Ando menos doente, tossindo menos. Sinto-me mais forte, preciso menos da droga, por causa de você. Porque meu amor por você me sustenta.

Tessa o encarou. Será que uma coisa dessas era possível, fora dos contos de fada? O rosto fino de Jem irradiava luz; ele claramente acreditava, absolutamente. E ele *estava* melhor.

— Você fala em sacrifício, mas não é meu sacrifício que ofereço. É o seu que peço — prosseguiu. — Posso oferecer-lhe minha vida, mas é uma vida curta; posso oferecer meu coração, apesar de não saber quantas batidas lhe restam. Mas a amo o bastante para torcer que não se importe com meu egoísmo de tentar fazer o resto da minha vida, seja qual for a sua duração, feliz, ao seu lado. Quero ser casado com você, Tessa. Quero mais do que já quis qualquer outra coisa na vida. — Ele olhou para ela através de um véu prateado de cabelo caindo sobre seus olhos. — Isto é — falou, timidamente —, se você também me amar.

Tessa olhou para Jem, ajoelhado diante dela com o pingente nas mãos, e entendeu afinal o que as pessoas queriam dizer quando falavam que o coração de uma pessoa estava nos olhos, pois os dele, expressivos e luminosos, que ela sempre achou lindos, estavam cheios de amor e esperança.

E por que *não* deveria ter esperança? Ela havia lhe dado todos os motivos para crer que o amava. Amizade, confiança, gratidão, até mesmo paixão. E se havia alguma parte em si, pequena e contida, que ainda não tinha desistido de Will, ela certamente devia a si mesma, tanto quanto a Jem, fazer o que pudesse para destruí-la.

Muito lentamente, esticou o braço e pegou o pingente de Jem. Colocou-o no pescoço em um cordão dourado, frio como água, e o repousou na garganta, sobre o ponto em que ficava o anjo mecânico. Ao abaixar as mãos, viu a esperança nos olhos de Jem se acender, transformando-se num fulgor quase insustentável, tamanha felicidade e incredulidade. Sentiu como se alguém tivesse esticado a mão para dentro do seu peito e destrancado a caixa que guardava seu coração, derramando ternura por suas veias feito sangue novo. Jamais tinha sentido um impulso tão avassalador de proteger alguém, tamanho fervor, tamanha vontade de colocar os braços ao redor de alguém e envolver fortemente a pessoa, ficando sozinhos e longe do resto do mundo.

— Então, sim — respondeu. — Sim, eu me caso com você, James Carstairs. Sim.

— Oh, graças a Deus — disse ele, exultante. — Graças a Deus. — E enterrou o rosto no colo dela, abraçando sua cintura. Ela se inclinou sobre ele, acariciando seus ombros, as costas, o cabelo sedoso. O coração de Jem bateu forte contra os joelhos dela. Alguma pequena parte dentro de Tessa estava atordoada de espanto. Nunca imaginou que tivesse o poder de deixar alguém tão feliz. E não era um poder mágico: era puramente humano.

Ouviu uma batida à porta; desvencilharam-se. Tessa se levantou apressadamente e foi até a porta, parando para alisar o cabelo e, torceu, para conseguir acalmar a própria expressão antes de abrir. Dessa vez *era* Sophie. Mas a expressão rebelde no rosto dela demonstrou que não tinha vindo por vontade própria.

— Charlotte está a convocando para a sala de estar, senhorita — informou. — Mestre Will voltou, e ela deseja realizar uma reunião. — Olhou para além de Tessa, e sua expressão ficou ainda mais amarga. — O senhor também, mestre Jem.

— Sophie... — Tessa começou, mas Sophie já tinha virado e estava se afastando, a touca branca sacudindo. Tessa cerrou o punho na maçaneta, olhando para ela. Sophie havia dito que não se importava com os sentimentos de Jem por Tessa, e Tessa agora sabia que a razão disso era Gideon. Mesmo assim...

Ela sentiu Jem se aproximar por trás e colocar as mãos dentro das suas. Tinha dedos esguios. Eles deram as mãos, e Tessa soltou o ar. Era isso que significava amar alguém? Que todo fardo era um fardo compartilhado, que esse alguém poderia nos confortar apenas com uma palavra ou um toque? Ela deitou a cabeça no ombro de Jem, que a beijou na têmpora.

— Contaremos primeiro a Charlotte quando tivermos oportunidade — disse ele —, depois aos outros. Logo que o destino do Instituto estiver resolvido...

— Você soa como se não ligasse para o que vai acontecer — disse Tessa. — Não vai sentir falta daqui? Este é o seu lar.

Os dedos de Jem acariciaram levemente o punho de Tessa, fazendo-a tremer.

— Você é o meu lar agora.

19

Se a Traição Acaso Prosperar

A traição jamais deve prosperar: por que razão?
Ora, se prosperar, ninguém ousará chamá-la traição.
— Sir John Harrington

Sophie estava atiçando o fogo na lareira da sala de estar, que estava quente, quase abafada. Charlotte estava sentada atrás da mesa, Henry em uma cadeira ao lado. Will estava esparramado em uma das poltronas floridas perto do fogo, com um serviço de chá próximo e uma xícara na mão. Quando Tessa entrou, ele se empertigou tão subitamente que derramou um pouco de chá na manga; ele repousou a xícara na mesa sem tirar os olhos dela.

Parecia exausto, como se tivesse passado a noite inteira andando. Ainda estava com o casaco, de lã azul-escura com forro de seda vermelho, e suas calças pretas estavam manchadas de lama. Os cabelos estavam molhados e emaranhados, o rosto pálido, a mandíbula escurecida com a sombra da barba por fazer. Ao ver Tessa, seus olhos brilharam como faróis acesos. O rosto inteiro de Will se transformou, e ele a olhou com um deleite tão inexplicável que Tessa, chocada, parou onde estava, fazendo com que Jem trombasse nela. Naquele instante, não conseguiu desviar o olhar de Will; foi como se ele sustentasse o dela e mais uma vez a fez lembrar o sonho da noite anterior, em que era confortada por ele na enfermaria. Será que ele conseguia ler a lembrança no rosto dela? Seria por isso que a estava encarando?

Jem olhou por cima do ombro dela.

— Oi, Will. Tem certeza de que foi uma boa ideia passar a noite inteira na chuva quando ainda está se curando?

Will desviou o olhar que estava fixo em Tessa.

— Tenho certeza — respondeu com firmeza. — Eu precisava caminhar. Clarear a mente.

— Está com a mente clara agora?

— Clara como cristal — disse Will, voltando o olhar para Tessa, e a mesma coisa se repetiu. Seus olhares pareceram se grudar, e ela teve de desviar, atravessando a sala para se sentar no sofá perto da mesa, de onde Will não ficaria diretamente em sua linha de visão. Jem veio e sentou-se ao lado dela, mas não lhe deu a mão. Ficou imaginando o que aconteceria se anunciassem casualmente o que tinha acabado de acontecer: *nós vamos nos casar*.

Mas Jem tinha razão; não era o momento certo para isso. Charlotte, assim como Will, parecia estar acordada há várias noites; a pele dela era de um amarelo doentio e havia olheiras escuras sob seus olhos. Henry estava ao lado de Charlotte à mesa, com a mão protetoramente sobre as dela, observando-a com uma expressão preocupada.

— Estamos todos aqui, então — disse Charlotte rapidamente, e por um instante Tessa quis fazer uma observação, dizer que não estavam todos, já que Jessamine estava ausente. Mas ficou em silêncio. — Como provavelmente sabem, estamos próximos do fim do período de duas semanas que nos foi oferecido pelo Cônsul Wayland. Não descobrimos o paradeiro de Mortmain. De acordo com Enoch, os Irmãos do Silêncio examinaram o corpo de Nathaniel Gray e não encontraram nada, e, como ele está morto, não temos como descobrir nada a partir dele.

E como ele está morto. Tessa pensou na lembrança que tinha de Nate, de quando eram muito novos, perseguindo libélulas no parque. Ele caiu no lago, e ela e tia Harriet — mãe dele — ajudaram a retirá-lo; a mão dele estava escorregadia por causa da água e das algas. Lembrou-se da mão dele escorregando uma outra vez, no armazém do chá, só que por causa do sangue. *Não sabe tudo que fiz, Tessie.*

— Certamente podemos denunciar o que sabemos sobre Benedict à Clave. — Charlotte estava dizendo quando Tessa se libertou das lembranças e trouxe o pensamento de volta ao presente. — Pareceria a atitude mais sensata.

Tessa engoliu em seco.

— E o que Jessamine falou? Que fazendo isso estaríamos caindo na armadilha de Mortmain.

— Mas não podemos não fazer nada — disse Will. — Não podemos ficar parados e entregar as chaves do Instituto a Benedict Lightwood e seus rebentos lamentáveis. Eles *são* Mortmain. Benedict é uma marionete. Temos de *tentar*. Pelo Anjo, não temos provas suficientes? O bastante para levá-lo a um julgamento sob a Espada, pelo menos.

— Quando utilizamos a Espada em Jessamine, havia bloqueios na mente dela, colocados por Mortmain — disse Charlotte, exaurida. — Acha que Mortmain seria leviano a ponto de não tomar as mesmas precauções com Benedict? Vamos parecer tolos se a Espada não extrair nada dele.

Will passou as mãos nos cabelos negros.

— Mortmain espera que recorramos à Clave — disse Will. — Seria a primeira coisa que ele presumiria. Além disso, ele está acostumado a se livrar de parceiros que não são mais úteis. De Quincey, por exemplo. Lightwood não é insubstituível para ele, e o próprio Lightwood sabe disso. — Tamborilou os dedos nos joelhos. — Acho que se procurássemos a Clave, certamente tiraríamos Benedict da corrida pela liderança do Instituto. Mas existe uma facção da Clave que o segue; alguns são de nosso conhecimento, mas outros, não. É triste, mas não sabemos em quem confiar além de nós mesmos. O Instituto está seguro conosco e não podemos permitir que o tirem de nós. Onde mais Tessa ficará segura?

Tessa piscou os olhos.

— Eu?

Will pareceu espantado, como que chocado pelo que ele próprio tinha acabado de dizer.

— Bem, você é uma parte crucial do plano de Mortmain. É *você* que ele sempre quis. Sempre precisou de você. Não podemos permitir que a tenha. Certamente você pode ser uma arma poderosa nas mãos dele.

— Tudo isso é verdade, Will, e claro que vou procurar o Cônsul — disse Charlotte. — Mas como uma Caçadora de Sombras comum, e não como líder do Instituto.

— Mas por que, Charlotte? — perguntou Jem. — Você é excelente em seu trabalho...

— Sou? — questionou ela. — Pela segunda vez não notei uma espiã sob meu próprio teto; Will e Tessa escaparam da minha tutela com facilidade para comparecer ao baile de Benedict; nosso plano para capturar Nate, que não levamos ao conhecimento do Cônsul, fracassou, deixando morta uma testemunha potencialmente importante...

— Lottie! — Henry pôs a mão no braço da esposa.

— Não sou adequada para dirigir este lugar — afirmou Charlotte. — Benedict estava certo... Claro que tentarei convencer a Clave da culpa dele. Outra pessoa vai comandar o Instituto. Não será Benedict, espero, mas também não serei eu...

Ouviu-se uma batida.

— Sra. Branwell! — Era Sophie. Ela derrubou o atiçador e deu as costas para o fogo. — Não pode deixar o cargo, senhora. Não... simplesmente não pode.

— Sophie — disse Charlotte, muito gentilmente. — Para onde formos depois daqui, onde quer que eu e Henry fixemos residência, a levaremos conosco...

— Não é isso — respondeu Sophie com a voz fraca. Passou os olhos pela sala. — A senhorita Jessamine... ela estava... digo, estava falando a verdade. Se procurarem a Clave assim, cairão na armadilha de Mortmain.

Charlotte olhou para ela, perplexa.

— O que a faz dizer isso?

— Eu não... não sei exatamente. — Sophie olhou para o chão. — Mas sei que é verdade.

— Sophie? — O tom de Charlotte era ranzinza, e Tessa sabia o que ela estava pensando: teriam mais um espião entre eles, mais uma serpente no jardim? Will também estava inclinado para a frente, os olhos estreitados.

— Sophie não está mentindo — declarou Tessa subitamente. — Ela sabe porque... porque ouvimos Gideon e Gabriel conversando na sala de treinamento.

— E só agora resolveram mencionar? — Will ergueu as sobrancelhas.

Inexplicavelmente furiosa com ele, Tessa disparou:

— Fique quieto, Will. Se você...

— Tenho saído com ele — interrompeu Sophie em voz alta. — Com Gideon Lightwood. Tenho encontrado com ele nos meus dias de folga. — Estava pálida como um fantasma. — Ele me contou. Ouviu o pai rindo dessa possibilidade. Sabiam que Jessamine tinha sido descoberta e torceram para que procurássemos a Clave. Eu deveria ter dito, mas não pareceu que fossem procurá-los, então...

— Saído com ele? — ecoou Henry, incrédulo. — Com *Gideon Lightwood*?

Sophie manteve a atenção em Charlotte, que a encarava com os olhos arregalados.

— E também sei qual é o trunfo de Mortmain sobre o sr. Lightwood — revelou. — Gideon acabou de descobrir. O pai não sabe que ele sabe.

— Ora, por Deus, menina, não fique aí parada — disse Henry, que parecia tão perplexo quanto a esposa. — Diga-nos.

— Varíola demoníaca — declarou Sophie. — O sr. Lightwood sofre da doença há anos e vai morrer em alguns meses se não encontrar a cura. E Mortmain garantiu que pode conseguir.

A sala pareceu fervilhar. Charlotte correu em direção a Sophie; Henry a chamou; Will saltou da cadeira, dançando em círculos. Tessa ficou onde estava, chocada, e Jem permaneceu ao seu lado. Enquanto isso, Will parecia entoar uma canção, declarando que sempre estivera certo com relação à varíola demoníaca.

"Varíola demoníaca, oh, varíola demoníaca,
Como é que se contrai?
Indo à zona podre da cidade
Até não poder mais.
Varíola demoníaca, oh, varíola demoníaca,
Eu tive o tempo todo...
Não a doença, amigo bobão,
Estou falando da canção...
Pois vocês estavam errados, e eu com a razão!"

— Will! — gritou Charlotte sobre o barulho. — Você PERDEU A CABEÇA? PARE COM ESTA BALBÚRDIA INFERNAL! Jem...

Jem, levantando-se, tapou a boca de Will com a mão.

— Promete ficar quieto? — sibilou ao ouvido do amigo.

Will assentiu, com os olhos azuis ardentes. Tessa olhava fixamente para ele, surpresa — todos estavam. Já tinha visto várias facetas de Will — entretido, amargo, condescendente, irritado, solidário —, mas nunca *alegre*.

Jem o soltou.

— Muito bem, então.

Will sentou no chão, com as costas na poltrona, e levantou os braços.

— Varíola demoníaca para todos vocês! — anunciou, bocejando.

— Meu Deus, semanas de piadas sobre varíola — comentou Jem. — Vamos ter de aturar.

— Não pode ser verdade — Charlotte se pronunciou. — É apenas... *varíola demoníaca*?

— Como sabemos que Gideon não mentiu para Sophie? — perguntou Jem, com o tom moderado. — Desculpe, Sophie. Detesto ter de dizer isto, mas os Lightwood não são confiáveis...

— Já vi o rosto de Gideon quando ele olha para Sophie — comentou Will. — Foi Tessa quem me disse inicialmente que ele gosta da nossa srta. Collins, e quando parei para pensar, percebi que era verdade. E um homem apaixonado... um homem apaixonado revela qualquer coisa. Trai qualquer um. — Olhou para Tessa enquanto falava, que por sua vez não conseguiu evitá-lo. Seus olhos pareciam atraídos por ele. A maneira como a encarava, com aqueles olhos azuis feito pedaços do céu, como se estivesse tentando comunicar alguma coisa, silenciosamente. Mas o quê...?

Tessa devia a vida a ele, percebeu, espantada. Talvez ele estivesse esperando agradecimento. Mas ela não teve tempo nem oportunidade! Decidiu que faria isso na primeira chance que aparecesse.

— Além disso, Benedict estava segurando uma mulher demônio no colo naquela festa, beijando-a — prosseguiu Will, desviando o olhar. — Ela tinha cobras nos olhos. Cada qual com suas preferências, suponho. De qualquer forma, a única maneira de contrair varíola demoníaca é tendo relações indevidas com um demônio, então..

— Nate me contou que o sr. Lightwood preferia mulheres demônios — relatou Tessa. — Suponho que a esposa dele não soubesse *disso*.

— Esperem — disse Jem, que de repente tinha ficado completamente parado. — Will... quais são os sintomas da varíola demoníaca?

— São bem ruins — respondeu Will, com deleite. — Começa com uma erupção cutânea em forma de escudo nas costas, que se espalha pelo corpo, criando rachaduras e fissuras na pele...

Jem engasgou.

— Eu... já volto — declarou —, em um instante. Pelo Anjo...

E desapareceu porta afora, deixando os outros espantados.

— Não acha que ele tem varíola demoníaca, acha? — perguntou Henry a ninguém em particular.

Espero que não, considerando que acabamos de ficar noivos, Tessa quis dizer, só para ver os olhares que despertaria, mas se conteve.

— Oh, cale-se, Henry — respondeu Will, e pareceu a ponto de dizer mais alguma coisa, mas a porta se abriu, e Jem voltou, arfando, e segurando um pergaminho.

— Peguei isto — disse —, com os Irmãos do Silêncio, quando eu e Tessa fomos ver Jessamine. — Lançou um olhar ligeiramente culpado a Tessa e ela se lembrou dele deixando a cela de Jessamine para retornar logo depois, parecendo preocupado. — É o relatório da morte de Barbara Lightwood. Depois que Charlotte revelou que o pai não tinha entregado Silas Lightwood para a Clave, pensei em investigar com os Irmãos do Silêncio se poderia haver outra maneira de a senhora Lightwood ter morrido. Para ver se Benedict Lightwood também teria mentido sobre ela ter morrido de tristeza.

— E tinha? — Tessa se inclinou para a frente, fascinada.

— Tinha. Na verdade, ela cortou os pulsos. Mas tem mais. — Ele olhou para o papel na mão. — *Uma erupção cutânea em forma de escudo, indicativa das marcas heráldicas de astríola, no ombro esquerdo.* — Jem estendeu o pergaminho a Will, que o pegou e examinou, arregalando os olhos azuis.

— *Astríola* — disse. — Isso *é* varíola demoníaca. Você tinha provas de que a varíola demoníaca existia e não me falou! *Et tu, Brute!* — Will enrolou o papel e bateu com ele na cabeça de Jem.

— Ai! — Jem esfregou a cabeça, desgostoso. — As palavras não significaram nada para mim! Presumi que se tratasse de alguma espécie de doença insignificante. Não parecia ser a causa da morte. Ela cortou os pulsos, mas se Benedict queria proteger os filhos da verdade de que a mãe tirou a própria vida...

— Pelo Anjo — disse Charlotte, suavemente. — Não foi à toa que se matou. *O marido lhe transmitiu varíola demoníaca. E ela sabia.* — Virou-se para Sophie, que emitiu um ruído engasgado. — Gideon sabe disso?

Sophie balançou a cabeça, arregalando os olhos.

— Não.

— Mas os Irmãos do Silêncio não deveriam ter contado a alguém sobre isso? — perguntou Henry. — Parece... bem, ora, irresponsável, na melhor das hipóteses...

— Evidente que deveriam contar a alguém. Contariam ao *marido dela.* Não tenho dúvida de que o fizeram, mas e daí? Benedict provavelmente já sabia — declarou Will. — Não haveria razão para contar aos filhos; a coceira aparece assim que a pessoa contrai a doença, então eles já eram grandes demais para estarem contaminados. Os Irmãos do Silêncio com certeza revelaram a Benedict, e ele respondeu "que horror!", prontamente encerrando a coisa toda. Não se pode processar os mortos por relações indevidas com demônios, então cremaram o corpo, e foi isso.

— E como Benedict continua vivo? — perguntou Tessa. — Já não deveria estar morto?

— Mortmain — disse Sophie. — Ele tem dado remédios que desaceleram o progresso da doença.

— Desaceleram, mas não detém? — perguntou Will.

— Não, ele continua morrendo, e mais depressa agora — respondeu Sophie. — Por isso está tão desesperado e faz qualquer coisa que Mortmain pedir.

— Varíola demoníaca! — sussurrou Will, e olhou para Charlotte. Apesar da clara animação, havia uma centelha em seus olhos, a luz de uma inteligência afiada, como se fosse um enxadrista analisando as potenciais vantagens e desvantagens da próxima jogada. — Precisamos entrar em contato com Benedict imediatamente — declarou Will. — Charlotte deve jogar com a vaidade dele. Ele tem muita certeza de que vai receber o Instituto. Precisa dizer a ele que apesar de a decisão oficial do Cônsul estar marcada para domingo, ela já percebeu quem vai sair vencedor e quer se encontrar com ele para se apaziguarem antes da oficialização.

— Benedict é teimoso... — começou Charlotte.

— Não tanto quanto é orgulhoso — afirmou Jem. — Benedict sempre quis assumir o Instituto, mas também quer humilhá-la, Charlotte. Provar que uma mulher não pode controlar esse lugar. Ele acredita que no domingo o Cônsul vai declarar que o Instituto não ficará mais em suas mãos, mas isso não quer dizer que vá deixar passar uma oportunidade de vê-la se humilhando em particular.

— Para quê? — perguntou Henry. — Enviar Charlotte para confrontar Benedict conquista o quê, exatamente?

— Chantagem — explicou Will. Seus olhos ardiam de animação. — Mortmain pode não estar ao nosso alcance, mas Benedict está, e por enquanto, isso pode ser o suficiente.

— Acha que ele vai desistir do Instituto? Isso não abrirá caminho para um de seus seguidores? — perguntou Jem.

— Não estamos tentando nos livrar dele. Queremos que ele dê total apoio a Charlotte. Retire o desafio e a declare apta a dirigir o Instituto. Os seguidores ficarão perdidos; o Cônsul ficará satisfeito. Continuamos com o Instituto. E mais do que isso, podemos forçar Benedict a nos contar o que sabe sobre Mortmain: o paradeiro, os segredos, tudo.

Tessa falou, hesitante:

— Mas tenho quase certeza de que ele tem mais medo de Mortmain do que de nós, e certamente precisa do que Mortmain oferece. Do contrário, morrerá.

— Sim, morrerá. Mas o que ele fez, ter relações indevidas com um demônio, ter infectado a esposa, provocando a morte dela: isso é assassinato consciente de outro Caçador de Sombras. E também não seria considerado apenas assassinato, mas assassinato efetuado por meios demoníacos. Isso evocaria a pior das punições.

— O que pode ser pior que a morte? — perguntou Tessa, e imediatamente se arrependeu de ter falado, ao ver a boca de Jem se contrair quase imperceptivelmente.

— Os Irmãos do Silêncio vão remover aquilo que o torna Nephilim. Ele se tornará um Renegado — explicou Will. — Os filhos se tornarão mundanos, suas Marcas, removidas. O nome Lightwood será riscado dos registros dos Caçadores de Sombras. Será o fim do nome Lightwood entre os Nephilim. Não existe vergonha maior. É um castigo que até Benedict temerá.

— E se não temer? — perguntou Jem, com a voz baixa.

— Então pior para nós, suponho. — Quem disse foi Charlotte, cuja expressão enrijeceu durante o discurso de Will; Sophie estava apoiada na lareira, abatida, e Henry, com a mão no ombro da esposa, parecia estranhamente derrotado. — Chamaremos Benedict. Não temos tempo para enviar uma mensagem adequada antes; terá de ser relativamente surpresa. Onde estão os cartões de visita?

Will se empertigou.

— Vai seguir meu plano, então?

— O plano agora é meu — respondeu Charlotte, firmemente. — Pode me acompanhar, Will, mas seguirá meus comandos e não falará em varíola demoníaca até que eu autorize.

— Mas... mas... — Will balbuciou.

— Ah, pare com isso — disse Jem, chutando Will afetuosamente no tornozelo.

— Ela *incorporou* meu plano!

— Will — disse Tessa firmemente. — Você se importa mais com a execução do plano ou com os créditos por ele?

Will apontou o dedo para ela.

— Isso — respondeu. — A segunda opção.

Charlotte revirou os olhou.

— William, acontecerá nos meus termos, ou não acontecerá.

Ele respirou fundo e olhou para Jem, que sorriu para ele; Will soltou o ar dos pulmões com um suspiro derrotado e falou:

— Muito bem, então, Charlotte. Pretende levar todos nós?

— Você e Tessa, certamente. São necessários como testemunhas da festa. Jem e Henry não precisam ir; precisamos que pelo menos um dos dois fique e guarde o Instituto.

— Querida... — Henry tocou o braço de Charlotte com um olhar confuso no rosto.

Ela o olhou surpresa.

— Sim?

— Tem certeza de que não quer que eu a acompanhe?

Charlotte sorriu para ele, um sorriso que transformou seu rosto cansado.

— Tenho, Henry; Jem não é adulto, tecnicamente, e deixá-lo aqui sozinho, não que ele não seja capaz, só vai acrescentar combustível ao incêndio de reclamações de Benedict. Mas, obrigada.

Tessa olhou para Jem; ele deu um sorriso pesaroso e, escondido sob o volume das saias que ela usava, segurou-a pela mão. O toque de Jem enviou uma onda de segurança para ela, fazendo-a ficar de pé; ao mesmo tempo, Will também se erguia, e Charlotte procurava uma caneta para escrever um bilhete para Benedict atrás de um cartão de visitas, que seria entregue por Cyril enquanto eles esperavam na carruagem.

— É melhor buscar meu chapéu e minhas luvas — sussurrou Tessa para Jem, saindo da sala. Will vinha logo atrás e, um momento depois, com a porta da sala de estar se fechando, viram-se a sós no corredor. Tessa estava indo em direção ao quarto, quando ouviu os passos de Will.

— Tessa! — chamou, e ela virou. — Tessa, preciso falar com você.

— Agora? — perguntou, surpresa. — Entendi que Charlotte queria que nos apressássemos...

— Dane-se a pressa — disse Will, aproximando-se. — Dane-se Benedict Lightwood, o Instituto e todos esses problemas. Quero falar com *você*. — Sorriu para ela. Will sempre teve uma energia imprudente, mas isso era diferente: a diferença entre a imprudência do desespero e da felicidade. Mas que hora estranha para se sentir feliz!

— Você enlouqueceu? — perguntou a ele. — Fala em "varíola demoníaca" como outra pessoa falaria "herança surpresa gigante". Realmente, sente-se tão satisfeito?

— Sinto-me vingado, não feliz, e, de qualquer forma, não é sobre varíola demoníaca. É sobre eu e você...

A porta da sala de estar se abriu, e Henry apareceu, com Charlotte em seguida. Sabendo que Jem seria o próximo, Tessa se afastou de Will apressadamente, apesar de nada inadequado ter se passado entre os dois. *Exceto em seus próprios pensamentos*, disse uma vozinha no fundo da mente, que ela ignorou.

— Will, agora não — disse baixinho. — Acredito que sei o que quer dizer, e tem toda razão em querer falar, mas não é a hora nem o lugar, não é? Acredite em mim, estou tão ansiosa pela conversa quanto você, pois está pesando na minha cabeça...

— Está ansiosa? Está pesando? — Will pareceu confuso, como se ela o tivesse atingido com uma pedra.

— Bem... sim — respondeu Tessa, levantando o olhar para ver Jem se aproximando. — Mas não *agora*.

Will seguiu o olhar de Tessa, engoliu em seco e assentiu, relutantemente.

— Quando, então?

— Mais tarde, depois que formos à casa dos Lightwood. Encontre-me na sala de estar.

— Na sala de estar?

Tessa franziu a testa para ele.

— Sério, Will — falou. — Vai repetir tudo que digo?

Jem os alcançou e ouviu a última observação, sorrindo.

— Tessa, deixe o pobre Will se recompor; ele passou a noite toda fora e parece incapaz de se lembrar do próprio nome. — Colocou a mão no braço do *parabatai*. — Venha comigo, Herondale. Parece que está precisando de um símbolo de energia... ou dois, ou três.

Will desviou os olhos dos de Tessa e deixou Jem levá-lo pelo corredor. Tessa os observou, balançando a cabeça. *Meninos*, pensou. Jamais os entenderia.

Tessa mal tinha entrado no quarto quando parou, surpresa, olhando para o que havia sobre a cama. Um vestido estiloso, listrado de creme e cinza, de seda indiana, com galão delicado e botões prateados. Havia luvas cinzentas de veludo ao lado, com folhas bordadas em prata. Ao pé da cama, encontrou botas marfim e meias elegantes.

A porta se abriu, e Sophie entrou, trazendo um chapéu cinza-claro com bordados de frutas silvestres. Estava completamente pálida, com os olhos inchados e vermelhos. Evitou o olhar de Tessa.

— Roupas novas, senhorita — explicou. — O tecido fazia parte da roupa de cama da senhora Branwell, e há algumas semanas ela pensou em mandar fazer um vestido para você. Acho que pensou que deveria ter roupas que a senhorita Jessamine não tivesse comprado. Talvez a deixassem mais... confortável. E estas foram entregues esta manhã. Pedi que Bridget trouxesse.

Tessa sentiu lágrimas ardendo nos olhos e sentou apressadamente na beirada da cama. Pensar que Charlotte, com tudo que estava acontecendo, se preocuparia com seu conforto a fez querer chorar. Mas lutou contra o impulso, como sempre fazia.

— Sophie — disse, com a voz vacilante. — Eu devo... não, eu *quero* me desculpar com você.

— Se desculpar comigo, senhorita? — disse Sophie sem modulação na voz, colocando o chapéu sobre a cama. Tessa a encarou. Charlotte usava roupas tão discretas. Jamais teria imaginado que tivesse inclinação ou gosto para coisas tão bonitas.

— Errei completamente ao falar de você e Gideon daquela forma — disse Tessa. — Pus o nariz onde não era chamada, e você tem razão, Sophie. Não se pode julgar uma pessoa pelos pecados da família dela. E eu deveria ter dito que, apesar de ter visto Gideon no baile, não posso afirmar que ele estava engajado nas festividades; aliás, não li a mente dele para saber o que pensa, e não deveria ter me comportado assim. Não tenho mais experiência do que você, Sophie, e no tocante a cavalheiros, sou definitivamente desinformada. Peço desculpas por ter bancado a superior; não o farei novamente, se ao menos me perdoar.

Sophie foi até o armário e o abriu para revelar um segundo vestido — este era azul bem escuro, com a costura dourada, e o corte do lado direito revelando a camada inferior de babados, em tom claro.

— Tão adorável — disse ela, com certa melancolia, e o tocou gentilmente com a mão. — Foi... foi um belo pedido de desculpas, senhorita, e a perdoo. Eu a perdoei na sala de estar quando mentiu por mim. Não aprovo mentiras, mas sei que o fez por bondade.

— O que você fez foi muito corajoso — disse Tessa. — Contar a verdade para Charlotte. Sei o quanto temia que ela ficasse brava.

Sophie sorriu tristemente.

— Ela não está brava. Está decepcionada. Eu sei. Ela disse que não poderia conversar comigo agora, mas que o faria mais tarde, e vi no rosto dela. De certa forma é ainda pior.

— Oh, Sophie. Ela se decepciona com Will o tempo todo!

— Bem, e quem não se decepciona?

— Não foi isso que eu quis dizer. Quis dizer que ela a ama, como se você fosse Will, ou Jem, ou... bem, você sabe. Mesmo que esteja desapontada, precisa parar de temer que ela a mande embora. Ela não vai. Ela acha você maravilhosa, e eu também.

Os olhos de Sophie se arregalaram.

— Srta. Tessa!

— Bem, eu acho — reafirmou, rebelde. — Você é corajosa, generosa e adorável. Como Charlotte.

Os olhos de Sophie brilharam. Ela os limpou apressadamente com a bainha do avental.

— Bem, agora chega disso — falou, alegremente, ainda piscando muito. — Temos de vesti-la e aprontá-la, pois Cyril está vindo com a carruagem, e sei que a sra. Branwell não quer perder tempo.

Tessa obedeceu e, com a ajuda de Sophie, colocou o vestido cinza e creme.

— E tenha cuidado, é tudo que tenho a dizer — disse Sophie ao abotoar o vestido. — Não se esqueça de que o velho é um sujeito muito difícil. É muito duro com os meninos.

Os meninos. A forma com que falou fez parecer que Sophie também tinha solidariedade por Gabriel, e não apenas por Gideon. O que será que Gideon pensava sobre o irmão? E sobre a irmã? Mas não perguntou nada enquanto Sophie penteava e ajeitava seu cabelo, esfregando suas têmporas com água de lavanda.

— Está adorável, senhorita — falou, orgulhosa, quando acabou, e Tessa tinha de admitir que Charlotte havia feito um belo trabalho com a escolha do tecido, o cinza lhe caindo muito bem. Seus olhos pareceram maiores e mais azuis, a cintura e os braços, mais finos, o busto, maior. — Só mais uma coisa...

— O que foi, Sophie?

— O mestre Jem — respondeu Sophie, espantando Tessa. — Por favor, o que quer que faça, senhorita... — Olhou para o cordão com o pingente de jade na frente do vestido de Tessa e mordeu o lábio. — Não parta o coração dele.

20
A Raiz Amarga

Mas são agora dois, após a divisão
Carne da carne dele, mas coração do meu coração;
Profunda em um, está fixa a raiz amarga,
E doce para um é a flor eterna.
— Algernon Charles Swinburne, "The Triumph of Time"

Tessa estava colocando as luvas de veludo ao atravessar as portas da frente do Instituto. Uma brisa forte vinha do rio e soprava muitas folhas pelo jardim. O céu havia se tornado trovejante e cinza. Will estava ao pé da escada, com as mãos nos bolsos, olhando para a torre da igreja.

Estava sem chapéu e o vento levantou seus cabelos negros, soprando-os para longe do rosto. Não pareceu ver Tessa, e, por um instante, ela ficou parada, olhando para ele. Sabia que não era a atitude correta; Jem era dela, e ela era dele agora, e outros homens não deveriam existir. Mas não conseguia deixar de comparar os dois — Jem, com sua estranha combinação de delicadeza e força; e Will, como uma tempestade no mar azul e escuro, com lampejos brilhantes de temperamento, feito raios de calor. Ficou imaginando se chegaria o dia em que a visão dele não mexeria com ela e faria seu coração palpitar, se a sensação cessaria conforme fosse se acostumando à ideia de estar noiva de Jem. Ainda era um fato novo demais para parecer real.

Mas uma coisa estava diferente. Quando olhava para Will, agora, não sentia mais dor.

Will então a viu e sorriu através do cabelo que caía no rosto. Esticou a mão para afastá-lo.

— Vestido novo, não? — perguntou, enquanto ela descia. — Não é um dos de Jessamine.

Tessa assentiu e esperou resignadamente por algum comentário sarcástico sobre ela, Jessamine, o vestido, ou os três.

— Combina com você. Estranho que o cinza faça seus olhos parecerem azuis, mas faz.

Ela olhou pasma para ele, mas antes que pudesse abrir a boca para perguntar se ele estava se sentindo bem, a carruagem apareceu chacoalhando na esquina do Instituto, Cyril nas rédeas. Ele parou na frente da escadaria, e a porta se abriu; Charlotte estava dentro, com um vestido de veludo vinho e um chapéu decorado com flores secas. Parecia mais nervosa do que Tessa jamais a vira.

— Entrem depressa — disse, segurando o chapéu ao se inclinar para a porta. — Acho que vai chover.

Para surpresa de Tessa, Cyril não conduziu Charlotte, Will e ela ao solar em Chiswick, mas para uma casa elegante em Pimlico, que aparentemente era a moradia dos Lightwood. *Tinha* começado a chover, e as coisas molhadas — luvas, chapéus e casacos — foram recolhidas por um lacaio de aparência amarga antes de serem conduzidos por corredores lustrosos até uma ampla biblioteca, onde o fogo ardia na lareira.

Por trás de uma mesa enorme de carvalho sentava-se Benedict Lightwood, seu perfil bem marcado ainda mais acentuado pelo jogo de luz e sombra do recinto. As cortinas estavam fechadas, e, alinhados nas estantes, vários volumes de capas de couro escuro, com impressões douradas nas lombadas. Em cada lado de Benedict encontrava-se um dos filhos — Gideon à direita, os cabelos louros caindo para a frente, escondendo sua expressão, os braços cruzados sobre o peito. Do outro, Gabriel, os olhos verdes acesos com uma alegria genuína, as mãos nos bolsos das calças. Parecia prestes a começar a assobiar.

— Charlotte — disse Benedict. — Will. Senhorita Gray. Sempre um prazer. — Gesticulou para que se sentassem nas cadeiras dispostas diante da mesa. Gabriel deu um sorriso maldoso para Will quando este se sentou. Will olhou para ele, a expressão cuidadosamente vazia, e em seguida desviou o olhar. *Sem qualquer observação sarcástica*, pensou Tessa, atordoada. Sem sequer um olhar frio. *O que* estava acontecendo?

— Obrigada, Benedict — falou Charlotte, pequena, ereta, perfeitamente segura. — Por nos receber tão depressa.

— Claro. — Ele sorriu. — Você sabe que não há nada que possa fazer para mudar os rumos da situação. A decisão do Conselho não depende de mim. É totalmente deles.

Charlotte inclinou a cabeça para o lado.

— De fato, Benedict. Mas é você que está fazendo isso acontecer. Se não tivesse forçado o Cônsul Wayland a mostrar que estava me disciplinando, não haveria decisão alguma.

Benedict encolheu seus ombros estreitos.

— Ah, Charlotte. Lembro-me de quando você era Charlotte Fairchild. Era uma garotinha adorável, e, acredite se quiser, gosto de você até hoje. O que estou fazendo é pelo bem do Instituto e da Clave. Uma mulher não pode controlar o Instituto. Não é de sua natureza. Vai me agradecer quando estiver em casa com Henry, criando a próxima geração de Caçadores de Sombras. Pode ferir seu orgulho, mas em seu coração sabe que estou certo.

O peito de Charlotte começou a subir e descer rapidamente.

— Se você abdicasse de solicitar o Instituto antes da decisão, realmente acredita que seria tão desastroso? Eu, governando o Instituto?

— Bem, nunca saberemos, não é mesmo?

— Ah, não sei — disse Charlotte. — Acho que a maioria dos membros do Conselho preferiria uma mulher a um patife devasso que socializa não só com integrantes do Submundo, mas com demônios.

Fez-se um curto silêncio. Benedict não moveu um músculo. Nem Gideon.

Finalmente, Benedict se pronunciou, apesar de agora haver espinhos na suavidade de sua voz.

— Boatos e insinuações.

— Verdade e observação — declarou Charlotte. — Will e Tessa estiveram em sua última festa, em Chiswick. Observaram bastante.

— Aquela mulher demônio que estava com você no divã — disse Will — Chamaria de amiga, ou seria mais uma parceira de negócios?

Os olhos escuros de Benedict endureceram.

— Criancinha insolente...

— Ah, eu diria que se trata de uma amiga — disse Tessa. — Normalmente, parceiros de negócio não lambem o rosto um dos outros. Mas posso estar enganada. O que sei sobre essas coisas? Sou só uma mulher tola.

A boca de Will se ergueu no cantinho. Gabriel continuava olhando; Gideon encarava o chão. Charlotte permanecia sentada, perfeitamente composta, com as mãos no colo.

— Vocês três são bastante tolos — declarou Benedict, gesticulando desdenhosamente para eles. Tessa viu alguma coisa no pulso dele, uma sombra, como o fecho de uma pulseira feminina, antes de a manga cair de volta, cobrindo o objeto. — Digo, se pensam que o Conselho vai acreditar nas suas mentiras. Você — dirigiu o olhar para Tessa — é do Submundo; sua palavra não tem o menor valor. E você — apontou para Will — é reconhecidamente um lunático que confraterniza com feiticeiros. Não só com esta aqui, mas também com Magnus Bane. E quando me julgarem pela Espada Mortal e eu rebater as acusações, em quem acham que acreditarão, em vocês ou em mim?

Will trocou olhares com Charlotte e Tessa. Ele tinha razão, pensou Tessa, Benedict não temia a Espada.

— Temos outra prova, Benedict — disse Will.

— Ah? — Os lábios de Lightwood se curvaram para cima em um sorriso debochado. — E qual seria ela?

— A prova do seu próprio sangue envenenado — declarou Charlotte. — Agora mesmo, quando gesticulou para nós, vi seu pulso. Até que ponto se espalhou? Começa no torso, não é mesmo, e se espalha pelos braços e pelas pernas...

— Do que estão falando? — A voz de Gabriel tinha uma mistura de fúria e terror. — Pai?

— Varíola demoníaca — respondeu Will, com a satisfação dos verdadeiramente vingados.

— Que acusação nojenta — começou Benedict.

— Negue, então — desafiou Charlotte. — Levante a manga. Mostre-nos seu braço.

O músculo na lateral da boca de Benedict tremeu ligeiramente. Tessa assistiu fascinada. Ele não a aterrorizava, como Mortmain, mas a enojava tanto quanto a imagem de uma minhoca gorda contorcendo-se no jardim. Ela observou enquanto ele se voltava para o filho mais velho.

— Você — rosnou. — *Você* contou para eles. Você me traiu.

— Contei — disse Gideon, levantando a cabeça e descruzando os braços, afinal. — E contaria outra vez.

— Gideon? — Quem falou foi Gabriel, soando aturdido. — Pai? Do que vocês estão falando?

— Seu irmão nos traiu, Gabriel. Revelou nossos segredos aos Branwell — Benedict cuspiu as palavras como se fossem veneno. — Gideon Arthur Lightwood — prosseguiu Benedict. Seu rosto parecia mais velho, as rugas nas laterais da boca mais marcadas, entretanto, o tom permanecia o mesmo. — Sugiro que pense com muito cuidado no que fez e no que fará em seguida.

— *Tenho* pensado — respondeu Gideon com a voz suave e baixa. — Desde que me chamou de volta da Espanha, eu tenho pensado. Quando criança, presumi que todos os Caçadores de Sombras vivessem como nós. Condenando demônios à luz do dia, mas confraternizando com os próprios sob o véu da escuridão. Agora sei que não é assim. Não é a nossa conduta, pai; é a *sua* conduta. Você trouxe vergonha e imundície ao nome Lightwood.

— Não precisa ser tão melodramático...

— Melodramático? — O tom normalmente seco de Gideon estava carregado de desprezo. — Pai, temo pelo futuro do Enclave se você puser as mãos no Instituto. Estou avisando agora que vou depor contra você no Conselho. Empunharei a Espada Mortal e direi ao Cônsul Wayland por que acho Charlotte mil vezes mais apta a dirigir o Instituto. Contarei o que acontece aqui durante a noite a todos os membros do Conselho. Revelarei que está trabalhando para Mortmain. E revelarei *por quê*.

— Gideon! — Foi Gabriel quem falou, sua voz aguda cortando a do irmão. — Sabe que a custódia do Instituto foi o último desejo da nossa mãe. E foi por culpa dos Fairchild que ela morreu...

— Isso é mentira — declarou Charlotte. — Ela se suicidou, mas não foi por causa de nada que meu pai tenha feito. — Ela olhou diretamente para Benedict. — Foi, na verdade, por causa de algo que *seu* pai fez.

A voz de Gabriel se elevou.

— Como assim? Por que você diria uma coisa dessas? Pai...

— Fique quieto, Gabriel. — A voz de Benedict era severa e autoritária, mas, pela primeira vez, ele demonstrou medo na fala e nos olhos. — Charlotte, do que você está falando?

— Sabe muito bem do que estou falando, Benedict — disse Charlotte. — A questão é se você quer que eu compartilhe meu conhecimento com a Clave. E com seus filhos. Sabe o que isso significará para eles.

Benedict se recostou.

— Reconheço chantagem quando vejo uma, Charlotte. O que você quer de mim?

Foi Will quem respondeu, ansioso demais para se conter.

— Retire seu pedido para controlar o Instituto. Defenda Charlotte na frente do Conselho. Diga a eles por que acha que o Instituto deve permanecer sob a guarda dela. Você tem boa oratória. Pensará em alguma coisa, tenho certeza.

Benedict olhou de Will para Charlotte. Seus lábios se curvaram.

— São esses os seus termos?

Antes que Will pudesse se pronunciar, Charlotte falou:

— Não todos. Precisamos saber como tem se comunicado com Mortmain e onde ele está.

Benedict riu.

— Eu me comunicava com ele através de Nathaniel Gray. Mas, considerando que o mataram, duvido que ele vá ser uma boa fonte de informação.

Charlotte ficou chocada.

— Quer dizer que mais ninguém sabia onde ele estava?

— Eu certamente não sei — respondeu Benedict. — Mortmain não é burro, infelizmente para você. Ele queria que eu controlasse o Instituto para que ele pudesse atacar a partir do coração. Mas esse era apenas um de seus muitos planos, um fio da teia. Ele espera por isso há muito tempo. Terá a Clave. E terá *ela* — disse, com os olhos pousados em Tessa.

— O que ele pretende fazer comigo? — perguntou Tessa.

— Não sei — respondeu Benedict, com um sorriso desdenhoso. — Sei que ele vivia perguntando sobre seu bem-estar. Tanta preocupação, algo tão tocante em um noivo em potencial.

— Ele diz que me criou — disse Tessa. — O que isso significa?

— Não tenho a mais vaga ideia. Está enganada se pensa que ele fez de mim um confidente.

— Sim — falou Will —, vocês não parecem ter muito em comum, exceto pela atração por mulheres demônios e pelo mal.

— Will! — irritou-se Tessa.

— Não quis dizer *você* — explicou Will, aparentando surpresa. — Estou falando do Clube Pandemônio...

— Se já terminaram a jogada — declarou Benedict —, gostaria de deixar uma coisa muito clara ao meu filho. Gideon, entenda que, se apoiar Charlotte Branwell nisso, não será mais recebido sob meu teto. Não é à toa que dizem que um homem não deve apostar tudo no mesmo cavalo.

Em resposta, Gideon ergueu as mãos, quase como se fosse rezar. Mas Caçadores de Sombras não rezam, e Tessa logo percebeu o que ele estava fazendo — tirando o anel de prata do dedo. O anel que era como o dos Carstairs, de Jem, a diferença é que este era envolvido por uma estampa de chamas. O anel da família Lightwood. Ele o colocou na beirada da mesa do pai e voltou-se para o irmão.

— Gabriel — disse. — Você vem comigo?

Os olhos verdes de Gabriel brilhavam de raiva.

— Sabe que não posso.

— Sim, você pode. — Gideon estendeu a mão para o irmão. Benedict os encarou. Tinha empalidecido ligeiramente, como se de repente estivesse percebendo que poderia perder não só um filho, mas os dois. Agarrou a beirada da mesa, as juntas embranquecendo. Tessa não pôde deixar de olhar para a extensão do pulso que se revelou quando a manga levantou. A pele estava muito pálida e marcada por estrias pretas e circulares. Alguma coisa naquela imagem a deixou nauseada, e Tessa se levantou. Will, ao seu lado, já estava de pé. Apenas Charlotte continuava sentada, cerimoniosa e sem expressão, como sempre.

— Gabriel, por favor — disse Gideon. — Venha comigo.

— Quem vai cuidar do nosso pai? O que as pessoas vão falar sobre nossa família se nós dois o abandonarmos? — disse Gabriel, amargura e desespero colorindo seu tom de voz. — Quem vai cuidar das propriedades, do assento no Conselho...

— Não sei — disse Gideon. — Mas não precisa ser você. A Lei...

A voz de Gabriel tremeu.

— Família antes da Lei, Gideon. — Encontrou os olhos do irmão por um instante; então desviou, mordendo o lábio. Postou-se atrás de Benedict, com a mão no encosto da cadeira dele.

Benedict sorriu; nesse aspecto, pelo menos, ele havia triunfado. Charlotte se levantou, de queixo erguido.

— Confio que o verei amanhã, na câmara do Conselho, Benedict. Sei que saberá o que fazer — declarou, retirando-se com Gideon e Tessa logo atrás. Apenas Will hesitou por um instante, na entrada, com os olhos fixos em Gabriel. Quando o jovem Lightwood não olhou para ele, findou dando de ombros e se foi com os outros, fechando a porta atrás de si.

Percorreram em silêncio o caminho de volta até o Instituto, com a chuva batendo nas janelas da carruagem. Charlotte fez diversas tentativas de falar com Gideon, mas ele permaneceu em silêncio, olhando fixamente para o borrão da paisagem das ruas pelas quais passavam. Tessa não sabia se ele estava irritado, arrependido, ou mesmo aliviado. Permaneceu impassível, mesmo quando Charlotte explicou que sempre haveria lugar para ele no Instituto, e que mal poderiam expressar a gratidão pelo que ele fizera. Finalmente, enquanto percorriam a Strand, ele disse:

— Acreditei, de verdade, que Gabriel fosse vir comigo. Depois que soubesse de Mortmain...

— Ele ainda não entende — respondeu Charlotte. — Dê um tempo a ele.

— Como sabia? — Will olhou sutilmente para Gideon. — Acabamos de descobrir o que aconteceu com sua mãe. E Sophie nos contou que você não fazia ideia...

— Pedi que Cyril entregasse dois bilhetes — revelou Charlotte. — Um para Benedict e outro para Gideon.

— Ele me entregou quando meu pai não estava olhando — relatou Gideon. — Só tive tempo de ler rapidamente antes de vocês entrarem.

— E escolheu acreditar? — perguntou Tessa. — Tão depressa?

Gideon olhou para a janela molhada de chuva. Sua mandíbula estava tensa.

— A história que meu pai contou sobre a morte da minha mãe nunca fez sentido. Esta faz.

Tão próximos na carruagem úmida, com Gideon a apenas alguns centímetros dela, Tessa sentiu o estranho impulso de contar a ele que tinha tido um irmão que amou e perdeu para algo pior do que a morte, e que ela compreendia. Agora percebeu o que Sophie gostava nele — a vulnerabilidade sob o semblante sério, a honestidade sólida por debaixo da bela compleição do rosto.

Mas não falou nada, sentindo que o comentário não seria bem-recebido. Will, enquanto isso, sentado ao lado dela, era um feixe de energia contida. Às vezes ela captava um lampejo azul quando ele a olhava, ou o esboço de um sorriso — um sorriso surpreendentemente *doce*, algo como alegria, que ela jamais havia associado a Will. Era como se ele estivesse compartilhando uma piada interna com ela, só que ela não sabia ao certo qual *era* essa piada. Mesmo assim, sentiu a tensão dele tão fortemente que sua própria calma, ou o que restava dela, foi completamente interrompida quando por fim chegaram ao Instituto e Cyril — completamente ensopado, mas gentil como sempre — veio até a lateral da carruagem para abrir as portas.

Ajudou Charlotte a descer primeiro, depois Tessa, e então Will estava ao lado dela, após ter saltado e evitado uma poça por pouco. Não estava mais chovendo. Will olhou para o céu e pegou o braço de Tessa.

— Venha comigo — sussurrou, conduzindo-a até a porta da frente do Instituto.

Tessa olhou por cima do ombro para onde Charlotte se encontrava, ao pé da escada, conseguindo finalmente, ao que parecia, conversar com Gideon. Ela estava gesticulando animadamente.

— Temos de esperar por eles, não acha que devíamos... — começou Tessa. Will balançou a cabeça determinado.

— Charlotte vai passar horas tagarelando com ele sobre qual quarto ele quer e o quanto agradece pela ajuda dada. A única coisa que eu quero é conversar com você.

Tessa o encarou enquanto entravam no Instituto. Will queria conversar com ela. Ele já tinha dito isso, é verdade, mas ser tão direto assim não tinha nada a ver com ele.

Um pensamento ocorreu a Tessa. Será que Jem havia revelado a Will sobre o noivado? Será que ele estava irritado, achando que ela não fosse digna do amigo? Mas quando Jem teria tido *tempo*? Talvez enquanto ela se vestia — mas, pensando bem, Will não *parecia* irritado.

— Mal posso esperar para contar para Jem sobre nossa reunião — anunciou ao subir as escadas. — Ele não vai acreditar naquela cena:

Gideon se voltando contra o pai daquele jeito! Uma coisa é revelar segredos a Sophie, outra é renunciar à família. Mas é verdade que ele tirou o anel.

— Pois é — observou Tessa virando no alto da escada e atravessando o corredor. A mão enluvada de Will estava calorosa em seu braço. — Gideon está apaixonado por Sophie. As pessoas fazem tudo por amor.

Will olhou para ela como se suas palavras o tivessem empurrado, e sorriu, aquele mesmo sorriso loucamente doce da carruagem.

— Incrível, não é?

Tessa ia responder, mas já tinham chegado à sala de estar. Estava acesa; as tochas de luz enfeitiçadas brilhavam, e havia fogo na lareira. As cortinas estavam abertas, exibindo quadrados de céu, escuro como chumbo. Tessa tirou o chapéu e as luvas e os apoiou sobre uma mesa marroquina quando viu que Will estava trancando a porta.

Tessa piscou.

— Will, por que está trancando...

Ela não concluiu a frase. Eliminando o espaço entre os dois com duas passadas longas, Will a alcançou e a abraçou. Ela engasgou, surpresa, quando ele a envolveu nos braços, conduzindo-a para trás até praticamente colidirem contra a parede, apesar dos protestos do vestido volumoso.

— *Will* — disse ela surpresa, mas ele a prendeu contra a parede com o corpo, deslizando as mãos por seus ombros, passando-as pelo cabelo molhado, a boca subitamente quente na dela. Ela mergulhou, atordoada, e se afogou no beijo; os lábios dele eram macios, seu corpo pesando contra o dela, e Will tinha gosto de chuva. O calor se espalhou a partir do estômago de Tessa e a boca de Will se movia desesperadamente na dela, querendo que ela respondesse.

O rosto de Jem apareceu no fundo de suas pálpebras fechadas. Ela colocou as mãos no peito dele e o empurrou, com toda a força. A respiração de Tessa saiu em um sopro violento:

— *Não.*

Will deu um passou surpreso para trás. Sua voz soou rouca e baixa ao dizer:

— Mas ontem à noite? Na enfermaria? Eu... você me abraçou...

Abracei? Com um choque agudo ela percebeu que o que acreditara ser um sonho não tinha sido, afinal. Ou ele estava mentindo? Mas, não. Não tinha como saber o que ela havia sonhado.

— Eu... — as palavras de Tessa se embolaram umas nas outras. — Achei que estivesse sonhando...

O olhar entorpecido de desejo estava desaparecendo rapidamente da expressão de Will, substituído por mágoa e confusão. Ele quase gaguejou:

— Mas hoje mesmo. Achei que você... você disse que estava tão ansiosa quanto eu para ficarmos a sós...

— Pensei que você quisesse um pedido de desculpas! Salvou minha vida no armazém de chá, e *sou* grata por isso, Will. Pensei que quisesse que eu falasse...

Will pareceu ter levado um tapa.

— Não salvei sua vida para que se sentisse *grata*!

— Então, o quê? — A voz de Tessa se elevou. — Fez porque é sua obrigação? Porque a Lei diz...

— *Fiz porque a amo!* — Ele praticamente gritou, e então, como que registrando o choque na expressão dela, repetiu com uma voz mais controlada: — Eu amo você, Tessa, e amei praticamente desde o instante em que a conheci.

Tessa entrelaçou as mãos. Estavam geladas.

— Pensei que você não pudesse ser mais cruel do que foi no telhado aquele dia. Estava enganada. Isto é mais cruel.

Will ficou parado. Então balançou a cabeça lentamente, de um lado para o outro, como um paciente negando o diagnóstico fatal de um médico.

— Você... não acredita em mim?

— Claro que não acredito. Depois das coisas que disse, da forma como me tratou...

— *Precisei* — revelou. — Não tive escolha. Tessa, ouça. — Ela começou a andar em direção à porta; ele cambaleou para bloqueá-la, os olhos azuis ardentes. — Por favor, ouça. *Por favor.*

Tessa hesitou. A forma como disse "por favor" — a voz falhando — isto não era igual ao dia do telhado. Naquela ocasião, ele mal conseguia olhar para ela. Agora a encarava desesperadamente, como se pudesse convencê-la a ficar se sua vontade fosse suficientemente forte. A voz que gritava dentro dela, dizendo que ele iria machucá-la e que não estava sendo sincero, suavizou, sufocada por uma outra voz, mais alta e traiçoeira, que lhe mandava ficar. Escutá-lo.

— Tessa. — Will passou as mãos pelos cabelos negros, os dedos esguios tremendo de agitação. Tessa se lembrou da sensação de tocar aquele cabelo, de passar os dedos por eles, a sensação como seda contra sua pele. — O que vou lhe contar, jamais contei a ninguém além de Magnus, coisa que só fiz porque precisava da ajuda dele. Não revelei nem a Jem. — Will respirou fundo. — Aos 12 anos, quando morava em Gales com meus pais, encontrei uma Pyxis no escritório do meu pai.

Ela não sabia ao certo o que esperava que Will fosse dizer, mas não era isso.

— Uma *Pyxis*? Mas por que seu pai guardaria uma Pyxis?

— Uma lembrança dos dias de Caçador de Sombras? Quem pode saber? Mas você se lembra do *Códex* discutindo maldições e como elas são efetuadas? Bem, quando abri a caixa, soltei um demônio, Marbas, que me rogou uma praga. Ele jurou que qualquer um que me amasse morreria. Eu poderia não ter acreditado, não conhecia muito sobre magia, mas minha irmã mais velha morreu naquela noite, de forma terrível. Pensei que fosse o começo da maldição. Abandonei minha família e vim para cá. Pareceu a única forma de mantê-los em segurança e de não provocar sucessivas mortes. Inicialmente não percebi que estava entrando em uma segunda família. Henry, Charlotte, até a chata da Jessamine; tive de me certificar de que ninguém pudesse me amar. Pois eu acreditava que isso os colocaria em perigo mortal. Durante anos mantive certa distância de todos que eu não podia afastar completamente.

Tessa o encarou. As palavras ecoaram em sua mente. *Manter certa distância. Afastar os outros completamente.* Pensou nas mentiras dele, nas fugas, nas grosserias com Charlotte e Henry, nas crueldades que pareciam forçadas, até mesmo na história de Tatiana, que apenas o amou como garotinhas o faziam, e cujos sentimentos ele esmagou. E então..

— Jem — sussurrou.

Ele a olhou miseravelmente.

— Jem é diferente — sussurrou.

— Jem está *morrendo*. Você permite o apego de Jem porque ele está quase morrendo? Achou que a maldição não fosse afetá-lo?

— E a cada ano que se passava e ele sobrevivia, me parecia mais provável. Pensei que pudesse aprender a viver assim. Pensei que depois da morte de Jem, depois que eu fizesse 18 anos, pudesse morar sozinho e não impor minha maldição a ninguém. Mas aí tudo mudou. Por causa de você.

— De mim? — perguntou Tessa com a voz baixa, aturdida.

O esboço de um sorriso apareceu nos lábios de Will.

— Assim que a conheci, achei você diferente de todas as pessoas. Você me fazia rir. Ninguém além de Jem me fez rir em, meu Deus, cinco anos. E você fazia como se não fosse nada, simples como respirar.

— Você nem me conhecia, Will...

— Pergunte a Magnus. Ele vai contar. Após aquela noite no telhado, procurei-o. Eu afastei você porque achei que tivesse começado a perceber meus sentimentos. No Santuário naquele dia, quando achei que estivesse morta, percebi que você deveria ter notado no meu rosto. Fiquei apavorado. Precisava fazê-la me odiar, Tessa. Então tentei. E quis morrer. Pensei que pudesse suportar seu ódio, mas não pude. Quando vi que você ficaria no Instituto, soube que cada vez que a visse seria como estar naquele telhado outra vez, tendo de fazê-la me odiar e tendo a sensação de estar engolindo veneno. Procurei Magnus e pedi que ele me ajudasse a encontrar o demônio que me amaldiçoou, para que isso pudesse ter um fim. Se desse certo, achei, poderia tentar outra vez. Poderia ser lento, doloroso, e quase impossível, mas achei que pudesse fazê-la gostar de mim outra vez se pudesse lhe contar a verdade. Acreditei que pudesse recuperar sua confiança, construir alguma coisa, lentamente.

— Está... está dizendo que a maldição se foi? Que *acabou*?

— Não existe maldição, Tessa. O demônio me enganou. Todos esses anos fui um idiota. Mas não idiota o bastante para não perceber que a primeira providência ao descobrir a verdade seria lhe dizer como eu verdadeiramente me sinto. — Ele deu mais um passo, e desta vez ela não recuou. Tessa estava olhando para ele, para a pele pálida e quase transparente sob os olhos, o cabelo escuro encaracolando nas têmporas, a nuca, o azul dos olhos e a curva da boca. Olhando para ele como olharia para um lugar adorado que não sabia se voltaria a ver, tentando memorizar os detalhes, registrá-los por trás das pálpebras para que pudesse vê-los ao fechar os olhos.

Ouviu a própria voz como se viesse de longe.

— Por que eu? — sussurrou. — Por que eu, Will?

Ele hesitou.

— Depois que trouxemos você para cá, depois que Charlotte encontrou suas cartas para seu irmão, eu... as li.

Tessa se ouviu dizendo, muito calmamente:

— Eu sei. Eu as achei no seu quarto quando estive lá com Jem.

Will pareceu espantado.

— Você não me disse nada.

— Primeiro fiquei com raiva — admitiu. — Mas foi na noite em que o achamos no covil dos ifrits. Me senti mal por você, acho. Disse a mim mesma que você apenas tinha ficado curioso, ou que Charlotte tivesse pedido.

— Ela não pediu — confessou ele. — Eu mesmo as retirei do fogo. Li todas. Cada uma de suas palavras. Você e eu, Tess, somos parecidos. Vivemos e respiramos palavras. Foram os livros que me impediram de me matar depois que achei que não pudesse amar ninguém, nem ser amado por ninguém. Foram os livros que fizeram com que eu sentisse que não estava completamente sozinho. Eles podiam ser sinceros comigo e eu com eles. Li suas palavras, o que você escreveu, que às vezes se sentia sozinha e com medo, mas sempre corajosa; a forma como enxergava o mundo, as cores, texturas e sons, eu senti... senti a maneira como você pensava, tinha esperança, sentia, sonhava. Eu tinha a sensação de estar sonhando, pensando, e sentindo *com* você. Sonhei o que você sonhava, quis o que você queria, e então percebi que o que eu realmente queria era *você*. A menina por trás das cartas. Eu a amei desde o instante em que as li. E ainda amo.

Tessa começara a tremer. Isso era exatamente o que sempre quis que alguém dissesse. O que sempre quis, no canto mais obscuro do seu coração, que *Will* dissesse. Will, o menino que adorava os mesmos livros que ela, as mesmas poesias, que a fazia rir mesmo quando estava com raiva. E ali estava ele diante dela, dizendo que amava as palavras do seu coração, o formato da sua alma. Falando o que ela jamais havia imaginado que alguém falaria um dia. Dizendo a ela algo que jamais seria dito novamente, não desta forma. E não por Will.

E não tinha importância.

— É tarde demais — disse ela.

— Não diga isso. — A voz dele era quase um sussurro. — Eu amo você, Tessa. Eu amo você.

Ela balançou a cabeça.

— Will... pare.

Ele respirou asperamente.

— Eu sabia que você relutaria em confiar em mim — declarou. — Tessa, por favor, você não acredita em mim ou não consegue se imaginar retribuindo meu amor? Porque se for a segunda opção...

— Will. Não *importa*...

— Nada importa mais do que isso! — A voz dele ganhou força. — Eu *sei* que, se me odeia, é porque a forcei a isso. *Sei* que não tem motivo para me dar uma segunda chance de ser olhado de forma diferente. Mas estou implorando por essa chance. Faço qualquer coisa. *Qualquer coisa*.

A voz dele falhou, e Tessa ouviu o eco de outra voz por dentro dela. Viu Jem olhando para ela com todo o amor, a luz, a esperança e a expectativa do mundo, tudo isso retido em seus olhos.

— Não — sussurrou ela. — Não é possível.

— É sim — disse ele, desesperadamente. — Precisa ser. Não pode me odiar tanto quanto...

— Não odeio você — declarou ela, com grande tristeza. — Tentei odiá-lo, Will. Mas nunca consegui.

— Então, há uma chance. — A esperança se acendeu nos olhos dele.

Ela não deveria ter falado tão gentilmente. Meu Deus, será que havia alguma coisa capaz de tornar isso menos terrível? Ela precisava contar a ele. Agora. Rápido. Diretamente.

— Tessa, se não me odeia, então existe chance de que você...

— Jem me pediu em casamento — disparou. — E eu aceitei.

— *O quê?*

— Disse que Jem me pediu em casamento — sussurrou. — Ele perguntou se eu aceitaria me casar com ele. E eu disse que sim.

Will ficou absurdamente pálido.

— Jem. *Meu* Jem? — disse.

Ela assentiu, sem nada para dizer.

Will cambaleou e pôs a mão nas costas de uma cadeira para se equilibrar. Parecia que tinha levado um chute súbito e violento no estômago.

— Quando?

— Hoje de manhã. Mas temos nos aproximado bastante, há algum tempo.

— Você... e Jem? — Parecia que estavam pedindo a ele para acreditar em alguma coisa impossível, neve no verão, um inverno londrino sem chuva.

Como resposta, Tessa tocou o pingente de jade com as pontas dos dedos.

— Ele me deu isto — disse ela. Sua voz estava bem baixinha. — Foi o presente de noivado da mãe dele.

Will ficou olhando para o pingente, para os caracteres chineses, como se fosse uma serpente enrolada no pescoço dela.

— Ele não me disse nada. Nunca falou uma palavra sobre você para mim. Não nesse sentido. — Tirou o cabelo do rosto, aquele gesto característico que Tessa já o tinha visto fazer mil vezes, só que agora a mão estava visivelmente trêmula. — Você o ama?

— Sim, eu o amo — respondeu, e viu Will se encolher. — Você não?

— Mas ele entenderia — disse entorpecido. — Se explicássemos para ele. Se contássemos... ele entenderia.

Apenas por um instante Tessa se imaginou tirando o pingente, atravessando o corredor, batendo à porta de Jem. Devolvendo-o. Dizendo que havia cometido um erro, que não poderia se casar com ele. Podia contar, falar tudo sobre ela e Will; sobre como não tinha certeza, de como precisava de tempo, que não podia prometer seu coração inteiro, pois parte dele pertencia a Will e sempre pertenceria.

Então pensou nas primeiras palavras que ouviu Jem proferir, com os olhos fechados, de costas para ela, o rosto para o luar. *Will? Will, é você?* A maneira como a voz de Will e o rosto suavizaram para Jem como não faziam por ninguém; a forma como Jem agarrou as mãos dele na enfermaria enquanto sangrava, o jeito como Will gritara *James!* quando o autômato o jogou no chão no armazém.

Não posso separá-los, pensou. *Não posso ser responsável por uma coisa dessas.*

Não posso falar a verdade para nenhum deles.

Imaginou o rosto de Jem se cancelasse o noivado. Ele seria gentil. Jem era sempre gentil. Mas ela estaria destruindo algo precioso dentro dele, algo essencial. Ele não seria o mesmo depois disso, e não teria Will para confortá-lo. E ele tinha tão pouco tempo.

E Will? O que ele faria? Independentemente do que estivesse pensando agora, ela sabia que se terminasse o noivado com Jem, ainda assim Will não a tocaria, não ficaria com ela, independentemente do quanto a amasse. Como poderia demonstrar seu amor por ela na frente de Jem, sabendo que a própria felicidade tinha custado a dor do melhor amigo? Mesmo que Will dissesse a si mesmo que poderia dar um jeito, para ele, ela sempre seria a menina que Jem amou, até Jem morrer. Até *ela* morrer. Ele não trairia Jem nem depois da morte. Se fosse qualquer outra pessoa, qualquer outra pessoa no mundo — mas ela não amava mais ninguém no mundo. Esses eram os meninos que amava. Na alegria. E na tristeza.

Deixou a voz o mais fria possível. E calma.

— Contar *o quê?*

Will apenas a encarou. Havia luz em seus olhos na escada, ao trancar a porta, ao beijá-la — uma luz brilhante e alegre. E essa luz agora estava se apagando, desbotando como se fosse o último suspiro de alguém ao morrer. Tessa pensou em Nate, sangrando até a morte em seus braços. Fora impotente então, não pôde ajudá-lo. Como estava agora. Teve a sensação de estar vendo a vida escoar de Will Herondale, e não havia nada que pudesse fazer para impedir.

— Jem me perdoaria — disse Will, mas estava com o rosto desamparado, e a voz também. Tinha desistido, pensou Tessa; Will, que nunca desistia de nenhuma luta antes de começá-la. — Ele...

— Perdoaria — falou Tessa. — Ele jamais ficaria com raiva de você, Will; ele o ama demais para isso. Não acho nem que ficaria com raiva de mim. Mas hoje de manhã ele me disse que achou que fosse morrer sem nunca ter amado alguém como o pai amou a mãe, sem nunca ter sido amado dessa forma. Quer que eu atravesse o corredor, bata à porta dele e tire isso dele? E você? Continuaria me amando se eu fizesse isso?

Will a olhou por um bom tempo. Depois pareceu dobrar-se por dentro, como papel; sentou-se em uma poltrona e pôs o rosto nas mãos.

— Me prometa — falou — que o ama. O bastante para casar com ele e fazê-lo feliz.

— Sim — respondeu.

— Então, se o ama — disse baixinho —, por favor, Tessa, não conte a ele o que acabei de dizer. Não diga que eu a amo.

— E a maldição? Ele não sabe...

— Por favor, também não fale nada sobre isso. Nem a Henry, nem a Charlotte... ninguém. Preciso contar no meu próprio tempo, do meu próprio jeito. Finja que não lhe disse nada. Se você se importa minimamente comigo, Tessa...

— Não contarei a ninguém — disse ela. — Juro. Prometo, pelo meu anjo. O anjo da minha mãe. E, Will...

Ele tinha abaixado as mãos, mas ainda não parecia capaz de olhar para ela. Estava agarrando as laterais da poltrona, com as juntas brancas.

— Acho melhor você ir, Tessa.

Mas ela não suportava a ideia. Não com ele assim, como se estivesse morrendo por dentro. Mais do que qualquer outra coisa, ela queria se aproximar e abraçá-lo, beijar os olhos dele, fazê-lo sorrir novamente.

— O que você suportou — falou —, desde os 12 anos de idade... teria matado a maioria das pessoas. Sempre acreditou que ninguém o amasse, que ninguém *pudesse* amá-lo, já que sobreviver era prova disso. Mas Charlotte o ama. E Henry. E Jem. E sua família. Todos eles sempre o amaram, Will Herondale, pois você não consegue esconder o que há de bom em você, por mais que tente.

Ele levantou a cabeça e olhou para ela. Ela viu a chama do fogo refletida em seus olhos azuis.

— E você? Você me ama?

Tessa enterrou as unhas nas palmas.

— Will — disse ela.

Ele olhou para ela, quase através dela, cegamente.

— *Você me ama?*

— Eu... — Ela respirou fundo. Isso doía. — Jem sempre esteve certo sobre você. Você sempre foi melhor do que eu imaginava, e por isso peço desculpas. Porque se este é você, como você realmente é, e eu acho que sim, então não terá dificuldades em encontrar alguém que o ame, Will, alguém para quem você venha em primeiro lugar. Mas eu...

Will emitiu um ruído que foi entre uma risada engasgada e um soluço.

— "Em primeiro lugar" — repetiu. — Acreditaria que esta não é a primeira vez que me diz isso?

Ela balançou a cabeça, aturdida.

— Will, eu não...

— Você nunca vai me amar — disse ele, secamente, e quando ela não respondeu, quando Tessa não disse nada, ele estremeceu; um tremor que percorreu todo o seu corpo. Então se levantou da cadeira sem olhar para ela. Levantou de uma vez e atravessou a sala, esticando a mão em busca da maçaneta da porta. Tessa observou com a mão sobre a boca enquanto, após o que pareceu uma eternidade, ele a encontrou, abriu e saiu pelo corredor, batendo a porta atrás de si.

Will, pensou. *Will, é você?* Seus olhos doeram. De algum modo acabou sentada no chão, na frente da lareira. Encarou as chamas, esperando pelas lágrimas. Nada aconteceu. Depois de tanto tempo reprimindo-as, ao que parecia, tinha perdido a capacidade de chorar.

Pegou o atiçador no suporte de ferro e levou a ponta dele ao núcleo em brasa dos carvões, sentindo o calor no rosto. O pingente de jade na garganta se aqueceu, quase queimando sua pele.

Retirou o atiçador do fogo. Brilhava, vermelho como um coração. Ela fechou a mão em torno da ponta.

Por um instante, não sentiu absolutamente nada. E então, como que de longe, se ouviu gritando, e foi como se uma chave tivesse girado em seu coração, libertando as lágrimas, afinal. O atiçador caiu no chão.

Quando Sophie entrou apressada, após ter ouvido o berro, encontrou Tessa ajoelhada perto do fogo, com a mão queimada pressionada contra o peito, soluçando como se seu coração fosse quebrar.

Foi Sophie quem levou Tessa para o quarto, quem lhe vestiu a camisola e a colocou na cama; foi Sophie quem lavou sua mão queimada com um pano frio e fez um curativo com uma pomada que cheirava a erva e temperos. Era a mesma pomada, disse, que Charlotte usou em sua bochecha quando ela veio para o Instituto.

— Acha que vou ficar com uma cicatriz? — perguntou Tessa, mais por curiosidade do que por se importar. A queimadura e o choro que se seguiu pareciam ter esgotado todas as emoções dentro dela. Sentiu-se tão leve e oca quanto uma concha.

— Provavelmente uma pequena, não como a minha — respondeu Sophie com franqueza, prendendo o curativo na mão de Tessa. — Queimaduras parecem piores do que são, se é que me entende, e eu passei a pomada logo depois do ferimento. Vai ficar bem.

— Não, não vou — afirmou Tessa, olhando para a mão, e depois para Sophie. Sophie, adorável como sempre, calma e paciente, com o vestido preto e a touca branca, os cachos ao redor da face. — Peço desculpas novamente, Sophie — disse. — Você tinha razão quanto a Gideon, e eu me enganei. Devia ter ouvido você. Você é a última pessoa do mundo com chances de se enganar com os homens. Na próxima vez que disser que alguém é confiável, vou acreditar.

O sorriso de Sophie desapareceu, o sorriso que fazia até os estranhos se esquecerem da cicatriz.

— Entendo por que disse aquilo.

— Eu deveria ter confiado em você...

— Eu não deveria ter ficado tão irritada — disse Sophie. — A verdade é que eu mesma não tinha certeza do que ele iria fazer. Não tive certeza de que ficaria do nosso lado até vê-lo chegando com vocês na carruagem.

— Mas deve ser bom — disse Tessa, mexendo nas roupas de cama —, ele vir morar aqui. Ficará tão perto de você...

— Será a pior coisa do mundo — Sophie falou, e de repente seus olhos se encheram de lágrimas. Tessa congelou, horrorizada, imaginando o que poderia ter dito de tão errado. As lágrimas permaneceram nos olhos de Sophie, sem cair, fazendo o verde da íris brilhar. — Se ele morar aqui, vai me ver como realmente sou. Uma servente — a voz de Sophie falhou. — Eu sabia que não deveria tê-lo encontrado quando me chamou. A sra. Branwell não é do tipo que pune serviçais por terem pretendentes ou coisa do tipo, mas eu sabia que era errado ainda assim, porque ele é ele, e eu sou eu, e não devemos ficar juntos. — Esticou a mão e limpou os olhos, e então as lágrimas de fato caíram, escorrendo pelas duas faces, a intacta e a cicatrizada. — Eu posso perder tudo se me permitir... e o que ele arrisca perder? Nada.

— Gideon não é assim.

— Ele é filho do pai dele — declarou. — Quem disse que isso não conta? Não é como se ele estivesse disposto a se casar com uma mundana, para começo de conversa, mas me ver acendendo a lareira, lavando a roupa...

— Se ele a ama, não vai se importar com nada disso.

— As pessoas *sempre* se importam. Não são tão nobres quanto pensa.

Tessa pensou em Will com o rosto nas mãos, dizendo: *se o ama, por favor, Tessa, não conte a ele o que acabei de dizer.*

— A nobreza é encontrada nos lugares mais estranhos, Soph. Além disso, você realmente *quereria* ser uma Caçadora de Sombras? Não preferiria...

— Ah, mas quero — revelou Sophie. — Mais do que tudo neste mundo. Sempre quis.

— Nunca soube — respondeu Tessa, impressionada.

— Se me casasse com mestre Jem... — Sophie mexeu no cobertor, em seguida levantou o olhar e sorriu sombriamente. — Ainda não partiu o coração dele, partiu?

— Não — disse Tessa. *Só quebrei o meu em dois.* — Não parti o coração dele.

21

Brasas

Ó irmão, contigo foram generosos os deuses.
Enquanto o mundo subsiste, durma, e fique satisfeito.
Sinta-se contente enquanto se esgotam os anos;
Agradeça pela vida, os amores e os encantos;
Agradeça pelo viver, ó irmão, e pelo expirar,
Pelo doce último ruído dos pés dela, e de seu respirar,
Pelos presentes que lhe deu, graciosos e poucos,
Lágrimas e beijos, essa sua dama.
— Algernon Charles Swinburne, "The Triumph of Time"

Música escoava por baixo da porta de Jem, que estava parcialmente aberta. Will estava parado com a mão na maçaneta e o ombro na parede. Sentia-se profundamente exausto, mais cansado do que jamais se sentira na vida. Uma intensa energia o manteve alerta desde que deixou Cheyne Walk, mas agora essa energia já o tinha abandonado, se esgotado, e só restava uma sensação sombria de cansaço.

Esperou que Tessa o chamasse de volta quando bateu a porta da sala de estar, mas ela não o fez. Ainda conseguia vê-la olhando para ele, os olhos como grandes nuvens carregadas de tempestade. *Jem me pediu em casamento, e eu aceitei.*

Você o ama?

Eu o amo.

E, no entanto, aqui estava ele, na porta de Jem. Não sabia se tinha vindo para tentar convencer o amigo a desistir de Tessa — se é que isso podia ser feito — ou, o que era mais provável, se este era o local onde tinha aprendido a ir em busca de conforto e não fosse possível desaprender um hábito de tantos anos. Ele abriu a porta; luz enfeitiçada transbordou para o corredor, e ele entrou.

Jem estava sentado no baú ao pé da cama, com o violino equilibrado no ombro. Estava com os olhos fechados; o arco passava pela corda, mas os cantos dos lábios dele se ergueram quando o *parabatai* entrou no quarto:

— Will? É você, Will?

— Sim — respondeu. Estava na entrada do quarto, com a sensação de que não poderia ir mais longe.

Jem parou de tocar e abriu os olhos.

— Telemann — informou. — Fantasia em mi bemol maior. — Repousou o violino e o arco. — Bem, vamos logo, entre. Está me deixando nervoso aí parado.

Will deu mais alguns passos para dentro do quarto. Já tinha passado tanto tempo neste cômodo que o conhecia tão bem quanto o próprio. A coleção de livros de música de Jem; a caixa em que o violino ficava guardado quando ele não estava tocando; as janelas que permitiam a entrada de quadrados de luz do sol. O baú que veio de Xangai. A bengala com cabeça de jade, apoiada na parede. A caixa com Kwan Yin, que continha as drogas de Jem. A poltrona na qual Will já tinha passado incontáveis noites, observando Jem dormir, velando a respiração do amigo e rezando.

Jem olhou para ele. Tinha os olhos luminosos, sem qualquer desconfiança neles, apenas pura felicidade em vê-lo.

— Fico feliz que esteja aqui.

— Eu também —respondeu Will, asperamente. Estava se sentindo desconfortável, e ficou imaginando se Jem podia sentir isso. Nunca tinha se sentido assim perto do *parabatai* antes. Eram as palavras, pensou, na ponta da língua, implorando para serem ditas.

Entende, não entende, James? Sem Tessa não existe nada para mim — não existe alegria, não existe luz, não existe vida. Se você me amasse, me deixaria ficar com ela. Não pode amá-la tanto quanto eu. Ninguém pode. Se realmente é meu irmão, faria isso por mim.

Mas as palavras permaneceram impronunciadas, e Jem se inclinou para a frente, com a voz baixa e confidente.

— Will. Tem uma coisa que eu queria lhe dizer, mas não na frente de todo mundo.

Will se preparou. Era agora. Jem ia contar sobre o noivado, e ele teria de fingir que estava feliz e não vomitar pela janela, o que queria fazer desesperadamente. Colocou as mãos nos bolsos.

— E o que é?

O sol refletiu nos cabelos de Jem quando ele abaixou a cabeça.

— Eu deveria ter conversado com você antes. Mas nunca falamos sobre amor, não é mesmo? E com todo o seu cinismo... — Jem sorriu. — Pensei que fosse rir de mim. Além disso, nunca achei que houvesse chance de ela retribuir meus sentimentos.

— Tessa — disse Will. O nome era como lâmina em sua boca.

O sorriso de Jem era luminoso, acendendo todo o seu rosto, e qualquer esperança que Will tivesse ancorado numa possível câmara secreta do coração, de que talvez Jem não a amasse de fato, se foi, soprada como a névoa por uma forte ventania.

— Você nunca fugiu das suas obrigações — Jem falou. — E eu sei que você teria feito tudo que pudesse para salvar Tessa no armazém de chá, independentemente de quem fosse no lugar dela. Mas não pude deixar de pensar que talvez o motivo para sua determinação era o fato de que sabia o que ela significava para mim. — Inclinou a cabeça para o lado, com um sorriso incandescente. — Adivinhei, ou sou um idiota convencido?

— Você é um idiota — respondeu Will, e engoliu em seco, com a garganta áspera. — Mas... tem razão. Sei o quanto ela significa para você.

Jem sorriu. A felicidade estava estampada em seu rosto e no olhar. Will nunca tinha visto o amigo assim. Sempre pensou em Jem como uma presença calma e pacífica, sempre achou que a alegria, assim como a raiva, fosse uma emoção extrema e humana demais para ele. Percebeu agora que tinha se enganado; era simplesmente por que Jem nunca tinha se sentido tão feliz antes. Não desde a morte dos pais, Will imaginou. Mas Will nunca tinha pensado nisso. Preocupava-se em saber se ele estava seguro, sobrevivendo, mas nunca se estava *feliz*.

Jem é meu grande pecado.

Tessa tinha razão, pensou. Ele antes quisera que ela terminasse o noivado com Jem a qualquer custo; agora percebeu que não queria mais, não podia. *Talvez possa acreditar que sei o que é honra... honra e dívida*, dissera a Jem, e fora sincero. Devia a vida a Jem. Não podia tirar do amigo a coisa que ele mais queria no mundo. Mesmo que isso lhe custasse sua própria felicidade, pois Jem não era apenas alguém com quem tinha uma dívida impossível de ser paga, mas, como registrado em contrato, alguém a quem amava tanto quanto à própria alma.

Jem não parecia apenas mais feliz, mas mais forte, pensou Will, com uma cor saudável no rosto, as costas eretas.

— Preciso me desculpar — disse Jem. — Fui severo demais na questão do covil dos ifrits. Sei que você só estava procurando alívio.

— Não, teve razão em...

— Não tive. — Jem ficou de pé. — Se fui duro com você, foi porque não suporto vê-lo tratar a si mesmo como se não valesse nada. Por mais que desempenhe um papel em que tenta demonstrar o contrário, eu o vejo como realmente é, meu irmão de sangue. Não apenas melhor do que finge ser, mas melhor do que a maioria das pessoas poderia ter a ambição de ser. — Colocou a mão no ombro de Will. — Você tem um valor inestimável, Will.

Will fechou os olhos. Viu a sala escura de basalto do Conselho, os dois círculos ardendo no chão. Jem saindo do próprio círculo e vindo para o de Will, de modo que ocuparam o mesmo espaço circunscrito pelo fogo. Naquela época, ainda tinha os olhos negros, grandes no rosto pálido. Will se recordou das palavras do juramento *parabatai*. *Aonde fores, irei; onde morreres, morrerei, e lá serei enterrado: o Anjo me permitirá isso, e mais, e nada além da morte separará a ti de mim.* Aquela mesma voz lhe falou novamente:

— Obrigado pelo que fez por Tessa — disse Jem.

Will não conseguiu olhar para Jem; em vez disso encarou a parede, onde suas sombras se misturavam em relevo, de modo que não dava para saber onde um começava e o outro terminava.

— Obrigado por assistir ao Irmão Enoch tirar os fragmentos de metal das minhas costas — falou.

Jem riu.

— Não é para isso que serve um *parabatai*?

* * *

A câmara do Conselho estava coberta por bandeiras vermelhas marcadas por símbolos pretos; Jem sussurrou para Tessa que eram símbolos de decisão e julgamento.

Sentaram na frente, em uma fila onde também estavam Henry, Gideon, Charlotte e Will. Tessa não falava com Will desde o dia anterior; ele não aparecera no café da manhã e chegou tarde no pátio, ainda abotoando o casaco enquanto descia as escadas. Estava com os cabelos negros desgrenhados, e parecia não ter dormido. Aparentava estar tentando não olhar para Tessa, e ela, por sua vez, evitava retribuir seus olhares, apesar de pode-lo sentir encarando-a algumas vezes, como partículas quentes de cinzas aterrissando sobre sua pele.

Jem era um perfeito cavalheiro; o noivado continuava secreto, e, exceto alguns sorrisos para ela a cada vez que se olhavam, ele não se comportou fora do normal em nenhum momento. Ao tomarem seus assentos no Conselho, ela sentiu Jem fazendo carinho em seu braço com o nó dos dedos, gentilmente, antes de recolher a mão.

Tessa conseguia sentir Will observando-os da outra ponta da fileira em que estavam sentados. Não olhou para ele.

No assento na plataforma elevada no centro da câmara, estava Benedict Lightwood, com o perfil aquilino virado na direção contrária à da massa do Conselho, e a mandíbula tensa. Ao lado dele, Gabriel, que assim como Will, parecia exausto e desgrenhado. Olhou uma vez para o irmão quando Gideon entrou, e desviou quando ele ocupou um lugar, deliberadamente, entre os Caçadores de Sombras do Instituto. Gabriel mordeu o lábio e olhou para baixo, mas não se moveu.

Tessa reconheceu mais alguns rostos no auditório. A tia de Charlotte, Callida, estava lá, assim como o sombrio Aloysius Starkweather — apesar de, conforme havia reclamado, sem dúvida não ter sido convidado. Estreitou os olhos ao pousá-los em Tessa, e ela se virou rapidamente para a frente do recinto.

— Estamos aqui — pronunciou o Cônsul Wayland quando assumiu seu lugar diante do púlpito, com o Inquisidor a sua esquerda — para determinar até que ponto Charlotte e Henry Branwell ajudaram a Clave na questão de Axel Mortmain nos últimos quinze dias, e se, como Benedict Lightwood alegou, o Instituto de Londres ficaria melhor em outras mãos.

O Inquisidor se levantou. Estava segurando alguma coisa que brilhava em preto e prata nas mãos.

— Charlotte Branwell, por favor, aproxime-se do púlpito.

Charlotte se levantou e subiu as escadas. O Inquisidor abaixou a Espada Mortal, e Charlotte segurou a lâmina. Com a voz baixa, ela relatou os eventos das últimas semanas — a procura por Mortmain em artigos de jornal e registros, a visita a Yorkshire, a ameaça contra os Herondale, a descoberta da traição de Jessie, a luta no armazém, a morte de Nate. Ela não mentiu, apesar de Tessa estar ciente de que ela deixou de lado algum detalhe aqui ou ali. Aparentemente, a Espada Mortal podia ser contornada, ainda que minimamente.

Em diversos momentos do discurso de Charlotte, os membros do Conselho reagiram sonoramente: respirando com intensidade, mexendo os pés, principalmente no momento em que o papel de Jessamine nos acontecimentos foi revelado.

— Eu conhecia os pais dela. — Tessa ouviu Callida, a tia de Charlotte, falar no fundo da sala. — Que coisa horrível... horrível!

— E onde a menina está agora? — perguntou o Inquisidor.

— Em uma cela na Cidade do Silêncio — respondeu Charlotte —, aguardando castigo pelo crime. Informei o Cônsul do paradeiro dela.

O Inquisidor, que estava andando de um lado para o outro da plataforma, parou e olhou de maneira penetrante para Charlotte.

— Você diz que essa menina era como uma filha para você — declarou —, no entanto a entregou espontaneamente para os Irmãos? Por que faria uma coisa dessas?

— A Lei é dura — respondeu Charlotte —, mas é a Lei.

A boca do Cônsul se curvou para cima.

— E você disse que ela seria excessivamente branda com transgressores, Benedict — declarou ele. — Algum comentário?

Benedict ficou de pé; ele claramente tinha decidido caprichar na camisa usada para esta ocasião. A manga sobressaía, branca como a neve, de seu paletó de *tweed* feito sob medida.

— Tenho um comentário — disse. — Eu apoio Charlotte Branwell inteiramente em sua liderança do Instituto e renuncio a meu pedido por uma posição.

Um murmúrio de incredulidade atravessou a multidão.

Benedict sorriu simpaticamente.

O Inquisidor se virou e lhe lançou um olhar cético.

— Então está dizendo — ecoou — que, *apesar* de estes Caçadores de Sombras terem matado Nathaniel Gray, ou terem sido responsáveis por isso, pela morte de nossa única ligação com Mortmain; apesar de mais uma vez terem abrigado um espião, *apesar* de ainda não saberem onde Mortmain está, ainda assim recomenda que Charlotte e Henry Branwell governem este Instituto?

— Eles podem não saber onde Mortmain está — respondeu Benedict —, mas sabem *quem* ele é. Como disse o grande estrategista militar mundano Sun Tzu, em *A arte da guerra*, "se conhece seus inimigos e a si mesmo, pode vencer centenas de batalhas sem uma única perda". Sabemos agora quem Mortmain realmente é: um mortal, não um ser sobrenatural; um homem que teme a morte; um homem obcecado por uma vingança pelo que considera a morte injustificável de sua família. E alguém que não tem compaixão pelos membros do Submundo. Utilizou-se de lobisomens para ajudá-lo na construção de um exército mecânico, alimentando-os com drogas para que trabalhassem sem parar, sabendo que elas matariam os lobos e garantiriam seu silêncio. A julgar pelo tamanho do armazém utilizado e pela quantidade de trabalhadores empregados, o exército mecânico será de tamanho significativo. E a julgar pelas motivações e pelos anos de aperfeiçoamento das estratégias de vingança, Mortmain não é um homem com quem se possa conversar, que não pode ser dissuadido ou contido. Temos de nos preparar para uma guerra. E *disso*, não sabíamos antes.

O Inquisidor olhou para Benedict com a boca contraída, como se desconfiasse de que alguma coisa estava acontecendo, mas não imaginava o quê.

— Nos prepararmos para uma guerra? E como sugere que façamos isso, baseando-nos, é claro, nessas supostas informações valiosas reunidas pelos Branwell?

Benedict deu de ombros.

— Bem, isso será decidido pelo Conselho com o tempo. Mas Mortmain tentou recrutar membros poderosos do Submundo, tais como Woolsey Scott e Camille Belcourt para sua causa. Podemos não saber onde ele está, mas sabemos como atua e, dessa forma, podemos encurralá-lo. Talvez nos aliando a alguns dos líderes mais poderosos do Submundo. Charlotte parece se dar bem com eles, não acha?

Uma risada fraca percorreu o Conselho, mas não estavam rindo *de* Charlotte; estavam rindo com Benedict. Gabriel estava olhando para o pai, seus olhos verdes ardendo.

— E a espiã que havia no Instituto? Não diria que isso é um exemplo da falta de cuidado de Charlotte? — perguntou o Inquisidor.

— De maneira alguma — respondeu Benedict. — Ela lidou com essa questão de forma rápida e implacável. — Ele sorriu para Charlotte, um sorriso que parecia uma lâmina. — Retiro minha prévia declaração sobre seu coração mole. Ela claramente consegue fazer justiça sem pena, como qualquer homem.

Charlotte empalideceu, mas não disse nada. Suas pequenas mãos ainda seguravam a Espada. Imóveis.

O Cônsul Wayland suspirou sonoramente.

— Gostaria que tivesse chegado a essa conclusão há quinze dias, Benedict, e nos poupado disto tudo.

Benedict deu de ombros elegantemente.

— Achei que ela precisava ser testada — revelou. — Felizmente, passou no teste.

Wayland balançou a cabeça.

— Muito bem. Vamos votar. — Entregou ao Inquisidor algo que parecia um recipiente de vidro fosco, e este foi até a multidão, entregando o frasco à mulher sentada na primeira cadeira da primeira fila. Tessa observou fascinada ela abaixar a cabeça e sussurrar no frasco, e entregá-lo ao homem a sua esquerda.

Enquanto o frasco percorria o recinto, Tessa sentiu as mãos de Jem nas dela. Ela se assustou, apesar de achar que as saias volumosas escondiam as mãos. Entrelaçou os dedos nos dele e fechou os olhos. *Eu o amo. Eu o amo. Eu o amo.* E, de fato, o toque de Jem a fez estremecer, apesar de também fazê-la querer chorar — por amor, por confusão, pelo coração partido, por se lembrar do olhar de Will quando contou a ele que estava noiva de Jem, e a felicidade escoando dele como o fogo quando apagado pela chuva.

Jem tirou a mão das dela para pegar o frasco de Gideon do outro lado. Ela o ouviu sussurrar "Charlotte Branwell" e passar o frasco sobre ela para

Henry, do outro lado. Ela olhou para ele, que deve ter interpretado mal a infelicidade em seus olhos, porque sorriu encorajadoramente. — Vai ficar tudo bem — disse ele. — Vão escolher Charlotte.

Quando o frasco terminou o percurso, foi devolvido ao Inquisidor, que o entregou ao Cônsul com um floreio. O Cônsul pegou o frasco, colocando-o no púlpito diante de si, e desenhou um símbolo no vidro com a estela.

O frasco estremeceu, como uma chaleira no fogo. Fumaça branca escapou pela abertura — que recolhera sussurros de centenas de Caçadores de Sombras. E formou palavras no ar.

CHARLOTTE BRANWELL.

Charlotte tirou as mãos da Espada Mortal, quase cambaleando de alívio. Henry emitiu um ruído de alegria e jogou o chapéu no ar. O salão foi preenchido por conversas e confusão. Tessa não pôde deixar de olhar para Will, do outro lado da fileira. Ele estava sentado, com a cabeça para trás, e os olhos fechados. Parecia pálido e exausto, como se essa última função tivesse esgotado o resto de suas energias.

Um grito perfurou o burburinho. Em instantes, Tessa estava de pé, girando. Foi a tia de Charlotte, Callida, gritando, a elegante cabeça grisalha lançada para trás e um dedo apontando para o céu. Arquejos percorreram o recinto enquanto os outros Caçadores de Sombras seguiam o olhar de Callida. O ar acima deles fora preenchido por dezenas — centenas, até — de criaturas pretas, metálicas, zumbindo, como enormes besouros negros de aço com asas cúpricas atravessando o ar, preenchendo o salão com o terrível ruído de um zumbido metálico.

Um dos besouros mergulhou e pairou na frente de Tessa, na altura dos olhos, emitindo um estalido. Era desprovido de olhos, apesar de haver um vidro circular na frente lisa da cabeça. Sentiu Jem procurar seu braço, tentando afastá-la, mas se esquivou impacientemente, pegou o chapéu da cabeça e lançou com força sobre a coisa, prendendo-a entre o chapéu e o assento. A criatura imediatamente soltou um chiado agudo e enfurecido.

— Henry! — gritou. — Henry, peguei uma delas...

Henry apareceu por trás de Tessa, com o rosto rosado, e ficou olhando para o chapéu. Um pequeno buraco se abria na lateral elegante de veludo cinza onde a criatura mecânica tentava rasgar. Praguejando, Henry deu um soco, esmagando o chapéu e a coisa dentro dele, que chiou e cessou.

Jem esticou o braço e levantou cuidadosamente o chapéu esmagado. O que restava eram peças espalhadas — uma asa de metal, um corpo estilhaçado e pernas de cobre quebradas.

— Ugh! — exclamou Tessa. — Parece tanto... um inseto. — Ela olhou para cima quando outro grito preencheu o salão. Os insetos estavam reunidos em um redemoinho escuro no centro; eles giraram cada vez mais depressa e desapareceram, como besouros negros sugados por um ralo.

— Desculpe pelo chapéu — disse Henry. — Arrumarei outro.

— Esqueça o chapéu — respondeu Tessa enquanto os gritos do Conselho ecoavam pelo recinto. Olhou para o centro da sala; o Cônsul estava com a Espada Mortal na mão, e por trás dele encontrava-se Benedict, com a expressão dura e olhos gelados. — Certamente temos problemas mais sérios.

— É uma espécie de câmera — revelou Henry, segurando os pedacinhos de besouro metálico no colo quando a carruagem voltava para casa. — Sem Jessamine, Nate ou Benedict, Mortmain deve estar desprovido de espiões humanos confiáveis que possam transmitir informações. Então enviou estas coisas. — Cutucou um fragmento; os pedaços estavam reunidos nos destroços do chapéu de Tessa, Henry os segurava no colo enquanto sacolejavam.

— Benedict não pareceu nem um pouco contente em ver estas coisas — observou Will. — Deve ter percebido que Mortmain já sabe de sua deserção.

— Era questão de tempo — disse Charlotte. — Henry, essas coisas conseguem gravar som, como um fonoautógrafo, ou apenas imagens? Estavam voando com tanta velocidade...

— Não tenho certeza — Henry franziu o cenho. — Terei de examinar as peças com mais cuidado na cripta. Não estou vendo nenhum mecanismo de abertura, mas isso não significa... — Olhou para os rostos confusos fixos nele e encolheu os ombros. — De qualquer forma — falou —, talvez não seja a pior coisa do mundo o Conselho dar uma olhada nas invenções de Mortmain. Uma coisa é ouvir falar nelas, outra é *ver* o que ele anda fazendo. Não acha, Lottie?

Charlotte murmurou uma resposta, mas Tessa não escutou. Estava concentrada em repassar uma coisa peculiar que ocorreu assim que deixou a câmara do Conselho e ficou esperando a carruagem dos Branwell. Jem tinha acabado de se afastar dela para falar com Will quando o movimento de uma capa preta lhe chamou a atenção, e Aloysius Starkweather se aproximou, com seu rosto impetuoso.

— Senhorita Gray — vociferou. — Aquela criatura mecânica... a forma como se aproximou de você...

Tessa ficou parada, em silêncio, encarando... esperando alguma acusação, apesar de não conseguir imaginar qual.

— Sente-se bem? — perguntou, brusca e finalmente, com o sotaque de Yorkshire bastante destacado. — Não foste ferida?

Lentamente, Tessa balançou a cabeça.

— Não, sr. Starkweather. Muito obrigada pelo interesse no meu bem-estar, mas não.

Àquela altura, Jem e Will já tinham se virado e os estavam encarando. Como que ciente da atenção que estava atraindo, Strakweather acenou com a cabeça uma vez, virou e se afastou, com a capa esfarrapada esvoaçando atrás de si.

Tessa não tinha entendido absolutamente nada. Estava pensando no breve encontro com Starkweather, e no espanto com que ele reagiu ao vê-la pela primeira vez, quando a carruagem parou na frente do Instituto. Aliviados por se livrarem do espaço apertado, Tessa e os Caçadores de Sombras foram para a entrada.

Havia uma abertura na cobertura acinzentada que as nuvens faziam sobre a cidade, e um raio de sol amarelo-limão apareceu, iluminando os degraus da frente. Charlotte começou a subir, mas Henry a deteve, puxando-a para perto com o braço que não estava segurando o chapéu destruído de Tessa. A garota os observou, sentindo a primeira faísca de felicidade desde o dia anterior. Ela realmente tinha passado a se importar com Charlotte e Henry, percebeu, e queria vê-los felizes.

— Precisamos nos lembrar de que tudo foi tão bem quanto gostaríamos — disse Henry segurando-a firme. — Estou muito orgulhoso de você, querida.

Tessa esperaria um comentário sarcástico de Will nesse momento, mas ele estava olhando em direção aos portões. Gideon parecia constrangido, e Jem, satisfeito.

Charlotte se afastou de Henry, muitíssimo vermelha, e ajeitando o chapéu, mas claramente feliz.

— Está mesmo, Henry?

— Absolutamente! Não só minha esposa é linda, mas, também, brilhante, e este brilho deve ser reconhecido!

— Este — disse Will ainda encarando os portões — é o momento em que Jessamine pediria que parassem porque estava ficando enjoada.

O sorriso desbotou do rosto de Charlotte.

— Pobre Jessie...

Mas a expressão de Henry estava estranhamente rígida.

— Ela não deveria ter feito o que fez, Lottie. Não é culpa sua. Só pode mos torcer para que o Conselho seja clemente com ela. — Pigarreou. — E não vamos mais falar sobre Jessamine hoje, está bem? Hoje a noite é de celebração. O Instituto continua sendo nosso.

Charlotte sorriu para ele, com tanto amor nos olhos que Tessa teve de desviar a atenção, voltando-se para o Instituto. Piscou. No alto da parede de pedra viu uma sombra em movimento. Uma cortina no canto de uma janela, e um rosto pálido olhando para baixo. Sophie, procurando por Gideon? Não podia precisar — o rosto desapareceu tão depressa quanto havia aparecido.

Tessa se vestiu com cuidado especial naquela noite, com um dos novos vestidos que Charlotte lhe dera de presente: cetim azul, com uma aba em forma de coração e um colarinho arredondado e bastante decotado, sobre o qual havia uma *chemisette* de renda Mashlin. As mangas eram curtas e enrugadas, deixando seus longos braços brancos à mostra, e fez cachos nos cabelos, prendendo-os para trás, num penteado entremeado com flores azul-escuras. Só quando Sophie cuidadosamente as prendeu foi que Tessa percebeu que tinham a mesma cor dos olhos de Will, tendo uma súbita vontade de arrancá-las, mas evidente que não o fez. Apenas agradeceu a Sophie pelos esforços e elogiou sinceramente o resultado do penteado.

Sophie saiu antes dela, para ajudar Bridget na cozinha. Tessa sentou-se automaticamente diante do espelho para morder os lábios e beliscar as bochechas. Precisava da cor, pensou. Estava estranhamente pálida. O pingente de jade estava sob a renda, onde não poderia ser visto; Sophie tinha olhado enquanto Tessa se vestia, mas não comentou nada. Alcançou o pingente de anjo mecânico e o colocou, também, em volta do pescoço.

Estava abaixo do pingente de Jem, e a acalmava com suas batidas. Não havia razão para não usar os dois, havia?

Quando surgiu no corredor, Jem estava esperando por ela. Seus olhos se iluminaram ao vê-la, e após olhar para um lado e para o outro do corredor, puxou-a para si e beijou sua boca.

Ela se derreteu com aquele beijo, dissolvendo-se nele como fizera anteriormente. Seus lábios eram tão suaves, tão doces, e a mão tão forte e gentil ao segurá-la na nuca. Ela se aproximou dele, querendo sentir a batida do coração.

Ele recuou, sem fôlego.

— Não tive a intenção...

Ela sorriu.

— Acho que teve, James.

— Não até vê-la — disse. — Pretendia apenas perguntar se podia acompanhá-la para o jantar. Mas está tão linda. — Tocou seus cabelos.— Mas temo que o excesso de paixão possa começar a arrancar-lhe as pétalas, como uma árvore no outono.

— Bem, você pode — respondeu. — Me acompanhar para o jantar, quero dizer.

— Obrigado. — Ele passou as pontas dos dedos levemente no rosto de Tessa. — Pensei que fosse acordar hoje de manhã e perceber que tinha sido um sonho, você me dizendo sim. Mas não foi. Foi? — Os olhos de Jem investigavam o rosto dela.

Ela balançou a cabeça. Podia sentir o gosto das lágrimas no fundo da garganta e sentiu-se grata pela luva que escondia a queimadura na mão esquerda.

— Sinto muito que esteja fechando um acordo tão desvantajoso comigo, Tessa — falou. — Em termos de anos, quero dizer. Comprometendo-se com um homem prestes a morrer quando tem apenas 16 anos...

— *Você* tem apenas 17. Tempo suficiente para encontrar uma cura — sussurrou. — E o faremos. Encontraremos. Ficarei com você. Para sempre.

— Agora, *nisso* eu acredito — disse. — Quando duas almas são uma, elas permanecem juntas na Roda. Vim a este mundo para amá-la, e a amarei na próxima vida, e na outra.

Tessa pensou em Magnus. *Estamos presos a esta vida por uma corrente de ouro e não ousamos rompê-la por medo do que vamos encontrar depois da queda.*

Entendia agora o que ele queria dizer. A imortalidade era um presente, mas tinha consequências. *Pois se sou imortal,* pensou, *então só tenho esta, esta única vida. Não vou girar e mudar como você, James. Não o encontrarei no Paraíso, nem nas margens do grande rio, nem em qualquer outra vida além desta.*

Mas não disse. Iria machucá-lo, e se tinha alguma coisa que sabia, era que havia nela um desejo feroz e indiscutível de protegê-lo de qualquer ferimento, de se colocar entre ele e a decepção, entre ele e a dor, entre ele e a morte, e combatê-los como Boadicea lutou contra os romanos. Esticou a mão e tocou seu rosto, e ele o apoiou em seu cabelo cheio de flores da cor dos olhos de Will. Então ficaram assim, juntos, até o sino do jantar soar pela segunda vez.

Bridget, que podia ser ouvida cantando lugubremente na cozinha, havia caprichado na sala de jantar, colocando castiçais de prata em todos os cantos, de modo que todo o recinto ficou iluminado. Rosas e orquídeas flutuavam em bacias de prata sobre a toalha de mesa de linho branco. Henry e Charlotte ocupavam as cabeceiras. Gideon, com traje de noite, mantinha os olhos fixos em Sophie enquanto ela entrava e saía, apesar de ela parecer evitar cuidadosamente os olhares. E ao lado dele estava Will.

Eu amo Jem. Vou me casar com Jem. Tessa repetiu para si mesma ao percorrer o corredor, mas não fez diferença; seu coração saltou no peito ao avistar Will, deixando-a enjoada. Não o via com traje de noite desde o baile, e, apesar de parecer pálido e adoentado, ainda ficava ridiculamente lindo com aquela roupa.

— A cozinheira *sempre* canta? — Gideon estava perguntando espantado quando Jem e Tessa entraram. Henry levantou o olhar e, ao vê-los, estampou um sorriso no rosto amigável e sardento.

— Estávamos começando a imaginar por onde andariam — disse.

— Eu e Tessa temos uma novidade — revelou Jem. A mão dele encontrou a dela e a segurou; ela ficou congelada enquanto três rostos curiosos se voltavam para eles — quatro, contando com Sophie, que tinha acabado de entrar. Will permaneceu onde estava, olhando para a vasilha de prata diante dele; tinha uma rosa branca flutuando, e ele parecia estar pronto para ficar encarando-a até que afundasse. Na cozinha, Bridget continuava entoando uma de suas canções terrivelmente tristes; a letra chegava através da porta:

Foi numa noite clara, fui respirar,
Ouvi uma dama gemendo;
Disse "Viste meu pai? Ou viste minha mãe?
Ou viste meu irmão John?
Ou viste o rapaz que mais amo,
Chamado Doce William?"

Talvez eu a assassine, pensou Tessa. Quero vê-la fazer uma canção sobre *isso*.

— Bem, precisam nos contar agora — disse Charlotte, sorrindo. — Não faça suspense, Jem!

Jem ergueu as mãos dadas dos dois e declarou:

— Eu e Tessa estamos noivos e vamos nos casar. Eu pedi e... ela aceitou.

Fez-se um silêncio de choque. Gideon pareceu pasmo — Tessa sentiu pena dele, de um jeito relativamente distante —, e Sophie ficou parada, segurando uma vasilha de creme, boquiaberta. Tanto Henry quanto Charlotte pareceram espantados. Nenhum deles esperava por isso, pensou Tessa; independentemente do que Jessamine tenha falado sobre a mãe de Tessa ser Caçadora de Sombras, ela ainda era do Submundo. E Caçadores de Sombras não se casavam com integrantes do Submundo. Essa questão não tinha lhe ocorrido. Tinha pensado que contariam para cada um individualmente, cuidadosamente, e não que Jem fosse revelar em uma excitação de alegria na sala de jantar. E pensou *oh, por favor, sorriam. Por favor, nos deem os parabéns. Por favor, não estraguem isso para ele. Por favor.*

O sorriso de Jem tinha começado a desbotar quando Will se levantou. Tessa respirou fundo. Ele *ficava* lindo com roupa de noite, era verdade, mas era sempre lindo; e havia algo diferente nele agora, uma camada mais profunda no azul dos olhos, rachaduras na armadura rígida e perfeita que o cercava, que permitiam a passagem de uma luz intensa. Este era um novo Will, um Will diferente, um Will que só tinha visto de relance — um Will que talvez apenas Jem conhecesse. E agora ela nunca o conheceria. A ideia a trespassou com uma grande tristeza, como se estivesse se lembrando de alguém que tivesse morrido.

Ele ergueu a taça de vinho.

— Não conheço duas pessoas melhores — falou —, e não podia imaginar uma notícia mais feliz. Que juntos tenham vida longa e feliz. — Os olhos dele procuraram os de Tessa, em seguida desviaram e repousaram em Jem. — Parabéns, meu irmão.

Uma tempestade de vozes sucedeu o discurso. Sophie apoiou o jarro na mesa e se aproximou para abraçar Tessa; Henry e Gideon apertaram a mão de Jem, e Will ficou observando tudo, ainda segurando a taça. Em meio ao balbucio alegre de vozes, apenas Charlotte estava em silêncio, com as mãos no peito; Tessa se curvou sobre ela, preocupada.

— Charlotte, está tudo bem?

— Está — respondeu Charlotte, e logo repetiu mais alto: — *está*. É só que... eu também tenho uma notícia. Uma boa notícia.

— Sim, querida — disse Henry. — O Instituto é nosso! Mas todo mundo já sabe disso...

— Não, não é isso, Henry. Você... — Charlotte emitiu um ruído soluçado, meio risada, meio lágrimas. — Eu e Henry vamos ter um filho. Um menino. O Irmão Enoch me contou. Não quis falar nada antes, mas...

O resto das palavras foi afogado pelo grito incrédulo de alegria de Henry. Ele levantou Charlotte da cadeira e a abraçou.

— Querida, isso é maravilhoso, maravilhoso...

Sophie deu um gritinho e bateu as mãos. Gideon parecia tão constrangido que poderia morrer ali mesmo, e Will e Jem trocaram sorrisos. Tessa não pôde deixar de sorrir também; a alegria de Henry era contagiante. Ele dançou com Charlotte por toda a sala antes de parar subitamente, com medo de a valsa prejudicar o bebê, e colocou a esposa na cadeira mais próxima.

— Henry, sou perfeitamente capaz de andar — protestou Charlotte, indignada. — E até mesmo de dançar.

— Querida, você está indisposta! Precisa ficar de cama pelos próximos oito meses. O pequeno Buford...

— Eu *não* vou chamar nosso filho de Buford. Não me importo se era o nome do seu pai, ou se é tradicional em Yorkshire... — Charlotte começou a discutir, exasperada, quando ouviram uma batida à porta, e Cyril enfiou a cabeça para dentro da sala. Olhou para a cena festiva e falou, hesitante:

— Sr. Branwell, tem uma pessoa aqui para vê-los.

Henry piscou os olhos.

— Alguém quer nos ver? Mas este é um jantar particular, Cyril. E não ouvi o sino soar...

— Não, ela é Nephilim — explicou Cyril. — E diz que é muito importante. Não quer esperar.

Henry e Charlotte trocaram olhares espantados.

— Bem, muito bem, então — Henry concordou, afinal. — Deixe-a entrar, mas diga que teremos de ser breves.

Cyril desapareceu. Charlotte se levantou, alisando o vestido e ajeitando o cabelo desgrenhado.

— Tia Callida, talvez? — comentou, com a voz confusa. — Não consigo imaginar quem mais...

A porta se abriu novamente, e Cyril entrou, seguido por uma menina de mais ou menos 15 anos de idade. Trajava uma capa preta de viagem sobre um vestido verde. Ainda que Tessa nunca a tivesse visto, saberia instantaneamente quem era — teria reconhecido os cabelos negros, o azul-violeta dos olhos e a curva graciosa da nuca branca, os ângulos delicados das feições, os lábios carnudos.

Ouviu Will respirar súbita e violentamente.

— Oi — disse a menina, com uma voz ao mesmo tempo surpreendentemente suave e surpreendentemente firme. — Peço desculpas por interrompê-los no jantar, mas não tinha para onde ir. Sou Cecily Herondale. Vim para ser treinada como Caçadora de Sombras.

Agradecimentos

Obrigada, como sempre, a minha família: minha mãe e meu pai; Jim Hill e Kate Connor; Nao, Tim, David e Ben; Melanie, Jonathan, e Helen Lewis; Florence; e Joyce. Agradeço àqueles que leram e criticaram e apontaram anacronismos ou inconsistências: Kelly Link, Clary, Delia Sherman, Holly Black, Sarah Rees Brennan, Justine Larbalestier, Robin Wasserman, Maureen Johnson. Agradeço a Lisa Gold, Research Maven (lisagoldresearch.wordpress.com) pela ajuda. Agradeço a Joey Yeung e Huan Yu pelas traduções de mandarim. Agradeço a Wayne Miller pela ajuda em grego e latim. Minha gratidão de sempre ao meu agente, Barry Goldblatt; minha editora, Karen Wojtyla; e às equipes da Simon & Schuster e Walker Books por fazerem tudo acontecer. E claro, agradeço ao meu marido, Josh, por impedir que Linus e Lucy comessem o manuscrito.

Observações sobre a Inglaterra de Tessa

Assim como em *Anjo mecânico*, a Inglaterra de *Príncipe mecânico* é, até onde consegui fazer, uma mistura do real e do irreal, o conhecido e o esquecido (por exemplo, realmente existe uma Câmara Píxide na Westminster Abbey). A geografia da Londres Vitoriana é preservada ao máximo, mas houve momentos em que não foi possível.

Para aqueles com dúvidas sobre o Instituto: realmente havia uma igreja chamada All-Hallows-the-Less, que pegou fogo no Grande Incêndio de Londres, em 1666; contudo, situava-se na Upper Thames Street, e não onde a coloquei, perto da Fleet Street. Aqueles que conhecem Londres reconhecerão a localização do Instituto e a forma do pináculo, assim como a da famosa St. Bride's Church, adorada por jornaleiros e jornalistas, que não é citada em Peças Infernais, pois o Instituto assumiu o seu lugar. Para aqueles se perguntando sobre o Instituto de York, é baseada na Holy Trinity Goodramgate, uma igreja que ainda podem encontrar em um tour por York.

Quanto à casa dos Lightwood em Chiswick, durante os séculos XVI e XVII, acreditava-se que o subúrbio fosse suficientemente distante de Londres para funcionar como um refúgio da sujeira e das doenças da cidade, e famílias ricas possuíam mansões ali. A dos Lightwood se baseia bastante em uma famosa residência em Chiswick. Quanto ao número 16 de Cheyne Walk, onde Woolsey Scott mora, na época a residência foi alugada por Algernon Charles Swinburne, Dante Gabriel Rossetti e George Meredith. Eles eram membros do movimento estético e teriam apreciado a frase no anel de Woolsey — "*L'art pour l'art*" ou "a arte pela arte".

Já o covil de ópio em Whitechapel, muita pesquisa foi feita sobre o assunto, mas não há provas de que, embora muito adorado pelos fãs de Sherlock Holmes e entusiastas do estilo gótico, este de fato tenha existido. Aqui ele foi substituído por um covil de vícios demoníacos. Nunca se provou que eles existiram, mas também nunca foi comprovado que não.

Para aqueles que ficaram imaginando o que Will disse a Tessa no exterior da mansão de Chiswick, *Caelum denique* era o grito de guerra dos Cruzados e significa "Finalmente o Céu!"

Vire a página para ler a carta
que Will enviou para a família no
aniversário de 17 anos.

Londres

Instituto

Anno Domini 1878

Mãe, pai e irmãzinha—

Hoje é meu décimo sétimo aniversário. Sei que escrever para vocês é uma transgressão. Sei que provavelmente rasgarei esta carta em pedaços quando terminar, como fiz em todos os meus aniversários desde o de 12 anos. Mas escrevo mesmo assim, para comemorar a ocasião, da mesma forma que alguns fazem peregrinações anuais a um túmulo e recordam diante dele a morte de uma pessoa amada. Afinal, não estamos mortos um para o outro?

Fico imaginando se, quando acordaram hoje de manhã, se lembraram de que há 17 anos tiveram um filho. Fico imaginando se pensam em mim e imaginam minha vida aqui no Instituto em Londres. Duvido que possam imaginar. É tão diferente da nossa casa cercada por montanhas e pelo céu azul, enorme e claro, e pelo verde infinito. Aqui tudo é sombrio, cinza e marrom, e todo pôr do sol é tingido de fumaça e sangue.

Fico imaginando se vocês se preocupam com a possibilidade de eu ser solitário, ou, como mamãe sempre fazia, com a possibilidade de eu estar com frio, ou ter saído na chuva sem chapéu. Ninguém aqui se preocupa com esses detalhes. Existem tantas coisas que podem nos matar a qualquer instante que um pouco de frio não parece importante.

Ficou imaginando se sabiam que eu podia escutá-los naquele dia que vieram me buscar quando eu tinha 12 anos. Arrastei-me para baixo da cama para não ouvir vocês gritando meu nome. Mas ouvi. Ouvi mamãe gritar pelo **fach**, seu pequenino. Mordi as mãos até sangrarem, mas não desci, e eventualmente Charlotte os convenceu a se retirarem. Pensei que talvez pudessem voltar, mas não voltaram. É a teimosia dos Herondale.

Lembro-me dos grandes suspiros de alívio que vocês dois soltavam cada vez que o Conselho aparecia para perguntar se eu desejava abandonar minha família e me juntar aos Nephilim e eu recusava, mandando-os embora. Fico imaginando se sabiam que eu era tentado pela ideia de uma vida de glória, dedicada a lutar e matar em nome da proteção, como um homem deve fazer. Está no nosso sangue: o chamado para serafim e estela, para Marcas e monstros.

Fico imaginando por que deixou os Nephilim, pai; fico me perguntando por que mamãe escolheu não Ascender e se tornar Caçadora de Sombras. É porque os achava frios e cruéis? Eu não achei. Charlotte é especialmente gentil comigo, nem imagina como não mereço. Henry é doido de pedra, mas é um bom sujeito: teria feito Ella rir. Há poucas coisas boas a serem ditas sobre Jessamine, mas ela é inofensiva. Por outro lado, *tenho muitas coisas boas a falar sobre Jem — ele é o irmão que papai sempre achou que eu devesse ter, sangue do meu sangue, apesar de não sermos parentes. Apesar de eu ter perdido tudo, pelo menos ganhei uma coisa com a amizade dele. E temos uma nova adição a nossa casa. O nome dela é Tessa. Um nome muito bonito, não? Quando as nuvens vêm do oceano cobrir as montanhas — o cinza delas é o mesmo em seus olhos.*

E agora vou revelar uma terrível verdade, pois não pretendo mesmo enviar esta carta. Vim para o Instituto porque não tinha para onde ir. Nunca esperei que fosse ser minha casa, mas no meu tempo aqui, descobri que sou um verdadeiro Caçador de Sombras. De algum jeito, meu sangue me diz que nasci para fazer isso. Se ao menos eu tivesse sabido antes e ido com a Clave na primeira vez em que me chamaram, talvez pudesse ter salvado a vida de Ella. Talvez pudesse ter salvado a minha.

Seu filho,
Will

Este livro foi composto na tipologia Minion-Pro,
em corpo 11,5/15, e impresso em papel off-white
no Sistema Cameron da Divisão Gráfica da Distribuidora Record.